TORUNN SIEGLER

MACHT
MENSCHEN

VON FÜHRERN
UND VERFÜHRTEN

AF200603

Bibliografische Information der Deutschen Nationalbibliothek:
Die Deutsche Nationalbibliothek verzeichnet diese Publikation
in der Deutschen Nationalbibliografie; detaillierte bibliografische
Daten sind im Internet über www.dnb.de abrufbar.

1. Auflage, Mai 2017

Lektorat: Fabian Schäfer
Korrektorat: Das Gute Wort, Günzburg
Satz und Coverdesign:
IAM Design & Communication GmbH, Augsburg, www.iam-design.de
Autorenfoto: Bernhard Quade, www.bernhardquade.com
Herstellung und Verlag: BoD – Books on Demand, Norderstedt
Taschenbuch: ISBN 978-3-7448-0066-2
www.macht-menschen.de

Inhalt

MACHT
MENSCHEN
VON FÜHRERN UND VERFÜHRTEN

Es ist warm und leicht. Leicht und licht. Licht nähert sich, durchdringt, zieht weiter. Blaue Schatten drehen sich im Kreis und pulsieren zu grünen Wellen. Darüber ruht in Wärme das Abbild, es wird zu Licht und zieht weiter.

Leicht und licht, wellen und wärmen in unendlicher Weite. Nur die Ruhe durchbricht die Wogen der vollkommenen Tiefe.

Schemen ziehen durch den Ozean, der eine Welt umfängt. Lebewesen in Form und Farbe zart und gepanzert, ziehen pfeilschnell in aller Ruhe vorbei. Nur ein sanfter Strahl erhellt von Zeit zu Zeit die mannigfaltigen Geschöpfe. Perlmutt glänzt auf Schwärmen von schwebenden Gehäusen, die rückwärts dem Ziel entgegen gleiten. Tief unter ihnen wimmelt es von Getier zwischen Korallen, Tentakeln und Schwämmen, alles streckt sich empor und wiegt in Wärme und Licht. Rastlos regt es sich, ein unüberschaubares Streben in der matten Stille – bis die Wogen zerbrechen, alles emporheben in gleißende Höhen, das Leben an Land werfen – Schicht für Schicht eine Ruhestätte der Ungezählten und Unzählbaren.

Schönheit des Lebens

1

Eine Frau steht an der Reling und blickt nach innen. Ihre alterslose schlichte Schönheit gleicht einem ewigen griechischen Standbild. Trotz ihrer konventionellen Kleidung – sie trägt eine Bluse und einen knielangen, enganliegenden Rock – hebt sich ihre Gestalt deutlich von all den Menschen ab, die um sie herumwimmeln. Es ist aber eigentlich nicht ihre äußere Erscheinung, die sie aus der Masse heraushebt; denn diese unterscheidet sich nur in ihrer Vollkommenheit von den Mitreisenden. Die gedeckten Farben ihrer Garderobe, das flachsblonde Haar, die strahlend blauen Augen und die schlanke, aufrechte Gestalt: Alles fügt sich nahtlos ins Heer der restlichen Passagiere ein. Was sie aber heraushebt, ist ihre Haltung, welche Ruhe und Besinnlichkeit, gleichzeitig jedoch eine zarte Verlorenheit ausstrahlt.

Im Gegensatz zu ihr sind die anderen Passagiere nicht müßig, sondern eifrig damit beschäftigt, sich mit dem Nachbarn zu unterhalten, große Mengen von Getränken und Süßigkeiten in den Schiffsbüdchen zu ergattern oder die neusten Nachrichten auf ihrem Volksempfänger[1] abzuhören. Als unvermittelt und in infernalischer Lautstärke die neusten Informationen zu Sehenswürdigkeiten aus den Lautsprechern schallen, richten sich unter vielen *Ohs* und *Ahs* alle Körper mit ihren Köpfen in Richtung Küste aus.

Diese gleichgeschaltete Bewegung lässt die Frau mit einem Schlag aus ihrer inneren Versenkung aufschrecken.

»Na toll, jetzt bin ich schon wieder abgeschweift, anstatt einfach die Fahrt zu genießen ... oder zumindest etwas über unsere einmalige Natur zu lernen.«

Diese Worte sind der innere Widerhall unzähliger Ermahnungen ihrer Lehrer, Kommentare ihrer Mitmenschen oder Neckereien ihres Mannes. Eine deutsche Frau ist tatkräftig und lebensbejahend: Sie grübelt nicht, sinniert nicht. Umgehend, aus einer Gewohnheit, die ihr beinahe inneres Gesetz ist, reißt sie sich zusammen, gefolgt von einem fast unmerklichen Zittern ihres gesamten Körpers. Mit einer Drehung um die eigene Achse taucht sie für einen Augenblick in die Gemeinschaft ein, doch ohne echten inneren Anteil, der sie mit der Realität verbindet, entschwebt ihre Fantasie wie ein schnurloser Ballon. Die Schultern schwenken traumwandlerisch zurück und ihre Haltung ist wieder dieselbe, wie zu Beginn der Bewegung.

Ein Traum hält sie gefangen, ein Traum der letzten Nacht, der ihr wirklicher war als manches Ereignis bei Tage. Warm und wohlig spürt sie noch immer die Sonnenstrahlen auf ihrer Haut, wo das Licht durch das Wasser bis zu ihr gedrungen war. Sie war Teil eines urzeitlichen Meeres, ihre Seele in unendlicher Ruhe und unendlich beruhigt und eins mit dem vollkommenen Ozean. Nun aber ist sie seltsam erregt, fast bestürzt.

»Dafür gibt es doch gar keinen Grund«, schießt es ihr in den Sinn, als ihre Gedanken an der Oberfläche Luft holen.

Es ärgert sie, dass sie sich in diesem besonderen Moment so wenig im Griff hat und ihn nun auf so sinnlose Art und Weise vergeudet, obwohl sie eben diesen Moment doch seit Monaten herbeigesehnt hatte.

»Na, träumst du schon wieder? Hier, dein Wasser.«

»Ach nein, ich schaue mir nur die Küste an«, antwortet sie betont gleichgültig. Ihr Mann sieht ihr aber auch alles gleich an. »Hast du dein Bier bekommen?«

»Irgendwas Lokales.« Er hakt seinen Ellenbogen um ihren Hals und küsst sie sehr feucht auf die Stirn.

Sie erwidert seine etwas ungestüme Zuwendung mit einer zarten Geste, indem sie seinen Oberarm leicht drückt, und versucht dann, sich vorsichtig aus dem Haken herauszuwinden, den sein Arm gebildet hat. Aber ihr Mann gibt sie im selben Moment frei, um sein Bier aufmachen zu können. Dabei erspäht er einen entfernten Kollegen von BMW.

»Wer hätte das gedacht, da ist ja der Wolfgang! Bin gleich zurück, Schatz!« Und schon entfernt er sich mit federndem Schritt in Richtung seiner Beute.

Das Münchener Ehepaar, Heidrun[2] und Horst[3], ist ein Musterbeispiel einer erfolgreichen germanischen Eheanbahnung. Beide von auffallend makelloser arischer Schönheit und in Liebe und unbedingtem Vertrauen dem Vaterland und der Partei ergeben.

Er: tatkräftig, unermüdlich, eine Stütze für seinen Betrieb, seine Familie und sein Volk.

Sie: ruhig, bescheiden, dem Mann Kameradin, der Familie Herzstück. In manchem sehr verschieden und gerade darum die perfekte Ergänzung.

Heidrun blickt ihrem Gatten liebevoll nach: »Was für ein schöner Mann er immer noch ist – von innen und außen!« Natürlich hat auch er seine Fehler, etwa seinen brutal ausgeprägten Gemeinschaftssinn. Wahrscheinlich haben sie in ihren dreißig Ehejahren noch keine fünf Minuten allein zusammen verbracht. Sie muss leicht schmunzeln – schön wie Balder[4] hat er ausgesehen, als sie sich kennengelernt haben. Es war eigentlich nicht besonders romantisch auf jener KdF[5]-Reise gewesen, die speziell für erbgesunde Familiengründer mit Ahnenpass[6] der Klasse I ausgerichtet worden war.

Aber es war Liebe auf den ersten Blick, wie es die Gebote zur Gattenwahl vorhergesagt hatten: Gleiches Blut führt zu einem Gleichklang der Seelen. Bereits im ersten Ehejahr kam Bernhard[7] auf die Welt. Nur der Gott des reinen Lichts[4] hatte so ein Kind zeugen können – ein Ebenmaß an Wuchs wie an Gesichtszügen und ein Charakter von einwandfreier nordischer Prägung. Wie hat sie dieses Kind geliebt, besonders die Augen! – ruhige graue Augen, die so sanft in die Welt blickten. Danach bekam sie noch drei weitere wunderbare Kinder, aber Bernhard blieb immer ihr Lieblingskind; unauflöslich durch unsichtbare Bande mit ihr verbunden.

Umso bitterer war die Trennung, als er ihr mit zwölf Jahren entrissen wurde, um auf die Adolf-Hitler-Schule[8] zu gehen. Dies war zwar eine hohe Ehre, die ihrem Sohn jedwede Karriere in Partei und Staat eröffnete, doch in den folgenden Jahren sah sie ihn nur noch in den Ferien und auch diese waren angefüllt mit Schulungen, Veranstaltungen und Parteiabenden. Die schönen grauen Augen blickten immer noch sanft, aber mit jedem weiteren Jahr prägte sich in ihnen ein melancholischer Zug aus, der so gar nicht zu seinem arischen Gemüt passen wollte.

Und ebenso wuchsen über die Jahre die Sorgen seiner Mutter und hängen nun wie ein unheilvoller Schatten über ihrer Reise. Keine Mutter kann sich unbeschwert des Lebens freuen, wenn sie um das Wohl ihres Kindes bangt – wenn auch hoffentlich zu Unrecht. Heidrun fühlt sich innerlich zerrissen.

Ihr Verstand sagt ihr zwar, dass es ihrer Familie, und das schließt auch Bernhard ein, gut geht und dass sie deshalb diese Reise genießen darf, ja sollte. Doch ihre Gefühle sprechen eine andere Sprache und in dieser sagen sie auch etwas ganz anderes. Beklemmung und Albdruck steigen immer wieder in ihr hoch, und dann noch dieser seltsame Traum. Auf keinen Fall will sie jedoch ihre Lieben beunruhigen oder belasten. Sie beschließt, ihre Ängste für sich zu behalten. Äußerlich wird sie weiterhin ein Ebenbild an deutscher Gemütsruhe sein.

Sprachfetzen dringen undeutlich zu ihr herüber und beenden ihr Kopfzerbrechen.

»NS-Musterbetrieb – ich habe selbst das betriebliche Vorschlagswesen verziffert[9] – Preis erhalten – Reise geehrt.« Ja, sie hatten die Reise tatsächlich als Anerkennung für den Einsatz ihres Mannes im Leistungskampf[10] um den NS-Musterbetrieb[11] von BMW bekommen. Noch mehr als die Reise als solche hat sie jedoch die Aussicht erfreut, Bernhard wiedersehen zu können, denn dieser ist in der Zwischenzeit SS-Propagandaleiter im KdF-Bad Rügen geworden. Ihre

Hoffnung, was den Umfang seiner Freizeit angeht, ist nicht allzu groß – aber die wenige Zeit mit ihm will sie nutzen, um all ihre Bedenken zu zerstreuen, und jede Minute mit ihm will sie wie einen Schatz in ihrer Seele aufbewahren. Ein Fanfarenstoß lässt das Schiff erzittern und wieder wenden sich alle Gesichter, in Vorfreude getaucht, nach rechts.

»Heil Hitler, liebe Volksgenossen, Sie sehen auf Ihrer rechten Seite eine einmalige deutsche Kulturlandschaft, die in der Welt ihresgleichen sucht. Das Volkserbe-Zentrum Königsstuhl hat mit seinem Meer, der Kreideküste und den Alten Buchenwäldern schon unsere Vorfahren zum Bleiben eingeladen und zu ersten Kulturleistungen inspiriert – im heroischen Ringen mit Eiszeiten und Sturmfluten. Danach haben ungezählte Künstler wie Caspar David Friedrich, Johannes Brahms und Theodor Fontane die Fahne ergriffen und das Banner der deutschen Kultur weitergetragen. Bitte kontrollieren Sie auf ihrem Volksempfänger (VE), ob Sie im Kulturthing[12] für einen Tag mit genauer Uhrzeit eingeteilt wurden. Seit über elftausend Jahren haben genau hier die ersten Herrenmenschen deutschen Boden geformt. Die Hundertschaften ihrer Hünengräber sind beredtes Zeugnis ihres Opferwillens. Tauchen Sie ein in die historischen Stätten unserer Volksseele und nehmen Sie dies als Maß Ihres täglichen Strebens für das Vaterland. Wir werden nun in wenigen Augenblicken in die Prorer Wiek einlaufen, wo Sie einen ersten überwältigenden Eindruck des KdF-Bades Rügen erhalten. Das erste Volksbad der Welt, noch vom Führer persönlich in Auftrag gegeben für sein geliebtes Volk, der

Grundstein eigenhändig von ihm gelegt. Wir werden in circa 15 Minuten anlegen, bitte erweisen Sie der Liebe des Führers Respekt, kontrollieren Sie den anständigen Sitz der Uniform. Es folgt die Erste Sinfonie, op. 68, von Johannes Brahms, die er hier vollendet hat. Ein wahres arisches Genie. Heil Hitler!«

Unter dem opulenten großartigen Finale der Sinfonie setzt eine Kakofonie der Aktivitäten ein: Mütter rufen ihre Kinder, Männer suchen ihre Frauen, Uniformen werden glatt gestrichen, Frisuren kontrolliert. Die Posaunen erhöhen derweil das Tempo und die Klarinetten setzen ein. Kontrollwütige bestätigen ihre Termine im Volksempfänger und fast scheint es, als erzeugte das Orchester der Tippenden und Wischenden den Klang der Streichinstrumente. Auch Horst hetzt zu seiner Frau zurück.

»Sitzt bei mir alles? Ich hätte doch meine Uniform als Betriebsobmann anziehen sollen! Schau dich um, fast alle sind in Uniform!« Gequält blickt er Heidrun an.

»Ach Schatz, deine Leistungen und deine Liebe zum Volk sind dein Ehrenkleid! Die anderen brauchen vielleicht eine Uniform, um stolz und edel zu wirken, doch dir ist der Adel auf den Leib geschrieben. – Außerdem hast du doch die wichtigsten Orden am Revers«, beruhigt ihn Heidrun und kontrolliert dabei mit einer liebevollen Geste deren Befestigung.

»Sitzt denn meine Frisur noch? Ich habe mir extra die Haare wie unsere Führerin geflochten.«

Ihr blondes Haar ist tatsächlich zu drei dicken Zöpfen geflochten, die so um den Kopf gewirkt sind, dass sie das

Gesicht wie eine Krone umrahmen. Sie wirkt dadurch noch erhabener als sonst.

»Du siehst wunderschön aus – wie Kriemhild[13]! Aber wo ist denn dein Ehrenkreuz als deutsche Mutter?«

»Ach, ich habe doch nur vier Kinder«, entgegnet Heidrun und blickt betreten zu Boden, »warum deswegen das Kreuz anstecken?« »Du hast mit unseren vier Kindern mehr zur Verbesserung des Rassekerns beigetragen als manche mit acht! Darauf kannst, nein, darauf musst du stolz sein!«

Mit einem Seufzer nimmt sie den Orden aus der Handtasche und ihr Mann befestigt ihn an ihrer Bluse, nicht ohne sie noch so fest zu drücken, dass das Kreuz einen tiefen schmerzhaften Abdruck in ihrer Haut hinterlässt. Ein kräftiger Stoß aus dem Schiffshorn beendet das allgemeine Treiben: Vor ihnen liegt Prora.

2

In einem makellosen Bogen öffnet sich die Bucht und gibt eine Szenerie frei, wie sie ein Urlaubsprospekt kaum idyllischer ausmalen könnte: Ein bilderbuchartiger Sandstrand rahmt das gesamte Areal ein. Wogende Kiefernwälder setzen grüne Akzente im Spiel von Weiß und Blau. Linker Hand schmiegt sich ein kleines pittoreskes Städtchen an den Meeresbusen, das aber kaum Beachtung findet. Alle Blicke werden magisch von dem monumentalen Lindwurm angezogen, der sich auf der schmalen Heide niedergelassen hat, um seine Schätze zu bewachen. Nur Eingeweihte und Gläubige dürfen ohne Reue verweilen, jedweder Eindringling würde dagegen durch Drachenblick in Stein verwandelt und selbst zu einem Teil der Wohnstatt. Es scheint, als ob ganze Armeen bereits bei solchem Versuch gescheitert wären – denn die Anlage ist gewaltig. Der Lindwurm hat seinen gesamten Leib parallel zur Küste ausgestreckt, auf fast fünf Kilometern reckt sich die Hauptfront des KdF-Bades dem Besucher herausfordernd entgegen. Tausende Fenster und Glasfronten glänzen wie Schuppen eines Drachenpanzers im Sonnenlicht. Wie Klauen greifen zwei riesige Seestege nach dem Schiff. In der Mitte thront die gigantische Festhalle, umgeben vom Festplatz. Hier schlägt das Herz der Volksgemeinschaft, denn hier kommt sie zusammen. Zu beiden Seiten umfassen die Halle vier Flügel mit Wohnhäusern und Gemeinschaftsräumen, die Schiffen gleichen, welche vor langer Zeit hier angelandet sind und nun eine amphibische Brücke zwischen Meer und Land bilden. Das Auge des Ungeheuers blickt vom 85 Meter hohen Turm ewig prüfend und unbestechlich. Dutzende von hünenhaften roten Hakenkreuzfahnen wiegen sich majestätisch im Wind, wie riesige Adern durchziehen sie das gesamte Areal, schmerzlicher Blutzoll der Unwillkommenen. Menschenmaterial bewegt sich ameisengleich an Stränden, Kaimauern und Gehwegen; angetrieben von einem Willen, hypnotisiert vom unbarmherzigen Auge der Bestie, gehorsam, zur Tat bereit. Stein gewordene Verkörperung eines Glaubens.

Heidrun fühlt sich selbst bereits wie versteinert, fasziniert und beeindruckt kann sie ihren Blick nicht abwenden. Fast kann sie spüren, wie das Auge auf ihr ruht.

Ist sie willkommen? Wer hat bereits vor ihr bluten müssen? Wieder steigt eine Vorahnung in ihr auf, der sie kaum Herr wird.

»Das ist ja recht hübsch, aber geradezu mickrig im Vergleich zu unserer Reichskanzlei«, posaunt ein fast zwei Meter großer Hüne in grauer Uniform, die an neuralgischen Punkten bereits erschreckend spannt, herablassend heraus.

»Mal wieder typisch! Unsere lieben Brüder aus Germania[14] meinen, sie wären die Größten«, raunt Heidrun ihrem Mann missbilligend zu. »He, Volksgenosse, ihr habt vielleicht die größten Bauten, aber das Braune Haus[15] steht in München und die Hauptstadt der Bewegung[16] bleiben wir! Ich finde es nicht gerade angemessen, wenn du so despektierlich von Hitlers ureigensten Bauten sprichst!« Horst baut sich eindrucksvoll vor dem SS-Mann auf. Ein zustimmendes Murmeln dringt von den Umstehenden zu ihnen. Der Germanier blickt dem Münchner missmutig direkt ins Gesicht, dann entspannen sich seine Gesichtszüge und es folgt ein kehliges Lachen.

»Wohl gesprochen, Genosse, manchmal werden wir etwas übermütig und glauben, wir sind die Größten – aber keiner von uns wäre etwas ohne den anderen!«, spricht er zu allen, dabei legt er Horst wohlwollend die Hand auf die Schulter.

Die Musik ist während des Disputs verklungen. Wie auf ein Kommando versuchen nun fast alle die Panoramafunktion der Kamera ihres Volksempfängers zu aktivieren, um die knappe Zeit, bis zum Anlegen, für ein Foto zu nutzen; nur von der Seeseite ist ein ganzes Bild des kolossalen

Seebades möglich. Jeder will Freunde, Bekannte, Kollegen, Volksgenossen unmittelbar und umfassend teilhaben lassen und so werden eifrig Bilder und Texte ins Sippenbuch[17] und in die Grußrune[18] eingestellt. »Wir empfehlen Ihnen, die KdF-Bad-Rune auf Ihren VE herunterzuladen, neben Informationen und Plänen finden Sie auch eine Auswahl der besten Bilder und Filme«, plärrt es derweil aus dem Lautsprecher.

Erleichterung. Unverstellter Blick auf das Seebad.

Als das Schiff am längeren Steg anlegt, schallt ihnen bereits eine leicht unmelodische Marschmusik entgegen. Eine Jungenschaft von Pimpfen[19] müht sich redlich mit ihren Instrumenten; in ihren Ehrenkleidern sehen sie allerliebst aus. Besonders ragt der Fahnenträger heraus: Seine heldenhafte Pose verleiht seinem kindlichen Gesicht eine alterslose Miene. Es kommt zu einem kleinen Stau an der Stiege, obwohl jedem per VE eine alphabetische Reihenfolge zum Aussteigen zugeteilt wurde. Heidrun und Horst haben den Buchstaben *H*, was Horst für ein gutes Omen hält und über beide Ohren grinst. Heidrun sieht es nicht. Sie beobachtet die Möwen, die scheinbar mühelos über ihren Köpfen schweben. Das Sonnenrad auf dem Schornstein leuchtet, angetrieben von den Sonnenstrahlen scheinen sich die vier propellerartigen Auswüchse der Svastika[20] zu drehen. Das Rad löst sich vom Schlot, rollt nach links vom Schiff und verschwindet in Richtung Küste.

Da vibrieren die VE von Heidrun und Horst und die von weiteren achtundvierzig Volksgenossen: Das Signal zum Aufbruch. Auf dem Steg werden sie zunächst von

Maiden begrüßt, die alle ihre Haare zu Schaukelzöpfen geflochten haben, mit roten, schwarzen und weißen Bändern. Den rechten Arm zum Deutschen Gruß erhoben, erklingt ein glockenhelles »Heil Hitler!«. Jeder Gast bekommt eine Kette aus Kamillenkränzen umgehängt. Hinter den Mädchen nähern sich bereits die Ostarbeiter, um das Gepäck auf Wägen rasch in die Unterkünfte zu bringen. In ihrer einfachen dunkelgelben Arbeitskleidung sind sie sofort zu erkennen.

»Alles blendend organisiert«, lobt Horst.

Am Übergang zum Kai stehen zwei Vertreter der zuständigen NSDAP-Ortsgruppe und begrüßen jeden Besucher höchstpersönlich.

»Liebe Volksgenossin, ich wünsche Ihnen eine erholsame Zeit auf Rügen, damit Sie gestärkt an Leib und Seele weiter für unser Volk wirken können. Bei Fragen können Sie sich jederzeit an uns wenden oder an das Amt für Information in der Empfangshalle hinten rechts. Selbstverständlich können Sie auch direkt in der KdF-Bad-Rune ihre Fragen eingeben«, informiert sie eine sympathische junge Frau in Parteiuniform. Sie hat sich vornehmlich zu Heidrun gewandt, der sie während ihrer Grußworte ausgiebig die Hand schüttelt.

»Vielen Dank, liebe Volksgenossin, ich hätte tatsächlich schon eine Frage: Könnten Sie mir bitte sagen, wo ich meinen Sohn, Bernhard Wittgenstein, Leiter der Propagandaabteilung, finde?«

»Sehr gern! Die Propagandaabteilung ist direkt vor ihnen im ersten Stock der großen Festhalle. Sie können sehr stolz auf ihren Sohn sein, ich kenne kaum einen Mann, der dem Idealbild eines Ariers näher käme!«

Am liebsten möchte Heidrun sofort, jedenfalls so schnell wie möglich, zur Propagandaabteilung – ihre Sorgen zerstreuen, Gewissheit gewinnen, um dann endlich den Urlaub in vollen Zügen genießen zu können, unbeschwert. Horst verspürt natürlich nicht den gleichen mütterlichen Drang, doch er hat auch nichts gegen einen kurzen Abstecher zu seinem Sohn einzuwenden – wenn sie ihn nicht bei der Arbeit stören. In dem Fall wollten sie lieber auf seinen Anruf warten. Auf dem Weg zur Propagandaabteilung kreuzen sie die Uferpromenade, überlebensgroß erhebt sich die Festhalle vor ihnen, hell erstrahlt sie im Licht. Möwen fliegen kreischend zwischen ihren Säulen, der Geruch von Salzwasser, Sand und Kiefern umschmeichelt die Sinne. Eine leichte Brise streichelt durch das Haar und über das Gesicht. *Du bist nichts. Dein Volk ist alles.* Die Inschrift der Halle. In Ewigkeit. Sieg Heil!

Es herrscht ein reges Treiben auf der Promenade, vor der Festhalle, überall. Darunter sieht man viele Uniformen, die Farbe Braun dominiert, aber alle Schattierungen von Grau bis Grün lassen sich ausmachen, nur Schwarz ist selten. Immer eng am Leib, die Leiber immer aufrecht, gestählt und selbstsicher. Schöne Menschen, die in besten Umständen aufgewachsen sind und für die Sport und Disziplin Alltag sind. Viele Paare, oft Gruppen. Formationen von Mädels und Jungs, Frauen und Männern marschieren in Schaften und Scharen wichtigen Aufgaben entgegen. Niemals allein. Von der rechten Seite nähert sich ein einzelner hochgewachsener

SS-Offizier. Obwohl Heidrun von der Sonne geblendet wird, kann sie nicht umhin zu bemerken, wie die Menschen ihm selbstverständlich Platz machen. Männer und Frauen blicken ihm bewundernd nach. Dieser Mann ist in geradezu banalem Sinne schön: blonde Haare, die Haut und die Augen hell, schlanker aufrechter Wuchs. Ein edler Charakter lässt diese Züge von innen noch heller erstrahlen. Man sieht sofort: Dieser Körper wurde für Ertüchtigungen geboren, hat sie erfahren und ist an ihnen gewachsen. Eine natürliche Eleganz macht ihn bemerkenswert, an der Haltung erkennt man sofort den geborenen Führer und doch versprechen die warmen, sanften Augen einen Menschenfreund.

»Liebe Mutter, willst du gar nicht deinen einzigen Sohn begrüßen?«

Heidruns Knie beben leicht und unsichtbar unter ihrem Rock. Äußerlich gefasst, tritt sie nah an ihn heran, nur ihre feuchten Augen verraten sie. Die Stimme versagt ihr und voller Liebe legt sie ihre rechte Hand vorsichtig auf sein Herz. Mit der linken Hand beschirmt sie ihren eigenen Hals, sichtlich um Fassung ringend. Bernhard berührt die stille Freude seiner Mutter. Er umfasst ihre Hand, sein rechter Arm umfängt ihre Taille, während sich seine Stirn an die ihre senkt. So stehen sie für einen Herzschlag da. Fern der Welt. Nah der Unendlichkeit.

»Junge, Junge, die Leute hier scheinen ja eine Menge Respekt vor dir zu haben.« Bernhard wendet sich aus der Tiefe seinem Vater zu und die Männer begrüßen sich mit Handschlag, dann zieht Horst spontan seinen Sohn zu sich heran und umarmt ihn kurz, aber voller Liebe.

»Am liebsten würde ich die ganze Zeit über bei euch bleiben, aber erstens habt ihr ein paar Pflichtveranstaltungen ... und dann ist auch noch ein unvorhergesehener Umstand eingetreten.« Er senkt seine Stimme: »In zwei Wochen wird die Führerin hier in der Festhalle eine Rede halten. Ihr könnt euch ungefähr ausmalen, was das an Vorbereitungen bedeutet. Aber ich habe euch schon Sitze in der ersten Reihe reserviert!« In normaler Lautstärke fährt er fort: »Ich habe für euch immer die besten Plätze und die besten Angebote gebucht. Morgen habe ich leider keine Zeit, aber übermorgen können wir im Drehrestaurant des Turms gemeinsam zu Abend essen, da nehme ich mir frei. Wann immer ich mir etwas Zeit verschaffen konnte, habe ich es in euren Erholungsplan unter *Abstimmung Propagandaleiter* eingetragen. Guckt euch jetzt am besten erst mal alles in Ruhe an und richtet euch in eurem Zimmer ein. Ich melde mich dann später über die Grußrune.«

In tiefer Dankbarkeit beobachtet Heidrun ihren Sohn: Er sieht erfreulich gesund aus, auch macht er einen aufgeräumten Eindruck. Wegen der Schirmmütze kann sie den Ausdruck in seinen Augen nicht so gut erkennen, aber die körperliche Nähe und die liebevolle Begrüßung haben ihre schlimmsten Befürchtungen vertrieben. Alles andere wird sich finden. Bei ihren folgenden Treffen. Sie atmet auf.

»Ich freue mich so, dich zu sehen! Du kannst dir gar nicht vorstellen, wie sehr ich mich danach gesehnt habe. Ich bin so gespannt darauf zu hören, wie es dir geht und was du alles erlebt hast – das wird ein ganz wunderbarer Abend.«

Dank der Karte in der KdF-Bad-Rune können sie ihr Zimmer problemlos finden. Bei 10.000 Zimmern und endlosen, verschachtelten Gängen war das in den Anfängen des Bades sicher deutlich mühsamer. Die Technik hat eben vieles vereinfacht: Ein Code öffnet die Tür. Die Zimmer sind schlicht und einfach eingerichtet, das Bad ist außerhalb des Zimmers in rückwärtsgewandten Anbauten, die über die gesamte Höhe gehen. Die Anlage ist zwar seit ihrer Eröffnung im Jahr 1938 überholt worden, doch an den Standard neuerer Bäder kann sie nicht heranreichen. Immerhin hatten alle Zimmer von Anfang an Zentralheizung und sind konsequent zum Meer hin ausgerichtet. Ihr Zimmer befindet sich im obersten, im sechsten Stock. Die Aussicht ist fantastisch: Die ganze Bucht liegt in ihrer Schönheit vor ihnen, eingerahmt von den Kreidefelsen zur Linken und den alten Wäldern zur Rechten. Der Blick geht über das Meer ungehindert bis zum Horizont, Schiffe und kleine Segelboote kreuzen in der Bucht, unten tummelt sich das Volk beim Baden und Promenieren.

Beide lassen sich aufs Bett fallen. Horst nimmt seine Frau in den Arm. »Bist du glücklich?«

»Sehr!«

»Was für einen prächtigen Sohn du großgezogen hast.«

Als Antwort schmiegt sie sich an ihn.

»So, jetzt genug gefühlsgeduselt, guck mal auf unseren Plan«, fordert Horst sanft, aber bestimmt.

»Ah, es rommelt[21] wieder...«, seufzt Heidrun und kramt ihren VE dann doch folgsam aus der Tasche hervor. »Wieso eigentlich ich? Guck du doch! Wir haben doch bestimmt ohnehin nicht immer dasselbe Programm.«

Trotz ihres soeben geäußerten Unwillens tippt sie allerdings schon eifrig herum; sie will vor allen Dingen sehen, wann und wie oft sie Bernhard treffen kann.

»Fang mit heute an«, bittet sie Horst, entspannt auf ihren VE blickend.

»Hm, heute ist Eingewöhnungs- und Orientierungszeit, abends dann ein romantisches Mehrgängemenü auf der offenen Terrasse unseres Restaurants.«

»Und danach?«

»Ehezeit!«

»An so etwas kann ich mich gar nicht mehr erinnern. Was machen wir denn da?«, prustet Horst. Heidrun schaut ihn mit großen Augen an und beide müssen herzlich lachen.

»Wie wäre es mit etwas Vor-Ehezeit?« schlägt Horst verschmitzt vor.

»Daran kann ICH mich gar nicht erinnern«, kontert Heidrun und springt vom Bett auf. Horst setzt ihr nach und wenige Minuten später liegen sie eng umschlungen.

Während ihr Mann noch seelenruhig schläft, schlüpft Heidrun aus dem Bett, wirft sich etwas Bequemes über und schaut aus dem Fenster. Wie schön alles ist! Sie fühlt sich leicht und verjüngt. Die Freude über das Wiedersehen mit Bernhard taucht alles in das erfreulichste Licht. Sie malt sich aus, was sie ihn alles fragen wird oder wie sie einfach stumm und vertraut beieinandersitzen. Sie will jetzt erst einmal den Urlaub genießen, das schuldet sie ihrem Mann und sich selbst. Keine überflüssigen Befindlichkeiten mehr! Wie um zuzustimmen, schnarcht ihr Mann in diesem Moment laut auf. Sie führen eine gute Ehe! Nach so vielen Jahren noch regelmäßig Sex zu haben – und auch noch guten –, das ist ein Segen. Sie haben ja überhaupt ein gutes Leben: vier wunderbare Kinder großgezogen, nie materielle Sorgen gehabt. Die Partei sorgt für eine geräumige Wohnung, Ausbildung, Krankenversicherung, Urlaub, Auto – einfach für alles. Horst liebt seine Aufgabe bei BMW, er wird von den Kollegen respektiert und sie haben viele Freunde, mit denen sie ins Theater gehen, in Konzerte, auf Wanderungen, zum Sport – alles aufs Beste organisiert vom Reich. Ihre Großmutter hat früher manchmal noch von den alten Zeiten erzählt – mit Hunger und Arbeitslosigkeit, wo sie jeden Tag um das Lebensnotwendige und ein bisschen Würde kämpfen musste; das kennen sie nicht mehr. Jetzt wird nur noch für den Endsieg gekämpft, aber nicht auf deutschem Boden, sondern weit entfernt im Atlantik. Sie blickt in die Ecke, ja, alle Koffer da und daneben ihr Urlaubspaket mit allem, was man so braucht. Sie geht hinüber und fingert ein wenig darin herum: Jogginganzüge mit Rügenaufdruck, Sonnenmilch, Sonnenschirm, Strandmatte, Handtücher mit dem Leitspruch aller KdF-Bäder: *Sonnenbaden für den Endsieg.*

Na, daran soll es bestimmt nicht scheitern.

Um 6:30 Uhr schallt der Morgenappell durch die Zimmer. Wegen der großen Entfernungen innerhalb des Bades und der unterschiedlichen Ausdehnung der Räume wirkt es, als breiteten sich die Informationen kaskadenartig durch die gesamte Anlage aus. Sie kriechen unter den Türrahmen hindurch, dringen in jede Ritze und besetzen jeden Spalt. Es entsteht eine Vielstimmigkeit, welche wieder überlagert wird von einer Flut an Reaktionen. Zuerst erklingt wieder die Sinfonie von Bach, darauf folgt eine unnatürlich frohgemute Frauenstimme: »Freut euch des Lebens! Liebe Volksgenossen, wir wollen diesen wunderbaren Tag willkommen heißen und möchten euch bitten, euch zur körperlichen Ertüchtigung an der Promenade einzufinden, gemäß unserem heutigen Motto: *Ein gesunder Geist wohnt in einem gesunden Körper.* Bitte sammelt euch direkt danach in eurem Restaurant und folgt dann den Anweisungen eures VE.« Lichtschalter klicken, Bodengetrappel, Türen schlagen. Unter allgemeinem Gemurmel und Gestöhne erwacht der Lindwurm und sein Leib erbebt. Vereinzelt hört man Lachen und das Gesumme der VE.

Während sich Heidrun bereits am Waschbecken frisch macht, versucht ihr Mann, noch halbblind und schläfrig, seine Kurzhosen anzuziehen.

»Was machst du denn da?«

»Wonach sieht es denn aus?«

»Du musst den hiesigen Jogginganzug anziehen; man könnte meinen, dies wäre dein erster Urlaub.«

»Entschuldigung! Nachdem ich die Nacht damit verbracht habe, die entscheidende Eheschlacht zu führen, bin ich noch nicht ganz Herr meiner Sinne«, mault Horst und versucht sich ungelenk von seinen Hosen zu befreien.

Heidrun zwickt ihn neckend in die Seite und legt die Sportbekleidung neben ihn. »Beeil dich! In fünf Minuten müssen wir an unserem Exerzierplatz sein!«

Viereinhalb Minuten später steht ein sehr unzufriedener Horst vor seiner Frau.

»Was soll das denn sein?!«

»Anscheinend haben sie noch deine Jugendmaße. Vielleicht wollen sie dir damit auch etwas sagen«, kichert Heidrun mit Tränen in den Augen. »Hitler sei Dank, ist das ein elastisches Material und nun aber hopp, hopp.«

Die Promenade füllt sich von allen Seiten und Schlag 6:45 Uhr stehen 20 000 Arier in Reih und Glied. In Einheiten zu je fünfzig Genossen dehnen sie unter den Klängen des Horst-Wessel-Liedes ihre prachtvollen Leiber. Die Männer sind in Dunkelblau, die Frauen in Hellblau gekleidet. Alle haben das Sonnenrad mit dem Aufdruck des KdF-Bades Rügen auf dem Rücken und darunter steht: Glauben, Gehorchen, Kämpfen.

Nach exakt einer halben Stunde ist der Morgensport beendet und die Herrenmenschen strömen ungeduldig zu ihren reservierten Plätzen in den vorgegebenen Restauranteinheiten. Heidrun und Horst haben einen Tisch direkt an der bugartigen Fensterfront und den Eindruck, sie säßen im

Meer. Um sie herum schwirren wieder die Ostarbeiter in dunkelgelber Kleidung, bringen Essen und Getränke, und versuchen auch sonst jeden Wunsch umgehend zu erfüllen.

»Ist alles frisch zubereitet, aus biologischen Zutaten. Probier mal das Binzer Brot, ist wirklich ausgezeichnet. Hier müssen riesige Bäckereien auf dem Gelände sein.« Heidrun ist außerordentlich beeindruckt.

»Logisch, und nicht nur Bäckereien, bei fünf Mahlzeiten am Tag, denk mal an die Menge an Essen, die da zusammenkommt – und die Menge an Arbeit. Hier sind bestimmt mehrere Tausend Ostarbeiter beschäftigt, dazu kommen noch die Leute vom Arbeitsdienst und die Parteiorganisation. Ich glaube, in Richtung Landesinnere stehen die Arbeiterbaracken. Was steht eigentlich heute für uns an?«

»Lass mal sehen, also:

8:30 Uhr – Einführung in die Geschichte Rügens und des KdF-Bades, Führung durch die Anlage

9:30 Uhr – Wanderung nach Binz, Stadtführung, Einkehr, Rücktransport mit der Kleinbahn

14:00 Uhr – Zuweisung Strandkorb und Nutzung

16:00 Uhr – Fliegendes Kaffeebüffet am Strand

17:00 Uhr – Strandvolleyball

19:00 Uhr – Gemeinschaftsabendessen

»Das hört sich doch alles sehr gut an! Meinst du, wir haben in Binz etwas Zeit zum Einkaufen? Ich würde gerne Geschenke für die Mädchen besorgen. Hoffentlich sitzen abends an unserem Tisch nette Leute. Sollen wir los?«

»Eine Sekunde, ich will kurz noch die Nachrichten in der Rune des *Völkischen Beobachters* überfliegen.«

»Und, was Interessantes dabei?«

»Das Übliche: Die Eckpunkte des Vierjahresplans bereits übererfüllt, Ausbau der Kernindustrien geht weiter, der amerikanischen Plutokratie[22] konnte an der Börse Einhalt geboten werden. Reichsbauerntag in Goslar bekennt sich zur biologischen Ausrichtung der Landwirtschaft, zur Hebung der Volksgesundheit. Das Kolonialpolitische Amt hat eine Ausweitung der Luft- und Flottenstützpunkte beschlossen. Die Krim hat sich unter den ehemaligen Südtirolern zum größten KdF-Standort entwickelt. Die Hohen Frauen[23] haben im Walhall[24] die Sommersonnenwende zelebriert. 50 000 Menschen wohnten der Zeremonie bei. Der Anteil der nordischen Rasse am deutschen Volkskörper liegt aktuell bei 74 %, eine Steigerung um drei Prozentpunkte zur letzten Erhebung. Die Vereinigung der Zuchtwarte[25] berichtet vom erfolgreichen Einsatz der pränatalen Diagnostik und der Keimselektion. Das größte Kreuzfahrtschiff der Welt, die *Joseph Goebbels*, mit Platz für 6 500 Passagiere, wurde gestern persönlich von der Führerin in Hamburg eingeweiht. Die ersten Hundert Reservierungen gehen an die Bestplatzierten im Leistungskampf. Die Nominierten für den Deutschen Nationalpreis für Kunst und Wissenschaft werden vorgestellt. Hier endlich – Bayern München hat gestern gewonnen! Wusste ich es doch!«

»Na, dann dreht sich die Erde ja weiter.«

Nach Ableistung der ersten zwei Punkte ihres Tagesplans begeben sich die beiden nun an den Strand, wo man sich zur angesetzten Wanderung nach Binz trifft. Mittlerweile sind alle in Freizeitkleidung – dem KdF-Protokoll entsprechend. Der Weg nach Binz verläuft am Meeresufer. Die meisten gehen barfuß am Strand entlang und genießen den unmittelbaren Kontakt zu Mutter Natur. Ende Juni ist es zwar schon warm, aber noch nicht heiß. Ein angenehm frischer Wind bläst alle trüben Gedanken fort, manche bücken sich zwischendurch nach Muscheln oder blicken neidisch auf die Badenden. In der Gruppe werden die Gespräche lebhafter, man ist neugierig aufeinander und vereinzelt bahnen sich die ersten Urlaubsfreundschaften an. Auch Heidrun wird von einer jungen Mutter aus Nürnberg angesprochen. Sie tauschen sich anfangs über ihre Kinder aus, dann berichtet Ida[26] von ihrer Vorfreude auf den diesjährigen Reichsparteitag[27] und den umfangreichen Vorbereitungen, die quasi jeden Bürger in Nürnberg und Umgebung für ein halbes Jahr beschäftigen. Besonders die Treuegelöbnisse haben es ihr angetan.

»Ich bin einfach so stolz, eine Nürnbergerin zu sein und dazu beitragen zu können, dass dieser Parteitag ein Erfolg wird. Alle arbeiten Hand in Hand und die Begeisterung der anderen steckt einen nur noch mehr an. Jeder Einzelne aus meinem Block, alle Geschäfte, Firmen, Verbände engagieren sich – wir sind dann wirklich wie eine einzige große Sippe. Wunderbar! Mein Mann nimmt jedes Jahr an den Kampfspielen[28] teil, leider nicht sehr erfolgreich, er ist eher ein Arbeiter der Stirn. Haben Sie auch an der Abstimmung über das Motto teilgenommen? Gewonnen hat überragend mit 65 % ein Vorschlag aus dem Gotengau[29]: Triumph des Glaubens. Ist der Glaube nicht das Wichtigste?«

Der ununterbrochene Redeschwall ermüdet Heidrun ein wenig, am liebsten würde sie sich einfach still an der Landschaft erfreuen und ihren eigenen Gedanken nachhängen. Der gestrige Tag war so wunderbar, jede Minute wäre es wert, nochmals durchlebt zu werden – besonders das herzliche Wiedersehen mit ihrem Sohn, wie er so unerwartet vor ihnen stand. Gleichzeitig berührt sie das unverstellte Mitteilungsbedürfnis der Frau; ihre Redseligkeit erinnert Heidrun an Horst, ihre Jugend an ihre eigenen Töchter. Daher hört sie geduldig und wohlwollend zu, auch wenn der Glaube und die Bewegung sicher nicht das Wichtigste in ihrem Leben sind. Natürlich hat sie immer alle Pflichten gegenüber ihrem Volk und der Partei uneingeschränkt und gerne erfüllt, aber wirklich geliebt hat sie nur ihre Mutterpflichten, ihre eigene kleine Familie. Nichts, was jenseits dieses engen Kreises lag, vermochte sie je wirklich zu interessieren. Warum Ida gerade sie angesprochen hat, fragt sich Heidrun, als sie erkennt, dass sie eigentlich kaum Gemeinsamkeiten haben. Es passiert ihr regelmäßig, dass Menschen ihre Nähe suchen, weil sie ihnen den Eindruck von Gleichgesinntheit vermittelt. Wahrscheinlich ist es ihr einnehmendes Äußeres, das die anderen vermuten lässt, sie habe ein besonders großes Verständnis und schöne Gedankengänge. Meistens übertragen die Genossen jedoch bloß ihre eigenen Vorstellungen auf sie, das ist dann erstens anstrengend und zweitens nicht besonders wertschätzend ihr gegenüber. Ihre wirkliche Meinung, ihre eigene Haltung scheint für viele entweder nicht von Interesse oder zumindest nicht von großem Wert zu sein. Aufgrund dieser

Gedanken fühlt sich Heidrun im Gespräch zunehmend unwohl und nimmt sich vor, es bei der nächsten passenden Gelegenheit zu beenden. Als sie nach dieser Springflut von Worten in Binz vor dem Kurhaus ankommen, entzieht sich Heidrun schließlich unter dem Vorwand, dringend etwas aus dem Rucksack ihres Mannes zu benötigen. Während ein Student in der hiesigen Tracht einen kurzweiligen Vortrag zur Geschichte des Ortes hält, beobachtet Heidrun unauffällig die anderen Gäste.

»Das Kurhaus wurde nach der Revolution des Volkes den parasitären jüdischen Händen entrissen und dem Volkseigentum zugeführt, kurze Zeit später war Binz daher als eines der ersten deutschen Bäder judenfrei.«

Bemüht dezent, doch mitten in den melodischen Redefluss des Führers, flüstert Heidrun zu ihrem Mann: »Ich weiß gar nicht, was die immer von Juden sprechen, ich habe noch nie einen gesehen. Gibt es die überhaupt noch?«

»Du hast wohl in der Schule nicht aufgepasst?« erwidert Horst in gedämpftem Ton.

»Mich haben andere Dinge eben mehr interessiert – und trotzdem bin ich ja wohl eine gute Hausfrau und Mutter geworden. Spiel also nicht den Oberlehrer, beantworte lieber meine Frage.«

»Schon gut. Die letzten leben jetzt in Madagaskar. Meist meinen die Leute eigentlich gar nicht die Juden, wenn sie von ihnen sprechen, sondern nutzen sie nur als Synonym für Menschen oder Rassen, die keine hehren Ziele für die Gemeinschaft verfolgen. Solche, die bloß nach ihrem eigenen Profit streben, die Wucher betreiben zulasten der Mehrheit und die damit dem Kapitalismus, der Bonzokratie[30] und der Hochfinanz den Boden bereiten. Der Nationalsozialismus hat diesem unsittlichen Treiben endlich ein Ende bereitet! Er hat die Bank- und Börsenfürsten enteignet und in ganz Europa[31] diverse Kontrollmechanismen eingeführt.«

»Wie schön, so einen klugen Mann zu haben«, bemerkt Heidrun so betont dankbar, dass es ironisch klingt. »Mir scheint, dass du schon mehrere Vorträge zu dem Thema im Betrieb gehalten hast; eine kurze Antwort hätte mir auch gereicht. Ich würde aber immer noch gerne, ganz eigennützig, Geld für meine Kinder ausgeben, ohne damit dem Kapitalismus den Boden zu bereiten. Falls das möglich wäre?«

»Meine kurze Antwort, speziell für die allerbeste Ehefrau, lautet: Selbstverständlich!«

Inzwischen neigt sich der offizielle Vortrag dem Ende zu und die Gruppe bewegt sich gemächlich in Richtung Zentrum. Der Ort ist sehr übersichtlich und beschaulich, besonders die schön renovierten Holzhäuser im nordischen Stil sorgen für eine heitere und offene Atmosphäre. Auch das Mittagessen findet in einer dieser Katen statt, es besteht fast ausschließlich aus frischem heimischen Meeresgetier. Horsts Begeisterung hält sich in sehr engen Grenzen.

»Ich kann dich denken hören! Was hast du erwartet, wenn wir Urlaub am Meer machen? Deinen ganzen bayrischen Schweinkram kannst du wieder essen, wenn wir zu Hause sind. Iss halt Salat, dann sitzt auch der Jogginganzug besser.«

Diese gut gemeinten Hinweise tragen seltsamerweise nicht zur Hebung von Horsts Stimmung bei. Heidrun hält ihren Mann für undankbar und kleingeistig, aber zumindest fügt er sich in das Unvermeidliche. Als Horst Hilfe suchend in die Runde blickt, kann er in den Gesichtern der meisten anderen Männer denselben Ausdruck erkennen – er ist also zumindest nicht allein mit seinen Befindlichkeiten. Heidruns Laune dagegen erreicht einen neuen Höhepunkt, als ihnen der Stadtführer erklärt, wo die kleine Bimmelbahn abfahren wird, die sie zurück nach Prora bringen soll. Es ist allerdings nicht die Aussicht auf die Bahnfahrt, die sie begeistert, sondern die Ansage, dass sie bis zur Abfahrt noch eine Dreiviertelstunde für einen kleinen Bummel in der pittoresken Einkaufsstraße haben werden. Wie auf ein geheimes Zeichen hin vertiefen sich die Frauen in ein kurzes Gespräch mit ihren Männern und es wird verabredet, sich an der Bahn zu treffen. Die Männer bleiben noch in der Gaststätte sitzen, um sich bei ein paar Absackern über das aktuelle Weltgeschehen auszutauschen, nur ein frisch verheirateter Jungspund verlässt das Lokal unter den hochgezogenen Augenbrauen seiner Kameraden, um seine Frau zu begleiten. Zwitschernd schwärmen die Frauen zum ersten vielversprechenden Geschäft, wo jeder infrage kommende Gegenstand ausgiebig befühlt, gedreht und gewendet wird; Meinungen werden ausgetauscht, Gegenvorschläge gemacht, Alternativen ausgelotet, mit der Verkäuferin diskutiert. Mit nur dreieinhalb Minuten Verspätung treffen die Frauen am Zug ein und setzen sich auf die freien Plätze neben ihren Männern. Alle sind inzwischen bestens miteinander bekannt, eine geheime Komplizenschaft unter den Männern einerseits und den Frauen andererseits sorgt in der gesamten Gesellschaft für heitere Ausgelassenheit. Unter den gutmütigen Glückwünschen der Ehemänner präsentieren die Damen ihre Einkaufstrophäen, allein der junge Mann sitzt still und ernüchtert auf seinem Sitz – ihm sind alle Objekte bereits zur Genüge bekannt und im Stillen hat er schon beschlossen, nächstes Mal bei den anderen Männern zu bleiben.

»Da werden sich die Mädchen aber freuen!«, ruft Horst betont begeistert aus, nachdem ihm Heidrun einen Überblick über die Mitbringsel verschafft hat.

»Nicht wahr? Bernstein ist doch ein schönes Geschenk, nicht umsonst waren ja schon unsere Vorfahren vom Bernstein fasziniert und sprachen ihm Heil- und Schutzkräfte zu. Ich habe für Hedda[32] ein Armband, für Gerda[33] Ohrstecker und für Sigrun[34] eine Brosche gekauft. Schau mal, hier ist sogar eine klitzekleine Fliege eingeschlossen, wusstest du …?« Die zwanzig Minuten Rückfahrt zum Bad reichen leider nur für die Hälfte der Erklärungen aus, weshalb gerade dies die eigentlich unbezahlbaren Schmuckstücke für ihre allerbesten Töchter sind. Die Preziosen werden nach der Ankunft schnell aufs Zimmer gebracht. Geschwind ziehen sich Heidrun und Horst die Badesachen an, schnappen sich die Strandtasche mit den nötigen Utensilien und brechen wieder auf: Die Strandkorbeinführung ruft! Die Körbe der Gruppe stehen alle dicht beieinander, an einem von ihnen erklärt bereits ein junger Mann vom Arbeitsdienst die Bedienung, als die beiden eintreffen. Die Körbe lassen sich praktischerweise mit demselben Code öffnen wie die Zimmer, wobei die Komplexität der Positionen und Einsatzmöglichkeiten angenehm überschaubar ist – findet zumindest Horst, der schnell alles verinnerlicht hat und ab sofort selbst ernannter Experte rund um alle Fragen der Strandkorbbenutzung ist.

In drei langen Reihen sind die Körbe hintereinander aufgestellt. In dieser Formation halten sie den Großteil des Strandes besetzt, nur die erste Reihe gewährt einen unverstellten Blick auf das Meer. Kurz darauf sitzen Heidrun und Horst gemütlich in ihrem Korb. Auch hier haben sie, wie von ihrem Sohn versprochen, einen der besten Plätze: Unmittelbar vor ihnen wiegt sich der sanfte Wellensaum.

»Sollen wir mal ins Wasser springen?«, fragt Horst, während er versucht, die Rückenlehne tiefer zu stellen.

»Ich will nur kurz sehen, wie es den Mädchen geht. Ah, Gerda hat geschrieben. Heute Abend unternehmen sie einen Fackelzug zum See mit dem BDM[35] und sie darf die Standarte tragen, weil sie gestern in der Schwesternausbildung als Einzige einen Luftröhrenschnitt an einer Leiche gewagt hat. Unsere Gerda! Sie fürchtet weder Tod noch Teufel.« Ein dankbares Lächeln erhellt ihr Gesicht. »Sigrun ist noch völlig erschöpft von der 30-Kilometer-Wanderung mit Marschgepäck, daher freut sie sich auf das Ende des Frauendienstes, wenn sie sich wieder voll auf ihr Studium konzentrieren kann. Die Arme! Hedda hat wie immer nicht geschrieben. Wie können wir nur drei so völlig unterschiedliche Mädchen haben?«, seufzt sie und lässt den VE auf ihren Schoß gleiten.

»Dafür gibt es bestimmt eine Erklärung, vielleicht möchtest du mir etwas beichten?«, foppt Horst sein braves Eheweib und lässt die Bänder ihres zweiteiligen Badeanzugs gegen ihre Oberschenkel flitschen.

»Au! Lass mich lieber mal kurz schreiben!«

Es dauert jedoch noch eine gefühlte Ewigkeit, bis Heidrun all die Textnachrichten, Horchnachrichten und Bilder an ihre Kinder, Verwandte und Freunde verschickt hat.

»Jetzt aber!« Horst packt seine Frau am Arm und zieht sie unter den anfeuernden Rufen der Mitmänner zum Wasser. Auf den letzten Metern wirft er sie mit gespielter Leichtigkeit über die Schulter und lässt sie dann sanft, aber gnadenlos, ins kühle Meer gleiten.

Am Strand haben sie noch viel Spaß gehabt, besonders Horst hat sich hervorgetan: Das Kuchenbüffet hat er beinahe im Alleingang aufgegessen, nur um die überzähligen Kalorien dann beim anschließenden Strandvolleyball wieder komplett auszuschwitzen. Es war ein schöner, ausgefüllter Tag und eine erste leichte Bräune betont den Kontrast zu ihren blonden Haaren. Sonne, Wind und Meer haben ihr Blut in Wallung gebracht, trotz des kühlen Bades ist ein Feuer in Heidrun entfacht, das sie sichtbar von innen erleuchtet. Sie freut sich auf einen anregenden Abend mit neuen Urlaubsbekanntschaften. Denn nun steht der Höhepunkt der heutigen Agenda an: Das gemeinsame Abendessen, das im obersten Stockwerk ihres zugewiesenen Zentralkomplexes stattfindet. Der Raum ist leicht abgedunkelt, nur von Deckenflutern indirekt beleuchtet, dazu verbreitet ein Meer von Kerzen eine feierliche, fast magische Stimmung. Im ganzen Raum verteilt stehen runde Tische, an denen jeweils acht oder zehn Personen Platz finden. Alle Tische sind geschmackvoll eingedeckt. Die untergehende Sonne schickt durch die fortlaufende, breite Fensterfront ihre letzten Strahlen zum abendlichen Gruß, bald werden sie von den Lichtern abgelöst, die in den Dörfern und auf den Schiffen in der einbrechenden Dunkelheit aufzuleuchten beginnen.

Rechts neben dem Eingang hat man eine kleine Bühne aufgebaut, offenbar wird es ein Rahmenprogramm geben. Ein festlich gekleideter Ober begleitet sie zu ihrem Tisch, an dem bereits zwei Paare Platz genommen haben. Mit einem Paar haben sie schon Bekanntschaft gemacht: Der Hüne aus Germania sitzt mit seiner rothaarigen Frau am Tisch, neben ihnen ein junges Pärchen, das Heidrun und Horst noch nicht kennen. Nach und nach treffen alle Gäste ein, jeder stellt sich mit Vornamen, Beruf und Herkunftsort vor.

Neben Heidrun und Horst, dem Leiter für Qualitätsprüfung bei BMW, aus München sitzen noch am Tisch:

Sieglinde[36] und Karl[37], SS-Informationsamt[38], aus Germania,

Gertraud[39] und Otto[40], Odalbauern[41] in Ingermanland[42],

Frauke[43] und Baldur[44], Kapitän zur See auf einem Flugzeugträger, der im Generalgouvernement[45] Afrika stationiert ist.

»Wir sind ja ein richtiges kleines Abbild unseres Reiches: Altreich[46] und Großreich[47]. Bauer, Arbeiter und Soldat. Jung und Alt. Mann und Weib!«, dröhnt Karl, der

Hüne aus Germania. »Darauf lasst uns anstoßen!« Alle erheben ihr Glas. »Auf die Führerin!«

»Auf die Führerin!«, antwortet der gesamte Tisch und die anderen Runden im Saal stimmen überschwänglich mit ein.

»Wie läuft es denn im Osten?« fragt Karl an Otto gewandt. Und noch bevor dieser antworten kann, ergänzt Horst: »Wie hat es dich überhaupt dahin verschlagen?«

»Obwohl meine Eltern beide in Betrieben arbeiten, habe ich während meines Landjahres in der neunten Klasse meine Liebe zu unserem Boden entdeckt – und nicht umsonst heißt es ja *Blut UND Boden*. Ich war bald von dem Gedanken durchdrungen, dass das Bauerntum der ursprüngliche Lebensquell der nordischen Rasse ist und dass seine Keimzelle der Erbhof[48] ist, der von einer Generation an die nächste weitergereicht wird – als ein unveräußerlicher Besitz, fernab von allen Gewinnsüchteleien. Ich wollte auch Gründer einer solchen Geschlechterfolge werden, daher habe ich dann später Agrarwissenschaft studiert und mich schon früh um einen Hof im Rahmen der Neubesiedelung beworben«, antwortet Otto ernst, doch freundlich. Kaum dreißig Jahre alt, wirkt er mit seiner stillen und entschlossenen Art deutlich älter. Er strahlt die ruhige Gefasstheit eines Menschen aus, der sein Leben einem Ideal verschrieben hat und es nun mit allen körperlichen und seelischen Kräften unbeirrt zu verwirklichen sucht.

»So ein eisenharter Wille ist vorbildlich! Solche Männer braucht unser Land! Lasst uns auf unsere Bauern trinken!«, begeistert sich Karl und alle heben wieder die Gläser.

»Auf die deutschen Bauern!«

Auch der Offizier der Marine brennt darauf, zum Gespräch beizutragen; als Einziger am Tisch trägt er seine blaue Uniform, die er jedoch nicht ganz auszufüllen vermag. Seinem Namensvetter aus der Göttersage macht er jedenfalls nicht viel Ehre, man gewinnt vielmehr den Eindruck, er fiele ohne seinen Harnisch augenblicklich in sich zusammen, wie eine Marionette, deren Fäden man durchtrennt. Ungelenk ruft er etwas zu laut über den Tisch: »Sind die Auswahlkriterien nicht sehr hart, hattest du Beziehungen?«

Ein Schatten legt sich kaum merklich auf Ottos Gesicht, trotzdem fällt seine Antwort wieder sachlich, wenn auch sehr betont höflich aus.

»Nein, ich hatte keine Beziehungen. Ich habe mich allein durch mein Studium und diverse Einsätze in der Landwirtschaft empfohlen. Selbstverständlich wurden mir aber auch mein einwandfreier Ahnenpass und meine SS-Mitgliedschaft angerechnet. Jedenfalls hat nie jemand bezweifelt, dass ich sowohl technisch, völkisch als auch charakterlich bestens für meine Aufgabe geeignet bin«, führt er aus, während er seinen Blick ununterbrochen auf sein Gegenüber richtet.

»Das ist ja wirklich sehr beeindruckend. Was sagen sie denn dazu, meine Liebe? Hatten sie auch schon früher davon geträumt, eine Familie in Ingermanland zu gründen?«, versucht Heidrun die Situation etwas zu entkrampfen, indem sie sich an die unscheinbare Frau des selbstbewussten Bauern wendet. Diese hatte bislang nur zugehört, den Blick schüchtern auf ihren Mann gerichtet. Ihre aschblonden Haare sind zu einem schlichten Zopf gebunden, auch ihre Kleidung ist eher einfach und wirkt beinahe farblos. Ihrer Figur schmeichelt sie nicht, offensichtlich wurde sie rein nach praktischen Gesichtspunkten ausgewählt. Bei ihrer zarten Gestalt kann man sich kaum vorstellen, wie diese Frau, bis zu den Knien im Morast stehend, die Taiga urbar macht.

Sie schaut ihren Mann hilfesuchend an, der daraufhin unterstützend ihre Hand nimmt.

»Nein, ich wusste in meiner Jugend noch nicht wirklich, was ich wollte. Mir war nur wichtig, im Rahmen meiner Möglichkeiten den besten Beitrag für unser Volk zu leisten. Und da mein Erbwert sehr hoch ist, wusste ich also nur, dass ich mit vielen erbgesunden Kindern den höchsten Nutzen stiften kann. Zur Schaffung des neuen deutschen Adels habe ich vom Sippenamt[49] eine unbegrenzte Fortpflanzungsfreigabe erhalten. Eine Freundin wies mich dann auf eine Anzeige hin: Es sollte eine KdF-Schiffsreise mit der *Robert Ley* durch das Mittelmeer durchgeführt werden mit dem Ziel, aussiedlungswillige Frauen und Männer zur Eheanbahnung zusammenzubringen. Am Ende der Reise wurden wir direkt vom Kapitän getraut. Ich glaube, die Parteigenossen waren außerordentlich zufrieden, da die Ehequote sehr hoch war. Auch bekam man an Bord sofort Unterstützung bei allen Formalitäten, zum Beispiel konnten wir die Unterlagen für das Ehestandsdarlehen[50] noch auf dem Schiff einreichen. Jetzt können wir mit unserem ersten Kind gleich auf 75 % der Summe reduzieren.«

»Soll das etwa heißen, dass du schwanger bist?« Ein scheues Nicken bestätigt Heidruns Vermutung. »Das ist ja wunderbar! Eine Familie ist doch das Wichtigste auf der Welt für eine deutsche Frau.«

»Auf unseren neuen Germanen, möge er der erste einer ewigen Ahnenreihe sein!« Wieder nimmt Karl das Thema dankbar zum Anlass für einen Toast. Während sich die Frauen mit allen möglichen Ratschlägen zu Schwangerschaft, Geburt und Kindererziehung an Gertraud wenden, interessiert sich Horst doch eher für die Gesamtlage.

»Wie sieht es denn vor Ort aus? Läuft die Neubesiedelung, funktioniert die Umvolkung[51]?«

»Nach dem Grundsatz der Rassenscheidung wurden in einem ersten Schritt viele nicht eindeutschungsfähige Russen nach Sibirien umgesiedelt, zum Arbeitseinsatz nach Germania geschickt oder zum Teil auch in rein russischstämmigen Dörfern angesiedelt, die getrennt von den deutschen Gemeinden liegen. Wir sind mit unserem Dorf eine wichtige Siedlungsmarke und bilden eine Volkstumsbrücke, bestehend aus einem Wehrwall von 40 Hofstellen, nach dem Prinzip des aufgelockerten Haufendorfes. Unsere Gemeinde umfasst ungefähr 350 Einwohner, davon sind 50 umgevolkte Bauern. Und ich kann sagen, dass diese sich oft deutschbewusster und artechter verhalten als so mancher Zuwanderer aus dem Altreich – kurz, die sind ein echter Gewinn für die Volksgemeinschaft. Dank der Investitionen in Straßen und Informationstechnologie sind die deutschen Gemeinden auch bestens miteinander vernetzt. Und das ist sehr wichtig. Denn wir gewinnen dort hochwertigsten

Volksboden zurück und leisten einen essenziellen Beitrag zur Nahrungsfreiheit[52] des Volkes. Der Lebensraum wächst, die Germanisierung schreitet unaufhaltsam voran.«

»Ähm«, räuspert sich Karl lautstark und hebt schon wieder ergriffen sein Glas.

»Ich würde jetzt gerne den Führer zitieren: Vor uns liegt Deutschland, in uns marschiert Deutschland und hinter uns kommt Deutschland. Auf den Endsieg!«

»Auf den Endsieg!«, schallt es siebenstimmig zurück.

»Es ist für mich auch eine Ehre, den mittelafrikanischen Ergänzungsraum[53] und damit die Brücke nach Amerika zu schützen«, kräht der Marineoffizier, kaum dass sich die Gläser gesenkt haben. »Es ist schon erstaunlich, welchen Radius ein moderner deutscher Flugzeugträger abdecken kann – die Kampfjets machen es möglich!«

»Bei dem regen Schiffsverkehr auf den Seeverbindungen ist das auch absolut nötig! Ohne die Rohstoff- und Menschenreserven wären doch die Fortschritte in der Informationstechnologie gar nicht möglich gewesen. Ich habe gerade heute Morgen gelesen, dass die Luft- und Flottenstützpunkte noch weiter ausgebaut werden sollen«, ergänzt Horst eifrig.

Zum ersten Mal stellt nun Otto eine Frage: »Wie sieht es denn in den Kolonien aus? Gibt es dort auch Germanisierungserfolge?«

»Leider haben wir nur selten Landgang. Eine Eindeutschung ist in Afrika natürlich völlig unmöglich, die Einheimischen dort können niemals Reichsbürger werden. Es ist eben eine unabänderliche Tatsache, dass die Neger rassisch minderwertig sind und daher werden sie wohl immer Schutzbefohlene des Reiches bleiben. Nach bewährtem englischen Vorbild wurde also eine Kolonialverwaltung aufgebaut, sodass die zahlenmäßige Minderheit an Herrenmenschen – bestehend aus der Parteiorganisation, den Reichsorganen und den unzähligen Repräsentanten der großen deutschen Firmen – die Mehrheit an Untermenschen, zum Wohle aller, beherrschen kann. Natürlich gibt es hier und da Idealisten, die sich eine eigene Farm aufbauen wollen, aber die Kornkammer Afrika besteht zumeist aus den großen Agrarunternehmen.«

»Ich durfte einmal meinen Mann besuchen und wir konnten an der Küste im KdF-Bad *Wüstenfuchs* Urlaub machen: Die Traumstrände schlechthin! Und erst das Essen – himmlisch! Afrika ist wirklich unser *Platz an der Sonne!*«, berichtet Frauke mit einem Leuchten in den Augen.

»Ohne Zweifel sind wir zu einer Seemacht ersten Ranges aufgestiegen. Auf unsere Flugzeugträger, das Rückgrat jedes modernen Seekrieges, und die heroischen Männer, die den Blutzoll leisten!«

»Hört, hört!«, schon schwerfälliger heben sich erneut die Gläser, nur Baldurs Arm schießt noch genauso stolz und dienstbeflissen in die Höhe wie beim ersten Trinkspruch.

»Nun wollen wir aber erst mal essen! Wenn ich noch einmal anstoße, muss ich nämlich leider wegen *Trunkenheit am Tisch* frühzeitig ins Bett«, gemahnt Heidrun ihre Genossen auf charmante Art.

Horst schaut sie von der Seite an: Ein paar Locken haben sich aus ihrer Hochsteckfrisur gelöst und fallen in den

Nacken, eine entspannte Sinnlichkeit geht von ihr aus. Zärtlich streichelt er über ihre Wange, woraufhin auch sie sich ihm liebevoll zuwendet.

Wenig später wird der erste Gang serviert und eine rege Betriebsamkeit setzt an allen Tischen ein. Servietten werden raschelnd auseinandergefaltet, Gläser klirren und von überall hört man das charakteristische Geräusch von Silberlöffeln, die sanft auf feinem Porzellan aufsetzen. Nach und nach ersterben die Gespräche, wie es nur passiert, wenn das Essen allgemeinen Anklang findet. Noch bevor alle ihren Teller geleert haben, tritt derselbe Ortsgruppenleiter auf die kleine Bühne, der die Gruppe gestern auf dem Steg begrüßt hat. »Kann es erst gestern gewesen sein?«, fragen sich die Gäste still, doch einmütig.

»Liebe Volksgenossen, schön euch alle so schnell und schon so erholt wiederzusehen! Der Ort besitzt wirklich heilende Kräfte, in dieser großartigen Natur kann jeder für kurze Zeit Urlaub vom Ich machen. Wir haben für morgen wieder ein besonderes Programm für euch zusammengestellt, das ihr auf eurem VE einsehen könnt. Und heute Abend möchten wir euch die Pausen zwischen den Gängen mit deutschem Brauchtum versüßen – deutsches Brauchtum, das unser starkes, selbstbewusstes Lebensgefühl widerspiegelt. Da Kunst aus dem Blute kommt, hört hier ein erstes Abbild der blutgebundenen Rassenseele, vorgetragen von einem wahren deutschen Mädel. Ich bitte um Applaus für Adelheid[54]!«

Ein ungefähr zwölfjähriges Mädchen tritt barfuß auf die Bühne. In ihre langen blonden Haare, welche bis auf die Hüfte fallen, sind Bänder eingeflochten, dazu trägt sie ein schlichtes

Gewand. Es ist lang und weiß und erinnert manchen Zuhörer unwillkürlich an das Märchen von den Sterntalern.

Eine klare und unerwartet kräftige Stimme schwebt mit einem Mal über den Versammelten und senkt sich langsam auf die Köpfe nieder. Sie dringt durch die Ohren in eines jeden Herz und Verstand.

Halte Dein Blut rein.
Es ist nicht nur Dein.
Es kommt von weit her.
Es fließt weit hin.
Es ist von tausend Ahnen schwer,
und alle Zukunft strömt darin.
Halte rein das Kleid
Deiner Unsterblichkeit.

»Weißt du noch, das Gedicht von Will Vesper[55] hat Hedda auch bei ihrer Jugendfeier vorgetragen«, flüstert Heidrun ergriffen ihrem Mann zu. Sie sieht die glücklichen Gesichter ihrer Kinder vor sich: voller Vorfreude am Weihnachtsabend, ausgelassen mit Freunden an Geburtstagsfeiern und beseelt bei ihren Jugendweihen[56]. Wie wunderbar war diese Zeit, es ist kaum zu begreifen, wie sie so schnell vorübereilen konnte!

»Sei nicht traurig! Denk lieber daran, wie viel Spaß wir noch mit unseren Enkelkindern haben werden. Und das Beste daran: Die Arbeit haben die Kinder. Wir werden ihnen einfach die schönsten Fleckchen von Bayern zeigen und gemeinsam die tollsten Ausflüge unternehmen.«

Was hat sie doch für einen verständigen Mann, er findet immer die richtigen Worte, um sie aufzuheitern. Sie drückt seine Hand. Der restliche Abend vergeht wie im Flug. Das Essen ist Gang für Gang ausgezeichnet, die Stimmung am Tisch nicht minder. Immer wieder gibt es kleine völkische Einlagen, am Schluss singt der ganze Saal *Am Brunnen vor dem Tore* im Kanon. Fast. Fast alle. Einige leiern aufgrund fehlender Musikalität, Unkenntnis oder eines leichten Rausches falsche Textzeilen oder ganz andere Lieder. Aber die Inbrunst ist bei allen gleich – stark!

4

Als am nächsten Morgen um 6:30 Uhr wieder der Weckruf erschallt, fällt es den meisten schon etwas schwerer aufzustehen als am Vortag. Trotz des halbstündigen Frühsports sieht man beim Frühstück doch noch einige zerknautschte Gesichter. Heute steht ein Höhepunkt des gesamten Urlaubs an: ein Tagesausflug zum Volkserbe-Zentrum Königsstuhl. Geplant ist, mit dem Schiff nach Sassnitz überzusetzen, von wo aus es nach einer kleinen Stadtführung zu Fuß zum Volkserbe-Zentrum geht, mitten durch die dichten Buchenwälder. Vor Ort gibt es zunächst ein Mittagessen, dann findet der eigentliche Besuch des Zentrums statt. Am späten Nachmittag wird ein Bus die Gäste zurück zum Bad fahren. Der wahre Höhepunkt an diesem Tag ist für Heidrun jedoch das Abendessen mit ihrem Sohn. Sie weiß gar nicht, wie sie die Stunden bis dahin aushalten soll. Ihr Mann bemerkt ihre

Unruhe und beobachtet sie amüsiert beim Packen des kleinen Wanderrucksacks.

»Er wird dir schon nicht davonlaufen, er ist schließlich dein Sohn. Wir werden während unseres Urlaubs noch viele Gelegenheiten haben, Zeit mit ihm zu verbringen.«

Heidrun antwortet nicht, ist ganz in sich versunken. Sie spürt wieder das warme Meer um sich herum, Lichtkegel tanzen auf ihrem Arm.

Auf der Fähre nutzen ein paar Gäste noch einmal die Gelegenheit, das Seebad in seiner ganzen monströsen Größe abzulichten. Die meisten aber haben sich bereits an die gigantischen Dimensionen gewöhnt und konzentrieren sich lieber auf neue Attraktionen. Eine Gruppe von Kormoranen hat es den Schiffsgästen besonders angetan, unzählige Male wird sie abgelichtet – wer freute sich nicht über ein Bild, das schwarze Punkte in Krähengestalt auf weißgraubraunen Bohlen zeigt?

Heidrun und Horst sind auf der Fahrt mit ihren neuen Urlaubsfreunden vom Vorabend zusammen, allerdings sitzt Heidrun schon eine ganze Weile gedankenverloren etwas abseits auf einer Bank. Horst kennt diese Seite seiner Frau und lässt ihr deshalb den nötigen Freiraum, um ihren Fantasien nachzuhängen – vermutlich malt sie sich gerade den Abend mit ihrem Sohn aus. Horst nutzt daher die Gelegenheit und geht zu Otto hinüber.

»Alles gut überstanden?«, fragt er ihn. Doch die Frage nähme er am liebsten gleich wieder zurück. Ottos Gesicht zeigt nämlich keinerlei Spuren von Ermüdung, er sieht eher so aus, als würde er in der nächsten Sekunde, Rübezahl[57] gleich, den Königsstuhl mit eigenen Händen umpflügen. Seine Frau hält jedenfalls einen Korb mit dem dazu benötigten Saatgut bereits in den Händen.

»Was ich dich noch fragen wollte: Ich habe eine kleine Schwäche für unsere Kriegerehrendenkmäler und die SS-Totenburg am Dnjepr soll ja besonders gelungen sein. Hast du sie schon einmal besucht?«

»Ja, selbstverständlich! Wir haben von der Gemeinde aus eine Wallfahrt dahin unternommen. Sicherlich das monumentalste Ehrenmal, das ich je gesehen habe. Es ist schon von Weitem zu erkennen und man braucht allein zwei Stunden zu Fuß, um es einmal zu umrunden. Auf dem Gipfel brennt die *Ewige Flamme* über der Inschrift: *Niemand hat größere Liebe denn die, dass er sein Leben lässt für seine Freunde.*

Darunter sind die Namen der Gefallenen des Großen vaterländischen Krieges eingraviert. Die Pilger fahren mit der rechten Hand die unteren Namen entlang, während sie das Mahnmal im Uhrzeigersinn umrunden; daher ist es dort völlig blank gescheuert. Am Fuße der Burg befindet sich ein großes Amphitheater, in dem die Hohen Frauen ununterbrochen die 2,2 Millionen Namen der Gefallenen laut vorlesen.«

Diese Informationen werden Horst bar jeglicher Emotion vorgetragen und die abwartende Stille, die danach einsetzt, lässt ihn frösteln. Offensichtlich hat Otto kein Interesse an einer Unterhaltung mit ihm. Er bedankt sich knapp und flieht zu seiner Frau. Im Augenwinkel sieht er noch, dass Gertraud ihrem Mann eine Flasche Wasser aus dem Korb reicht – doch kein Saatgut darin.

Am Ortsrand von Sassnitz führt ein schmaler Pfad langsam, aber stetig bergauf durch den uralten und unversehrten Buchenwald bis hinauf zu den Felsen, über denen das Volkserbe-Zentrum thront. Wer aufmerksam lauscht, kann die Bäume flüstern hören von Eiszeiten, Stürmen und den ersten Menschen. Der ganze Wald scheint von Mythen spinnenartig durchwoben. Wenn sie nicht in einer so großen Gruppe und tagsüber unterwegs wären – wer weiß, ob sich nicht ein Elfenflügel in diesem Schattenreich zeigte? Womöglich haben die Elfen schon manchen Wanderer im Zwielicht der undurchdringlichen Kronen oder im Bodennebel zu den weißen Klippen gelockt. Erst am nächsten Morgen wurde dann ein zerschellter Leib im Niemandsland zwischen Meer und Kreide gefunden.

Heidrun schwankt dahin, ihr Herz wiegt schwer. Je näher das Treffen rückt, desto stärker und bedrückender werden ihre Ängste. Sorgenschwangere Gedankenfetzen kreisen eitel in ihrem Geist, der sich zusehends verdüstert. Wie Geier stoßen sie immer wieder auf ihr wehrloses, verwundetes Herz nieder. Der Wald scheint ihr bedrohlich, überall lauert namenloses Unheil. Es fällt ihr schwer, sich auf den Weg zu konzentrieren, denn die mannigfaltigen Schattierungen von Grün und Braun verschwimmen ihr ständig vor den Augen. Sie schafft es nicht, ihre Gefühle zu kontrollieren, der Pfad durch das Unterholz führt sie nur immer tiefer ins Herz der Finsternis, bei jedem Schritt knackt der Boden unter ihrem Tritt. Käfer bohren Gänge in Rinden, Libellen surren todbringend durch die Luft, die erfüllt ist vom Geruch der Moose, der Pilze, des Totholzes.

Es duftet nach Vergänglichkeit – und dem Meer. Immer wieder öffnen sich spektakuläre Blicke auf den Horizont, die Linien verschieben sich und bieten kaum einen Halt: nur ein gleißender Kontrast zwischen reinweißen Kreidefelsen und strahlendem Blau. Die Buchen recken ihre Zweige flehentlich zum offenen Meer, als gäbe es dort Erlösung von der Unendlichkeit. Heidrun beugt sich weit hinüber, dort wo ein Krüppelstrauch sich im Abhang festkrallt und um Leben ringt, zieht es sie magisch nach unten, zum Meer.

»He, he, was machst du denn da? Das ist kein fester Untergrund, der Boden kann jederzeit nachgeben!«

Karl aus Germania umgreift mit seinen Pranken Heidruns Hüfte und zieht sie erstaunlich sanft vom Steilhang weg. Karls Frau eilt hinzu und befreit Heidrun aus seinem Griff, beruhigend auf sie einredend.

»Was ist denn mit deiner Frau los?«, wendet sich Karl an Horst, der sich weiter vorne in der Gruppe aufgehalten hatte, aufgeschreckt vom Zwischenfall jedoch umgekehrt ist.

»Ach, manchmal hat sie so Anwandlungen: Sie fängt an endlos zu grübeln und zieht sich zurück. Ich lasse sie dann meist in Ruhe, bis sie sich wieder gefangen hat. Heute Abend werden wir nach langer Zeit unseren Sohn wiedersehen und ich befürchte, das regt sie ziemlich auf.«

»Weiber! Wer weiß schon genau, was die denken, immer nur Gefühle, Gefühle, Gefühle!«, stöhnt Karl und zieht Horst wieder in Richtung Pfad. »Am besten wir lassen das die beiden Frauen alleine auskaspern. Sieglinde wird sich um Heidrun kümmern, du kannst ganz beruhigt sein. Zu

Hause sind wir drei Männer, meine zwei Söhne und ich, und sechs Frauen. Da haben wir früh gelernt: Bei Weiberthemen halten wir uns raus. Sonst sagst und tust du garantiert das Falsche und es gibt bloß endlose Diskussionen.«

Horst fühlt sich zwar etwas unwohl dabei, seine Frau allein zu lassen, aber gleichzeitig ist er Karl sehr dankbar für die Entlastung. Um sich erkenntlich zu zeigen, spricht er ihn sogleich auf sein Lieblingsthema an: Germania. Und während sie so durch die letzten großen Buchenwälder Europas streifen, lässt Karl mit ergriffener Miene die Hauptstadt des Reiches aus purem Sand auferstehen.

»Es ist einfach erstaunlich, wie sich die Hauptstadt verändert hat, seit sie zu Germania geworden ist. Natürlich war auch Berlin schon eine Weltstadt und konnte sich sehen lassen. Aber leider war sie auch ein baalsches[58] Asphaltwesen[59], das seine Bewohner auffraß und, wenn überhaupt, nur entartet wieder ausspie. Wurzellos, ziellos und artfremd irrten die Massen durch den anonymen Moloch und so kam es besonders in der Systemzeit[60] zu Verfallserscheinungen – Internationalität, Bolschewismus und Liberalismus griffen um sich. In dieser Entsittlichung verlor der Weltstadtmensch die Urteilsfähigkeit über seine Zwecke und über den ganzen Sinn seines Handelns. Doch all das wurde für immer überwunden! Die Bewegung hat eine neue deutsche Baukunst erschaffen, der gebaute Nationalsozialismus ist die monumentale Betonung der Gemeinschaft, er legt Zeugnis ab für die Ewigkeit des Reiches. An der Größe und Reinheit dieser Bauten kann ein jeder die Größe unseres Willens ermessen!«, ruft Karl pathetisch aus, er hat sich in Rage geredet. »Natürlich gibt es auch bei uns, wie leider überall, Kritikaster[61] und die ausländische Journaille, die unsere Stätten als megaloman verunglimpft. Mir kann aber keiner erzählen, dass er nicht beeindruckt wäre, wenn er vor der Neuen Reichskanzlei, dem Triumphbogen, der Soldatenhalle oder besonders vor der Großen Kuppelhalle steht. Diese Bauten übertreffen alles je Dagewesene, allein die Kuppelhalle ist fast zwanzig Mal so hoch wie der Petersdom. Jeder weiß es, sieht es sofort: Diese titanische Stadt stammt von den Herren der Welt. Jeder Volksgenosse, der auch nur einmal in Germania war, wird stolz darauf sein, Teil dieser Blut- und Schicksalsgemeinschaft zu sein und er wird voller Zuversicht seinen zugewiesenen Platz in ihr einnehmen. Jeder Volksfremde aber wird erkennen müssen, dass nur die Deutschen die Welt regieren und die Menschheit in eine sichere Zukunft leiten können.«

»So wie der Adler auf der Spitze der Kuppelhalle seine Schwingen über der Weltkugel ausbreitet, so wird am deutschen Wesen die Welt genesen!«, ergänzt Horst, inzwischen selbst sichtlich bewegt. »Ich muss natürlich sagen, dass dieselbe artgebundene Weltanschauung sich auch in unseren Münchner Bauten wiederfindet. Denk nur mal an die Siegessäule der Bewegung! Allein der Gigantenfries ist elf Meter hoch. Und erst Nürnberg, Hamburg und Linz! Aber ich verstehe schon, was du meinst: Germania ist natürlich der größte Edelstein im Diadem der deutschen Städte.«

Karl blickt ihn dankbar an: »Vielleicht kommt ihr uns ja mal besuchen?«

Diese Frage erinnert Horst schlagartig an seine Frau und er wendet sich um, um den Weg zurückzublicken. Aber seine Sorge ist unbegründet, in einiger Entfernung kann er sie und Sieglinde erkennen. Heidrun hat sich bei ihr eingehakt und gemeinsam wandern sie der Gruppe hinterher, recht langsam zwar, aber beständig.

Die Männer fachsimpeln noch eine Weile darüber, wie der Endsieg gegen Amerika gelingen könne, dann haben sie das Besucherzentrum erreicht. Im Restaurant sind die Tische für die Gruppe bereits eingedeckt und nach einer Weile treffen auch die beiden Frauen zusammen mit ein paar anderen Nachzüglern ein. Das Mahl ist einfach, aber reichlich und nach der ausgiebigen Wanderung schmeckt es gleich zweimal so gut. Nach dem Essen ruft sie der Leiter zur Führung zusammen. Horst freut sich darauf, etwas über die historischen und naturwissenschaftlichen Zusammenhänge dieses Ortes zu erfahren. Als es Zeit zum Aufbruch ist, zupft ihn Heidrun am Ärmel: »Schatz, ich fühle mich heute etwas schwach. Lass du dir nur alle Zeit der Welt. Ich setze mich derweil draußen auf eine Bank und genieße den Ausblick und die gute Luft.«

Er besteht noch darauf, sie zu einer bequemen Sitzgelegenheit zu begleiten, dann sprintet er der Gruppe hinterher. Die interaktive Einführung hat bereits begonnen: Auf großen Leinwänden, welche in eine natürliche Steinformation eingebettet sind, wird die Entstehung der Welt in kurzen Sequenzen zuerst bei vollkommener Dunkelheit animiert, dann erleuchtet alles in einem unwirklichen Blau. In einem 70 Millionen Jahre alten, flachen, lauwarmen Schelfmeer sieht man eine Vielzahl von Meerestieren: Fische, Tintenfische, Seeigel, Muscheln, Schwämme und Korallen. Ihre Kalkschalen, Panzer und Skelette lagern sich auf dem Meeresboden ab und bauen so über die Jahrmillionen Kreideschichten auf – bis zu 500 Meter dick. Während der Eiszeit werden diese Ablagerungen unter ohrenbetäubendem Getöse aus der Tiefe gehoben, aufgefaltet und zusammengeschoben.

»Wir stehen ja quasi auf einem riesigen Friedhof«, raunt Horst zu Karl hinüber.

»Ja, ja der Lauf der Welt – kein Zuckerschlecken«, flachst Karl zurück.

Auch der Rest der Ausstellung ist sehr ansprechend gestaltet, vieles wird interaktiv vermittelt, ist zum Anfassen da, alle Sinne werden angesprochen. Nach kurzweiligen anderthalb Stunden steht Horst beseelt von den vielen neuen Eindrücken und Informationen vor seiner Frau.

»Du hast wirklich etwas verpasst, es war super interessant! Zum berühmten Kreidefelsen, dem *Königsstuhl*, kommst du jetzt aber mit, oder? Ohne dich wäre es nur halb so schön und der Blick vom Fuße des Felsens nach oben soll wirklich einmalig sein. Außerdem wird es dich auf andere Gedanken bringen und das wird dir guttun«, versucht Horst sie zu überzeugen. Anscheinend hat er nicht die richtigen Worte gefunden, denn Heidrun antwortet ihm seltsam phlegmatisch: »Sei mir nicht böse. Ich war zwischendurch mal an der Holzstiege, die nach unten zum Meer führt, sie ist doch ziemlich lang und verwinkelt. Mir ist überhaupt nicht danach, den Weg nach unten zu gehen – geschweige denn mich nachher wieder nach oben zu quälen. Geh lieber ohne mich, ich würde dir sonst nur das Erlebnis vermiesen.«

»Na schön, dann habe ich aber was gut bei dir. Bis gleich!«, ruft Horst ihr noch zu, bevor er voller Vorfreude in Richtung Treppe davoneilt.

Keiner spricht sie jetzt an, keiner will etwas von ihr. Soviel Ruhe ist wunderbar! Sie ist erschöpft, müde von der Wanderung, ausgelaugt vom ständigen Albdruck. Alles ist zu viel. Um sie herum branden immer neue Wogen von Urlaubern an, es ist ein beständiges Kommen und Gehen im Besucherzentrum. Es herrscht ein monotones Grundgemurmel, nur zuweilen unterbrochen von Rufen und Gelächter. Doch nichts davon betrifft sie, sie sitzt allein mitten unter Menschen, nichts davon hat auch nur im Entferntesten mit ihr zu tun; sie fühlt sich wie in einer Zeitkapsel eingeschlossen. Alles wird unscharf, wird zu einem Rauschen aus surrealen Mustern und Lauten. Manchmal dringt ein Bild durch ihre Pupille, bahnt sich allmählich seinen Weg durch ihren Körper und erzeugt in ihrem Herzen einen schwachen Widerhall. Eine Wolke verändert langsam ihre Form, während sie durch das Himmelsblau mäandert; eine Möwe landet unsicher auf einem Zaun; eine Hummel müht sich um Nektar an einer mauvefarbenen Kleeblüte. Mauve?! Eher Zartlila, Altrosa, Blassviolett?

Die Möwe fängt an zu kreischen: Ei-ahhhh. Hei-aaann. Hei-ruuuunn. Das ist ja äußerst putzig, sprechende Möwen auf Rügen.

Doch jetzt fällt es ihr ein: Die Kleeblüte ist blassviolett. Aber nicht allzu blass, eher doch violett und vor allem ist sie ziemlich groß, eigentlich gigantisch – und viel zu nah vor ihrem Gesicht. Heidrun fuchtelt mit der Hand vor ihrem Kopf, um sich diese offensichtlich völlig entartete Blume vom Leib zu halten. Zu ihrem großen Entsetzen kann auch sie sprechen und ihre Blätter schnüren sich um ihren Arm.

»Heidrun! Heidruuuun! Hörst du mich? Ich bin es, Sieglinde!«

Die Mutantenblume verwandelt sich schrittweise vor Heidruns Augen in ein schweißgebadetes, rotfiebriges Frauenantlitz. Sieglindes Hände greifen um Heidruns Oberarme und schütteln sie sanft, gleichzeitig ruft sie einem Kellner zu, er möge schnell etwas Wasser bringen, die Frau hätte einen Sonnenstich.

»Welche Frau?«, wundert sich Heidrun. »Stich? Bestimmt die Hummel!«

»Hör mir gut zu, Heidrun! Horst ist auf einer der unteren Stufen hängen geblieben und umgeknickt. Es sieht aus, als wäre sein Knöchel gebrochen. Wir haben per VE gleich Hilfe geholt. Ein Rettungsteam ist jetzt gerade mit einem Schlauchboot gekommen und bringt ihn ins Krankenhaus nach Sassnitz. Du brauchst dir keine Sorgen zu machen, Karl ist mit ihm gefahren und hält uns weiter auf dem Laufenden.«

Nachdem sie das Wasser brav ausgetrunken hat und es dabei perlend ihren Schlund hinuntergeglitten ist, tastet sich Heidrun langsam zurück in die Realität. »Ob das Wasser nun in ihrem Magen von der Quelle träumt, aus der es stammte?«, horcht sie in sich hinein.

Mittlerweile sitzen sie im Bus nach Prora. Über die Grußrune informiert sie Karl, dass der Knöchel von Horst nicht gebrochen sei, nur verstaucht und die Bänder überdehnt. Wegen der Belastung habe Horst allerdings einen kleinen Schwächeanfall erlitten und solle die nächsten Tage im Bett bleiben. Er werde bald in den Krankenbereich des Seebades gebracht.

»Mach dir keine Gedanken, das KdF-Bad ist bestens ausgestattet, sie haben sogar einen Kurbereich, speziell für Kriegsversehrte: also nur das Beste vom Besten. In ein paar Tagen ist Horst wieder völlig wohlauf«, spricht Sieglinde Heidrun Mut zu.

Am Fenster zieht das Meer vorbei, oder genauer das Meer bleibt, wo es immer schon war, doch sie fliehen an seinen Rändern entlang.

Der Turm mit dem Drehrestaurant ist auch aus der Ferne gut zu erkennen. Heidrun blickt in das obere Licht, der Drache erwacht und heißer Atem dringt aus seinen Nüstern bis zu ihr, Angst ist ihm Freude und Nahrung zugleich. Er erwidert ihren Blick, starr und maliziös, und spiegelt das Grauen vielgestaltig zurück in ihre Seele.

Heiß brennt der Odem auf ihrer Stirn und tropft als kalter Schweiß auf ihre Hände. Alle Farbe weicht aus ihrem Gesicht, Panik bricht sich Bahn und nur ein Gedanke bleibt: Was ist mit dem Abendessen heute, dort oben mit ihrem einzigen Sohn? Ist ihm etwas zugestoßen, hat er heute seinen Blutzoll leisten müssen? Schreckliche Vorahnungen rauben ihr fast den Verstand, sie muss Gewissheit haben. Was, wenn Horst ihm abgesagt hat? Ihr wird übel.

»Meine Liebe, was ist dir bloß? Ach je, das wird schon wieder, halt meine Hand.«

Schamesröte erhitzt ihr Gesicht, alldieweil ihr Leib wie Espenlaub zittert. Wie kann sie nur so kalt sein und gar nicht mit ihrem Mann mitleiden? Selbst wenn er abgesagt hätte, sähe sie Bernhard doch bestimmt einfach morgen. Aber morgen – unmöglich, viel zu spät!

Kaum, dass der Bus im Seebad angekommen ist, verabschiedet sie sich dankend von Sieglinde und hetzt wie ein waidwundes Tier die endlosen Korridore entlang. Je schneller sie geht, desto stärker schnürt es ihr die Kehle zu. Lauter glückliche Urlauber schlendern entspannt an ihr vorbei, während sie, beständig nach Luft ringend, durch dieses Labyrinth einem namenlosen Schrecken entgegeneilt.

Bitte verschling mein Kind nicht, hämmert es in ihrem Kopf.

Die Krankenstation gleicht eher einem Hotel als einem Krankenhaus, lauter freundliche Menschen versuchen Horst den Aufenthalt so angenehm wie möglich zu machen. Es ist sehr ruhig, wie in einem Zwischenreich. Die Seele muss gewogen werden, ehe entschieden wird, ob sie wieder zu den Lebenden zurückkehren darf oder für immer in das Schattenreich eintreten muss. Durch die großen Fensterfronten können die zu Wiegenden hinter der Masse der Badenden das Meer erahnen, aber echte Teilhabe bleibt ihnen verwehrt. Nur die Luft ist geschwängert vom prallen Leben, von Meersalz und Sand. Berühren können sie weder den Strand noch die See, matt dringen die Geräusche zu ihnen. Wogende, halb durchsichtige Stoffbahnen halten die

Welt in Bewegung, dämpfen jedoch alle Sinneswahrnehmung. In gedrückter Erregung warten die einen auf den Augenblick, in dem sie endlich wieder ans Meer treten können; die anderen haben jene Hoffnung aufgegeben und halten nunmehr ihre Münze für den Fährmann bereit, damit er sie zum anderen Ufer bringen wird.

Zwischen den vielen Versehrten kommt sich Horst wie ein Simulant vor. Krankheit ist kein Konzept, das auf ihn zutrifft. So viel unnötiges Aufheben wegen einer Kleinigkeit, am liebsten stünde er sofort auf und ginge zurück in sein Zimmer. Seine Frau macht sich bestimmt schon schreckliche Sorgen und wegen des Abendessens ist sie sicher ganz außer sich. Wenn sie doch bloß käme und ihn aus dieser Vorhölle befreite! Als sein rettender Engel schließlich erscheint, erkennt Horst ihn kaum. Die Flügeltür auf der rechten Seite öffnet sich und seine Frau – doch, tatsächlich seine Frau – stürzt herein. Ihre Frisur hat sich aufgelöst, die langen Haare hängen offen und nass an ihren Flanken herunter, auch ihr Tageskleid ist komplett durchnässt und klebt an ihrem Körper. Einer Ertrinkenden gleich ist ihre Hand auf ihren Brustkorb gepresst, welcher sich schwerfällig auf und nieder wölbt. Sie ist totenbleich. Alle starren die Erscheinung für einen Augenblick an, ehe eine Schwester geistesgegenwärtig zu ihr tritt und sie stützt.

»Schwester, sie ist meine Frau«, ruft Horst ihr hinterher. Ein paar Minuten später sitzt genau diese Frau auf seinem Bett und schaut ihn mit großen, angsterfüllten Augen an.

»Keine Sorge! Erstens: Mir geht es gut. Zweitens: Ich möchte, dass du und Bernhard heute den Abend zu zweit genießt. Ich sehe ihn dann einfach morgen oder so.«

Heidruns Züge entspannen sich sogleich – als ob ein böser Zauber von ihr genommen wäre. Für einen Moment sieht sie wieder wie das 17-jährige Mädchen aus, in das sich Horst einst verliebt hatte. Sanft küsst sie ihn auf die Stirn und streichelt zärtlich sein Gesicht, ihr Kopf sinkt an seine Brust und sie schmiegt sich an ihn im engen Krankenbett. Das Personal lässt sie gewähren, die anderen Patienten spüren derweil einen Stich im Herzen. Das Leben bahnt sich unaufhaltsam seinen Weg. So bleiben sie liegen.

5

Beschwingt kontrolliert Heidrun im Spiegel den Sitz des Abendkleides und ihrer Haare, sie kann sich sehen lassen und ist mit sich zufrieden. Bernhard soll stolz auf seine Mutter sein. Sie will ihr Bestes geben. Nach einer kalten Dusche und einem kleinen Nickerchen fühlt sie keinerlei Erschöpfung mehr, die Anspannung ist von ihr gewichen. Worüber hatte sie sich nur so unsäglich aufgeregt? Dunkel erinnert sie sich an ihre Vorahnungen, ihren leidvollen Gang durch den Wald, den Unfall ihres Mannes. Das ist jetzt aber erst einmal alles nebensächlich, nur dieser Abend zählt. Heute wird sie sich davon überzeugen, dass es Bernhard tatsächlich gut geht.

Morgen wird sie dann keinerlei Sorgen mehr haben und ihrem Mann die liebevollste Ehefrau der Welt sein. Morgen!

Ganz bestimmt. Als kleines Liebespfand nimmt sie noch ein Bild von sich auf und schickt es ihrem Mann, zusammen mit ein paar aufmunternden Worten. Danach legt sie den VE auf den Nachttisch, sie will ihn nicht mitnehmen, denn nichts soll sie mit ihrem Sohn stören. Noch ein letzter Blick in den Spiegel – immer noch alles perfekt!

Missmutig friert sie inmitten der Bewegung ein, mit der sie aus dem Zimmer treten wollte. Nochmals blickt sie prüfend auf ihr Ebenbild. Perfekt, was bedeutet das schon? Ihre Schönheit hat immer alle bezaubert und nur aufgrund ihres Aussehens unterstellt ihr jeder die reinsten und besten arischen Gedanken. Damit haben sich die meisten begnügt, sie haben nur die Hülle in Augenschein genommen und sich nicht weiter dafür interessiert, was sich dahinter verbergen könnte. Keiner hat jemals mehr als schönen Schein von ihr erwartet, auch sie selbst nicht. Über die Jahre hat sie ihren Anspruch an sich selbst dem niedrigen der anderen angepasst. Es war eben bequem, sich im Wohlwollen der anderen zu sonnen und jeder Herausforderung aus dem Weg zu gehen. Scheitern blieb ihr so komplett erspart, ein echter Austausch mit ihren Mitmenschen allerdings auch. Die meisten ihrer Gespräche sind oberflächlich und schal. Sie erinnert sich an die Unterhaltung mit der jungen Mutter aus Nürnberg und muss sich eingestehen, dass sie bei vielen Gesprächen nicht mit dem Herzen dabei ist. Sie verspürt dann bloß noch eine große Leere in sich. Vielleicht rührt daher ihre Zerstreutheit, vielleicht deswegen dieser Traum?

Doch einer Sache ist sie sich ganz gewiss: der Liebe zu ihrer Familie. Wahrscheinlich hätte sie auch hier mehr tun können, mehr auf ihre Kinder eingehen sollen, um zu verstehen, was wirklich in ihnen vorgeht. Aber das fällt so schwer, wenn man es selbst nie erfahren hat. Trotzdem könnte sie versuchen, es besser zu machen – dafür ist es nie zu spät. Wer weiß, was der Abend bringt? Sie nimmt sich jedenfalls vor, ganz für ihren Sohn da zu sein, ihm alle Liebe und alles Verständnis entgegenzubringen und, so es nötig werden sollte, auch über sich selbst hinauszuwachsen. Diese hehren Vorsätze erfüllen sie mit Mut, Zuversicht und Tatendrang. Wenn sie wirklich die Chance bekommt, noch einmal zum Leben ihres Sohnes entscheidend beizutragen, dann wird sie da sein und nicht fehlgehen. Fast hofft sie auf die Gelegenheit, endlich ihren wahren Charakter zeigen zu können.

Eine schöne und entschlossene Frau blickt ihr aus dem Spiegel entgegen.

Mit leichten, beinahe tänzelnden Schritten tritt sie auf den Korridor und strömt mit dem restlichen Volkskörper zum Herzen der Anlage: der Festhalle. Alle scheinen gut gelaunt und tauschen sich über die bevorstehenden Vergnügungen aus, sei es ein Abend auf der Kegelbahn, im Kino, beim Konzert oder eben im Höhenrestaurant des Turms. Immerhin finden dort 250 Menschen Platz, es muss also ein paar Gleichgesinnte in der Menschenmasse geben. Diese einheitliche Ausrichtung, die geteilte Vorfreude mit so vielen, lässt Heidrun an der Festhalle zum Hauptplatz gleichsam vorbeischweben. In großen Wasserbecken spiegeln sich

die roten Lichter der Fackeln, in den Fontänen der Spring-
brunnen tanzen sie wie Feuerteufel auf und nieder. Der rote
Widerschein lässt die vielen braunen Uniformen eine erdi-
ge, tiefbronzene Schattierung annehmen. Unter den ersten
Sternen flanieren ihre Träger gemessen dahin oder streben
wie aufgezogen zu ihren Terminen. Heidrun ist früh dran.
Ganz langsam geht sie am Wasser entlang und beobachtet
die roten Wolken, die sich in ihm spiegeln. Mit der Hand
versucht sie eine Wolke zu fangen. »Was für Kindereien!«,
lacht sie. Der Turm erhebt sich am Ende der Becken und
verdunkelt die Szenerie. Neben den elektrischen Lichtern
des Turmrestaurants kann das Sternenlicht nicht bestehen.
Eine kleine schwarze Menschentraube hat sich am Eingang
zum Fahrstuhl gebildet, wie ein überdimensioniertes Wes-
pennest, das an einem Pfahl heruntergerutscht ist.

Nach kurzer Wartezeit möchte die Dame an der Einlasskontrolle Heidruns Reservierungsnummer wissen, die natürlich im VE gespeichert ist.

»Das tut mir furchtbar leid. Ich habe sie nicht dabei.
Mein Sohn hat reserviert – Bernhard Wittgenstein. Vielleicht können Sie unter diesem Namen einen Eintrag
finden?«

»Selbstverständlich! Da brauche ich gar nicht zu suchen.
Bitte folgen Sie mir.« Sie wird sofort an den Wartenden vor-
beigeführt und fährt mit dem nächsten Aufzug nach oben.
Auch der Empfangschef des Restaurants weiß offensichtlich
schon Bescheid, denn er bittet Heidrun ohne Umschweife,
ihn zu begleiten. Der Essensbereich ist größer, als man von
unten ahnen könnte: Gut sechzig Tische stehen, wie die

Strandkörbe, in drei Reihen hintereinander. Da der Platz zwischen den Tischen recht großzügig bemessen ist, können nur die Gäste an den vordersten Tischen den sich wandelnden Horizont genießen. Die Drehung erfolgt so langsam und stetig, dass man sie gar nicht wahrnimmt, solange man selbst in Bewegung ist. Die Räumlichkeiten sind nur spärlich erleuchtet, überall sind kleine LED-Kerzen platziert, welche ein gelbrotes Flackern simulieren und so die Stimmung, die unten an den Becken herrscht, wiederaufnehmen. Während in diesem Halbdunkel die Gesichter eher verschwimmen, lässt sich das Seebad bei dieser Beleuchtung so viel besser beobachten. Die Wasserumrandung wirkt von hier oben wie eine Landebahn.

»Frau Wittgenstein, hier bitte.« Der Ober deutet auf einen Platz in der ersten Reihe, am Tisch sitzt ein Mann in kompletter, makelloser Uniform und blickt nach draußen. Als er den Kellner sprechen hört, wendet er sich ihnen zu und steht dabei auf.

»Mutter!« Seine Hände öffnen sich in einem weiten Bogen bis auf Hüfthöhe, die Handflächen zeigen nach außen. Eine Geste, die sowohl Willkommen als auch Schutzlosigkeit ausdrückt. Beides offenbart sich auch in seinem Blick; dazu mischt sich eine gewisse Verzweiflung und zwischen all diesen Gesten und Ausdrücken schielt unbedarft ein stiller Vorwurf hervor. Heidrun hat seine widersprüchliche Körpersprache unterbewusst wahrgenommen und geht daher zwar freudig, doch etwas scheu auf ihn zu. Ihre Umarmung ist kurz, aber innig. Er führt seine Mutter an ihren Platz und hilft ihr formvollendet in den Stuhl.

Die anderen Gäste haben derweil kurz aufgeblickt, denn sie sind ein auffallend schönes Paar. Kurz darauf widmen sich die Genossen jedoch schon wieder ihren eigenen Angelegenheiten.

»Du siehst blendend aus, völlig unverändert.« Plötzlich scheint er zu bemerken, dass etwas nicht stimmt und schaut sich um. »Wo ist denn Vater? Ich sehe ihn nirgends.«

Heidrun berichtet stockend von den Geschehnissen des Tages und wie sein Vater darauf bestanden hat, dass sie den Abend trotzdem genießen.

»Dass so etwas ausgerechnet hier im Urlaub passieren muss – wie ärgerlich für euch. Lass mich nur kurz sicherstellen, dass er vom Oberarzt betreut wird und überhaupt die bestmögliche Behandlung erfährt.« Er spricht drei, vier kurze Nachrichten in den VE. »So – alles geregelt. Was ist mit dir? Willst du Vater noch etwas sagen? Wo ist denn dein VE? – Im Zimmer? Umso besser! – Jetzt erzähl aber mal. Was macht die Heimat und vor allem: Was machen meine drei Lieblingsschwestern?«

Während sie von kleinen Alltagsdingen berichtet und sich bemüht, Anknüpfungspunkte zu der Zeit herzustellen, als er noch bei seiner Familie weilte, nimmt er immer wieder zwischendurch ihre Hand und schaut abwechselnd auf ihre zarten Finger und in ihr Gesicht.

»Hedda ist immer noch ein Wildfang, wir erfahren so gut wie nichts von ihr. Ihr wart euch immer sehr nah, ohne deine Unterstützung hätte sie die Schule wohl nie abgeschlossen.«

So fließt der Abend dahin: Alte Geschichten, kleine Anekdoten werden unterbrochen von einzelnen Bemerkungen über die sich abwechselnden Ausblicke oder von einer kurzen Lobpreisung eines besonders gelungenen Ganges. Es ist ein entspanntes Miteinander, doch eine echte Nähe will sich nicht einstellen. Heidrun ist enttäuscht und hilflos zugleich. Wie viel hatte sie sich von diesem Abend erhofft und wie unendlich viel hatte sie befürchtet? Was kann sie tun, um Vertrautheit zu schaffen? Auf jeden Fall will sie sichergehen, dass alles in Ordnung ist und dass alle Befürchtungen nur eine böse Erfindung ihres überspannten Gemüts waren. Eine Frage brennt ihr auf der Seele, doch erst beim Nachtisch kann sie sich dazu überwinden, sie zu stellen. Jetzt nimmt sie seine Hand und nestelt nervös an ihr herum.

»Ich sehe vor mir einen wunderbaren Menschen: Du bist ein schöner Mann in vielversprechender Position, deine Ahnentafel und dein Erbwert könnten nicht besser sein. Du könntest praktisch jede Frau dieser Welt für dich gewinnen. Und ich nehme auch an, dass die Partei von dir erwartet, dass du deinen Beitrag zur Schaffung der künftigen rassischen Elite beiträgst. Schließlich ist eine Familie auch die Voraussetzung für fast alle Positionen im Reich. Sag, hast du vielleicht schon etwas geplant, gibt es da eine Frau in deinem Leben?«

»Das ist wohl Schicksal, dass du danach fragst. Auch ich möchte mit dir darüber reden, hier ist jedoch nicht der richtige Ort dafür. Aber ich habe etwas vorbereitet.«

Er erhebt er sich vom Tisch, seine Bewegungen sind die eines Panthers. Ein leichtes Beben zieht sich durch seinen Körper, alle Muskeln sind angespannt, zum Sprung bereit, Augen und Mund haben sich verengt. Er wirkt sehr kontrolliert, ganz fokussiert, nur die trommelnden Finger seiner rechten Hand verraten seine Erregung.

Heidruns Freude über diesen Wink der Fügung verdunkelt sich jedoch rasch, als sie den Ausdruck in seinen Augen und in seiner Haltung bemerkt. Inzwischen lauert der Vorwurf nicht mehr im Hintergrund, sondern baut sich bedrohlich neben der Verzweiflung auf. Bernhard gibt dem Ober ein Zeichen, welcher sie daraufhin sogleich zu einer kleinen Tür im hinteren Bereich führt; Heidrun folgt verstört.

Über eine kleine Wendeltreppe erreichen sie die oberste Ebene des Turms, die den gewöhnlichen Gästen verschlossen bleibt. Sie ist deutlich kleiner als das untere Geschoss, dafür nach oben hin offen, man scheint den Himmel greifen zu können. Ein leichter Wind trägt den Duft der Kiefernwälder und des Meeres empor, es herrscht eine ungewohnte Stille, da kaum ein Geräusch bis hier oben dringt. Nur eine durchsichtige Balustrade trennt diese Insel in den Wolken vom gähnenden Abgrund, der sich unter ihr auftut. In einer Ecke steht ein rustikaler Holztisch mit vier Stühlen, auf dem ein paar Häppchen und Getränke arrangiert sind. Der Ober weist sie mit einer kurzen Geste in Richtung der Sitzecke. Bernhard tritt nah an ihn heran und gibt ihm seinen Volksempfänger, nebst der zugehörigen Uhr.

»Bitte bewahren Sie das sicher für mich auf. Ich hole es später direkt bei Ihnen ab. Und nun will ich auf gar keinen Fall mehr gestört werden. Sie sind mir persönlich dafür verantwortlich.«

Der Kellner nickt unmerklich und entschwindet dann so geräuschlos und plötzlich, dass Heidrun sich für einen Moment fragt, ob sie einen Geist gesehen hat. Unvermittelt zieht Bernhard seine Uniformjacke aus und hängt sie über einen der überzähligen Stühle, auch die Schirmmütze legt er ab und er öffnet die beiden obersten Knöpfe seines Hemdes. Nach dieser Häutung steht ein anderer Mensch vor Heidrun, sein Habitus ist völlig verändert. Die Gesichtszüge folgen auf einmal anderen Linien und erinnern sie wieder stark an das Kind, das ihr einst so vertraut war. Dieser neugeborene Mann lässt sich nun auf einen Stuhl fallen und breitet die Arme gen Himmel auseinander und atmet tief ein.

»Schau dich um, Mutter, willkommen in meinem Refugium! Hier allein kann ich noch einem letzten Teil meines Selbst begegnen. Du bist erst der zweite Mensch, mit dem ich das hier teile.«

Heidrun versucht ein dankbares, verständnisvolles Lächeln aufzusetzen, was ihr allerdings völlig misslingt. Es ist ihr unbegreiflich, was gerade passiert. Ihr Sohn braucht einen Zufluchtsort? Vor wem, vor was? Und was soll dieser *Teil meines Selbst* bedeuten? Wer ist bloß dieser Mensch vor ihr? Was ist mit ihrem Sohn passiert? Sie wollte sich lediglich vergewissern, dass alles in Ordnung ist, doch nun scheinen ihre schlimmsten Vermutungen sogar noch übertroffen zu werden.

»Für dich ist das alles bestimmt sehr schwer zu begreifen. Ich sehe es dir an und ich verstehe das gut; darum lass es mich dir erklären. Aber willst du das auch? Willst du die Wahrheit hören? Sie könnte sehr schmerzhaft für dich sein. – Ich bin an einem Punkt in meinem Leben angekommen, von dem es kein Zurück mehr gibt. Ich kann den Weg so nicht mehr weitergehen. In den letzten Jahren haben wir uns nur sehr selten gesehen und du kannst natürlich gar nicht mehr wissen, was in mir vorgeht. Ich glaube, das letzte offene Wort haben wir miteinander gesprochen, noch bevor ich auf die Adolf-Hitler-Schule gegangen bin. Doch danach habe ich mich mehr und mehr auf einen schmerzvollen Pfad begeben, weg von dir und schlimmer noch: weg von mir.«

Bernhards graue Augen schauen wieder gefasst und fragend in die ihren. Sie kann seinem Blick kaum standhalten und stammelt: »Die Wahrheit. Bitte.«

»Hast du jemals dieses Gefühl erlebt: Du gehst auf einer breiten Allee mit unzähligen anderen Menschen. Alle wollen dasselbe, es kann gar nicht falsch sein, es muss auch für dich passen, und so gleitest du wohlig mit dem Strom dahin. Nach einiger Zeit erhaschst du einen ersten Blick auf das Ziel, aber der Weg dorthin ist gepflastert mit Dingen, die du nicht zurücklassen willst. Zuerst versuchst du langsamer zu gehen, damit bringst du jedoch die anderen aus dem Tritt und erntest erste böse Blicke. Trotzdem wagst du es, dich umzudrehen und den Weg zurückzugehen – aber immer mehr Menschen kommen dir entgegen. Anfangs kannst du noch ein paar Schritte gegen die allgemeine Richtung laufen, doch die Front der Volksgenossen, die dir entgegen strömen, wird immer dichter, sie stoßen dich an, du stolperst. Irgendwann sind die Menschenmassen so gedrängt, dass es gar kein Durchkommen mehr gibt. Wenn du nicht umgerissen und zertrampelt werden willst, musst du wieder kehrtmachen und mit allen anderen mitgehen. Ich sage bewusst *mitgehen*, denn du kannst nicht mehr mitmarschieren; deine Augen sind nicht mehr stramm nach vorn gerichtet, bei jedem Schritt taumelst du und mit jedem Schubser und Rempler geht ein Stück von dir verloren. Bis du dich vollkommen aufgelöst hast und dich gar nicht mehr daran erinnern kannst, wer du eigentlich bist und wohin du ursprünglich wolltest.«

Die Ellbogen auf den Tisch gestützt, den Kopf zwischen den Händen, den Blick nach unten, sitzt Bernhard da. Er zittert. Heidrun ist sich nicht sicher, ob er nicht vielleicht sogar weint. Ein schneidender Schmerz fährt in ihre Brust, steigt durch Hals und Rachen nach oben, breitet sich aus, bis er den ganzen Kopf erfasst und sich dort festgesetzt hat. Ihr ganzer Oberkörper ist ein einziges Brennen. Nein, sie kennt dieses Gefühl nicht. Oder ... vielleicht ein bisschen, wenn sie in ihren Grübeleien versinkt? Sie hat bisher noch nie darüber nachgedacht, aber selbst wenn sie das Gefühl unbewusst kennen sollte, war sie seinetwegen niemals so verzweifelt. Jetzt sieht sie nur eins: Ihr Kind leidet und sie fühlt sich völlig hilflos und gelähmt. Die Nacht senkt sich von oben auf sie nieder, bis sie sie völlig umfängt.

Der Druck auf die Ohren nimmt zu, bis sie sich verschließen. Blaue Stille dämpft all ihre Sinne, nur die Qual bleibt, einsam und übermächtig. Mühsam streckt sie ihre Hand durch den undurchsichtigen Schleier und legt sie Bernhard auf den Arm. Sie will, sie muss – Trost spenden, Hoffnung und Halt geben. Hatte sie nicht erst heute Abend versprochen, über sich selbst hinauszuwachsen?

Doch bevor sie etwas sagen kann, spricht ihr Sohn bereits wieder, sehr leise, immer wieder unterbrochen von schweren Atemzügen.

»Ich wollte immer der perfekte Sohn sein, der perfekte Arier. Ich wollte euch glücklich und stolz machen. Mit meinem Aussehen und meinen Geistesgaben hätte das ja auch ganz leicht gelingen sollen. Für alle war ich immer die Verkörperung eines Idealbildes, ihr alle – du, die Familie, die Kameraden, die Lehrer, die Partei – habt immer nur das Beste von mir erwartet und ich wollte euch nicht enttäuschen. Ein Mensch, den alle für so schön und so klug halten, mit der arischsten und glücklichsten Familie der Welt? Wie kann das sein, wie kann da etwas nicht stimmen? Der Leib ist doch das Ausdrucksfeld der Seele. Wie könnte denn ein solcher Leib so einem degenerierten Charakter Zuflucht bieten?«

Abschätzig und angewidert blickt Bernhard an sich hinunter. Widerwillig streichen seine Hände über das Gesicht, die Brust und die Oberschenkel.

Tränen laufen über Heidruns Gesicht, das Blut pocht in ihren Schläfen, nur mit äußerster Willensanstrengung kann sie sich aus ihrer Lähmung befreien.

»Mein Kind«, stößt sie hervor, »du bist doch nicht degeneriert, wie kannst du nur so etwas sagen! Wir lieben dich genau so, wie du bist! Und auch für die Volksgemeinschaft leistest du einen wertvollen Beitrag, sonst hätten doch wohl kaum alle solch eine Achtung vor dir und du wärst niemals Leiter der Propagandaabteilung geworden.«

Laut und bitter lacht Bernhard auf, lehnt sich über den Tisch, fasst ihre Hände und zieht sie mit Gewalt zu sich heran.

»Sie haben Achtung vor mir, weil sie Angst vor mir haben, weil sie wissen, was ich tue und was ich jedem Einzelnen von ihnen antun könnte. Wo lebst du bloß Mutter? Ich habe dich schon immer um deine Sorglosigkeit beneidet, deine innere Gleichschaltung, dein blindes Vertrauen in die germanische Demokratie[62]. Manchmal habe ich dich sogar dafür gehasst.«

Zwei völlig fassungslose Augen starren ihn an.

»Ich bin Ortsgruppenleiter bei der SS. Erklärtes Ziel der Propaganda ist es, die Bewegung bei der Erziehung des Volkes zu unterstützen, den Staat zu einem Erziehungsstaat zu formen. Aufgabe der Erziehung ist es wiederum, eigenständiges Denken zu unterbinden und die Volksgenossen somit zu befähigen, die Gedanken des Führers vollkommen aufzunehmen und zu ihren eigenen zu machen. Die drei Methoden dazu sind: Beeinflussung, Überwachung und Kontrolle. Für die Beeinflussung bin ich zuständig, für die Überwachung und Kontrolle arbeiten wir ganz eng mit unserer Bruderorganisation – dem Informationsdienst – zusammen.

Die Beeinflussung soll das ganze Volk auf ein Ziel hin – oder soll ich sagen, auf einen Feind hin? – ausrichten. Dabei bauen wir ausschließlich auf die primitivsten Empfindungen der breiten Masse, stellen uns auf die Aufnahmefähigkeit des Beschränktesten ein und benutzen all die extremen Einstellungen des Volkes, die ihm immer schon zu eigen waren. Ohne wissenschaftlichen Ballast, ohne jede Objektivität stellen wir unsere wenigen Punkte schlagwortartig dar, präsentieren das Ganze dann in einem gefühlsmäßigen, volkstümlichen Rahmen und – Abrakadabra – fertig ist die Massensuggestion. Der Einzelne kann in der Masse, in einer geschlossenen, überzeugten Gefolgschaft, viel leichter verführt und beeinflusst werden. Natürlich nicht mit Argumenten über den Intellekt, sondern rein mit emotionalen Mitteln. All die Fahnen, Symbole, die eingängigen Lieder und die bombastische Architektur verfehlen bei dir doch auch nicht ihre Wirkung, oder? Damit wir aber ganz sicher wissen, was das Volk so denkt und fühlt, spionieren wir das ganze Volk von vorne bis hinten aus. Über jeden Einzelnen haben wir riesige Datenmengen gespeichert. Überall gibt es Geheimdienstler, Mikrofone und Kameras, aber erst der Allempfänger[63] hat uns endlich den total gläsernen Volkskörper beschert. Warum meinst du, habe ich meinen dem Kellner mitgegeben? Jederzeit kann die SS Kamera und Mikrofon unserer Geräte anschalten und alles zeitgleich miterleben. Ich könnte dir genau sagen, wann du wo mit wem warst, mit wem du dich triffst, was du in deiner Freizeit machst, wie viele Parteiveranstaltungen du besuchst – such dir was aus! Es widert mich an! Wir sind ein Volk, angeblich eine Bluts- und Schicksalsgemeinschaft, doch wir belügen unsere eigenen Brüder und Schwestern und spähen sie aus. Da ist kein Vertrauen, keine Achtung – und am Ende auch kein Verzeihen. Ich will die Menschen nicht mehr manipulieren und bedrohen, bis sich auch der letzte eingeordnet oder unterworfen hat.«

Die Bedeutung dieses Geständnisses kann Heidrun nicht sofort erfassen, doch immerhin wird ihr klar, dass Bernhard schon einige Zeit sehr unglücklich auf seinem Posten gewesen sein muss.

»Wenn das mit der Propaganda nichts für dich ist, dann lass dich doch woandershin versetzen. Ich bin mir sicher, dass es mit deinen Fähigkeiten auch andere Aufgaben für dich gibt.«

Fast mitleidig lässt Bernhard ihre Hände los.

»Du hast es noch nicht verstanden: Mit meiner Gesinnung passe ich nirgendwo mehr hinein – ich bin ein Gemeinschaftsfremder[64], eine Ballastexistenz[65], außerstande den Mindestanforderungen der Volksgemeinschaft an mein persönliches, soziales und völkisches Verhalten zu genügen. Bei Mehrfachtätern droht die Todesstrafe.«

»Das kann nicht sein, Todesstrafe, du?« Heidrun droht die Besinnung zu verlieren. Die Vorstellung, dass jemand ihrem geliebten Kind etwas antun könnte, ist ihr unerträglich.

»Was meinst du, wie oft ich das schon erlebt habe? Neben dem Rechtssystem haben wir noch das Polizeisystem. Bist du mehrfach als unverträglich aufgefallen, kannst du sofort in Polizeigewahrsam genommen werden; das nennen sie dann *Schutzhaft*. Anschließend kommst du ins Lager, wo sie dich dann über kurz oder lang ausmerzen werden.«

Eigentlich will Heidrun widersprechen, alles in ihr bäumt sich auf. Sie kennt sich doch mit Politik gar nicht aus und hat sich nie für sie interessiert! Bisher gab es dazu auch keine Veranlassung. Ist das jetzt die Strafe für ihre lebenslange Gleichgültigkeit gegenüber diesen Dingen? Ihr Sohn soll ein Defektmensch[64] sein? Das Ebenbild eines Ariers, aufgezogen in der AHS, ausgebildet in der Ordensburg[66], von Lehren, Mitschülern, Kollegen und Parteigenossen immer als Musterschüler, idealer Germane, perfekter Soldat gelobt. Von allen stets bewundert und beneidet. Kurz spürt sie eine Erleichterung – es wäre einfach zu absurd.

Das ist einfach nur ein Missverständnis, eine überspannte Grille ihres Sohnes. Wahrscheinlich ist er schlichtweg überarbeitet. Genau! Er braucht Urlaub! Bei dem Gedanken an Urlaub muss sie an Helmut denken, Horsts überkritischen Kollegen. Immer wieder hatte er sich über die Tagesparolen lustig gemacht, sich sogar für mehr Rechte der Ostarbeiter eingesetzt. Dann war er von einem Tag auf den anderen fort, versetzt in ein anderes Werk, hieß es. Er hatte sich noch nicht einmal verabschiedet. Heidrun wird sterbenselend. Und die Familie zwei Etagen unter ihnen. Nette Leute mit drei kleinen Kindern. An den Feiertagen hatten sie nie die Fahne rausgehängt, auch nach mehrmaliger Ermahnung des Blockwartes[67] nicht. Tränen schießen ihr in die Augen, lauter Gesichter tauchen plötzlich auf, von näheren und entfernteren Bekannten. Nie wieder hatte sie etwas von diesen Menschen gehört. Wie konnte sie all die Jahre so blind und dumm sein und ihren Sohn mit diesem grauenvollen Wissen allein lassen? Wie konnte sie nicht sehen, was um sie herum passierte, und nicht ahnen, was in ihrem Sohn wirklich vorging – dafür gibt es keine Entschuldigung. Das ist unverzeihlich.

Alle Fäden ihres Willens reißen und alle Verbindungen zu ihren seelischen Kraftquellen werden in diesem Augenblick durchtrennt. Sie sackt in sich zusammen, unbelebt und unbehaust sitzt sie eine Weile nur da. Volk und Gehorsam sind nur Worthülsen. Ihr Geist irrt durch einen vollkommen leeren Körper und sucht nach einem Hoffnungsschimmer.

Liebe; unbedingte, blinde Liebe. Langsam und ruhig richtet sie sich auf und blickt Bernhard fest an. Sie wird ihm jetzt endlich die Mutter sein, die er schon immer verdient hat. Keine Ausflüchte mehr. Sie wird ihm beweisen, dass mehr in ihr steckt, als er denkt, mehr als sie selbst bisher gedacht hat. Alles, einfach alles wird sie wiedergutmachen.

»Wir stehen zu dir, egal was kommt! Es muss und es wird eine Lösung geben, dann trittst du eben aus der Partei aus, gehst als Bauer nach Afrika oder fliehst im schlimmsten Fall nach Amerika – Hauptsache, du bist sicher. Wir helfen dir, wo wir nur können.«

»Ach, Mutter, wenn es doch nur so einfach wäre.« Gequält schaut Bernhard sie an, aber auch voll Dankbarkeit und Zärtlichkeit. »Meinst du, das nähme die Partei einfach so hin? Gerade durch einen Parteiaustritt oder einen Rücktritt von meiner Verantwortung erwiese ich mich ja als Degenerat[64]. Außerdem wäre es eine unannehmbare Widernatürlichkeit, wenn ein SS-Offizier mit meiner Laufbahn sich seinen Aufgaben für das Volk verweigern wollte. – Warte, lass mich weitersprechen, ich weiß, was du sagen willst. – Auch Flucht ist keine Option. Du hast doch bestimmt schon einmal von der sogenannten Sippenhaftung gehört? Mein Verhalten bewiese, dass das Blut unserer Familie minderwertig und artfremd ist. Unser Genmaterial müsste aus dem deutschen Volkskörper getilgt werden. Du weißt, was das bedeutet? Fortpflanzungsverbot für meine Schwestern, Ausschluss aus der Universität, Vater verliert seinen Posten als Betriebsobmann[68] und bekommt wahrscheinlich sogar überhaupt keine Arbeit mehr. Es folgt die totale Ausgrenzung, im besten Fall, ansonsten Lager und Sonderbehandlung[69]. Das könnte ich niemandem und das werde ich auf gar keinen Fall meiner eigenen Familie zumuten!«

Das ist nur ein kleiner Rückschlag, er ist verzweifelt und sieht keinen Ausweg. Heidrun macht sich weiter Mut. Überlegen, weiterdenken! Es gibt einen Weg, es muss einen Weg geben.

»Wenn es keinerlei Möglichkeit zur Flucht gibt und du von deinen Ämtern nicht zurücktreten kannst, dann musst du eben bleiben, wo du bist. Du musst dich tarnen, deine Gedanken und Ansichten für dich behalten. Gründe eine Familie und sei im Kleinen glücklich. Die Liebe deiner Kinder wird dich für vieles entschädigen, auch so kannst du ein erfülltes Leben führen.«

Es ist spät geworden, fast alle Lichter im Bad sind erloschen, nur eine spärliche Grundbeleuchtung sichert die Wege. Das magere Licht dringt nicht bis nach oben, auch die wenigen Geräusche, die auf der Plattform überhaupt zu vernehmen waren, sind mittlerweile völlig erstorben, selbst die Sterne leuchten nicht mehr. Eine schwarze, undurchdringliche Nacht umfängt zwei kleine Gestalten. Das Augenlid des Lindwurms ist geschlossen, nur durch einen schmalen Spalt glimmt es golden. Womöglich ist es der Widerschein von Heidruns Gesicht, das eine einzelne Kerze in der Dunkelheit erleuchtet. Sie ist so unendlich froh, dass sie ihrem Sohn einen Ausweg zeigen kann. Bernhard sieht die Freude und Erleichterung in ihren Zügen, weshalb ihm seine folgenden Worte besonders schwerfallen: »Nein, auch das geht nicht. Frag bitte nicht weiter. Ich habe noch eine Angelegenheit, die ich mit dir besprechen muss. Ihretwegen bin ich übrigens auch mit dir hierher gegangen. Ich muss das wissen, es ist sehr wichtig für mich.«

Die beiden rücken noch enger aneinander, der Lichtkegel wird noch kleiner, fast sieht es aus, als erleuchte er nur eine einzige Person.

»Bin ich wirklich das Kind von Vater und dir?«

Gestern wäre sie bei dieser Frage noch völlig außer sich geraten, hätte nicht verstanden, warum ihr diese ungeheuerliche Unterstellung zugemutet wird. Doch jetzt ist sie ganz gefasst, steht auf, kniet sich vor ihren Sohn und nimmt sein Gesicht in beide Hände.

»Ja, du bist mein Sohn. Horst ist dein Vater. Und nein, es kann keine Verwechslung gegeben haben. Dein Vater war bei deiner Geburt dabei und ich habe keinerlei Mittel verabreicht bekommen. Da es eine Hausgeburt war, bist du die ganze Zeit in unserer Nähe geblieben, eigentlich bis du zur Schule gegangen bist.«

Bernhard ist von seinem Stuhl neben seine Mutter auf den Boden gesunken. Nähe und Dunkelheit beruhigen sie beide.

»Ich brauchte Gewissheit. Ich glaube dir. Es wäre die einzige Erklärung gewesen.«

»Erklärung wofür?«

»Warum ich anders bin. Warum ich sozial unangepasst bin und ausgesondert gehöre. Laut Rassenkunde sind Mischlinge zwiegespalten in ihrer Seele und daher in ihrem ganzen Wesen problematisch. Ich fühle mich zwiegespalten. Und die Wissenschaft weiß, dass meine Minderwertigkeitsgefühle und meine Orientierungslosigkeit nur bei Rassenvermischung eintreten können. Wie kann ich sie also bekommen haben, wenn ihr tatsächlich meine Eltern seid? Durch Vererbung wird doch die allgemeine Verfassung der Gesinnung und damit auch die Handlungsweise festgelegt. Wird ein neuer Mensch gezeugt, so erhält er durch das Bluterbe die geistigen und seelischen Anlagen seiner Ahnen. Wie kann ich also körperlich und seelisch nicht gesund sein, wenn ihr meine Eltern seid – ihr, die perfekten Nationalsozialisten? Gab es vielleicht irgendwann einmal irgendjemanden aus unserer Familie, der ähnliche Probleme hatte?«

»Also, wir sind sicher nicht perfekt! Über so etwas spricht man einfach nicht, bestimmt gibt es außer dir noch andere in der Familie mit ähnlichen Gefühlen, sie verleugnen sie nur. Schau mich an, du glaubst, ich wäre völlig gleichgeschaltet, ein Hort der reinen Seelenruhe. Aber auch ich habe eine grüblerische Seite. Ich habe allerdings stets versucht, sie zu verleugnen, wie ich überhaupt viele Gefühle unterdrückt habe. Ich habe mich nämlich bewusst dafür entschieden, das Beste aus meinem Leben zu machen. Ich habe mich für meine Familie entschieden, bin immer den einfachsten Weg gegangen. Politik hat mich nie sonderlich interessiert und auch der Glaube bedeutet mir wenig. Du dagegen bedeutest mir alles. Ich werde mir nie verzeihen können, dass ich dich mit deinen schrecklichen Sorgen allein gelassen habe.«

Bittere Tränen rinnen über ihre Wangen, die Stimme versagt ihr. Trotz ihrer Bekenntnisse kann sich Bernhard noch nicht von seinen Selbstzweifeln lösen, zu lange haben sie ihn schon begleitet und, mehr zu sich selbst, fährt er ungerührt fort: »Ja, aber das eigentliche Problem ist doch, dass bei unserem Erbwert solche Gefühle gar nicht erst möglich sein sollten. Dazu all die Ausbildung, jahrelanger Unterricht, unzählige Vorbilder. Doch ich kann mich nicht mehr selbst verleugnen, ich kann mir meinen Platz nicht einfach anweisen lassen, und sei es auch nach einem höheren Plan. Ich kann die Gedanken der Führerin nicht zu meinen eigenen machen, mir fehlt der Glaube dazu, mir fehlt das blinde Vertrauen. Ich befürchte, ich bin ein Intellektueller. Mein Instinkt ist dünn und unsicher geworden. Ich strebe nach Wahrheit und Objektivität, eine schwächliche Haltung, sagt die Partei, eine

Gefahr. Ich soll mich nur am Interesse der Volksgemeinschaft orientieren, aber ist Wahrheit nicht im Interesse des Volkes? Da ist er wieder – mein negativer, unfruchtbarer Verstand!«

Inzwischen hat sich Heidrun wieder gefasst, um ihres Sohnes willen wird sie sich keine Schwäche mehr zugestehen. Jetzt ist die Stunde, in der sie ihm endlich eine Stütze sein kann.

»Ich habe darauf auch keine Antwort, außer dieser: Du bist ein guter Mensch und du bist ein guter Deutscher. Deine Intelligenz ist ein Segen und kein Fluch. Wir müssen nur einen Weg finden, wie deine Stärken dem Staat nützen können.«

»Ich würde so unendlich gern ein nützlicher Teil der Gemeinschaft sein und meinen Frieden finden; du bist mir wichtig, meine Familie, mein Volk, mein Land sind mir wichtig. Nichts ist schlimmer als unerwiderte Liebe: Wenn sich dein Bestes und Kostbarstes als endloser Strom in den Sand ergießt und dort sinnlos versickert; ungewollt, unerkannt und ohne jemals Früchte zu tragen. Ich bin dessen so müde!«

Bei diesen Worten lehnt er sich an Heidruns Schulter. Sie küsst seine Stirn und streichelt beruhigend seine Haare.

»Was auch immer kommen mag, du bist nicht mehr allein. Ich bleibe immer an deiner Seite.«

So bleiben sie noch eine Weile sitzen. Die Welt ist weit weg, alles scheint möglich und unmöglich zugleich. Auf die seelische Erschöpfung nach der gegenseitigen Selbstoffenbarung folgt innere Gelassenheit. Beide versuchen wieder Kraft zu schöpfen, um den unvermeidlichen Herausforderungen, die nun vor ihnen liegen, entgegentreten zu können. Bernhard fasst sich als Erster und drängt sanft zum Aufbruch. Der Kellner wartet noch irgendwo im Restaurant auf ihn und sie brauchen beide dringend etwas Schlaf. Der Turm ist inzwischen völlig ausgestorben, lediglich den Hüter des Allempfängers finden sie noch im Halbschlaf auf einer Bank im Personalbereich. Still und bedächtig gehen sie durch die Dunkelheit bis zu Heidruns Zimmer, wo sie sich mit einer sanften Umarmung verabschieden. Zuvor muss Heidrun Bernhard noch versprechen, weder dem Vater noch den Geschwistern etwas zu erzählen, zu deren eigenem Besten. Als ihr Sohn schließlich den Korridor entlanggeht, schaut sie ihm lange nach: Vielleicht dreht er sich ja noch einmal um. Dann möchte sie da sein, ein kleiner Pfeiler in einer Welt aus Morast. Er dreht sich aber nicht um, wird nur Schritt für Schritt kleiner und fahler, bis er sich völlig auflöst.

6

Als Heidrun aufwacht, stellt sie fest, dass sie in ihren Kleidern geschlafen hat. Ihr ist das zuerst ganz unbegreiflich. Für eine Weile kreisen ihre Gedanken scheinbar ziellos umher, doch dann stoßen sie wie ein Habicht pfeilschnell und todbringend nieder. Der Turm, das Gespräch, die Suche nach einem Ausweg. Wenn es stimmt, dass sich erst im Unglück erweist, was für ein Mensch man wirklich ist, dann hat sich Heidrun bis gestern Abend kaum gekannt.

Gram und tiefer Kummer waren ihr bisher erspart geblieben. Hinzu kam das verhängnisvolle Wechselspiel zwischen den oberflächlichen Erwartungen ihrer Mitmenschen und ihrem Opportunismus. Es gab im Grunde nie einen Anlass für sie, sich eine eigene Meinung zu bilden. Im Gegenteil schien ihr ganzes Leben bereits vorgezeichnet. Nun ist alles anders: Heute und hier muss sie eine Entscheidung treffen.

Es ist noch sehr früh, vielleicht halb sechs. Da gestern niemand die Vorhänge zugezogen hatte, kann die aufgehende Sonne mit ihren ersten zarten Strahlen vorsichtig die wenigen Gegenstände des Zimmers ertasten: den kleinen Tisch am Fenster, zwei ungepolsterte Stühle, den Wandschrank neben der Tür. Heidrun springt aus dem Bett: nur schnell waschen und anziehen. Ein einfacher Zopf muss ihr heute reichen, denn sie hat so viel zu tun. Vielleicht sollte sie doch mit ihrem Mann sprechen? Er weiß sicher Rat. Zuerst wird sie sich jedoch mit ihrem Sohn verabreden. Fiebrig greift sie nach dem VE, um sogleich einen Termin einzustellen. Aber kaum, dass sie ihn in der Hand hält, stockt sie. Das Gerät entgleitet ihr und schlägt mit einem gläsernen Klirren auf dem Boden auf. »Das geht ja nicht, SIE würden den Termin sehen und etwas vermuten!«, schießt es Heidrun durch den Kopf. Nur unauffällig verhalten, brav die heutigen Veranstaltungen besuchen und lieber zwischendurch eine Nachricht in der Abteilung hinterlassen. Die liebende Mutter will ihr Kind sehen – was könnte normaler und unverdächtiger sein! So will sie es machen. Inzwischen hat ein goldenes Licht den

Raum erfüllt und es zieht Heidrun magisch ans Fenster. Sie sieht, wie die Sonne blutrot über den Horizont klettert und ihre Strahlen über die See bis zum Fuß der Anlage ergießt. Wie schön das ist! Wie beruhigend, dass die Sonne auch an diesem entscheidenden Tag Leben spendet und es morgen ebenso tun wird wie sie es bereits gestern getan hat. Weit draußen in der Bucht taucht ein kleiner dunkler Punkt immer wieder aus dem Blau des Meeres auf, wahrscheinlich ist es eine der heimischen Robben. Die Bewegungen sehen beinahe menschlich aus, doch niemand schwömme so weit hinaus, denn das wäre viel zu gefährlich. Vielleicht ist es aber auch eine kleine Meerjungfrau, denkt sich Heidrun, oder ein Meermann. Das muss ein wunderbares Gefühl sein, frei im Meer zu schwimmen und die grenzenlose Unterwasserwelt zu entdecken. Für einen Augenblick taucht auch Heidrun in die Tiefen des Ozeans hinab, bis zum Grund, wo die Dunkelheit nur von einzelnen Lichtblitzen grün schimmernder Quallen und fantastischer Fische erhellt wird. Nun aber los, zuerst zu Horst! Vorbei ist es mit den Träumereien, sie will heute ausschließlich an ihren Sohn denken, jeder Atemzug gilt ihm und seinem Wohl. Sie wirft einen letzten Blick auf den Meermann und wendet sich dann zur Tür, als plötzlich ihre Beine nachgeben und sie auf die Knie sinkt. Ein übermächtiger Schmerz durchschneidet ihr Herz, alles wird unerträglich hell, dann kippt die Realität – kippt wie ein Haus in den Abgrund – einfach nach hinten weg. Sie stürzt durch einen Schacht aus Geräuschen, Gerüchen und Farben; alles viel zu laut und intensiv, unverarbeitbar, nicht einzuordnen. Sie hat die Orientierung verloren, ihre Sinne spielen verrückt. Sie tastet über den Boden, will sich aufrichten, doch selbst das Gleiten der Fingerkuppen über die Fliesen erlebt sie übermenschlich intensiv. So verharrt Heidrun kniend, unfähig, etwas zu erkennen oder einen Gedanken zu fassen. Nach einiger Zeit, Heidrun hat keine Vorstellung von ihrer Dauer, ebbt die Flut der Reize endlich ab und die Gegenstände im Zimmer treten wieder undeutlich in Erscheinung. Mühsam kriecht Heidrun zum Bett, wo sie regungslos liegen bleibt. Nur langsam kehrt die Kontrolle zurück, weitere Zeit verstreicht, ehe sie wieder klar sehen und denken kann. Was war das, ein Schwächeanfall? Heidruns Verstand arbeitet wieder, doch ihre Gefühle haben jeden Halt verloren. Tatkraft und Geschäftigkeit sind einer lähmenden Verzweiflung gewichen. Zum ersten Mal spürt sie so etwas wie Verdruss am eigenen Leben. Wie will sie in diesem Zustand Bernhard beistehen?

Sie versucht sich zusammenzureißen, doch kaum hat sie sich ein wenig beruhigt, wirft sie schon die nächste Welle der Trostlosigkeit nieder. Fruchtlose Gedanken jagen durch ihr Bewusstsein.

– Das ist natürlich völlig sinnlos. Sie werden alle sterben. Was auch besser ist. Niemand kann so leben. Sie werden alle sterben. Jeder allein. –

– Aber ihre Töchter. Sie darf noch nicht aufgeben. Sie wird auf die Zähne beißen und weitermachen. Einfach den Schmerz ignorieren. –

Mit dem Rücken zur Wand richtet sich Heidrun gewaltsam auf.

So findet sie Horst. Er hat sich frühmorgens auf eigene Verantwortung selbst entlassen, da er es nicht mehr aushielt, tatenlos zwischen den ernsthaft Kranken herumzuliegen. Beinahe wäre er auf Heidruns VE getreten, der mit zersplitterter Bedienoberfläche auf dem Boden liegt. Er ist tief beunruhigt und redet auf seine Frau ein. Heidrun liegt starr auf dem Bett, aber sie versichert ihm, dass es ihr gut gehe. Das sei nur ein Frauenleiden, kein großes Thema. »Ja, der Abend mit Bernhard war wunderbar. Wir sollen heute bei ihm im Büro vorbeikommen. Sag daher bitte unsere Sporttermine ab. – Wann können wir denn zum Frühstück? Sehr gut, also in einer halben Stunde. – Und was gibt es sonst noch heute … Wie es ausschaut, am Vormittag nur Strand und am Nachmittag einen Vortrag über Epigenetik. – Schön, dass es dir besser geht!«

Die Eheleute bewegen sich gemessenen Schrittes zum Restaurant. So wird es dann wohl im Alter sein, denkt Horst amüsiert. Er hat es mit dem Herzen und seine Frau ist offensichtlich auch nicht auf der Höhe. Doch das ist ihm jetzt alles nicht wichtig, Hauptsache ist, sie sind zusammen. Die restlichen Tage werden sie sich eben schonen und es sich einfach bloß gut gehen lassen. Doch ein verstohlener Blick auf seine Frau trübt seine heitere Stimmung. Sie sieht schon sehr elend aus! Hoffentlich geht es ihr bald besser. Es belastete ihn sehr, würde sie ernstlich krank. Doch das will er sich gar nicht ausmalen. Sie hatte schon immer diese Erregungszustände, sie ist eben ein zartes Wesen. Er wird sich um sie kümmern.

Sie sitzen wieder auf ihrem Platz direkt über dem Meer. Heidrun hält Ausschau nach den Robben, von denen sie ja eine heute Morgen so menschengleich im Wasser schwimmen sah – doch derzeit sind keine zu entdecken. Unter den wachsamen Augen ihres Mannes zwingt sie sich, ein Brötchen zu essen, Bissen für Bissen. Sein Appetit dagegen ist groß, schon fast so groß wie vorher. Vorher. Vor – ein Schatten überzieht ihren Esstisch, wächst bedrohlich an.

»Na, ihr beiden! Was machst du denn schon wieder auf den Beinen, Horst? Aber klar, ein echter Germane ist zäh wie Leder. Respekt, Horst, du bist mein Mann!«, poltert Karl von oben herab. Wie ein Koloss ragt er über ihnen, ein Walross auf zwei Beinen. Fiebrig sucht Heidrun wieder das Meer nach der Robbe ab. Die Germanier haben sich inzwischen mit an den Tisch gesetzt.

»Was suchst du denn?«, fragt Sieglinde vorsichtig, da Heidrun mit geröteten Augen ohne Unterlass aus dem Fenster starrt.

»Nein, hier gibt es keine Kegelrobben, die findest du mehr im Süden von Rügen. Wir könnten ja einmal einen Ausflug dahin machen. Wie war denn das Treffen mit eurem Sohn? Er scheint ja ein toller Typ zu sein – für einen Münchner versteht sich«, zwinkert Karl Horst zu.

Entgeistert starrt Heidrun auf sein übergesundes Gesicht und versucht irgendetwas aus seinen Schweinsäuglein zu lesen.

»Alles in Ordnung? Du siehst etwas blass aus.«

Wieso fragt er nach ihrem Sohn; warum sagt er, dass der ein *toller Typ* sei?

»Was genau machst du eigentlich im Informationsamt?«, möchte Heidrun wissen, eine Spur zu aggressiv.

»Ähm, das Übliche, nehme ich an: das Volk vor Spionen und Landesverrätern schützen.«

Schnell lenkt Horst das Gespräch auf ein anderes Thema, indem er fragt, ob die beiden auch beim Vortrag dabei sein werden. Sie sind es und man verabredet einen Treffpunkt, um gemeinsam hinzugehen.

Derweil beobachtet Heidrun die anderen Urlauber. Drei Tische weiter sitzt ein Paar, das besonders unauffällig zu ihnen blickt, sich ansonsten aber kaum unterhält. Die beiden passen auch gar nicht zusammen, denkt Heidrun. Bestimmt Gestapo[70], VMR (Vertrauensmann Reise)[71] auf der Suche nach staatsfeindlichen Umtrieben. Verräterisch ist auch ihre Kleidung, die offensichtlich der Mode vom Vorjahr folgt; ihre Bluse preiselbeerrot, sein Hemd mauve. Wieso sind sie ihr nicht schon früher aufgefallen?

»Sind die da drüben eigentlich von der Gestapo?«, zischt Heidrun Karl an, während sie aufsteht und mit dem Finger auf das lila Paar zeigt.

»Wir sehen uns dann später«, ruft Horst unnatürlich fröhlich; und noch bevor Karl irgendetwas antworten kann, zieht er seine Frau eilig in Richtung Strand, wo sie reglos in den Strandkorb sinkt.

»Ich muss noch kurz unsere Badesachen holen. Aber – was war das denn?«

Als er nach einer Viertelstunde zurück ist, findet er Heidrun in unveränderter Haltung wieder. Sie scheint sich nicht einen Millimeter bewegt zu haben. Um sie herum lärmen Kinder, lachen Eltern; es wird gebadet, gegessen, Volleyball gespielt – ein Tag am Meer, wie aus einem Bilderbuch für KdF-Reisen. Alle leben das Motto *Kraft durch Freude*, nur Heidrun hängt völlig kraftlos und ohne jeden Frohsinn in ihrem Strandkorb. Die Sonne gibt sich alle Mühe, den Tag zu vervollkommnen; alles ist in ein warmes, sorgenfreies Licht getaucht. Das Meer so blau, der Strand so gelb, die Bäume so grün – in makellosem Glanz blinken sie mit den freudestrahlenden Gesichtern um die Wette. Das Meeresrauschen ist angenehm monoton und kündet von der unerschöpflichen Kraft der Wellen, die niemals versiegen und unaufhörlich an die Gestade branden. Ein kleiner Wellenausläufer berührt fast Heidruns linken Fuß. Es gelingt ihm nicht, ebenso wenig seinen Brüdern, die ihm nachfolgen und es gleichfalls versuchen. Aus zu naher Ferne bedrängt das Umpa-Umpa einer Blaskapelle.

»Schau mal, das Meer ist fast an unserem Korb! Heute muss der Tidenhub besonders stark sein.«

Behutsam gleitet Heidruns Blick von ihren Füßen über den Sand auf die Wellen, als nähme sie das Meer heute zum ersten Mal wahr. Sie streckt ihr Bein aus und tunkt den Zeh ins Wasser. Sie spürt eine Erlösung, wie eine Meerjungfrau, die an Land geworfen wurde und endlich ihr rettendes, vertrautes Element wiedergefunden hat. In ihr Gesicht kommen Farbe und Bewegung zurück, sie springt auf und steht kurz darauf bis zu Hüfte im Meer. Parallel zum Strand watet sie durchs Wasser.

Horst ist von dieser plötzlichen Betriebsamkeit völlig überrumpelt, flugs zieht er seine Badehose an und folgt ihr in die Wellen.

»Schatz, was machst du denn da? Komm bitte kurz zurück zum Korb, damit du in deine Badesachen wechseln kannst.«

»Ich begreife das nicht, wohin sind bloß die Robben verschwunden? Es kann kein Meermann gewesen sein, sie müssen also da sein. ICH – MUSS – SIE – FINDEN.« Auf jedem Wort liegt eine eigentümliche Betonung.

Geduldig redet Horst weiter auf seine Frau ein, verspricht, mit ihr weiter zu suchen, wenn sie nur zuerst ihren Badeanzug anziehen will. Tatsächlich folgt sie ihm nach einer Weile. An einem der Stege hat unterdessen ein imposantes Schiff angelegt und der Lärm des Schiffhorns, gemischt mit der Kapelle und den vielen aufgeregten Gesprächen, übertönt jedes andere Geräusch. Eine betriebsame Flut an Menschen ergießt sich ein ums andere Mal in Richtung Festhalle, bis der Moloch seine Fracht komplett ausgespien hat. Als das geschehen ist, sind Heidrun und Horst längst zu zwei kleinen Punkten am Strand geschrumpft, die sich – ungefähr auf der Höhe von Binz – in einem modernen Ballett mal aufeinander zu bewegen, dann wieder voneinander entfernen; immer entlang des Meeressaums.

7

»Heil Hitler! Mein Name ist Horst Wittgenstein und ich soll hier heute meinen Sohn Bernhard Wittgenstein treffen. Können Sie mir bitte sagen, wo ich ihn finden kann?«

Ein hübsches junges Mädchen in brauner NS-Uniform mustert die beiden Besucher von ihrem Schreibtisch aus. Es ist offensichtlich, dass es sich um die Eltern ihres Vorgesetzten handelt: Die Ähnlichkeit ist unverkennbar, besonders der Vater macht einen sehr angenehmen, nordischen Eindruck. Ob er wohl auch eine wichtige Aufgabe innerhalb der Partei hat? Die Mutter ist nicht weniger Herrenmensch als der Vater. Doch im Gegensatz zu ihm haftet ihr etwas Ängstliches, Grüblerisches an; sehr unvorteilhaft. Die junge Uniformierte steht auf, geht um ihren Tisch herum, um beide persönlich zu begrüßen – es sind immerhin die Eltern des Abteilungsleiters. Ihr Arbeitsplatz ist weiteren fünfzehn Datenverarbeitungsplätzen vorgelagert. Alles ist in einem freundlichen Weiß gehalten, alles sieht sehr ordentlich und ansprechend aus. An den Wänden hängen die obligatorischen Bilder vom Führer und von der Führerin, daneben in einem angemessenen Abstand Plakate für verschiedene Kampagnen sowie Auszeichnungen von Mitarbeitern. Im hinteren Bereich liegen fünf Büros, abgetrennt mit milchigen Scheiben, die mit Ausnahme des größten allesamt besetzt sind. Ein ständiges Tippen wabert durch den Raum, unterbrochen von kurzen, knappen Gesprächen im Befehlston. Auf einem großen Bildschirm hält gerade die Führerin stumm eine Rede, doch es braucht gar keinen Ton, um der Rede folgen zu können, Mimik und Gestik transportieren alles Wesentliche: nur Emotionen, keine Inhalte. Heidruns Blick fällt auf ein Plakat in den klassischen deutschen Farben Schwarz-Weiß-Rot – *Eintracht macht Macht* prangt über einem Foto, das ihren Sohn in herrischer Pose zeigt, um ihn herum seine Mitarbeiter, die tatenhungrig zu ihm aufblicken, als sei er persönlich die Verkörperung einer siegreichen Zukunft. Aus den vier Ecken des Raumes spähen winzige Kameras auf die Mitarbeiter hinunter, eine ist direkt auf den Bereich der Empfangsdame gerichtet. Unbewusst tritt Heidrun hinter ihren Mann, um keine Angriffsfläche zu bieten.

»Leider habe ich ihn heute noch nicht gesehen. Wie Sie unschwer bemerken können, ist er nicht in seinem Büro. Eigentlich hätte er um zehn Uhr einen Termin gehabt, doch manchmal erreichen ihn Eilanordnungen und dann muss er sehr kurzfristig in die Informationsabteilung. Versuchen Sie es also am besten dort. Bitte wenden Sie sich direkt an Raban Heisenberg, den Leiter der Abteilung.« Dank einer präzisen Wegbeschreibung stehen sie kurze Zeit später im Empfangsraum der Informationsabteilung, der fast eine Kopie desjenigen der Propagandaabteilung ist. Nur die Zahl der Menschen und Kameras ist bedeutend größer. Ferner sind die Büros nicht mehr einsehbar, sondern hermetisch abgeriegelt. Vom Empfangsraum gehen einige Türen ohne Beschriftungen ab, hinter diesen vermutet Horst Rechenzentren oder Befragungsräume. Er und Heidrun werden jedoch zu einer Tür geführt, auf der mit großen schwarzen Buchstaben das Wort *Abteilungsleiter* geschrieben steht.

»Bitte nennt mich einfach Raban, denn Bernhard und mich verbindet eine echte Kameradschaft. Wir waren zusammen auf der Ordensburg und haben dann später auch gemeinsam studiert. Er hat mir so viel von euch erzählt, dass ich das Gefühl habe, euch schon lange persönlich zu kennen.«

Abgesehen von der Tür besitzt dieses Büro keinerlei Verbindung nach draußen, nicht einmal ein Fenster gibt es. Auf einem stummen Bildschirm wird wiederum eine Rede gezeigt, diesmal ist der Redner der Oberste Rechtswahrer[72]. Die Bilder sind von solcher Aggressivität, dass man sich in diesem Fall den Ton herbeiwünscht, in der Hoffnung, er mildere die erschreckende visuelle Wucht. Die drei setzen sich an einen runden Tisch. Raban gießt Kaffee in Tassen ein, in die goldene Hakenkreuze graviert sind.

»Ich verstehe, dass ihr euch Sorgen macht; ich bin ebenfalls überrascht. Denn ursprünglich wollten wir uns heute Vormittag hier treffen, um ein wichtiges Ereignis vorzubereiten. Doch es ist nicht das erste Mal, dass Bernhard kurzfristig abkommandiert wurde. Mir ist das selbst auch schon passiert und es hatte nie etwas Schlechtes zu bedeuten. Im Gegenteil werden nur die Besten für Spezialaufgaben herangezogen, insofern handelt es sich eigentlich um eine Ehre. Und nein, es ist nicht ungewöhnlich, dass er keine Nachricht geschickt hat. In der Regel geht mit solchen Sonderaufträgen eine sofortige Nachrichtensperre einher. Er wird sich dann sicherlich melden, sobald er alles erledigt hat.«

Raban hält kurz inne und wirft einen prüfenden Blick auf Heidrun und Horst. Dann beugt er sich vertraulich zu ihnen hinüber und fährt mit gesenkter Stimme fort.

»Offiziell dürfte ich euch das alles niemals sagen, eigentlich darf ich es nicht einmal selbst wissen. Für die Eltern meines besten Freundes will ich aber eine Ausnahme machen … Er wurde nach Amerika beordert. Er soll dort an einer Kampagne zur Mobilisierung von pronazistischen Sympathisanten teilnehmen, darunter Wallstreet-Gewaltige, Industriebosse, sogar Militärs der höchsten Ränge. Im Grunde ist es fantastisch, das war immer sein Traum! Ihr könnt euch wirklich für ihn freuen.«

Heidrun blickt verstohlen auf Rabans Unterarm: Am linken Handgelenk sitzt die Uhr, die mit dem VE verbunden ist. Sollte er gerade tatsächlich Geheimnisse verraten haben, wüssten es doch sofort seine Vorgesetzten! Angestrengt studiert sie sein Gesicht und seine Körperhaltung. Lügt er? Es sieht nicht so aus, aber vielleicht ist das Teil der Ausbildung; lügen, ohne dabei erkannt zu werden. Oder er glaubt seine Lügen selbst; pathologische Lügner sind bekanntermaßen die überzeugendsten. Heidrun misstraut ihm. Mit Sicherheit weiß sie seit gestern, dass dies nicht der Traum von Bernhard war. Könnte dieser Mann wirklich ein Freund ihres Sohnes sein? Sie kann sich nicht daran erinnern, dass Bernhard je von ihm erzählt hätte. Andererseits ist Raban nicht unsympathisch: groß, schlank, mit einem einnehmenden Wesen und einem Lächeln, dass einem das Herz aufgeht; sollte das alles einstudiert sein? Obwohl Rabans Körper trainiert ist, wirkt er nicht wie ein Kämpfer, dafür sind seine Gliedmaßen zu schlank und zu fein. Er ist auch kein Vorzeige-Arier: die Gesichtszüge eher klassisch, der Teint einen Tick zu dunkel, das dichte Haar hellbraun gelockt, dazu große rehbraune Augen. Er entspricht insgesamt mehr dem römischen oder sogar dem dinarischen[73] Typus.

Alles in allem aber ein hübscher Mann, von dem sie sich schon vorstellen könnte, dass Bernhard sich von seinem ungezwungenen, fröhlichen Charakter angezogen fühlte.

Sie bedanken sich höflich und kommen pünktlich zum Mittagstisch. Sogar Horst ist etwas missmutig, weil er sich auf seinen Sohn gefreut hatte. Doch auch wenn ihn diese ungünstige Wendung auf der einen Seite betrübt, versucht er doch tapfer, sich für seinen Sohn zu freuen und diese Stimmung auf Heidrun zu übertragen. Die Stunden bis zum Vortrag ziehen sich quälend dahin, es fällt Heidrun schwer, einen klaren Gedanken zu fassen. Ist es wahr, was Raban ihnen erzählt hat? Und selbst wenn … Wie soll sie ihrem Sohn helfen, wenn sie gar nicht mit ihm sprechen kann? Soll sie einfach abwarten, bis er wieder aus Amerika zurück ist, und in der Zwischenzeit Pläne schmieden? Aber was ist, wenn er verhaftet wurde und jetzt gerade ausgefragt wird … oder … oder schon liquidiert wurde? Die Ungewissheit ist unerträglich, ihr wird schwindlig, alles ist möglich. Alles dreht sich in ihrem Kopf, der Schmerz wird wieder übermächtig. – Doch es hilft nichts, sie muss einfach erst mal diesen Tag überstehen und danach einen nach dem anderen.

»Was für ein Zufall!«, ruft Horst aus und blickt dabei erstaunt auf seinen VE. »Gerade hat Hedda geschrieben, dass sie Bernhard nicht erreichen kann. Sie wollte ihn wohl um einen Rat wegen ihres Dienstes fragen und nun will sie von uns wissen, ob wir vielleicht heute mit ihm gesprochen haben. Hm, gar keine Frage, wie es uns geht. Zwei Wochen lang meldet sie sich nicht bei uns und dann schafft sie es auf einmal doch, bloß weil ihr Bruder einmal länger als einen Tag für seine Antwort auf eine Lappalie braucht. Dieses Mädchen! Was sollen wir ihr denn nun antworten?« Er ist seiner Tochter herzlich zugetan und gerade deswegen hat ihn die mangelnde Aufmerksamkeit ein wenig aufgebracht, die Hedda ihren Eltern zuletzt erwiesen hat.

Unfassbar, dass er in diesem Augenblick an seine eigenen Befindlichkeiten denkt, ärgert sich Heidrun still. Kann es wirklich nur ein Zufall sein, dass Bernhards Lieblingsschwester ihn gerade heute erreichen will? Was hat das alles zu bedeuten? Auf keinen Fall dürfen sie irgendetwas von Rabans Enthüllungen über die Grußrune senden.

Sie einigen sich schließlich darauf, Hedda nur zu versichern, dass es ihrem Bruder gut gehe, und dessen Schweigen darauf zu schieben, dass er in dringende Angelegenheiten eingebunden sei. Ihre Antwort beenden sie mit der Bitte, Hedda möge möglichst bald einmal wieder zu Hause vorbeikommen, sie würde schmerzlich vermisst.

Die Festhalle ist bis auf den letzten Platz besetzt, alle sind pünklichst eingetroffen. Auch der Redner steht bereits hinter dem Pult und ordnet noch geschäftig seine Unterlagen. Die Bühne, auf der sein Pult steht, ist etwas erhöht, damit er bis in die letzten Reihen gut zu sehen ist. Damit er auch für alle gut zu hören ist, hat man eine Vielzahl an Lautsprechern zu beiden Seiten des Saals aufgestellt. Da heute alle Gäste des Seebades vollständig anwesend sind, muss das Thema des Vortrags von äußerster Wichtigkeit sein. Eine angespannte Erwartung liegt über dem Publikum. Noch aber verstummen die Gespräche im Saal nicht, ein nicht versiegendes Getuschel quillt aus der Masse. Trotz der Größe und Höhe des Raumes gibt es kaum Widerhall, sodass die Stimmung gemessen bleibt. Wer sich nicht unterhält, informiert sich über die berührungsempfindlichen Bildschirme, die in die Rückenlehnen der jeweiligen Vordersitze eingelassen sind. Über die Bildschirme hat jeder Zugriff auf erste Informationen zum Redner und zum Vortragsthema; nach dem Vortrag kann man über sie eine Bewertung abgeben sowie eine Zusammenfassung des Vortrags herunterladen. Gleiches könnte man allerdings auch direkt über den VE und die entsprechende Rune bekommen, sodass der Mehrwert der Bildschirme lediglich in der simultanen Nahanzeige der Bilder und Texte besteht.

Heidrun und Horst haben mit ihren Urlaubsfreunden aus Germania in einer der hinteren Reihen Platz genommen. Während Horst und Karl interessiert die Alltafeln[74] in den Vordersitzen erkunden, ist Sieglinde noch mit ihrem VE beschäftigt; Heidrun durchmisst mit ihren Gedanken das imposante Saalgewölbe und hofft auf irgendeine Ablenkung. Von einem Moment auf den anderen sind alle Bildschirme gleichgeschaltet und auf jedem erscheint das Sonnenrad. Darunter verkündet die rote Schrift auf weißem Grund den Vortragstitel: *Züchtung des neuen deutschen Menschen – Verbesserung der Rassenhygiene dank Epigenetik.*

Gleichzeitig wird das Licht gedimmt und die monumentalen Hakenkreuzfahnen an den Seitenwänden werden hochgezogen, bis sie vollständig in der Deckenkonstruktion verschwinden. Wo sie hingen, treten nun gigantische Bildschirme aus den Wänden hervor, auf denen Bilder von glücklichen arischen Familien bei verschiedenen Freizeitaktivitäten ineinandermorphen; dazu ertönt eine angenehme, leichte, zeitgenössische Klavierkomposition. Am Schluss friert die Nahaufnahme eines Kinderpaares ein: Mädchen und Bub von ungefähr acht Jahren. Beide blicken umwerfend hübsch, unbeschwert und voller Zuversicht aus großen blauen Augen in eine glänzende germanische Zukunft. Um sie herum strahlt ein Wildblumenmeer, das satte Indigo der Kornblumen wetteifert mit der Farbe der Iris, während tiefroter Klatschmohn Akzente setzt. Auf den Gesichtern der Zuhörer sind fahle Abbilder der Blüten zu sehen, das Auditorium wird selbst zu einer Wiese im Schattenreich, Hel[75] haucht sanft über die Kelche. Die Bühne ist dagegen in ein sonnengleiches Licht getaucht, golden thront sie über der Schattenwelt. Die Leinwand hinter dem Redner zeigt, neben KdF-Signet und Vortragstitel, den Namen und die Stellung des Vortragenden: Prof. Dr. Adolf Bauer, Oberster Zuchtwart beim Reichsrasseamt[76].

»Sieg Heil!«, schreit er kampferprobt ins Mikrofon. Sogleich nimmt er eine soldatische Haltung ein, jeder einzelne Muskel in seiner grauen SS-Uniform spannt sich. Der rechte Arm schnellt nach vorne zum Deutschen Gruß, seine stahlblauen Augen blicken herausfordernd und siegesgewiss in jedes Antlitz. Sofort erheben sich alle Zuhörer wie ein Mann zum dreimaligen Wechselruf zwischen Redner und Masse, selbst die sorglosen Kinder haben sich in eine Rotte glühend grüßender Hitlerjugendlicher verwandelt; Tyr[77] brennt aus jedem Augenpaar.

»Volksgenossen, als politischer Soldat ist der Kampf unsere Natur. Kampf bedeutet aber nicht nur das Ringen um die Weltherrschaft mit anderen Völkern. Der Kampf findet immer und immer gleichzeitig an vielen Fronten statt. Und überall heißt es, niemals nachzugeben und immer weiter zu schreiten – weiter nach vorn. Das Wesen der Bewegung ist die rassische Denkweise: Die einzige leistungsfähige Rasse der Gegenwart ist die germanische, deren welthistorischer Träger das deutsche Volk ist. Eine zielbewusste Rassenpolitik ist daher die einzige Gewähr für eine sichere Zukunft des deutschen Volkes und damit letztlich der gesamten Menschheit. Viel ist bereits getan worden, um den Rassekern zu verbessern: Angefangen von den Blutschutzgesetzen bis zur Entwicklung und Umsetzung der Rassenhygiene. Immer wieder kommt es dank des gewaltigen Einsatzes an Menschen und Material in diesem Forschungsbereich zu neuen Erkenntnissen und Methoden, die es uns erlauben, noch größere und schnellere Erfolge zu feiern. Ich will hier nur an die Fortschritte der pränatalen Diagnostik und der Keimselektion erinnern. Doch nun haben unsere Genossen an der Uni Jena, am Lehrstuhl für menschliche Züchtungslehre und Vererbungsforschung, unter titanischem Einsatz ein neues verheißungsvolles Forschungsfeld entdeckt: die Epigenetik. Dank ihrer neuen Erkenntnisse kann jeder Einzelne von euch einen entscheidenden Beitrag leisten, um das Blut seiner Kinder und Kindeskinder zu verbessern.« Ein Raunen geht durch die Menge.

»Jawohl, jeder Einzelne!«

Großaufnahmen von Erwachsenen laufen über die Bildschirme an den Wänden.

»Hört also aufmerksam zu, denn diese Erkenntnisse gnadenlos umzusetzen, kann für den Bestand eurer Sippe entscheidend sein. Die Grundsätze der Epigenetik besagen, dass sich Umwelteinflüsse in das Erbgut einbrennen. Schadstoffe, Stress, die Art unserer Ernährung – all das kann die Marker in den Chromosomen verändern und diese Veränderungen werden an die Nachkommen weitergegeben. Das betrifft Krankheiten ebenso wie Charaktereigenschaften, sogar das gesamte Sozialverhalten kann betroffen sein. Haben die Ahnen zum Beispiel eine Angstkonditionierung erfahren, wird sie an die nachfolgende Generation vererbt – und diese wird dann beim gleichen Auslöser mit einer erhöhten Schreckreaktion antworten. Man kann also gar nicht genug betonen, wie wichtig euer Verhalten, eure Ernährung und die Lebensumstände für die Evolution der Menschheit sind. Die Führerin braucht ein nervenstarkes Volk – keine Jammerlappen!«

Hinter dem Zuchtwart brechen gischtgekrönte Wellen gegen unüberwindbare Felsen, ein Herrenmensch mit freiem Oberkörper springt unerschrocken in die Fluten und dringt ins Meer. Die Wellen umtosen ihn bald, nur noch sein Kopf ist sichtbar, er scheint allein in rauschender Weite. Doch hinter ihm springen unaufhörlich weitere Menschen ins Wasser und schwimmen unaufhaltsam hinter ihm her. Es werden schließlich so viele, dass die Masse der Menschen das Wasser verdrängt und das Schwimmen übergeht in ein Marschieren.

»Seht, selbst das scheinbar Unmögliche ist erreichbar. Wir können und wir werden die Natur unserem Willen unterwerfen.«

Frenetischer Beifall brandet auf, einige applaudieren stehend.

Also doch! Sie hat nicht nur all die Jahre ihr Kind allein gelassen, sie muss dazu noch während ihrer Schwangerschaft irgendetwas falsch gemacht haben! Hatte sie denn zu der Zeit Angst gehabt, hat sie die Gemeinschaft gescheut? Was hatte sie Bernhard zu essen gegeben? Heidrun ist sich auf einmal ganz sicher, dass sie allein Bernhards Unglück verschuldet haben muss. Sie weiß zwar noch nicht genau wie, aber es ist nur eine Frage der Zeit, bis sie selbst oder die Wissenschaft es herausfinden wird. Die Wucht dieser Erkenntnis lässt den Schmerz in ihrem Körper explodieren, ein gleißender Stich fährt in ihren Hinterkopf, ihr Schädel knickt abrupt nach hinten. Ihre Augen verengen sich zu Schlitzen, sie sieht gerade noch, wie der Arier auf der Leinwand im Wasser versinkt. Noch einmal taucht sein Kopf aus dem Blau und spiegelt sich zwanzigtausendfach in der Menge, die zu einem Heer von Geköpften wird, das gespenstisch zur Pforte des Totenreiches wogt. In Zeitlupe richtet sich Heidrun auf, das Rätsel um die geheimnisvolle Robbe hat sich schlagartig entwirrt – und seine Auflösung ist grausam.

»Das darf nicht sein, bitte nicht! Bitte, nur eine Chance, um alles wiedergutzumachen! Ich kann mein Kind doch jetzt nicht aufgeben! Ich will alles tun, einfach alles – nur bitte eine letzte Chance – ihn einmal noch sehen, mit ihm sprechen! Bitte, ich will zu meinem Kind!«, fleht Heidrun verzweifelt das Schicksal an.

»Ich will zu meinem Kind. Zu meinem Kind. Mein Kind«, ist ihr einziger Gedanke, alles andere ist vollkommen ausradiert.

Für Heidruns Leid gibt es keine Tränen, die es erleichtern könnten, keine Worte, die sie trösten könnten. Doch vor allem gibt es keine Tat, die alles ungeschehen machte und Mutter und Kind wieder vereinen könnte. Tränenlos und völlig still steht sie für einen Moment da, dann dreht sie sich sehr langsam nach links, verlässt die Sitzreihe und geht wie fremdbestimmt zum Ausgang der Festhalle.

Horst schaut seine Frau an und denkt zuerst, dass sie bloß Beifall spenden will; und als sie sich entfernt, vermutet er einen Gang zur Toilette. Erst nach einer Weile entsinnt er sich des toten Ausdrucks auf ihrem Gesicht und ist tief beunruhigt. Er steht auf und folgt ihr nach draußen.

Heidrun zieht es unaufhaltsam zum Meer, zwischendurch hält sie immer wieder kurz inne, um sich mit traumwandlerischen Bewegungen eines Kleidungsstückes nach dem anderen zu entledigen; zuerst sind es nur die Schuhe und das Haargummi, doch nach und nach folgen die Strümpfe, das Kleid, alles, was sie anhat. Sie lässt alles hinter sich, sie hat sich entschieden. Niemand begegnet ihr, weil ja alle in der Festhalle versammelt sind. So ist der Strand menschenleer, als sie das Ufer erreicht, genau auf Höhe ihres Zimmerfensters. Sie ist inzwischen völlig nackt, wie der erste Mensch tritt sie vor ihren Schöpfer. Ihre langen Haare fallen nicht mehr blond, sondern weiß bis zu ihrer Hüfte. Angestrengt sucht sie den Horizont ab, begibt sich dann bleiern, aber entschlossen ins Meer.

Die sinkende Sonne sendet ihre schwächer werdenden Strahlen und erhellt ein Antlitz, welches ihre Wärme nicht mehr spüren kann.

Es ist warm und leicht. Leicht und licht. Licht nähert sich, durchdringt, zieht weiter. Blaue Schatten drehen sich im Kreis und pulsieren zu grünen Wellen.

Als sie bis zur Hüfte im Wasser steht, taucht sie ihre Arme ein, dem sandigen Grund entgegen, in der matten Stille hat sie ihren Sohn entdeckt, sein Körper wiegt sich hier, umfangen. Gemeinsam wollen sie die unendliche Weite erkunden, sie hat ihn erkoren und wird ihn leiten. Er nimmt ihre Hände und zieht sie zu sich heran. Sie drehen sich, sie spürt Sand an ihrem Rücken. Sie ist an seiner Seite, für immer; so wie sie es versprochen hat. Seine Haare schweben im Rhythmus der Wellen auf und nieder. Was für ein wunderschöner Meermann er geworden ist!

Draußen vor der Festhalle kann Horst sehen, wie Heidrun nackt an der Küste schwankt. Eine furchtbare Angst überkommt ihn und er will so schnell wie möglich bei ihr sein. Doch wie in einem Albtraum kommt er trotz größter Anstrengungen kaum von der Stelle, je größer sein Bemühen, desto weniger Luft bekommt er. Tränen der Hilflosigkeit laufen über sein Gesicht. Reiß dich zusammen, beweg dich! Nur langsam kommt der Strand näher. Heidrun ist bereits tief im Wasser. Vor Angst wird ihm schwarz vor Augen und seine Beine knicken ein. Wie der Sand unter seinen Knien knirscht, sieht er im Augenwinkel Karl in absurder Geschwindigkeit am ihm vorbeiziehen. Er hört, wie das Meer unter der Wucht von Karls massigem Körper aufspritzt. Etwas schlägt dumpf auf den Sand. Im selben Augenblickt erhebt sich ein markerschütterndes, grauenhaftes Heulen – ein Wesen windet sich in Agonie. Nervenzerreißend dringt das Geräusch durch die Zähne unvermittelt in die Schläfe, wo es die Schädeldecke zu sprengen droht. Sieglinde ist inzwischen ebenfalls am Strand angelangt und hilft Horst auf die Beine. Gemeinsam schwanken sie zur Stätte des Todeskampfes. Schemenhaft sehen sie vor sich ein Gewirr von Armen und Beinen. Ein Aufschrei schießt aus der Tiefe von Heidruns geschundener Seele. Mit Zähnen, Armen, mit ihrem ganzen Körper versucht sie sich aus Karls Griff zu befreien. Dessen Leib ist ganz mit Heidruns verschlungen und trotz all seiner Kraft kann er sie kaum halten. Entsetzen entstellt sein sonst so gutmütiges Gesicht. Zitternd versucht Horst seine Frau irgendwie zu beruhigen, doch sie scheint ihn gar nicht zu erkennen. Schließlich kommt die Strandwacht angelaufen, wirft Heidrun eine Decke über und verabreicht ihr umgehend ein starkes Beruhigungsmittel. Nach und nach geht ihre furchtbare Klage in ein unentwegtes Wimmern über. Horst nimmt seine Frau fürsorglich in den Arm und wiegt das Bündel Mensch hin und her, ausdruckslos lässt sie es über sich ergehen. Herangelockt durch den Lärm und den Aufruhr steht inzwischen eine kleine Menschentraube um sie herum, betreten und hilflos blicken die Volksgenossen auf sie nieder. Aus der Ferne nähern sich zwei lila Gestalten, zielsicher bahnt sich das Paar seinen Weg durch die Menge.

»Alle Mann zur Seite, wir übernehmen hier.«

Triumph des Willens

1

Bedrohlich kommen die Wände näher und beugen sich über ihn, übergriffig. Endlos, gleichförmig und nur spärlich beleuchtet ziehen sich die Gänge dahin. Nach jeder Biegung, nach jeder Treppe das gleiche Bild: Türen, die zu austauschbaren Leben führen; Fenster, welche als Aussicht nur wieder andere Gebäude mit wieder identischen Labyrinthen bieten. So muss sich eine Ratte in einem Verhaltensexperiment fühlen. Tagaus, tagein die Monotonie sinnloser Prüfungen, auferlegt von Wesen, die kein Mitleid kennen. Ohne Aussicht auf ein Ende, ohne Hoffnung auf Freiheit. Totale Ohnmacht, nur ein sinnloser Wechsel zwischen Käfigen, antiseptischen Tischen, Versuchsanordnungen. Früh aus dem Familienverband gerissen, sind auch die sozialen Fähigkeiten verkümmert, allein eine rudimentäre Kommunikation zwischen den Aufbewahrungsbehältern ist noch möglich. Doch wovon sollen sie sprechen, all die Gestörten und Versehrten, außer von Angst, Missbrauch und Schmerz?

Bernhards Schritte werden schneller. Er muss hinaus, frische Luft atmen, den Himmel über sich sehen, die Weite spüren. Als er die Hand auf die Klinke legt, steigt eine Beklommenheit in ihm hoch und schnürt seine Kehle zusammen. Was wäre, wenn sich die Tür nicht öffnen ließe, ihm der Austritt verwehrt würde? Bestürzt hält er inne. Er schließt die Augen und versucht die aufsteigende Panik zurückzuhalten. Dann drückt er entschlossen den Griff nieder und die Tür öffnet sich mühelos. Eine wohltuende kühle Brise schlägt ihm entgegen, erleichtert holt er tief Luft und nimmt mit einem Mal eine Vielzahl von Gerüchen wahr. Das salzige Meer, den klammen Sand und die harzigen Kiefern, auch den kalten Beton und die Holzbohlen auf dem Weg vor ihm. Seiner nationalsozialistischen Bildung verdankt er wenig genug, doch diese antrainierte und jederzeit abrufbare Disziplin hat ihm schon oft geholfen. Manchmal ist es extrem nützlich, seine Gefühle durch einen inneren Entschluss abtöten zu können. Wenn man vor lauter Disziplin allerdings kaum noch Emotionen besitzt, die man unterdrücken könnte, wird einem erst der hohe Preis jener Bildung bewusst. Zielstrebig geht er auf die Küste zu, hält auf der Hauptpromenade inne und dreht sich mehrmals um die eigene Achse.

Unglaublich, wie ruhig es an diesem Abend ist, obwohl sich hier eine Menschenmasse auf engstem Raum zusammendrängt. Die unzähligen Scheiben der hohen Gebäude ringsum sind beschlagen, die monumentalen Bauten wirken seltsam unbelebt, wie ein verfluchtes Dorf in alten Sagen. Tagsüber wimmeln die Menschen in ihren verschiedenfarbigen Uniformen durcheinander, aber bei Sonnenuntergang verlieren sie alle ihre menschliche Gestalt und verwandeln sich des Nachts in Tiere, Bäume oder gar Sandkörner. Unwillkürlich blicken seine Augen auf den Boden. Nein, das passt nicht: die unermessliche Zahl der Sandkörner gegenüber den paar Tausend Nationalsozialisten auf Prora. Wahrscheinlich mischen sie den Leuten Schlafmittel ins Essen

– wer weiß? Das wäre ja noch die harmloseste Möglichkeit. Auf einem Parteitag hatte er einmal einen alten Kameraden aus der AHS getroffen, der inzwischen in einer geheimen Sonderabteilung für chemische Kampfführung arbeitete. Nach reichlich Bier und Schnaps hatte der ihm weinerlich gestanden, dass sie nicht nur an Mitteln zur Schwächung des Feindes, sondern auch an Mitteln zur Stärkung der nationalen Kampfkraft forschen. Allein im Zweiten Weltkrieg hätten Abermillionen nur dank euphorisierendem Methamphetamin, wie Pervitin, ihre Heldentaten vollbringen können; von wegen germanischer Opferwille – alles nur dank Panzerschokolade[78]. Viel hat sich seither nicht geändert, heute untergraben wir den Widerstand der USA mit Derivaten wie Crystal Meth. Wir sind ein staatlicher Drogenhändler. Wie anbetungswürdig: Junkies als Kollaborateure beim Endsieg! Und dann haben wir auch noch in Göttingen das Kokain erfunden. Es kann einen wahrlich mit Stolz und Zuversicht erfüllen, wenn man bedenkt, was für fähige Chemiker wir doch in Deutschland haben – die besten der Welt und dazu die motiviertesten! Wer wollte nicht die besten Drogen der Welt für sein Volk?

Ein schiefes Lächeln zieht über Bernhards Gesicht. Doch gleich darauf verhärten sich seine Züge wieder, seiner verinnerlichten soldatischen Körperhaltung entsprechend.

Hitler hatte es klar gesagt: Der Zweck heiligt die Mittel! Um das Endziel zu erreichen, müssen wir mit äußerster Brutalität vorgehen – gegen uns selbst und gegen andere.

Doch seitdem ist eine Menge Zeit vergangen. Heutzutage will man sich kaum mehr ausmalen, was sie neben den

Genexperimenten noch mit den Soldaten anstellen. Grauenhaft! Und auch vor der Zivilbevölkerung wird der Fanatismus der Gläubigen bestimmt nicht haltmachen, man denke nur an all die *Impfungen*. Kopfschüttelnd setzt Bernhard seinen Gang zum Meer fort, er kommt sich vor wie in einem Horrorfilm, wo meistens entartete Neigungen die Menschen zu Untoten werden lassen. Wahrscheinlich sind seine lieben Volksgenossen alle Zombies, deren Hirn von Rauschgiften zerfressen oder gleich an ein mechanisches Implantat angeschlossen ist, das ihre Gedanken steuert. Unvermittelt tastet er seine Halswirbel ab, doch da sind keine Spuren fühlbar. Beinahe wünschte er sich ein solches Horrorszenario. Es wäre leichter zu ertragen, als dass die Menschen tatsächlich aus Überzeugung, Dummheit oder Gleichgültigkeit schuldig würden.

Jetzt ist er wieder hartherzig, ungerecht gegen sich selbst und seine Mitmenschen. Denn es gibt ja auch andere Gründe: Angst, Hilflosigkeit und Schwäche. Doch wer möchte sich schon eingestehen, dass er schwach ist? Ein ganzer deutscher Mann sicherlich nicht, das ist völlig unmöglich! Dagegen fühlt sich bedingungslose Überzeugung viel besser an und entspricht mehr dem Selbstbild. Betroffen steht Bernhard nun vor der großen dunklen Fläche; da die Bucht von beiden Seiten umfriedet ist, entsteht der Eindruck eines kreisrunden Platzes. Die See ist aber gänzlich unbeeindruckt von seinen allzu menschlichen Sorgen. Seit Äonen haben ihre kleinen, kräuselnden Wellen diese Gestade blank gescheuert und sie werden es immer noch tun, wenn die Deutschen – und am besten die gesamte Menschheit

– diesen Planeten verlassen haben. Lang kann es bis zu jenem Tag nicht mehr dauern. Denn Deutschland hat nicht nur die besten Chemiker, sondern auch die besten Physiker: Und die entwickeln unbeirrt Vernichtungs- und Vergeltungswaffen, ja die apokalyptischsten Wunderwaffen. Sicherlich haben die Nachfolger Heisenbergs schon Mittel und Wege gefunden, alle Völker dieser Erde hundertfach auszulöschen; letzten Endes wird die Welt wirklich noch am deutschen Wesen genesen. Ob das immer schon der perfide Plan war, Führer und Führerin als überzeugte Ökoterroristen? Bei Thors Hammer, das würde er gerne miterleben! Die Schöpfung genügt am Ende sich selbst.

Die theoretischen Überlegungen lenken Bernhard immer wieder von seinen negativen Gefühlen ab – und damit auch von sich selbst. So hat er über all die Jahre gelebt, nur so konnte er überleben, doch heute, hier und jetzt, ist seine Stunde. Er will sich nicht mehr vergessen, will bei sich bleiben, ganz nah bei dem unschuldigen Kind, als das er geboren wurde. Den Arier, zu dem ihn die Nationalsozialisten gemacht haben, will er dagegen hinter sich lassen. Doch wo genau verläuft die Grenze zwischen diesen Personen?

Wehmütig versenkt sich Bernhard in die Szenerie; so erstrebenswert der Abschied im Großen ist, so bitter ist er im Kleinen. Auf der glitzernden Wasseroberfläche spielen die Wellen des Meeres mit den Silberfäden des Mondes. Darüber thront, allem Irdischen enthoben, der Trabant am Firmament; ein breiter schimmernder Prozessionsweg über einem gähnenden Abgrund, das runde Tor zum Elysium[79] sendet seine Bannstrahlen aus.

Bernhard streift Schuhe und Strümpfe ab und geht ein paar Schritte ins Wasser. Einen Augenblick lang vergisst er seine trüben Gedanken und genießt nur das Prickeln auf seiner Haut, die Berührung des nachgiebigen, weichen Grundes.

Hierauf entledigt er sich auch seiner Jacke und seiner Schirmmütze, tritt etwas zurück und lässt sich auf dem Strand nieder. Seine Beine sind angewinkelt, der Oberkörper ist leicht nach vorn gebeugt; die Ellbogen ruhen auf den Knien, die Finger sind ineinander verschränkt. Sanft drückt er seine geschlossenen Lippen immer wieder auf die gefalteten Hände. Die Augen geschlossen, streicht das Gelenk seines Mittelfingers mehrmals den Mund entlang. Danach fährt er sich mit beiden Händen durch sein dichtes Haar, zum Schluss mit den Handballen längs der Schläfen, anschließend verharrt er, die Stirn in seinen gewölbten Händen bergend. Es dauert wohl eine Viertelstunde, bis Bernhard sich gesammelt hat, dann löst er die Uhr von seinem Handgelenk und entfernt das Speicherplättchen. Einige gezielte Schläge mit dem Absatz seines Schuhs genügen, um sowohl die Verbindungskarte als auch den Mechanismus der Uhr zu zerstören.

Selbst den Drang zum zwischenmenschlichen Austausch haben die Nationalsozialisten geschickt genutzt und pervertiert, als sie den Volksempfänger zu einem Mittel für die totale Volksüberwachung entwickelt haben. Niemand muss zur Nutzung gezwungen werden – im Gegenteil. Jeder wartet schon auf die neuste Version und kommuniziert fast ausschließlich über Grußrune und Sippenbuch. Ganze

Ministerien befassen sich mit der Weiterentwicklung der Informationstechnologie, um sie noch effektiver und noch verführerischer zu machen. Erschreckend genial!

Aus der rechten Hosentasche kramt er seinen VE hervor, zögert kurz, doch loggt sich dann ein. Hektisch blinkt eine Vielzahl unterschiedlichster Nachrichten auf, unbeirrt klickt er sich durch sie hindurch zur Grußrune, wo er auf einen Schäferhund in SA-Uniform tippt.

Hedda, du bist wirklich unbelehrbar. Es ist so schwer, so viel in wenige banale Worte zu fassen. Ein Bild ist einfacher – und treffender. Genau, ein Bild wird das Beste sein! Er durchsucht die Ablage in seinem VE und findet dort eine seiner Lieblingsaufnahmen: Hedda und er als Kleinkinder im Sandkasten, zu Hause im Garten. Während er unbeschwert, mit einer roten Plastikschippe in der Hand, direkt in die Kamera blickt, sitzt Hedda ihm schreiend gegenüber und holt gerade mit einem blauen Förmchen aus, um ihn zu schlagen. Eigentlich hat sie nie aufgehört zu toben. Ihr ganzes Dasein ist ein gelebter Widerstand, das hat er immer an ihr bewundert. Er hingegen wollte bloß akzeptiert und geliebt werden. Vielleicht wäre für beide vieles leichter gewesen, wenn sie als Mann und er als Frau auf die Welt gekommen wäre. Mit ihrem wilden Trotz und ihrer unbedingten Kompromisslosigkeit hätte sie bestimmt die Kader beeindruckt. Ihre Neigung zur Handarbeit war auf jeden Fall erbarmungswürdig: Nicht ein bemalter Stein, den sie nicht anschließend durch das Fenster geworfen hätte, nicht ein gesticktes Deckchen, das sie nicht für die Bestattung eines toten Tieres zweckentfremdet hätte. Seine Basteleien hingegen füllten zu Hause die

Fenstersimse, und die Pokale, die er mit seinen sportlichen Leistungen gewann, erhielten Ehrenplätze im Wohnzimmer. Jeder hatte am anderen das gefunden, was er an sich selbst schmerzlich vermisste. Ohne einander hätten sie all die Jahre in all den Erziehungsanstalten bestimmt nicht überlebt.

Ich denke an dich.

Dankbarkeit und Liebe steigen in ihm auf. Unerträglich wird die Gewissheit, sie nie wiederzusehen, sie so zurückzulassen.

Er ist kurz davor, die Fassung zu verlieren, doch er reißt sich wieder zusammen: Es ist noch etwas zu erledigen, auf das er sich konzentrieren muss.

Nachdem Bild und Nachricht verschickt sind, greift er erneut nach seinem Schuh, um mit dessen Absatz wiederum zuerst die Speicherplatte zu zerschlagen, dann die Batterie, zuletzt schlägt er wahllos zu und zertrümmert das Gehäuse seines VE; die ärmlichen Reste verschwinden in seiner Jackentasche.

Das war also das Ende aller Kommunikation, es bleibt bloß noch Zeit für die Rückschau. Es heißt ja, dass in der Stunde des Todes das ganze Leben noch einmal an einem vorbeizieht – und ihm bleiben noch ungefähr zwei Stunden. Er überlegt, woran er sich am liebsten erinnerte. Wird er eine Antwort auf die Frage finden, weshalb ihn das Schicksal heute hierhergeführt hat? Die besonderen Lebensmomente liegen verborgen unter einem Meer von Schmerz – doch das muss aushalten, wer in die Vergangenheit reisen will.

2

Nachdenklich lässt sich Bernhard zurückfallen. Hoffentlich kann er das aushalten, das Leid eines ganzen Lebens in ein, zwei Stunden verdichtet. Vielleicht verleiht ihm die Natur die dazu nötige Kraft? Die Arme hinter dem Kopf verschränkt, die Füße im Meer, erhebt sich über ihm das unfassbare Firmament. Die narkotisierten Volksgenossen sind früh zu Bett gegangen, sodass eine ungestörte Dunkelheit herrscht, in welcher er sogar die Milchstraße erkennen kann – entrückt, überirdisch, ewig. Vor ihm liegt das Weltmeer, Lebensspender und Allmutter der Evolution. Sein Leib stellt die fragile Verbindung zwischen der spirituellen Sphäre und dem Urwüchsigen her. In der Esche Yggdrasil[80], die die Welten eint, springt sein wacher Verstand wie das Eichhörnchen Ratatöskr[81] behände zwischen den Ebenen und Zeiten hin und her. Was hat er sich immer auf seinen Verstand eingebildet! Auf der Schule schnitt er beim ersten Intelligenztest so überragend ab, dass er sofort in die nächsthöhere Klasse versetzt wurde. Seine neuen Kameraden hielten ehrfürchtig Abstand, doch er beneidete sie grenzenlos um ihre Leichtigkeit und ihre ungezwungene Gemeinschaft. All seine Versuche, sich einzugliedern, blieben hölzern, man merkte ihnen an, dass sie verstandesgetrieben waren. Je deutlicher er sich der Distanz zu seinen Brüdern bewusst wurde, desto verbissener trainierte er seine Geisteskräfte und desto stärker zog er sein Selbstverständnis aus seiner intellektuellen Überlegenheit und seinen einzigartigen Leistungen. Problematisch wurde dies erst später, als ihm aufging, dass Gemeinschaft und nicht die Einzigartigkeit, dass eine pragmatische Intelligenz und nicht hinterfragender Intellekt das Ideal der Nazis war. Bitter war diese Einsicht, so bitter. Er hätte alles für seine Sippe, für sein Volk getan, doch sie wollten ihn nicht so, wie er war. Die latente Ablehnung brachte seine schlimmsten Eigenschaften ans Licht. Er wurde über alle Maßen laut und drängte sich bei jeder Gelegenheit in den Vordergrund. Alles, um sein fehlendes Selbstwertgefühl zu überspielen. In späteren Jahren kamen noch Alkohol und Rauschmittel jedweder Art hinzu, die er gleichfalls maßlos und ungehemmt konsumierte, um sich irgendwie zu betäuben. Seine Lehrer aber sahen in dem unsäglichen Verhalten nur einen Ausdruck von Führungsqualitäten und bestärkten ihn noch darin – Absurdistan der Kindererziehung, seelische Vernachlässigung auf hohem professionellen Niveau.

Erst durch sein Psychologiestudium gelang es ihm, sich selbst besser zu verstehen und das verhängnisvolle Ungleichgewicht seiner Seelenkräfte zu erkennen. Heute kann er sein damaliges Handeln, ebenso wie das seiner Umgebung, besser einordnen. Doch die geschehenen Taten zu verstehen, bedeutet nicht in jedem Fall, sie auch vergeben zu können.

Natürlich weiß er, dass seine Lässigkeit und sein Zynismus, die noch in diesem letzten Selbstgespräch immer wieder aufscheinen, nur einen instinktiven Schutzmechanismus darstellen, um dem Grauen der Entleibung entgegentreten zu können. Vielleicht sind sie aber auch Vorboten der Gewissheit, dass er dem arischen Großlabor entkommen wird. Ausdruck der Erleichterung, einmal noch selbstbestimmt agieren zu können, nicht nur funktionieren zu müssen. Es tut gut, wieder Herr seiner selbst zu sein und sein Leben nach den eigenen Überzeugungen zu gestalten – selbst wenn er nur das Ende gestalten kann, so ist es doch zumindest sein Ende. Aber wahrscheinlich betrügt er sich auch hierin selbst. Doch in diesen wichtigsten Minuten darf er sich seinen Gefühlen nicht unkontrolliert hingeben, er muss sie gleichsam dosieren, sonst würde das Risiko zu groß, kurz vor dem Ziel doch noch vom Weg abzukommen. Trotz seines Wissens, das er sich um die menschliche Natur erworben hat, bleibt er letzten Endes ein Wesen, das mit sich ringt, ächzt und stöhnt.

»Aber wir wollten doch chronologisch vorgehen! Schnell, zum obersten Ast, du Nagezahn, zum Anbeginn!«, wirft sich Bernhard gespielt vor, um sich gleich darauf wieder zu beschwichtigen. »Nicht doch, heute lockern wir die Zügel ein wenig, du darfst gelegentlich auch mal abschweifen.«

Die ununterbrochene Indoktrination führte zu einer eigenmotivierten Unterdrückung abweichender Gefühle und Gedanken. Dieser stahlharten Unnachgiebigkeit und Verleugnung gegenüber dem eigenen Wesen folgt zwangsläufig eine übertriebene Härte und Gefühllosigkeit gegenüber anderen.

Ein schönes Zitat aus seinem Lehrbuch über Machtmissbrauch. Es zu verstehen, ist nicht halb so schwer, wie es zu erleben. Es hat lange gedauert, bis er sich selbst als Opfer sehen konnte.

Verletzte Menschen verletzen Menschen.

Opfer werden zu Tätern. Als Mann der Tat sieht sich jeder gerne, doch dass der Grund dafür Schwäche sein soll, scheint unbegreiflich, sinnlos und geradezu unmöglich.

Wie soll man denn andere lieben, wenn man sich selbst weder kennt noch mag? Fragend durchforscht Bernhards Blick die Sternenheere über ihm.

Steht das Schicksal nicht in den Sternen? Viele Religionen sehen im Himmel den Sitz der Ahnen, die idealerweise gütig auf die Lebenden niederblicken und ihre Geschicke zum Besten lenken, wenn sie respektvoll behandelt werden.

Was wohl seine Ahnen von ihm halten? Welches Gestirn hat ihm seine Charaktereigenschaften vermacht, hat ihn eines hierhergeführt, war es also Bestimmung? Wird er bald zu den Sternen aufsteigen, wird er selbst zu einem werden? Er würde dort oben befreit vor sich hin blinken und seiner Familie positive Energie senden. Der Gedanke an seine Familie bekümmert ihn und besonders sorgt er sich um seine Mutter. Er war immer ihr Lieblingskind gewesen. Dank ihrer Liebe empfand er in seiner Kindheit stets ein Gefühl tiefer Geborgenheit, es waren ihre verständnisvollen Augen, die über ihn wachten und bei jedem noch so kleinen Unglück sofort für ihn da waren. Seine Mutter liebte ihn abgöttisch, unbedingt. Obwohl sie nicht alles von ihm wissen konnte, war er sich doch sicher, dass sie ihn immer vorbehaltlos annehmen und unterstützen würde – das war das große Geschenk seines Lebens. Dennoch überkamen ihn in manchen Nächten Zweifel, wie sie letztendlich reagieren würde, wenn er sich ganz offenbarte. Diese Bedenken wuchsen im Lauf der Jahre an, besonders während der Pubertät war er von Scham erfüllt. Machte er etwas falsch, stimmte mit ihm etwas nicht? Diese Fragen hörten nie ganz auf, an ihm zu nagen.

Trotzdem war seine Kindheit im Allgemeinen eine glückliche. Seine Eltern liebten sich aufrichtig und abgesehen von seltenen, zumeist nichtigen Streitigkeiten war die Wohnung immer von Lachen erfüllt – oder von Heddas erbostem Geschrei. Das Verhältnis unter den Geschwistern war gut und herzlich, wenn auch nicht sonderlich intensiv. Erst später als Bernhard ebenfalls anfing, innerlich zu schreien und zu toben, entwickelte sich die besondere Beziehung zu Hedda.

Zum ersten Mal wurde sein kindliches Urvertrauen erschüttert, als ihn seine Eltern in den Kindergarten gaben. Er fühlte sich zu Hause geborgen und wohl und wollte nirgendwo anders hin; er verstand nicht, weshalb er seine vertraute Umgebung verlassen sollte. Zum ersten Mal wurde sein Wille auf die Probe gestellt und zum ersten Mal wurde er gebrochen. Im Kindergarten gab sich jeder alle erdenkliche Mühe mit ihm. Doch er entwickelte kein echtes Interesse an den anderen Kindern, was nur durch die ausgeprägte Zuwendung der Erzieherinnen niemandem besonders auffiel. Er war das blondeste und hübscheste Kind von allen, jede wollte ihn für sich. Er hingegen wollte nur nach Hause. Heute weiß er, dass Ohnmacht die Menschen dazu treibt, sich in sich selbst zurückzuziehen. Wenn der Leib andauernd äußeren Geboten zu Willen sein muss, umbaut sich die Seele zusehends mit einer Schutzmauer, Stein um Stein, höher und dicker mit jedem neuerlichen Übergriff. Damals wäre er beinahe verzweifelt über den Verrat seiner Eltern. Er weiß noch, wie er anfangs immer in einer ruhigen Ecke saß, einsam und ängstlich, eine Stoffpuppe fest an sich gedrückt. Die haben sie ihm als erstes weggenommen: Ein richtiger Junge spielt nicht mit Puppen.

Wie gern reichte er diesem Kind, sich selbst, die Hand. Es wäre so einfach gewesen, zu helfen, doch dafür ist es jetzt zu spät. Er hätte nicht gedacht, dass seine Wunden so tief sind.

Ähnlich erging es ihm in der Grundschule. Mit seiner schnellen Auffassungsgabe und seinem einnehmenden Äußeren war es ihm ein Leichtes, die Lehrer für sich zu gewinnen; er kam spielend durch. Doch wieder empfand er sich als Fremdling und fühlte sich einsam in der Gruppe, weil ihn sein Selbstschutzmechanismus auf Distanz zu den anderen hielt. Um sich nicht gänzlich elend zu fühlen, gab er den Überlegenen – und erhielt damit weitere wertvolle Ziegel für seinen Schutzwall.

Nach der Grundschule musste er auf die AHS und sein Lebensweg wandelte sich zu einem mit Steinen, Gruben und Stacheldraht übersäten Schlachtfeld. Später säumte dazu noch Dornengestrüpp den schmaler werdenden Pfad durch die Ödnis, der nur mehr bergab führte, vorbei an reißenden Flüssen und verwitterten Felsbrocken, bis zu den Wurzeln des Kosmos.

Wieso sollte er mit dem Schicksal hadern, hatten die Nornen[82] nicht ohnehin schon alles vorbestimmt? Das aussichtslose Ringen seiner Jugend war nur das Zittern eines Blattes, das unausweichlich dem Boden entgegenschwebt, um in ihm zu vergehen und durch die Wurzeln eines ewigen Baumes wieder aufzuerstehen.

Ein Windhauch streift bodennah über die Dünung, der Singsang der Wellen wird rauer und kräftiger, ein Flüstern kriecht durch die Strandkörbe. Gibt ihm die Natur ein Zeichen? Folgen die Phänomene seinen Gedanken? Unsinn! Doch es schenkt ihm Seelenfrieden, sich im Bund mit der Natur zu wissen, mit ihr zu einem gewaltigen Organismus zu verschmelzen. Auch diesen Urinstinkt haben die Nationalsozialisten für ihre Zwecke vereinnahmt: Die Nähe zur heimischen Erde, die Liebe zur deutschen Natur haben sie umgedeutet zum *gelebten Ausdruck der nordischen Rassenseele.*

Als ob andere Rassen nicht ähnlich empfänden!

Die deutschen Märchen und Sagen haben ihn in der Schule über vieles hinweggetröstet. Die Archetypen[83] dieser Geschichten geben Aufschluss über die ewigen Fragen der Menschheit, ohne mit direkten Worten auf sie zu antworten; rein durch Bilder und Gleichnisse wird die Wahrheit demjenigen eröffnet, der fähig ist zu staunen.

Die Anfangszeit in der Schule war hart. Er wollte nicht von Zuhause fort, dort war er glücklich und fühlte sich sicher, es war sein letzter Rückzugsort in einer bedrohlichen Welt. Seine Eltern, seine Lehrer und sein Gefolgschaftsführer in der Hitlerjugend redeten ununterbrochen von Ehre und Auszeichnung, denn ausschließlich die Jungen, die sich im Jungvolk hervorragend bewährt hatten, wurden für die AHS ausgewählt. Aber das war ja nur die erste Auslese auf dem beschwerlichen Weg des Führernachwuchses, der nächste Schritt bestand in der Aufnahme in die Ordensburg: Dort sollte er den letzten Schliff zu einer NS-Gesamtpersönlichkeit erhalten, danach würde ihm jede Laufbahn in Partei und Staat offenstehen.

Er stand dem ganzen Gerede um Auslese und Parteikarriere völlig gleichgültig gegenüber, es gab jedoch kein Entkommen. Hätte er das alles vorher gewusst, hätte er sich als Pimpf nicht dermaßen angestrengt, die Pimpfenprobe erfolgreich zu bestehen. Doch das Fahrtenmesser winkte als Trophäe und natürlich wollte er der erste, beste und schnellste von allen sein – was er dann auch tatsächlich war.

Die folgende Feier zur Aufnahme in die HJ war der Traum aller Kinder: Das Rathaus gefüllt mit Honoratioren der Stadt, Eltern und Verwandte gerührt unten im Saal, die Sprösslinge mit stolzgeschwellter Brust oben auf der Bühne; in ihrer ersten Uniform in strengen Reihen ausgerichtet, dem Erwachsensein ein kleines Stück näher. Fackeln gaben der Zeremonie eine weihevolle Stimmung, ihr magisches Flackern vermischte sich mit den Blitzen, die zu jeder Sekunde aus den VE schossen, mit denen die Angehörigen das Bild ihrer stolzen Kinder festhalten wollten. Tags darauf ergoss sich ein Tsunami an Bildern und Filmen der feierlichen Handlung ins Netz. Fast platzte er vor Anspannung, als er an den Bühnenrand trat, den Blick fest auf die Menge gerichtet, die Stimme noch so fein und doch schon so überzeugend – wohl fünfzig Mal hatte er diesen Moment in den Wochen zuvor proben müssen:

»Ich verspreche, in der Hitlerjugend allzeit meine Pflicht zu tun, in Liebe und Treue zur Führerin und unserer Fahne. So wahr mir Gott helfe.«

Schluchzende Mutter, zufriedene Parteiführer, frenetischer Beifall. Am nächsten Tag war ein Bericht im *Völkischen Beobachter*. Eine Nahaufnahme zeigte ihn, darunter die Zeile: *Der neue deutsche Adel entsteht.* Seine Mutter schickte die Verknüpfung zum Artikel sogleich an alle Freunde. Ihre ungetrübte Freude stand im auffallenden Gegensatz zu seinen Ängsten; ihm wurde schon beim Gedanken an den Tag der Abreise übel. Einerseits genoss er ihre Anerkennung und Liebe, andererseits fühlte er sich verlassen, unverstanden und schuldig. Wieso konnte er sich nicht freuen, wie alle anderen auch?

Wie um sich die Erinnerungen im Wortlaut ins Gedächtnis zu rufen, beginnt Bernhard, sich seine Geschichte am leeren Strand selbst noch einmal zu erzählen:

Nun saß ich da – der neue deutsche Adel – auf meinem Bett in der Verbannung mit den neun Fremden meiner neuen Jungenschaft[84]. Im ersten halben Jahr war kein Familienkontakt gestattet, alle Runen, mit denen er vielleicht unbemerkt möglich gewesen wäre, wurden vom VE gelöscht. Den ersten Heimaturlaub gab es nicht vor Weihnachten. Als die ersten Tränen hochsteigen wollten, stand ich auf, warf einen Rucksack aus unserem Stubenfenster im zweiten Stock und prügelte mich daraufhin mit dem Besitzer. Da ich immer einer der Größten und Stärksten war, hatte ich wenig Probleme, stets einen Schwächeren zu finden, an dem ich mich auslassen und so von mir selbst ablenken konnte. Das waren alles wenig glanzvolle Aktionen, doch ich wusste mir damals einfach nicht anders zu helfen. Schwäche einzugestehen schien mir unmöglich – und mit Sicherheit wäre es weder erwünscht noch erlaubt gewesen.

Zerstreuung musste ich mir allerdings selten suchen, weil der durchgetaktete Stundenplan kaum Freizeit vorsah. Sport beanspruchte einen großen Teil unserer Ausbildung. Schließlich brauchte Deutschland keine humanistischen Schwächlinge oder aufgeklärten Träumer, sondern Offiziere.

Dank meines athletischen Körpers gehörte ich schnell zu den Besten und wurde zur Werwolf-Ausbildung eingeteilt. Sämtliche negativen Gefühle, die ich sonst unterdrückte, konnte ich dort kanalisieren und an meinen Gegnern ausleben. Fast hätten sie mir leidgetan – taten sie dann aber nicht. Denn Mitleid war nicht Teil der Erziehung, weder Mitleid mit sich selbst noch mit anderen. Das verzagte Kind mit der Puppe war kaum wiederzuerkennen.

Gegenüber den ungezählten Tag- und Nachtwanderungen, den Zeltlagern und Wettkämpfen nahm sich der normale Unterricht fast wie Erholung aus. Abgesehen von klassischen Fächern wie Mathematik, Physik, Biologie, Deutsch, Geschichte, Erdkunde und Kunst gab es besondere Schwerpunktfächer wie Rassenkunde, Ahnenlehre, Bevölkerungspolitik, Heimatkunde und Militärstrategie. Doch auch die Inhalte der allgemeinen Fächer waren von den Kriegen und welthistorischen Leistungen der Herrenmenschen geprägt, besonderes Augenmerk lag auf den letzten zweihundert Jahren.

In der Biologie ging es vor allem um die Grundlagen der Vererbung und Auslese; wir studierten die Theorien von Mendel, Darwin und Chamberlain[85].

In Deutsch lasen wir Kant, Goethe, Meister Eckhart[86] und natürlich Hitlers *Mein Kampf*. Im Kunstunterricht beschäftigten wir uns mit den Werken von Bach, Wagner und Breker[87]. Während es in Erdkunde immer nur um das geeinte Europa unter deutscher Führung ging, waren die Themen in Geschichte zumindest zahlreicher. Wir lernten alles über den Widerstand der Germanen gegen Rom, die Weltkriege und die Anfangsjahre der Bewegung.

Fremdsprachen galten als irrelevant – die Welt sprach ja Deutsch.

Mein Lieblingsfach wurde jedoch sehr bald die Glaubensertüchtigung. Der Lehrer erklärte uns, dass die christliche Lehre im Kern nichts anderes als der arische Protest gegen das vernunft- und sittenlose Semitentum gewesen sei. Unsere eigene Religion war die Heilslehre des Nationalsozialismus: Unser nordisches Blut war unser Sakrament, die Parteitage waren unsere kultischen Handlungen, die deutsche Passionsgeschichte fand ihren Ausdruck in den Weltkriegen und die deutsche Dreieinigkeit umschloss Blut, Glauben und Staat. Jeder Dienst am Volk war somit heilig; seinen Glauben zu leben, bedeutete, seine Pflicht zu erfüllen. Und wie sehr wollte ich meine Pflicht erfüllen, wollte eine Speerspitze des Dritten Reiches und ein Parsifal unseres Glaubens sein!

Als ich noch klein war, hatte mir meine Großmutter einmal erzählt, dass Jesus ein Jude gewesen sei. In unserem

NS-Katechismus stand davon nichts – und es wäre uns auch gleichgültig gewesen: Hauptsache, unser Volk war auserwählt und die Führerin gottgesandt. Gerade wegen meiner Fehler, die mir über die Zeit immer bewusster wurden, schenkte mir der Gedanke, Teil eines so großartigen Volkes zu sein, eine bislang ungekannte Zuversicht und Sicherheit, denn ich lechzte nach jeder Form von Geborgenheit, deren ich irgendwie habhaft werden konnte. Ich fühlte mich allein, schutzlos und fremd – und dabei war es mir absolut verboten, eben das zu fühlen. Denn der Deutsche ist hart und in der Gemeinschaft des Volkes aufgehoben. Wer dennoch so empfindet, muss folglich nicht nur schwach, sondern auch undeutsch sein – dann also lieber gar nichts fühlen, bevor man als abartig gilt.

Um uns bei unseren Aufgaben zu unterstützen, aber auch um ihre gewissenhafte Erfüllung kontrollieren zu können, gab man jedem Schüler am ersten Tag seine eigene Alltafel. In ihr wurden alle schulischen Inhalte interaktiv präsentiert, für alle Fächer wurden diverse unterrichtsbegleitende Materialien angeboten, dazu konnten sämtliche Hausaufgaben, Prüfungen, Tests und freiwillige Zusatzleistungen auf der Alltafel abgelegt werden. Alle benötigten Bücher konnten aus einer speziellen AHS-Bibliothek heruntergeladen werden, eine exzellente Übersicht bot die NSB[88]. Neben den inzwischen lieb gewonnenen Sagen interessierte ich mich besonders für das aktuelle Weltgeschehen und hatte daher auch immer *Das Reich*, *Das deutsche Jungvolk* und die *Deutsche Wacht* freigeschaltet. Die Alltafeln machten es uns extrem einfach, stets alles griffbereit zu haben, und sie führten uns ständig unseren aktuellen Leistungsstand vor Augen, indem sie allezeit den Notenspiegel anzeigten. Für unsere Lehrer und politischen Leiter waren wir völlig gläsern: Unsere Fortschritte in jedem einzelnen Fach konnten sie mit der gleichen Präzision wie unsere Freizeitaktivitäten erfassen, die Letzteren übrigens mittels des Terminplaners auf die Minute genau. Anhand all dieser Daten wurden detaillierte Analysen jedes einzelnen Schülers erstellt, darüber hinaus wurden vergleichende Auswertungen vorgenommen. Wo es nötig schien, griff man dann zu einer individualisierten Betreuung, machte beispielsweise klare Vorgaben für die jeweilige Freizeitgestaltung. Zeit für Muße blieb in diesem System kaum einmal.

Kinovorstellungen, Volkstheateraufführungen, Lesungen, Vorträge und Feste füllten einen Abend nach dem anderen. Der Mittwoch war für die Hitlerjugend reserviert, gleichfalls der schulfreie Samstag, den die HJ-Leiter vornehmlich für politische Erziehung verwandten. Es blieb also höchstens der Sonntag, doch auf ihn wurden oftmals Ausflüge und spezielle Projektarbeiten gelegt – oder es wurden anderweitige, individuell angepasste Vorgaben für die Freizeitgestaltung gemacht. Die wenigen verbleibenden Stunden verbrachte ich zumeist damit, in Sagen zu schmökern, die ich mir aus der Allbibliothek heruntergeladen hatte.

Mehr und mehr entfremdete ich mich von mir selbst. Meine Gefühle konnte ich kaum noch ausdrücken, ich verstand sie nicht mehr und konnte sie nicht einmal mehr benennen. Lediglich die Sinnbilder der Sagen erlaubten mir noch eine vorsichtige Begegnung mit meinen Empfindungen. Es waren vor allem die Drachen, die mich in ihren Bann zogen. Meine widersprüchlichen Gemütsbewegungen schienen sie zu etwas Ungeheurem zu vereinen. Auf den ersten Blick erinnerte mich ihre bösartige, unvorhersehbare und unbeherrschbare Natur an die Gesellschaft, die mir dieses Leben aufbürdete – ohne mein Einverständnis und ohne eine Erklärung. So erfüllten mich zunächst Grauen und Wut beim Anblick der Feuer speienden Ungetüme. Aber gleichzeitig waren sie unbestechlich und gingen gegen alle Widerstände ihren eigenen Weg. In ihnen zeigt sich die ungezähmte Natur, sie verkörperten die unwiderstehliche Gewalt der Elemente. So stark und unabhängig wollte ich selbst sein; lieber gewaltig und zerstörerisch, aber auch frei wie ein Drache sein, als brav zu sein wie das Lamm, das am Ende zum Opfer dient.

Beim Blick in den Spiegel sah ich jedoch keinen Drachen; eher war mir, als vernähme ich ein leises Blöken. Noch setzte ich meine starken negativen Energien fruchtlos gegen mich selbst ein.

Dementsprechend verlief auch das erste Weihnachtsfest. Zwar war ich froh, endlich nach Hause zu kommen und meine Familie wiederzusehen, aber ich verübelte ihnen sehr, dass sie mich derart abgeschoben hatten. Es wäre ihre Aufgabe gewesen, mich zu beschützen und mir diese Misshandlungen zu ersparen. Da ich nicht wusste, wie ich meine widerstreitenden Gefühle ausdrücken sollte und mich auch über die Feiertage nicht mehr mit Sport abreagieren konnte, verbreitete ich konsequent schlechte Laune und hatte an allem etwas auszusetzen. Meinen Eltern begegnete ich mit übertriebener Gleichgültigkeit, meinen Geschwistern mit Spott und früheren Schulkameraden mit Herablassung. Je mehr sich meine Mutter bemühte, es mir trotz meines sichtlichen Unwillens recht zu machen, desto größer wurde meine Ablehnung – ich konnte mich kaum aushalten.

Eines Abends gingen meine Eltern zu einer kleinen Feier, zu der auch wir Kinder eingeladen waren. Hedda und ich wollten nicht mitgehen und blieben daher als Einzige zu Hause. Wir umkreisten uns lauernd und warteten nur auf eine Gelegenheit, unsere Wut am anderen auszulassen. Hedda war nur ein Jahr jünger und fast so stark wie ein Junge. Sie ging noch immer auf die normale Volksschule, da sie sich mit ihrer destruktiven Haltung gegenüber allem jede Chance auf eine bessere Ausbildung verbaut hatte. Meine Eltern hofften auf die Segnungen der Ehe, auf einen nachsichtigen Ehemann und mindestens sechs Kinder, an denen sie sich austoben konnte.

Irgendwann war ich des gegenseitigen Belauerns müde und verkroch mich mit einer illustrierten Ausgabe von *Siegfried, dem Drachentöter*, die ich mir schon vor längerer Zeit heruntergeladen hatte, in einem Sessel. Kaum hatte ich mich in mein Buch vertieft und Hedda aus den Augen gelassen, schritt sie unversehens auf mich zu, riss mir die Alltafel aus der Hand und schleuderte sie auf den Teppich. Mit einem Wutschrei sprang ich aus dem Sessel und ging auf sie los. Nichts anderes hatte sie bezweckt; breitbeinig baute sie sich auf, in der rechten Hand ein

Holzscheit, den sie vom Stapel neben dem Ofen genommen hatte. Voller Wucht traf ich ihr Kinn mit meiner Faust und sie ging augenblicklich in die Knie. Triumphierend beugte ich mich über sie, doch sie schlug mir von unten mit dem Holz gegen die Schläfe, sodass ich nach hinten überkippte. Sofort war sie auf mir und wir schlugen wild aufeinander ein. Bald waren unsere Kleider zerrissen, Gesichter und Oberarme übersät mit Prellungen und Schürfwunden. Mit letzter Kraft stieß ich sie schließlich von mir herunter, sie kroch erschöpft in eine Ecke des Zimmers.

»Bist du völlig verrückt geworden, du scheiß Ballastexistenz?!«, schrie ich sie an.

»Schau dich doch selbst mal an, du Megaherrenmensch! Wir kommen besser ohne dich und deine schlechte Laune aus. Verpiss dich doch in deine Drecksburg, da kannst du weiter den Ritter mimen!«

»Das sagt ja gerade die Richtige, bei deiner ätzenden Miesepeternummer könnte man glatt meinen, dass unsere Sippe total verjudet ist. Ich allein halte hier doch die Familienehre hoch!«

»Ha, dass ich nicht lache, Ehre! Du weißt doch gar nicht, was das ist! Immer Mamas Liebling, immer allen alles recht machen – Schleim, Schleim, das ist das Einzige, was du draufhast. Hattest du schon jemals einen einzigen Gedanken, ich meine einen echten, eigenen? Bestimmt nicht!«

»Und ob ich den habe: Ich habe keinen Bock auf die AHS und alle können mir gestohlen bleiben. Ich hasse alle – und dich am allermeisten.«

Man kann kaum sagen, wer von uns beiden erstaunter über diese Aussage war. Sprachlos saßen wir uns gegenüber. Mit einer hilflosen Geste reichte sie mir eine Schulterklappe, die sie während des Kampfes von meiner Uniform abgerissen hatte und immer noch in ihrer Faust hielt. Alles, was ich so sorgsam weggeschlossen hatte, sprudelte nun unkontrolliert in mir hoch. Tränen schossen mir in die Augen.

»Fass mich nicht an, du Hexe!«, konnte ich gerade noch brüllen, dann lief ich in mein Zimmer, knallte die Tür zu, schmiss mich mit ausgebreiteten Armen bäuchlings aufs Bett und vergrub mein Gesicht in den Kissen. Was war bloß los? Nichts stimmte, nichts passte, alles war falsch! Ich konnte mir keinen Reim darauf machen; das tagelange Schmollen, die Prügelei – warum? So wollte ich den ersten Urlaub bei meiner Familie bestimmt nicht verbringen, auf jeden Fall anders, aber wie nur? Voll Verzweiflung heulte ich in meine Bettdecke, dabei ruderte ich wild mit Armen und Beinen, als ginge der Kampf noch immer weiter. Nach einer Weile beruhigte ich mich, drehte mich auf den Rücken und starrte an die Decke. Ich dachte an Siegfried, der kannte keine Angst, war ein Held und besiegte jeden Drachen – der wäre gar nicht erst in meine jämmerliche Lage geraten. Ich war wohl das absolute Gegenteil eines Helden.

Mit einem verräterischen Knistern wurde etwas unter der Tür hindurchgeschoben. Missmutig raffte ich mich auf, griff barsch nach dem einen Papier und legte mich wieder aufs Bett. Auf dem Blatt war das Bild eines auffallend hässlichen grünen Drachens zu sehen, der im Begriff war, eine holde Maid zu fressen. Seine Klaue umfasste noch ihren zarten Leib, doch ihren Kopf hatte er bereits abgebissen und eine Blutfontäne spritzte aus ihrem Hals. Mit der hinteren Klaue stand der Drache auf dem leblosen Körper eines Ritters und blickte verdrossen auf ihn nieder, während aus seinem rechten Auge eine gelbliche Träne rann. Das ganze Bild war mit wenigen, ausdrucksstarken Strichen hingetuscht, unter ihm stand, mehr hingeschmiert als hingeschrieben: *für meinen Bruder*.

Irgendetwas an diesem Bild berührte mich. Ich stand auf, öffnete die Tür und ging ins Wohnzimmer. Hedda hatte bereits alles aufgeräumt und die Spuren unseres Gerangels kaschiert, soweit das in der kurzen Zeit möglich gewesen war. Sie hatte sich auch ein frisches, makelloses Kleid angezogen und nur der riesige blaue Fleck am Kinn zeugte von ihrem ungebührlichen Betragen. Wortlos nahm sie meine Hand und rieb sie mit einem feuchten Tuch ab, um die Blutspuren zu entfernen. Dann kämmte sie mir die Haare und gab mir meine Heimatuniform.

Trotzdem bemerkte unsere Mutter bei ihrer Rückkehr natürlich sofort, was geschehen sein musste. Weil wir aber bei ihrer Ankunft so herzlich und vertraut beieinander auf dem Sofa saßen, verlor sie kein Wort darüber.

Es war der Auftakt zu der ersten großen Freundschaft meines Lebens gewesen, seitdem waren Hedda und ich unzertrennlich. Die Gereiztheit gegenüber meiner restlichen Familie wich einer ausgesuchten Freundlichkeit. Das war zwar angenehmer und fairer für die anderen, doch ungleich anstrengender für mich, da es weiterhin in mir brodelte und ich immer noch nicht wusste, wie ich damit umgehen sollte. So war ich schlussendlich erleichtert, als ich nach zwei Wochen wieder zurück in der Schule war. Ich war innerlich schon so versehrt, dass ich nur noch in den Anstalten existieren konnte, wo mir meine ureigensten Empfindungen und Bedürfnisse ausgetrieben wurden. Die Familie, der Ort der Liebe und Geborgenheit, war vergiftet und zerstört, die Manipulation perfekt, die natürlichen Empfindungen pervertiert. Früher hatte ich viele Stunden meiner Freizeit darauf verwandt, in mühevoller Kleinarbeit filigrane Kunstwerke aus Papier zu erschaffen, nun nutzte ich sie dazu, drei Jungen zu verprügeln und eine zusätzliche Werwolf-Einheit zu absolvieren – und schlief so gut wie seit Wochen nicht mehr. Das Bild aber hatte ich mitgenommen und verwahrte es sicher in meinem Nachtkasten.

Wie so vielen erging es auch mir: Die Pubertät brachte für mich eine Wende zum noch Schlechteren. Zu der bereits bestehenden Anspannung gesellten sich auch noch die ersten sexuellen Triebe und mein Verstand setzte beinahe völlig aus. Unter den Kameraden war ich zwar dank meiner körperlichen Härte und Brutalität geschätzt, doch mit keinem von ihnen konnte ich über mein Innenleben sprechen. Dort herrschte das vollkommene Chaos und selbst wenn ich jemanden zum Reden gehabt hätte, hätte ich für meinen Zustand sowieso keine Worte gefunden. Die Eloquenz meiner Kindheit verflüchtigte sich, die Ödnis der Seele spiegelte sich in einer verkümmerten Sprache wider. Ich verstummte fast vollständig und äußerte nur das Nötigste

– aber selbst diese Veränderung wurde von meiner Umgebung wieder wohlwollend aufgenommen.

Es hieß, dass die Unbedingtheit und Tiefe der nordischen Rasse notwendigerweise auch zu einer gewissen Wortkargheit führe – ich entsprach dem arischen Ideal folglich noch mehr als zuvor. Man sah in meiner Schweigsamkeit lediglich den Ausdruck eines eisenharten Willens und eines herrischen Trotzes, die allein auf die Leistung für das Volk ausgerichtet sind.

Über die Jahre kamen wir vermehrt zum Landdienst bei Bauern unter. Das Arbeiten bis zur totalen Erschöpfung und das Wühlen in der Erde unter freiem Himmel schenkten mir ein Gefühl der Freiheit und ich meldete mich daher häufig zu freiwilligen Einsätzen. Dies brachte mir wiederum Belobigungen ein: für meine Verwurzelung im deutschen Boden, für meine Liebe zum Bauerntum. Wir durften später sogar an einigen Dorffesten teilnehmen, wo die meisten von uns ihren ersten Rausch erlebten, denn die Feste endeten oftmals in einem feuchtfröhlichen Gelage. Der Alkohol tat mir gut, weil er mich wenigstens für kurze Zeit von meinen Sorgen und Hemmungen befreite. Die Kameraden bekamen sich beim Anblick der feschen Bauernmädel kaum noch ein, doch ich konnte ihre Begeisterung nicht teilen. Im Gegenteil: Nachdem mich ein erfahrenes Bauernweib nach einer durchzechten Nacht in die Freuden der körperlichen Liebe eingeweiht hatte, konnte ich lediglich mein Panoptikum des Grauens um eine neue Dimension erweitern: liebloser Sex zur Triebabfuhr. Hier befand er sich in guter Gesellschaft mit den anderen Möglichkeiten, sich selbst zu vergessen: Gewalt, Sport und Drogen.

Und ich nutzte jede dieser Möglichkeiten weidlich aus. Während ich in der Schule weiterhin ein Musterschüler blieb, richteten diese apokalyptischen Reiter die wunderbarsten Verheerungen in meiner ohnehin beschädigten Seele an. Da ich mich kaum noch spürte, belastete mich mein seelischer Verfall nicht im Geringsten. Nur eine Entdeckung machte ich in jener Zeit in Bezug auf mein Gefühlsleben, und sie erschreckte mich. Mit 16 Jahren wurden wir alle in Zweibettzimmer umquartiert und mein neuer Zimmergenosse war ein eher launiger Charakter, Waldemar[89], der mit seinem dauernden Gequatsche meine Schweigsamkeit überspielte. Sein Vater war ein erfolgreicher Bierbrauer, weshalb wir stets eine Kiste Bier auf dem Zimmer hatten. Da Waldemars Fähigkeiten eher im demagogischen Bereich lagen, war ich bei allen handfesten Auseinandersetzungen für unsere Sicherheit zuständig. Seine Feinde wurden auch meine Feinde und ich hielt sie ihm vom Leib. Eine seiner Schwächen war seine übertriebene Eitelkeit. Er konnte Stunden darauf verwenden, sein Haar zu kämmen oder seinen Körper von Kopf bis Fuß einzuölen. Er stand dann nackt mitten im Zimmer und erzählte dabei eine seiner vielen Saufgeschichten. Weder seine Geschichtchen noch seine spezielle Körperpflege hatten mich je sonderlich interessiert. Während er sich um sein Äußeres kümmerte, lag ich zumeist auf dem Bett und war in ein Buch vertieft. Doch auf einmal gelang es mir nicht mehr, mich auf mein Buch zu konzentrieren, stattdessen beobachtete ich fortwährend, wie Waldemars Hand über seinen geschmeidigen Po glitt, und den Gesäßmuskel bearbeitete.

»Was guckst du denn?« Waldemars Frage traf mich völlig unvorbereitet. Ich fühlte mich ertappt, peinlich berührt und vorgeführt zugleich. Vor lauter Schreck konnte ich keine Antwort geben.

»So einen Astralkörper hättest du wohl auch gerne, was?«, griente er weiter und widmete sich dann gänzlich unbeeindruckt weiter seiner Körperpflege. Er schien doch nichts bemerkt zu haben, er sah sich bloß in seiner Eitelkeit bestätigt und genoss die anerkennende Bewunderung, die er nur zu gern aus meinem Verhalten geschlossen hatte.

»Na ja, lang dauert es nicht mehr und du hast eine fette Bierwampe wie dein Vater. Außerdem stehen die Frauen auf ebenmäßige Gesichtszüge und die sucht man in deiner groben Fresse ja wohl vergeblich.« Ich war äußerst zufrieden mit meiner Retourkutsche, denn sie hätte auch noch den leisesten Verdacht ausgeräumt.

»Na warte, dir werde ich es zeigen, dir werde ich dein hübsches Gesichtchen schon polieren!« Und schon saß er auf mir und goss mir einen riesigen Schwall Öl ins Gesicht, was der Startschuss für eine grobe Keilerei war, die uns beiden ansehnliche Blessuren und ein gutes Gefühl einbrachte.

Trotzdem war ich danach alarmiert und beobachtete mich peinlich genau im Umgang mit meinen Kameraden. Besonders die gemeinsamen Duschzeiten und sportlichen Aktivitäten, die mit einer körperlichen Freizügigkeit verbunden waren, wurden mir zur Qual. Angespannt versuchte ich in mich hineinzuhorchen, wann immer ich unter nackten Kameraden war. Meine Faszination für den männlichen Körper schien die meiner Kameraden jedenfalls deutlich zu übertreffen, sie war so groß, dass sie mich auch des Nachts nicht losließ. In meinen Träumen traf ich immer wieder auf Jungs in intimen Situationen, welche nicht selten in einer Art Ringkampf endeten. Als ich dann wiederholt mit Erektionen und, noch schlimmer, nach Samenergüssen aufwachte, war ich völlig verunsichert. Ich schämte mich unendlich, weil ich dunkel wusste, dass ich darüber weder mit meinen Kameraden noch mit meinen Lehrern sprechen durfte. Ich bin mir sicher, dass ich es auch gar nicht gekonnt hätte.

Meine peinlichen Fragen, die ich also für mich behalten musste, wurden jedoch zu meiner Überraschung bald und restlos im Unterricht geklärt, und zwar im obligatorischen Rassenkundeunterricht. Es war in einer Doppelstunde zum Thema *Aufartung*[90] *des deutschen Volkes*. Ich sehe noch den reinweißen Raum vor mir. Der Lehrer, Herr Geheimrat Huber, war ein älterer Herr mit grauen Schläfen und äußerst penibel gezogenem Scheitel; er stand vorn am Pult, wo er verschiedene Medien bedienen konnte. Sein Haar war in dem Maße akkurat, in dem es sich lichtete. Obwohl es in seinem schütteren Zustand der Frisur keinerlei Widerstand bot, kontrollierte Herr Huber während jeder Stunde wiederholt seinen Sitz und strich insbesondere die Haare auf der Stirn mit übermäßigem Druck glatt. Danach blickte er betont streng und prüfend auf die Schüler nieder: Zehn Schüler saßen vor ihm in zwei Reihen aus

Einzeltischen. Die Reihen waren genauso exakt ausgerichtet wie die Haare auf seinem Schädel.

Alle Schüler hatten ihre Alltafel vor sich; alle waren sie sehr jung, sehr blond, in einheitlichem Braun gekleidet. Der einzige Schmuck im Raum bestand aus einem Bild von Hitler, das links an der Wand hing, und einem Bild von der Führerin Hedwig[32], das ihm gegenüber hing. Ansonsten: Nichts.

»Gunther[91]!« Blitzschnell erhebt sich Gunther von seinem Platz und steht breitbeinig da, die Arme hinter dem Rücken verschränkt. »Was ist das Ziel der Rassenhygiene[92]?«

»Die Aufartung des deutschen Volkes.«

»Richtig. Welf[93], was sind die zwei Hauptansätze zur Erreichung dieses Ziels?«

In ein und derselben Sekunde setzt Gunther sich wieder hin und schnellt Welf von seinem Stuhl hoch.

»Förderung der Aufzucht erbgesunder[94] Nachkommenschaft und Ausmerzen der Erbkranken.«

»Korrekt. Bernhard, definiere lebensunwertes Leben!«

»Kein biologischer oder sozialer Nutzen für die Gemeinschaft.«

»Absolut. Wir können es uns nicht leisten, dass Kapital dem Nationalvermögen für unproduktive Zwecke entzogen wird. Ballastexistenzen müssen aus dem Volk entfernt werden. Wie geschieht dies, Volker[95]?«

»Durch Verhinderung der Fortpflanzung oder Vernichtung.«

»Bernhard, du hast es gerade eben schon so treffend formuliert, wer liefert keinen biologischen Nutzen für die Gemeinschaft?«

»Geistig, psychisch und körperlich Behinderte.«

»Genau. Und wer liefert keinen sozialen Nutzen, Bernhard?«

»Erblich asoziale, all jene ohne jeglichen Einordnungswillen.«

»Fast richtig. Der Sammelbegriff für diese Schlacken der menschlichen Gesellschaft lautet: gemeinschaftsunfähig. Es handelt sich hierbei um eine nicht besserungsfähige Geisteshaltung. Schaut euch diese minderwertigen Elemente genau an!«

Hinter dem Lehrer fährt eine Leinwand herunter; auf ihr erscheinen nacheinander großformatige Bilder, die verschiedene Menschen in Nahaufnahme zeigen. Nachzug des Scheitels, fester Blick auf die erste Reihe.

»Trinker, Schuldenmacher, Querulanten, Homosexuelle, Kommunisten: Bei solchen ist besondere Vorsicht geboten! Die Behinderten erkennt jedermann sofort, doch die Gemeinschaftsunfähigen tarnen sich häufig. Sie lauern im Verborgenen und können von dort ihr Zersetzungswerk oft über Jahre ungehindert fortsetzen. Keine Scheinhumanität darf uns daran hindern, diese Defektmenschen aufzuspüren und aus der deutschen Rasse zu entfernen. Haltet Wache, ihr seid die Zukunft unseres Vaterlandes.«

Die Worte werden von den Jugendlichen kaum gehört, sie sind ganz gebannt vom Grauen, das ihnen von der Leinwand entgegenblickt. Mancher ergötzt sich geradezu an den abstoßenden Beispielen menschlicher Existenz: ein verwahrloster Alkoholiker mit aufgedunsenem Gesicht und fehlenden Zähnen; ein arbeitsscheuer Vater, der seine

Kinder in Not und Elend aufwachsen lässt; ein halb nacktes Zigeunerkind in der Gosse; schließlich zwei nackte Männer, beide schwarzhaarig und dunkelhäutig, die sich eng umschlungen küssen. Mein erster unwillkürlicher Gedanke ist, wie angenehm sich das Bild von den vorherigen abhebt, doch aus meinen Kameraden brechen sogleich Abscheu und Ekel hervor. Eine angewiderte Äußerung folgt auf die nächste, jede lauter und energischer als die vorherige und Waldemar tut sich natürlich ganz besonders hervor.

»Wuäh, das ist ja total widerlich – ich glaub, ich muss brechen!«

»Das kann es doch nicht im Ernst geben, das ist ja abartig!«

»Ich will mir gar nicht vorstellen, wo die überall ihr Ding reinstecken.«

Nach und nach setzt ein allgemeines Gekicher ein, wenngleich immer wieder unterbrochen von Bekundungen der Abscheu. Herr Huber lässt die Jungs eine Weile gewähren. Es scheint eine allen willkommene Abwechslung im Einerlei des täglichen Drills zu sein.

»Ich bin froh, dass ihr alle so natürliche Reaktionen zeigt. Es ist kaum vorstellbar, dass es tatsächlich noch deutsche Männer gibt, die dieses unsittliche Verhalten in sich tragen. Falls ihr jemals so etwas beobachtet, meldet es bitte umgehend euren Vorgesetzten.« Auffallend intensive Kontrolle des Haaransatzes.

Daraufhin blickt Herr Huber mich direkt und prüfend an, mich allein. Mir wird ganz heiß, als Einziger habe ich bislang nichts gesagt. Herr Geheimrat Huber tritt ganz nah auf

Augenhöhe zu mir ans Pult – ich meine, sein Haarwachs riechen zu können – und legt mir seine Hand auf die Schulter. Der Schreck fährt mir in die Glieder: Fast erwarte ich, dass ich jetzt den Raum verlassen muss und abgeführt werde. Ich höre schon wie Waldemar ruft, dass ich ihn immer schon so verdächtig beim Eincremen beobachtet hätte.

»Schaut jetzt bitte alle einmal Bernhard an.« Alle Augen richten sich auf mich; ich kann kaum noch atmen, ich erstarre.

»Der arme Junge kann sich vor Entsetzen kaum fassen. Gerade die Schönen und Guten werden von diesen widernatürlichen, widerlichen Subjekten verfolgt, als könnten sie das Reine nicht ertragen und müssten sich an ihm versündigen. Aber sei unbesorgt, Bernhard: In diesen Mauern gibt es keine Degenerierten, hier sind keine geistig Toten, hier wird sich niemand an dir vergehen.«

Dann tätschelt er mir mit seiner pomadeverschmierten Hand den Kopf und fährt seelenruhig mit dem Unterricht fort; ich habe keine Ahnung mehr womit.

3

Ich wurde zum größten Raufbold und Frauenvögler der Schule – ein echter germanischer Kämpfer, bewundert von meinen Kameraden und entschuldigt von meinen Lehrern. In den folgenden Monaten und Jahren verschwendete ich keinen Gedanken mehr an diese Schulstunde, eigentlich hatte es sie für mich gar nicht gegeben. Ich war doch ein richtiger deutscher Mann – und es konnte nicht sein, was nicht sein durfte. Jede unverstellte Emotion verschloss ich sorgsam in meinem Innersten, sodass ich schon bald vergaß, dass ich sie jemals gehabt hatte. Natürlich funktionierte ich mehr, als dass ich lebte, aber ich funktionierte immerhin. Alles war ziemlich schal, nur mit Sport und Drogen war das Dasein erträglich, die letzte Verbindung zu meinem ursprünglichen Selbst war gekappt. Der beste Arier der Welt war geboren, Bernhard hingegen war tot. Hätte ich noch echte Gefühle haben können, wäre ich wahrscheinlich sogar stolz auf mein frankensteinsches Geschöpf gewesen.

So zog die Zeit strukturiert und gleichförmig dahin, genormte Aktivitäten reihten sich aneinander – passgenau und reibungsfrei. Mein Leben spielte sich auf einem unendlichen Schachbrett ab, auf dem ich von einem Kästchen in das nächste geschoben wurde, ohne eigenes Zutun und ohne einen Sinn in den immer gleichen Spielzügen erkennen zu können; völlig willenlos. Beim Schachspiel gibt es jedoch wenigstens einen Kontrast von Weiß und Schwarz, mein Spielbrett war ein braunes Einerlei.

Irgendwann näherte sich die Schulzeit ihrem Ende. Der nächste Lebensabschnitt in der idealen Arierbiografie war allerdings bereits exakt vorgezeichnet: Ich sollte ein Studium beginnen und anschließend den finalen Schliff zu einem germanischen Juwel auf einer Ordensburg erhalten. Ich kam nach einem erfolgreichen dreijährigen Studium auf die Burg Sonthofen.

Um sicherzustellen, dass der Parteinachwuchs die Laufbahn wählte, welche den größten Nutzen für die Gemeinschaft versprach, wurden wir am Ende der Schulzeit zu entsprechenden Vorträgen, Seminaren und Beratungen verpflichtet – wobei im Anschluss an die sogenannten Beratungen immer der Schulleiter, nach Vorgabe des Wirtschaftsministeriums, über unsere Zukunft entschied.

Sein Leitspruch war, dass das liberalistische Dogma der unbedingten Freizügigkeit dem Gemeinwohl weichen müsse.

Es wurde von jedem erwartet, seine persönlichen Vorlieben der Pflichterfüllung gegenüber dem Volk unterzuordnen. Arbeit sei schließlich keine banale Tätigkeit, um seinen Lebensunterhalt zu bestreiten, sondern ein Dienst an der Nation. In der Theorie müsste somit jeder voller Freude den Platz ausfüllen, der ihm zugewiesen wird. Bei den meisten fanden tatsächlich Neigung und Weisung zusammen – und die weniger glücklichen taten gut daran, sich opferwillig zu präsentieren. War jemand dazu nicht bereit, fehlte es bei ihm offensichtlich an arischem Arbeitsethos. Er wurde zum Arbeitsdienst[96] abkommandiert und musste diesen, zur Formung seiner nationalsozialistischen Gesinnung, ein Jahr lang in einem Arbeitslager[97] ableisten. Die höhere Laufbahn und die Ordensburgen blieben ihm danach für immer verwehrt.

Es wurde schnell deutlich, dass von mir erwartet wurde, eine militärische Laufbahn einzuschlagen. Meine körperlichen und geistigen Leistungen galten als erstklassig und Offiziere meines Kalibers waren für den Endsieg unentbehrlich. Zudem hegte man die Hoffnung, dass mich der exzessive soldatische Drill endlich von den Drogen fernhalten würde. Im Nachhinein kann ich kaum mehr sagen, warum ich mich damals ausgerechnet dieser allgemeinen Erwartung verweigert habe. War es das letzte Lebenszeichen meines wahren Charakters oder nur mein spätpubertärer Widerspruchsgeist? Ich weiß es nicht mehr. Jedenfalls wollte ich um keinen Preis Soldat werden, sondern hatte mich für das Studium der Propaganda entschieden. Nachdem ich meine Sprachgewandtheit während der Schulzeit völlig eingebüßt hatte, bewunderte ich dieses Vermögen bei anderen mehr denn je und wollte daher in diesem Bereich der Beste werden.

Auch erinnerte ich mich noch dunkel an eine Zeit, in der ich munter mit Hedda gelacht und geschwatzt hatte. Unbewusst sehnte ich mich nach diesem leichten und trotzdem ehrlichen Austausch. Vielleicht gab es doch noch ein Zurück für mich und ich müsste nicht auf ewig aller Wärme und Nähe entsagen? Das Studium beinhaltete neben dem Erwerb theoretischer Kenntnisse in Psychologie, Rhetorik und Demagogie auch ein intensives Training in der freien Rede. Ich sonnte mich in der Vorstellung, bald schon in der Öffentlichkeit zu glänzen und die Menschen nach Belieben zu beeinflussen, ohne dabei meine wahren Absichten zu enthüllen – so viel zu echter Nähe und dem desolaten Zustand meiner Selbstkenntnis.

Die Psychologie sollte mir den Schlüssel zur Steuerung meiner Mitmenschen und zur noch besseren Kontrolle meiner eigenen Affekte liefern; eine ideale Kombination. Doch damit ich, gegen den Willen meiner Vorgesetzten, die Laufbahn eines Propaganda-Offiziers einschlagen konnte, war ich auf zwei glückliche Umstände angewiesen. Der erste lag darin, dass mein Beratungslehrer zugleich mein Deutschlehrer war. Professor Meißner war ein äußerst angenehmer Mann, der meist im Anzug und nur zu besonderen Anlässen in Uniform erschien. Er hatte sich seine Neigung zum Feinsinnigen und Künstlerischen bewahrt, schrieb selbst Gedichte und ermunterte uns unermüdlich dazu, unsere schöne deutsche Sprache wertzuschätzen und bewusst zu verwenden. Er nannte sie liebevoll nur die Sprache der Dichter und Denker. Seine ausgiebige Lesetätigkeit hatte seine Kurzsichtigkeit über die Jahre sehr verschlimmert, sodass er nun zwei Panzergläser auf der Nase tragen musste, welche ihn stets ein wenig entrückt erscheinen ließen.

Zu diesem Glücksfall gesellte sich noch ein weiterer, nämlich, dass just in jenem Jahr das Soll an Propagandaoffizieren untererfüllt wurde.

Das abschließende Beratungsgespräch eröffnete Herr Meißner mit folgenden Worten: »Lieber Genosse Wittgenstein, wie ich der Alltafel entnehmen kann und es ja auch selbst in meinem Unterricht erleben durfte, sind Sie ein außerordentlich talentierter Schüler. Sie stehen mit Ihren Leistungen an der Spitze der Schulhierarchie, und zwar sowohl im kognitiven als auch im physischen Bereich. Sie könnten folglich ebenso ein Arbeiter der Stirn wie der Faust werden. Aufgrund Ihrer seltenen Doppelbegabung empfehlen wir Ihnen die Offizierslaufbahn: Es gibt doch keinen schöneren Tod, als den Opfertod fürs Vaterland. Wie ich unter der Rubrik *Betragen* erfahren musste, sind Sie wiederholt wegen des Konsums sanktionierter Stoffe ermahnt und bestraft worden. Selbst diese Schwäche, die Ihre einzige ist, prädestiniert sie für ein soldatisches Korsett.«

Natürlich hatte ich mit ähnlichen Ausführungen gerechnet, hatte mich entsprechend vorbereitet und eine kleine Gegenrede auswendig gelernt.

»Lieber Herr Professor Meißner, ich bedanke mich für das in mich gesetzte Vertrauen. Auch wenn ich es in der Vergangenheit nicht immer zeigen konnte, so war mir der Deutschunterricht bei Ihnen doch immer der liebste und ein steter Quell der Inspiration. Ich könnte mir nichts Schöneres vorstellen, als mein weiteres Leben der deutschen Sprache zu widmen. Wie Sie anhand meiner Leseliste ersehen können, bin ich in der germanischen Sagenwelt überaus bewandert und auch mit den deutschen Klassikern vertraut. Ferner erscheint es mir trivial und beinahe schwächlich, das Einfachste zu wählen. Ich will an meiner Arbeit wachsen und mich dort weiterentwickeln und vervollkommnen, wo ich noch das meiste Potenzial habe, nämlich im schriftlichen und mündlichen Ausdruck. All das zur Lobpreisung des Vaterlands; sprich: Ich will Propaganda studieren.«

Professor Meißner war sichtlich erstaunt; erstens über den Widerspruch und zweitens über meine kleine Rede. In seinem Unterricht hatte ich selten mehr als zwei Worte gesagt. Nervös rückte er mehrmals seine Brille zurecht und schaute verunsichert durch ihre dicken Gläser, abwechselnd auf die Tafel und in mein Gesicht.

»Ähm, mein lieber Herr Wittgenstein, jetzt haben Sie mich völlig überrumpelt. Hätte ich das geahnt! Aber nun?

Wissen Sie, es wird nicht gern gesehen, wenn Empfehlungen abgelehnt werden. Natürlich, die deutsche Sprache ist wundervoll ... ich ...«

»Ich verstehe Ihre Bedenken vollkommen. Im *Völkischen Beobachter* habe ich neulich einen Artikel zur dramatischen Situation bei der Besetzung von Propagandastellen gelesen: Anscheinend ist bei der Erstellung des Plansolls ein Fehler unterlaufen. Selbstverständlich möchte ich bei einem derartigen Versäumnis sofort helfen, wenn ich kann. Schauen Sie doch bitte nach, wie viele Effizienzpunkte die Schule im nationalen Bildungsindex erhielte, wenn ein Absolvent die Ausbildung zum Propagandaleiter anträte.«

»In Ordnung, aber die Punktzahl für einen Offizier ist so hoch, die wird kaum erreichbar sein. Aha, hier steht es. Nein, so was – Sie haben tatsächlich recht: Die Schule bekommt derzeit sogar einen Punkt mehr für einen Propagandaleiter.«

»Sehen Sie, damit ist doch allen geholfen: Deutschland, der Schule und mir. Besser könnte es doch gar nicht sein.«

Professor Meißner war sehr erleichtert und speicherte sofort meine Anwartschaft für ein Studium der Propaganda ab. Nur zwei Tage später bekam ich einen positiven Bescheid und die Zulassung zum Studium. Der Schulleiter bedankte sich bei mir noch persönlich für meinen selbstlosen Einsatz zum Wohle der Nation.

Bevor ich jedoch mein Studium in Berlin beginnen würde, stand auf der Schule noch ein letzter Höhepunkt an: Ein Ausflug ins Walhall[24/98] am 1. Mai, dem Tag der nationalen

Arbeit. Wir Schüler fanden das alle insofern ungewöhnlich, als wir an den bisherigen Maifeiertagen nur großnationale Betriebe besichtigt, Einrichtungen der Arbeiterwohlfahrt besucht oder ein Arbeitskommando unterstützt hatten. Das Walhall als geistiges Zentrum der Bewegung stach aus dieser Reihe deutlich hervor. Aber die Arbeit muss ja auch als eine Weihehandlung im Dienste des Volkes begriffen werden und so schien es uns letztlich doch angemessen, diesen zentralen Kultort zu besuchen. Zudem war die Wewelsburg, unter der das Walhall liegt, die Stammburg aller Ordensburgen. Da etwa zwei Drittel der AHS-Absolventen einer der Ordensburgen beitreten würden, vermuteten wir, dass uns die Mutter aller Burgen inspirieren sollte.

4

So fuhren wir also mit einem Bus nach Paderborn. Es fuhren ausschließlich die Schüler der drei Abschlussklassen mit, sodass unsere Gruppe etwa dreißig AHS-Absolventen umfasste. Die Stimmung war ausgezeichnet, denn jede Änderung der Routine wurde von den Schülern freudig begrüßt. Aufgrund der langen Fahrzeit von München nach Paderborn startete der Bus bereits am Vorabend, sodass wir einen ganzen Tag auf der Burg verbringen konnten. Erst abends sollte es dann, wieder über Nacht, zurück nach Bayern gehen. Mit Bedauern stellten wir fest, dass eine kleine Busfeier, wie sie sich bei den früheren Ausflügen stets ergeben hatte, dieses Mal wegen der hohen Anforderungen des Anlasses nicht möglich war. Jeder hatte nämlich seine beste Uniform angezogen: gereinigt, gebürstet, gebügelt. Ferner war jeder von uns am Vortag beim Frisör gewesen. Peinlich genau wurde schon einen Tag vor der Abreise die Uniform überprüft, um etwaige Mängel noch ausbessern zu können. Am Tag der Abreise wurden dann mit äußerster Strenge Frisur, Sauberkeit und unsere Gesamterscheinung kontrolliert; bereits etwas zu lange Fingernägel konnten die Mitfahrt ernsthaft gefährden. Niemand außer mir traute sich anfangs einzuschlafen, aus Angst, er könnte sein Ehrenkleid verknittern; manchen fiel das Wachbleiben allerdings leicht, weil sie besonders inbrünstige Anhänger des Glaubens waren und daher vor lauter Vorfreude und Ergriffenheit gar nicht schlafen konnten. Begleitlehrer war natürlich Herr Müller, unser Fachlehrer für Glaubensertüchtigung. Er hatte uns in den Tagen vor der Abreise nochmals alle wichtigen Dogmen des Glaubens eingeimpft und uns alles Wissenswerte rund um das Walhall und die Wewelsburg auseinandergesetzt. Obwohl er die Burg bestimmt schon viele Male besucht hatte, schien er immer noch sehr aufgeregt zu sein.

Ich glaube allerdings, dass das eher auf seine Furcht, denn auf seine Ehrfurcht zurückzuführen war. Er hatte Sorge, einer von uns könnte unangenehm auffallen, was an einem so heiligen Ort besonders hart bestraft wurde.

Ich verstand gar nicht mehr, wie Glaubensertüchtigung früher mein Lieblingsfach gewesen sein konnte. Zwar las ich immer noch regelmäßig in der Edda[99] und auch mein Interesse an deutschen Sagen hatte ich nicht verloren, aber für Inbrunst und Vergötterung fehlte mir inzwischen die Tiefe des Gefühls. Sie hatte ich ja erfolgreich dem Volkswohl geopfert.

Bedauerlicherweise saß ich im Bus neben Gunther, der die ganze Zeit auf seinem Sitz hin und her rutschte und ohne Punkt und Komma auf mich einredete. Diese Zumutung wurde noch dadurch verschärft, dass er in der Hauptsache bloß die Informationen des Lehrers stumpf nachplapperte, die ich allesamt bereits zur Genüge kannte. Ich wollte nur schlafen und war nach kürzester Zeit erst gelangweilt, dann genervt und schließlich wütend.

»Jetzt sehen wir die Stätte, an der der Kampf um die Vormachtstellung in Europa im Jahr 930 entbrannte, da die ostischen Völker uns unseren Lebensraum streitig machen wollten. Aber Heinrich I. hat es ihnen gezeigt! Mit schonungsloser Härte hat er den Slawen, von der Wewelsburg aus, Einhalt geboten. Jahrhunderte später wurde in eben dieser Gralsburg der Ostfeldzug geplant. Wie gern wäre ich da dabei gewesen! Und nachdem der Erbfeind bedingungslos kapituliert hatte, nahm genau dort die Ostkolonisation ihren Anfang. Wie viele begnadete Führer hat dieser Ort bereits gesehen: Es muss eine göttliche Energie von ihm ausgehen.«

»Ja, ganz großartig. Aber nun lass mich schlafen, ich will mich für morgen ausruhen und das tätest du besser auch.«

»Wie kannst du ans Schlafen denken, wo ist dein Enthusiasmus? Was werden wir morgen nicht alles sehen: die Totenkopfringe der verstorbenen Ringträger, die heilige Lanze, das Walhall, die Hohen Frauen! Meinst du, wir fahren auch zum Birkenwald bei Budberg? Nach den alten

Sagen wird dort einst der entscheidende Endkampf stattfinden – Ragnarök[100] auf deutschem Boden. Meinst du, wir
erleben das noch?«

»Ganz sicher wirst du gleich was erleben, wenn du nicht
endlich den Mund hältst!«

»Aber, die Schlacht am Birkenbaum …«

»Ruhe, sonst schlage ich dir deinen Dickschädel am Vor-
dersitz ein und übergebe dich der erstbesten Schildjungfer.
Die Walküre[101] wird dich dann heute Nacht schon nach
Walhalla geleiten, dann musst du dich nicht mehr bis morgen gedulden. Obwohl ich bezweifle, dass das ein besonders
ehrenvoller Tod wäre.«

Da ich für meine Wutausbrüche berüchtigt war, verfehlte
diese Drohung nicht ihre Wirkung und ich verbrachte die
gesamte Fahrt, vom Gau München-Oberbayern zum Gau
Westfalen-Nord, schlafend.

Früh am Morgen weckte uns unsanft die hektische Stimme von Herrn Müller: »Aufgewacht, wir sind gleich da!
Nehmt alle Haltung an, Uniformkontrolle.«

Ich blickte neugierig aus dem Fenster. Wir waren bereits
auf der Zufahrtsstraße, dem sogenannten Speerschaft. Der
Name rührt daher, dass die Hauptgebäude der Wewelsburg
eine Speerspitze bilden, welche sich in der Wewelsburg
vollendet und zu der die schnurgerade Zufahrtsstraße führt.
Die Burg hat also, als einzige im ganzen Reich, einen drei-
eckigen Grundriss; an der Spitze des Dreiecks steht der
Nordturm, der Mittelpunkt der Welt, der Ort der Heiligtü-
mer. Erfolglos bemühte ich mich, einen ersten Blick auf die
Burg zu erhaschen, konnte jedoch nur die 18 Meter hohe

Mauer und unspektakuläre Verwaltungsgebäude sehen, wie ich sie auch von München kannte. Ich war einigermaßen enttäuscht, Gunther dagegen fast starr vor Aufregung, was mir natürlich sehr recht war.

Wir passierten endlose Säulengänge zu beiden Seiten; mit uns auf der Straße eine Lawine von Autos, Bussen und Limousinen.

Die Straße endete schließlich in einem Rondell. Der Bus hielt, lud uns aus und verschwand in Richtung irgendeines Parkplatzes. Kaum waren wir ausgestiegen, trat ein Wachmann an uns heran. Herr Müller zeigte seinen Ausweis und gab den Grund unseres Besuchs an. Umgehend wurde uns Eintritt in die Empfangshalle gewährt. Drinnen herrschte reger Betrieb, eher an eine große Behörde als an einen Tempel erinnernd. Überrascht war ich von den vielen schwarzen Uniformen. Sonst waren es die Angehörigen der Schutzstaffel, die in der Menge der überwiegend braunen Uniformen auffielen; an diesem Ort stachen wir jedoch augenscheinlich als Fremde heraus, unsere grauen HJ-Monturen entlarvten uns. Abgesehen von der Masse an SS-Männern, hätten wir uns auch in der Eingangshalle eines beliebigen Ministeriums befinden können. Mich erinnerte alles an einen riesigen Ameisenhaufen: Hektische schwarze Leiber strömten gruppenweise durch die Halle, wie fremdgesteuert. In kurzen Zeitabständen ergoss sich ein Schwall nach draußen und trug wichtige Botschaften und Anordnungen in die deutsche Welt. Die Masse an schwarz uniformiertem Menschenmaterial schien unerschöpflich, aus geheimnisvollen unterirdischen Gängen drängten immer wieder neue Wellen an die Oberfläche der Eingangshalle. Verglichen mit Ameisen standen die Dimensionen ihrer Heimstatt allerdings im umgekehrten Verhältnis zu ihrer Körpergröße: Während ein Ameisenbau oftmals den Eindruck erweckt, zu klein und zu eng für das Wimmeln seiner unzähligen Bewohner zu sein, schien diese Behausung völlig überdimensioniert; die Gänge zu breit, die Fluchten zu lang, die Decken zu hoch und überhaupt viel zu viele Gänge, Räume und Hallen. Jeder neue Menschenstrom versickerte in kürzester Zeit in der gigantischen Anlage. Für Titanen erbaut, mühten sich die Menschen unablässig, dem übermenschlichen Anspruch der Bauten gerecht zu werden. Fast erwartete ich eine riesige, schwarz gewandete Ameisenkönigin im Walhall.

Mein Blick schweifte zu den kapitalen Schriftzeichen, die über der gesamten Länge der Eingangshalle thronten. Sie verkündeten den Wahlspruch der SS: *Meine Ehre heißt Treue.* Darunter befand sich eine riesige Anzeigetafel, wie man sie von Flughäfen kennt, wenngleich diese aus viel edlerem Material war. Auf dieser Tafel wanderten in drei Spalten die Namen verstorbener und lebender SS-Männer sowie die Namen der zuletzt für Volk und Vaterland Gefallenen von oben nach unten.

Noch ehe ich die Namen studieren konnte, nahm sich ein ausgesprochen junger SS-Unterscharführer unserer Gruppe an und führte uns in den Besucherraum.

»Heil Hitler, liebe Genossen! Heute ist wahrlich ein besonderer Tag für euch. Die Kontingente für den Besuch der Gralsburg sind äußerst beschränkt und die meiste Zeit des

Jahres haben nur die Führerin, die Hohen Frauen, der Reichsführer SS und die SS-Oberst-Gruppenführer Zutritt zum Heiligtum, um Riten und Zeremonien abzuhalten. Allein die Führerin hat uneingeschränkten Zutritt. Sie ist die Einzige, die hier jederzeit ihren Geist kräftigen und in Zwiesprache mit den höheren Mächten treten darf. Ausnahmen werden nur an Feiertagen und für ausgewählte Gruppen, wie die Absolventen der Adolf-Hitler-Schulen und der Ordensburgen, gemacht. Solltet ihr also in eurem Leben nicht den Rang eines SS-Oberst-Gruppenführers erreichen, ist es gut möglich, dass ihr an diesem Tag zum ersten und letzten Mal das Heiligtum betreten dürft. Heute ist überdies die Führerin auf der Burg und sollten wir die Ehre haben, ihr zu begegnen, erwarte ich tadelloses Verhalten. Herr Müller, Sie sind mir dafür verantwortlich! Bitte legt alle eure VE dort drüben in den Sammelbehälter, innerhalb der heiligen Stätte ist keine elektronische Kommunikation gestattet.«

»He, Gunther«, flüsterte ich ihm zu, »wenn du weiter so schwitzt, wird die Führerin noch auf deinem Schweiß ausrutschen.«

»Die Führerin …«, stammelte er nur. Was für ein Weichei – als ob wir ihr wirklich begegnen würden! So dachte ich zumindest.

Nachdem wir unsere VE abgegeben hatten, geleitete uns der Unterscharführer zu einem großen Modell und erläuterte uns den Aufbau der Anlage; die Burg befindet sich im Zentrum einer zu drei Vierteln geschlossenen Ringmauer, der Gesamtkomplex weist einen Radius von über 600

Metern auf. Er umfasst das Wachgebäude am Burgvorplatz, die Bibliothek der Schutzstaffel mit über 16 000 Erstausgaben, die Hohe Schule der SS, den Sitz der Deutschen Glaubensbewegung, einen Konvent für die Hohen Frauen sowie diverse Tagungs-, Bildungs- und Schulungseinrichtungen der SS. Darüber hinaus befindet sich auf dem Areal die Nordische Akademie für vor- und frühgeschichtliche Forschung, die sich mit dem germanischen Erbe in der Region, mit germanischer Himmels- und Kräuterkunde und mit nordischer Mythologie befasst.

Wie unendlich langweilig, das hatte uns Herr Müller alles schon drei Mal erzählt.

»Wer kann mir sagen, weshalb es sich bei dieser Burg um einen Brennpunkt der Weltgeschichte handelt?«

Gunther nutzte die Gelegenheit, um endlich für sein gewaltiges Wissen das gebührende Gehör zu finden, das ich ihm die Fahrt über verweigert hatte:

»Die Wewelsburg war unter Heinrich I. der Ausgangspunkt für die Vertreibung der Slawen aus Westeuropa. Die in ihrer Umgebung aufgestellten Externsteine waren ein zentrales Heiligtum der Germanen, dazu befindet sich in der Nähe der Ort der sagenumwobenen Schlacht beim Birkenwald und der westfälische Hellweg[102], ein alter germanischer Handelsweg. Schließlich ist noch der Nordturm mit den zwölf Totenkopfringen, dem Wotanspeer und dem Walhall, dem Allerheiligsten, zu nennen.«

»Alles völlig richtig, sehr gut. Denkt immer daran: Es gibt keine Zukunft ohne Vergangenheit. Wir gehen jetzt auf direktem Weg zur Burg.«

Wir gingen einen schier endlosen Gang entlang, von dem weitere Gänge abzweigten, rechts, links, schließlich gelangten wir zu einem offenen Säulengang von enormen Ausmaßen, der einen Innenhof umschloss. In diesem stand eine riesenhafte Eiche, wohl zehnmal so groß wie ein gewöhnlicher Baum; ihr massiger Stamm hob das Laubdach bis zu den Säulenkapitellen hinauf. Herr Müller erklärte, dies sei die tausendjährige Eiche Thors. Das dunkle Braun der Rinde und das satte Grün des üppigen Laubes bildeten einen auffälligen Gegensatz zum kalten Granit der Säulengänge, die den Baum vermutlich beschützen sollten, doch tatsächlich eher einzukerkern schienen. Der uralte knorrige Stamm mit seinen Wurzeln stellte eine Verbindung zum Kern der Erde her. Kurz dachte ich darüber nach, heimlich einen kleinen Setzling mitzunehmen und ihm die Freiheit zu schenken, aber wir gingen so hastig an der Eiche vorbei, dass mir dafür keine Zeit blieb. Viel zu schnell ließen wir sie hinter uns, traten nach draußen in den Vorhof und bekamen nun endlich die Wewelsburg zu Gesicht.

Im Vergleich zu den bereits durchwanderten Bauten und der eindrucksvollen Eiche erschien sie mir beinahe mickrig. Es war ein warmer freundlicher Frühlingstag, die Sonne beschien Burg und Vorplatz. Eine Totenstille lag wohltuend über dem Ort, keine Menschen, nirgends. Zwei Mauern liefen zu beiden Seiten auf die Burg zu und endeten an den beiden Südtürmen. Das Gras wuchs sehr grün, dazwischen führte ein schmaler Pfad aus verdichteter Erde zum Burgtor, der an die Hellwege der Germanen erinnerte.

Links und rechts neben dem Pfad waren Platten mit den Namen von SS-Helden ins Gras eingelassen, die sorgsam mit Moos umrandet waren und von jeweils sechs Irminsuls[103] beschattet wurden. Diese Eschen waren jedoch im Vergleich zur Eiche noch sehr jung, weniger als einhundert Jahre alt. Überhaupt besaßen sie einen gänzlich anderen Charakter: Schlank, aufrecht und stolz reckten sie sich gen Himmel, ihre zarten, vielgliedrigen Blätter kamen ihm jeden Tag ein Stück näher. Der lindgrüne, fast weiße Stamm hatte etwas Edles an sich, feine Lebenslinien durchzogen ihn in der gesamten Länge. Die Sonne schien huldvoll auf sie nieder und die Eschen nahmen ihre Strahlen an, sie machten sich nicht gemein mit den Naturgesetzen. Wir hatten die unsichtbare Grenze zu einer entrückten Welt überschritten. Die Zwänge der Alltagswelt hatten hier ihre Macht und ihre Würde vollständig verloren, sogar Erde und Luft schienen selbstbestimmt und frei zu sein.

Ich konnte plötzlich durchatmen. Eine große Last wich von meiner Seele und erstmals seit langer Zeit fühlte ich mich wieder lebendig. Ich spürte eine zeitlose Verbindung zu diesem Ort und so wie ich ihn erkannte, erkannte ich auch mich selbst wieder. Hier schien einfach alles möglich zu sein, die Eschen waren mir verständige Gefährten und lebendige Vorbilder, sie sprachen ehrlicher zu mir als mancher Mensch. Am liebsten wäre ich für immer geblieben, Geschöpf unter Geschöpfen. Leider währte dieser glückliche Moment viel zu kurz, weil Herr Müller rasch zur Burg drängte. Trotzdem wollte ich diesen Hain für alle Ewigkeit in meinem Herzen tragen.

Als wir den Pfad betraten, um gemessenen Schrittes und übervoll von unseren Eindrücken zur Burg zu gelangen, öffnete sich das Burgtor und entließ eine Gruppe von Menschen, die sehr zügig und zielstrebig über die Brücke schritten.

Der Unterscharführer wechselte einen kurzen Blick mit unserem Lehrer und sofort erging an uns der Befehl, uns in einer Reihe am Pfad aufzustellen. Zweifellos musste es sich um die Führerin mit ihren zwölf treuen SS-Oberst-Gruppenführern handeln, nur das konnte den panischen Befehl erklären. Leider konnte ich zunächst nicht viel erkennen, da ich meine Augen starr geradeaus richten musste. Auch hörte ich sie nicht näherkommen, denn der Lehmboden verschluckte ihre Tritte, sodass sie geistergleich, pfeilschnell und geräuschlos, auf uns zu kamen.

»Heil Hedwig!« Dem Unterscharführer riss fast der Arm ab.

»Heil Hedwig!« riefen wir eine Zehntelsekunde darauf.

Entgegen meiner Erwartung lief die Führerin nicht einfach an uns vorbei, sondern hielt beim Unterscharführer.

»Heil Siegfried! – Aha, wieder eine AHS-Gruppe. Und Sie sind der Lehrer? – Ja, sehr gut. Welcher Ihrer Zöglinge hat denn die besten Aussichten, irgendwann einmal ständigen Zutritt zur Burg zu erhalten? – So, so, Genosse Wittgenstein. Vortreten!«

Noch bevor ich einen Gedanken fassen konnte, führte ich den Befehl mechanisch aus und trat einen Schritt vor. Augenblicklich stand die leibhaftige Führerin vor mir.

»Rühren.«

Viele feine Linien und Falten durchzogen ihr Gesicht, das darum jedoch nicht schlaff wirkte. Im Gegenteil straffte sich die Haut über den hohen Wangenknochen und die Augen, obwohl klein und ein bisschen gelblich, waren von einem inneren Feuer erleuchtet; blau blitzten sie mich von unten an. Dazu war ihre Haltung überaus aufrecht und ihr Körper gertenschlank. Sie strahlte eine Energie und Tatkraft aus, wie man sie bei ganz wenigen Menschen findet. Unverkennbar war, dass sie die Tochter ihres Vaters Joseph Goebbels war; ja es schien fast, als ob sein scharfsinniger, schneidender, unbeugsamer Geist auch ihren kleinen, fast zarten Körper beseelte und von innen ausbrannte. Sie war es gewohnt zu befehlen und vor allen Dingen war sie es gewohnt, dass ihre Befehle bedingungslos und unverzüglich befolgt wurden. Niemand hätte sie für eine 80-jährige Frau gehalten, die neun Kindern das Leben geschenkt hatte. Ihre schlichte dunkelgraue Uniform wies keinerlei besonderen Schmuck auf, ausgenommen eine leicht stilisierte Irminsul an ihrem Revers, zum Zeichen, dass die Esche ihr Kraftbaum war.

»Schauen Sie sich unseren Führungsnachwuchs an, meine Gruppenführer. Dieser hier mustert mich, als wäre ich ein Pferd, das zur Versteigerung präsentiert wird«, sagte sie belustigt zu ihrer Führungsmannschaft. Die jeweils sechs Frauen und Männer in SS-Uniform lachten herzlich.

»Keine Sorge, mein Junge. Ich habe dich ja ebenso betrachtet und rein äußerlich scheinst du mir ziemlich wohlgeraten zu sein, unsere Erziehungsmethoden tragen wohl

Früchte. Was geht denn in deiner arischen Seele vor? Sag mir: Was willst du am allermeisten?«

»Meinem Volk dienen«, antwortete ich wie aus der Pistole geschossen.

»Ja, ja. Das hast du schön verinnerlicht. Aber mich interessiert, was du willst. Nicht das, was wir von dir erwarten. Lass mich meine Frage anders stellen: Hast du einen Traum, eine Vision?«

Ich war völlig perplex, denn niemand hatte mich je so direkt gefragt, was ich wollte. Und Träume waren nie Gegenstand von Schulungen gewesen. Ich spürte ihren Blick, den der Oberst-Gruppenführer, den meiner Kameraden, den von Herrn Müller und sogar den von Unterscharführer Siegfried; besonders den Blick von Siegfried.

Es war mir absolut unmöglich, einen klaren Gedanken zu fassen. Auf einmal sah ich das Bild von Hedda vor mir: der weinende Drache, der den Ritter und die Jungfrau tötet. Und ohne es zu bemerken – es passierte mir einfach – sprach ich meinen Gedanken oder vielmehr meine dunkle Ahnung leise aus:

»Ich will den Drachen besiegen.«

»Das ist eine ausgesprochen interessante und gute Antwort, gleichsam ein Orakelspruch. Du legst dich nicht fest und gerade deswegen kann jeder Zuhörer etwas darin für sich entdecken. Der Ton ist kämpferisch und du benutzt ein altes germanisches Symbol. Wer ist dieser Drache? Nidhöggr[104], der an den Wurzeln der Weltenesche nagt – willst du die Vergänglichkeit besiegen oder das Böse als solches? Oder ist er, wie bei Siegfried, ein allgemeines

Symbol für unsere Feinde? Willst du die Feinde Deutschlands besiegen?

Herr Müller, was will dieser Junge studieren? – Propaganda, sehr gut! Ich würde dich für mich schreiben lassen. – Doch nun müssen wir weiter, das Reich kann nicht ewig warten.«

Bevor sie sich wieder an die Spitze ihrer Gruppe setzte, trat sie noch einmal ganz nah zu mir und flüsterte mir etwas ins Ohr: »Auch ich will den Drachen besiegen.«

Während ich noch ganz benommen war, umringten mich meine Kameraden und klopften mir anerkennend auf die Schulter. Herr Müller nahm gar meine Hand und sprach ergriffen: »Dass ich das noch erleben darf: Ein Absolvent unserer Schule wird von der Führerin persönlich gelobt. Das hast du fabelhaft gemacht.«

Sogar Siegfried, der Unterscharführer, schaute mich tief beeindruckt an, wobei seine Augen einen gewissen Neid nicht verhehlen konnten.

Die Führerin – DIE Führerin – war mir nahegekommen. Es konnte kein Zufall sein, dass es gerade an diesem Ort geschah. Die Macht dieses heiligen Hains verband wohl auch Menschen miteinander. Vielleicht trugen auch alle Menschen, die diese Stätte berührt hatte, fortan etwas Wahres und Echtes in sich, das sie dann im anderen erkannten. Erst jetzt wurde mir schlagartig bewusst, wie einsam ich all die Jahre gewesen war, denn es gab sie also doch, Nähe und Freundschaft; auch für mich. Ich musste sie nur erst suchen, um sie finden zu können. Voller Zuversicht blickte ich in diesem Moment in die Zukunft.

Trotz aller Begeisterung der Gruppe und meiner Versunkenheit gab es einen strikten Zeitplan, dem gegenüber wir inzwischen bereits in Verzug geraten waren. Hastig überquerten wir daher die Brücke zur Burg. Sie verlief über einen Graben mit dem klarsten Wasser, das ich je gesehen hatte. Darin thronte majestätisch das Spiegelbild von Burg und Himmel. Es schien mir, als schwebte die Burg über den alltäglichen Dingen, als läge sie fernab der Welt. Aber vielleicht rührte dieser Eindruck auch von meiner besonderen Stimmung her, in die mich der Hain und Hedwig versetzt hatten.

Am Ende der Brücke öffnete sich das schwere Eichentor auf geheimnisvolle Art und Weise von unsichtbarer Hand, Siegfried ließen wir an der Tür zurück. Drinnen erwartete uns die Beschließerin: Sie war eine Frau mittleren Alters, trug ein äußerst schlichtes, mönchsgleiches Gewand. Über dem derben braunen Stoff baumelte eine schwere Kette mit den unterschiedlichsten Schlüsseln. Ihr langes Haar bestand aus vielen kleinen Zöpfen, deren Enden alle miteinander verknotet waren. »Alle losen Enden finden zusammen«, schoss es mir durch den Kopf. Die Beschließerin blickte uns aus dunkelgrünen Augen ruhig an.

»Heil euch, an diesem Ort aller Orte, diesem Refugium. Es beginnt nun für euch eine Zeit der Stille und Einkehr. In diesen Räumen herrscht Schweigepflicht und diese wird erst wieder von euch genommen, wenn ihr diese Mauern hinter euch gelassen habt. In Kürze wird eine der Hohen Frauen zu euch kommen und euch zum Nordturm geleiten. Es liegt ganz in ihrem Ermessen, ob sie sprechen wird, ebenso worüber und zu wem. Unter keinen Umständen jedoch werdet ihr antworten. Bis zu ihrem Erscheinen könnt ihr euch gern in die Betrachtung des Triptychons vertiefen.«

Lautlos entfernte sie sich und jetzt erst sah ich, dass sie barfuß über den Steinboden schritt. Ihre Füße berührten kaum die quadratischen Muster aus Runen, Sonnenrädern und Hakenkreuzen. Alle schauten ihr hinterher, jeder war von ihrer Erscheinung betroffen; manche waren nur verunsichert, andere belustigt, einige ergriffen. Ich fragte mich, was uns hier noch alles erwarten würde. Die Empfangshalle war nicht sehr groß, aber einladend. Die hölzernen Wand- und Deckenverkleidungen rochen nach Eiche, die Möbel waren reich verziert mit Lebensbäumen, Runen und mythologischen Tierbildern. Mir gefiel dies alles sehr, es erinnerte mich an meine geliebte Sagenwelt. Das Triptychon sprach mich dagegen gar nicht an: Seine Bildsprache lehnte sich für meinen Geschmack zu stark an kirchliche Darstellungsformen an. Im Hintergrund des linken Bildes war die Wewelsburg zu erkennen, davor eine Schar deutscher Soldaten; das mittlere Bild zeigte eine bäuerliche Familie mit vielen Kindern, die gemeinsam eine Esche einpflanzten, im Hintergrund das Reichsparteitagsgelände in Nürnberg; im rechten Bild sah man eine Gruppe Wehrbauern, die Land im Osten urbar zu machen suchten, im Hintergrund ragten dunkle Türme bedrohlich empor. Gerade wollte ich nähertreten, als mich ein Kamerad am Ärmel zurückzog.

Ich kann es auch heute noch mit keinen anderen Worten sagen: Eine Hohe Frau schwebte heran.

Ich war mir auf den ersten Blick sicher, dass sie die schönste Frau und der vollkommenste Mensch war, den ich in meinem Leben erblickt hatte. Sie war die Hüterin des Feuers und die Trägerin der Weisheit. Ihr goldenes Haar hing offen bis zur Hüfte, auf ihm glitzerten Tautropfen, saphirblaue Augen funkelten in einem weißen Gesicht. Ihr Kleid hatte einen schlichten Schnitt und war von reinstem Weiß, dabei so leicht, dass es ihren Leib wie ein Windhauch umspielte. Ihr einziger Schmuck war ein Kranz aus blauen Kornblumen, den sie im Haar trug. War sie ein Mensch oder ein Engel?

Auf ein sanftes Zeichen folgten wir ihr in den Innenhof der Burg, der im Vergleich mit den übrigen Prachtbauten eher unscheinbar wirkte. Je näher wir dem Nordturm und also der Speerspitze kamen, desto beklommener fühlten wir uns. Alles schien näher zu rücken, enger zu werden. Das Dasein verdichtet, die Luft aufgeladen mit kosmischer Energie, schicksalsschwer. Keiner lächelte mehr.

Die Tür antwortete auf den zarten Druck ihrer Hand und wir betraten schweigend den SS-Oberst-Gruppenführersaal.

Zwölf Säulen trotzten wie Recken allen Gefahren, unveränderlich in ewiger Wache, verbunden durch Rundbogenarkaden. In der Mitte des Rundgewölbes fügten sich zwölf dunkelgrüne Siegesrunen zu Speichen im Sonnenrad – die Schwarze Sonne. Die Priesterin trat in die Mitte des Kraftzeichens und bedeutete uns, uns am äußeren Rand des Kreises aufzustellen. Nachdem wir unsere beiden jeweiligen Nachbarn bei den Händen genommen hatten, hob sie die Arme zur Decke und es erklang eine jenseitige Stimme, als ob jemand aus der Vorzeit spräche:

»Solange die Einheit der Zwölf besteht, wird Deutschland siegen. Allein das Band der Brüderlichkeit kann alles Übel erwehren. Nur aus zwölf Stunden wird ein ganzer Tag, nur aus zwölf Monaten ein vollkommenes Jahr.«

Während die Priesterin in althochdeutscher Sprache Beschwörungsformeln deklamierte, schritt sie unseren Kreis ab, umfasste jedes Handpaar mit ihren engelsgleichen Fingern und drückte es kurz, aber unerwartet fest. Beim letzten Paar löste sie anschließend die Verbindung, trat aus unserem Kreis und führte uns zu zwölf Nischen, die in die Wände hinter uns eingelassen waren. In jeder Wandvertiefung befand sich eine Vitrine, die jeweils einen Totenkopfring enthielt, mit welchem der Führer besonders verdiente SS-Führer ausgezeichnet hatte. Jeder derartige Ring wurde auf der Burg in Ehren gehalten, doch nur diejenigen zwölf, deren Träger zuletzt verstorben waren, wurden in diesem weihevollen Saal ausgestellt.

Die Hohe Frau trat vor jeden einzelnen Schrein, verbeugte sich, ließ die Handrücken hinuntersinken und führte sie wieder zu sich. Das tat sie mehrere Male, als wollte sie die besondere Aura der Ringe in sich aufnehmen. Wir taten es ihr gleich. Die Silberringe waren schlicht und alle in derselben Ausführung gearbeitet, nur auf den Innenseiten unterschieden sie sich durch die jeweils eingravierten Namen. Das Symbol der Vergänglichkeit, der Totenkopf, wurde von Eichenlaub umrahmt, die Siegesrunen kündeten von hart erkämpften Triumphen.

Den Gegenpol zum Tod bildete das Hakenkreuz, das dem Totenkopf gegenüberlag und das Heilsversprechen des Nationalsozialismus symbolisierte.

Nach dieser Ehrenbezeichnung folgten wir der Hohen Frau in den ersten Stock des Nordturms – zum Heiligen Speer.

Dieser Speer war unter Heinrich I. eines der Reichskleinodien, eine Sieg bringende Reliquie, die mit dem Speer Wotans verglichen wurde; das Symbol germanischen Herrschertums. Alles hatte hierhergeführt, der Hellweg vom Rhein über den Speerschaft bis in die Spitze des Turms.

Ein fahles Licht dämpfte den Raum, allein der runde Schrein in der Raummitte leuchtete hell. Der Speer, den er verwahrte, schien zu schweben. Als wir eintraten, ergoss sich mitten aus dem Schrein ein Lichtfluss auf den Boden, wo er die Gestalt einer Siegesrune annahm; dies wiederholte sich zwölf Mal. Das Turmrund bildete ein riesiges Sonnenrad, in dessen Zentrum die Lanze des Schicksals lag. Die Hohe Frau trat vor den Speer, kniete ritterlich nieder und legte ihre rechte Hand auf ihr Herz. Wortlos folgten wir ihrem Vorbild. Die Waffe, die Unbesiegbarkeit verlieh, machte einen eher bescheidenen Eindruck: ein Holzschaft von kaum einem halben Meter Länge endete in einem schlanken, ovalen Lanzenblatt. Offensichtlich war wahre Macht nicht auf äußerliche Größe angewiesen; ein Gedanke, der mich unwillkürlich an Hedwig denken ließ.

Nach ein paar Minuten der inneren Einkehr gingen wir rückwärts aus dem Raum. Das Licht in dem Treppenhaus, das zur obersten Kuppelhalle führte, blendete uns. Wieder öffneten sich durch bloßen Zuspruch der Hohen Frau zwei riesige hölzerne Flügeltüren.

Der Anblick, der sich uns darbot, war überwältigend: Die gesamte Kuppel war erfüllt vom Licht des immergrünen Lebensbaumes. Mehrere Stufen führten auf ein kreisrundes Podest, in dessen Mitte sich ein See befand, von dessen Grund ein schimmerndes Leuchten ausging. Aus der Seemitte entsprang der schlanke, starke Stamm der Weltenesche, der sich leicht und kraftvoll in die Höhe wand. Das Laubdach der Esche verschmolz mit der Kuppel, doch einzelne Äste hingen so tief hinunter, dass sie die Wasseroberfläche oder das Podest berührten.

Während ich mich noch fragte, wie solch ein herrschaftlicher Baum unter der Kuppel überleben konnte, entdeckte ich zu meiner Verblüffung, dass hier nicht nur bloß ein Baum gedieh, sondern sogar Tiere lebten. Zwischen den obersten Ästen lugte das Eichhörnchen Ratatöskr hervor. Es war wohl unterwegs, um dem Drachen eine Nachricht des Adlers zu überbringen. Die Grenze zwischen Natur und Kunst war hier so schmal, dass es ein Rätsel bleiben musste, ob einem geschnitzten Baum künstliches Leben eingehaucht worden war oder ob eine wirkliche Esche auf natürlichem Wege versteinert war.

Die Erlebnisse meines früheren Lebens waren über die Jahre nach und nach verblasst, doch nun, im Angesicht des Lebensbaums, erstrahlte das Unbelebte in den wärmsten Farben. Ganz zart regte sich ein Gefühl von Sehnsucht in mir.

Indessen füllte die Hohe Frau eine irdene Schale mit Wasser aus dem See und trank einige langsame Schlucke daraus. Danach ging sie zu jedem einzelnen Schüler, ließ ihn seinen Durst stillen, um darauf erneut das Gefäß zu füllen. Bevor sie ihm die Schale reichte, leitete sie jeden Schüler jedoch zu einem bestimmten Teil: Einem wies sie die Hirsche, einem anderen die Nornen, einem dritten die Schlangen und einem gar den Urdbrunnen[105]. Wie wir später auf der Rückfahrt, als wir über diese Situation sprachen, herausfanden, wählte sie dabei immer solche Figuren aus, welche der Angewiesene zuvor nicht näher betrachtet hatte.

Schließlich war die Reihe an mir, ich folgte ihr hinter die Esche, wo sie meinen Blick auf einen bestimmten Ast lenkte. Obwohl ich sehr genau hinschaute, konnte ich im Wirrwarr des Geästes zunächst nichts ausmachen – bis ich eines Menschen gewahr wurde. Ein Mann hing an einem gewundenen Ast, an seinem Bart erkannte ich, dass es Odin[106] sein musste. Von seinem eigenen Speer frisch verwundet, würde es noch neun Tage bis zu seinem sicheren Tod dauern. Den alten Überlieferungen zufolge würde er durch dieses Selbstopfer jedoch wiederauferstehen und das geheime Wissen der Wurzeln erlangen. Dass mich die Priesterin gerade zu diesem Zeichen geführt hatte, erschreckte mich zutiefst. Was sollte es mir sagen? Wie sollte ich es deuten? Sie gab mir keinerlei Erklärungen, sondern bloß zu trinken wie den anderen auch. Der Trank entspannte mich ein wenig, meine Gedanken und Gefühle beruhigten sich. Nach dieser Zeremonie blieben wir eine weitere Stunde in der Kuppel und jeder verbrachte diese Zeit andächtig mit seinen eigenen Gedanken. Ich betrachtete nochmals ausgiebig den obersten Gott auf seiner Suche nach Wahrheit und Wissen. Was hatte er mir zu sagen? Einst hatte er sogar ein Auge für seherische Fähigkeiten hergegeben. Gab es die vollkommene Erkenntnis nur im Tod? Führte das Leben zu Leiden und Leiden zum Tod? Was für ein Opfer würde mir abverlangt werden? Ich konnte mir damals keine dieser drängenden Fragen beantworten und verließ diesen Ort lediglich mit der Hoffnung, dass mir das Leben die Antworten in der Zukunft offenbaren würde. Doch zu der ungetrübten Zuversicht, die ich noch im Hain verspürt hatte, gesellte sich nun die Ahnung, dass es für mich keine echte Nähe ohne Schmerz geben würde.

Nach den vielen außergewöhnlichen Eindrücken und Erfahrungen breitete sich eine gewisse seelische Erschöpfung unter uns aus. Doch noch wartete ja das Allerheiligste auf uns: das Walhall. Um zu ihm zu gelangen, mussten wir von diesem höchsten Punkt des Turmes ganz nach unten in seine unterirdischen Gewölbe hinabsteigen. Unsere Beklommenheit wuchs mit jeder weiteren Stufe. Es war uns, als müssten wir vom Himmel in die Hölle wandern, direkt zu Hel in die Eingeweide der Erde. Die enge und düstere, steinerne Wendeltreppe, die uns hinunterführte, bohrte sich tiefer und tiefer in den Fels. Und wirklich erwartete uns dort das Höllenfeuer. Ein tief gelegenes Becken war bis zum Rand mit flüssigem Feuer gefüllt, das den Felssaal in das geheimnisvollste und unheimlichste Licht tauchte. Nur aus einigen schießschartenartigen

Fenstern drang ein fahles und spärliches Licht aus der Oberwelt in den Raum. Das Feuerbecken nahm fast den gesamten Raum ein, eine Stufe führte zu ihm hinunter. Fließende Flammen umtanzten eine goldene Scheibe, die in der Mitte des Beckens schwamm und auf die ein Hakenkreuz geprägt war. Von der gewölbeartigen Decke wuchs ein riesiges Wurzelgeflecht dem Becken entgegen.

Einige Kameraden blieben auf der Treppe stehen oder drängten sich eingeschüchtert an die Wand. Welche Feuertaufe mochte uns hier erwarten? Die Hohe Frau nahm jeden Einzelnen bei der Hand und führte uns zu zwölf Podesten, welche das Becken umstanden. Auf jedem dieser erhöhten Plätze thronte einer der Asen[107] und ihre marmornen Gesichter flackerten im Widerschein der Flammen. Mich lenkte sie zu Freyja[108], der Göttermutter, deren vollkommene Schönheit mich an meine eigene Mutter erinnerte. Die Gesichtszüge der Göttermutter waren so lebensecht, dass es mich nicht verwundert hätte, wenn sie von ihrem Podest hinabgestiegen wäre, um der zu erwartenden Zeremonie beizuwohnen. Nachdem jeder von uns einem der Götter zugewiesen worden war, betrat die Hohe Frau die Stufe zum Feuerbecken, stieg sie hinab und ging weiter, ins Becken hinein. Ohne ein einziges Mal zu zögern, schritt sie unbeschadet wie eine Walküre durch das Feuer, zielstrebig auf das goldene Zentrum zu. Während ihres Gangs löste sich ihr Kleid in den Flammen auf – wir hielten den Atem an. Nun stand sie nackt und bloß wie die erste Frau, Embla[109], in der Mitte des Feuers. Unverständliche Worte, halb gesprochen, halb gesungen, drangen aus ihrem Mund und erfüllten die Gruft. Anspannung und Feuer erschwerten uns das Atmen, die Hitze nahm stetig zu, bis unsere Gesichter glühten und die Schulterklappen und Kragen unserer Uniformen sich zu kräuseln begannen. Die Seele von Thor[110] löste sich als erste aus ihrem Standbild, strebte zum Todesengel und vereinigte sich mit ihm. Waldemar, der neben Thor gestanden hatte, sank auf die Knie. So geschah es mit jedem Gott, Odin, Sif[111], Balder, Freyja. Als meine Göttin sich von ihrem Abbild löste, war ihre Ähnlichkeit mit meiner Mutter so frappierend, dass ich aufschrie und ihr zu Hilfe eilen wollte, da sie im Flammenmeer zu vergehen drohte.

Nachdem sich mit Balder der letzte Gott aus seinem Bildnis befreit und die goldene Schale erreicht hatte, endete abrupt das Zauberlied und die Hohe Frau versank mitsamt der Scheibe in den flammenden Fluten. Das Feuer erlosch, es herrschte nächtliche Dunkelheit und eine Stille, die nur das Schluchzen einzelner Kameraden unterbrach.

5

Bernhard richtet sich auf. Die aufgehende Sonne färbt die Bucht in ein zartes Rot, trotz der frühmorgendlichen Kühle spürt er dieselbe Hitze auf seinem Gesicht wie damals im Walhall während der Feuerzeremonie. Der Besuch des Heiligtums hatte ihn verändert, ein neues Leben regte sich in ihm. Seine Begeisterung für Mythen und Sagen hatte sich zu einer umfassenden Spiritualität entwickelt, die ihn fortan stützte und begleitete, bis heute, selbst noch in diesem

Moment. Sein Lebensmut war damals neu erwacht, wenngleich unter Schmerzen. Der gestrige Abschied von seiner Mutter glich dem Augenblick im Walhall, da seine Göttin ihm entschwand. Er hatte die richtige Entscheidung getroffen: Sie würden nur auf eine begrenzte Zeit getrennt sein, er würde ihr wieder begegnen, das wusste er, wenn er auch nicht wusste, in welcher Welt und in welcher Gestalt.

Es blieb nicht mehr viel Zeit bis zum Morgen.

Dank des neu gewonnenen Selbstwertgefühls und seines alten Wissensdurstes konnte er an der Universität seine Fähigkeiten rasch und deutlich verbessern. Sein Leiden empfand er nicht mehr als Makel, sondern es adelte nur sein Streben. Geduldig harrte er auf den einen entscheidenden Moment, der ihm die letzte Erkenntnis brächte, in der sich alles klärte. Während des Studiums gelang es ihm bereits, erste Verbindungen zu anderen Menschen zu knüpfen. Die intensive Nähe, die er auf der Wewelsburg gespürt hatte, stellte sich jedoch nicht ein, so sehr er sich auch darum bemühte.

Wegen seines hervorragenden Studienabschlusses wurde er anschließend auf der Ordensburg in Sonthofen aufgenommen. Das erste gemeinsame Mittagessen mit den neuen Kameraden fand im Gewölbekeller der Burg statt, an schweren Eichentischen saßen sich die Neuzugänge gegenüber und betrachteten sich erwartungsvoll. Fast alle waren sie sehr blonde, sehr stattliche junge Männer, lediglich ein braun gelockter Schopf stach heraus. Auf diesen steuerte Bernhard zielsicher zu.

»Ist hier noch frei?«

»Klar, setz dich. Auch dein erster Tag heute? Mein Name ist Raban[112] Heisenberg, Abschluss in Informationswissenschaft.«

»Bernhard Wittgenstein, Propaganda.«

»Ah, dann sind wir ja die perfekte Ergänzung: Propaganda- und Informationsministerium sind schließlich aufeinander angewiesen und müssen eng zusammenarbeiten. Außerdem scheinst du mir der arischste Kamerad hier zu sein, wogegen man von mir wohl das Gegenteil behaupten muss.«

Ich musterte interessiert seine Erscheinung. Er hatte das dichteste und lockigste Haar, das ich je bei einem Mann gesehen hatte. Seine Haut wies einen matten Bronzeton auf, sein Körper hatte wunderbar proportionierte, schlanke Glieder. Eher geschmeidig wie ein Hirsch als stark wie ein Bär. Dazu besaß er die größten und braunsten Rehaugen, die überhaupt vorstellbar waren – offene, freundliche Augen, die jeden in ihren Bann schlugen.

Offenbar stierte ich ihn etwas zu lange an, denn auf einmal lachte er herzlich los.

»Ja, ja, ich weiß: Meine Erscheinung ist in vielerlei Hinsicht nicht gerade vorbildlich.«

»Also, erstens habe ich das blonde Einerlei satt, zweitens kommt es auf die Haltung an und drittens ... keinem stehen die braunen Uniformen besser als dir.«

Schon wieder erklang sein lautes, mitreißendes Lachen. Es erfüllte den Raum, die Burg und meine Seele mit Wärme und Licht; sein Gesicht strahlte und seine Augen blickten mich tiefgründig an. Ich fühlte ihm gegenüber sofort eine

172

unmittelbare Nähe und jene Vertrautheit, nach der ich mich so lange gesehnt hatte. Dieses Gefühl durchströmte meinen ganzen Körper, ich war so froh und leicht, wie ich es seit dem Tag im Hain nicht mehr gewesen war. Gleichzeitig spürte ich einen Stich im Herzen, der mich beunruhigte: eine dunkle Warnung, die mich an Odin und sein Opfer denken ließ. Doch wusste ich auch, dass ich keine Wahl hatte. Auf diesen Menschen, mit dem ich so glücklich war, würde ich nie mehr verzichten, selbst wenn es mit Leid verbunden sein oder sogar meinen Untergang bedeuten sollte. Jeden Moment mit ihm wollte ich genießen. Ich war entschlossen, um diesen Mann zu kämpfen, nötigenfalls mit dem Schicksal um ihn zu ringen.

Seit dieser ersten Begegnung waren wir unzertrennlich. Wir versuchten möglichst viele Kurse gemeinsam zu belegen und uns auch in der Freizeit möglichst oft zu sehen.

Leider war die Zeit, in der wir uns ungestört zu zweit treffen konnten, sehr begrenzt: Der Alltag spielte sich vor allem in Gemeinschaftsunterkünften ab, jeder von uns hatte viele Verpflichtungen und selbst, wenn wir die gleichen hatten, waren sie meist in einer größeren Gruppe zu erledigen. Doch zuweilen ergaben sich Gelegenheiten zur Zweisamkeit und jeder dieser Augenblicke mit ihm war magisch, alles war interessanter, besonderer, besser mit ihm. Und sogar die Tage, an denen ich ihn nicht sah, waren mir erträglich und beinahe leicht, weil sie vom Wissen um ein baldiges Wiedersehen in ein mildes Licht getaucht wurden. So glücklich wie in dieser Zeit war ich nie zuvor gewesen und wurde ich danach nie wieder. Wir kamen uns immer näher und fassten echtes Vertrauen zueinander. Er erzählte mir von seinen schlechten Erfahrungen wegen seines Aussehens: wie er in der Schule gehänselt wurde; wie die Lehrer immer andere vorzogen – zumeist solche wie mich; wie keiner ihm etwas zutraute und er deshalb zehnmal so viel leisten musste wie die anderen, um die gleiche Anerkennung zu bekommen. Aber die dauernde Zurücksetzung hatte ihn nicht zermürbt, sondern angespornt: Er hatte sich entschieden, es allen zu zeigen und in die höchsten Ämter aufzusteigen.

Wie sehr bewunderte ich ihn für seinen Mut und sein Vermögen, über seine Ängste zu reden! Mir war das bis heute unmöglich, ich hatte ja Ewigkeiten gebraucht, um mir diese Gefühle überhaupt erst bewusst zu machen – und immer noch fiel es mir schwer, wenigstens vor mir selbst zu ihnen zu stehen. Oft genug verachtete ich mich stattdessen für meine Schwäche, glaubte den Ansprüchen nicht zu genügen und fühlte mich schuldig und vor allen Dingen nicht liebenswert. Viele Wochen und viele Gelegenheiten ließ ich verstreichen, ehe ich mich entschied, mich Raban zu offenbaren. Immer wieder schob ich es auf, denn ich ängstigte mich vor dem Urteil des einzigen Kameraden, an dessen Wohlwollen mir so unendlich viel lag. Die Nacht vor meiner beabsichtigten Entblößung konnte ich kaum schlafen und als ich dann endlich mit ihm allein war, zitterte ich am ganzen Körper und fiel beinahe in meine frühere Sprachlosigkeit zurück. Nur mühsam und stockend konnte ich meine Hilflosigkeit in Worte kleiden und aus den Worten Sätze formen.

Raban war sehr erstaunt zu erfahren, wie sehr ich gleichfalls unter meinem Äußeren litt: die überzogenen Erwartungen, die keinerlei Rücksicht auf mein Inneres nahmen; meine Einsamkeit und meine Flucht in Gewalt und Drogen. Er hörte mir aufmerksam und verständnisvoll zu. Nach meinem Geständnis umarmte er mich kurz und fest, ich fühlte mich zum ersten Mal verstanden und akzeptiert. Wenn er mich trotz meiner Fehler und Schwächen mochte, dann wollte auch ich mich so akzeptieren, wie ich wirklich war.

Sein liebevolles Verständnis schenkte mir einen Frieden, den ich so niemals gekannt hatte, und ich öffnete mehr und mehr mein Herz. Indem ich meine Gefühle zuließ, kehrte auch meine Lebensfreude zurück: Ich empfand wieder Genuss an einem guten Essen, konnte mich wieder an Musik erfreuen und vermochte sogar in vielen meiner Kameraden Gutes zu entdecken. Meine Empfindungen gewannen jeden Tag an Tiefe und Vielfalt, es war als begänne jetzt erst mein wirkliches Leben. Doch es kehrten nicht allein die angenehmen Gefühle zurück, sondern auch jene, die ich über Jahre besonders sorgsam versteckt hatte. Immer häufiger musste ich an diese eine Schulstunde zurückdenken, immer öfter entsann ich mich meiner Erregung beim Anblick von Waldemars nacktem Körper. Verzweifelt musste ich mir eingestehen, dass ich für Raban mehr empfand, als es sich für eine Männerfreundschaft ziemte. Bei aller Zuneigung zu mir, bei allem Wohlwollen mir gegenüber konnte er für diese abartige Neigung unmöglich Verständnis aufbringen. Dass ich seine aufrichtige Freundschaft mit meinem Verlangen besudelte, musste ihn mit Verachtung erfüllen; ich verachtete mich selbst ja dafür. Ich ekelte mich vor meinen eigenen Gefühlen und mir wurde klar, dass ich den größten Kampf mit mir selbst auszufechten hatte. Der Gedanke, Raban durch eine neuerliche Selbstoffenbarung zu verlieren, war ebenso unerträglich, wie der, ihn mit meinen niederen Absichten zu betrügen. Ich geriet so erneut in die seelische Notlage, einen Teil von mir verleugnen zu müssen. Freude und Dankbarkeit vermischten sich mit Hoffnungslosigkeit und Schmerz; die widersprüchlichen Empfindungen zehrten mich innerlich aus.

Dank Rabans Ausbildung waren wir über das System der Kontrolle und der ständigen Überwachung bestens unterrichtet. Wir setzten daher unsere VE nur sehr bewusst ein, achteten überall auf Kameras und hinterließen so wenige konkrete Spuren wie möglich. Unsere offenen Gespräche führten wir ausschließlich im Freien, meistens im Wald.

Die Gespräche blieben nicht auf die persönliche Ebene beschränkt, wir tauschten uns auch vermehrt über das nationalsozialistische System aus. Nicht weniger als ich selbst liebte Raban sein Land und seine Familie. Dennoch schien ihm vieles kritikwürdig zu sein und er fühlte sich oftmals fremdbestimmt. Immer wieder suchten wir gemeinsam nach Möglichkeiten, konstruktive Kritik zu äußern und die germanische Demokratie weiterzuentwickeln. Wir kamen damit jedoch nicht wirklich weiter, denn an einem Punkt blieben wir immer wieder stecken.

»Ich stimme dir ja zu, Bernhard, dass Veränderungen wichtig sind, sogar überlebenswichtig. Aber schau dir nur die Kirche an, Hitlers großes Vorbild, wie starr sie an ihren einmal niedergelegten Dogmen festhält. Wie der Nationalsozialismus kennt auch sie nur ein einziges Lebensgesetz: blinden Gehorsam gegenüber einer absoluten Autorität. Andere Ansichten, selbst wenn sie sich naturwissenschaftlich zweifelsfrei belegen ließen, führten nicht selten zur Verbrennung wegen Ketzerei. Wie viele mussten sterben, weil sie behaupteten, die Erde sei nicht der Mittelpunkt des Universums? Andere Meinungen als die offizielle Lehrmeinung der Kirche waren jedenfalls nie willkommen. Und was hat sich denn in gut 2 000 Jahren an den Kirchendogmen geändert? Nichts! Und wie viele Menschen hat die Kirche auf dem Gewissen: über Jahrhunderte Hexenverfolgung, Verbrennung Andersdenkender, Dezimierung heidnischer Völker auf der ganzen Welt. Wie viele Kriege wurden nur um des Glaubens willen geführt – selbst noch in Jerusalem haben die Kreuzritter ein Blutbad angerichtet; wie viele Menschenleben hat der Dreißigjährige Krieg gekostet – besonders in Deutschland?«

»Du hast ja recht, aber im 19. Jahrhundert hatte die Kirche schon an Einfluss verloren und die Menschen begannen für Humanismus und Menschenrechte einzutreten. Es hatte sich also tatsächlich spürbar etwas verändert.«

»Doch wie unendlich lange hat dieser Prozess gedauert? Und wie viele mussten wieder sterben, um ihn anzustoßen? Außerdem betraf das alles nur die westlichen Länder, in Afrika und bei den Muslimen gab es weiterhin Unterdrückung und Krieg. Und bevor du anfängst, aus all dem Schlüsse auf die heutige Zeit zu ziehen, bedenke außerdem die neuartigen Möglichkeiten der Informationstechnologie: Wir verfügen heute über die perfekte, nahezu lückenlose Überwachung und Lenkung. Unserer Überwachung entkommt vielleicht einer, aber wohl kaum eine ganze organisierte Gruppe. Vergiss nicht: Bereits der Wille zur eigenen Meinung stempelt dich zum Artfremden und führt, wo immer er bloß vermutet wird, sogleich zu einer verschärften Beobachtung durch das Ministerium.«

»Und was schlussfolgerst du daraus: Sollen wir gar nichts tun, nicht für ein besseres Deutschland kämpfen?«

»Ich will leben und ich werde nicht für eine verlorene Sache sterben. Fürs Erste beschränke ich mich darauf, den Menschen im Kleinen zu helfen. Doch je näher du der Macht bist, desto mehr kannst du bewegen. Wir müssen auf den richtigen Zeitpunkt warten, auf einen fortschrittlichen Führer oder einen verlorenen Krieg – dann können wir vielleicht etwas Großes wagen. Ich weiß es auch nicht, aber eines weiß ich: Jetzt ist nicht die richtige Zeit.«

»Und bis dahin? Soll ich mich tagtäglich verstellen, ein Leben vergeuden mit Schulungen, Vorträgen, Parteiveranstaltungen, die mich völlig kalt lassen?«

»Wir haben doch uns, ist das nichts?«

Die Leidenschaft weiter zu diskutieren verließ mich schlagartig. Der Himmel hatte sich verdunkelt, von der Waldlichtung aus, auf der wir saßen, konnten wir sehen, wie sich die Wolken zunehmend verdichteten. Raban sah mich mit seinem besonderen Blick offen und treuherzig an. Natürlich war das nicht nichts, es war einfach alles, für mich wenigstens.

»Wir werden uns einfach niemals trennen. Wir suchen uns Positionen innerhalb des Systems, wo wir zusammenarbeiten können.«

»Das ist eine gute Idee.«

»Und unsere Frauen sollten am besten Schwestern sein – oder zumindest Freundinnen. Dann wären wir quasi eine große Familie.«

Mir entglitten völlig die Gesichtszüge. Raban sah mich verwundert an.

»Was hast du denn, willst du das nicht? Sag doch … wollten wir uns nicht immer die Wahrheit sagen?«

Doch, das wollten wir, aber in diesem einen Punkt, der mein Innerstes aufwühlte, konnte ich es nicht. Unterdessen ereiferte Raban sich immer mehr. Ich starrte auf sein Gesicht, in seine schönen Augen, auf seinen wohlgeformten Mund. In einem Anfall von Selbstvergessenheit nahm ich sein Gesicht in meine Hände und küsste ihn. Der erste liebevolle Kuss in meinem Leben und für einen kurzen Augenblick war ich ganz, war alles in meinem Leben heil und gut.

Zwei Hände schoben mich sanft, aber bestimmt zurück.

»Ich liebe dich auch, aber nicht so. Es tut mir leid.«

Eine peinliche Stille trat zwischen uns und ich hatte Angst, ihn in diesem Moment verloren zu haben.

»Du bist wirklich die größte arische Mogelpackung, die man sich nur vorstellen kann! Klein Siegfried ist nicht nur ein schwächlicher Humanist, er ist auch noch schwul.« Seine Hand verwuschelte meinen sauberen Scheitel, er nahm mich in den Schwitzkasten und boxte mich scherzhaft, dabei lachte er sich halb tot.

»Das mögen die Katholiken übrigens auch nicht.«

Ein riesiger Abgrund tat sich unter mir auf, alle meine Hoffnungen, all mein Lebensmut war dahin. Nie würde ich also wirklich glücklich werden können, nie die Erfüllung einer wahren Liebe erfahren. Raban liebte mich nicht, Raban würde mich niemals lieben. Ich war eine Zumutung für ihn, widerlich und wider die Natur; mir war, als hätte ich jede Existenzberechtigung verloren. Die unendliche Trostlosigkeit meiner Lage wurde mir auf einen Schlag bewusst. Alles war plötzlich taub, mir wurde schwarz vor den Augen.

»Schau nicht so ernst, du bist beileibe nicht der Einzige! Aber natürlich darf das niemand wissen – es ist umso wichtiger, dass du schnell heiratest und keiner Verdacht schöpft.«

Bleiern drangen seine Worte von ferne durch einen Schmerznebel zu mir herüber.

Sein pragmatisches Denken beleidigte mich. Ich sollte meine geistige Haltung und dazu noch meine ureigenste Natur verleugnen, vor allen für immer verbergen – das schien mir unmöglich und zu solcher Verstellung wäre ich auch gar nicht mehr fähig gewesen.

Denn nun war die Büchse der Pandora einmal geöffnet, nach endlosen Jahren strebten meine Gefühle mit äußerster Gewalt ans Licht und nie wieder könnte ich sie so unterdrücken und verleugnen wie bisher. Das wäre ein Verrat ohnegleichen, die Verneinung meiner selbst. Außerdem wollte ich ihn, nur ihn.

Mühsam verließen ein paar Worte meinen Mund:

»Das kann ich nicht, welcher Frau soll ich das antun …
und erst meine Kinder … sollen sie unter denselben Defek-
ten leiden wie ich? Das wäre unmenschlich.«

»Wir müssen nicht heute die perfekte Lösung finden.
Lass uns jetzt erst einmal zurückgehen, ein Bier trinken
und dann lauschen wir dem inspirierenden Abendvortrag
des Standartenführers über artgerechte Zuchtwahl. – Das
dürfte dann ja genau dein Thema sein!«

Es war mir unmöglich, in Rabans Nähe hoffnungslos unglücklich zu sein – letzten Endes konnte er über alles lachen und es gab für ihn immer eine Lösung. Benommen
taumelte ich neben ihm her und versuchte ins Leben zu-
rückzufinden. Kaum hatte ich mein Glück gefunden, hatte
ich es wieder verloren, für immer.

Allen weiteren Versuchen Rabans, mich zu einem Ehe-
arrangement zu bewegen, erteilte ich eine klare Absage.
Doch liebte ich ihn nur umso mehr dafür, dass er mich
nicht verurteilte, sondern mich weiterhin kameradschaftlich liebte und zu schützen versuchte. So war ich bei jeder
weiteren Zusammenkunft erfüllt mit verzweifelter Liebe
und tiefstem Schmerz. Anfangs hoffte ich noch, der
Schmerz ließe mit der Zeit nach, doch im Gegenteil nahm
er immer mehr zu; eine freudlose Bitterkeit bemächtigte
sich meiner. Wir fanden weder eine Lösung für unsere politischen Zweifel noch eine Linderung für mein Leid. Immerhin schafften wir es durch unser geschicktes Bemühen, einen gemeinsamen Auftrag zu bekommen. Er war es, der uns
beide nach Prora brachte.

Das Meer hat Bernhard während der Zeit in Prora gutgetan; die Weite, die besondere Stimmung, die von diesem Ort ausging. Er unternahm so viele Spaziergänge an der Küste, wie es die Arbeit zuließ und jeden Morgen badete er in der See. Auch heute wird er baden und es wird ihm wieder guttun. Bernhard erhebt sich und geht am Strand entlang, die letzte Erinnerung kann er nur in Bewegung aushalten. Er dreht sich um und erblickt den Turm, still und verlassen – noch. Oft hatten Raban und er sich dort getroffen, wenn sie offen miteinander sprechen wollten. Gerade heute Morgen – nein, nun schon gestern Morgen – wollte Raban ihn einmal mehr davon überzeugen zu heiraten. Die Zeit liefe ihm davon, langsam würden die ersten Fragen gestellt, er könne nicht ewig Junggeselle bleiben. Bernhard hörte ihm gar nicht richtig zu.

»Schön, dass es dich nicht interessiert, wie ich hier versuche, für dich alles geradezubiegen.«

»Ich habe dir schon hundertmal gesagt, dass ich nicht kann und nicht will – es geht einfach nicht.«

Früher hatte der Schmerz die Liebe durchwirkt, inzwischen erleichterte die Liebe ein wenig den betäubenden Schmerz.

Gleich einem langsam wirkenden Gift hatte der Schmerz seinen Geist und mit diesem seinen letzten Lebenswillen zerstört – nein, vielmehr gleich einer Droge, denn er selbst suchte ihn stets zu erneuern und erhöhte dabei jedes Mal unmerklich die Dosis. Sein Wunsch,

Raban zu sehen und bei ihm zu sein, zog Bernhard immer wieder mit aller Macht zu ihm. War er bei Raban, linderte das zwar für eine kurze Zeit seine unstillbare Sehnsucht, doch verlieh jedes Treffen auch dem Schmerz neue Energie und erhöhte die Intensität, mit der er sein Zerstörungswerk fortsetzte. Bernhard konnte nicht ohne Raban leben, aber mit ihm noch weniger.

»Jetzt sei nicht so furchtbar egoistisch! Meinst du denn, es macht mir Spaß, zuzusehen, wie du dich quälst? Das Leben ist ein Kampf und wir müssen uns diesem Kampf stellen. Wir müssen die Herausforderungen annehmen und können sie nicht einfach aussitzen. Du gefährdest am Ende ja nicht nur dich, sondern auch deine Familie und alle, die dir nahestehen.«

»Ich habe schon eine Idee, wie ich nicht bloß mein Leiden beenden, sondern gleichzeitig dich und meine Familie von euren Sorgen befreien kann. Heute Abend treffe ich meine Mutter, danach werde ich endgültig Klarheit haben. Du wirst es morgen als Erster erfahren.«

»Und was soll das für eine Idee sein? – Nun gut, ich warte noch bis morgen. Aber schließlich musst du die richtige Entscheidung treffen, und zwar nicht irgendwann, sondern sehr bald.«

»Das werde ich. Ich verspreche es dir bei allem, was mir heilig ist.«

Raban schaute ihn erleichtert an. Der Ernst, mit dem er sich um Bernhard sorgte, der Nachdruck, mit dem er sich um eine Lösung für ihn bemühte, bewiesen Bernhard noch einmal, dass es einen besseren Freund kaum geben konnte.

Sie umarmten sich innig. Bevor sie auseinandergingen, drückte Raban seine Stirn an Bernhards, umgriff mit einer Hand dessen Nacken und versetzte ihm mit der anderen einen leichten Schlag auf die Wange.

»Wir schaffen das schon.«

Er verließ den Turm zuerst, wie er aufbrach, sah Bernhard ihm noch lange nach. Alles an Raban wollte er sich noch ein letztes Mal einprägen: das braune Haar, den federnden Gang, die elegante Statur. Doch für wirklich alles blieb ihm zu wenig Zeit.

Der Strand vor ihm wechselt von zartrosa zu mattbraun, jetzt ist es Zeit, jetzt muss er es tun. Der Weg zurück zu der Stelle, wo er die Nacht gesessen und gelegen hatte, ist kurz; weit hat ihn der Spaziergang während seiner letzten Erinnerungen nicht geführt. Rasch kontrolliert er ein letztes Mal, ob er tatsächlich alles bei sich trägt und nichts im Sand verloren hat. Er darf auf keinen Fall eine Spur hinterlassen; Jacke, Stiefel und Mütze hat er bereits wieder angezogen. Entschlossen geht er einen Schritt ins Wasser. Sobald er zu schwimmen beginnt, darf es kein Zögern mehr geben, darf er nicht mehr aufhören hinauszuschwimmen, bis er die Bucht verlassen hat. Wenn sein Körper schließlich zu Boden sinken wird, muss ihn die Strömung auf das offene Meer hinausziehen; er darf nie gefunden werden.

Heddas Bild taucht vor seinem inneren Auge auf. Nun steht er da, der weinende Drache, und muss sich von Jungfrau und Ritter verabschieden. Auf der Zeichnung gibt es nur Verlierer, alle sind verletzt, entstellt; nur Grauen und Schmerz. Bernhard sinkt auf die Knie, er kann nicht mehr, alle Kraft ist plötzlich aus seinem Körper gewichen, er kann sich nicht mehr kontrollieren. Er weint zunächst vereinzelte Tränen, doch dann wird sein ganzer Körper von Krämpfen durchschüttelt und er schlägt die Hände vor sein Gesicht und sackt in sich zusammen. Diese geliebten Menschen so zu verlassen, einfach zurückzulassen: Es kommt ihm so ehrlos vor. Welches Leid wird er ihnen dadurch zufügen? Werden sie ihn trotzdem verstehen, ihm vergeben und über ihren Schmerz hinwegkommen?

Es tut so unendlich weh, das Atmen fällt ihm schwer, seine Brust ist zusammengeschnürt. Ist er kurz davor, einen unverzeihlichen Fehler zu begehen?

Wieder fühlt er sich klein, unsicher und wertlos, fast wie das Kind, das mit seiner Puppe einsam in der Ecke saß; dem er damals nicht helfen konnte und das sich immer noch nicht selbst zu helfen weiß.

Doch eine Einsicht unterscheidet ihn von jenem Kind: Früher hatte er die Schuld nur bei sich gesehen und hatte sich allein dafür gehasst; heute weiß er, dass es ebenso die anderen waren, die das Falsche taten und Fehler begingen. In diesem Moment empfindet er Mitleid mit diesem Jungen, ja, Mitleid mit sich selbst als einem Menschen, dessen Leben nie heil und ganz war und dessen Bruchstücke nicht mehr zusammengefügt werden können. Er verurteilt sich in diesem Moment nicht mehr, ist so nah bei sich, so sehr er selbst, wie nie zuvor.

Er blickt auf den Horizont. Eine unendliche Müdigkeit überkommt ihn. Er ist seines Lebens so überdrüssig. Ein Leben ohne Aussicht auf Liebe, ohne Erfüllung oder Sinn

– ist das denn überhaupt ein Leben? Doch die Welt verlassen zu müssen, schmerzt ihn nicht weniger, als in ihr zu leben.

Es war wichtig, dass er sich gestern noch mit seiner Mutter versöhnen und ihre vorbehaltlose Liebe spüren konnte. Gern erzählte er ihr jetzt noch von Raban, um noch diese letzte Mauer niederzureißen, aber dafür ist es jetzt zu spät. Über so viele Jahre sind sie einander immer fremder geworden, doch er fand keine Kraft, sich seiner Mutter früher zu offenbaren, obwohl er sehr wohl sehen konnte, wie sie unter seinem stummen Unglück litt.

Selbst wenn es für ihn keine Hoffnung mehr gibt, für seine Lieben gibt es sie noch. Er aber kann nicht mehr zurück in dieses Leben. Nach Jahren der Abstumpfung und Selbstverleugnung konnte er seit der Begegnung mit Raban endlich wieder etwas empfinden. Ein weiteres Mal vermag er seine Gefühle nicht abzutöten; er will es auch gar nicht, denn sie sind ihm kostbar. Aber eine Heirat ist unmöglich, wenn seine Liebe doch allein Raban gehört, und ebenso wenig kann er Propagandaleiter bleiben, wenn er die Methoden des nationalsozialistischen Systems von ganzem Herzen verabscheut. Es gibt einfach keinen Platz für ihn in dieser germanischen Welt, keinen Ausweg.

Eigentlich hat er schon lange aufgehört zu existieren, nur die anderen leben noch. Sein letzter Gang sichert immerhin Hedda, seiner Mutter und Raban ein Überleben, eine Chance glücklich zu werden. Das ist seine letzte Verpflichtung: die Menschen zu beschützen, die ihm etwas bedeuten. Diese eine letzte Schlacht wird er heute schlagen, er wird sich opfern und siegreich sein. Das Meer ist der Tempel, in dem er sein Opfer darbieten wird, ist sein Walhall.

Raban lachte jetzt bestimmt über die Ironie des Schicksals. So viele Jahre versuchte das System, ihm einzubläuen, dass er nichts und dass sein Volk alles sei. Dass er nun bald nichts und seine Sippe alles sein würde, wäre dann immerhin ein Achtungserfolg.

Bald wird er wissen, was nach dem Nichts kommt. Wird er seine Lieben wiedersehen? Er ist sich dessen ganz gewiss. Wie der Lebensbaum alle Welten verbindet, vom Himmel bis zur Hölle, so wird er auch mit ihnen vereint werden. Die spirituelle Sphäre ist kein abgeschiedenes Jenseits, sondern ist mit der Erde und den Leibern der Menschen verbunden – diese Gewissheit beruhigt ihn und schenkt ihm Kraft. Seine Seele wird sich bald aus dem Kerker seines Leibes befreien, keine Gitterstäbe aus Knochen und Fleisch sie mehr einengen. Der Preis der Freiheit ist hoch im Deutschen Reich.

Ob sein Todesengel kommen und ihn in die Heimstatt leiten wird? Wird ihn eine Walküre als ehrenvoll Gestorbenen erwählen? Mit all seinem Willen zwingt er sich, den Horizont zu fixieren und mehrmals tief Luft zu holen – dann geht er tief ins Wasser hinein und beginnt mit festen, regelmäßigen Zügen zu schwimmen. Nach wenigen Metern hat sich seine Uniform vollgesogen und wird sehr schwer, auch seine Stiefel haben sich mit Meerwasser gefüllt und ziehen ihn nach unten. Verbissen strebt er weiter gen Horizont. Seine Kraft schwindet mit jedem Zug, immer länger bleibt er unter Wasser, nur seinen Kopf kann er noch für kurze Zeit über Wasser halten. So taucht er immer wieder auf; ein kleiner Kopf auf einer riesigen spiegelnden Fläche. Schließlich schaut er ein letztes Mal das Antlitz der aufgehenden Sonne, dann sinkt sein Leib unaufhörlich in die dunkle Tiefe des Meeres. Sein Blick bleibt bis zuletzt auf die Wasseroberfläche gerichtet – er wartet auf seinen Engel.

Segen des Glaubens

1

In der Morgendämmerung macht sich ein Trupp junger Mädchen auf den Weg durch den Irrgarten der uniformen Gebäude. Das Licht ist noch so schwach, dass es eher die Unebenheiten der vielen Wände fahl ausleuchtet, als ihnen Leben einzuhauchen. Bald wird die morgendliche Frische einem warmen, klaren Tag weichen. Keine einzige Wolke steht am Himmel, es ist windstill und das erste Blassrosa der Sonne ist ungetrübt. Ungetrübt ist auch die Stimmung der Mädchengruppe, immer wieder ertönt ein Kichern, unterbrochen von hellem Gelächter. Überdeutlich lässt sich das Lachen vernehmen, denn kein anderer Laut dringt in die Betonschluchten. Nur ein einzelner Vogel zwitschert kurz verloren und wird sofort übertönt vom zackigen Klappern der zwanzig Absätze auf dem Pflaster. Während die Anlage still und lauernd dem Treiben der kleinen Gruppe lauscht, bewegt sich diese erstaunlich flink und wendig um die vielen Ecken, durch Unterführungen, an Mauern entlang. Dabei tauchen die Gestalten in schnellen Wechseln in Schatten hinein und wieder heraus.

»Im Frühtau zu Berge wir ziehen, fallera, …«

»Pst!«

»Wir sind hinausgegangen, den Sonnenschein zu fangen …«

»Seid doch endlich still, ihr beiden!«

Vielstimmiges Gekicher.

»Sei doch nicht so streng, Isolde[113]. Was hast du denn gegen unser deutsches Liedgut?«

An die Ausläufer der Anlage grenzt ein kleines Waldstück, welches eine natürliche Barriere zu den großen Versorgungsgebäuden bildet. Kurz nach dem Wortwechsel hat die Schar den Wald durchmessen und kommt auf einem offenen Platz vor dem Wirtschaftshof zum Halt. An ihren erdfarbenen Uniformen mit dem spatenförmigen Abzeichen kann man jetzt eindeutig die hiesigen Arbeitsmaiden[114] ausmachen; keine jünger als 18 und keine älter als 25 Jahre. Ihre schlanken jugendlichen Körper sprühen vor Lebenskraft und Übermut in ihren Uniformen, nur Utes[115] etwas dicklicher Leib macht in seiner angespannt sitzenden Kleidung keine gute Figur. Aller Selektion, allem Training und bewusster Ernährung zum Trotz finden sich immer wieder Genossen, wenn auch wenige, die sich den nationalsozialistischen Ansprüchen im Detail widersetzen. Solange sich dieser Trotz auf den persönlichen Bereich beschränkt, wird dieser in der Regel toleriert, wenngleich er einen Aufstieg innerhalb der Gesellschaft ausschließt.

Die beiden Sängerinnen stehen derweil untergehakt vor der Beschwerdeführerin, unbeeindruckt lächelt ihr das Duo entgegen.

»Ihr braucht gar nicht so blöd zu grinsen. Natürlich habe ich absolut nichts gegen deutsche Lieder, aber nicht um vier Uhr morgens, ihr könntet die Gäste wecken.«

Nachdem sie sich ihre Kappe mit einer energischen Bewegung in die Stirn geschoben hat, stützt Isolde beide Hände in die Hüften und blickt die beiden Jüngeren herausfordernd an.

Sie verkörpert das Gegenteil von Ute: mehr hager als schlank; eine strenge sehnige Miene mit einem unangenehmen Zug um den Mund; die schmalen Lippen angenervt aufeinandergepresst – immer auf der Suche nach einer Möglichkeit dem Willen der Führerin maximal zu entsprechen.

»Welche Gäste schlafen denn hier im Wald, die berühmten Prorer Waldläufer?«, antwortet ihr betont freundlich und unbedarft das überragend gesund aussehende Mädchen des Tandems.

»Es geht einfach um die wahre Arbeitsauffassung, Waltraud[116] – das musst du vielleicht mit deinen 18 Jahren erst noch lernen«, ereifert sich Isolde weiter.

Bevor Waltraud etwas erwidern kann, tritt eine kräftige Frau im Kittel aus der Tür.

»Was steht ihr Mädchen denn hier herum, kommt schnell rein! Unsere Volksgenossen hoffen auf frisches Brot und Brötchen zum Frühstück.« Mit einer auffordernden Geste drängt sie die Mädchen einzutreten.

Behände folgen die Arbeitsmaiden der Frau ins Wirtschaftsgebäude, sie eilen durch monotone Gänge und Türen, bis sie in den Vorraum zur Backstube gelangen, wo sie bereits die Maidenunterführerin[117] erwartet.

»Heil Hedwig, liebe Volksgenossinnen«, grüßt die Führerin ihre Gruppe und ergänzt ungehalten an Isolde gewandt: »Kameradschaftsälteste[118], bitte achte in Zukunft auf die strikte Einhaltung der Anfangszeiten.«

Der mürrische Gesichtsausdruck von Isolde verfinstert sich zusehends. Die wahren Schuldigen hat sie bereits ausgemacht: Sie stehen etwas abseits schon wieder beisammen und feixen – keine Spur von Unrechtsbewusstsein.

Wieder an die gesamte Schar gerichtet fährt die Führerin fort: »Ein wichtiger Teil eurer Grundausbildung am Spaten[119] im Reichsarbeitsdienst (RAD)[120] besteht in der hauswirtschaftlichen Erziehung, das Backgewerbe ist ein zentraler Ansatzpunkt. Ihr könnt hier nicht nur die Vorzüge der Handarbeit entdecken, sondern zugleich einen erheblichen Beitrag zur Hebung der Volksgesundheit leisten – heute für die Gäste des Bades und morgen bei der gesunden Ernährung eurer eigenen, hoffentlich großen Familie. Gerade das Frühstück entscheidet über einen guten oder schlechten Start in den Arbeitstag. Ingeborg[121], warst du beim Vortrag über Epigenetik?«

»Jawohl, Maidenunterführerin!«

»Warum ist gesunde Ernährung so wichtig für die Volksgesundheit?«

»Weil die Ernährung die Gene verändert.«

»Das ist korrekt, aber nur die halbe Wahrheit. Hat eine von euch etwas besser aufgepasst? Nun gut, Waltraud.«

»Diese Veränderung wird auch an die Nachkommen weitergegeben, deshalb müssen wir die Ernährung optimieren, um die Gene zu verbessern und somit letztendlich den Rassekern des deutschen Volkes zu perfektionieren.«

»Das nenne ich eine gute Antwort! Studiert den Vortrag noch einmal ausführlich auf eurem VE. Bevor wir zur Tat schreiten, wird die zuständige Backvorsteherin euch noch ein paar Grundsätze erläutern. Und Waltraud, du kommst heute Abend bitte Punkt 19 Uhr in mein Büro.«

Auf dem Tisch vor der Backvorsteherin liegen drei Teigrohlinge, anhand derer sie die Unterschiede zwischen den Brotsorten und ihre jeweiligen Vorzüge erklärt: Das Premiumbrot, das berühmte Binzer Brot, enthalte ausschließlich Zutaten aus ökologischem Anbau. Zudem gelte ein Reinheitsgebot, wie es vom Bier bekannt sei: Allein Vollkornmehl, Hefe, Salz und Wasser dürften dem Teig zugesetzt werden. Weiter erläutert die Backvorsteherin, dass die germanischen Urgetreide Emmer, Einkorn und Gerste besonders reich an gesunden Mineralstoffen seien. Es werde überhaupt in allen Backerzeugnissen vollständig auf künstliche Zusatzstoffe wie Ascorbinsäure, Emulgatoren oder Proteasen verzichtet. Das Geheimnis des intensiven Geschmackserlebnisses liege im ausgiebigen Kneten und einer längeren Gärzeit.

Im Anschluss an diese Erläuterung bekommt jede Maid die Zutaten, aus denen sie den Teig herstellen muss – dann heißt es: kneten, kneten und nochmals kneten. Ihre Uniformen und Mützen tauschen sie zuvor gegen Haarnetze und Kittel. Schnell wird es unerträglich heiß in der Backstube, nach zwei Stunden Schufterei sind die Mädchen völlig verschwitzt und erschöpft. Immerhin bekommen sie im Vorraum noch eine Brotzeit vom frischen, dampfenden Brot, bevor sie zum Schulungsgebäude weiterhetzen müssen, weil dort um acht Uhr der politische Unterricht beginnt.

Den Weg von der Bäckerei zum Schulungsgebäude bestreiten die beiden Freundinnen, Ingeborg und Waltraud, wieder Seite an Seite. Sie könnten fast Zwillinge sein: dasselbe Alter, dieselbe Statur, dieselbe Haarfarbe – und natürlich identische Kleidung. Beide sind zwar nicht auffallend schön, doch hübsch und erinnern an frisch gepflückte Äpfel. Waltraud strahlt dazu noch eine unerschütterliche Lebensbejahung aus, in deren Licht sich jeder gerne sonnt. Das hat sie Ingeborg voraus und wirkt dadurch noch einen Deut anziehender.

Auf ihrem Weg haben sie wieder kurz Zeit, sich zu unterhalten. Ingeborg scheint ein wenig mitgenommen.

»Puh, das war echt anstrengend, und das um vier Uhr morgens! Heute Abend werde ich schlafen wie ein Stein, selbst Utes Geschnarche wird mich nicht aufwecken können.«

»Wirklich wahr, aber das Brot hat einmalig geschmeckt. Was meinst du, was die Unterführerin von mir will?«

»Nicht die blasseste Ahnung, wird schon nichts Schlimmes sein. Hast du heute Nachmittag wieder Proben für das Theaterstück?«

»Ja, genau. Das Stück ist mir echt zu alt, alles ziemlich langatmig; aber die Begeisterung der normalen Leute, die mitspielen dürfen, reißt mich wirklich mit.«

Mehr Zeit bleibt den Freundinnen nicht, denn gleich beginnt der Unterricht und der Rest des Tages ist bis zur Nachtzeit ebenfalls verplant. Der enge Terminkalender droht indes zu platzen, als ein Fehler im Netzwerk die Präsentation des letzten Reichsparteitages verzögert. Der Unterricht endet daher erst eine halbe Stunde später als planmäßig vorgesehen. So bleibt ihnen kaum Zeit, zur Kantine auf dem Hauptgelände zu laufen, wo sie um Punkt zwölf Uhr zum Mittagessen zu erscheinen haben. Die Gruppe hastet zurück durch den Wald und erreicht nach wenigen Hundert Metern wieder den südlichen Zipfel des eigentlichen Seebades. Den Gästen stehen für die Überwindung der nicht unerheblichen Distanzen – immerhin ist das gesamte Bad über vier Kilometer lang – Kleinbahnen und -busse zur Verfügung. Diese sind jedoch ausschließlich den Besuchern vorbehalten, weder Angestellte noch Arbeitsdienst haben Zutritt. Das Gemeinschaftshaus der Maiden, in dem sich auch die Kantine befindet, liegt unmittelbar hinter dem Festplatz und ist somit noch über zwei Kilometer entfernt. Unter den Mädchen entbrennt eine Diskussion darüber, was schwerer wiege: Gegen das Verbot mit der Kleinbahn zu fahren zu verstoßen oder beim Mittagessen erneut zu spät zu kommen. Als verantwortliche Kameradschaftsälteste setzt sich Isolde mit ihrer unbedingten Regeltreue durch und ein Wettlauf gegen die Zeit entlang der Geschäfte und Angestelltenwohnungen auf der Anlage beginnt. Schnell bleibt Ute hinter den anderen zurück und allen wird klar, dass sie so keine Chance haben, einer Strafe fürs Zuspätkommen zu entgehen. Nach einem kurzen Blickwechsel zwischen den Freundinnen zieht Waltraud Jacke und Mütze aus und übergibt sie an Ingeborg. Sodann krempelt sie noch ihre Ärmel nach oben und zwei Unterarme werden sichtbar, die weit muskulöser sind, als man es gemeinhin bei einem Mädchen erwartet. Mit einer energischen Bewegung nimmt sie Ute huckepack und weitere ausgeprägte Muskelpartien zeichnen sich deutlich auf ihrem Arm ab. Unter den anfeuernden Rufen ihrer Kameradinnen schließt sie erstaunlich leichtfüßig wieder zur

Gruppe auf und läuft gar an die Spitze – trotz ihrer schweren Last. Auf ihrem Weg erntet sie immer wieder belustigte und gleichzeitig bewundernde Blicke und Kommentare der Volksgenossen.

So erreichen sie doch noch fast pünktlich und daher unbemerkt die Küche mit den Speiseräumen im Erdgeschoss; für die Angestellten und den RAD. Obwohl allein in dieser Kantine 500 Menschen versorgt werden, geht alles äußerst reibungslos vonstatten. Jeder Einheit wurden eigene Bereiche und Zeiträume zugeteilt: Neben dem ersten Block der Angestellten in ihrer blauen KdF-Arbeitskleidung sitzt die erdbraune Abteilung des RAD, dann folgt etwas abseits die gelbliche Masse der Ostarbeiter. Ausstattung und Verpflegung sind bei den KdFlern und beim RAD identisch, allerdings herrscht beim RAD ein paramilitärischer Drill, dem die Angestellten nicht unterliegen – an ihren Tischen wird daher hin und wieder gelacht und gescherzt. Die Ostarbeiter verharren dagegen in völliger Stille an einfachen Holztischen und -bänken. Während die ersten beiden Blöcke zumindest ein schlichtes Menü aus Vorspeise, Hauptgang und Nachtisch erhalten, gibt es hier für jeden Tisch nur einen großen Topf mit Suppe oder Gulasch, aus dem sich jeder selbst bedient.

An den Wänden hängen abwechselnd Auszeichnungen und Urkunden, dazwischen einige große Monitore. Stoisch blicken die Genossen auf eine Fotografie des Mitarbeiters des Monats oder auf eine Urkunde für das gesündeste Essen aller KdF-Bäder. In ihren Gesichtern spiegelt sich das fiebrige Flackern der Bildschirme, die ständig neue Szenen produzieren: marschierende Soldatenkolonnen, Menschen-massen vor riesigen Gebäuden, immer wieder Redner, Fa-briken, Kreuzer. Die meisten Kostgänger konzentrieren sich bloß auf ihr Essen oder wenden sich ihrem Sitznachbarn zu, nur wenige schauen ab und an zu den Momentaufnahmen der deutschen Erfolgsgeschichte. Von den Mädchen hat heute keines Muße dazu. Obwohl sie inzwischen etwas Zeit gutgemacht haben, schlingen sie das Essen hinunter und verzichten geschlossen auf den Nachtisch – mit Aus-nahme von Ute. Dies trägt ihr ein Augenrollen ihrer Kame-radinnen und eine ernsthafte, wenngleich wirkungslose Ermahnung von Isolde ein. Weder Gruppenzwang noch Zeitdruck können Ute dazu bewegen, auf den Moment des Genusses zu verzichten.

Die Gruppe strebt auseinander und jedes Mädchen geht nun seinen eigenen nachmittäglichen Verpflichtungen nach. Auf Waltraud wartet die Theateraufführung, ihr Weg dorthin führt sie an der Kaimauer entlang. Ihre Jacke trägt sie derweil über dem Unterarm, damit ihre Bluse, die vom Dauerlauf mit Ute auf dem Rücken noch immer durchnässt ist, in Wind und Sonne trocknen kann. Vor der Festhalle bleibt sie kurz stehen und blickt mit einem Lächeln auf das Meer. Die Schiffe auf dem Wasser und die Menschen am Strand – was für ein schöner Ort, so viele glückliche Men-schen. Es macht ihr Freude hier zu arbeiten. Voller Unge-duld malt sie sich bereits den Tag aus, an dem sie selbst hier zu Gast sein wird: mit einem gut aussehenden jungen Mann an ihrer Seite, während ihre Kinder im Sommerlager sind – hoffentlich viele hübsche Kinder. Wie sie wohl ihren

Mann kennenlernen wird? Ein Offizier vielleicht, vielleicht hier auf Fronturlaub? Ach, das wäre einfach wunderbar! Ein Strandball reißt sie aus ihren Träumereien. Als er unerwartet direkt vor ihren Füßen landet, befördert sie ihn mit einem gekonnten Tritt zum Besitzer und ihre Gedanken auf den Boden der Tatsachen zurück. Einen Augenblick genießt sie noch die warme Sonne auf ihrem Gesicht, dann dreht sie sich um und geht in Richtung Festplatz, den sie zügig überquert; an seinem Ende wendet sie sich nach links und gelangt nach ein paar Hundert Metern zum Kino- und Theaterkomplex. Als sie den Zuschauerraum betritt, sind die Mitarbeiter des Kulturbereichs schon eifrig beschäftigt. Zielstrebig geht sie auf die Kulturwärterin zu, um sich nach ihren Aufgaben für den heutigen Tag zu erkundigen. Im Gegensatz zu einer echten Aufseherin wirkt die Wärterin immer etwas verloren; zwischen den ganzen properen Menschen wirkt sie leicht deplatziert mit ihren weiten Beinkleidern, den schlecht sitzenden, nur unvollständig gefärbten Haaren. Ihre Augen wandern hektisch zwischen den Menschen und Gewerken hin und her, bevor sie immer wieder ihre unsortierten Unterlagen auf ihrem Arm durchgeht. Mit ihrer altjüngferlichen, leicht näselnden Stimme spricht sie erfreut Waltraud an, jedes Wort so präzise intonierend, als gäbe sie gerade Sprechunterricht:

»Liebes Kind, da bist du ja schon, ausgezeichnet! Heute gibt es eine Menge zu tun. Wie du siehst, wird gerade das Bühnenbild aufgebaut. Heute Nachmittag kommen unsere Laienschauspieler und Komparsen, die wir aus den Gästen rekrutiert haben, um mit den Proben zu beginnen. Bis dahin muss alles fertig sein. Ein wenig Sorgen machen mir noch die Pflanzen, schließlich soll es am Ende wirklich so aussehen wie auf Madeira. Schau deshalb bitte heute bei der Gärtnerei vorbei und vergewissere dich, dass es üppige blühende Pflanzen wie im Paradies sind. Morgen sollen die Gärtner dann ein Exemplar jeder Pflanze hier vorbeibringen.« Während sie mit großen Gesten die künftigen Standorte der Pflanzen anzeigt, entgleiten ihr ein paar einzelne, mit krakeliger Kinderhandschrift beschmierte Blätter aus ihrer Mappe. Hilfsbereit bückt sich Waltraud und reicht sie ihr hoch.

»Gefällt dir eigentlich das Stück?«

»Ehrlich gesagt finde ich es schon etwas altbacken. Dass wir den Gästen aber überhaupt die Gelegenheit geben, zu schauspielern, finde ich toll. Sie können sich hier einmal ganz neu erfinden – und daran können sie sich später im Alltag immer wieder erinnern.«

»Ich weiß, was du meinst: *Petermann fährt nach Madeira*[122] von August Hinrichs[123] ist ein Klassiker, der zugegebenermaßen schon etwas älter ist, der aber so viele Möglichkeiten für jeden Darsteller bietet. Wir haben übrigens die Handlung noch etwas gestrafft und einige Gesangs- und Tanzeinlagen ergänzt, das macht es etwas zeitgemäßer.«

»Das klingt großartig. Ich bin schon sehr gespannt. Außerdem macht es doch immer wieder Spaß zu sehen, wie sich ein alter Langweiler und Eigenbrötler auf der Fahrt mit dem KdF-Dampfer zum Publikumsliebling wandelt.«

»Ich bin ganz deiner Meinung, Gemeinschaft ist einfach etwas Wunderbares. Eile jetzt aber bitte zur Gärtnerei, und zwar ohne zu säumen, husch, husch!«

Die aus der Zeit gefallene Ausdrucksweise fördert ein Grinsen auf Waltrauds Gesicht. Da sie sich jedoch unverzüglich und eilfertig auf den Weg macht, entgeht dies der Wärterin, die überdies anderweitig abgelenkt ist: Durch die zackigen Handbewegungen, mit denen sie Waltraud zur Eile mahnte, ist neuerlich ein Ungleichgewicht in ihren Papierstapel geraten, mit der Folge, dass sich ein Schwall schmutziger Blätter auf der Bühne verteilt.

Die Gärtnerei befindet sich wie die allermeisten Wirtschaftsgebäude im Süden der Anlage, in der Nähe der Bäckerei, daher muss Waltraud nun schon zum dritten Mal am heutigen Tag über den Waldpfad laufen. Doch das stört sie nicht, denn für Waltraud kann es gar nicht genug Sport geben. Von Kindesbeinen an hat sie den Großteil ihrer Freizeit mit Leibesübungen verbracht. Ihr Leben war nie frei von Schwierigkeiten und sie neigte oftmals dazu, zu lange und fruchtlos zu grübeln. Beim Sport aber konnte sie zumindest für gewisse Zeit ihren Problemen entkommen und ihren Gedanken durch körperliche Verausgabung Einhalt gebieten.

Hinzu kam, dass sie über herausragende körperliche Anlagen verfügte. Sie belegte in ihrer jeweiligen Altersklasse stets einen der vordersten Plätze, auch bei den anspruchsvollsten Sportwettkämpfen, wie dem germanischen Querfeldeinkampf: Speerwurf, Laufen, Schwimmen und Kanufahren – alles an einem Tag. Die obligatorischen Leibesübungen beim RAD sind dagegen ein Witz.

»Aber immerhin besser als gar nichts, ich muss in Form bleiben«, denkt sich Waltraud. Sie zieht die Schuhe aus und sprintet die kurze Strecke barfuß durch den Wald. Sie liebt den unmittelbaren Kontakt zur Natur, den sandigen Waldboden an ihren Fußsohlen; leider gibt es viel zu selten Gelegenheit dazu. Zufrieden und mit geröteten Wangen steht sie nach ihrem kurzen Lauf vor der Gärtnerei, in der eine kaum überschaubare Menge von Ostarbeitern beschäftigt ist. Bäume, Sträucher und Blumen für die Innen- und Außendekoration werden hier gezogen, um später das Gelände des Seebades zu verschönern. Überall krabbeln Arbeiter ohne ersichtliche Ordnung zwischen den Beeten und scheinen sich beinahe in den Boden einzugraben.

Bei ihrer harten und schweißtreibenden Arbeit werden sie von erstaunlich wenigen Aufsehern beaufsichtigt. Mehr sind nicht nötig, da die meisten Arbeiter Familie im Osten haben und die Folgen für ihre Angehörigen bei Verstößen fürchten. Außerdem sind die Ostarbeiter in diesem System groß geworden und kennen ein anderes Leben nur aus den Erzählungen der Alten.

Ohne Berührungsängste geht die Maid auf einen der Zwangsarbeiter zu und fragt ihn nach dem Leiter der Gärtnerei. Sie geht in der Richtung, die er ihr gewiesen hat, an vielen bunten und unübersichtlichen Beeten und Pflanzungen vorbei, bis sie den Leiter schließlich in einer kleinen Baumschule antrifft, in der Weihnachtsbäume gezogen werden. Er ist gerade dabei, einer Gruppe von Arbeitern, die ihn umringt, Anweisungen zu erteilen und sie zur Eile zu mahnen.

»Man kann gar nicht früh genug anfangen, was wäre das Fest ohne einen Baum?«

Verblüfft dreht sich der Leiter um und schaut Waltraud etwas verunsichert an. Erst als er keine böse Absicht in ihrem Blick ausmachen kann, entspannt er sich.

»Das ist schön, wenn jemand meine Arbeit zu schätzen weiß! Leider haben die wenigsten Arbeiter hier Verständnis für die Dringlichkeit; es fehlt ihnen am deutschen Arbeitsethos.«

Nachdem er den Grund für Waltrauds Erscheinen erfahren hat, führt er sie in ein Gewächshaus, das eine Unmenge exotischer Pflanzen beherbergt; einige wachsen bis unter das Glasdach, kein Quadratzentimeter Boden ist frei. Eine lebendige Pracht aus grünen Leibern mit Blüten in jedweder Größe, Form und Farbe. Bisher hatte Waltraud kein besonderes Verhältnis zu fremdländischen Zimmerpflanzen, aber diese reiche Fülle, die Farben und der Duft schenken ihr ein sinnliches Glücksgefühl, wie es sonst nur der direkte Kontakt mit der deutschen Natur vermag – sie ist angenehm überrascht.

»Bogdan[124]!«

Aus den tropischen Gewächsen schält sich eine Gestalt, deren Kleidung mit Erde beschmiert und teilweise von Blättern bedeckt ist. Der Mann, unverkennbar ein Ostarbeiter, tritt vor die beiden Arier.

»Das ist Bogdan, mein ganz persönlicher Waldgeist«, feixt der Leiter. »Er hat den grünen Daumen, selbst die anspruchsvollsten Pflanzen gedeihen unter seinen Händen. Und das, obwohl Russland ja nicht gerade für sein Blütenmeer bekannt ist.« Ein abschätziges Lachen dringt aus seiner Kehle; er ist äußerst zufrieden mit seinem Witz.

Derweil stehen sich die beiden jungen Menschen immer noch wie gebannt gegenüber. Dieser Russe, er muss wohl Anfang zwanzig sein, sieht so ganz anders aus, als alle anderen jungen Männer, denen Waltraud bisher begegnet ist. Seine Züge sind ungewöhnlich fein, fast feminin; glattes, mittelbraunes Haar umrahmt sein zartes Gesicht; die Stupsnase und der geschwungene Mund erinnern sie an ihre geliebte Käthe-Kruse-Puppe. Der schlanke Körper ist ausgesprochen zäh und sehnig, eher der eines Langstreckenläufers, als der eines Kämpfers. Die smaragdfarbenen Augen scheinen tatsächlich eine magische Verbindung zur Natur zu haben; neugierig und geheimnisvoll ruht ihr Blick auf Waltraud. Der Käthe-Kruse-Mund lächelt und unwillkürlich lächelt Waltraud zurück. Im selben Augenblick wird sie sich der Unschicklichkeit ihres blutschänderischen[125] Verhaltens bewusst, sofort schießt ihr ebendieses Blut ins Gesicht.

»Heil Hedwig, Gen…, äh, Bogdan!«, schreit sie ihm im Befehlston entgegen.

Bogdan verneigt sich tief und lange. Der Leiter trägt ihm auf, eine Auswahl an Pflanzen zusammenzustellen, die Waltraud dann morgen begutachten und ins Theater bringen lassen kann. Die grünen Augen verfolgen die Arbeitsmaid für den Rest des Tages. Bei den Theaterproben verpasst sie mehrfach ihren Einsatz als Fräulein Hüttl[126] und ertappt sich dabei, wie ihre Fantasie abschweift. Sie sieht sich durch die Weiten Russlands einer Datscha entgegeneilen, in deren Garten sie ein hübscher junger Mann erwartet.

»Waltraud, schon wieder! Heute ist es aber wirklich leidig mit dir.«

»Entschuldigung, allein meine Schuld, kommt nicht wieder vor«, verspricht das Mädchen, nur um gleich wieder in ihren Träumen zu versinken. Der Märchengarten ist der wilde Gegenentwurf zu ihrem durch und durch kontrollierten Alltag und seine Anziehungskraft ist unwiderstehlich.

Selbst ihr geliebter Sport vermag sie heute nicht abzulenken. Bei den Übungen, zu denen sich ein Großteil der Arbeitsmaiden am frühen Abend noch einmal zusammenfindet, schaut ihre Freundin Ingeborg befremdet zu ihr herüber.

Dass gerade heute auch noch der Termin bei der Maidenunterführerin sein muss! Sie hat heute doch überhaupt keinen Kopf dafür. Angespannt klopft Waltraud am Abend an die Tür zum Büro der Maidenunterführerin. Auf ein scharfes »Herein!« betritt sie das Büro. Entgegen ihrer Erwartung sitzt die Führerin nicht an ihrem penibel aufgeräumten Schreibtisch, sondern hat auf dem kleinen Sofa in der Ecke Platz genommen. Mit einem »Setz dich doch!« dirigiert sie die Maid zum Sessel. Mit einem weiteren »Greif zu!« werden ihr Butterbrote und Getränke angeboten. Artig nimmt Waltraud ein Brot und schenkt sich ein Glas Apfelsaft ein.

»Du fragst dich sicher, warum ich dich eingeladen habe. Ich will auch gar nicht lange um den heißen Brei herumreden. Du bist mir heute zum wiederholten Male positiv aufgefallen. Das Blutbewusstsein[127] ist bei dir besonders ausgeprägt, was umso erfreulicher, aber auch erstaunlicher ist, wenn man deinen Ahnenpass studiert. Als Kind einer eingedeutschten[128] Polin gehörst du rassisch ja nicht zu den hochwertigsten Deutschen. Das ist natürlich schade bei deiner Fülle an Vorzügen: Du bist mathematisch und körperlich höchst begabt, deine sportlichen Auszeichnungen prädestinieren dich eigentlich für die Offizierslaufbahn. Willst du denn Offizier in der Wehrmacht werden?«

Bislang hat Waltraud noch keinen Bissen genommen, zu erstaunt ist sie über diese Wendung an diesem ohnehin schon außergewöhnlichen Tag.

»Das ist mein Kindheitstraum!«, entfährt es Waltraud, ganz überrumpelt von der plötzlichen Aussicht, dass sich ihre geheimsten Hoffnungen erfüllen könnten.

»Gut. Dann weißt du ja sicher, dass dafür die entsprechende Laufbahn in der SS Voraussetzung ist. Diese blieb dir aufgrund deines Erbwertes verschlossen, bisher. Bei deiner vorbildlichen nationalsozialistischen Weltanschauung und deinen besonderen Anlagen gäbe es allerdings trotzdem eine Möglichkeit.« Eine unnatürlich lange Pause entsteht. Die Maidenunterführerin rückt auf ihrem Sofa ganz nah an den Sessel heran, beugt sich nach vorne und legt Waltraud vertraulich die Hand aufs Knie.

»Willst du wissen, welche?«

Vor Anspannung beißt sich Waltraud auf die Unterlippe und fiebert der Aufklärung entgegen.

»Du könntest der Führerin ein Kind schenken.« Langsam sinkt die Maidenunterführerin zurück ins Sofa und lässt ihre Worte wirken, wobei sie die Reaktion des Mädchens genau beobachtet. Waltrauds große Augen weiten sich noch mehr, doch ansonsten scheint sie völlig unbewegt.

»Du hast sicherlich schon einmal vom Lebensborn[129] gehört. Durch die geschlechtliche Verbindung mit einem SS-Führer der höchsten Erbwertklasse würde auch dein Ariernachweis entsprechend aufgewertet. Normalerweise würdest du natürlich nie die Freigabe für solch eine Verbindung bekommen. – Jetzt schau nicht so entgeistert, dem Kind würde es gut gehen: Es würde zu einem wichtigen Mitglied des neuen Adels[130] heranwachsen, ausschließlich die beste Hege und Pflege erhalten, dazu die beste Ausbildung. Ihm wäre eine große Karriere in Partei und Staat beschieden.«

»Sein eigenes Kind wegzugeben, das scheint mir nicht besonders artgerecht«, platzt es aus Waltraud heraus und sogleich bereut sie ihren erneuten Kontrollverlust. Die Antwort der Maidenunterführerin bekommt einen vorwurfsvollen Unterton.

»Du gibst es ja nicht irgendwem – sondern immerhin DER Führerin. Und danach kannst du noch so viele weitere Kinder bekommen, wie du willst, ohne alle Einschränkung. Das wäre die zusätzliche Belohnung für dein Opfer für die Gemeinschaft. Letztlich gibt es bei dieser Sache doch nur Vorteile für alle Beteiligten; das musst doch gerade du dir sehr leicht ausrechnen können.«

»Und der Vater des Kindes … Wie läuft das ab? Lerne ich ihn vorher kennen?« Ungeachtet ihrer Vorbehalte versucht Waltraud, einen geschäftlichen Ton anzuschlagen.

»Keine Sorge, das wirst du. In dieser Woche startet ein Lebensborn-Programm hier im Bad. Eines der dafür ausgewählten Mädchen hatte jedoch einen Unfall und deswegen komme ich so kurzfristig auf dich zu. Morgen sollen sich die Paare erstmals kennenlernen und es wird noch weitere gemeinsame Aktivitäten geben, ehe es zum ersten Geschlechtsverkehr kommt. Ein Rassenhygieniker wird jenen Zeitpunkt überwachen, damit möglichst schnell und mit größter Wahrscheinlichkeit eine Befruchtung erreicht wird. Dein Partner wäre Rüdiger[131] Pflaum, ein hoch dekorierter Hauptmann, der schon einige Schlachten geschlagen hat. Ich schätze, dass ihr vieles gemeinsam habt – und gut sieht er auch aus. Was sagst du?«

»Kann ich es mir bitte noch bis morgen überlegen? Eine so wichtige Entscheidung möchte ich in Ruhe abwägen.« »Selbstverständlich! Dann erwarte ich dich morgen früh um exakt neun Uhr wieder hier. Nachher schalte ich dich schon einmal für die Informationen zum Lebensborn und zu Hauptmann Pflaum frei; die kannst du dir dann heute Nacht anschauen und bestimmt werden sie dir die Entscheidung noch einfacher machen. Vergiss vor allem eines nicht: Diese Ehre wird nur sehr wenigen zuteil und aus einer großen Kandidatenzahl haben wir dich ausgesucht. Du kannst unserem Urteil total vertrauen.«

Voller widerstreitender Gefühle wankt Waltraud in Richtung Gemeinschaftsunterkünfte. Die Mischung aus Druck und Versprechungen hat ihre Wirkung nicht verfehlt, auf der einen Seite möchte sie den Erwartungen entsprechen und auch reizen sie die ungeahnten neuen Möglichkeiten. Aber gleichzeitig verspürt sie gegenüber der ganzen Angelegenheit einen diffusen Widerwillen.

Was für Aussichten, sie könnte tatsächlich Offizier der Wehrmacht werden, es ist zum Greifen nah. Aber Sex mit einem Fremden, mit einem Ungeliebten? So hatte sie sich ihre erste Liebesnacht nicht vorgestellt. Erneut sieht Waltraud die betörenden grünen Augen aus dem Pflanzendickicht treten und kommt fast vom Weg ab. Bin ich völlig verrückt geworden? Das ist ein Untermensch, fremdrassig! Reiß dich zusammen! – Waltraud redet unnachgiebig auf sich ein. Abrupt bleibt sie stehen. Was würde ihre Mutter sagen, wenn sie ihr eigenes Kind weggäbe? Es macht ihr Angst, sich die Reaktion ihrer Mutter vorzustellen, niemals wäre ihre Mutter damit einverstanden, kennt sie doch das Leid eines von den Eltern verlassenen Kindes nur zu gut. Sie muss unbedingt mit Ingeborg reden, sie braucht dringend ihren Rat.

Der Flur hallt unter ihren resoluten Schritten, als sie im obersten zweiten Stock zu ihrer Stube eilt. Von den zehn Maiden, die hier untergebracht sind, sind nur vier anwesend, darunter, Hedwig sei Dank, auch Ingeborg.

Da es in den Unterkünften keinerlei Privatsphäre gibt, verlassen die beiden Mädchen das Gebäude und gehen weiter ins Landesinnere zu einem kleinen See mit Sitzbänken und Unterständen; es ist ihr liebster Rückzugsort. Abends sind die Touristen meist auf ihren Zimmern, um sich für das Abendprogramm frisch zu machen, daher können sie jetzt ungestört sitzen und reden. Seit sie die Unterkunft verlassen haben, haben sie noch kein einziges Wort gesprochen, denn Ingeborg hat es bisher nicht gewagt, ihre Freundin anzusprechen – so sehr hat sie deren ungewohnte Verstörtheit eingeschüchtert. Es liegt etwas Schicksalhaftes in der Luft, aber nun kann Ingeborg nicht mehr an sich halten.

»Was ist denn, Walli? Du bist ja völlig aufgelöst! Magst du was zu essen, ich habe extra bei der Brotzeit etwas für dich eingesteckt.«

»Das ist ganz lieb von dir, aber ich kriege gerade keinen Bissen runter. Du wirst es kaum glauben.«

Mit wenigen Worten fasst sie für Ingeborg das Gespräch mit der Maidenunterführerin zusammen. Ihre Freundin ist völlig überrascht und für einen Moment wieder sprachlos. Beide kennen niemanden, der Erfahrungen mit dem Lebensborn-Programm hat; es ist einfach zu elitär. Kichernd vor Anspannung und Aufregung schauen sie sich auf dem VE die Bilder von Rüdiger Pflaum an.

»Der sieht gar nicht so schlecht aus, es gibt Schlimmeres, als mit dem Sex zu haben«, findet Inge. »Ich denke, es ist eine einmalige Gelegenheit, nur ganz wenige werden auserwählt. Das zurückzuweisen, wäre respektlos und würde dir von wichtigen Leuten bestimmt übel genommen. Du musst darauf vertrauen, dass die Partei weiß, was für uns das Beste ist. Am Ende ist es natürlich deine Entscheidung, aber ich würde es tun, sofort. Das ist so aufregend! Ich freue mich so für dich – du Heldin der Fortpflanzung.«

Ingeborg umarmt ihre Freundin stürmisch. Obwohl Waltraud sich auch über das Angebot und fast noch mehr über das selbstlose Entzücken ihrer Freundin freut, kommt sie sich vor wie eine Schwindlerin. Denn etwas Wichtiges, womöglich sogar Wichtigeres, hat sie ihr noch vorenthalten, eine Herzensangelegenheit.

»Heute ist noch etwas anderes passiert.«

»Das glaube ich ja nicht. Was denn noch? Erzähl!«

Waltraud kann ihrer Kameradin währenddessen nicht in die Augen blicken, sie steht auf und wirft einen Stein in den See.

»Ich habe heute einen Mann getroffen. Ich muss seitdem immerzu an ihn denken.«

»Erwischt, jetzt verstehe ich deine Bedenken! Wenn du dich natürlich ausgerechnet heute verliebt hast, ist die Aussicht auf ein Kind mit einem anderen Mann nicht gerade verlockend. Wer ist es, kenn ich ihn?« Ingeborg ist aufgestanden und hat Waltrauds Hand genommen.

»Ein Ostarbeiter aus der Gärtnerei.«

Entsetzt lässt Ingeborg die Hand wieder los. »Was?! Das ist ein Scherz, oder? Du nimmst mich auf den Arm?«

Zur Antwort schüttelt Waltraud nur mit dem Kopf und wirft einen weiteren Stein ins Wasser.

»Du bist für den Lebensborn auserwählt und machst dir ernsthaft Gedanken um einen Ostarbeiter? So wunderbar das Erste ist, so selbstzerstörerisch ist das Zweite: Das ist Blutschande! Wenn ihr etwas miteinander anfangen würdet, würde er erschossen und du kämst ins Lager.«

Tränen laufen über Waltrauds Gesicht, mit solch harten Worten hatte sie nicht gerechnet. Trotzdem ist sie normalerweise nicht so nah am Wasser gebaut und erschrickt daher selbst über ihre heftige Reaktion.

»Ich weiß, ich habe mir das doch auch nicht ausgesucht. Er geht mir einfach nicht aus dem Kopf.«

Verständnisvoll nimmt Ingeborg ihre weinende Freundin in den Arm, als sie sieht, wie verzweifelt diese ist: »So habe ich dich ja noch nie erlebt. Schau: Du kennst ihn nicht, also kannst du auch gar nicht richtig verliebt sein. Und wenn du ihn nur ein bisschen magst, dann schlag ihn dir allein um seinetwillen aus dem Kopf! Willst du am Ende für seinen Tod verantwortlich sein? Nein, das ist zu absurd! Denk nicht mehr daran, denk stattdessen einfach an Rüdiger – genau! Der Lebensborn ist jetzt das Wichtigste, Rüdiger wird dich morgen schon auf andere Gedanken bringen. Du darfst dein Leben nicht einfach ruinieren! Morgen sagst du zu, versprich es!«

2

Später in ihrem Bett liegt Waltraud noch lange wach. Obwohl sie sich die Stube mit neun anderen Maiden teilt, ist es erstaunlich still, die meisten fallen vor Erschöpfung sofort in den Tiefschlaf. Draußen raschelt einsam ein Igel im Gebüsch; drinnen ertönt bloß ein monotones Atmen, selbst Ute schläft heute Nacht ruhig. Der Vollmond steht hoch am Nachthimmel und taucht die Stube in ein silbriges Licht. Waltraud kann die vielen Furchen und Astlöcher in den Deckenbalken genau erkennen.

Eigentlich sollte sie vor Freude platzen, stattdessen macht ihr ein völlig irrationales Gefühl alles kaputt – unruhig wälzt sich Waltraud hin und her.

Ist es womöglich ihr slawisches Blut, das sich jetzt Bahn bricht und sie unweigerlich zu einem Russen hinzieht? Eine grauenvolle Vorstellung! Wieso kann sie ihre Gefühle nicht so kontrollieren wie ihre Muskeln? In körperlichen Stresssituationen fällt es ihr so leicht, sich zu überwinden, die Ermüdung zu unterdrücken. Wie viel

Schmerzen und Mühsal hat sie allein während des Arbeitsdienstes schon erdulden müssen, um ihre hochgesteckten Ziele zu erreichen? Wie stolz war sie und wie gut hat es sich jedes Mal angefühlt, wenn sie nach den Anstrengungen eines Wettkampfs auf dem Siegertreppchen stand? Aber mit den Gefühlen ist es ganz anders: Je heftiger sie sie unterdrückt, desto stärker werden sie bloß. Verwirrt richtet sie sich auf und geht auf Zehenspitzen hinüber zum Spiegel über dem Waschbecken. Aufmerksam betrachtet sie ihr Gesicht. Eigentlich sieht sie schon sehr deutsch aus: dunkelblondes Haar, hellbraune Augen, nur die Wangenknochen sind vielleicht etwas zu stark ausgeprägt. Sie presst Mittel- und Zeigefinger auf dieselben und versucht sie einzudrücken – was natürlich erfolglos bleibt.

Leise seufzend kriecht sie zurück ins Bett. Jetzt muss sich eben zeigen, aus welchem Holz sie geschnitzt ist und zu welcher inneren Zucht sie fähig ist! Grimmig nimmt sie sich vor, der Maidenunterführerin morgen früh ihre uneingeschränkte Zustimmung zu überbringen; freudig, dankbar, untadelig.

Aber selbst nach diesem zornigen Entschluss kann sie noch nicht einschlafen, die halbe Nacht liegt sie wach, um endlich doch in einen unruhigen, verstörenden Traum zu fallen.

Erschöpft wacht sie am nächsten Morgen auf und kleidet sich mühsam für den frühmorgendlichen Fahnenappell an. Der gesamte Zug mit den Jungführerinnen ist angetreten, ebenso die Maidenunterführerin, die Waltraud kurz, aber vertraulich zunickt. Zu den Klängen der Nationalhymne wird die rote Flagge mit dem Spaten und den beiden Gerstenähren gehisst. Sie flattert unerwartet heftig im Wind, es verspricht ein regnerischer Tag zu werden. Das Gewehr für die Arbeitsschlacht ruht auf der linken Schulter einer jeden Arbeitsmaid: der Spaten.

Als die Flagge das obere Mastende erreicht hat und die Hymne verklungen ist, ertönen die Befehle einer der Jungführerinnen für die Spatengriffe:

»Arbeitsmaiden, Achtung! Präsentiergriff!«

Vierzig Spaten werden von den Schultern herabgezogen und in der linken Hand so gedreht, dass die Innenseite des Spatenblattes zum Gesicht der Trägerin zeigt. Der rechte Arm ist dabei auf Schulterhöhe angewinkelt, die Hand parallel zum Körper ausgestreckt und ihre Innenseite dem Erdboden zugewandt. Nur ein Mädchen aus der zweiten Gruppe hat den Spaten zwischen ihre Füße gestellt – die Habachtstellung. Schnell wird sie sich ihres Missgriffs bewusst, aber nicht schnell genug. Auf dem Weg zum Frühstück sieht Waltraud das Mädchen Strafrunden auf dem Exerzierplatz drehen, zusammen mit den anderen Arbeitsmaiden ihrer Einheit.

So schnell kann man in Ungnade fallen – in ihrer Haut möchte Waltraud nicht stecken. Unwillkürlich zuckt sie zusammen und nimmt sich einmal mehr vor, pünktlich bei der Maidenunterführerin zu erscheinen. Am Frühstückstisch entspinnt sich unter den Mädchen ein Gespräch über ihren Sold beim RAD.

»21 Reichsmark wären gar nicht so wenig, wenn sie nur auch ausbezahlt würden.«

»He, Ute, du weißt doch, dass, bis auf 50 Pfennig, alles einbehalten wird, um für Unterkunft, Bekleidung und Essen aufzukommen.«

»Pah, für das Essen geben sie das Geld ganz gewiss nicht aus«, beschwert sich Ute und guckt enttäuscht auf ihren längst geleerten Teller.

Die Mädchen lachen herzlich.

»Für dich kann es halt nie genug sein. Von deinen 50 Pfennig kaufst du dir bestimmt nur Süßigkeiten an den Büdchen«, zieht sie Ingeborg auf.

»Und wenn? Das ist Nervennahrung, die brauche ich. Was macht ihr denn mit dem Geld?«

Alle reden wild durcheinander: Einige sparen es für den Urlaub oder das Studium, andere schicken es der Familie.

»Und du?«, wird Waltraud von Ingeborg gefragt.

»Ich habe ein großes Einweckglas, da werfe ich das ganze Münzgeld rein: für mein Hochzeitskleid. Meine Großmutter und meine Mutter haben das auch schon so gemacht.«

Ingeborg nickt zustimmend: »Eine schöne Tradition!«

»Ach was, alles eitler Tand«, fährt Isolde abschätzig dazwischen. »Da weiß dein holder Ehemann dann gleich, was er für ein hohles Ding heiraten wird. So sinnlos Geld für einen weißen Fetzen auszugeben – eine Schande! ICH spende mein ganzes Geld für den Soldatenfonds.« Triumphierend blickt Isolde in die Runde. Die anderen senken betreten den Blick.

So schnell gibt Waltraud jedoch nicht klein bei:

»Eine schöne Hochzeit ist wichtig für eine gute Ehe und nur aus einer guten Ehe gehen viele gesunde Kinder hervor.

Und ohne diese Kinder gäbe es nicht einen einzigen Soldaten, dem du deine 50 Pfennige schenken könntest.«

Wütend blafft Isolde zurück:

»Als ob du dem Heer so viele Kinder gebären könntest! Deine Erbanlagen sind doch ein billiger Gemischtwarenladen!« Etwas ruhiger und maliziös lächelnd will sie fortfahren:

»Deine Mutter ...«

Bevor Isolde allerdings den Satz beenden kann, ist Waltraud mit hochrotem Kopf aufgesprungen und beugt sich angriffslustig über den Tisch.

»Nur damit du es ganz genau weißt: Nicht du, sondern ich – ja ich – wurde für den Lebensborn ausgewählt! Und nach dem Programm kann ich so viele Kinder bekommen, wie ich will. Und bei meiner Hochzeit mit dem arischsten und schönsten Offizier werde ich im funkelndsten und ausgefallensten Hochzeitskleid erstrahlen, das die Welt je gesehen hat.«

Tatsächlich fehlen Isolde die Worte, die anderen Mädchen beginnen dafür, umso wilder auf Waltraud einzureden. Lediglich Ingeborg, die von der sensationellen Nachricht nicht überrascht werden konnte, bewahrt Ruhe und Übersicht: Bestimmt weist sie ihre Freundin auf die Uhrzeit hin – fünf Minuten vor neun Uhr.

Ohne sich zu verabschieden, rennt Waltraud aus der Kantine und hetzt zum Büro der Maidenunterführerin, gerade noch rechtzeitig erreicht sie den Eingang zum Verwaltungsgebäude. Dort bleibt sie erstaunt stehen, denn neben der Unterführerin steht eine Stabshauptführerin, die sie nie zuvor gesehen hat.

Ihren Dienstgrad kann Waltraud jedoch an den silbernen Schulterklappen mit Zopfmuster und zwei Goldrauten zweifelsfrei erkennen.

Noch vor dem Eingang stehend gibt sie nach dem Deutschen Gruß unverzüglich ihren positiven Bescheid ab. Beide Frauen gratulieren ihr an Ort und Stelle, dann gehen sie gemeinsam ins Büro der Maidenunterführerin.

Zunächst muss Waltraud dort einige Formulare unterschreiben: offizielle Einwilligung, Abtrittserklärung des Sorgerechts und Haftungsausschluss. Die beiden Führerinnen zeichnen sie zufrieden gegen.

Danach tritt die Hauptführerin zu Waltraud und steckt ihr eine Nadel mit dem Lebensborn-Emblem an – eine silberne Speerspitze, in der Mitte die Siegesrunen der SS und darüber der Schriftzug *Lebensborn*.

»Trage dieses Ehrenzeichen aufrechten Hauptes, gemäß unserem Wahlspruch: Heilig soll uns sein …«

»… jede Mutter guten Blutes«, stimmen Waltraud und die Maidenunterführerin ein.

Beide Führerinnen salutieren zum Abschluss vor Waltraud.

»Weißt du, warum ich hier bin?«, fragt sie die Stabshauptführerin, nachdem die Formalitäten erledigt sind.

»Ich nehme an, um meine Aufnahme zu bestätigen und meine Unterschrift zu beurkunden.«

»Ja und nein. Mein Name ist Wilhelmine[132] Pflaum. Rüdiger ist mein Sohn und ich bin nicht zuletzt deshalb hier, weil ich sicherstellen wollte, dass er für diese Aufgabe eine gute und würdige Partnerin bekommt. Du bist eine sehr gute Wahl und kannst stolz sein. Danke, Maidenunterführerin Heller.« Hastig und ehrerbietig verbeugt sich die Maidenunterführerin ob des Lobes.

»Hast du schon deiner Familie davon berichtet? – Nein? Dann mach das aber bald, denn es ist nicht gut, Geheimnisse vor seinen Eltern zu haben. Vergiss auch nicht: Dein Verhalten steht nun unter besonderer Beobachtung, dein Körper und dein Geist müssen vollkommen einwandfrei sein und bleiben. Mit jedem Privileg gehen Pflichten einher. Du bist jetzt Teil von etwas Höherem, bald wirst du ein Kind in dir tragen, das in naher Zukunft als Herrenmensch die Geschicke deines Vaterlandes lenken soll. Sei dir dieser immensen Verantwortung stets bewusst. Künftig meldest du dich einmal in der Woche bei der Krankenabteilung, die Ärzte werden deine Vitalwerte aufnehmen und ein Rassenhygieniker wird deinen Zyklus protokollieren.«

Ein Schaudern überkommt Waltraud, doch sie bedankt sich nochmals beflissen und verabschiedet sich dann mit dem Hinweis auf ihren anstehenden Unterricht.

Draußen hat der Wind weiter zugenommen, fast weht er ihr die Kappe vom Kopf. Waltraud fröstelt. Zu einer Seite des Gehwegs befindet sich eine unbebaute Fläche, auf der einige größere Bäume stehen. Waltraud stellt sich unter eine massige Fichte, deren Stamm sie vor dem Wind und vor den Blicken vom Gehweg schützt.

War es das wert? Mit geschlossenen Augen rutscht sie rücklings am Stamm hinunter und verharrt in der Hocke. Gedankenverloren steckt sie Fichtennadeln in den Sand, die in großer Zahl unter dem Baum verteilt liegen. Es war ja die richtige Entscheidung und Ingeborg hat es genauso gesehen: Es ist eine große Ehre, eine große Chance. Hätte sie sich doch vorhin nicht so über Isolde geärgert und vor ihr aufgeplustert, dann hätte sie ihre Entscheidung auf dem Weg vielleicht noch einmal überdenken, vielleicht sogar ändern können – hätte, hätte, Panzerkette.

Wie soll sie es bloß der Mutter sagen? Und diese Untersuchungen, wie Zuchtvieh kommt sie sich vor. Das Gerede von Beobachtung und Geheimnissen empfindet sie als Drohung, es klang jedenfalls nicht wie ein harmloser Ratschlag. Und erst Rüdiger, wie wird es mit ihm sein? Bogdan. Der Gedanke an das Phantom, dem ihre Sehnsucht gilt, stimmt sie traurig, am liebsten ginge sie nachmittags gar nicht in die Gärtnerei.

Immer neue Böen wirbeln den Sand vor der Fichte auf, schmerzhaft dringt er in Waltrauds Augen, schleift jedes unbedeckte Stück Haut. Instinktiv versucht Waltraud zuerst, sich zu schützen, indem sie sich zusammenkauert. Doch dann genießt sie das Kribbeln auf ihrer Haut, nimmt den Wind wahr, wie er ungestüm über ihr Gesicht streicht und an ihren Haaren zerrt. Sie richtet sich auf und setzt ihren Körper der elementaren Kraft der Natur aus, als könnte diese die Last von ihrer Seele forttragen. In jede Falte ihrer Uniform, in jeden Winkel ihres Körpers tastet sich der sandige Wind vor. Ihr Innenleben ist erfüllt von widerstreitenden Empfindungen, sie breiten sich quälend in ihrem Oberkörper aus. Waltraud spürt sie nicht weniger intensiv als den Wind auf ihrer Haut, doch sie kann sie ertragen und fühlt sich befreit. Sie hat die Kraft gefunden, sich ihrem Schicksal zu stellen.

Mit neuer Zuversicht kämpft sie sich am Nachmittag gegen den Wind zum Gewächshaus. In ihrer Seele mischt sich ein ängstlicher Zweifel mit einem unbezwingbaren Verlangen: eine Mischung, die eines einwandfreien Geistes unwürdig wäre. Wüsste Stabshauptführerin Pflaum davon, erwürgte sie Waltraud wahrscheinlich mit ihren schraubstockartigen Händen, damit sich ihr Sohn nicht an ihr beschmutzen könnte.

Vorsichtig späht Waltraud in das Gewächshaus: Es ist niemand zu sehen. Im hinteren Bereich erblickt sie eine Zusammenstellung wunderschöner Blumen. Neugierig geht sie durch hohe Tropengewächse auf sie zu, angeregt atmet sie die Gerüche ein. Die Luft ist dunstig, alles ist so üppig, grün und groß – als beträte man eine andere Welt. Zwar rüttelt der Wind an den Scheiben, doch scheint alles dort draußen weit weg und irreal. Die Magie dieses Ortes schlägt sie zum zweiten Mal in ihren Bann. Zärtlich betrachtet sie jede einzelne Pflanze, jede scheint ihr ein besonderes Wunder der Schöpfung zu sein; behutsam streicht sie über Blüten und Blätter; interessiert untersucht sie Blütenstände und Knospen. Schließlich erinnert sie sich doch an ihren eigentlichen Auftrag und will Bogdan rufen – aber da steht er schon hinter ihr; wer weiß, wie lange? Obgleich ihn seine gelbe Kleidung eindeutig als Ostarbeiter ausweist, hat er absolut nichts mit ihnen gemein. Er ist einfach Bogdan – Bogdan, der einzige seiner Art.

Auf seine sanfte Weise schaut er sie an, lächelt sein Käthe-Kruse-Lächeln und richtet still ihre Aufmerksamkeit zurück auf die Pflanzen.

Liebevoll beugt er sich zu ihnen hinunter und spricht jede wie eine Person mit ihrem Namen an: *Strelitzia reginae, Allamanda cathartica, Anthurium scherzerianum.*

Der Melodie seiner Stimme lauschend, entschwebt Waltrauds Geist in ihre Kindheit. Sein Akzent, vor allem sein rollendes *R*, erinnert sie an ihre Mutter, wenn sie ihr abends polnische Gutenachtlieder gesungen hat; schwere, traurige Lieder. Oft sang sie vom Verlust der heimatlichen schwarzen Erde. Als Kind hatte sich Waltraud vorgestellt, wie diese Erde, auf der sie nie gestanden hatte, riechen müsse: Der Geruch, den sie sich dann vorstellte, war der der Erde hier im Gewächshaus.

Bogdan spricht noch immer mit seinen Geschöpfen, die Blumen scheinen ihm zu antworten und ihm ihre Blüten zuzuneigen, sobald er ihren Namen nennt.

»Was bedeuten diese Namen?«

»Das sind ihre wissenschaftlichen Bezeichnungen, ihre deutschen Namen lauten: Paradiesvogelblume, Goldtrompete und kleine Flamingoblume.«

»Das ist ja wie im Märchen – wunderschön!«

»Sagst du mir deinen Namen?«, fragt Bogdan schüchtern.

»Waltraud.«

»Was bedeutet dieser Name?«

»So etwas wie: die Starke oder die Kräftige auf dem Kampfplatz.«

»Das ist ein sehr deutscher Name – Waltraud.«

Sehr warm, weich und wohlklingend hört sich ihr Name aus seinem Mund an. So hat sie bisher nur ihre Mutter ansprechen können. Sein Tonfall lässt ihren Namen zum Zauberwort werden, das sie unentrinnbar an ihn bindet und unaufhaltsam zu ihm hinzieht. Niemals hätte sie ihm ihren Namen verraten dürfen, jetzt hat er die gleiche Macht über sie wie über die Pflanzen.

»Und dein Name?«

»Bogdan.«

»Hat er auch eine Bedeutung in deiner Sprache?«

»Geschenk Gottes, gottgegeben.«

»Ein schöner und sehr passender Name, deine Gabe mit Pflanzen ist auf jeden Fall gottgegeben. Deine Auswahl für die Aufführung ist perfekt, wir müssen sie nur noch zum Theater transportieren.«

»Dazu müssen wir leider noch auf die anderen Arbeiter warten. Sie sind gerade in Binz und bepflanzen den Platz vor dem Rathaus. Allein ist der Wagen zu schwer für mich.«

»Ich kann aber nicht so lange warten. Lass uns den Wagen einfach gemeinsam ziehen, dann wird es schon gehen.«

Bogdan schaut sie entsetzt an: Auf keinen Fall kann er den Wagen mit ihr gemeinsam ziehen, auch darf eine deutsche Frau sich nicht zu so einer Arbeit herablassen.

»Worauf wartest du? Das geht schon, komm, pack mit an! Los, Bogdan, mach schon!«

Es ist nicht zu sagen, ob er auf den Befehl reagiert oder ob auch er durch die Nennung seines Namens verzaubert ist. Jedenfalls bekreuzigt er sich dreimal, küsst das Holzkreuz, welches er um den Hals trägt, und fasst dann die eine Seite des Griffes der Deichsel; Waltraud greift die andere. Gemeinsam ziehen sie den Handwagen erst aus dem Gewächshaus und dann in Richtung Wald. Es ist sehr mühsam, weil erstens der Weg durch den Wald uneben ist und zweitens die vielen erdgefüllten Pflanzkübel schwerer sind, als Waltraud es gedacht hatte. Trotz des Windes und des einsetzenden Regens wird ihr schnell zu warm, sie zieht Jacke und Mütze aus und legt sie vorsichtig auf die Blumen.

»Für ein Mädchen ziehst du gut an, du machst deinem Namen alle Ehre.«

»Für einen Jungen liegt deine Stärke eher beim Pflanzenflüstern.«

Beide lachen und bleiben erschöpft, aber fröhlich im Wald stehen. Jäh rauscht ein Platzregen auf sie nieder.

Unweit des Pfades befindet sich ein kleiner Grillplatz, zu dem ein überdachter Unterstand gehört. Mit letzter Anstrengung zerren sie den Bollerwagen durch das Unterholz zum Platz, damit die Blumen dort geschützt stehen können und durch den heftigen Regenguss keinen Schaden nehmen.

Niemand ist unterwegs, bei dem Unwetter haben alle irgendwo Unterschlupf gesucht und gefunden. Es ist kaum zu glauben, dass in ein paar Hundert Metern Entfernung 25 000 Menschen zusammengedrängt sind – und sie beide dennoch einsam unter den Bäumen auf das Ende des Platzregens warten.

Weit und breit keine andere Menschenseele, nur Waltraud und Bogdan kauern sich auf den Waldboden, indessen der Regen unaufhörlich durch die Bäume rauscht. Eine peinliche Stille entsteht, als sie so abgeschieden beieinandersitzen. Um die Anspannung dieser intimen Situation zu lösen, will Waltraud eine belanglose Frage stellen. Doch in ihrer Unsicherheit verstärkt sie die Anspannung noch, denn ihre Frage gerät allzu persönlich.

»Erzähl mir etwas von dir, Bogdan. Woher stammst du, wo ist deine Familie?«

»Wir kommen ursprünglich aus Sankt Petersburg. Es muss einmal eine wunderschöne Stadt gewesen sein, bevor die Deutschen sie dem Erdboden gleichgemacht haben. Meine Großeltern haben immer glänzende Augen bekommen, wenn sie von der Stadt erzählt haben, und wenn sie sich dann an ihr früheres Leben erinnerten, haben sie bitterlich geweint. Im Fieber ist meine Babuschka wieder zum Kind geworden, dachte, ich wäre ihr Vater und wollte unbedingt mit mir an der Newa spazieren gehen.«

Mit einer müden Handbewegung streicht er sich die nassen Haare aus den Augen und erzählt weiter: »Die wenigen Überlebenden wurden nach der Zerstörung in Sibirien neu angesiedelt. Dort trafen meine Großeltern auf Russen aus allen Teilen des alten Landes und noch auf viele andere Osteuropäer: Polen, Ukrainer, Tschetschenen. Heute werden sie allesamt einfach Ostarbeiter oder das Große Mangvolk[133] genannt. In Sibirien wurden meine Eltern geboren. Nachdem meine Schwester und ich schon auf der Welt waren, wurden sie zum Arbeitseinsatz nach Deutschland abtransportiert. Wir mussten bleiben und sind danach bei den Großeltern aufgewachsen. Meine Eltern habe ich nie wiedergesehen – ich weiß nicht einmal, ob sie überhaupt noch leben. Jetzt gibt es nur noch meine Schwester Jelena und mich. Sie arbeitet als Magd bei einer deutschen Siedlerfamilie, das ist das Letzte, was ich von ihr weiß.«

Sehnsüchtig schaut Bogdan in den Regen, der in Schnüren auf den Grillplatz niedergeht; als könnte aus ihm jeden Augenblick seine Schwester hervortreten und ihm all seine Fragen beantworten. Mitgefühl regt sich in Waltraud. Was haben sie in der Schule nicht alles über die Untermenschen gelernt: Minderwertig, dumm und faul seien sie, nur geboren, um den Herrenmenschen zu gehorchen. Auf Bogdan trifft das alles jedoch überhaupt nicht zu. Im Gegenteil: Mit seiner ruhigen, einfühlsamen Art scheint er ihr menschlicher zu sein als so mancher Volksgenosse. Doch vor solchen Gedanken muss sie sich hüten, sie gehören zu einer liberalen Gleichheitsideologie, die nicht weniger verpönt ist als Christentum und Marxismus. Wüsste Isolde von solchen Gedanken, würde sie dies als Zeichen einer widernatürlichen Rassenseele sofort ihren Vorgesetzten melden.

»Du erinnerst mich an Jelena.« Er hat Waltraud sein Gesicht zugewandt, seine Augen blicken bekümmert und in sich gekehrt. »Ich hoffe, das ist keine Beleidigung, dass ich dich mit einem russischen Mädchen vergleiche.«

»Nein, nein, sie ist ja schließlich deine Schwester.«

Der Regen prasselt weiter auf das Blätterdach, unter dem sie sitzen, auf den Platz und auf den Unterstand, darin der Handwagen mit den Blumen steht. Es ist fast dunkel, obwohl es erst später Nachmittag ist, Schatten verfinstern die

Gesichter, die Züge sind kaum mehr zu erkennen. Waltraud bemerkt, dass Bogdan vor Kälte zittert. Er hat nur sein dünnes gelbes Leibchen an, das nass auf seinem Körper klebt, der überdies vom Wind ausgekühlt wird. In seiner Verletzlichkeit erinnert er sie an ein Kind, das sie trösten und beschützen muss. Spontan legt sie ihre Hand auf seinen Unterarm, dieser ist eisig und hart. Sie erschrickt über die Kälte ebenso wie über ihre eigene Kühnheit. Ihr erster Impuls ist es, die Hand zurückzuziehen, doch stattdessen streichelt sie Bogdan flüchtig über den Arm.

»Außerdem«, fährt sie stockend fort, »kann das durchaus sein, dass ich deiner Schwester ähnlich sehe. Meine Mutter kommt aus dem ehemaligen Polen.«

Nun hat auch sie sich offenbart, entsetzt über sich selbst fügt sie hastig hinzu: »Natürlich ist sie deutschblütig[134]. Ihre Verwandten leben allerdings noch im Generalgouvernement; nehmen wir zumindest an.«

»Hat deine Mutter noch Kontakt zu ihnen?«

»Nein, als kleines Mädchen kam sie erst zur Wiedereindeutschung in ein Heim und wurde später von einer Familie aus Köln adoptiert. Zu ihrer ersten Familie hatte sie nie wieder Kontakt.«

»Das ist traurig. Trotzdem hat sie Glück gehabt: Sie musste nicht hungern, konnte zur Schule gehen und hat ihre eigene Familie gegründet. Und sie wird sich nie von ihren Kindern trennen müssen. Das ist nämlich das Schlimmste, was man sich vorstellen kann. Ich bin daher eigentlich froh, dass ich nie eigene Kinder haben werde, die man mir wegnehmen könnte. Meine Pflanzen sind meine

Familie – für einen wie mich ist es besser, wenn er sich nicht an etwas Menschliches bindet.«

Mühsam bewahrt Waltraud ihre Fassung, so hatte sie das noch nie betrachtet. Oft hatte sie sich um ihre Mutter gekümmert, die eine solche Trauer in sich trug, dass sie zuweilen wie gelähmt war; dann sprang Waltraud für sie ein. Sie wüsste nicht, wie sie weiterleben könnte, wenn sie ihre Mutter nicht mehr wiedersehen dürfte. Schlagartig wird ihr bewusst, was sie getan hat: der Lebensborn! Anderen musste man ihre Kinder gewaltsam entreißen, sie dagegen wird sie im Rahmen des Programms freiwillig hergeben. Aber das will sie eigentlich doch gar nicht, wollte nie – das ist ihr nun ganz klar. Was soll sie bloß machen? Zumindest kann sie nicht länger stillsitzen, sie richtet sich auf und lauscht auf den Regen. Immerhin, er hat etwas nachgelassen.

»Wir müssen los! Sie werden im Theater schon auf mich warten und ich will keinen Ärger bekommen.«

»Ja, natürlich.«

»Und, Bogdan … Es tut mir leid, was mit deiner Familie passiert ist. Ich weiß nicht, wie ich das aushalten könnte.«

In der Dunkelheit dieses Tages nimmt sie seine Hand und drückt sie sachte. Er erwidert ihre Geste nicht.

Völlig durchnässt kommen sie am Hintereingang des Theaters an. Zügig organisiert Waltraud einige Helfer für Bogdan, die gemeinsam mit ihm die Töpfe auf die Bühne tragen. Während Bogdan danach draußen vor der Hintertür wartet, bekommt Waltraud auf Weisung der Wärterin eine neue trockene Uniform gebracht.

»Wir brauchen dich unbedingt für deine Rolle, du kannst jetzt nicht im letzten Augenblick krank werden – unmöglich!«

Nachdem sich Waltraud umgezogen hat, begutachtet sie die Gewächse zusammen mit der Wärterin – auch diese ist von Bogdans Auswahl angetan. Sie besprechen, wie viele Exemplare jeder Pflanze sie in welcher Größe für das Bühnenbild benötigen. Anschließend soll Waltraud Bogdan entsprechend informieren, wann er was wohin liefern muss. In nur drei Tagen ist die Premiere. Fein säuberlich notiert Waltraud alles auf einem Zettel. Auf dem Weg nach draußen kommt sie an dem langen Tisch vorbei, auf dem man die Verpflegung für die Proben aufgebaut hat. Sie nimmt ein paar belegte Brötchen sowie einen Becher Tee mit.

Frierend steht Bogdan noch an derselben Stelle, an der sie ihn vor einer guten Stunde verlassen hat. Dankbar nimmt er Brötchen und Tee entgegen. Als sie ihm jedoch den Zettel reichen will, macht er eine abwehrende Handbewegung.

»Ich kann nicht lesen.«

Auf ihren erstaunten Gesichtsausdruck hin ergänzt er:

»Keine Sorge, ich bin nicht zu dumm – nehme ich jedenfalls an. In der sogenannten Schule lernen wir nur, unseren Namen zu schreiben. Es gibt keine Bücher, wir bekommen alles erzählt und müssen es uns dann merken; vor allen Dingen die vielen Regeln und wo unser Platz in der germanischen Welt ist. Sag mir einfach, was du brauchst.«

Rasch zählt Waltraud alles auf – Bogdan isst und trinkt derweil. Nachdem er alles verinnerlicht hat, will er schleunigst aufbrechen, denn er muss zurück zur

Gärtnerei. Etwas unsicher streckt Waltraud ihm die Hand entgegen: »Danke für deine Hilfe! Es war schön, dich kennengelernt zu haben.«

Bogdans Hände rühren sich nicht, seine Arme hängen seitlich herunter. Er scheint in ihrem Gesicht etwas lesen zu wollen.

»Vielleicht sehen wir uns ja einmal wieder. Ich bin meistens allein im Gewächshaus, komm doch mal vorbei, wenn du magst, und erzähl mir, wie die Aufführung gelaufen ist.«

Am liebsten sagte Waltraud sofort zu, doch sie weiß nicht, ob das so eine gute Idee wäre. Es geht ihr so viel durch den Kopf: der Lebensborn, die anstehende Aussprache mit ihrer Mutter, das erste Treffen mit Rüdiger.

»Vielleicht.«

Abrupt dreht sie sich um und läuft zurück zur Bühne. Der junge Russe schaut ihr noch eine Weile nach und stapft dann durch den Regen zurück zur Gärtnerei; der Handwagen poltert unwillig hinter ihm her.

Am Abend schreibt Waltraud ihrer Mutter eine Nachricht über die Grußrune. Sie erzählt ganz allgemein von der Teilnahme an einem speziellen Programm und von den unverhofften Möglichkeiten, die sich dadurch für sie ergeben. Es vergehen keine fünf Minuten, bis ihre Mutter sie anruft, um sie zu beglückwünschen. Natürlich will sie genauer wissen, was es mit diesem Lebensborn-Programm auf sich hat. Waltraud kommt nicht umhin, ihr auch die weniger erfreulichen Einzelheiten zu beichten. Am Schluss beginnt ihre Mutter zu weinen und Waltraud gelingt es nicht, sie wieder zu beruhigen. Wahrscheinlich weil sie selbst von all dem nicht wirklich überzeugt ist.

Das Gespräch ist genauso verlaufen, wie sie es erwartet, ja, wie sie es befürchtet hatte. Verwirrt und deprimiert sitzt Waltraud vor der Gemeinschaftsunterkunft. Die Anforderungen der Partei scheinen unvereinbar mit ihren eigenen Wünschen, eine Lösung scheint unmöglich. Lange grübelt sie, hadert mit sich und ihrer Entscheidung. Nach quälenden Stunden kommt ihr jedoch ein rettender Einfall: Was wäre, wenn Rüdiger sie gar nicht will? Wenn sie sich so hässlich anzieht und so unmöglich benimmt, dass er sie als Partnerin zurückweist? Sicherlich hätte auch das einige unangenehme Konsequenzen für sie, aber es wäre eine Möglichkeit, sich der grundsätzlichen Verpflichtung zu entziehen. Erleichtert kann sie endlich ins Bett gehen und schläft mit neuer Hoffnung ein.

Der nächste Tag läuft gewohnt strukturiert ab, der Dienstplan lässt keine Zeit für weiteres Nachdenken. Das erste Lebensborn-Treffen ist für 18 Uhr in einem der Cafés anberaumt. Alle Informationen dazu hat sie per VE erhalten, inklusive einer Kleiderordnung und einer Liste mit Verhaltensvorschriften. Gemäß ihrem gestern gefassten Plan wählt Waltraud ihr schlichtestes Kleid und bindet ihre Haare zu einem nachlässigen Pferdeschwanz. Zufrieden mit ihrer glanzlosen Aufmachung will sie schon zum Treffpunkt gehen, als sie auf ihrem VE eine Nachricht der Maidenunterführerin aufblitzen sieht: Sie wolle Waltraud unverzüglich sprechen. Die Zeit bis zum Kennenlerntreffen ist knapp und daher eilt Waltraud sofort zum Verwaltungs-gebäude. Die Führerin erwartet sie wieder in der Sitzecke und bittet sie, ebenfalls kurz Platz zu nehmen. Ein wenig verunsichert setzt sich Waltraud in denselben Sessel, in dem sie auch beim ersten Gespräch saß. Wieder spricht sie die Maidenunterführerin betont verständnisvoll an, ihre Stimme klingt beinahe vertraulich:

»Wie ich sehe, hast du dich für das erste Treffen bereits zurechtgemacht: schlicht und ehrlich – das gefällt mir. Du kannst auch jederzeit ehrlich zu mir sein, falls du irgendwelche Fragen rund um den Lebensborn hast – oder auch Bedenken. Komm einfach zu mir und erzähle sie mir. Ich weiß, dass so eine große Sache nicht immer einfach ist. Jedem kann irgendwann einmal eine Erschütterung seines Glaubens widerfahren, selbst seines Glaubens an die nationalsozialistische Bewegung oder an die Führerin. Dafür muss man sich nicht schämen. Wichtig ist nur, dass man diese Verirrungen überwinden kann und gestärkt zu seinem Volk zurückkehrt. Hast du vielleicht schon eine Frage, einen Zweifel, über den wir reden sollten?«

»Nein, bisher noch nicht, aber ich danke Ihnen sehr für das Angebot!«

»Nun gut. Hast du denn mit deinen Eltern mittlerweile über den Lebensborn gesprochen? – Ja, das ist gut. Und wie haben sie es aufgenommen? – Schön. Die Eltern können manchmal eine Belastung sein, weil sie sich nicht die hohe Bedeutung des Lebensborns klarmachen und deshalb nur falsche, gefühlsduselige Ratschläge geben. Sollte der

Ernstfall eintreten, wende dich jederzeit und vertrauensvoll an mich.«

Einigermaßen verstört sucht Waltraud den Weg zum Café durch den Irrgarten der Häuserschluchten. Es fällt ihr zunehmend schwer, sich auf die richtige Richtung zu konzentrieren. Wieso spricht sie die Maidenunterführerin gerade heute an? Als wäre sie beim Gespräch mit ihrer Mutter dabei gewesen ... Es muss einfach Zufall sein! Wahrscheinlich führt sie mit allen Teilnehmern solch ein Nachgespräch, vielleicht auch bloß mit ihr, weil ihr Partner nun einmal der Sohn der Stabshauptführerin ist. Für die Zukunft nimmt sich Waltraud jedoch vor, vorsichtiger mit ihren Äußerungen zu sein; sicherheitshalber, besonders wo sie jetzt versucht, sich ohne größeres Aufsehen aus dem Programm zu winden. Vor lauter Kopfzerbrechen läuft sie tatsächlich am richtigen Café vorbei; erst um ein paar Sekunden zeitversetzt flackert das Bild der jungen Paare in förmlicher Atmosphäre vor ihren Augen auf. Abrupt dreht sie sich um und sieht durch große Glasscheiben ein halbes Dutzend Paare: Die Männer sind in grauer SS-Uniform, die Frauen in eleganten Abendkleidern. Das muss es sein. Nun kommt es darauf an, sich im Griff zu behalten: Einerseits so freundlich und höflich bleiben, dass ihr niemand einen Vorwurf machen kann; andererseits aber so dröge und abweisend auftreten, dass Rüdiger sie auf keinen Fall wollen kann.

Nervös öffnet sie die Tür zum Café. Im Vorraum gibt es eine Einlasskontrolle. Während ihre Personalien überprüft werden, erspäht sie bereits Rüdiger, wie er sich mit zwei anderen Paaren unterhält, er lacht und scherzt und scheint sehr ausgelassen. Die Stimmung insgesamt ist eher festlich: Überall sind Kerzenleuchter aufgestellt; es werden Sekt und feine Häppchen gereicht; in einer Ecke steht ein Klavier, dem ein Pianist eine entspannende Melodie entlockt. Alle Frauen tragen kostbare Kleider und haben sich sichtlich herausgeputzt, außer Waltraud. Vielleicht hat sie es mit der Schlichtheit doch ein wenig übertrieben – aber jetzt ist es zu spät, sie muss an ihrem Plan festhalten. Ein letztes Mal zupft sie ihr Kleid zurecht und zieht ihren Pferdeschwanz fester, sodann versucht sie, ein gewinnendes Lächeln aufzusetzen. Aufrechten Hauptes, doch mit weichen Knien geht sie ohne Umschweife auf Hauptmann Rüdiger Pflaum zu. Bevor sie ihn erreicht, hat er sie jedoch bereits erblickt und kommt ihr entgegen.

»Meine völkisch Zugeteilte, es ist mir eine Ehre«. Übertrieben feierlich verneigt er sich vor ihr und gibt ihr einen Handkuss.

»Was für einen exquisiten Geschmack du hast, alle anderen Frauen verblassen neben dir«.

Beim ersten Satz war sie sich noch nicht ganz sicher, spätestens beim zweiten wird ihr jedoch klar, dass er sie aufzieht. Sie versucht in seinem Gesichtsausdruck zu lesen, ob er es scherzhaft oder mit böser Absicht tut. Er blickt sie offen und unverstellt an, sie kann keine Arglist in seinen Augen ausmachen, höchstens einen leisen Spott. Sein äußerlicher Gesamteindruck ist typisch deutsch, wenngleich nicht so arisch, wie sie erwartet hatte. Eigentlich bringt er alles für einen Bilderbuch-Arier mit: blaue Augen und glattes, strohblondes Haar, das so gescheitelt ist, dass es jungenhaft zu einer Seite fällt. Eine frische Narbe zieht sich über die linke Wange bis zur Unterlippe und verleiht ihm etwas Heroisches. Auch der Körper ist der eines Kämpfers: groß, schlank, stark. Trotzdem wirkt er nicht im eigentlichen Sinne männlich, irgendetwas fehlt – nur was?

»Du hast natürlich recht: Das Gewand der Jugend und des reinen Herzens ist am kleidsamsten. Auch mich zieren nur der Rock des Soldaten und die Opferbereitschaft für mein Volk. Wie mir scheint, hast du den jüngsten Beweis meiner Selbstlosigkeit schon bemerkt. Soll ich dir berichten, in welch heldenhaftem Kampf ich ihn erwarb?«

Der Ton und die Wortwahl seiner Ausführungen reizen Waltraud immer stärker, zu gern setzte sie seinen Provokationen etwas entgegen. Doch sie nimmt sich vor, weiterhin ihrem Plan zu folgen – also die Form zu wahren, aber dabei möglichst abweisend zu wirken, bis hart an die Grenze zur Unhöflichkeit.

»Ich darf dich doch sicher Walli nennen, oder?«

»Ehrlich gesagt, Genosse Pflaum, würde ich damit gerne warten, bis wir uns ein wenig besser kennen. Auch tut es mir leid, wenn Ihnen meine Kleidung nicht zusagt. Für mich hat dieses Treffen nichts Romantisches und entsprechend praktisch habe ich mich angezogen.«

»Aha, du bist also eher ein praktisches Mädchen – Walli.«

Durch die fortgesetzte Brüskierung, verbunden mit ihrem eigenen schlechten Gewissen, ist *Walli* kurz davor, die Haltung zu verlieren. Nur der Gedanke an das Gespräch mit der Maidenunterführerin lässt sie einigermaßen die

Ruhe bewahren und weiterhin den Regeln des Systems gehorchen. Unter normalen Umständen wäre sie längst gegangen oder hätte gar zugeschlagen, um ihre Anspannung in einer physischen Reaktion aufzulösen. Stattdessen antwortet sie nur zunehmend um Kontrolle ringend: »Reden Sie immer so aufgesetzt oder wollen Sie mich provozieren? Wir können gerne rausgehen und sehen, ob Sie außer einem Schlagabtausch mit Worten noch etwas anderes können.«

Ehe Rüdiger antworten kann, klirrt ein Glas. Das Signal für eine Ansprache.

Der zuständige Eugeniker heißt alle auf das Herzlichste willkommen, spricht von Ehre, Volk und Blut, und wünscht schließlich allen zwölf Paaren einen erfolgreichen Abend. Während des vorhersehbaren Sermons hat Waltraud die übrigen Auserwählten beobachtet: Alle stehen sie bereits in Paaren zusammen und wirken wie vertraute Freunde, niemand wirkt angespannt. Im Gegenteil verbreitet jedes Paar eine heitere, feierliche Stimmung. Allein Rüdiger und sie scheinen ein Missgriff zu sein. Eigentlich könnte es in Anbetracht ihres heimlichen Plans kaum besser laufen. Dennoch kratzt es an ihrem Selbstwertgefühl, dass Rüdiger ihr so unverhohlen abschätzig begegnet. Sie hatte sich immerhin vorgenommen, einigermaßen nett zu sein – sein Verhalten ist hingegen deutlich schlimmer, als sie es sich je getraut hätte. Das empfindet sie als maßlose Ungerechtigkeit und Unverschämtheit seinerseits. Zum Ende des Vortrags wendet sie darum ihre volle Aufmerksamkeit wieder Rüdiger zu, wachsam und kampfbereit. Der aber sagt heiter und unvermittelt:

»Das halte ich für eine ausgezeichnete Idee, komm – wir gehen!«

Schon zieht er sie am Arm zum rückwärtigen Ausgang des Cafés, der auf eine strandnahe Terrasse führt, hinter der das Meer auf die beiden wartet. Mit aller Kraft stemmt sich Waltraud dagegen, zur Tür gezogen zu werden.

»Sind Sie verrückt? Wir können nicht einfach so gehen!«

»Wir gehen ja auch nicht einfach, wir spazieren nach Binz.«

Entnervt stößt sie ihn mit aller Kraft von sich weg. Ist das ein Albtraum? Was soll das, ist das überhaupt der richtige Rüdiger – ist das ein Test? Er muss doch wissen, dass sie ihren Einsatzort auch außerhalb der Dienstzeit nur mit einer besonderen Erlaubnis verlassen darf.

Durch ihren unerwartet heftigen Widerstand ist Rüdiger ein paar Schritte nach hinten getaumelt. Es entsteht ein kleiner Tumult, da er dabei unabsichtlich ein Pärchen angerempelt hat, das ebenfalls zur Terrasse ging. Sofort ist der SS-Offizier von der Einlasskontrolle zur Stelle und fragt, erstaunlich unterwürfig, nach der Ursache des Aufruhrs. Hauptmann Pflaum unterrichtet ihn darüber, dass er mit seinem Fräulein nun die Veranstaltung verlassen wolle – offenbar besitzt er sogar einen entsprechenden Passierschein. Abermals greift Rüdiger Waltraud am Arm und diesmal lässt sie sich widerstandslos und ohne ein weiteres Wort hinausführen. Draußen gibt er sie sofort frei, legt Jacke und Mütze auf einen der Cafétische und krempelt sich die Ärmel hoch. Spielerisch umtänzelt er sie in geduckter Boxerhaltung.

Die Situation ist so absurd, dass Waltraud ein Lachen nicht unterdrücken kann; die Strandspaziergänger mustern das Paar befremdet.

»Lass es gut sein, wir können uns hier eh nicht messen. Ich bin mir sicher, dass mir ein paar wackere Strandritter sofort zur Hilfe eilen würden. Gehen wir lieber zuerst ein Stückchen am Strand entlang.«

»Angesichts meiner männlichen Überlegenheit machst du also einen Rückzieher! Das ist natürlich und verständlich – es hat allerdings auch etwas Launenhaftes. Du bist eben doch ein typisches Weibchen – Wallimausi.«

Nach dieser weiteren Provokation schnappt er sich seine Kleidung und ist mit wenigen Sätzen am Meeresufer, wo er in der flachen Brandung umhertollt und übermütig juchzt.

»Ist das Leben nicht zum Lachen? Komm, Walli, lass uns um die Wette laufen!«

Ehe sie irgendwie reagieren könnte, ist er bereits losgelaufen, noch während er rennt, wird er von seinem Lachen durchgeschüttelt. Seine Ausgelassenheit ist unwiderstehlich, zudem fühlt sich Waltraud vor der Weite des Meeres wie befreit und ist froh, den Leuten im Café entkommen zu sein. Deswegen verübelt sie Rüdiger sein albernes Verhalten nicht – was jedoch noch lange kein Grund ist, ihn einfach so gewinnen zu lassen. Dafür hat er zu sehr an ihre Frauenehre appelliert – von wegen *Wallimausi!*

Geschwind nimmt sie ihre Schuhe in die Hand und setzt ihm barfuß nach. Sein Gelächter hindert ihn, wirklich schnell zu laufen, und so holt sie ihn flugs ein. Als er merkt, dass sie gleichauf sind, bleibt seine Miene zwar heiter, doch sein Lachen verstummt und er verschärft das Tempo deutlich. Auch wenn Waltraud alle Kräfte aufbietet, kann sie nicht verhindern, dass ihr Abstand wieder zunimmt. Zäh, wie sie ist, gibt sie jedoch nicht auf und bleibt ihm auf den Fersen. Rüdiger ist über ihre Hartnäckigkeit und ihren unbedingten Siegeswillen erstaunt. Er muss sich zunehmend anstrengen, um seinen Vorsprung zu halten. Jauchzen hört man ihn schon seit einiger Zeit nicht mehr. Ungefähr auf halber Strecke nach Binz bleibt er plötzlich stehen und stemmt die Hände keuchend in die Seiten.

»Respekt, Walli! Für ein Mädchen bist du ganz schön unbeugsam.«

»Für einen Mann bist du ziemlich kindisch.«

»Wie schön, du hast gleich meinen besten Charakterzug entdeckt. Darf ich dir meine Jacke als Sitzgelegenheit anbieten?« Mit einem weiten Schwung breitet er seine Offiziersjacke übertrieben galant vor ihr auf dem Strand aus. Beide lassen sich nebeneinander auf der Jacke nieder und blicken auf die Bucht, während sie allmählich wieder zu Atem kommen. Sie sind nahezu allein, nur vereinzelte Spaziergänger gehen in einiger Entfernung über die Uferpromenade. Es ist schon recht dunkel geworden, nur die Promenadenlichter erhellen schemenhaft die Szenerie.

»Der Krieg ist eine sehr ernste Angelegenheit. Wenn du jeden Tag so viele Menschen leiden und sterben siehst, verändert sich dein Blick aufs Dasein. Im Vergleich zum Überlebenskampf wirkt der Alltag nur noch belanglos und lächerlich. Als Zivilist kann ich kaum noch etwas ernst nehmen. Und obwohl das hier doch eigentlich das echte Leben ist, fühlt es sich für mich tot an, ich sehne mich nach wenigen Urlaubstagen meist schon wieder nach dem Schlachtfeld, wo ich mich lebendig fühle, gerade weil mir dort der Tod besonders nah ist – es ist völlig verrückt!«

Unsicher schaut Waltraud ihn von der Seite an: Binnen einer Minute ist seine Stimmung vollkommen umgeschlagen. Er hat alles Kindliche abgelegt, ernst und versonnen schaut er auf den Horizont und sieht auf einmal sehr müde aus. Es fällt ihr schwer, diesen Menschen einzuschätzen. Seit der ersten Begrüßung, die noch nicht einmal zwei Stunden zurückliegt, haben ihre Gefühle für ihn schon alle Extreme durchwandert. Was ist der Kern seines Wesens; was erwartet sie auf dem Grund seiner Persönlichkeit? Da wendet er sich ihr unversehens zu und lacht sie an und sein gewohnter Schalk ist wieder da.

»Soll ich dir jetzt erzählen, wie ich zu meinem heldenhaften Schmiss gekommen bin? Selbstverständlich ist die Narbe nur eine Verletzung von vielen, jedoch die jüngste und sichtbarste.«

Waltraud nickt stumm. Auf der einen Seite interessiert sie die gefährliche Arbeit eines Offiziers, auf der anderen Seite scheint es ihm ein echtes Anliegen zu sein, darüber zu sprechen. Gerne möchte sie mehr von ihm erfahren und sein sprunghaftes Wesen besser verstehen.

»Bei meinem letzten Einsatz waren wir in Ingermanland stationiert, wo immer wieder kleinere und größere

Aufstände der dortigen Mangvölker aufflammten. Diesmal sollten wir ein Exempel statuieren, um die Aufständischen von allen weiteren Angriffen abzuschrecken. Wir gelangten in ein Dorf, das zuvor von einer Spezialeinheit der Waffen-SS komplett ausradiert worden war. Es handelte sich um ein reines Unterdorf der Ostarbeiter, das einem der nahen Wehrbauernhöfe zur Arbeitskräfterekrutierung zugeteilt war. Alle Bewohner hingen an eigens dafür aufgestellten Pfählen: Männer, Frauen und Kinder. Ihre Beine baumelten im Wind, als wären es keine Menschen, sondern Marionetten – ein gespenstischer Anblick. Ich befahl meinen Männern, die Körper abzunehmen und zu verbrennen. Ich selbst ging zu einem kleinen Mädchen; ihr rosa Kleidchen war ganz schmutzig, sie hatte nur noch einen Schuh an. Plötzlich eine gewaltige Detonation – die Terroristen hatten die perfide Idee gehabt, einen Sprengsatz in einer der Leichen zu verstecken. Als wir die Leiber herunterholten, muss das den Sprengsatz ausgelöst haben. Die eine Hälfte meiner Kameraden war sofort tot, die andere Hälfte wälzte sich schwer verletzt im Schlamm, vielen waren durch die Explosion ganze Gliedmaßen abgerissen worden.«

Rüdiger nimmt einen herumliegenden Stock in die Hand und sticht Reihen von Löchern in den Sand, bevor er weiterspricht: »Nach zwei Tagen fand ein Suchtrupp die Überreste unserer Einheit, alle außer mir waren inzwischen gestorben. Später hieß es, ich hätte, als man mich barg, noch das kleine Mädchen im Arm gehalten, das ich unmittelbar vor der Explosion abgenommen hatte. In ihrem Rücken steckte ein großer Splitter, sie hatte mir, selbst schon tot, das Leben gerettet. Ansonsten war ich lediglich mit Fleischwunden übersät – all das weiß ich jedoch allein aus den Feldberichten. Nach der Explosion gibt es in meiner Erinnerung nur eine große Leere, die sich immer dichter mit Rauch füllt. Ich erinnere mich nicht einmal mehr daran, was weiter mit dem Mädchen passiert ist – wahrscheinlich hat man seine Leiche einfach liegen gelassen.«

Die ganze Erzählung hat Rüdiger seltsam tonlos vorgetragen, als handelte sie von jemand anderem. Waltraud hatte mit einer völlig anderen Geschichte gerechnet, irgendetwas Beeindruckendes von Ehre, Siegesrausch und Kameradschaft. Aber nun das – das ist alles andere als ein Heldenepos. Instinktiv spürt sie, dass Rüdigers Verletzungen noch nicht verheilt sind, zumindest nicht die an seiner Seele. In ihrer Verunsicherung reagiert sie, wie so häufig, mit einer körperlichen Übersprunghandlung, welche die schwierige Situation zunächst noch verschärft.

»Darf ich deine Narbe mal anfassen?«, fragt sie und streckt währenddessen bereits ihre Hand nach seinem Gesicht aus.

Reflexartig packt er ihre Hand mit einem eisernen Griff und schaut Waltraud für einen Atemzug fluchtbereit an. Dann entspannt er sich wieder und führt ihre Finger vorsichtig an seine Unterlippe. Schüchtern tastet Waltraud die rosa Linie ab und zieht die Hand dann schnell wieder zurück. Rüdiger beobachtet sie die kurze Zeit über sehr aufmerksam. Um ihn zu verstehen, muss Waltraud ihn zuerst *be-greifen*.

»Das ist ein furchtbares Unglück. Aber gibt es denn nicht auch ganz andere Momente: solche der Freundschaft, des Sieges, der Selbstüberwindung?«

»Ich weiß, ich habe es in deinen Unterlagen gelesen: Du willst auch Soldat werden. Natürlich gibt es auch solche Momente und sie sind sehr intensiv und in ihnen spürt man eine ungeheure Lebenskraft, bis hinein in die Fingerspitzen. Gleichzeitig gibt es diese dunkle Seite, von der ich dir gerade berichtet habe. Sie ist der Preis, den du für die anderen ekstatischen Erlebnisse zahlen musst. Ich denke nicht, dass das jeder aushalten kann. Vor allem sollte man sich dessen sehr bewusst sein, ehe man sich für die Offizierslaufbahn entscheidet – bist du dir des hohen Preises bewusst?«

»Nein, ehrlich gesagt, war ich es bisher nicht. Umso dankbarer bin ich dir dafür, dass du deine Erfahrung mit mir geteilt hast.« Erst nach einer kurzen Pause redet sie weiter: »Ich bin auch sehr froh darüber, dass wir nicht im Café geblieben sind, sondern hier sitzen und so offen miteinander reden können.«

»Wieso bist du überhaupt bei dem Programm dabei? Du bist ganz anders als die anderen Frauen.«

»Dasselbe könnte ich dich ebenso fragen. Mich haben sie erst vorgestern rekrutiert, als Ersatz. Ich glaube, ich wollte einfach meine Pflicht erfüllen und darüber hinaus hat mich die Aussicht auf die Offizierslaufbahn gelockt. Das kommt mir jetzt natürlich alles ausgesprochen dumm vor.«

»Nein, nein, überhaupt nicht. Ich wollte von Kindesbeinen an Soldat werden, Heldentaten vollbringen für mein Volk, meinen Leib und meine Seele willig in die Schlacht werfen – ich verstehe dich absolut. Manchmal ist die Realität sehr verschieden von der Vorstellung, die wir von ihr haben, oder dem Ideal, das andere aus ihr machen. Schau, ich bin nur hier wegen meiner Familie. Seit Generationen sind wir ein Geschlecht von Offizieren, meine Vorfahren gehörten sogar zur Alten Garde[135] und haben mir die NSDAP-Mitgliedsnummer 12 324 vermacht – diese Ehre verpflichtet. Jeder Mann aus meiner Sippe hat bisher ein Kind für den Lebensborn gezeugt, es ist eine Tradition, die ich fortführen muss.«

Inzwischen ist die Nacht hereingebrochen, in der Ferne flanieren Menschen auf dem erleuchteten Steg.

Die Musik einer kleinen Kapelle und das Lachen vieler Menschen dringen sanft von dort zu ihnen herüber.

»Komm, Walli, lass uns gehen! Wir waren so ernst. Ich habe noch Ausgang bis 23 Uhr und heute Abend ist Kirmes in Binz. Ich möchte meine zukünftige Offizierskameradin zu jeder Attraktion einladen, die wir nur irgendwie ausfindig machen können.«

Mit einem fröhlichen Flackern in den Augen nimmt er ihre Hand und sie rennen die restliche Strecke nach Binz gemeinsam. Wie zwei ganz normale junge Menschen: ohne Sorgen, voller Lebenslust und Tatendrang.

3

Zum zweiten Mal in kurzer Folge liegt Waltraud mit offenen Augen im Bett, die Gedanken rasen in ihrem Kopf und die Gefühle tanzen in ihrer Brust. Der Abend ist so gänzlich anders verlaufen, als sie es sich ausgemalt hatte: die anfängliche Abneigung gegenüber Rüdiger, dann das ernste Gespräch mit ihm und schließlich der gemeinsame Besuch der Binzer Kirmes. Unmengen von Zuckerwatte, kandierten

Mandeln und anderen Süßigkeiten hatten sie verzehrt; an jedem Stand, der etwas Süßes anbot, kaufte ihnen Rüdiger eine große Portion davon. Keines der Fahrgeschäfte ließen sie aus, sogar mit jedem Kinderkarussell, das noch geöffnet hatte, fuhren sie. Auch an einem Schießstand waren sie. Dort gewann Rüdiger den Hauptpreis für Waltraud, er ist wirklich ein exzellenter Schütze. Belustigt schaut sie rechts neben sich auf einen stattlichen Stoffaddibär[136] in SS-Uniform. In seine Schirmmütze sind zwei große Löcher eingenäht, aus denen die Ohren periskopartig hervorstehen. Dem Bären leistet eine Menagerie kleiner Freunde Gesellschaft, weil die beiden gestern auch noch dem Wurfstand, dem Pfeilschießen und dem Ringparcours einen erfolgreichen Besuch abstatteten. So erfolgreich, dass auch Rüdiger nicht mit leeren Händen nach Hause gehen musste. Waltraud versuchte sich nämlich ebenfalls an den Schießständen und gewann auch tatsächlich zwei kleine Preziosen für ihn: eine Minitaschenlampe und einen Schraubenzieher. Was war er doch für ein Kindskopf! Sie hatten großen Spaß zusammen, sie mag ihn. Wieso musste sie ihn bloß im Rahmen des Lebensborn-Programms kennenlernen? Das verkompliziert alles und macht es noch schwerer. Denn paradoxerweise mag sie ihn bereits zu sehr, um einfach so auf Befehl ein Kind mit ihm zeugen zu können. Einmal mit ihm schlafen und danach – nichts? Wann immer sie gestern in ihren Gesprächen das Thema streiften, schien er genauso wenig begeistert von der Aussicht auf einen von oben verordneten Fortpflanzungsakt zu sein. Nach dem gemeinsamen Abend scheint es Waltraud kaum noch möglich, alles geschäftsmäßig abzuwickeln – dafür sind nun zu viele Gefühle im Spiel. Sie sind überhaupt ein komisches Lebensborn-Paar: Rüdigers Ahnenreihe ist geradezu Ehrfurcht einflößend, wogegen sie nicht einmal einen vollständigen Abstammungsnachweis erbringen kann. Und doch hat sie der Lebensborn zusammengeführt, wenn auch aus ganz verschiedenen Motiven. Rüdigers Teilnahme ergab sich logisch aus seiner Familientradition und seinem Pflichtgefühl – Waltraud wurde von ihrer Hoffnung auf die Offizierslaufbahn zur Teilnahme verleitet. Er tat es aus Pflicht, sie aus Eigennutz; sie fühlt sich erbärmlich.

Was Rüdiger ihr am Strand erzählt hat, hat sie in vielerlei Hinsicht erschreckt: Nicht bloß wovon er erzählt hat, das Morden und Sterben, sondern auch wie er erzählte, wie plötzlich seine Stimme brach. Und dann das Dorf – dieser tödliche Ort, dem er allein entronnen war. Nicht auszudenken, wenn eine der massakrierten Frauen Bogdans Schwester gewesen wäre, wenn der Wehrbauernhof ausgerechnet den Siedlern gehört hätte, für die sie arbeiten muss! Natürlich ist es ein Auftrag gewesen, wie er jedem Soldaten hätte erteilt werden können – auch ihr, wenn sie tatsächlich Offizier würde. Gehen ihre Skrupel also nicht zu weit? Wäre das nicht schon Wehrkraftzersetzung[137], wenn sie im Krieg an Befehlen zweifelte?

Sie ist ganz aufgelöst: Alles widerspricht sich, nichts ergibt Sinn. Einerseits verachtet sie Rüdiger dafür, dass er an dem Massaker dieser wehrlosen Menschen beteiligt war, andererseits bedauert sie ihn, weil er sich dabei selbst schwere Verletzungen zugezogen hat, offensichtliche am Leib, aber schlimmere noch an der Seele. Sein Mitleid mit dem Mädchen macht alles noch komplizierter – wie könnte sie ihn verurteilen? Und sie selbst – was hätte denn sie in dieser Situation getan? Waltraud weiß es nicht, es graut ihr vor ihr selbst. Was hat das Zusammentreffen mit Bogdan nur mit ihr angestellt? Ihre durchorganisierte Welt droht aus den Fugen zu geraten. Das kann sie nicht zulassen, alles muss sich wieder zusammenfügen – nur wie? Am liebsten würde sie mit ihrer Mutter oder Ingeborg darüber sprechen, doch das traut sie sich nicht. Ihre Mutter hat heute schon mehrfach versucht, sie über Grußrune und Sippenbuch zu kontaktieren. Doch Waltraud hat darauf nicht reagiert. Sie wusste, dass ihre Verwirrtheit die Mutter nur tiefer beunruhigt hätte, und ebenso, dass sie jeglichen Verstellungsversuch durchschaut hätte. Waltraud zweifelt auch daran, dass Ingeborg ihr helfen könnte: Ingeborgs Meinung zu Bogdan ist eindeutig, sie will kein Offizier werden und sie hat nicht denselben Blutshintergrund – wie könnte sie Waltraud verstehen? Zum ersten Mal in ihrem jungen Leben fühlt sich Waltraud wirklich allein; es gibt keine einfachen Antworten mehr und niemand kann ihr raten, niemand die Entscheidung abnehmen. Eigenständig und eigenverantwortlich muss sie ihr Schicksal selbst in die Hand nehmen. Noch lange liegt sie wach, nur ihre neuen ausgestopften Freunde sind stumme Zeugen ihres Ringens.

Der nächste Tag beginnt mit einer Nachricht von Rüdiger: Per Rune hat er ihr ein Bild geschickt, das ihn zeigt, wie er mit der kleinen Taschenlampe vom Rummel in seine Nase leuchtet. Darunter der Text: *Endlich verortete Gehirnforscher Dr. Dr. Pflaum den Ursprung der Albernheit.*

Zukünftig wird dieser unter lokaler Betäubung allen Vor-
schulkindern nasal entnommen.

»Dein Soldat ist nicht nur gut aussehend und intelligent, sondern sogar witzig, du hast echt Glück!«, flötet ihr Ingeborg überraschend von hinten ins Ohr.

»Er ist nicht *Mein Soldat!* Außerdem ist er ausgesprochen kindisch, wie du unschwer erkennen kannst«, widerspricht Waltraud sofort – das kommt aber nicht von Herzen. Sie mag es sich zwar kaum eingestehen, doch sie freut sich sehr über Rüdigers Nachricht und kann ein Lächeln nicht unterdrücken. Noch im Nachthemd nimmt sie ein Selbi[138] mit dem Addibär auf und schickt es ihm mit der Zeile: *Mit Bärenkräften zum Endsieg.* Dann zieht sie sich eilig an und sprintet zum Appell.

Im Laufe des Tages versucht Ingeborg immer wieder, mit ihr ins Gespräch zu kommen. Doch weder steht Waltraud heute der Sinn danach noch hat sie die Zeit dazu, sie hat keine Sekunde zu verschenken. Denn heute kommt einiges zu ihren Routineaufgaben hinzu: Bereits beim Frühstück hat sie einen Fragebogen auszufüllen, der der Evaluation des gestrigen Treffens gilt und ihr über die Lebensborn-Rune angezeigt wird. Es erscheinen allgemeine Fragen zu Ablauf und Organisation, jedoch auch sehr intime Fragen zur Einschätzung des Partners. Wie Rüdiger wohl die nämlichen Fragen über sie beantworten wird?

Am Nachmittag steht die Generalprobe für die abendliche Aufführung an; auf elf Uhr ist der erste Pflichttermin beim Zuchtwart im Krankenhaustrakt angesetzt. Diese Untersuchung flößt Waltraud ein abgrundtiefes Unbehagen ein. Gestern beim Lebensborn-Treffen hatte sie ja schon Gelegenheit, den Mann während seiner langweiligen Ansprache in Augenschein zu nehmen: Er war ihr alles andere als sympathisch gewesen.

Auf dem Weg zur Untersuchung versucht Waltraud, ihre Gedanken etwas zu ordnen. Offenbar fühlt sie sich zu zwei sehr verschiedenen Männern hingezogen, wobei ihre Zuneigung in beiden Fällen aussichtslos ist, da sie mit keinem der beiden eine dauerhafte Bindung eingehen kann. Zwischen Bogdan und ihr steht die Blutschranke[139] – und zwischen Rüdiger und ihr ebenfalls, nur mit umgekehrten Vorzeichen. Ihm ist sie blutsmäßig aufgrund des Adels seiner Ahnenreihe gnadenlos unterlegen. Also gäbe es mit Bogdan nur die Blutschande, die sein Todesurteil wäre, mit Rüdiger nur die geschäftsmäßige Züchtung von Führernachwuchs, was immerhin ihr zur Ehre gereichte. Doch beides fühlt sich falsch an! Die logische Auseinandersetzung führt sie an dieser Stelle nicht weiter: Egal welche Variablen sie in die Gleichung ihrer Gefühle einsetzt, nie erhält sie eine Lösung, sondern bloß eine weitere Ungleichung. Sie wird unversehens aus ihren Gedankengängen gerissen, als ein Verwundeter neben ihr mit seinen Krücken strauchelt und beinahe zu Boden stürzt.

Reflexartig fängt sie ihn im Fallen auf und hilft ihm wieder auf die Beine. Verschämt erduldet er ihre Hilfe und ist dann bemüht, sich möglichst rasch aus ihrem Sichtfeld zu entfernen. Mitleidig blickt sie ihm hinterher: ein junger Mann, der linke Unterschenkel amputiert, das Gesicht ausgebrannt. Unwillkürlich muss sie an Rüdiger denken. Im

Einsatz könnte ihm jederzeit etwas Ähnliches zustoßen, diese Vorstellung beunruhigt sie. Was wohl die Geschichte des jungen Mannes ist, ob ein Mädchen sehnsüchtig auf ihn wartet? Als sie ihm so nachsinnt, bemerkt sie erst, dass in diesem Teil des Bades keine properen, fröhlichen Gäste wandeln. Sie steht inmitten eines unruhigen Stromes von Versehrten, sie kriechen und humpeln an ihr vorbei, mancher wird in einem Rollstuhl geschoben. Die meisten Invaliden sind Männer, doch ein paar Frauen sind ebenfalls darunter – Waltraud hat den Eindruck, sie wären besonders schwer verletzt. Es ist noch gar nicht lange her, da hatte sie sich darauf gefreut, einmal mit ihrer Familie als Urlauber nach Prora zu kommen; nun wird ihr klar, dass das vielleicht niemals passieren wird. Ja, dass es, sollte sie Offizier werden, nicht unwahrscheinlich ist, dass sie stattdessen hier im Krankenbereich entlangschleichen wird, als ein Schatten ihrer selbst, traumatisiert, versehrt an Leib und Seele; während ihr Mann und ihre Kinder krank vor Sorge zu Hause sitzen. Möglicherweise sollte ein Offizier besser keine Familie haben – zu wenig Zeit, zu viele Verletzungen.

Überall heißt es, es sei eine heilige Handlung, sich für das Vaterland zu opfern. Das sind Worte, die im Angesicht dieser Menschen wohlfeil und hohl wirken. Waltrauds Welt ist komplizierter geworden, gewohnte Konstanten lösen sich auf, ihr Koordinatensystem verschwimmt. Die neue Realität ist facettenreicher, doch unverständlicher. In so vielen Angelegenheiten muss sie sich plötzlich eine eigene Meinung bilden und sie ahnt, dass es ihr einiges abverlangen wird, diese standhaft zu vertreten. Je größer die innere

Freiheit, desto beißender der äußere Zwang. Die Mienen der glücklosen Opferwilligen um sie herum brennen sich in ihre Seele.

Mühsam reißt sie sich von ihrem Anblick los, geht weiter und erreicht bald das Krankenhaus, wo man sie ins Wartezimmer bittet. Sie wartet nicht lange, dann wird ihr Name aufgerufen und sie wird in einen gleißend hellen Raum geführt. Er ist so reinlich und keimfrei, dass Tische und Stühle über dem gekachelten Boden zu schweben scheinen. Hinter einer riesigen Schreibtischplatte thront der Zuchtwart. An diesem Ort trägt er einen weißen Kittel, darunter hat er sich jedoch die Lebensborn-Nadel an den Hemdkragen gesteckt. Wie ein Chamäleon löst er sich mit seinem Kittel, seiner blassen Haut und seinen schlohweißen Haaren vor der kreidebleichen Wand auf. Für jemanden, der eine rassische Elite erschaffen soll, sieht er sehr ungesund aus – als litte er unter Bewegungsmangel oder käme zu selten an die frische Luft. Seine Haut ist seltsam aufgedunsen und teigig.

»Nehmen Sie bitte Platz, Fräulein Waltraud. Ich habe das Stammbuch von Ihnen und Ihren Familienangehörigen bereits gesichtet. Im Rahmen der genetischen Reguntersuchung wurde Ihr Genom ja bereits unmittelbar nach Ihrer Geburt analysiert und ausgewertet. Aufgrund der Ergebnisse dieser Sequenzierung und den Bewertungen Ihrer Lehrer, Ihrer Führerin im BDM und Maidenunterführerin Heller kann ich Ihnen hiermit bestätigen, dass Sie dem Auslesevorbild entsprechen: Sie sind ein leiblich und seelisch erbtüchtiger[94] Mensch deutscher Prägung.«

Diese Ergebnisse liest der Eugeniker dienstbeflissen von einer Alltafel ab. Bis jetzt hat er sein Gegenüber nicht ein einziges Mal angesehen, die Hülle, welche die Erbinformationen umgibt, ist für ihn nicht von Belang. Das einzig Relevante ist für ihn nur auf dem Bildschirm zu erkennen: die innere, wahre Struktur der Dinge, DNA-Stränge mit multiplen Basenpaarungen. Allein auf die Paarung kommt es an, sie bestimmt den Wert jedes Lebewesens. Kurz lächelt er versonnen im Angesicht der vollkommenen Schönheit und Perfektion der Natur, dann wendet er sich, wieder missmutig, seinen banalen Aufgaben zu.

»Bitte füllen Sie kurz diesen Fragenbogen aus, im Anschluss daran führen wir die obligatorischen Untersuchungen zur Fruchtbarkeit durch«, ergänzt der Zuchtwart, den Blick unverwandt auf den Tisch gerichtet, als er ihr die Alltafel anreicht.

Stumm nimmt Waltraud die Tafel entgegen und beantwortet Fragen zum letzten Zyklus, ihren sportlichen Aktivitäten sowie zur Einnahme von Rauschmitteln.

Daraufhin wird sie von einer Assistentin in einen anderen Raum geführt, wo diese Waltraud abtastet, um ihre Jungfräulichkeit zu bestätigen. Eine tonnenartige Maschine führt die totale Durchleuchtung ihres nackten Körpers durch und Stück für Stück liefert sie gestochen scharfe Bilder ihres Unterleibs. Waltraud befürchtet schon, dass nach der physischen Bestandsaufnahme noch Elektroden in ihr Hirn gesenkt werden, um ihre Weltanschauung festzustellen und die Eignungsprüfung zu komplettieren. Stattdessen reicht ihr jedoch eine freundliche Schwester ihre Kleidung und ermahnt sie nochmals eindringlich, künftig besonders gut auf sich achtzugeben und vor allem Alkohol zu meiden. Weiter erklärt die Schwester, dass erst nach der Auswertung ihrer Daten der optimale Empfängnistermin bestimmt werden könne, der Geschlechtsverkehr aber in jedem Fall unter kontrollierten Bedingungen im Krankenhaustrakt stattfinden werde. Diesen Termin und alle zukünftigen Regeltermine erhalte Waltraud in den nächsten Tagen über den VE.

Verstört kämpft sie sich aus dem medizinischen Labor und hinaus auf die Straßen des Seebads. Sie fühlt sich gedemütigt, beschmutzt, würdelos – als wäre sie keine Person mehr, sondern eine Gebärmaschine, die man bedenkenlos auf ihren genetischen Nutzen reduzieren darf. Rüdiger wird es hier kaum besser ergehen, höchstens dass sie ihn in doppelter Hinsicht nützlich finden werden: Samenspender und Kriegsmaterial. Diese Soldaten um sie herum: alles verbrauchtes Menschenmaterial. Wie gern teilte sie jetzt ihre Bedenken mit einem der Kranken, um sich nicht so allein und hilflos in dieser Maschinerie zu fühlen! Fieberhaft sucht sie in den Gesichtern der Invaliden verbindende, vertraute Gedanken. Doch die meisten sind in sich gekehrt, von Schmerzen und Kummer gezeichnet – nein, hier wird sie keine Seelenverwandten finden. In Gedanken geht sie die Reihe ihrer Vertrauten und Lieben durch: ihre Familie, unmöglich; Ingeborg, nein; Parteifreunde, niemals. Sie würden ihre Gefühle nur als Zeichen einer inneren Entartung deuten, die unweigerlich zum Verlust der wehrhaften Veranlagung führen müsse. In deren Augen hätte Waltraud die wichtigste nordische Eigenheit also bereits verloren.

So lichten sich die Reihen, bis nur noch zwei Menschen übrig bleiben: Bogdan und Rüdiger. Männer, die sie kaum kennt, mit denen sie sich jedoch schicksalhaft verbunden fühlt. Wie sehr sehnt sie sich danach, mit ihnen zu sprechen. Bogdan hat sie zu sich ins Gewächshaus eingeladen, dort könnte sie sich ihm anvertrauen und bei ihm wäre ihr Geheimnis sicher. Es wäre jedoch ein erhebliches Risiko, ohne Auftrag zu ihm zu gehen. Mit Rüdiger könnte sie sich dagegen jederzeit treffen. Doch würde er sie wirklich verstehen, könnte sie ihm vertrauen? Oder würde er sie um seiner Familie und seiner Ehre willen verraten?

In ihre Zweifel hinein vibriert plötzlich der VE mit einer neuen Nachricht von Rüdiger: Er werde heute Abend die Göttin der Schauspielkunst anbeten, und zwar aus der ersten Reihe. Bei Hedwig: die Aufführung!

Danach steht ihr überhaupt nicht der Sinn, wie soll sie sich denn heute auf so etwas Unwesentliches konzentrieren können? Wenigstens weiß sie jetzt, dass sie nach der Vorstellung mit Rüdiger sprechen können wird. Unbändig hatte sie sich in den letzten Wochen auf die Aufführung des Theaterstückes gefreut, so gern hatte sie mit den Gästen gearbeitet und geprobt – und jetzt ist das alles unendlich weit weg, als hätte die ganze Zeit über eine Doppelgängerin die Proben betreut.

Wie durch Treibsand muss sich Waltraud die Strecke zur Kantine Meter um Meter erkämpfen. Ihre Fahrigkeit und Unaufmerksamkeit, die ihren Kameradinnen natürlich nicht verborgen bleiben, entschuldigt sie mit der Aufregung wegen der anstehenden Premiere ihres Stückes. Alle

Mädchen freuen sich schon sehr auf die Aufführung und versprechen, abends im Zuschauersaal die Menge mit ihrer Begeisterung mitzureißen. Nur Isolde beobachtet Waltraud mit kaum verhohlener Feindschaft.

Auf dem Gelände des Seebades kündigen an jeder Ecke Plakate die Aufführung an und vor den meisten finden sich kleine Gruppen von Urlaubern zusammen. In einer entdeckt Waltraud auch einen der Laienschauspieler, der wild gestikulierend auf seinen eigenen Namen oder den Titel des Stückes auf dem Plakat zeigt. Die Bekannten und Freunde lächeln dann anerkennend, klopfen ihm auf den Rücken und sichern ihren Besuch zu. Sie werden ein ausgesprochen dankbares Publikum bilden: Jede gelungene Einlage werden sie beklatschen und jeden Fehler ausgelassen, aber ohne Häme bejohlen. Allerdings wird eine Unmenge an Bildern und Filmen jedes noch so peinliche Detail im Netz ausleuchten. Als Waltraud etwas widerwillig die Treppe zur Bühne emporsteigt, herrscht dort bereits eine geschäftige Stimmung voller Vorfreude. Die Genossen der festen Schauspieltruppe des Bades wiederholen ihre Monologe, drei von ihnen proben in einer Ecke eine der Tanzszenen. Ein Hilfsarbeiter bringt Waltraud ihr Kostüm, welches sie in das Fräulein Hüttl verwandeln wird. Ihre Requisiten als Sekretärin – eine ziemlich klischeehafte Hornbrille und die obligatorische Schreibmaschine – liegen schon am Bühnenrand bereit. Willy Scholz, die Rolle des Autobusschaffners aus Berlin, wie Germania doch früher hieß, hilft gerade Hubert Horn, dem Bibliothekar aus Augsburg, in den Badeanzug: ein gestreiftes Unding, wie es die Männer unbegreiflicherweise bis in die Vierzigerjahre hinein trugen. Es sieht so lächerlich aus, dass Waltraud für einen Augenblick ihre Sorgen vergisst. Unvermittelt bemerkt sie das Blumenmeer für die Schluss-Szene auf Madeira. Angespannt schaut sie sich nach Bogdan um, doch er ist nirgends zu sehen, ebenso wenig irgendein anderer Ostarbeiter in gelber Montur. Hastig läuft sie zum Hintereingang, aber auch dort ist – niemand. Enttäuscht geht sie zur Bühne zurück, wo sie die mittlerweile vertrauten Pflanzen ein wenig trösten: »Guten Tag, liebe Flamingoblume, du bist so wunderbar, so ohnegleichen!« Liebevoll beugt sie sich zur Blume und streichelt einen der großen roten Blütenstände. Und das Wunder geschieht: Mit der Stimme der Heimat, vertraut und heimlich, antwortet das zarte Wesen, der Ruf lässt eine Saite in Waltraud erklingen – sie hat sich entschieden. Nach der Vorstellung wird sie zu Bogdan gehen.

Die Generalprobe vergeht wie im Flug. Draußen ist es bereits dunkel geworden, das Licht wird gedimmt: Das erste Bühnenbild steht, alle Akteure haben ihre Plätze eingenommen, flüsternd gibt die Wärterin letzte Regieanweisungen; der große samtene Vorhang ist noch geschlossen. Durch einen kleinen Spalt an seiner Seite sieht Waltraud ein letztes Mal den leeren Zuschauersaal, der festlich erstrahlt: Große Lüster tauchen die Stuhlreihen in ein warmes Licht. Vom Empfangsbereich her dringen Stimmen bis hinter den Bühnenvorhang; über 2 000 Zuschauer werden erwartet, die Vorstellung ist seit Tagen ausverkauft. Der erste Gongschlag lässt die Bühne vibrieren und mit ihr die Herzen aller am Stück Beteiligten – die Laienschauspieler kämpfen mit ihren Nerven. Das Getrappel Tausender Füße versetzt die

Bühne erneut in Schwingung. Der Lärm schwächt sich nach und nach ab, beim dritten Gong ist allein noch das schnappende Geräusch einzelner Klappsitze und das Summen der Hundertschaften aufnahmebereiter VE zu hören. Und jäh: Stille, gleißendes Licht, endlich hebt sich der Vorhang. Ein volltönendes Schiffshorn füllt den Saal und nimmt das Publikum mit auf eine Reise durch Europa.

Als der Vorhang sich wieder senkt, liegen sich die Schauspieler mit Tränen in den Augen in den Armen, bedanken und beglückwünschen sich gegenseitig; die Techniker bedienen ungerührt weiterhin professionell die Lichtanlage; die Bühnenbildner bauen derweil geschäftig die ersten Elemente ab.

Unter einem Beifallssturm hebt sich abermals der Vorhang: Einzeln, in Gruppen, alle gemeinsam verbeugen sich die Darsteller vor den Zuschauern. Rüdiger hat Wort gehalten und sitzt in der ersten Reihe, jetzt wirft er Waltraud einzelne Rosen zu, pfeift und klatscht frenetisch. Schon in ihrer ersten Szene hatte sie ihn auf seinem exponierten Platz ausgemacht, was sie zuerst völlig aus dem Konzept brachte und beinahe ihren Einsatz verpassen ließ. Es ging dann aber doch alles gut, die gesamte Vorstellung verlief reibungslos. Bis auf ein Missgeschick der titelgebenden Hauptrolle, Julius Petermann, der bei einer Tanzeinlage ausrutschte und eine germanische Flachgrätsche hinlegte. Aus den Lachsalven, die daraufhin losbrachen, meinte Waltraud das Kreischen von Ingeborg und ihren Kameradinnen heraushören zu können.

Für alle Gäste, die beim Stück mitspielen durften, sind solche Aufführungen vor vollem Haus der Höhepunkt ihres Urlaubes; viele gehen ganz in ihrer Rolle auf. Da die meisten keinen musischen Beruf ausüben, erhalten sie hier die Freiheit, eine ganz neue Seite an sich zu entdecken und kennenzulernen. Das Hochgefühl und rauschhafte Empfinden trägt das Ensemble mit auf den kleinen Empfang, welcher im Anschluss in den Räumlichkeiten des Theaters stattfindet. Neben der Besetzung finden sich beim Empfang vor allem die höheren Dienstgrade ein; fast jeder, der eine wichtige Funktion im Seebad innehat, ist anwesend. Die Kulturwärterin spricht aufgeregt vor einer Gruppe in Ausgehuniform. Aus der Gruppe kennt Waltraud nur die Maidenunterführerin Heller und den Leiter der Gärtnerei.

»Eine gelungene Aufführung, nicht wahr? Alle haben so wunderbar zusammengearbeitet. Ich liebe die Klassiker, ihre Motive sind einfach unvergänglich«, zwitschert die Regisseurin.

»Doch darüber hinaus haben Sie dem Ganzen eine Aktualität eingehaucht, die ich bemerkenswert finde. Gerade für unsere Jugend muss man die Anfänge der Bewegung lebendig erhalten. Früher war es absolut nicht selbstverständlich, dass jeder Genosse in den Urlaub fahren konnte. Heute meinen wir dagegen, ein Sommer- und ein Winterurlaub seien schon das Minimum. Wie hat doch die Partei die Lebensqualität unseres Volkes verbessert!«, führt ein elegant aussehender, schlanker Mann aus, dem alle eilfertig zustimmen.

Aus dem Augenwinkel hat die Kulturwärterin Waltraud erspäht und winkt sie ungestüm zu sich und der Gruppe heran:

»Hier haben wir eine besondere Zierde der deutschen Jugend. Darf ich Ihnen Waltraud vom Arbeitsdienst vorstellen? Sie hat uns nicht nur hervorragend im Vorfeld bei der Organisation unterstützt, sondern zudem heute Abend das Fräulein Hüttl verkörpert – sehr überzeugend, wie ich fand.«

Mit leichtem Klatschen zollt die Gruppe Waltraud Respekt für ihre schauspielerische Leistung, sie dankt mit einem stillen Knicks.

»Zurückhaltung scheint eine weitere Ihrer weiblichen Tugenden zu sein. Wie ich sehe, nehmen Sie am Lebensborn teil, interessant«, bemerkt der hochgewachsene Mann, ein SS-Obersturmführer, dem Waltrauds Lebensborn-Nadel sogleich aufgefallen ist.

»Auf meine ausdrückliche Empfehlung«, ergänzt die Maidenunterführerin, in der Hoffnung, dass ein bisschen von der Anerkennung, die Waltraud zuteilwird, auch auf sie übergeht. Es hören jedoch alle nur dem Offizier zu, der ruhig fortfährt.

»Darf ich mich vorstellen? SS-Obersturmführer Heisenberg, Leiter der Informationsabteilung. Wer ist denn ihr Partner im Lebensborn? Hauptmann Pflaum, ah ja! Sehr alte und ehrenvolle Sippe, Glückwunsch! – Und Soldat möchten Sie auch noch werden, Sie haben wirklich eine ausgeprägt nordische Gesinnung. Daraus könnte die Propagandaabteilung eine schöne Geschichte machen: Ein einfaches Mädchen leistet täglich seinen Dienst am Vaterland – sei es nun im Arbeitsdienst, im Lebensborn oder später einmal an der Front. Sie sind ein Vorbild für unsere Jugend, ich lasse Ihnen einen Termin bei mir einstellen.«

Sein Redefluss wird von einem Kellner unterbrochen, der den Anwesenden Sekt von einem Tablett reicht.

»Lassen Sie uns auf die Führerin anstoßen, den Inbegriff der deutschen Weiblichkeit!«

Einen Moment zögert Waltraud, weil sie sich der Ermahnung der Krankenschwester erinnert, aber dann stößt sie auf das Wohl der Führerin mit an. Erstens wäre es unhöflich, nicht mitzutrinken, zweitens kann sie ja unmöglich schwanger sein. Bei all den Lobpreisungen und dem Gerede von Vorbild und Ideal fühlt sie sich extrem unwohl, kommt sich vor wie eine Hochstaplerin, nicht wie eine Kämpferin des Glaubens; ihr Glas leert sie in einem Zug. Mit all ihren Zweifeln soll sie nun also auch noch ins Rampenlicht gezerrt werden, das wird alles noch schlimmer machen. Die Aufführung und der Empfang sind für Waltraud eine nicht enden wollende Geduldsprobe. Mittlerweile wünscht sie sich, sie hätte überhaupt nicht daran teilgenommen. Sie sehnt den Zeitpunkt herbei, an dem sie sich unauffällig zurückziehen kann. Innerlich ist sie weit entfernt von dem Trubel um sie herum, selbst mit ihrem Körper fühlt sie sich kaum mehr verbunden. Eigentlich ist ihr ganzes Leben eine Aufführung, denkt sie, in der sie nicht die Hauptrolle, sondern nur einen Statisten spielt.

Zu allem Überfluss gesellt sich nun Rüdiger, unpassend frohgemut, zur Gruppe.

»Wenn man vom Bolschewiken spricht! Wen haben wir denn da? Hauptmann Pflaum«, begrüßt ihn der Leiter der Informationsabteilung, der anscheinend jeden im Seebad kennt.

Mit einem großen Rosenstrauß in der Hand und mit glänzenden Augen stellt sich Rüdiger neben Waltraud. Sein zackiges »Heil Hedwig!« bringt eine martialische Stimmung in die Runde. Noch einmal ergreift SS-Sturmbannführer Heisenberg das Wort.

»Von Ihnen hört man nur die erstaunlichsten Berichte, zuletzt über einen dramatischen Einsatz im Osten.«

»Danke, Herr Sturmbannführer.«

Rüdiger verbeugt sich tief, zu tief und zu servil für Waltrauds Empfinden. Wenn sie an die Versehrten im Krankentrakt zurückdenkt, scheint es ihr unziemlich, für das Anführen eines Mordkommandos auch noch Anerkennung zu erheischen.

»Wie ich sehe, sind Sie gekommen, um Ihrer Partnerin zu gratulieren. Nur zu, Sie dürfen sich gern entfernen.«

Noch einmal dienert Rüdiger in die Runde und zieht Waltraud dann in eine ruhigere Ecke. Von einem der fliegenden Tabletts nimmt er zwei Sektgläser: »Auf unseren neuen Stern am Künstlerhimmel!«

Sie stoßen an und Waltraud leert das Glas abermals in einem Zug. Da sie vor lauter Aufregung seit dem Mittag nichts zu sich genommen hat, spürt sie eine leichte Benommenheit.

»Und, wie hat dir das Stück gefallen?«

»Du warst ein Traum, ich hätte dir die ganze Zeit zuschauen können! Das Stück ist allerdings nicht mein Fall: Ich habe es bestimmt schon hundert Mal gesehen, es ist ein bisschen langweilig und die Tanzszenen sind ziemlich peinlich« – an dieser Stelle lacht er hell auf – »Zuerst habe ich tatsächlich gedacht, der Ausrutscher von Petermann gehöre zur Choreografie, das sagt ja wohl schon alles. Aber es ist ja auch hauptsächlich für die Urlauber und für die ist es sicherlich eine schöne Erinnerung.«

Die Antwort gefällt Waltraud überhaupt nicht, da sie jeglichen Respekt für die Anstrengungen der Laienschauspieler vermissen lässt. Ihre Stimmung verfinstert sich zusehends; sie greift sich ein weiteres Glas Sekt.

»Für die Königin der Nacht – die Königin der Blumen«, Rüdiger macht einen Schritt auf sie zu, sodass sie sich ganz nah gegenüberstehen – nur die Blumen sind noch zwischen ihnen.

Das Sektglas in der rechten Hand, nimmt Waltraud die Rosen mit der linken in Empfang. Umsonst ist sie dabei besonders vorsichtig, denn wie sie bald bemerkt, sind die Stiele der Rosen stachellos.

»Diese Rosen haben ja gar keine Dornen, so hättest du wohl gerne deine *Königin*.« Ihr Ton ist ziemlich abschätzig, schon liegt das nächste Glas in ihrer Hand. Betroffen tritt Rüdiger wieder einen Schritt zurück.

»Was redest du denn? Ich wusste doch gar nicht, dass sie keine Dornen haben. Ich habe einfach schöne Blumen für dich ausgesucht. Die Verkäuferin meinte, diese hier seien Blutrosen, eine ADR[140]. Im Übrigen ähnelst du sowieso eher einer Hagebutte«, gibt er gekränkt zurück.

»Erst bin ich eine Königin und nun eine langweilige Hagebutte! – Wusstest du eigentlich, dass die Rose bei den alten Germanen ein Todessymbol war? – Was willst du überhaupt? Du musst dich mal entscheiden!«, wirft sie ihm vor, inzwischen leicht lallend. Sie hat sich in Rage geredet und kann sich kaum noch zügeln.

»Außerdem mag ich keine Rosen, exotische Blumen gefallen mir viel besser.«

»So, so, tut mir leid wenn dir meine Rosen nicht behagen. Ich wollte nur nett sein. Aber keine Sorge: Den Fehler werde ich kein zweites Mal machen!«

Waltrauds Kraft ist mit einem Mal verschwunden und sie kann die Fassade nicht eine Sekunde länger aufrechterhalten. Die Verwirrungen der letzten Tage und die Anspannung während dieses langen Theaterabends haben ihren Tribut gefordert. Mit einem Aufschrei entlädt sich ihre aufgestaute Frustration.

»Umso besser! Das Einzige, was uns nämlich verbindet, ist unser gemeinsamer Fortpflanzungsbefehl. Und der hat nichts mit Gefühlen zu tun, sondern bloß mit unseren Genen. Du brauchst also gar nicht nett zu mir zu sein. Im Übrigen hätte das auch gar keinen Sinn, denn ich konnte dich von Anfang an nicht ausstehen – und dabei wird es auch bleiben, egal was du tust!«

Verletzt schaut er sie kurz an, dann dreht er sich auf dem Absatz um und verlässt den Raum. Kurz starrt sie ihm unsicher hinterher, nur um so erbitterter die Rosen in den nächsten Abfalleimer zu stopfen. Als sie wieder zu sich kommt, steht sie schon vor dem Tropenhaus der Gärtnerei. Die Kühle der Nacht hat sowohl ihre Wut als auch ihren Rausch abklingen lassen. Im Gegensatz zum Trubel auf dem Empfang herrscht hier draußen eine angenehme Ruhe – die Sterne funkeln beständig und beruhigend über ihrem

Haupt, sanft rauscht es in den Kronen des Waldes, der diesen Ort vom geschäftigen Treiben des Seebades trennt. Waltraud ist froh hier zu sein, weit ab von all den Menschen, die etwas von ihr wollen, die an ihr ziehen und zerren. Und weit ab von Rüdiger mit seinen glatten Zuchtrosen. – Und doch hatte er es nur lieb gemeint, dessen wird sie sich jetzt bewusst. Plötzlich schämt sie sich und würde ihre Worte gerne ungeschehen machen. Warum musste sie auch so viel trinken? Erschöpft setzt sie sich auf einen Baumstumpf, der einsam zwischen den Beeten aus der Erde ragt; und fängt an bitterlich zu weinen. Warum ist sie bloß hergekommen, was will sie hier? Wie kann sie Bogdan nur so in Gefahr bringen? Alles erscheint ihr sinnlos, sie weiß nicht mehr, wohin sie gehört, wohin sie gehen soll. Die Gestirne blitzen aus der Ferne kalt und abweisend auf sie nieder, die Bäume ächzen und stöhnen im Wind. Es gibt keine Rettung in dieser Welt, jeder kämpft für sich allein gegen Windmühlen. In ihre Verzweiflung klingt aus dem Tropenhaus eine vertraute Weise und ein schwaches Licht flackert auf einmal zwischen den Palmen. Die milchigen Glasscheiben des Gewächshauses streuen den Schein über die Beete. Ein Hort der Einkehr – Bogdan, er ist noch wach, er ruft nach ihr. Wie in Trance strebt Waltraud zur Tür und betritt das Gewächshaus; Worte und Töne bilden den Pfad, dem sie nachgiebig folgt, aus dem Dunkel ins Licht.

Im Kerzenschein steht Bogdan an seinem Arbeitstisch und pflanzt behutsam winzige rosa Orchideen in irdene Töpfe und bedeckt sie zärtlich mit frischem Moos, dazu singt er die Blumen mit einem russischen Wiegenlied in den Schlaf. Es riecht nach Bienenwachs und Feuerholz, ein Kachelofen spendet wohlige Wärme, vor ihm kuschelt ein Kind mit einer schwarzen Katze. In einer anderen Ecke der Stube schläft ein struppiger Hund auf dem rustikalen Holzboden, über dem offenen Feuer hängt ein Topf, in dem eine kräftige Suppe brodelt. Eine alte Frau in schlichter Tracht rührt die Suppe geduldig mit einem Holzlöffel, der Löffel kreist im Topf herum und herum. Das Kind – ein kleines Mädchen – ist gerade erst aufgewacht, reckt und streckt sich und schaut seiner Großmutter interessiert mit großen, grünen Augen zu. Woher kennt sie diese Augen?

»Jelena, bist du gekommen, dich von mir zu verabschieden? Ich habe schon geahnt, dass deine Zeit auf dieser Welt zu Ende geht. Lass dich von deinem Bruder ein letztes Mal umarmen. Grüße Vater und Mutter von mir. Nicht lange und ich werde euch nachfolgen.«

Während Waltrauds Gedanken noch in der wundersamen Stube in Russland weilen, bemerkt Bogdan sie und geht langsam auf sie zu. Er nimmt sie in den Arm, streichelt zärtlich ihre Wange und spricht tröstende Worte zu ihr:

»Meine Lena, gräme dich nicht und sei unbesorgt. Auch ich habe dich so vermisst, meine Gedanken haben dich immer begleitet.«

Waltraud begreift seine Worte nicht. Sie ist doch gar nicht seine Schwester. Sie muss ihm sagen, dass er sich irrt. Doch in seinen Armen fühlt sie sich wieder wie ein Kind; wie ein glückliches Kind, geborgen, geliebt, beschützt. Statt etwas zu sagen, das seinen Irrtum aufklärte, beginnt sie zu weinen, als er ihr Gesicht berührt. Liebevoll küsst er die Tränen von ihren Wangen. Dann hält er für einen kurzen Moment inne, seine Augen werden ganz klar, als käme sein Geist von einer weiten Reise zurück. Er erblickt Waltraud. Doch anstatt sie von sich zu stoßen, bleibt er ganz ruhig, nimmt ihr Gesicht in beide Hände, küsst sie auf die Stirn und schließlich auf den Mund. Eine Woge der Erregung durchströmt Waltraud und ihr ist, als habe sie ihr ganzes Leben nur auf diesen Augenblick gewartet. Ihr Körper war dafür erschaffen worden, sich mit diesem Menschen zu vereinen. Alle Gedanken und Erinnerungen und Hoffnungen verlassen Waltrauds Geist; es gibt kein Gestern und Morgen mehr, nur Hier und Jetzt; keine Familie und keine Partei mehr, nur zwei Lebewesen in der stillen, schwarzen Nacht. Gesetze und Regeln sind verblasst, verschwunden, allein Natur und Sinne bestehen. Wie im Rausch küsst sie ihn wieder, vergräbt ihre Hände in seinen Haaren und zieht ihn mit aller Macht an sich in die ursprünglichste aller Umarmungen. Wie von selbst gleiten ihre Kleider als überflüssige Relikte einer normierten Welt zu Boden. Ein Mann und eine Frau liegen ineinander verschlungen im Garten Eden. Ihre Leiber versinken in Mutter Erde, in der Fülle von Wurzeln, Blättern und Knospen. Haut an Haut, überall ein Tasten, Reiben, Schmecken, Berühren. Alles ist ein Taumel, ein entfesseltes Wallen des Blutes und der Körpersäfte, aufeinander zu, ineinander. Die Empfindung sprengt jedes Gefühl von Zeit und Raum, sie lösen sich auf, wie schon ihr Geist in der ekstatischen Verbindung. Die Vereinigung führt sie bis zur Geburt des Weltalls zurück, dort werden sie eins mit dem

Universum im anderen. Es ist der Allaugenblick, in dem sie alles erkennen und verstehen.

Aus diesen Sphären fallen sie jäh auf die Erde zurück, nackt und bloß. Kalt und zitternd auf dem Boden, verstoßen aus der Ursprünglichkeit, der sie leibhaftig geworden waren. Nur die Nähe des anderen, die sich in der Iris spiegelnde Milchstraße, erinnert noch daran. Wer einmal den Himmel erlebte, dem ist die Erde ein ungastlicher Ort, stumpfsinnig und trübe. Es ist unbegreiflich, wie irgendjemand überhaupt je in dieser Ödnis überleben konnte. Waltraud wacht zuerst auf, braucht eine Weile, um sich zu besinnen. Entsetzen steigt in ihr hoch, als sie allmählich die Situation zu erfassen beginnt: In welche Gefahr sie sich und Bogdan gebracht hat! Ihre Defloration wird unweigerlich bei der nächsten Regeluntersuchung bemerkt werden. Was wird geschehen, wenn sie heute ein Kind empfangen hat – mit ihr, mit dem Kind? Niemand, absolut niemand darf jemals davon erfahren. Vorsichtig erhebt sie sich, entfernt sich leise von Bogdan und zieht sich wieder an. Bevor sie geht – für immer – schaut sie lange auf sein Gesicht und seinen sehnigen Körper. Dann haucht sie einen Abschiedskuss auf seine Stirn und entflieht in den Wald. So schnell sie kann, rennt sie zu den Unterkünften zurück; einerseits, um vor dem Wecken anzukommen, und andererseits, um den Schmerz weniger spüren zu müssen. Kaum dass sie im Bett liegt, ertönt der Weckruf. Der Addibär und seine Kumpane blicken sie vorwurfsvoll mit ihren Knopfaugen an, übermüdet tätschelt Waltraud die weiche Backe des Bären. Ihr könnt mich nicht verstehen! Leicht lässt es sich richten, wenn man niemals gelebt hat – und du, ganz besonders du, hast nur Stroh im Kopf.

Die Kameradinnen auf ihrer Stube verhalten sich wie immer: Manche scherzen und kichern, andere ziehen konzentriert und stumm die Uniform für den Fahnenappell an. Keine kommt auf sie zu oder beachtet sie sonderlich; niemand scheint die Veränderung zu bemerken, die mit ihr vorgegangen ist. Ein derartiger Wesenswandel müsste sich doch auch in ihrem Äußeren niederschlagen; unmöglich, dass sie ihre Gesichtszüge, ihre Gesten und Blicke nicht verrieten! Aber wie wenig kennen sich doch die Menschen. Sie sind gefangen in sich selbst und zu keinem echten Kontakt fähig. Was auch immer jetzt noch passieren mag, Bogdan und Waltraud waren einander wirklich begegnet. Es bedurfte dafür keiner Worte, es gab zwischen ihnen ein unausgesprochenes Einverständnis und eine Nähe, von der Waltraud nie gedacht hätte, dass sie überhaupt zwischen Menschen möglich wäre. Dennoch haben sie keine Zukunft; wahrscheinlich wäre eine Verbindung so oder so keine Option, so unterschiedlich, wie ihre Herkunft und ihre Ziele sind. In der letzten Nacht aber hatten sie einander gebraucht – und das war wahrhaftig.

Weiter will und kann Waltraud im Moment nicht denken, es ist jetzt nicht die Zeit, sich Sorgen zu machen oder Pläne zu schmieden. Gleich nach dem Frühstück meldet sie sich für eine Sondereinheit Sport am Nachmittag. Ein Querfeldeinrennen um den Kleinen Jasmunder Bodden soll Körper und Geist reinigen. Drei Stunden dauert diese Tortur: Die Uferregion ist von Totholz übersät, der sandige

Boden gibt immer wieder unerwartet nach, fortwährend versperren Sträucher und umgefallene Baumstämme den Weg. Viele Läufer straucheln, einige stürzen, so auch Waltraud, die mit einer Erdkruste überzogen ist, als sie das Ziel erreicht. Am Abend geht sie zu dem kleinen See, wo sie Ingeborg von ihrer verhängnisvollen Verliebtheit erzählt hatte. Seitdem haben sie kein längeres Gespräch mehr miteinander geführt. Ach, Inge: Immer wieder sucht sie Waltrauds Nähe und will mit ihr sprechen. Doch Waltraud kann nicht, zu vieles trennt sie beide in diesen Tagen und zuallererst muss sie sich selbst Klarheit verschaffen. Es ist inzwischen Abend geworden. Der See versinkt in Dunkelheit, wird zu einer öden schwarzen Senke, denn weder Mond noch Sterne erleuchten den Himmel. Das Quaken der Frösche wirkt wie der letzte Abschiedsgruß an das eingetrocknete Gewässer. Konzentriert starrt Waltraud in das große, schwarze Nichts – denkt an ihre Mutter, an Rüdiger, Bogdan und sich selbst. Wer ist sie bloß und was will sie auf dieser Welt? Ihre Gedanken drehen sich in Kreisen, einzeln, gleichzeitig.

Manche Gedanken schießen auch kometenhaft durch ihren Geist: Das Treffen mit der Maidenunterführerin, die Einladung vom Informationsamt, Isoldes Abneigung. Das Zentrum ihres Entwurfes bildet sie selbst: Sie ist die Sonne, das Leitgestirn, die Gedanken sind die Planeten und bewegen sich auf jenen Bahnen, die sie ihnen zugewiesen hat. Alle müssen sie bestimmte Abstände zu ihr und untereinander einhalten – die innere Ordnung in diesem Kosmos steht. Erfahrung, Versuch und Irrtum, Erfolg und Scheitern bilden die Konstanten der Grundgesetze dieser Galaxie. So ist es gut; so soll es bleiben, bis die Sonne verglüht oder ein schwarzes Loch alles verschlingt.

Der Abendstern strahlt hell; ist er auch zuweilen nicht zu sehen, ist er doch immer da. Der Wandelstern Venus bot schon den ersten Seefahrern Orientierung als hellster Punkt am Firmament. Zufrieden betrachtet sie ihr Werk: Das Ebenmaß schenkt ihr eine innere Harmonie. Die Verzweiflung ist von Waltraud gewichen, sie hat neue Hoffnung geschöpft.

4

Am nächsten Morgen schreibt sie eine Nachricht an Rüdiger, in der sie ihn dazu einlädt, mit ihr zusammen einen Ausflug zu den Feuersteinfeldern zu unternehmen. Zu ihrer großen Erleichterung hat er die Nachricht prompt gelesen und für den Ausflug zugesagt. Nachmittags steht sie mit zwei Fahrrädern, die sie im Verleih des Seebades besorgt hat, vor dem Krankentrakt im Norden der Anlage. Vielleicht etwas zu sehr um Unauffälligkeit bemüht, hat sie Deckung unter einem der Alleebäume gesucht. Eine große Zahl an Fenstern blickt von der Rückseite des Krankenhauses auf sie nieder, doch keines lässt erahnen, was hinter ihm vorgeht. In ihrer Vorstellung starren Scharen von Zuchtwarten, Krankenschwestern und Ärzten auf sie nieder. Sie lehnt sich noch dichter an den Baum: Auf keinen Fall will sie in eine spontane Kontrolle oder auch nur ein Gespräch verwickelt werden. Endlich sieht sie Rüdiger aus einer der

Türen treten, er ist heute in Zivil, ebenso wie sie. Waltraud ist darüber erleichtert, weil sie so nicht immer sofort an Krieg und Vertreibung denken muss, wenn sie ihn ansieht. Im Gegensatz zu seiner gewohnten Art ist er heute nicht ausgelassen und frech; außer einem kurzen *Hallo* sagt er kein Wort, nimmt nur das Fahrrad entgegen. Beide treten kraftvoll in die Pedale und genießen den Fahrtwind und die Bewegung. Immer wieder müssen sie Fußgängern und entgegenkommenden Fahrradfahrern ausweichen. Die kleine Straße nach Sassnitz ist relativ schmal, wird aber von vielen Touristen genutzt; durchaus auch zum gemütlichen Flanieren, sodass zuweilen eine größere Gruppe unerwartet den Weg versperrt, weil sie geschlossen stehen geblieben ist, um auf das Meer zu blicken. Getrieben von einer inneren Unruhe, drosseln Waltraud und Rüdiger auch in diesen Situationen nicht ihr Tempo, sondern betrachten die Touristengruppen als einen Hindernisparcours, der besonders elegante und schnelle Ausweichmanöver verlangt. Sie erreichen daher außergewöhnlich zügig den Wanderweg, der von der Straße zu den Feuersteinfeldern abzweigt – dem Ziel ihres Ausfluges. Der Wanderweg wird immer schmaler und holpriger, je weiter er sie von der Straße fortführt, bis sie schließlich die Fahrräder nur noch schieben können. Wenig später entschließen sie sich, ganz auf die Räder zu verzichten, und lehnen sie an einen Baum; gewohnt zügig gehen sie zu Fuß weiter. Der Kiefernwald auf der schmalen Heide ist sehr dicht von vielfältigen Sträuchern und Gehölzen durchdrungen – keine Kiefernwüste, wie sie die Waldbauern sonst so lieben. In diesem Naturschutzgebiet wachsen die

Pflanzen ungehindert entsprechend ihren Möglichkeiten und schaffen dadurch Lebensraum für die unterschiedlichsten Insekten und größeren Tiere. Vereinzelte Wandergruppen kommen ihnen ab und zu in diesem urtümlichen Wald entgegen, in dem der Mensch nur eine Nebenrolle spielt und sich alsbald im Dickicht verliert. Sie stoßen nach kurzer Wegstrecke auf eine erste Öffnung zwischen den Bäumen, die sie auf eines der vierzehn Geröllfelder führt, die sich auf einer Länge von zwei Kilometern hinziehen: Feuersteine, wohin das Auge reicht, abertausende, dazwischen immer wieder Wacholderbüsche und Zwergbäume.

»Lass uns Hühnergötter suchen! Wer die meisten findet, hat gewonnen«, schlägt Waltraud vor.

»Was soll denn das sein – ein Hühnergott?«, fragt Rüdiger zögerlich.

Begeistert erklärt ihm Waltraud, dass es sich um besonders geformte Feuersteine handele, solche nämlich, die ein durchgehendes Loch besäßen. Die Glückssteine sollen Unheil vertreiben, aber auch insbesondere die Legefreudigkeit von Hennen steigern – und zumindest etwas Glück könne man doch wohl immer gebrauchen. Dem stimmt Rüdiger zu, allerdings immer noch zurückhaltend.

Das Geröllfeld wirkt wie eine Insel, von Sträuchern und niedrigen Bäumen umfriedet. Im Gegensatz zu den übrigen Abschnitten der Wiek ist es hier vollkommen windstill; nur ein gedämpftes Wellenrauschen dringt zu ihnen. Während sie suchend über die Steinfelder laufen und sich das Geräusch der aneinander mahlenden Feuersteine verliert, sorgen skurrile Wuchsformationen für eine archaische

Atmosphäre. Besonders gründlich sondiert Waltraud den Boden, dreht immer wieder einzelne Steine um, während sie suchend von Senke zu Senke läuft. Bald verschwimmt vor ihren Augen alles zu einer gräulichen Steinmasse, in der sie kaum noch einen Feuerstein erkennen kann. Dabei träte sie so gerne mit Rüdiger in Kontakt, indem sie ihm einen Glücksstein schenkt. Endlich wird ihre Suche belohnt: Mit einem Jauchzer reckt sie einen kaum zwei Zentimeter großen Feuerstein triumphierend in die Höhe; er ist so klein, dass er eigentlich mehr Loch denn Stein ist. Ebenso wie ihr Aufschrei sind auch ihre folgenden Rufe nach Rüdiger seltsam schwach und erstickt. Ziellos war sie von einer Halde zur nächsten gestromert und hatte dabei, ohne es zu bemerken, die Orientierung verloren. Gegen eine irrationale Panik ankämpfend, geht sie zurück zur nächstliegenden Senke, die ihr jedoch überhaupt nicht bekannt vorkommt. Den rot blühenden Strauch in der Mitte hätte sie unmöglich übersehen können – oder doch? Sie horcht – aber nur das dumpfe Rollen der Wellen ist zu vernehmen. Frustriert setzt sie sich ins Heidekraut und wartet auf Rüdiger. Wenn man die Orientierung verloren hat: Nicht bewegen! Das hatte sie schon beim BDM gelernt. Am Rand der Heide ringen ein paar Blaubeersträucher mit der kargen Landschaft. Waltraud pflückt einige Beeren und steckt sie sich dann einzeln nacheinander in den Mund, wo sie sie genüsslich zwischen Zunge und Gaumen zum Platzen bringt. Ein paar Schritte weiter lauert ein Sonnentau auf nahrhafte Beute. Sie fängt einen kleinen Käfer mit der Hand und lässt ihn auf eines der

Fangblätter fallen. Das Insekt bleibt im klebrigen Sekret hängen und nach kurzer Zeit beginnen sich die Tentakel der Pflanze zusammenzuziehen – Mahlzeit. Waltraud selbst fühlt sich auch schon als Beute, gefangen in den geheimnisvollen Fallgruben der Feuersteinfelder; Entkommen ausgeschlossen. Ein langer Schatten senkt sich auf ihren Rastplatz, doch es ist keine gefährliche Macht, sondern tatsächlich Rüdiger, der endlich seinen Weg zu ihr gefunden hat. Erleichtert hält sie ihm den Hühnergott hin: »Für dich.«

»Behalt ihn lieber selbst, du kannst ebenfalls Glück gebrauchen.«

»Vielleicht ist dein Glück ja auch mein Glück ... dann hätten wir beide etwas davon.«

Verdutzt nimmt er den Stein an und dreht ihn ungläubig zwischen den Fingern. »Das ist vor allen Dingen ein großes Nichts, eher sogar ein kleines Nichts.«

»Das Besondere ist die Kraft um das Nichts herum. Diese Steine wurden hier vor fast 5 000 Jahren aus der Kreide geschwemmt und sind immer noch da. Selbst so ein kleiner, unscheinbarer Stein kann mit seinem Funken ein wärmendes Feuer entfachen.«

»Du bist ja richtig poetisch.«

»Eher praktisch.«

»Gestern hörtest du dich noch ganz anders an.«

»Ich weiß, es tut mir leid. Es hatte überhaupt nichts mit dir zu tun, nur mit mir – und ich habe es an dir ausgelassen.«

»Was war denn los?«

»Ach, der Lebensborn, irgendwie bin ich da hineingeschlittert und jetzt komme ich nicht mehr raus – wie der kleine Käfer da. Je verzweifelter ich mich winde, desto fester verfange ich mich darin.«

»Tut mir auch leid, wenn du mit mir den falschen Partner bekommen hast.«

»Das ist es ja gar nicht, es ist vielmehr das Gegenteil.«

Sein Blick trifft sie direkt, dringt in ihren Geist bis zu den Planetenbahnen. Dort wendet er die Kugeln hin und her, drückt und wiegt sie, besonders das Zentralgestirn wird einer ausgiebigen Prüfung unterzogen. Zufrieden verlässt er ihr Haupt und lächelt sie zum ersten Mal aus ganzem Herzen an.

»Komm!« Ein paar Meter entfernt steht ein bescheidener Wildrosenstrauch. Erst jetzt fällt Waltraud auf, dass neben den Wacholderbüschen Hagebuttengewächse gedeihen. Ihre rosa Blüten sind so zart und schlicht. Geschickt kneift Rüdiger eine mit seinen Fingern ab und steckt sie Waltraud hinter das Ohr, nachdem er ihre vollen Haare sanft nach hinten gestrichen hat. Sie erwidert seine zärtliche Geste, indem sie eine Frucht abbricht und sie ihm vorsichtig in den Mund schiebt. Beim Zurückziehen der Hand streifen ihre Finger seine Narbe, aber Rüdiger zuckt nicht einmal, alles Grauen ist gewichen. Behutsam zieht er sie zu sich heran, umarmt sie ganz fest und küsst sie lang und innig. Sein Mund ist weich und warm, es tut so unendlich gut, ihre Herzenswärme steigt empor und trifft auf die Glut seiner Lippen. Nach einer mühsamen Wanderung über steinige Wege ist sie endlich angekommen: Währte dieser Kuss doch ewig! Doch er löst seine Lippen von den ihren und hält sie nur in den Armen, drückt sie, streichelt ihre Haare, liebkost ihr Gesicht. Sie lachen, sie weinen. Ausgerechnet jetzt, im unpassendsten Moment, nähert sich ihnen ein anderes Paar, das ebenfalls auf der Suche nach den besonderen Steinen zu sein scheint. Geschwind laufen sie, einander an den Händen haltend, zurück zu den Fahrrädern; wenn sie unbeobachtet sind, bleiben sie jedoch immer wieder stehen, um sich erneut zu küssen, zu umarmen und zu liebkosen.

»Meinst du, du könntest für heute Abend wieder einen Passierschein bekommen?«

»Und wenn ich dafür meine rechte Hand geben müsste!«

»Lieber nicht, ich mag deine Hand.« Waltraud küsst die Innenseiten seiner Hände und ergänzt: »Außerdem brauchst du sie vielleicht noch.«

»Dein Wunsch ist mir Befehl! Ich werde sicher eine andere Möglichkeit finden. Treffen wir uns um sieben Uhr am Pier?«

»Um sieben Uhr am Pier.«

Voller Übermut schwingen sie sich auf ihre Räder und treten wie besessen in die Pedale. Die Urlauber fliegen an ihnen vorbei, es grenzt an ein Wunder, dass es zu keiner Kollision kommt, vor allem da sie nur Augen füreinander haben.

Als sie sich dem Krankentrakt nähern, halten sie, um keine Aufmerksamkeit zu erregen, Abstand und verabschieden sich wortlos mit den Augen. Den ganzen Tag über summt Waltraud immerzu vor sich hin, sie lacht und scherzt bei jeder Gelegenheit. Alles ist wieder möglich und sie ist – tatsächlich – verliebt. Wo immer sie hingeht, überall begegnen ihr Engel und Wunder. Zwar besitzt sie nur drei Kleider, aber jedes von ihnen muss sie wenigstens fünfmal anziehen, ehe sie sich für das eine entscheiden kann, das sie heute Abend tragen will. In einem der vielen Blumengeschäfte erwirbt sie auf dem Weg zum Pier noch flugs eine Rose, die sie sich sogleich ins Haar steckt. Mehr tanzend als schreitend gelangt sie ans Ufer und obwohl sie viel zu früh eintrifft, wartet ihr Kavalier schon auf sie.

»Ich habe Zugfahrkarten nach Sellin, die historische Seebrücke soll einen Besuch wert sein. Magst du hinfahren?«

»Mir ist alles recht, solange wir es gemeinsam tun.«

Im Süden von Prora gibt es einen kleinen Bahnhof. Gerade noch rechtzeitig erreichen die beiden die Eisenbahn, die abfahrbereit am Gleis wartet und fast bis auf den letzten Platz besetzt ist. Der Waggon ist ein historischer Nachbau, den eine kleine schwarze Lok mit viel Dampf und Getöse gemächlich schnaufend durch viele Kurven nach Sellin zieht. Die Sitzplätze sind ungepolsterte Holzpritschen, in jedem Abteil gibt es einen altertümlichen Ofen. Alle Reisenden sind bester Laune, deuten immer wieder auf Sehenswürdigkeiten und genießen Getränke, welche die Zugbegleiterin bringt. Auch Waltraud und Rüdiger sind selig, beider Gesichter glühen, während sie ohne Unterlass lachen, reden und heimlich Zärtlichkeiten austauschen. Viel schneller als sie erwartet haben, kommen sie in Sellin an. Aus dem Zug strömt eine große Urlaubermenge, die einen Treck zum Stadtzentrum und damit zur Seebrücke bildet. Um etwas ungestörter zu sein, schlendern Waltraud und

Rüdiger sehr langsam aus dem Selliner Bahnhof, sodass die Kolonne aus Prora ihnen weit vorauseilt. Nun können sie sich endlich unaufhörlich herzen, küssen und necken.

Unter zahllosen Liebkosungen erreichen sie schließlich den Aussichtspunkt, von dem aus sie die Seebrücke mit den historischen Gebäuden sehen können: ein kleines Venedig inmitten des Meeres, das in der Dämmerung zu schweben scheint. Das Panorama ist überwältigend: vorn das lärmende Treiben der Touristen, dahinter die Bucht mit den zeitlosen Gestaden und den weiß schimmernden Kreidefelsen.

Waltraud und Rüdiger setzen sich auf eine Bank, genießen die Aussicht und einander. Nach einer Weile greift Rüdiger seinen Rucksack: »Wenn du magst, habe ich alles für ein Picknick dabei – etwas Proviant, eine Decke und ein paar Kerzen. Wir könnten durch den Wald zurück zum Seebad gehen und unterwegs eine Rast einlegen. Der Weg würde zu Fuß ungefähr drei Stunden dauern. Wir kämen auch an einem Weiher vorbei, der etwas abseits liegt und ein wunderschöner Rastplatz wäre.«

»Großartige Idee: Essen, Sport und Natur – das ist genau meine Kombination!« Schon ist Waltraud übermütig aufgesprungen. »Los geht es, wir müssen uns unser Essen erst noch verdienen!«

Der Weg durch den Wald ist wie verzaubert. Der Himmel ist wolkenlos, der Mond wirft einen feinen silbernen Schimmer auf den Pfad. Zu dieser blauen Stunde geht kaum noch jemand durch den Wald, einen einzigen Wanderer haben sie noch gesehen, sonst schon seit geraumer Zeit niemanden mehr. Die Strecke ist gut ausgeschildert und eben, sie kommen schnell voran. Bald müsste vor ihnen der Trampelpfad zum Weiher aus den Schatten auftauchen, daher holt Rüdiger die Taschenlampe heraus – es ist tatsächlich die kleine, die Waltraud ihm geschenkt hatte – und leuchtet zu den Seiten des Hauptweges, damit sie die Abzweigung zu ihrem Picknickplatz nicht verpassen. Wie sie so vordringen, irrlichtern auf einmal grüne Pünktchen durch die Dunkelheit, wie aus dem Nichts erstrahlt der Waldboden in einem überirdischen, phosphoreszierenden Glanz. Mit ruhigen Händen versucht Waltraud einen der Leuchtkäfer zu fangen – ohne Erfolg. Plötzlich kommt ihr ein Gedanke:

»Glühwürmchen sind doch meistens in Feuchtgebieten und an Gewässern zu Hause, vielleicht ist das hier schon unser Rastplatz?«

»Du hast absolut recht, perfekt!«

Sie folgen den feenhaften Wesen tiefer in den Wald hinein, bis ganze Schwärme um eine kleine Wasserfläche im Wiesengrund tanzen, heute ist Hochzeitsnacht. Myriaden von Glühwürmchen senden Botschaften an ihren oder ihre Liebste, in einem geheimen Morsealphabet. Während Rüdiger geschäftig die Decke ausbreitet und das Essen auspackt, wiegt sich Waltraud mit den Liebenden. Dieses pulsierende Seegrün versetzt sie in eine zauberhafte Stimmung. Beide setzen sich auf die Decke, schmiegen sich aneinander und genießen das Leuchtkonzert um sie herum, als würde es nur ihnen zu Ehren gegeben. Sie sind geborgen in einer flaschengrünen Lichtkugel. Jede weitere Lichtquelle ist überflüssig und die Kerzen verbleiben im Rucksack.

»Wusstest du, dass Glühwürmchen jede Nacht nutzen, als wäre es ihre letzte; und dass die Männchen nur von Luft und Liebe leben und jede Nacht ausfliegen in der Hoffnung, dass eine holde Käfermaid sie zu sich heranblinkt?«, erklärt Rüdiger mehr, als dass er wirklich eine Frage stellt.

»Wenn ich vor Liebe smaragdfarben erstrahlen könnte, würde ich es tun«, flüstert ihm Waltraud ins Ohr. Sie beugt ihren schlanken Leib nach hinten und macht mit dem rechten Zeigefinger eine lockende Bewegung.

Gemeinsam mit den Wesen folgen sie dem Ruf der Natur, nur ihrem innersten Antrieb gehorchend, frei von den Zwängen der Menschen. Bei aller Leidenschaft halten sie doch immer wieder inne, blicken sich tief in die Augen, berühren sich zärtlich, nennen einander beim Namen. Zu der offensichtlichen Narbe im Gesicht entdeckt Waltraud auf Rüdigers Körper viele weitere; überall hat er mehr oder minder gut verheilte Wunden; manche sind oberflächlich und frisch, andere tiefer, aber bereits verwachsen und verwuchert. Jeder schenkt sie ihre Aufmerksamkeit, küsst, streichelt, liebkost sie. Beide möchten den anderen spüren, sich selbst in ihm erkennen. So liegen sie schließlich ganz eng beieinander, grenzenlos glücklich. Da ist bloß noch Nähe und Vertrauen, keine Angst und kein Befremden mehr zwischen ihnen.

»Ach Walli, wie sehr habe ich mir das gewünscht! Du tust mir so gut.«

»Du mir auch. Leider geht mir eine Sache nicht aus dem Kopf: Was machen wir, wenn ich nach dieser Nacht schwanger werde? Wir haben doch noch keine Freigabe.«

»Meinst du diese Frage ernst?« Das Leuchtfeuer ist inzwischen erloschen, nur der Mond über ihnen spendet noch sein ruhiges Silberlicht.

Sein Gesicht ist nicht genau zu erkennen, doch er klingt unsicher und verletzt.

»Lass uns ganz offen und ehrlich miteinander sein: Glaubst du im Ernst, ich würde unser Kind weggeben?«

Schluchzend vergräbt Waltraud ihr Gesicht an seiner Brust und umklammert seinen Hals: »Ich wusste es nicht, ich war mir nicht sicher, doch ich habe es gehofft. Du bist jetzt mein Gefährte in Frieden und Kampf, mein Blutsverwandter. Wie froh bin ich, dass wir uns gefunden haben!« Unter Tränen presst sie die Worte einzeln hervor.

»Die Frage ist aber letztlich gar nicht, ob du schwanger bist oder nicht. Wir sind nicht füreinander bestimmt, wir sollen nur Partner für eine Nacht im Lebensborn sein, keine Gatten. Ich glaube jedenfalls kaum, dass uns das Rassenamt eine entsprechende Erlaubnis erteilen wird. Es kommt ja noch erschwerend hinzu, dass wir mit unserer Liebe unseren Einsatz beim Lebensborn hintertreiben. Das wird uns die Partei übel nehmen.«

»Was sollen wir bloß tun?«

»Sollten wir unsere Pflicht beim Lebensborn erst einmal erfüllt haben, bekämen wir danach sicher eine offizielle Heiratserlaubnis.« Waltraud schreit auf, aber Rüdiger fährt beruhigend fort: »Das ist natürlich keine Option.

Vielleicht sind wir nicht das erste Paar, dem es so ergeht, vielleicht gibt es dafür eine Sonderregelung. Meine Familie hat beste Verbindungen bis in die Parteispitze, ich werde alle Hebel in Bewegung setzen. Mach dir keine Sorgen, wir finden eine Lösung.« Zitternd vor Kälte und Aufregung halten sie einander ganz fest und küssen sich so lange, bis Rüdiger sich losreißt.

Hastig ziehen sie sich wieder an und packen geschwind den Rucksack. Es fällt ihnen schwer, mithilfe der kleinen Taschenlampe zurück zum ordentlichen Weg zu finden. Selig, doch zugleich voller Unruhe treten sie den Rückweg zum Seebad an. Da beide sehr sportlich sind, kommen sie zügig voran, trotzdem erreichen sie Prora erst weit nach Mitternacht. Ihre Ausgeherlaubnis erstreckte sich nur bis 23 Uhr, weshalb sie sich sehr leise bereits am südlichen Zipfel des Bades verabschieden. Rüdiger schleicht vorsichtig nach Norden und Waltraud landeinwärts in den Westen zu ihrer Gemeinschaftsunterkunft. Das Gelände ist wie ausgestorben, keine Menschenseele ist noch wach. Nur einmal vermeint Waltraud einen sich bewegenden Schatten zu sehen, aber dieser verschwindet schnell und geräuschlos wie sie selbst. Ungesehen erreicht sie ihre Unterkunft und läuft auf Zehenspitzen durchs Treppenhaus nach oben. Als sie jedoch auf ihren Flur im zweiten Stock einbiegen will, baut sich eine Gestalt drohend vor ihr auf. Im nächsten Augenblick klickt ein Schalter und das Deckenlicht blendet Waltraud so stark, dass sie den Angreifer nicht erkennen kann.

»Wen haben wir denn da?«

Isolde! Das ist ihre durchdringende, vorwurfsvolle Stimme. »Kein anständiges deutsches Mädel ist um diese Uhrzeit noch unterwegs«, fährt sie in schneidendem Ton fort.

Langsam gewöhnen sich Waltrauds Augen an die Helligkeit und sehen Isolde klar und deutlich vor sich. Erschreckenderweise steht sie in voller Montur da, sie musste also bewusst auf sie gewartet haben – und das kann nichts Gutes bedeuten.

»Vielen Dank für deine schwesterliche Fürsorge, doch ich war nur mit meinem Partner vom Lebensborn unterwegs, selbstverständlich mit Erlaubnis.«

»Diese Erlaubnis galt bis 23 Uhr, aber jetzt haben wir exakt 2:43 Uhr.«

»Zu unserer Ertüchtigung wollten wir von Sellin zu Fuß zurückgehen und haben uns dabei leider im Wald verlaufen. Und könntest du vielleicht etwas leiser sprechen? Die anderen Arbeitsmaiden möchten wahrscheinlich schlafen und interessieren sich nicht so brennend wie du für meine Spaziergänge.«

»Das ich nicht lache – Spaziergänge!« Entgegen Waltrauds Bitte schreit Isolde fast. Die ersten Türen öffnen sich und schlaftrunken torkeln einige Kameradinnen in ihren Nachthemden heran.

»Das kann ja dann morgen der Zuchtwart klären, was ihr bei eurem gesitteten Ausflug so getrieben habt!«

»Das geht dich gar nichts an! Du bist doch bloß neidisch und kannst anderen kein Glück gönnen. Das ist weder kameradschaftlich noch völkisch einwandfrei von dir«, faucht

Ingeborg sie an. Unbemerkt hat sie sich bis zu Waltraud durch den Auflauf auf dem Flur gekämpft. Jetzt steht sie neben ihr, legt Waltraud den linken Arm auf die Schulter und zeigt mit der rechten Hand auf Isolde.

»Keine mag dich hier, aber alle lieben Waltraud, weil sie zu jedem nett und hilfsbereit ist. Du suchst immer nur Streit, säst Zwietracht, wo du nur kannst. Das wird einmal auf dich zurückfallen!«

Die Reihen schließen sich an der Seite von Waltraud und Ingeborg; es bildet sich eine Front, die Isolde bedrängt. Isolde weicht langsam zurück.

»Selbst wenn ich neidisch wäre, änderte das nichts daran, dass hier etwas im Argen liegt. Ich werde heute gleich nach dem Morgenappell der Maidenunterführerin umgehend und ausführlich Bericht erstatten.« Nach dieser Ankündigung macht sie kehrt und verschwindet in ihrer Stube. Auch die anderen Mädchen zieht es nach und nach zurück auf ihre Zimmer, in ihre Betten. Viele gehen allerdings zuvor noch zu Waltraud und sprechen ihr Mut zu. Ingeborg führt ihre zitternde Freundin aufs Zimmer, hilft ihr noch beim Auskleiden und deckt sie gut zu.

Um fünf Uhr erwacht Waltraud schweißgebadet aus einem Albtraum: Sie hatte eine Tochter geboren, mit leuchtenden grünen Augen wie Glühwürmchen. Plötzlich stürmten Soldaten in den Kreißsaal und stachen ihrem Kind die Augen aus mit dem Schlachtruf: Nieder mit dem Luziferin! Sofort greift sie nach ihrem VE und schreibt Rüdiger eine Nachricht, in der sie ihn vor Isoldes Anfeindungen warnt.

Dann durchstöbert sie die gesamte Lebensborn-Rune nach Möglichkeiten zum Austritt. Unter dem Menüpunkt *Abbruch* werden mögliche Gründe wie Unfall, Unverträglichkeit mit dem designierten Partner oder Krankheiten aufgeführt – Eheschließung wird nicht erwähnt. Wie sehr sehnt sie sich jetzt nach Rüdiger! Was passiert mit ihr, wenn sie merken, dass sie keine Jungfrau mehr ist? Was, falls sie schwanger sein sollte? Kurz erscheint Bogdans Gesicht vor ihrem inneren Auge, schnell wischt sie es wieder weg: Das hat nichts mit ihrem wirklichen Leben zu tun, daran kann sie jetzt keine Gedanken verschwenden – ein für alle Mal! Den kläglichen Rest der Nacht entwirft und verwirft sie die unterschiedlichsten Strategien und Schlachtpläne; das hat sie nicht umsonst von klein auf geübt.

Kurz vor dem Weckruf erhält sie eine Nachricht – bestimmt von Rüdiger. Zu ihrem Entsetzen ist es jedoch eine Terminbestätigung vom Leiter der Informationsabteilung. Konnte ihm schon alles zugetragen worden sein? Oder geht es bloß um die Besprechung wegen der Berichterstattung, die er auf dem Empfang in Aussicht gestellt hatte? Quälend ziehen sich die Stunden bis zur Unterredung hin, der fehlende Schlaf und die Sorgen nagen an ihr. Wenn sie sich an die gemeinsamen Stunden mit Rüdiger im Wald erinnert, schöpft sie zwar jedes Mal neue Hoffnung und empfindet tiefes Glück, doch gleichzeitig nährt es ihre Zweifel und ihre Angst, weil sie bisher nichts von ihm gehört hat. So schwankt sie den ganzen Vormittag über zwischen

Verzweiflung und Zuversicht, allein Ingeborg spendet mit ihrer Nähe und unerschütterlichen Freundschaft ein wenig Trost.

5

Bleich betritt Waltraud kurz vor dem vereinbarten Zeitpunkt den Eingangsbereich der Informationsabteilung, kaum einer der vielen Mitarbeiter vor den Monitoren hebt auch nur den Kopf. Die Empfangsdame geleitet sie umgehend durch klinisch weiße Flure zu einer unscheinbaren Tür, die keinerlei Beschriftung aufweist. Die Tür öffnet sich in ein karges Zimmer: Bis auf einen kleinen Tisch, zwei Stühle und eine Lampe ist es vollkommen leer. Es sieht aus wie ein Befragungsraum, Waltraud fröstelt. Sie nimmt Platz und wartet, wartet eine Ewigkeit. Am liebsten ginge sie nach den Prinzipien der beweglichen Kampfführung[141] vor, doch dafür ist es zu spät; außerdem wenig Sieg versprechend. Erst einmal Kampf um Kampf gewinnen, dann die Schlacht und letztendlich den Krieg. Angesichts der Gefahr mobilisiert Waltraud ihre gesamte Willenskraft und Härte. Bevor sie einen Millimeter zurückweicht, wird sie es zuerst mit Tarnung versuchen. Mitten in diesen Planspielen öffnet sich unversehens die Tür und SS-Sturmbannführer Heisenberg betritt den Raum. Mit einem bekannten Gesicht hatte sie nicht mehr gerechnet. Freundlich lächelt er ihr zu und gibt ihr die Hand, erst sitzen sie sich schweigend gegenüber, dann ergreift er das Wort.

»Du weißt, warum du hier bist?«

»Wegen der Berichterstattung«, antwortet Waltraud ruhig und bestimmt.

»Nicht doch, dann säßen wir in meinem Arbeitszimmer. Du bist hier in der Informationsabteilung und unsere Aufgabe ist es, Informationen zu sammeln – und ich habe in letzter Zeit einige Informationen über dich erhalten.« Sein Ton ist weiterhin freundlich, er erinnert sie an ihren früheren Vertrauenslehrer.

»Was denn für Informationen?«

»Sag du es mir.«

»Dass ich gestern mit Rüdiger Pflaum einen genehmigten Ausflug unternommen habe, von dem wir nicht innerhalb des vorgegebenen Zeitrahmens zurückgekehrt sind.«

»Das ist eine der vielen Informationen, aber erst wenn man die unterschiedlichen Teile zusammenfügt, ergibt sich ein ganzes Bild. Ich will dich nicht unnötig auf die Folter spannen. Es gibt verschiedene Beteiligte und Betroffene: Hauptmann Pflaum ist nur einer von ihnen; doch da sind auch noch seine Mutter, der Zuchtwart, die Verantwortlichen vom Lebensborn, die Maidenunterführerin. Wusstest du, dass seine Familie zur Alten Garde gehört? Alle sind an einer Lösung eures Problems interessiert, die im Sinne des Volkes und der Partei ist und die ihnen gleichzeitig ermöglicht, ihr Gesicht zu wahren.« Als Waltraud schweigt, setzt der Sturmbannführer seinen Monolog fort.

»Auch ich! Du kannst mir vertrauen: Ich versuche ein Ergebnis zu erreichen, das den Interessen aller Genossen gerecht wird und den Willen des Volkes sicherstellt. Ist es denn korrekt, dass du und Hauptmann Pflaum das

Lebensborn-Projekt verlassen wollt, um zu heiraten? Ihr liebt einander und wollt darum keines eurer Kinder der Partei weihen?«

Als Waltraud alles bejaht, spricht Sturmbannführer Heisenberg weiter: »Ein wichtiger Eckpfeiler der germanischen Demokratie ist die innere und äußere Gleichschaltung im Streben nach hohen Gemeinschaftszielen. Dazu bedarf es einer blinden Gefolgschaft. Jeder Volksgenosse muss unbedingt gehorchen, bis zur Selbstaufgabe, und muss unerschütterlich an den gottgesandten Führer glauben. Diese Gefolgschaft habt ihr eindeutig verweigert, ihr habt bloß an euch selbst gedacht, habt euch gegen den heiligen Auftrag der Partei gestellt. Doch jeder von uns kann einmal in seinem Glauben wanken. Das passiert manchmal gerade den Besten, und zwar besonders wenn es um so wichtige Dinge im Leben wie Liebe und Kinder geht. Das Widerstreben, dein eigen Fleisch und Blut abzugeben, ist durchaus artgerecht, auch deine unerschütterliche Liebe zu einem verdienten Soldaten ist absolut rassemäßig. Doch der Trotz gegen den Willen des Volkes ist widernatürlich und einem wahren deutschen Charakter nicht gemäß. Ihr müsst daher jetzt eure bedingungslose Einsatzbereitschaft abermals unter Beweis stellen und zeigen, dass ihr den Willen habt, alles für den Totalen Staat zu geben«, fordert Sturmbannführer Heisenberg in einem Befehlston, der jegliche Verbindlichkeit verloren hat.

»Was meinen Sie damit genau?«, erkundigt sich Waltraud vorsichtig, während sie versucht, weiterhin Gelassenheit zu demonstrieren.

»Ihr bekommt die Heiratserlaubnis vom Rassenamt und werdet umgehend getraut. Hauptmann Pflaum kehrt nach Abschluss seiner Behandlung an die Front zurück und auch du meldest dich nach dem Ende deines Arbeitsdienstes freiwillig zur Wehrmacht. Solltet ihr beide im Einsatz fallen, gehen eure Kinder in die Obhut des Staates über. Überdies wird jede Schwangerschaft und jede Geburt unter der peniblen Kontrolle eines Zuchtwartes erfolgen.«

Obwohl Waltraud vor der Vorstellung graut, ihre Kinder als Waisen dem Staat zu überlassen, scheint ihr das Angebot doch der einzige Ausweg aus ihrer Lage zu sein. Die Aussicht, Rüdiger bald zu heiraten, drängt sowieso alles andere in den Hintergrund. Sie müssen ja nicht fallen, alles könnte ein gutes Ende nehmen. Äußerlich unbewegt, stimmt sie zu.

»Das ist die einzig richtige Entscheidung, somit bleibt die Ehre der Familie Pflaum unbefleckt und die Maidenunterführerin verliert nicht ihren Rang und ihren Posten wegen der Fehleinschätzung deines Charakters. Die Bereitstellung eines neuen Paares zur Quotenerfüllung werde ich unverzüglich einleiten. Im Übrigen hat unser Gespräch nie stattgefunden – und solltest du doch einmal mit irgendjemanden über etwas reden, das gar nicht stattgefunden hat, geht der Fall an die Gestapo und dann kann ich nichts mehr für dich tun.«

Nach dieser letzten Drohung führt der Sturmbannführer sie aus dem Befragungsraum in sein Büro. Zu Waltrauds großer Freude sitzt dort bereits Rüdiger. Er wurde gleichfalls über die Bedingungen des Angebots informiert. Beide unterschreiben an Ort und Stelle ein Papier zur Abtretung der Nachkommen im Todesfall. Danach dürfen sie die Informationsabteilung verlassen. Höflich geleitet sie Sturmbannführer Heisenberg bis zur Eingangstür und verabschiedet sie dort. Draußen fallen sich Waltraud und Rüdiger in die Arme und finden lange keine Worte.

Nur zwei Wochen später erhalten sie die Heiratserlaubnis und werden im Standesamt von Binz getraut. Das Kleid von Waltraud ist so schlicht wie die Zeremonie, doch ihre Augen strahlen heller, als es jedes Brautkleid je könnte. Ein selbst geflochtener Kranz aus Wildrosen ziert ihr offenes Haar und ist ihr einziger Schmuck. Hinter dem Standesbeamten erhebt sich eine große Esche, welche von ewigem Leben und Fruchtbarkeit kündet, in gleicher Weise weihen die Irminsulen die Urkunden neben dem Hakenkreuz. Von Rüdigers Seite nehmen nur ein paar Kameraden aus seiner Kompanie und seine Mutter an den Feierlichkeiten teil, komplettiert wird die Hochzeitsgesellschaft von Ingeborg und einigen anderen Kameradinnen aus Waltrauds Gruppe. Mit Ausnahme des Brautpaars sind alle in Uniform und gruppieren sich um einen großen Holztisch in einem gediegenen Binzer Gasthaus. Der Tisch ist mit einem ausladenden Strauß Flamingoblumen dekoriert – ein floraler Gruß aus der Informationsabteilung. Höhepunkt der Feier ist die Verlesung einer Grußkarte von der Führerin höchstpersönlich, ja sogar eigenhändig geschrieben. Niemand kann sich erklären, wie es dazu kommen konnte, doch deuten es alle als günstiges Vorzeichen für eine glückliche Ehe. Es herrscht eine entspannte Fröhlichkeit und eine Erleichterung unter Brautpaar und Gästen, wie sie nur entstehen kann, wenn ein großes Unheil in letzter Minute abgewendet wurde. Selbst Rüdigers Mutter, Wilhelmine, behandelt ihre Schwiegertochter überaus herzlich und wohlwollend. Gegen Ende des Abends sprechen sich die Frauen nur noch mit ihren jeweiligen Vornamen an. Das Fabelhafteste an der Feier ist jedoch das Brautpaar. Obwohl sich Waltraud und Rüdiger erst seit so kurzer Zeit kennen, gehen sie in solcher Vertrautheit und Zärtlichkeit miteinander um, wie sie die meisten Ehepaare noch nach Jahren nicht erreichen. Es scheint, als fürchteten sie, ihrer Liebe könnte eine zu kurze Spanne vergönnt sein, daher sie sie nicht mit Streit und Verdruss zubringen wollten.

Ihre Hochzeitsnacht können die Liebenden in ihrem ersten eigenen Zuhause verbringen; auf dem Seebad-Gelände gibt es kleine Wohneinheiten, die speziell für Ehepaare unter den Angestellten bereitgestellt werden. Von dort zieht es Rüdiger jeden Morgen zum Krankentrakt und Waltraud zu ihren Pflichten als Arbeitsmaid. Den Gipfel des Glücks erreicht das junge Paar, als sich einige Wochen nach der Hochzeit herausstellt, dass Waltraud schwanger ist. Selbst die künftige Großmutter schaut regelmäßig nach der werdenden Mutter. Die Betreuung erfolgt durch denselben Zuchtwart, den Waltraud bereits aus dem Lebensborn kennt. Mit dem Wissen, ihr Kind behalten zu dürfen, kann sie seine geschäftsmäßige Art und die vielen Untersuchungen und Spritzen viel leichter ertragen. Besonders freut Waltraud sich darüber, dass ihre eigene Mutter für eine Woche anreisen kann. Mutter und Tochter fallen sich überschwänglich in die Arme, als sie sich wiedersehen. Einmal meint Waltraud, in einem Trupp gelb gewandeter Ostarbeiter Bogdan ausmachen zu können, sofort schlägt sie einen anderen Weg ein und streicht dabei beruhigend über ihren sich allmählich kräftiger wölbenden Unterleib.

Nach sechs Monaten gilt Rüdigers Behandlung als abgeschlossen und er erhält seinen nächsten Einsatzbefehl; er muss zurück in den Osten. Nach einer durchwachten Nacht nimmt Waltraud am Kai Abschied von ihm. Den Hühnergott trägt Rüdiger um den Hals, damit er ihn gegen Krankheit und Tod schützen möge. Gemeinsam mit Rüdiger sind viele weitere Patienten aus dem Krankentrakt entlassen worden, sie warten am Steg und es sieht so aus, als hätte sich der gesamte medizinische Bereich direkt in Richtung Militärschiff zur Wiederverwertung ergossen. Im Höllenlärm der Verladung sieht Waltraud Rüdiger ein letztes Mal tief in die Augen, ein flüchtiger Augenblick, dann wird Rüdiger im Menschenstrom fortgedrängt. Während Waltraud leblos verharrt, winken die Gäste des Seebades den Volkshelden unter anfeuernden Rufen hinterher, im Getöse des Horst-Wessel-Liedes geht jedes zartere Gefühl unter. Bis zuletzt steht Waltraud am Ende des Steges und schaut leeren Blickes dem schwimmenden Moloch hinterher, bis er mit ihrem Kostbarsten auf direktem Weg nach Ingermanland über den Horizont entschwindet. Ingeborgs Dienstzeit hat schon vor Monaten geendet. Die Gäste sind längst wieder in die Anlage gegangen. Einsam bleibt Waltraud am Steg zurück.

Nach weiteren drei Monaten erblickt ein gesunder Junge mit blonden Haaren und smaragdgrünen Augen das Mondlicht der Welt. Erschöpft und überglücklich benachrichtigt Waltraud am nächsten Morgen sogleich ihren Mann: Alles ist gut. Waltraud muss allerdings noch ein paar Tage im Krankenhaus bleiben, während dieser Zeit wird ihr Kind immer wieder zu Untersuchungen, Impfungen und Behandlungen abgeholt. Als Waltraud allein in ihrem Bett im Krankenhaustrakt liegt – sehnsuchtsvoll auf das Wasser blickend und auf eine Antwort Rüdigers hoffend – tritt Mina ein. Ihr Gang ist sehr aufrecht, sie ist ernst und trägt eine schwarze Uniform. Draußen auf dem Flur, im ganzen Krankenhaus ist es totenstill, kein Geräusch dringt zu ihnen. Die Menschen stehen eingefroren am Strand und starren auf eine spiegelglatte See.

Kraft der Schöpfung

1

Unaufhörlich pflügt die Maschine durch die Landschaft, von einem unnachgiebigen Willen angetrieben, sausen Bäume, Felder, Städte an ihr vorbei. Die getönten Scheiben überziehen alles mit einem leblosen Schleier: Grau und still, wie in einem nuklearen Winter, starrt die Natur zurück und lässt das Gefährt widerstandslos passieren. Durch die rasende Geschwindigkeit wirkt alles Leben dahinter wie eingefroren. Das monotone Surren der Schienen und kurzatmige Zischen der Klimaanlage bilden das Orchester des Schicksalsrades, welches seine Fracht blindlings dem Endziel zuführt. Machtlos, müde und stumpf kauern Männer in gelber Kleidung auf ihren Bänken. Ihre Fahrt dauert bereits fast eine Woche, nur unterbrochen von der Essensausteilung und den kurzen Märschen zu den sanitären Anlagen. Anfangs gab es noch leise, aber rege Unterhaltungen; anhand von Landmarken versuchten einige herauszufinden, wohin sie die Reise führt. Mittlerweile hängt ein jeder nur stumm seinen eigenen Gedanken nach; sofern er nicht völlig von dem Schmerz betäubt ist, den jeder Mensch empfindet, wenn sein Körper gegen seinen Willen an einen fremden Ort verbracht wird, während sein Herz an seinem Ursprung zurückbleibt. So irrt das Herz in der Heimat umher, nackt und bloß, keine Hand, um die Lieben zu berühren – derweil der Leib zur unbeseelten Hülle wird, die zwar greifen kann, doch nichts begreift. Das schwarze Loch in der Brust wächst von Tag zu Tag, bis es irgendwann alles in sich verschlungen hat. Es sei denn, das Herz vermag sich loszureißen und wieder mit seinem Träger zu vereinen. Selbst die beiden Herrenmenschen, in ihrem durch Gitter abgetrennten Abteil, stieren nur stumpfsinnig auf ihre Gewehre; dabei können sie – im Gegensatz zu den Ostarbeitern – früher oder später heim zu ihren Familien.

»Sie haben Herzen aus Stein«, flüstert ein älterer Mann mit einem langen grauen Bart seinem Sitznachbarn ins Ohr.

Der Mann neben ihm erwacht aus seinen Träumen und wirft einen prüfenden Blick auf die Bewacher; er streicht seine kinnlangen braunen Haare zur Seite, um mit seinen grünen Augen die Gesichter der Wächter genauer betrachten zu können. Daraufhin schüttelt er ablehnend den Kopf.

»Wenn sie wirklich Herzen aus Stein hätten, dann sähen sie nicht so betrübt aus, dann wäre ihnen doch alles einerlei.«

»Meinst du? Wie können denn die Deutschen ganze Völker auslöschen und die halbe Welt unterjochen, wenn sie nicht kalte Herzen haben? Bestimmt haben sie in ihren Laboren eine Möglichkeit gefunden, ihre eigene Natur zu schänden.«

»Ach, Nikita, Väterchen, ich glaube du übertreibst. Die Deutschen sind zwar Herrenmenschen – doch trotz allem Menschen, wenn auch besonders schlechte.«

»Nein, nein, nein, ich weiß es genau: Bei den deutschen Bauern, wo ich früher war, hat eine Magd diese Geschichte erzählt – *Das kalte Herz*[142], die beweist es.« Glücklich über den unverhofften Zuhörer rückt Nikita ganz dicht heran. Seine Augen wandern unstet umher, bleiben dabei immer wieder an der Wachmannschaft hängen: Wie ein unsicheres Beutetier, das erst unruhig die Lage prüft, bevor es sich seiner eigentlichen Tätigkeit zuzuwenden getraut. Erst als er sich versichert hat, dass keine unmittelbare Gefahr droht, beschreibt Nikita mit leisen, hektischen Worten seinem Schicksalsgenossen die zentrale Gestalt der Geschichte: Peter Munk tauscht sein Herz gegen einen Stein ein, weil er sich einreden lässt, Gefühle seien im Leben nur hinderlich, und weil er nur Augen für das viele Geld hat, das er überdies für den Tausch erhält. Am Ende erschlägt er sogar seine Frau Lisbeth, als sie den Armen helfen will. Zufrieden klatscht Nikita hektisch in die Hände und fuchtelt als Zeichen seiner unwiderlegbaren Beweise mit dem Zeigefinger durch die Luft.

Hellhörig geworden, dreht sich in der Reihe vor ihnen ein stiernackiger Mann in den besten Jahren um, unter seinen kurz geschorenen Haaren reihen sich Wunden und Narben aneinander.

»Nikita, was bist du für ein hoffnungsloser Einfaltspinsel! Das ist doch nur ein Märchen. Die Deutschen brauchen keine neuen Herzen aus Stein, denn sie haben von Geburt an keine Herzen. Sie sind nämlich gar keine Menschen, sondern Ro-bo-ter.«

»Aber *Roboter* ist doch russisch und bedeutet *Arbeiter*. Das verstehe ich nicht: WIR sind doch die Arbeiter«, wirft der junge Mann verwirrt ein.

»Klar, Bogdan, wir sind das Mangvolk für alle gewöhnlichen Arbeiten. Aber die Deutschen sind die arischen

Arbeitsbienen für den Endsieg, die auch bloß tun, was man ihnen sagt.«

»Alles Unsinn, Wladimir«, kontert Nikita und rutscht dabei nervös auf seiner Bank hin und her. »Die machen alle aus Überzeugung mit, weil sie ihr Herz eingetauscht haben. Und jetzt kennen sie kein Erbarmen mehr, weder gegen sich noch gegen andere. Die Macht geht ihnen einfach über alles.«

Wladimir verdreht die Augen, versinkt wieder in seinem Sitz und verfällt in die frühere Reglosigkeit. Es hat wohl keinen Sinn, hier einen weiteren Atemzug zu verschwenden. Abermals herrscht eine bleierne Ruhe. Die schnaufenden Atemzüge von Wladimir verraten, dass er eingeschlafen ist. Den Rest der Fahrt geht Bogdan die Erzählung nicht mehr aus dem Kopf, immer wieder sieht er den *Kohlenmunk-Peter* vor sich, wie er seine herzensgute Frau niederschlägt. Den *Schatzhauser* träfe er selbst gern einmal, um ihn um die Erfüllung eines Wunsches zu bitten – das war nämlich ein guter Geist. Dagegen ist es der böse *Holländer-Michel* gewesen, der dem Peter das Herz aus dem Leib gerissen hat – vor Dämonen muss man sich in Acht nehmen. Sein Herz ist, Gott sei Dank, noch an seinem Platz und schlägt spürbar unter seiner Brust, wenngleich es jetzt auch brennt beim Gedanken an seine Großmutter und an seine Schwester, die zu Hause in Sibirien bleiben mussten. Seine einzige Hoffnung ist, seine Eltern wiederzufinden, die schon vor langer Zeit, als er noch ein kleines Kind war, auch mit dem Zug nach Deutschland abtransportiert wurden. Sind sie denn noch am Leben, würde er sie überhaupt erkennen? Mit diesen bangen Fragen schläft auch Bogdan schließlich wieder ein, unter den wiegenden Bewegungen des Zuges, bis er von einer abrupten Bremsung unsanft geweckt wird.

Die beiden Wachmänner stehen mit ihren Gewehren im Anschlag mitten im Abteil und brüllen: »Aussteigen, sofort aussteigen!«

Jeder greift schnellstens seinen Seesack mit den wenigen Habseligkeiten und beeilt sich, den Zug zu verlassen. Beim Ausstieg kommt es zu einem kleinen Durcheinander: Die Männer sind wie gebannt von der frischen Luft und dem ersten Sonnenlicht seit Tagen. Anstatt sofort zur Registrierung weiterzugehen, bleiben sie unvermittelt stehen und atmen die unbekannten Gerüche tief ein. Auf einer großen Tafel steht unübersehbar *Güterbahnhof Prora Ost* – da die Ostarbeiter jedoch nicht lesen können, nimmt keiner von ihnen vom Schild Notiz, und selbst wenn: Niemand wüsste, wo Prora liegt. Inzwischen sorgen die ersten SS-Offiziere für Unruhe unter den ungefähr 500 Ankömmlingen, indem sie beginnen, sie mit scharfen Schäferhunden zu den Registrierungsstellen zu scheuchen. Eilfertig bemühen sich die jeweiligen Kapos[143], ihnen zuvorzukommen und dirigieren ihre Schutzbefohlenen zu den Anlaufstellen. Die Kapos gehören zwar selbst auch dem Mangvolk an, doch immerhin können sie lesen und schreiben und genießen noch weitere Privilegien. Dafür fungieren sie als Bindeglied und Mittler zwischen Herren- und Untermenschen, wodurch sie die Deutschen deutlich entlasten, sodass deren wertvolle Kapazitäten für wichtigere Tätigkeiten zur Verfügung stehen.

Schließlich kommt auch Bogdan an die Reihe und hält seinen rechten Unterarm unter ein kleines Lesegerät, das ein Plättchen abtastet, welches jedem Ostarbeiter mit 16 Jahren implantiert wird. Es ertönt ein schriller Piepston und schon kann der Beamte alle personenbezogenen Daten von einer Alltafel ablesen.

»Bogdan, 21 Jahre, Generalgouvernement Sibirien, Neu-Hermannsdorf.«

»Jawohl!«

»Blaue Gruppe, nach links!«

Umgehend begibt sich Bogdan nach links und stellt sich unter einem großen blauen Banner zu seiner neuen Einheit. Es dauert noch eine ganze Weile, bis seine Gruppe vollzählig ist, dann folgen sie ihrem Kapo in die zugewiesenen Unterkünfte. Dabei handelt es sich um die üblichen Baracken: 50 Arbeiter haben in jedem Bau ihre Schlafstätten, die im Wesentlichen aus einer Holzpritsche mit einer zugehörigen Truhe bestehen. Die Pritschen sind doppelstöckig aufgebaut und jeweils zehn dieser Doppelpritschen bilden eine Einheit, die durch eine Sichtwand von der nächsten getrennt ist und zudem über einen großen Gemeinschaftstisch mit Holzbänken verfügt. In der Nähe der insgesamt zehn Baracken stehen die gemeinschaftlichen sanitären Anlagen und die Wäscherei; über dem Eingang zum Gelände erhebt sich ein schmiedeeisernes Tor mit dem Schriftzug: *Jedem das Seine*. Auch hier hat keiner der Arbeiter den Blick erhoben, als sie bei ihrem Einmarsch in langen Zweierreihen darunter durchgezogen sind. Nicht, dass sie nicht verstünden, was es ihnen sagen soll, auch ohne Schriftkenntnisse haben sich manche Sätze allein bildhaft in ihren Hirnen eingebrannt: den Herrenmenschen alles, ihnen nichts – außer der Pflicht zu dienen. Nach einigem Hin und Her, begleitet von lautstarken Diskussionen, hat jeder eine Pritsche in Beschlag genommen und seine Truhe befüllt. Bogdan sind Auseinandersetzungen zuwider, denn er besitzt weder die Aggressivität, um sie zu beginnen, noch die nötige physische Präsenz, um sie erfolgreich durchzustehen. Mit seinem jungenhaften Gesicht, den feinen Gliedern und dem mittelgroßen Wuchs erinnert er vielmehr an Dostojewski, als dieser seine Zeit im Lager absaß. Keiner dieser Männer kennt mehr die *Aufzeichnungen aus einem Totenhaus*, die ihnen in ihrer Lage sicherlich Trost spenden würden, könnten sie nur lesen und hätten die Nazis nicht alle Kulturerzeugnisse der Untermenschen ausnahmslos zerstört. In den Augen der Nazis stellt jene Zerstörung natürlich keinen wirklichen Verlust dar, da nur der Arier zu wahrer Schöpfung und Kulturleistung fähig ist und die artgebundene Kunst der Slawen daher zwangsläufig minderwertig sein muss – minderwertig gewesen sein muss. Ohne das Wissen um das geschriebene Wort, ohne die Muße, ohne den Zugang zu alten und neuen Kommunikationsmitteln, gibt es keine kulturellen Äußerungen der Untermenschen in Bild, Ton oder Schrift mehr, ganze Völker sind verstummt. Die Lebensart der Deutschen prägt und bestimmt alles. Dostojewski besaß wenigstens noch eine echte Bibel in seiner Verbannung, Bogdan dagegen bloß Bildgeschichten[144]. Sie können auch von Analphabeten verstanden werden. Neben einer vereinfachten Bildbibel gehören zu seinen Schätzen noch russische Märchen und eine Tier- und Pflanzengeschichte. Vorsichtig platziert er die abgewetzten Hefte in seiner Truhe.

Vom Bett über ihm kräht Nikita:

»Jungchen, kann ich mir deine Bibel mal borgen? Meine ist leider auseinandergefallen, doch du kannst mein Heft über Tabak bekommen.«

Obwohl Bogdan seine Hefte äußerst ungern aus den Händen gibt, willigt er ein: Gefälligkeiten zu geben und zu empfangen, gehört zu den ungeschriebenen Gesetzen unter den Ostarbeitern, und nur wer sich dem fügt, kann darauf hoffen, auch einmal etwas Neues zu bekommen.

»Wer braucht schon ein Heft über Tabak, mir wäre richtiger Tabak lieber! Hoffentlich gibt es bald die nächste Ration«, brummt Wladimir von seinem Hochbett.

»Eh, Igor, wann gibt es denn hier was zum Rauchen?«, spricht er unverblümt den Kapo an, der gerade um die Ecke biegt. Als Zeichen seiner privilegierten Stellung trägt er über der obligatorischen gelben Kleidung eine Armbinde mit dem Hakenkreuz. Über der Tasche auf der linken Brust ist, wie bei allen Arbeitern, der Name aufgenäht: Hasso.

Auf diesen tippt Hasso nachdrücklich, während er Wladimir antwortet:

»Mein Name ist Hasso, nicht Igor. Merk dir das, denn ich möchte nicht schon am ersten Tag Strafen aussprechen. Tabak gibt es erst nach getaner Arbeit, nicht vorher. Alle Kapos haben gleich ein Treffen mit dem Sturmbannführer des SS-Totenkopfverbandes[145] – dort erhalten wir die Einteilung der Mannschaften und die Arbeitspläne.«

»Als Igor hat er mir besser gefallen«, flüstert Wladimir verschmitzt. »Welcher Mensch lässt sich schon freiwillig Hundenamen von diesen Sklaventreibern verpassen?«

Tatsächlich bekommt jeder ernannte Kapo einen neuen deutschen Ehrennamen als Zeichen der Verbundenheit mit dem deutschen Volk und muss im Gegenzug seinen slawischen Namen ablegen. Nicht selten erinnern diese neuen Namen an typische Haustiernamen. Diese und viele weitere Regelungen liegen im Aufgabenbereich des Reichsamtes für Migration[146]. In enger Zusammenarbeit mit dem Reichsrassenamt und dem Kolonialamt wird jeder Aspekt des Lebens der Ostarbeiter minutiös erfasst, ausgewertet, strukturiert und dezidiert festgelegt; Gleiches gilt für den Umgang der Ostarbeiter mit deutschen Volksgenossen. Dem einfachen Beamten wird somit der Einsatz des Menschenmaterials ungemein erleichtert. Bis zur Rückkehr der Blockwarte erkunden die Neuankömmlinge die Gegend um die Baracken. Zwar ist das Areal von einem hohen Stacheldrahtzaun umgeben und von einer Wachmannschaft am Eingang gesichert, aber innerhalb des umzäunten Gebietes können sich die Arbeiter relativ frei bewegen. Ein Kiefernwald blockiert leider jede Fernsicht. Aufgrund des kargen Bodens mit seinem hohen Sandgehalt mutmaßen jedoch viele, dass sie sich nah am Meer befinden müssen, ja, einzelne vermeinen sogar das Salz riechen zu können. Bogdan ist sich nicht so sicher – das Meer, was für eine Vorstellung! Noch nie ist er am Meer gewesen, das größte Gewässer, das er in seinem Leben gesehen hat, war der Dorfteich. Am liebsten liefe er sofort hinaus und suchte den Strand, was aber natürlich ganz unmöglich ist. Stattdessen beobachtet er genau die Natur um sich herum. Die Natur als Lehrmeister; dafür ist keine geschulte Intelligenz vonnöten. Das hatte ihnen der Vorsteher der Ausrichtungsklasse[147] gesagt und da es sonst im Unterricht nicht viel zu lernen gab, blieb ihnen auch nur das Studium der Schöpfung. Der Nachmittag im Lager geht langsam zu Ende und die Dämmerung beginnt. Als Bogdan einen weißen Vogel in der Luft sichtet, ist er sich fast sicher, um welche Art es sich handelt. Schnell läuft er zu seiner Truhe und gleicht seinen Eindruck mit einem Bild in seinem Naturheft ab; in diesem segelt der weiße Vogel über einem unendlichen See: eine Möwe!

Voller Freude will er diese Beobachtung seinen Mitinsassen mitteilen und läuft zu einer Gruppe, in der wild geredet und mit den Armen gefuchtelt wird.

»Wieso sollte mich der Wachmann belügen, was hätte er davon? Ich sage es euch doch: Wir sind auf einer Insel im Norden Deutschlands – auf Rügen. Hier machen die Arier Urlaub am Meer«, berichtet ein Ostarbeiter mit deutlich asiatischem Einschlag. Akim hat einem der Wachsoldaten Zigaretten gegen Informationen angeboten. Da ein anständiger Deutscher nicht raucht, um weder seinen eigenen Leib noch seine Nachkommen zu schädigen, bleibt der Tauschhandel mit den Ostarbeitern die einzige Möglichkeit, zumindest ab und an, einer degenerierten Neigung zu frönen. Denn im Gegensatz zu den deutschen Soldaten erhalten die Ostarbeiter eine regelmäßige, wenn auch kleine Tabakration. Die slawische Rasse zeichnet sich nämlich nach Ansicht des Reichsamtes für Migration durch ihren

Mangel an Initiative und Disziplin aus, wozu eben auch ihr Hang zu Rauschmitteln, wie Pfeifentabak und Wodka, gehört. Vervollständigt wird ihr Untermenschentum durch ihren Glauben an das schwächliche Christentum. Einem nordischen Volk dagegen ist der christliche Erlösungsgedanke nicht arteigen.

Aus Achtung vor dem erbbedingten natürlichen Anderssein der Völker werden die slawischen Neigungen jedoch respektiert und unterstützt, soweit es ihrer Pflichterfüllung keinen Abbruch tut.

Mit seiner Beobachtung untermauert Bogdan die Aussagen von Akim, der sich somit den Respekt der Gruppe sichert.

»Aber was bedeutet *Urlaub machen* – ist das eine besondere Form der Kampfführung?«, fragt entsetzt ein gebrechlicher, ausgemergelter Mann. Als alle um ihn herum in schallendes Gelächter ausbrechen, verzieht er unsicher den Mund.

»Was redest du da, Oleg, du dummer Mensch? Die tun nichts, erholen sich, um fit zu werden für den Endsieg.«

»Aber Akim, also doch eine Kampfführung?«

»Na ja, irgendwie schon …«, antwortet Akim versöhnlich und fährt mit seiner Hand durch Olegs stumpfes Haar.

Es dauert nicht lange, bis die Kapos mit ihren Anweisungen zurückkommen. Von allen Seiten bestürmt, bestätigen sie die Vermutungen und ergänzen noch einige Informationen über das Kraft-durch-Freude-Seebad. Die meisten Insassen sind heilfroh, nicht in einem Bergwerk oder einem Rüstungsbetrieb gelandet zu sein. Zwar verstehen die meisten das Konzept Urlaub noch nicht voll und ganz, aber zumindest hört es sich nicht danach an, dass hier Menschen zu Tode geschunden würden.

2

In der Nacht kann Bogdan zunächst keinen Schlaf finden: Zu viele neue Eindrücke, dazu sein brennendes Herz, hindern ihn daran, zur Ruhe zu kommen. Zum ersten Mal in seinem Leben hat er sein Dorf verlassen und es sieht nicht so aus, als würde er jemals dorthin zurückkehren; jedenfalls sind seine Eltern nie zurückgekommen. Damals verzweifelte er allerdings nicht so wie heute: Niemand hatte ihm gesagt, dass er sie nie wiedersehen würde. Es war ein normaler Arbeitstag, wie immer. Wer hätte ihm auch von dem neuen Eilerlass der Führerin berichten können, der alle arbeitsfähigen Erwachsenen umgehend ins Reich beorderte, um die kriegsbedingte Schwächung der deutschen Arbeitskraft auszugleichen? Nur die Arier wussten davon und die redeten nicht mit Ostarbeitern – jedenfalls nicht über Dinge, die nicht unmittelbar mit der täglichen Arbeit zu tun hatten.

Bogdan blieb zusammen mit seiner Schwester Jelena bei den Großeltern in der Hütte und seine Eltern verabschiedeten sich fast wie gewohnt. Nur die Mutter weinte bitterlich beim Abschied und konnte sich von seiner Schwester und ihm nicht losreißen, bis der Vater sie schließlich gewaltsam mit sich zog. Zuvor hängte sie jedem ihrer beiden Kinder ein kleines Holzkreuz um, küsste erst das Kreuz und dann ihre Kinder auf die Stirn. Die Mutter schärfte ihnen ein, dass sie, solange sie dieses Kreuz trügen, des Segens Gottes und ihrer Eltern gewiss wären. Die Großeltern sagten die ganze Zeit kein Wort, standen nur wie versteinert daneben. Der Rest des Tages verlief ganz gewöhnlich, wie immer, und so der folgende Tag und die Tage danach. In der ersten Zeit bekamen sie noch ab und zu eine Kurznachricht über den Familiendienst[148] des Migrationsamtes, einmal ging sogar eine elektronische Nachricht beim für sie zuständigen Blockwart, Edi, ein. Offensichtlich hatten die Eltern ihren Kapo in Deutschland dazu erweichen können, entgegen den Vorschriften ihren Kindern eine ausführlichere Botschaft zukommen zu lassen. In ihrer Nachricht berichteten die Eltern, dass sie in Hamburg im Einsatz wären, also im Norden des Großdeutschen Reiches, und dort in einer großen Werft arbeiteten – immerhin in derselben Werft, wenn auch getrennt voneinander untergebracht. Danach kamen die Nachrichten immer seltener, bis sie ganz ausblieben. Die Großeltern wurden mehr und mehr zu ihren einzigen greifbaren Eltern, sie kümmerten sich um alles und liebten die Kinder von ganzem Herzen. Vater und Mutter dagegen entwickelten sich zu engelhaften Wesen: weit weg und unerreichbar, liebevoll erwähnt in den abendlichen Gebeten, um Hilfe angefleht in den Stunden der Not. Wenn wir hier am Meer sind, denkt sich Bogdan, dann kann Hamburg nicht so weit entfernt sein. Vielleicht gibt es sogar eine Chance, dass sie auch hierher verbracht worden sind? Er wird in den kommenden Tagen einfach jeden fragen, der ihm begegnet, ob er von Ludwiga und Sergej aus Neu-Hermannsdorf gehört hat. Was wohl die Großmutter empfände, wenn er ihr berichten könnte, dass er seine Eltern wiedergefunden hat? – Die arme Großmutter, alt und allein. Der Großvater ist bereits vor vielen Jahren an einer Staublunge gestorben, da er bis zum Schluss im Bergwerk schuftete, um Essensmarken für die Familie zu erhalten – sonst wären sie verhungert. Für die Arbeiter in den sibirischen Bergwerken gab es kaum Schutz und fast keine medizinische Versorgung und so trugen sie den Großvater zuletzt auf einer Trage aus dem Stollen nach Hause, wo er innerhalb weniger Tage verstarb. Die Großmutter brachte sie danach mit ein paar Hühnern und einem kleinen Garten durch, oft sammelten sie auch Beeren und Pilze im Wald und im Winter teilten die Nachbarn das wenige mit ihnen, was sie selbst zur Verfügung hatten. Glücklicherweise gab es in der Ausrichtungsschule, die Bogdan und Jelena besuchten, zumindest noch eine mittägliche Speisung. Mit sechzehn ging die Schwester als Magd auf einen nahen Wehrbauernhof. Ihre Arbeit war sehr hart, doch wurde sie wenigstens selten geschlagen. Einmal im Monat durfte sie nach Hause kommen und dann brachte sie häufig etwas zu essen mit: Das war jedes Mal ein Fest! Zu dritt saßen sie in der Stube, die Großmutter, Jelena und Bogdan, sangen und aßen und vergaßen für einen Abend ihren mühsamen Alltag. Bald darauf musste Bogdan zur Arbeit ins Bergwerk, doch er konnte weiterhin bei der Großmutter wohnen und sie hatten wieder Essensmarken. Nach wenigen Jahren war jedoch die Kohleader fast vollständig abgebaut und die Deutschen begannen die ersten Arbeiter ins Reich zu deportieren, stetig wurden es mehr. Sein Marschbefehl kam von einem Tag auf den anderen, weswegen er seine Schwester vor der Abreise nicht noch einmal sehen konnte, um sich von ihr zu verabschieden. Diesmal weinte auch die Großmutter bitterlich, ihre schwieligen Hände krallten sich auf seinem Rücken fest und wollten ihn gar nicht mehr loslassen. Beide wussten, dass es ein endgültiger Abschied war. Tränen treten Bogdan in die Augen: Jetzt war die Großmutter ganz allein, ohne Hilfe, hoffentlich kann seine Schwester sie noch zuweilen besuchen und nach ihr schauen – liebste Jelena!

Leise weint Bogdan in seine mit Stroh gefüllte Matratze bis er endlich erschöpft einschläft – er ist nicht der Einzige in seiner Baracke, dem es in dieser Nacht so ergeht.

Kurz vor dem Morgengrauen ertönt die Sirene und ein gleißendes Licht erfüllt augenblicklich den Raum. Viele sind in den ersten Minuten orientierungslos und wähnen sich noch in der Heimat. Nach der bitteren Erkenntnis taumeln sie unter den Rufen der Kapos zu den sanitären Einrichtungen zur morgendlichen Waschung.

Danach findet der erste Appell im Gemeinschaftshaus statt. Das Gemeinschaftshaus liegt ebenfalls auf dem Barackengelände und dient vorrangig organisatorischen Angelegenheiten, die alle Arbeiter gleichermaßen betreffen; dort werden Ansprachen gehalten, wird die Tagesparole[149] ausgegeben, dort findet der vorgeschriebene Gemeinschaftsempfang[150] statt und ebenso die sonntäglichen Gottesdienste. Heute hält der SS-Sturmbannführer, der für das gesamte Lager verantwortlich ist, seine erste Ansprache. Dazu erscheint er im Stechschritt an der Spitze einer speerartigen Formation; zu seinen beiden Seiten haben jeweils zwei Adjutanten Mühe, mit ihm Schritt zu halten. Sofort springt er mit einem Satz auf die Bühne, während seine Untergebenen neben dem Podium stehen bleiben: aufrecht, breitbeinig, die Arme hinter dem Rücken verschränkt.

Mit einem markigen »Heil Hedwig!« bringt er die Luft zum Erzittern. Es ist sofort klar, dass er kein Mikrofon brauchen wird, um sich Gehör zu verschaffen, und dass jegliche Widerworte fehl am Platze sind – genauso wie Fragen oder jedwede anderen Äußerungen.

Mit ihren schwarzen Uniformen sehen die Mitglieder der Totenkopfverbände wie Unheilüberbringer aus: Klar und deutlich heben sie sich von ihrer Umgebung und ebenso von allen anderen Uniformierten in Grau, Braun oder Blau ab. Sollte jemand die Bedrohung nicht sogleich spüren, die von ihnen ausgeht, werden ihn die beiden Totenköpfe auf der Schirmmütze und auf dem rechten Kragen rasch eines Besseren belehren.

Eben nimmt der Sturmbannführer seine Mütze ab und klemmt sie sich unter den linken Arm. Er zieht seine schwarzen Handschuhe aus, unter denen zwei sehnige Hände zum Vorschein kommen; die rechte Hand führt er zum Kinn, wo sie kurz auf rasierten Bartstoppeln ruht, deren Mehrheit bereits weiß ist. Mit einem energischen Schwung platziert er die Schirmmütze wieder exakt mittig auf seinem Haupt und blickt forschend, doch seltsam starr in die Schar der Ostarbeiter. Die Unzugänglichkeit seines Gesichts wird noch betont von vielen Narben, eine besonders große bedeckt beinahe die gesamte linke Gesichtshälfte sowie einen Teil des linken Auges, was seinen asymmetrischen Blick erklärt. Nur das rechte Auge verrichtet noch einwandfrei seinen Dienst, wohingegen das linke widerspenstig und glasig umherrollt und sich den Befehlen verweigert.

»Ostarbeiter, ich bin SS-Sturmbannführer Heyerstahl und ich verantworte den Arbeitereinsatz auf Rügen. Wir sind alle Teil eines großen Arbeitsmechanismus zum Wohle der Menschheit: Jeder von uns hat einen Platz im Getriebe zugewiesen bekommen, der ihm und seinem Volk gebührt und der seinen Fähigkeiten am besten entspricht. Durch die zentrale Lenkung und überschauende Planung der Partei wird das Ineinandergreifen der einzelnen Teile zu einem großen Ganzen gewährleistet. Diese Lenkung hat euch nach Prora, ins Kraft-durch-Freude-Bad auf Rügen geführt. Hier könnt auch ihr mit jeder noch so niederen Tätigkeit euren Teil zum Ganzen beitragen. Dies ist eure heilige Pflicht, euer Wert bemisst sich am Beitrag zum Gemeinwohl. Daher lautet die Tagesparole: *Gemeinnutz vor Eigennutz!*«, brüllt der Sturmbannführer und zeigt auf ein rotes LED-Band, welches zeitgleich hinter ihm aufleuchtet und auf dem die Parole in einer Endlosschleife von rechts nach links wandert.

Schneidend spricht er weiter: »Im Völkerbund ist kein Platz für Parasiten, daher tut eure Pflicht mit Eifer und Sorgfalt – dann soll euch kein Leid geschehen. Die Gerechten werden belohnt, und sei es auch erst im Himmel, denn diese Aufgaben sind gottgegeben. Bedenkt dies wohl! Wir haben seit 93 Tagen keinen Blutzoll unter den Ostarbeitern zu verzeichnen und so kann es von mir aus auch gerne weitergehen. Es liegt an euch, ob da morgen *94* steht oder *0*!«

Wieder richten sich alle Blicke auf das Blutband, das nun fortwährend flackernd *Tage ohne Tote: 93* anzeigt. Gebannt starren die Ostarbeiter auf die rot leuchtenden Punkte, die kalt und linear über das Band gleiten, jedes Blinken könnte eine Änderung des Rapports und damit einen toten Arbeiter bedeuten.

»Solltet ihr Verbesserungsvorschläge haben oder euch einzelne Kameraden als arbeitsscheu auffallen, wendet euch zuerst an euren Kapo. Die oberste Führung eurer Brigade hat SS-Hauptsturmführer Meyer inne«, dabei zeigt er auf einen seiner Adjutanten, der daraufhin die Hacken zusammenschlägt.

»Ihr seid das Arbeiterheer und befindet euch in der Erzeugungsschlacht um Lebensmittel und Rohstoffe: Auf in den Kampf! – Sieg Heil!«

Dreimal erklingt der Wechselruf, wobei die Antwort des Arbeiterheers so verhalten ausfällt, dass sich die Rufe der Kapos und der Adjutanten jeweils eindeutig zuordnen lassen. Mit derselben rasenden Geschwindigkeit, mit der sie ins Gemeinschaftshaus eingerückt sind, verlassen es die Mitglieder des Totenkopfverbandes wieder und marschieren aus dem Lager. Hastig verteilen die Kapos die Aufgaben, wobei sie jedem Arbeiter eine farbige Armbinde aushändigen, die die Art seiner künftigen Tätigkeit anzeigt. Bogdan hat eine blaue Armbinde bekommen, was bedeutet, dass er als Gepäckträger fungieren wird. Daneben gibt es noch die unterschiedlichsten Einsatzgebiete: Fuhrpark, Gärtnerei, Bäckerei, Reinigung. Bevor sie ihren zugewiesenen Einsatzort kennenlernen, geht die ganze Brigade jedoch geschlossen zum Frühstück in die Kantine. Im Laufschritt durchqueren sie dazu einen Teil des Bades, mit der rechten Hand auf der Schulter des Vordermanns traben sie mit gesenktem Blick durch lange Häuserschluchten. Ab und zu tauchen Deutsche in Badekleidung oder Uniform neben ihnen auf und verschwinden sofort wieder aus ihrem Blickfeld. Die schiere Größe der Anlage ist der einzige Eindruck, den sie auf ihrem Marsch vom Seebad erhalten.

Im Speisesaal der Kantine angekommen, setzen sie sich etwas abseits von den Angestellten und den Angehörigen des Arbeitsdienstes. Es hat etwas Irreales, nach einer solchen Morgenansprache andere Menschen so unbeschwert zu sehen. Während sie hungrig Grütze in sich hineinlöffeln, beobachten die Ostarbeiter möglichst unauffällig die vielen hübschen Mädchen und Frauen im Raum. Betrübt und hoffnungsvoll zugleich, stimmen sie die leichtherzigen Menschen, wie sie lachen, schwatzen. Zwar ist es traurig, dass sie wohl nie mit diesen Frauen sprechen werden können, doch tröstlich, dass es überhaupt noch Menschen gibt, die heiter und gelöst sein können. Verstohlen blickt Bogdan besonders zu den Frauen vom Reichsarbeitsdienst hinüber, denn im Gegensatz zu den Angestellten wirken dort viele gehetzt und essen fast genauso stumm wie er – das erstaunt ihn. Gern fragte er jemanden, warum diese Arier nicht schreien vor Glück, wo sie doch einfach alles haben.

»Da brauchst du dir keine Hoffnungen zu machen, so ein deutsches Weib verkehrt nicht mit unsereins«, raunt Wladimir gutmütig in sein Ohr und pufft ihn in die Schulter. »Wer will schon so ein Mannsweib, pah, nur Muskeln und

Kanten! Da lob ich mir unsere Frauen: mit echten Rundungen, einem Herzen auf dem rechten Fleck und den hübschesten Puppengesichtern, die man sich nur vorstellen kann. Kein Wunder, dass die Mehrheit der Eindeutschungsfähigen[128] russische Frauen sind! Auf diese Grazien wollen die Deutschen dann doch nicht verzichten«, schiebt Wladimir noch seufzend hinterher.

»Hast du auch so eine Frau, Wowa?«, fragt Bogdan leise.

»Ach ja, früher hatte ich mal eine Verlobte … Das schönste Püppchen, das du dir nur erträumen kannst: die Figur wie eine Sanduhr und ihr Lachen wie ein Gebirgsbach, der perlenweiße Zähnchen zum Vorschein brachte. Und wenn sie böse war, auweia, dann funkelten ihre schwarzen Augen wie Kohlen. Doch was für ein Leben hätte sie schon mit einem Volksfremden[151] wie mir gehabt? Als ein besonders hässlicher, alter Deutscher sie heiraten wollte, hat sie den genommen. Für ein hübsches Sümmchen gab es plötzlich einen blondschöpfigen Germanen in ihrer Ahnenreihe und schwupp – weg war sie.«

»Das tut mir leid.«

»Nein, nein, wen man liebt, den lässt man ziehen. Je weniger man hat, umso weniger können sie dir nehmen.«

Entgegen seiner Beteuerung blickt Wladimir doch sehr betrübt auf die Grütze, die in einer Art Trog in der Mitte des Tisches steht; der Holzlöffel liegt auf einmal nutzlos in seiner schlaffen Hand. Zwei Mitesser ergreifen die Gelegenheit und kratzen den letzten Rest aus. Die Portionen sind so bemessen, dass die Männer zwar nicht hungern müssen, aber auch nie richtig satt werden – kräftige Menschen

neigen eher zu Auflehnung. Zudem ist die Leitung des Seebades angewiesen, die laufenden Kosten möglichst niedrig
zu halten, und bei der Verpflegung und Unterkunft der Ostarbeiter lässt es sich am einfachsten sparen.

Bevor Bogdan noch etwas sagen kann, erteilt der Kapo
den Befehl zum Aufbruch und insgesamt fünfzig Arbeiter
mit blauen Armbinden folgen ihren fünf Anführern. Wieder
können sie auf ihrem Marsch kaum etwas von der Umgebung sehen. Am Einsatzort angekommen, werden ihnen die
Gerätschaften und der Ablauf der Gepäckverladung erklärt,
doch Bogdan und die meisten anderen hören wenig aufmerksam zu. Zu überwältigend ist der Anblick: Sie stehen
am Beginn eines riesigen Steges, der scheinbar unendlich
weit ins Meer hinausführt – das Meer, so sieht es also aus.
Dass es so eine riesige Wasserfläche überhaupt gibt; wie
sich die Wolken im Wasser spiegeln, die Wellen! Und die
vielen Menschen am Strand, wie sie Ball spielen und im
Meer baden – paradiesisch! Völlig überwältigt vom fliehen-
den Horizont, fangen einige der Männer an zu schwanken
und müssen von der Gruppe gestützt werden. Die erste
Übungsrunde beginnt: Je zwei Männer ziehen einen Karren,
welcher von drei weiteren Arbeitern zuvor mit Gepäck be-
laden wird. Den Karren zerren sie so lange von einem Ende
zum anderen über den Steg, bis der Ablauf reibungslos funktioniert. Anschließend positionieren sie sich am äußeren
Ende, denn bald wird der erste Dampfer mit Urlaubern eintreffen. In der Ferne sieht man ein kleines Bötchen stetig
näher kommen. Gebannt blicken die Männer auf das Schiff,
und wie es schließlich am Steg festmacht, sind die Männer

von dessen Größe und dem Lärm der Schiffsmotoren geradezu paralysiert; etwas Derartiges hat keiner von ihnen je zu Gesicht bekommen. Einige werfen sich sogar auf den Boden, als das Schiffshorn die Holzplanken erzittern lässt. Nur unter Androhung harter Strafen können die Kapos die Männer zur Arbeit bewegen. Vor den Gästen ist zwar jegliche Form der Züchtigung untersagt, denn nichts soll deren Urlaubsfreude trüben – aber abends im Lager wird in aller Abgeschiedenheit abgerechnet, und die Peitschenhiebe treffen den Übeltäter nur dort, wo die Striemen später von der Kleidung verdeckt werden.

Für die unerfahrenen Arbeiter ist es nicht leicht, die Karren schnell und kollisionsfrei zwischen den ankommenden Gästen und den unterschiedlichen Begrüßungskomitees hindurchzusteuern. Anfangs sind sie noch deutlich zu langsam und es braucht eine ganze Weile, bis sich alles eingespielt hat. Am Ende ihres ersten Arbeitstages werden sie jedoch das Gepäck von zwei Schiffen, drei Zügen, einem Bus und sechs Autos entladen und weitertransportiert haben.

Am Abend sind die Männer so erschöpft, dass sie sich noch nicht einmal über die gesehenen Wunder austauschen. Beschämt stellt Bogdan fest, dass er heute noch niemanden nach seinen Eltern gefragt hat. Er nimmt sich fest vor, gleich morgen mit seiner Suche zu beginnen und sich als Erstes beim Kapo zu erkundigen.

Mit dem Bild einer majestätischen blauen Oberfläche und dem Geräusch von tosenden Schiffshörnern schläft Bogdan augenblicklich auf seiner Pritsche ein.

Ein Meer aus grünen Halmen rauscht rhythmisch im Wind, der in Wellen wieder und wieder über die Graslandschaft streicht. Außer ein paar kümmerlichen Birken ist kein einziger Baum zu sehen. In der Ferne wird die Tundra zur Taiga mit Moosen und Permafrost, doch auch hier ist es bereits bitter kalt. Zitternd steht Bogdan in der Weite und schaut sich suchend um: Am Horizont bewegt sich etwas. Er beschattet seine Augen mit der Hand und erspäht eine Herde Wildpferde. Schnell galoppieren sie auf ihn zu, ihre Hufe berühren kaum den Boden, als sie ganz nah an ihm vorbeipreschen. Er blickt ihnen nach, wie ihre schwarzen Mähnen und Schweife wild hin und her peitschen. Ein Schnauben lässt ihn sich wieder umwenden: Eine Stute ist zurückgeblieben, unruhig tänzelt sie auf ihren schwarzen Beinen, es wirkt fast, als trüge sie Strümpfe. Ein schönes Tier: Es strotzt vor Gesundheit und Überlebenswillen, hat ein glänzendes Fell und eine volle Mähne, die in Wildpferdart nach oben ragt. Deutlich ist auch der schwarze Aalstrich auf dem Rücken zu erkennen, der die sonst falbfarbene Stute in zwei Hälften teilt. Unter langen Wimpern blicken ihn zwei große schwarze Augen einladend an. Vorsichtig geht er auf das Tier zu und streichelt behutsam seine Flanke, deutlich spürt er unter dem Fell das Spiel der Muskeln. Am Bauch wird das Fell ganz hell, fast weiß, ein starker Kontrast zu den dunklen Beinen; ebenso ist das Maul mehlweiß und bildet den nämlichen Kontrast mit den schwarz eingefassten Nüstern und Lippen. Bogdan rupft ein Büschel Gras aus und hält es der Stute unter ihr Maul, zögerlich beginnt sie zu kauen. Mehr Zutrauen zu Bogdan gewinnt sie jedoch

durch seine Streicheleinheiten auf ihrer Stirn, als durch die
Darreichung des ohnehin reichlich vorhandenen Grases. So
weich und warm ist das Maul, selten hat Bogdan so etwas
Zartes gespürt, der feuchte Atem kitzelt auf seiner Hand.
Die Stute dreht nach einer Weile den Kopf zur Seite und
zeigt ihm ihre Flanke. Mit einer ganz natürlichen, beinahe
selbstverständlichen Bewegung schwingt Bogdan sich auf
ihren Rücken und sofort sprengt das Tier los. Nur mit den
Händen in ihrer Mähne und den Beinen in ihre Flanken gedrückt, kann er sich erstaunlich gut halten. Der Wind um-
tost seinen Körper, ihm wird ganz warm, zum ersten Mal
hat er das Gefühl, wirklich tief Luft holen zu können; immer wieder saugt er das Lebenselixier gierig ein, während
sie im rasenden Galopp über die Taiga stürzen. Voller Liebe
umfängt er den Hals der Stute und presst seinen Kopf an
ihren Nacken, regelmäßig pulsiert das Blut durch ihren Körper. Ihre ungebändigte Energie durchdringt seine Stirn und
geht auf ihn über: Er kann die Welt mit ihren Augen sehen
– er fühlt plötzlich, wie stark und frei er ist – nirgendwo
Hindernisse, nur Möglichkeiten. Die Welt liegt unter und
vor seinen Hufen, wartet bereitwillig darauf, durchmessen
zu werden. Hinter ihnen hört er nun die Herde nahen – Sicherheit spendende Gemeinschaft. Allmählich holt sie ihn
und seine Stute ein, um kurz darauf in einem weiten Bogen
nach links abzuschwenken. Unaufhaltsam verschwindet
die Herde wieder aus ihrer Sicht, bald sind sie wieder allein:
Unkontrollierbare Panik, mit einem durchdringenden Wie-
hern bäumt sich das Tier auf und wirft den Reiter mit
Leichtigkeit ab. Ehe Bogdan sich versieht, liegt er auf der

Erde und vor ihm schrumpft die Stute zu einem Punkt unter Punkten in der Ferne. Der Boden unter ihm ist hart, gefroren.

3

Zitternd erwacht Bogdan auf seiner Pritsche. Es dauert etwas, bis er in der Wirklichkeit angekommen ist, er lauscht in die Dunkelheit. Um ihn herum ist nur Stille – sofern man die Schlafgeräusche von fünfzig Männern als Stille bezeichnen kann. Gott sei Dank dauert es noch etwas, bis der Weckruf erschallt, so bleibt ihm noch Zeit, um über seinen Traum nachzudenken. Schon das Wort *Traum* scheint nicht richtig zu passen: Noch immer kann er den Wind an seinem Körper und das Fell in seiner Hand spüren; und auch jedes andere Detail ist ihm noch ganz gegenwärtig. Bisher haben seine Träume stets von alltäglichen Dingen gehandelt oder bestanden nur aus Gedankenfetzen – falls er sich überhaupt erinnern konnte, was selten genug vorkam. Das Erstaunlichste scheint ihm jedoch, dass er noch nie zuvor so ein Pferd gesehen hatte: gedrungen, kräftig, willensstark. Auch die Traumlandschaft war ihm völlig fremd. Woher kamen also diese Bilder? Früher war er mit seinem Großvater öfter in den Wald gegangen, um nach etwas Essbarem zu suchen, doch diese karge Weite ... Ratlos stiert er abermals in die Dunkelheit. Sein Heft! Leise windet er sich aus seinem Bett, öffnet vorsichtig seine Truhe und kramt das Heft hervor. Auf einer Seite sind verschiedene Pferderassen abgebildet und im oberen Bereich eine

Höhlenwand, auf der sich Strichzeichnungen von Bisons, Mammuts und Pferden befinden. Daneben besticht ein Foto von einem Wildpferd in einer Wüstenlandschaft – das Pferd gleicht haargenau seiner nächtlichen Stute. Das muss eine sehr alte Pferderasse sein, denkt sich Bogdan. Hat ihn der Urahn aller Pferde besucht? Und wenn, was sollte ihm das sagen? Enttäuscht lässt er den Deckel seiner Truhe los, woraufhin diese mit einem höllischen Scheppern zuschnappt. Verwünschungen und Schmähungen lassen nicht lange auf sich warten, gehen jedoch im einsetzenden Sirenengeheul unter. Kurz darauf stehen alle Arbeiter beieinander an den Waschbecken und Bogdan nutzt die Gelegenheit, Nikita um Rat zu fragen; oft wissen die Alten ja etwas über solche seltsamen Dinge. Vielleicht ist er sogar in Traumdeutungen bewandert oder kennt sich zumindest mit Pferden aus? Nachdem er Nikita in knappen Worten sein nächtliches Erlebnis geschildert hat, enttäuscht dessen entgeisterter Blick gleichwohl all diese Hoffnungen.

»Traumdeutung ist Weibersache! Meine Alte hat immer mit den Nachbarinnen stundenlang über ihre Träume geschwatzt: Ein Zeichen bedeutete eine baldige Hochzeit, ein anderes Unglück und eine Woche später war es genau umgekehrt, bla, bla, bla. Ihren Unfall hat sie jedenfalls trotz aller Deuterei nicht vorhergesehen, sonst wäre sie wohl an dem Tag nicht auf die Straße gegangen – so, was nützt es also? Wir müssen durchs Leben hindurch bis zum Tod, da helfen dir deine Träume gar nichts, nur Gebete! Frag doch mal die Deutschen, Bogdasja[152], die interessieren sich bestimmt brennend für träumende Untermenschen.« Bei den letzten Worten muss er so lachen, dass er sich unwillkürlich seinen mageren Bauch hält und ihm die Kernseife dabei aus der Hand rutscht.

Unsanft wird Nikita nach hinten gezogen, Akim taucht hinter ihm mit der Seife in der Hand auf und steckt sie ihm ungerührt in seine Unterhose. Zeternd versucht der Alte, die Seife herauszufingern, worauf eine Unzahl an vermeintlich helfenden Händen zusätzlich in seine Kleidung greift. Der derbe Spaß lässt den Lärmpegel bedenklich ansteigen. Freundlich zieht Akim derweil den verdutzten Bogdan in eine ruhigere Ecke des Waschraums.

»Hör mal gut zu, Junge! Du warst doch der mit dem Bild von der Möwe, oder? Genau. Die mongolischen Schamanen haben alle ein verwandtes Seelentier, in dessen Körper sie des Nachts oder mithilfe von berauschenden Getränken schlüpfen können, bei unserem Schamanen war es der Adler. Vielleicht bist du ja ein Geisterbeschwörer oder so etwas?«

»Lass dir nichts Gottloses einreden!«, fährt ein grobschlächtiger Mann dazwischen. Auf seinem rechten Oberarm prangt der alte, doppelköpfige russische Reichsadler, darunter steht *Kolja*, was wahrscheinlich sein Name ist.

Doch Akim spricht unbeeindruckt weiter: »Das Pferd kenne ich, wir nennen es Takhi: ein Wildpferd, das schon seit Urzeiten in der Steppe lebt, sich nur sehr selten zeigt, überhaupt scheu ist und normalerweise umgehend flieht, sobald es Menschen bemerkt. Die Schamanen sagen, dass sich die Freiheit selbst, wenn sie ihr körperloses Dasein leid ist und die Erde und den Wind spüren will, in ein Takhi verwandelt und über die Ebenen fliegt.«

Drohend baut sich Kolja jetzt vor Akim auf: »Ich habe dir doch gerade gesagt, dass du mit deinen gottlosen Reden aufhören sollst! Bogdan ist einer von uns und glaubt an Gott. Wir wollen unser Brauchtum nicht vermongolen!«

»Das sagt mir der Mann mit dem russischen Adler auf dem Arm? Was stört dich denn an meinem Adler und an Bogdans Pferd? – Und musstest du dir eigentlich deinen Namen darunter tätowieren lassen, damit du ihn nicht vergisst? – Vergiss auf jeden Fall nicht, dass wir hier alle Untermenschen sind, alle gleich wertlos und zusammen in derselben Scheiße sitzen.« Diese Worte spricht Akim nicht versöhnlich aus, sondern begleitet von einem angriffslustigen Blitzen seiner sich verengenden, mandelförmigen Augen. Um die beiden Männer hat sich inzwischen ein Kreis gebildet. Der Spaß mit dem Alten ist längst vorüber und immer mehr Schlägertypen stellen sich hinter Kolja auf. Die wenigen asiatisch geprägten Arbeiter gruppieren sich hingegen eher lose um Akim.

»Wir Russen sind keine Untermenschen! Wir sind Slawen und brauchen sicher nicht die Hilfe von einem hunnischen Mischvolk, das rassisch in jeder Hinsicht unter uns steht. Ihr Schlitzaugen seid doch nichts als kulturlose Kameltreiber, die noch nicht einmal an Gott glauben. – Von mir aus könnt ihr alle verrecken!«

»Dschingis Khan hat das zweitgrößte Weltreich aller Zeiten geschaffen und den Menschen Wohlstand, Religionsfreiheit und Toleranz gebracht, aber davon versteht ihr

Russen offensichtlich nichts. Eure *Kultur* bestand doch bloß darin, euer bisschen Hirn in Wodka zu ertränken und mit schierer Brutalität eure Nachbarvölker zu unterjochen. Hättet ihr sie nur ein bisschen besser behandelt, hätten die Nazis vielleicht nicht so ein leichtes Spiel mit der Sowjetunion gehabt und es wären nicht alle mit fliegenden Fahnen zu ihnen übergelaufen.«

Die letzten Worte sind unter Koljas Wutgebrüll kaum noch zu hören, als er sich mit aller Macht auf Akim stürzen will. Weniger als einen halben Meter vor ihm bleibt Kolja jedoch abrupt in der Luft hängen: Wladimir hat ihn von hinten gepackt und hält ihn an seinen Schultern etwas über dem Boden. Dieser Hüne ist allen Kameraden haushoch überlegen und so wagt es keiner, Kolja zu helfen.

»Was ist denn nur los mit euch!? Still, Kolja, hör auf zu zappeln, sonst brech ich dir das Genick! Ihr solltet euch mal reden hören, ihr sprecht schon genauso wie die! Die Nazis werden sich ins Fäustchen lachen: Nicht nur, dass ihr genau ihre Denkweise übernommen habt, ihr nehmt ihnen auch noch die Arbeit ab – bringen wir uns doch alle gegenseitig um! Na, wer will als Erster? Du … oder du? Erst die Russen gegen die Mongolen, dann die Polen gegen die Ukrainer und so weiter. Ihr solltet euch schämen, was seid ihr nur für ein Gesindel!«, betrübt schüttelt Wladimir den Kopf und wirft Kolja mit einer abschätzigen Bewegung zu Boden.

Mitten in die betretene Stille platzt Hasso herein: »Was ist hier los, wieso seid ihr nicht auf dem Weg zur Arbeit?« Als niemand antwortet und stattdessen alle nur verlegen den Beton vor sich anstarren, geht Hasso reihum, packt jeden am Kragen und schüttelt ihn wie wild.

»Gebt mir sofort Antwort, sonst werdet ihr es bereuen!«

Zu seiner großen Verblüffung wird er auf einmal selbst gepackt und so wild hin und her geschüttelt, dass ihm Hören und Sehen vergeht. Hilflos baumelt er über dem Boden, seine schlaksigen Beine schlackern in der Luft.

»So, Goscha, vielleicht bereust du erst Mal! Bereust, dass du so ein mieser Verräter bist, dass du nur an deine eigene Haut denkst, dass du …«

Weiter kommt Wladimir nicht, da mindestens zehn Kameraden sich mit ihrem vollen Körpergewicht an seine Arme und an seinen Körper hängen, um irgendwie zu verhindern, dass er Igor zu Tode schleudert. Dieser sinkt schon wie ein leerer Sack an Wladimirs Armen herunter, mehr tot als lebendig, besinnungslos.

»Väterchen, fasse dich, was machst du denn da? Wowa, das ist doch auch ein Mensch, nur Gott kann über ihn richten«, beschwichtigend redet Bogdan auf Wladimir ein und streicht ihm dabei sanft über den Kopf, wie er es nachts bei seinem Wildpferd tat. Mit Tränen in den Augen blickt ihn Wladimir an, dann öffnet er beide Hände und Hasso klatscht auf den Boden; Wladimir selbst sinkt auf die Knie. Einige kümmern sich sofort um Hasso und versuchen ihn mit etwas kaltem Wasser wieder zum Leben zu erwecken. Die Mehrheit zerrt und zieht jedoch an Wladimir, um ihn vor der sicheren Vergeltung zu verstecken. Doch er bewegt sich nicht einen Millimeter von der Stelle. Langsam kommt Hasso wieder zu sich, in der ersten bewussten Sekunde greift er reflexartig nach seiner Trillerpfeife und bläst erst schwächlich, sodann mit voller Kraft hinein. Entsetzt lassen alle von den beiden Männern ab und machen den Weg zu ihnen frei; nur Bogdan versucht noch immer etwas auszurichten, wird aber schließlich von Oleg weggezogen. Es vergehen keine zehn Sekunden, bis zwei SS-Männer von der Wachmannschaft in den Raum stürzen. Hasso, der noch immer am Boden kauert, zeigt wortlos auf Wladimir, der daraufhin sogleich von einem der Soldaten abgeführt und in eine Arrestzelle eingesperrt wird. Der andere Soldat treibt die Männer zusammen und ohne Morgenappell geht es im Laufschritt zum Frühstück. Verdrossen stieren die Männer auf ihren Haferbrei und rühren lustlos darin herum. Während des Essens erntet Kolja viele böse Blicke und einige Knüffe von Arbeitern, die an seinem Platz vorbeigehen; doch er schlingt seinen Brei anscheinend unbeeindruckt hinunter. An diesem Tag wird unter den Männern nicht mehr gelacht, alle fürchten sich vor der Strafe, die mit Sicherheit Wladimir, doch sehr wahrscheinlich auch die übrige Gruppe erwartet. Stumpf und stur schichten sie Koffer um Koffer auf, tragen Taschen von hier nach dort, entladen Schiffe, Busse, Autos.

Als sie am Abend endlich zurück ins Lager kommen, drehen die einen rastlos Runden um die Baracken, die anderen ziehen sich wortlos auf ihre Pritschen zurück. Schmerzlich wird sich Bogdan bewusst, dass er schon wieder nicht nach seinen Eltern geforscht hat – wie hätte er heute jedoch jemanden nach ihnen fragen können?

Mutlos verkriecht er sich in sein Bett und blättert in seiner Bilderbibel, die er mittlerweile von Nikita zurückerhalten hat.

Still versenkt er sich ins Gebet und bittet um Beistand für Wladimir und um ein Wiedersehen mit seinen Eltern.

Der nächste Tag beginnt in ähnlich trostloser Stimmung wie der vorherige. Die Kunde von der Festnahme Wladimirs und teils abenteuerliche Vermutungen über den Hergang haben sich wie ein Lauffeuer im Lager verbreitet. So stehen an diesem Morgen 500 äußerst angespannte Arbeiter dem SS-Sturmbannführer gegenüber. Dass er bereits am dritten Tag erneut zu ihnen sprechen wird, verheißt nichts Gutes: Normalerweise führt Hauptsturmführer Meyer den täglichen Routineappell durch. Zu beiden Seiten der Arbeiterschar haben je zehn bewaffnete Soldaten Aufstellung bezogen.

»Männer, ich bin absolut nicht erfreut, heute schon wieder vor euch zu stehen. Vor nur zwei Tagen habe ich euch hier begrüßt und meine Position erläutert: Ich habe euch wissen lassen, dass ausschließlich euer Handeln bestimmt, ob die erfreuliche Zahl auf diesem Blutband weiter anwachsen oder eines Tages auf null zurückgestellt werden wird. Noch steht hier: *Tage ohne Tote: 95.* Als Arier habe ich das Recht zur Menschenführung in die Wiege gelegt bekommen, denn der Arier steht an der Spitze der Rassenhierarchie. Solange ihr auf Rügen weilt, könnt ihr mich daher als euren Vormund betrachten. Das bedeutet Rechte und Pflichten für mich, bedingungslosen Gehorsam für euch. Die Natur hat über Tausende von Jahren viele verschiedene Arten ausprobiert: Pflanzenarten, Tier- und Menschenrassen. Durch natürliche Auslese sind zu allen Zeiten die schwächeren Arten von den überlegenen verdrängt und bisweilen sogar ganz von der Erde getilgt worden. So die Dinosaurier von den Säugetieren und die Neandertaler vom *weisen Menschen* – der Homo sapiens war einfach der größere Kulturschöpfer. Selbst unseren nächsten Verwandten, den Menschenaffen, haben wir Stück für Stück den Lebensraum geraubt und heute kann man Schimpansen, Gorillas und Orang-Utans lediglich noch im Zoo zu Gesicht bekommen. War dies ein Akt der Heimtücke, mit dem Vorsatz, die Art auszulöschen? Nein! Evolution bedeutet schlicht Fortschritt und Fortschritt bedeutet, dass sich die stärkere Art – die Menschheit – durchsetzt. Und derselbe Grundsatz gilt auch innerhalb der Menschheit. Die leistungsfähigste Rasse der Gegenwart sind die Germanen und deswegen ist das einzige Recht, das die Natur kennt, allein auf unserer Seite – nämlich das Recht des Stärkeren. So, wie wir unserer natürlichen Pflicht, zu führen, nachkommen müssen, müsst ihr eurer Pflicht, zu dienen, nachkommen – jede Rasse nach ihrem Vermögen. Der Wert oder Unwert eurer eigenen Rasse liegt dabei letztlich jeden Tag in euren eigenen Händen. Übergriffe gegen Herrenmenschen oder auch nur gegen die von ihnen eingesetzten Vertreter sind absolut widernatürlich und müssen härteste Strafen nach sich ziehen. Diese Strafen zu verhängen, ist mir nicht Freude, sondern heilige Pflicht: Daher verurteile ich hiermit den Täter Wladimir zum Tod durch Erschießen. Mit jedem weiteren Gefährder der natürlichen Ordnung wird entsprechend verfahren werden, bei fortgesetzten Verstößen werden die Gruppe, der Zug und schließlich das gesamte Lager bestraft. Seid ein für alle Mal gewarnt: Zur Erhaltung der Schöpfung werden wir selbst vor der Anwendung der brutalsten Mittel nicht zurückschrecken.«

Nach dieser abschließenden Warnung treiben die Wachen die Arbeiter auf den Hof, wo Wladimir bereits stehend an einen Pfahl gebunden ist. Alle Arbeiter müssen sich in Zehnerreihen vor ihm aufstellen. Der Sturmbannführer hebt den rechten Arm und feuert seine Dienstpistole aus nächster Nähe auf Wladimirs Schläfe ab. Wladimir ist sofort tot und sein Körper sackt in sich zusammen. Ehe noch der Blutstrom den Boden erreicht, wird der Leichnam schon vom Vorplatz gezerrt und in einer abseits gelegenen Grube auf dem Barackengelände verscharrt.

Tage ohne Tote: 0.

4

Tage ohne Tote: 1 – Tage ohne Tote: 1 – Tage ohne Tote: 1 – ToT: 1 – ToT.

Unablässig wandert die LED-Anzeige des Blutbands vor Bogdans geistigem Auge von rechts nach links, den ganzen Tag schon will es ihm nicht recht gelingen, sich auf seine Arbeit zu konzentrieren – ToT. Erneut entgleitet ihm ein Koffer und die anderen Arbeiter blicken mürrisch zu ihm hinüber. Seit Stunden gab es keine Pause, seit Stunden nur: braune, grüne, graue Koffer, große Koffer, kleine Koffer, harte Koffer, weiche Taschen. Ein Ball fällt vor ihm auf den Boden, er nimmt ihn auf. Wowas Gesicht im Dreck, blutverschmiert – ToT. Eine Frau schlägt ihm den Ball aus der

Hand, Hasso brüllt ihm ins Ohr. Die Konsequenzen sind ihm egal, alles ist ihm egal. Die anderen reißen ihn mit sich in einen Strudel aus Händen, die nach Koffern greifen, immer wieder nach ihnen fassen, an ihnen zerren; auch Bogdans Hände sind darunter. Er erkennt sie allein an ihrer Form, ansonsten bewegen sie sich völlig selbstständig und sind mit seinem Willen nicht stärker verbunden als die übrigen Hände. Ein Gewimmel von rastlosen Leibern, Gesichtern und Beinen. Irgendwann verschwimmt vor Bogdan alles zu einer gestaltlosen Masse und allein Wowas Gesicht mit dem dicken Blutklumpen über dem Auge bleibt schmerzhaft klar.

Auch dieser Tag findet irgendwann sein Ende. Zurück in der Baracke weiß Bogdan nicht mehr, wo er heute war und was er getan hat. Jetzt sitzt er eingefallen auf seiner Pritsche und rührt sich nicht, bis er sich nach einer Weile unbewusst an seinen Rücken greift. Erst als er seine blutige Handfläche erblickt, spürt er wieder den Holzbock unter sich – genau wie in jenem Moment, kurz bevor die Peitsche die Haut aufplatzen ließ und er vor rasendem Schmerz fast die Besinnung verlor. Schon oft ist er von den Deutschen gezüchtigt worden; manchmal gab es einen Anlass, doch meistens wollten sie lediglich seinen Willen brechen. Die Grausamkeiten sind alltäglich und bekümmern niemanden mehr. Was sind schon ein paar Schläge im Angesicht des Todes, der jeden tagtäglich ereilen kann?

Um Bogdan herum wird daher einfach weitergelebt. Was gäbe es sonst auch zu tun? Männer streiten sich und immer wieder taucht der Name Wladimir aus dem Sprachwirrwarr auf, ebenso häufig fällt Hassos Name. Das allmähliche Abebben der Wortgefechte empfindet Bogdan als eine Wohltat, denn heute kann er dem Treiben so gar nicht folgen; war er bei der Arbeit schon unkonzentriert, haben ihm die Peitschenhiebe seine letzten Kräfte geraubt. Umso erschrockener ist er, als Hasso auf einmal vor ihm steht und sich zu ihm hinunterbeugt. Unkontrolliert stößt er einen Schrei aus und krümmt sich weg. Die Umstehenden kommen alarmiert näher: Jeder rechnet heute mit dem Schlimmsten, wobei sich keiner ausmalen mag, was die Aufseher Bogdan heute noch antun könnten. Doch da sie bekanntermaßen vor nichts zurückschrecken, ist Hasso alles zuzutrauen. Nervös blickt Hasso auf, aus den Gesichtern der Kameraden spricht eine kaum unterdrückte Wut. Am liebsten spräche er heute mit niemandem mehr, denn die Ereignisse der letzten Zeit sind auch ihm nahegegangen. Doch beim ersten Anzeichen von Schwäche könnte er selbst zum Opfer werden und das darf er nicht zulassen. Zu Hause ist seine Familie von ihm und seiner Arbeit abhängig: Ohne den Posten als Kapo gibt es keine Medikamente für die kranke Mutter und keine Sonderrationen für seine beiden Kinder. Demzufolge muss er versuchen, besonders selbstsicher und überlegen zu wirken.

»Pscht, du bist ja so schreckhaft wie ein kleines Kind. Hier, das kam über den Familiendienst von deiner Schwester. Anstatt rumzukreischen, solltest du dich lieber freuen! Es kommt nur sehr selten Post an«, versucht Hasso Bogdan zu beruhigen, wobei sein Tonfall etwas zu belehrend klingt. Er drückt Bogdan einen Brief in dessen bleiche Hand:

Offensichtlich ist er schon einmal geöffnet worden, er wirkt insgesamt sehr abgenutzt.

Hätte man einen Eimer kaltes Wasser über Bogdans Kopf ausgeleert, hätte ihn das nicht rascher aufwecken können. Hellwach und völlig perplex starrt er auf die Nachricht und überglücklich. Noch kann er seine Gefühle kaum einordnen, doch er steht sofort auf und streicht liebevoll über die Lagen des gräulichen Papiers in seiner Hand – als ob er den Inhalt mit den Fingerspitzen aufsaugen könnte, dabei wechselt die Farbe des Briefes von Grau zu Rot.

»Verzeih mir, wie konnte ich nur ...«, versucht er sich mit versagender Stimme zu entschuldigen, wohl wissend dass er auf den Kapo nun besonders angewiesen ist.

»Damit hatte ich überhaupt nicht gerechnet ... ich freue mich so!« Nach diesem schrecklichen, schmerzvollen Tag wird Bogdan von der Sorge und der Sehnsucht nach seiner Familie übermannt. Seine Lippen beginnen zu zittern und nur mühsam kann er die Tränen zurückhalten. Er liebkost den Brief und drückt ihn schließlich zärtlich an sein Herz.

»Kannst du ..., bitte?«, sind die einzigen Worte, die er herausbringt.

Erschrocken über Bogdans tiefe und unverstellte Gefühlsregung und selbst von der Situation überfordert, antwortet der Kapo verständnisvoller als sonst; bedeutend verständnisvoller, als es die Umstehenden erwartet haben.

»Soll ich dir den Brief vorlesen? Nun gut, dann komm mit in meine Stube.«

Wohlwollende, ein wenig neidische Blicke folgen den beiden auf ihrem Weg zum abgetrennten Bereich der Kapos.

Dort stehen an der Wand fünf richtige Betten mit Matratzen und weichem Bettzeug. Neben den Betten befinden sich kleine Nachttische, auf denen ausnahmslos Fotos der Familien und Pfeifen liegen, dazu gibt es einen großen Gemeinschaftsschrank, der die den Betten gegenüberliegende Wand einnimmt, und einen Gemeinschaftstisch in der Raummitte. Die Stube ist lediglich durch oben offene Trennwände vom Bereich der normalen Arbeiter abgesondert. Mit Erleichterung stellt Bogdan fest, dass die anderen vier Kapos nicht auf der Stube sind. Für den bescheidenen Luxus hat er momentan kein Auge, zu sehr fiebert er den Neuigkeiten von seiner Schwester entgegen. Hasso hat sich derweil auf einen der Stühle fallen lassen und versucht bereits die Zeilen zu entziffern; angestrengt kneift er dabei die Augen zusammen. Zwischendurch schaut er nach Bogdan und als er bemerkt, dass dessen Zittern und Bluten nicht nachlässt, reicht er ihm wortlos einen Lumpen und weist auf einen der Stühle.

»Deine Schwester hat wirklich den schlechtesten Schreiber beauftragt, den man sich nur vorstellen kann. Es sieht aus, als hätte jemand den Brief als Wischtuch benutzt. Nun gut, es wird schon gehen. Also: *Lieber Bruder, wir vermissen dich sehr! Die Großmutter ist seit deinem Abschied krank und verlässt kaum noch das Bett. Es ist ein* – Was soll denn das heißen? – *J-a-m-m-e-r, dass ich so selten bei ihr sein kann. Leider geht es mir selbst auch nicht so gut. Unmittelbar nach deiner Abreise musste ich zu einer Sonderuntersuchung beim Rassenamt.* – Oha! – *Es wurde ein* – Ach so. – *Routineeingriff im Unterleib vorgenommen und seitdem habe ich starke Schmerzen.* – Oje! – *Ich hoffe so sehr, dass es dir in der Fremde gut geht, und bete jeden Tag zu Gott für deine Rückkehr. Hast du etwas über unsere Eltern in Erfahrung gebracht? Es küsst dich von ganzem Herzen deine dich – Was? – liebende Schwester Jelena!«*

Die ganze Zeit über hängt Bogdan förmlich an Hassos Lippen, jedes Mal zuckt er unmerklich zusammen, wenn die wenigen Worte seiner Schwester von Hassos ungebetenen Kommentaren oder seinen langwierigen Entzifferungsversuchen unterbrochen werden. Nachdem Hasso einen letzten prüfenden Blick auf den Brief geworfen hat, faltet er ihn vorsichtig zusammen und schiebt ihn über den Tisch zu Bogdan. Mit letzter Kraft legt er seine Hand auf das Papier und zieht es zu sich her; stumm, mit gesenkter Stirn, starrt er auf den Brief.

»Sieh das Positive: Beide leben und sie lieben dich, das ist doch schön.«

»Meine Großmutter liegt im Sterben und ich werde sie wahrscheinlich in diesem Leben nicht wiedersehen. Mit meiner Schwester haben die Nazis irgendetwas angestellt, ohne dass ich es verhindern konnte. – Nein, das sind keine Nachrichten, über die ich mich freuen kann. – Was kann das überhaupt für ein Eingriff sein, weißt du etwas darüber?« Mit einer bitteren Miene steckt Bogdan den Brief ein und schaut dann Hasso fragend an.

»Nein, ich weiß leider nichts darüber; uns wird auch nur das gesagt, was wir für unsere Arbeit wissen müssen«, versucht Hasso Bogdans Frage abzuwimmeln, wobei er in übertriebener Weise seine Schultern hochzieht. Er ist kein guter Lügner.

»Du bist doch ein Christ, oder? Also glaubst du daran, dass du für deine guten Taten einen Lohn und für deine schlechten Taten eine Strafe empfangen wirst: Jetzt hast du die Gelegenheit zu einer guten Tat! Es kostet dich nichts, mir die Wahrheit zu sagen, und Gott wird mit Wohlgefallen auf dich blicken, wenn du es tust.«

»Na gut, na gut. Aber ich glaube nicht, dass es dir unbedingt bessergehen wird, wenn du die Wahrheit erfährst. Oft ist es einfacher, wenn man nichts weiß. – Ich nehme an, dass es sich bei dem Eingriff um eine Sterilisation gehandelt hat. Noch brauchen uns die Deutschen zwar, aber sie achten darauf, dass wir nicht überhandnehmen. Deshalb führen sie, besonders im Osten, immer wieder Massensterilisationen durch.«

Die Gesichtszüge von Bogdan entspannen sich.

»Du siehst erleichtert aus, warum?«

»Vor allem weil eine Sterilisation kein Todesurteil ist. Sie haben sie also nicht infiziert, vergiftet oder so etwas. Und dann ist es besser, wenn man keine Kinder hat, von denen man früher oder später getrennt wird oder die vor den eigenen Augen verhungern. Ich bin froh, dass das meiner Schwester erspart bleibt.«

Ratlos bedeckt Hasso mit seiner Hand den Mund, dann streicht er mit beiden Händen über seine Wangen und blickt verunsichert zwischen dem Bild seiner Familie und Bogdan hin und her.

»Das ist ein sehr trauriger Gedanke, auch wenn ich ihn ein wenig nachvollziehen kann. Was bleibt einem denn für Freude im Leben, wenn man keine Familie hat? Und was ist eigentlich mit deinen Eltern, was meinte deine Schwester mit ihrer Frage, ob du etwas von ihnen erfahren hast?«

Kurz erzählt Bogdan vom Schicksal seiner Eltern und von seiner vagen Hoffnung, sie hier wiederzusehen.

»Mein Gott, Junge, was denkst du dir nur! Wieso sollten sie gerade hier sein? Deutschland ist so groß, sie könnten schlichtweg überall sein; und dass ihr bereits so lange nichts mehr von ihnen gehört habt, ist sicher kein gutes Zeichen. Vielleicht sind sie in einer Sondereinheit unter Tage oder in einem Atomkraftwerk oder ... oder vielleicht sind sie längst tot.«

Schon wieder – ToT: Wowas wächsernes Gesicht blitzt auf. Immerhin hatte Bogdan für eine halbe Stunde nicht an ihn denken müssen.

»Das weiß ich, doch ich kann die Hoffnung nicht einfach so aufgeben – es sind meine Eltern! Bitte nutz deine Möglichkeiten und schau, ob du etwas über ihren Verbleib herausfinden kannst – irgendetwas.«

Der Junge dauert Hasso. Außerdem soll morgen eine Messe für die Ostarbeiter stattfinden, was die Gemüter beruhigen und wieder eine anständige Arbeitsstimmung erzeugen soll – das bezweckt zumindest der Hauptsturmführer. Beim Gedanken an Wladimirs Tod, den er mit zu verantworten hat, ängstigt sich Hasso davor, seinem Schöpfer so sündig zu begegnen. Indem er Bogdan hilft, kann er sein Gewissen womöglich erleichtern und vielleicht sogar etwas von seiner Schuld tilgen. Deswegen verspricht er Bogdan, sein Möglichstes zu tun.

Ein dichter Nebel wabert durch den Raum und erfüllt ihn mit einem schweren süßlichen Duft, vermengt sich mit dem Schweiß, den Wünschen und Nöten der fünfhundert knienden Männer zu einem geheimnisvollen Dunst, der die Gläubigen umgehend in ihre Kindheit versetzt. Nicht so die Wachmannschaft an der Rückwand, die entweder gelangweilt von einem Bein aufs andere wechselt oder lautstark Witze über die Zeremonie reißt. Gemessen schreitet der christliche Priester durch die Reihen der Männer, unaufhörlich das silberne Rauchfass mit dem Weihrauch schwenkend, bald ist das Gemeinschaftshaus so dicht von weißem Qualm erfüllt, dass es den Männern den Atem verschlägt und ihnen die Sicht auf die unzähligen Kerzen auf dem improvisierten Altar nimmt. Schließlich bezieht der Mann Gottes seinen Platz hinter einer kleinen hölzernen Kanzel, die im weltlichen Leben als Rednerpult genutzt wird. Über seiner schlichten weißen Soutane hängt ein großes goldenes Kreuz auf der Höhe der Brust. Um die Schultern trägt er die übliche rote Stola, auf der sich das weiß umrundete Hakenkreuz und das Hochkreuz abwechseln.

Auf ein Zeichen des Priesters hin dröhnen drei christliche Lieder in ununterbrochener Abfolge aus billigen Lautsprechern, die inbrünstig von den Teilnehmern des Gottesdienstes mitgesungen werden. Danach fordert der Priester die Gläubigen auf, sich in ein stilles Gebet zu versenken und Zwiesprache mit Gott zu halten: Ein verhaltenes Gemurmel erhebt sich und jeder ringt mit geschlossenen

Augen um einen Austausch mit Gott. Das Thema der anschließenden Predigt handelt vom vollkommenen Vertrauen Abrahams in Gott und dessen Allmacht: dem Herrn blind zu dienen als heiligste Pflicht; das Liebste freudig zu opfern, auf dass es als Belohnung Erlösung im Himmel finden möge. Nur wer seinen Leib auf Erden selbstlos den gottgesandten Ariern übergebe, nur dessen Seele gehe ein in das Reich Gottes – Arbeit mache frei, öffne für den reinen Weg durch die beschwerliche Pflicht hindurch zu Gott; der Lohn folge sicher und reichlich im Jenseits. An dieser Stelle vernimmt Bogdan ein verächtliches Schnaufen der Wachen. Da er erst spät von seinen Obliegenheiten entbunden wurde, hat er nur noch einen Platz in der letzten Reihe bekommen und kann dort die Kommentare der Wachmannschaft deutlich hören. Er beachtet sie jedoch kaum. Der Glaube gehört ihnen, ihnen allein. Er unterscheidet die Ostvölker in ihrem Brauchtum klar von den Deutschen: Die Arier glauben an die Heilslehre des Nationalsozialismus, und das heißt nur an sich selbst. Spätestens nach ihrem Tod werden sie sich unweigerlich für ihre Missetaten verantworten müssen, beim Vaterunser weiß Bogdan ganz genau, wer das Böse verkörpert, von dem die Gläubigen um Erlösung bitten. Endlich beginnen die Fürbitten, die Bogdans liebster Abschnitt der Messe sind: Mit den Worten »Gott, du bist für uns wie Vater und Mutter« weicht die große Einsamkeit von ihm und seine geplagte Seele findet für einen Augenblick Frieden. Insgesamt bitten sie für drei Gruppen von Menschen. Zuerst für die Frauen und Männer, die die Verantwortung tragen für den Frieden in der Welt und für die

Gerechtigkeit im Land; damit sind eindeutig die Nazis gemeint. Jetzt ärgern Bogdan die höhnischen Kommentare der Wachen, die anstatt zu schwatzen, besser gut zuhören sollten: Denn es braucht viel mehr Frieden und Gerechtigkeit – auch und besonders in diesem Lager.

»Für alle in unserer Gemeinde, die sich in ihrem Leben nicht zurechtfinden und denen es an Kraft mangelt für einen Neuanfang«, melodisch intoniert der Priester jedes Wort und verleiht ihm dadurch eine geheimnisvolle Bedeutung. Bogdan schaut sich verstohlen um: Viele von ihnen könnten mehr Kraft gebrauchen, der Kampf ums Überleben hat viele bereits ausgezehrt.

»Für unsere Verstorbenen, die uns ihre Liebe geschenkt haben oder die ein Stück des Weges mit uns gegangen sind.« Diese Fürbitte wird von den Arbeitern am lautesten und ergriffensten wiederholt, denn sie alle denken dabei an Wladimir, dessen Leib zu dieser Stunde kalt und klamm in einer Grube liegt und niemals in ein anständiges Grab gesenkt werden wird. Einer nach dem anderen geht nach vorne und empfängt den Leib und das Blut Christi, auch die Kapos. Durch ihre Teilhabe am Leib und Blut Christi werden diese Männer zu einer echten Gemeinschaft: Das Opfer Jesu Christi am Kreuz führt durch die sakramentale Vergegenwärtigung in der Messe die versammelte Altargemeinschaft mit dem Priester zusammen, der ihr vorsteht. Das besagt der Glaube dieser Menschen und in eben diesem Augenblick fühlen sie ihn leibhaftig. Er hat die Kraft, die Wunden zu heilen, die in den letzten Tagen geschlagen wurden; er vereint die Arbeiter, spendet ihnen Trost und Hoffnung. Beim Schlussgebet bittet Bogdan inständig für seine Schwester und für seine Großmutter, auch erbittet er ein Lebenszeichen von seinen Eltern; tief bewegt küsst er dazu das hölzerne Kreuz, das ihm seine Mutter zum Abschied gab. Der folgende Segen stärkt seine Hoffnung, sie eines Tages tatsächlich wiederzusehen. Erfüllt von neuem Lebensmut herrscht eine ganz andere Stimmung im Saal als zu Beginn des Gottesdienstes. Viele Männer umarmen einander und einige lächeln sogar. Beim Auszug aus dem Gemeinschaftshaus marschieren sie frohgemut an den Wachen vorbei, die bloß abschätzig den Kopf schütteln über diesen artfremden Erlösungsgedanken. Was sollen ihnen auch ein fremder Gott und ein entrücktes Himmelreich bedeuten, wenn das Höchste ihr Volk ist, und zwar im Hier und Jetzt? Sie kennen nur ein Heiligstes, nämlich den Dienst an diesem ihrem Volk; und nur ein einziges Mysterium, nämlich das nordische Blut. Doch die Völker sind verschieden und wenn sie ein gekreuzigter Jude glücklich macht, dann sei es ihnen gegönnt, befinden die Wachmänner großzügig. Die Urmenschen haben ihre komischen Götzen ja auch an die Höhlenwände gekritzelt.

Zur Feier des Tages bekommt jeder Arbeiter am Ausgang eine kleine Portion Tabak ausgehändigt, die er umgehend mit hingebungsvoller Sorgfalt in seine Pfeife stopft. Wer nicht selbst raucht – was aber doch jeder richtige Mann tut – nutzt seine Ration als Tauschobjekt für Gefälligkeiten, Informationen oder Gegenstände des täglichen Bedarfs.

Denn obwohl er offiziell verboten ist, gibt es einen regen Handel im Lager: Beliebte Waren sind Genussmittel, Essen, Unterwäsche oder Toilettenartikel. Die meisten Männer beteiligen sich am Handel jedoch nicht bloß, um ein bestimmtes Objekt der Begierde zu erwerben, sondern weil sie überhaupt Freude am Austausch mit den Kameraden haben und dabei unter Umständen auch noch ihren sozialen Status innerhalb der Lagerhierarchie erhöhen können. Der eine besitzt eine Fertigkeit, die er in die Gemeinschaft einbringen kann und die ihn über das pure Dasein als Roboter erhebt; der andere findet Ablenkung im Feilschen; und einem dritten hilft die Vorfreude auf ein eingeschmuggeltes Kleinod über die Ereignislosigkeit seines Alltags hinweg. Das erstaunlichste Wesen in diesem Mikrokosmos ist der *Besorger:* Es gab ihn schon zu allen Zeiten der Menschheitsgeschichte, denn sein Reich erwächst aus jeder Art von Mangel. In Gefängnissen, in Ghettos oder belagerten Städten findet er stets Mittel und Wege, spinnt ein tragfähiges Netzwerk, um gegen entsprechende Belohnung das Unmögliche möglich zu machen. So nähert sich Artjom – wie seit Urzeiten – Bogdan, um ihm seinen Tabak abzuschwatzen. Bogdan sitzt am Tisch und blättert in seiner Bibel. Er hat keine besondere Leidenschaft fürs Rauchen und daher werden sich die beiden schnell handelseinig. Für diese und die drei nächsten Tabakrationen erhält Bogdan ein neues Heft, wobei ihm Artjom verspricht, dass es viele Bilder von Tieren oder Pflanzen enthalten wird. Ein Handschlag besiegelt schlussendlich das Geschäft. Der Pfeifenqualm von fast fünfzig Männern breitet sich als beißender Dunst in der gesamten Baracke aus, doch das stört Bogdan wenig. Es erinnert ihn ausschließlich an schöne Dinge wie die Messe, den Ofen in der Küche oder den Großvater im Schaukelstuhl. Entspannt legt er sich auf seine Pritsche und entgleitet sanft in den Schlaf.

In der Nacht steht Bogdan wieder auf der nebelverhangenen Ebene, weit und breit ist kein Pferd zu sehen. Er macht sich auf den Weg nach Hause zu seiner Familie, denn heute ist Heiligabend und sie wollen gemeinsam feiern: die Eltern, die Großeltern und die Schwester. Schuldbewusst fängt er an zu rennen – wie konnte er das nur vergessen? Das Haus ist noch so weit, doch in der Ferne hört er schon das Läuten der Abendmesse. Unmöglich kann er noch rechtzeitig nach Hause kommen, verzweifelt bleibt er stehen und fällt auf die Knie. Er spürt, wie sie tief ins Moos einsinken und sieht das Dorf weit entfernt in einer Talmulde vor sich. Da stupst ihn von hinten mit ihrem Kopf die Stute an, dankbar schwingt er sich auf ihren Rücken und in Windeseile trägt sie ihn zu seiner Hütte. Vor der Haustür will er sich von dem Pferd verabschieden und sich herzlich bei ihm bedanken, doch da verwandelt es sich vor seinen Augen in seine glückselige Schwester, die ihm um den Hals fällt. »Bogdasja, endlich bist du da!« Die schwarzen Haare zu Zöpfen geflochten und die Wangen so rot wie ein frischer Apfel, so fröhlich und gesund hat er sie schon lange nicht mehr gesehen. Während sie sich umarmen, schwingt die Tür in einem großen Bogen auf: Ein warmes Licht strömt aus der Stube und erhellt den Schnee vor der Hütte, ein Feuer knistert und sein Rauch trägt den Duft von frisch gekochten Piroggen zu ihnen herüber. Nacheinander treten die Eltern und die Großeltern heraus, alle wirken so jung und unbeschwert wie in ihren besten Jahren. Mit frohem Lachen und Freudentränen in den Augen stürzen sie sich auf Bogdan und überschütten ihn mit Liebkosungen. Mit einer ausladenden Umarmung umfängt er seine gesamte Familie. Doch in diesem Moment greift er ins Nichts: Die heimelige Datscha ist mit einem Mal verschwunden und der Mond scheint fahl auf ein kleines Stück moosbegrünter Erde vor ihm, auf dem der Schnee plötzlich wegtaut und eine zartrosa Blume freigibt. Entgeistert und fasziniert beugt sich Bogdan zur Blume: Aus einem einzigen Laubblatt entspringt ein fragiler Stängel, der nur eine Handbreit über den Boden ragt. Der Stängel endet in einer Blüte, wie man sie mit ihrer exotischen Formensprache in dieser Umgebung nie erwartete. Fünf lila Blütenblätter überschatten kronenartig einen Kelch, der in einer weißen Schale mit roten Tupfen endet – goldgelbe Stempel bilden den Schatz, den er verbirgt. Aber der Gestank, wie kann so ein filigranes Wunder nur so abscheulich riechen? Angewidert will sich Bogdan die Nase zuhalten, doch stattdessen hält er einen feuchten, stinkenden Socken in der Hand.

»Hat der feine Herr heute keine Lust zu arbeiten?«, frotzelt Nikita, nimmt ihm den Socken aus der Hand und zieht ihn gemächlich über seinen Fuß. »Ich musste zu solch einer drastischen Maßnahme greifen, denn die anderen sind bereits beim Waschen. Junge, du hast es tatsächlich geschafft, die Sirene zu verschlafen. Das habe ich noch nie erlebt, dass einer so einen festen Schlaf hat.«

Wie aus einer anderen Welt starrt ihn Bogdan an.

»Hast wohl wieder was geträumt, ja? Das wird wohl immer intensiver? Bald kommst du aus deinen Fantastereien gar nicht mehr zurück, sondern bleibst im Märchenland bei deinem Pferdchen. Da wärst du auf jeden Fall nicht der Erste, der hier sein bisschen Verstand verliert. Wäre aber auch egal, wer braucht fürs Koffertragen schon Grips.«

»Ja, Alterchen, du hast recht, das Pferdchen war da und eine ganz außergewöhnliche Blume, sie sah aus wie eine Orchidee. Der Amtmann hatte eine ähnliche Pflanze in seinem Büro und war mächtig stolz auf sie. Sie war riesig und gelb, die in meinem Traum aber war ganz winzig und rosa. Gibt es solche Blumen überhaupt in Russland?«

»Pffft, mit dir geht es langsam zu Ende, Junge: Orchideen in Russland – so ein Stuss!«, schnauft der Alte verständnislos und schlägt Bogdan mit der flachen Hand auf die Stirn. »Mach jetzt lieber voran, sonst sind wir die nächsten roten Punkte auf dem Blutband.«

So schnell es eben geht, machen sie sich auf den Weg zu den Waschräumen.

Der Tag vergeht, ohne dass Bogdan irgendwelche Fehler unterlaufen. Im Gegenteil: Heute ist er der Schnellste, Beste und Aufmerksamste, alles läuft wie am Schnürchen. Die Koffer fliegen nur so hin und her, als wären sie alle mit Federn gefüllt. Gestern hätte es Bogdan noch für unmöglich gehalten, dass es ihm jemals wieder so gut gehen könnte, dass er noch einmal aus der Verdammnis und dem Grauen um sich herum herausfinden könnte. Doch jetzt: Eine eigenartige Energie treibt ihn an und macht es ihm leicht, mit seinen Kameraden zu scherzen, selbst das karge Frühstück hat er mit Freude und Appetit gegessen und am Mittag genoss er die Sonne auf seiner Haut. Als gläubiger Christ führt er es auf die heilende Wirkung der Messe zurück, auf ein wohltätiges Wirken von Gott. In seinem Herzen weiß er jedoch, dass der Traum seinen jähen Sinneswandel bewirkt hat; das Wiedersehen mit seiner Familie hat ihn mit Zuversicht erfüllt, die kleine Blume mit Neugier auf die Zukunft. Von Zeit zu Zeit beschleicht ihn noch die Angst, sein Glücksgefühl könnte ihn genauso unversehens verlassen, wie es ihn überkommen hat. Besonders wenn er all die unbeschwerten Menschen um sich herum sieht: Wie sie baden, das Leben genießen und immer mit Freunden und Verwandten vereint sind. Dann überrollt ihn eine Welle der Ohnmacht und seine Stimmung droht erneut in Verzweiflung umzuschlagen. Mühsam konzentriert er sich dann auf die heilige Messe und versucht, auf das mildtätige Walten des Schöpfers zu vertrauen, auf dass dieser schützend seine Hand über Bogdans Familie halten möge. Der Abend hält einen Höhepunkt im sonst so tristen Alltag bereit: den Gemeinschaftsempfang. Mindestens einmal in der Woche versammeln sich alle Arbeiter im Gemeinschaftshaus, wo sie eine etwa halbstündige Horch- oder Bildbotschaft vorgeführt bekommen, die von der Propagandaabteilung speziell für die Ostarbeiter zusammengestellt wird. Meistens handelt es sich dabei um bessere Werbefilme, die herausragende Leistungen deutscher Ingenieure oder besondere Erfolge der Wehrmacht präsentieren, manchmal auch um eher dokumentarische Beiträge, die neue Belege für die Minderwertigkeit der nicht arischen Völker liefern oder neue Regeln und Gesetze bekanntgeben; im Großen und Ganzen sind die Filmvorführungen daher weder erbaulich noch unterhaltsam. Aufgrund der Eintönigkeit und Ereignislosigkeit ihres Alltags hungern die Arbeiter allerdings nach jedweder Abwechslung, dazu stellt der Gemeinschaftsempfang die einzige Möglichkeit für sie dar, allgemeine Nachrichten oder Neuigkeiten zu erfahren, von denen sie ansonsten völlig abgeschnitten sind. Viele haben gelernt, zwischen den Zeilen zu lesen und von der Auswahl der Themen auf die realen Ereignisse und Entwicklungen im Deutschen Reich zu schließen. In jedem Fall haben die Arbeiter nach einem Gemeinschaftsempfang wieder neuen Gesprächsstoff.

Wo gestern noch die Bühne als Altar genutzt wurde, ist jetzt eine große Leinwand mit zwei überdimensionierten Lautsprechern aufgebaut. Diesmal hat Bogdan immerhin einen Platz in der Mitte der Zuschauerreihen ergattert. Die Übertragungen müssen von den Ostarbeitern stehend verfolgt werden, in aufrechter Haltung, mit den Armen auf dem Rücken verschränkt. Ohne irgendeine Vorankündigung beginnt die Sendung, und zwar mit der Führerin höchstpersönlich. In einer Nahaufnahme spricht sie direkt in die Kamera und bedankt sich beim Schicksal für die Niederwerfung der angemaßten Weltherrschaft der Untermenschen im Zweiten Weltkrieg und für die seither erfolgten Segnungen für die Menschheit. Dennoch zeigt sie auch

Verständnis für die täglichen Mühen und Widrigkeiten des Arbeitsalltags und ruft die Ostarbeiter zum Stolz auf ihren Beitrag zum Wohlergehen der Welt auf. Die anwesenden Untermenschen sehen Massen von anderen Untermenschen, wie sie Felder bestellen, in Industrieanlagen schuften, Gleise verlegen und als unaufhaltsame Arbeiterarmee ganze Landstriche umformen. Besondere Erwähnung findet die Fertigstellung des größten Kreuzfahrtschiffes der Welt, der *Joseph Goebbels,* mit Platz für 6 500 Passagiere. Zuerst sieht man unzählige Arbeiter überall am Schiff schrauben, schweißen und streichen – da lag es noch im Trockendock. Die nächste Aufnahme aber zeigt dasselbe Schiff bereits auf der Elbe, wie es eigenhändig von der Führerin getauft wird. Die Elbe – Hamburg! Aufgeregt versucht Bogdan zwischen all diesen Arbeitern seine Eltern auszumachen. Hektisch blickt er links und rechts an den vielen Köpfen vor ihm vorbei auf die Leinwand. Doch die Kameraeinstellungen sind zu kurz und die einzelnen Arbeiter wegen der Entfernung nicht zu erkennen. Die anschließende Sondermeldung über herausragende militärische Erfolge im Kampf gegen die USA verfolgt Bogdan kaum noch. Nur schemenhaft sieht er riesige, waffenstarrende Schiffe, die sich so lange gegenseitig beschießen, bis eines in den Fluten versinkt. Den Abschluss der Übertragung bildet ein Bericht über eine neue wissenschaftliche Veröffentlichung zum Ursprung der Menschheit. Sie wurde von der Nordischen Akademie für vor- und frühgeschichtliche Forschung mit Sitz auf der Wewelsburg herausgegeben: Neusten genetischen Untersuchungen zufolge habe sich eine Vielzahl von Menschheitslinien wellenartig über die Erde ausgebreitet, mehrfach vermischt und immer wieder seien dabei auch einzelne Menschenarten ausgestorben. Es habe also keine lineare Entwicklung gegeben, wie es früher angenommen wurde. Vielmehr sei es während der Evolution zu Verästelungen gekommen, aus denen nur die Leistungsfähigsten als Sieger hervorgegangen seien. Sogar der Menschheitsursprung umfasse mehr als eine Menschenart, nämlich drei verschiedene, die mutmaßlich gleichzeitig entstanden seien.

Mit diesem dokumentarischen Beitrag endet die Übertragung. Es waren keine Neuigkeiten dabei, die für Bogdan von Belang wären, abgesehen von dem Bericht über das fertiggestellte Kreuzfahrtschiff. Andere diskutieren hinter vorgehaltener Hand über die Möglichkeit eines Sieges der USA: Werden einzelne militärische Erfolge nur deshalb so nachdrücklich betont, weil die deutsche Strategie im Großen scheitert? Wie schnell würde sich ihre Lage verbessern, wenn die Amerikaner siegen sollten; was könnte der Widerstand dazu beitragen; wie groß ist er überhaupt? Eines allerdings wissen sie alle ganz sicher: Sollte es zu einem Einmarsch der Amerikaner kommen, würden sie nicht tatenlos danebenstehen, sondern sich wie ein Mann erheben und die Deutschen bekämpfen, wo immer sie es könnten.

»Aber die Russen kämpfen nur Seite an Seite mit ihresgleichen, auf keinen Fall werde ich mich auf irgendwelche verräterischen Mongolen verlassen«, tönt Kolja unbelehrbar auf dem Rückweg zur Unterkunft. Augenblicklich zischt ihn Hasso an und zerrt an seinem Ärmel: »Hast du noch nicht genug Unheil angerichtet mit deinem Quadratschädel? Wenn ich noch einmal solche Reden von dir höre, bist du der Nächste am Pfahl!«

Uneinsichtig reißt sich Kolja los und stürmt wütend in Richtung Baracke.

»Es ist eine Schande, wie manche ihre Brüder behandeln. Ich wünschte, ich könnte sagen, das liege allein an den Umständen – am Leid und am Eingepferchtsein. Doch ich glaube, Kolja wäre immer und überall ein Menschenhasser, selbst im allerbesten Leben. – Wahrscheinlich hätte er dann sogar noch viel mehr Menschen auf dem Gewissen«, tief gebeugt redet Nikita auf Bogdan ein; sein langes Leben hat ihn ein sehr pessimistisches Menschenbild gelehrt. Doch Bogdan schielt nur nach dem Kapo und hofft auf eine Gelegenheit, ihn anzusprechen. Als sich der Doppeladler samt Mensch davongemacht hat, tritt Bogdan an Hasso heran:

»Hast du das Kreuzfahrtschiff in Hamburg gesehen? Bestimmt haben meine Eltern daran gearbeitet. Jetzt ist es fertiggestellt worden und die Arbeiter werden neu eingeteilt. Dann besteht doch die Möglichkeit, dass sie hierhergeschickt werden, meinst du nicht?«, aufgeregt bedrängt Bogdan den Kapo, doch Hasso wirkt eher genervt, als interessiert.

»Du hast vielleicht Sorgen! Sicher, es gibt immer eine klitzekleine Möglichkeit, wie bei der Lotterie; doch sie ist eben winzig und es ist besser, man setzt keine Hoffnung in sie. Konzentrier dich lieber auf dein eigenes

Leben, hier und jetzt, sonst kommst du ganz schnell unter die Räder!«

»Du hast aber versprochen, mir zu helfen – vor Gott! Du wirst doch nicht dein Wort brechen?«

Am liebsten würde Hasso von seinem Wort zurücktreten, denn aus dieser Geschichte kann nichts Gutes erwachsen; weder für ihn noch für den Jungen. Solche Informationen sind alles andere als leicht zu beschaffen, da gilt ein horrender Einsatz. Doch der Hinweis auf Gott hat seine Wirkung nicht verfehlt. Hassos Gewissen sagt ihm, dass er es wagen muss, sonst wird Gott ihn strafen. Missmutig wendet er sich im Laufe des Abends noch an Artjom, den Besorger, um erste Vorbereitungen zu treffen.

6

Wenige Tage später steht Hasso früh am Morgen im Büro des SS-Sturmbannführers Heyerstahl, was alles andere als alltäglich ist. Eine unsägliche Beklommenheit bemächtigt sich seiner und vor lauter Aufregung kann er kaum sprechen. Zu beeindruckt ist er von der martialischen Erscheinung des Mannes und des Raums: An den Wänden hängen keine Porträts von Führer und Führerin, wie sonst üblich, sondern Fotos von siegreichen Schlachten. Auf den meisten ist der Sturmbannführer selbst abgebildet, wie er etwa in einer zerbombten Stadt zwischen unzähligen verstümmelten Toten auf der Straße steht oder wie er auf einem Schlachtfeld neben einem aufgeschichteten Leichenberg posiert. Das Zentrum der kleinen Bilderschau bildet eine

Fotografie, auf der man sieht, wie ihm die Führerin einen seiner vielen Orden anheftet. Daneben hängt eine handgemalte Ahnenreihe, die zweifelsfrei belegt, dass die Familie Heyerstahl direkt von Tyr[77] abstammt. Auf der den Fenstern gegenüberliegenden Seite stehen drei große Vitrinen mit Waffen aus allen Jahrhunderten: von Faustkeil und Wurfspeer über Armbrust und Schwert bis hin zu Pistole und Maschinengewehr – jede Waffe ein Unikat und zu ihrer Zeit das Maß aller Dinge im Töten von Mensch zu Mensch. Der Sturmbannführer umgibt sich gern mit schönen und außergewöhnlichen Dingen, in ihnen drückt sich sein Feingeist und sein Verständnis vom Göttlichen aus. Einen weiteren Einblick in seine Persönlichkeit gewährt das gewaltige, marmorne Gestell auf der Fensterseite: Eine Auswahl seltener Blumen versetzt jeden in Erstaunen, wenn er den Sturmbannführer zum ersten Mal in dessen Büro aufsucht. Von einem so verwegenen Mann erwartet man nicht solch eine Wertschätzung der zarten Natur. Doch es ist bloß die Rückseite ein und derselben Medaille. Die Nationalsozialisten betrachten sich als die Krone der Schöpfung: Die Natur selbst hat sie hervorgebracht und im Überlebenskampf geadelt; ihr Sieg im Ringen mit Flora, Fauna und den anderen Menschengeschlechtern verpflichtet sie daher auch, den Schiedsspruch der Natur zu ehren und ihm an jedem neuen Tag gerecht zu werden. Aus diesem Grund liegt es dem Arier im Blut, die Schöpfung zu respektieren und zu schützen, den ewigen Kreislauf von Leben und Tod zu feiern. In ihren vollendeten Formen beweist die Natur ihre Allmacht und zeigt dem Herrenmenschen das Ideal, das er anstreben muss. Die Orchidee, die Königin der Blumen, ist das Vorbild für den Arier, den vollkommenen Menschen. In typisch deutschem Perfektionismus hat sich Heyerstahl zum Ziel gesetzt, die außergewöhnlichste Sammlung von Orchideen sein Eigen zu nennen. Diesen speziellen Ehrgeiz will Hasso ausnutzen, an eben dieser Stelle setzt sein Plan an.

»Was gibt es? Ich habe nicht ewig Zeit!«, bellt Heyerstahl, während fortwährend sein VE vibriert.

»Selbstverständlich, Herr Sturmbannführer! Ich habe von Ihrer Wertschätzung für Orchideen gehört und möchte Ihnen einen beachtenswerten Fund präsentieren, den einer der Ostarbeiter aus seiner Heimat mitgebracht hat: Eine Norne[153] aus dem fernen Sibirien. Nach allem, was ich weiß, handelt es sich um eine absolute Rarität.«

Heyerstahls Augen weiten sich, er kann sich kaum beherrschen. Er kennt diese Pflanze und will schon seit Langem unbedingt ein Exemplar besitzen – koste es, was es wolle.

»Ja, das stimmt. Mir ist aber neu, dass ihr Ostarbeiter etwas von diesen Dingen versteht. Zeig her, was du hast! Nicht dass ich hier meine wertvolle Zeit verschwende.«

Er hat sich gefasst und in seiner Stimme liegt keinerlei Erregung. Zitternd holt Hasso ein kleines Bündel aus seiner Tasche, das in Papier eingeschlagen ist. Ganz vorsichtig faltet er die Lagen auseinander und zum Vorschein kommt ein moosbewachsener Erdklumpen, aus dem ein grüner Stängel ragt, der einem Lauch ähnlicher als einer Blume ist. Der Sturmbannführer ist derweil ungeduldig um seinen Tisch herumgegangen und inspiziert nun mit fachmännischer Akribie und einer Lupe den kleinen Trieb.

»Glückwunsch, das ist tatsächlich ein seltener Fund! Um aus diesem mickrigen Pflänzchen allerdings eine gesunde Blüte wachsen zu lassen, bedarf es fachgerechter Pflege – viel Erfolg!«

»Nein, nein, Herr Sturmbannführer, selbstverständlich möchte ich sie Ihnen überlassen. Es wäre doch ein Jammer, wenn sie bei uns einginge.«

»Da hast du natürlich recht, das ist die einzig richtige Entscheidung. Aber sag, du willst doch bestimmt etwas dafür haben?«

»Nein, nein, selbstverständlich nichts! Ich hätte nur eine unbedeutende Bitte«, bei dieser Äußerung tritt dem Kapo der Schweiß auf die Stirn, da er bemerkt, wie der Sturmbannführer sogleich missmutig die Stirn runzelt. Ängstlich fügt er mit zitternder Stimme hinzu:

»Es wäre eine Bitte, die bei der Aufzucht der Pflanze helfen könnte.«

»So? Sprich!«

»Bei uns gibt es einen jungen Mann namens Bogdan. Er stammt aus derselben Gegend wie die Orchidee und kennt daher ihren Lebensraum und weiß, wie er ihn nachbilden könnte. Wenn er in die Gärtnerei versetzt würde, würde er sich mit aller Hingabe dieser Aufgabe widmen. Er macht sich derzeit nur leider große Sorgen um seine Eltern. Sobald er eine Nachricht über ihren Verbleib erhielte, hätte er den Kopf wieder ganz frei.«

Den bemühten Erklärungen schenkt der Sturmbannführer anscheinend wenig Beachtung, zu sehr ist er immer noch in die Untersuchung des kleinen Gewächses vertieft.

»Weißt du überhaupt, was eine Norne ist? Die Nornen sind eigentlich drei sagenhafte Frauen, die aus der Vergangenheit, Gegenwart und Zukunft das Schicksal jedes Einzelnen spinnen. Und so soll diese Norne dein Schicksal und das des jungen Mannes bestimmen: Geht der Trieb ein, wirst du zum normalen Arbeiter degradiert und der Junge verliert sein Leben – sollte sie jedoch wachsen und gedeihen, vielleicht sogar einen weiteren Trieb ausbilden, werde ich euch mit euren Familien vereinen. Geh jetzt und gib dem Empfangsoffizier im Vorzimmer die Namen der Eltern des Jungen.«

So schnell ihn seine Füße tragen und es der Respekt erlaubt, verlässt Hasso das Büro. Während er im Vorzimmer die Namen von Bogdans Eltern buchstabiert, kann er noch beobachten, wie der Sturmbannführer das Bündel vorsichtig zum Fenster trägt und dann versonnen seine Kostbarkeiten – alte, wie neue – fürsorglich mit einem Sprühgerät benetzt. Dabei überprüft er den Zustand bei jeder Pflanze: drückt Blätter, untersucht Blüten und Erde. Sein Mund bewegt sich unmerklich, als spräche er zu den Pflanzen. Bevor sich Hasso dessen jedoch vergewissern kann, ist schon der nächste Besucher eingetreten und hat die Tür und damit die Sicht verschlossen.

Ziemlich aufgeregt legt Hasso den Weg vom Stabsgebäude zu den Baracken zurück. Die Aussicht, seine Familie wiederzusehen, lässt ihn kaum auf den Weg achten, sodass er beinahe eine junge deutsche Frau umrennt – undenkbar, was das für Folgen gehabt hätte! Ab jetzt gilt es, besonders vorsichtig zu sein! Er kann alles gewinnen, aber ebenso alles verlieren. Sein Leben ist jetzt viel stärker mit demjenigen Bogdans verknüpft, als er es geplant hatte. Zugegeben, er hat sein Wort gehalten und dürfte im besten Fall sogar nach Hause zurückkehren, doch wenn die Blume eingeht … Unvorstellbar! Was kann er tun? Da hilft wohl nur beten. So ein Jammer, was hat er bloß angerichtet? Bestürzt erkundigt er sich nach seinen Männern und begibt sich zu ihrem heutigen Einsatzort. Tagsüber findet sich keine Gelegenheit, mit Bogdan zu sprechen, daher muss er sich bis zum Abend gedulden und bestellt ihn dann in seine Stube. Bogdan freut sich auf die neue Aufgabe in der Gärtnerei, vor allem aber über die plötzliche Möglichkeit, seine Eltern wiederzusehen. Er hat jedoch auch verstanden, dass alles von der Aufzucht der Norne abhängt: ohne Norne keine Eltern. Dass das Absterben des Setzlings seinen Tod bedeutete, verschweigt ihm Hasso lieber. Etwas wehmütig wird Bogdan ums Herz beim Gedanken, dass er in eine neue Baracke umziehen muss. Die Gärtnereiarbeiter sind in einem anderen Gebäude untergebracht und Bogdan wird deshalb seine Kameraden verlassen müssen. Doch für seine Eltern wäre er noch zu ganz anderen Opfern bereit. Morgen früh steht noch die halbjährliche medizinische Untersuchung an, aber unmittelbar danach soll er die Einheit wechseln. Beim Verlassen der Stube dreht sich Bogdan noch einmal um und fällt dem verdutzten Hasso um den Hals. Er überschüttet ihn mit Dankesworten und sinkt zu Hassos Füßen nieder; nur mit Mühe kann ihn Hasso davon abhalten, sie zu küssen. Nachdem Bogdan ihn endlich allein gelassen hat, geht Hasso zu seinem Bett und nimmt das Bild von seiner Frau mit ihren gemeinsamen Kindern in die Hände. Sehnsüchtig küsst er seine Lieben mehrmals, dann vergräbt er sein Gesicht in den Händen und weint – zerrissen zwischen Hoffnung und Furcht.

Am nächsten Morgen werden die Ostarbeiter eine Stunde früher geweckt, damit durch die Untersuchung nicht zu viel von ihrer Arbeitszeit verloren geht. In langen Schlangen stehen die Männer aller Einheiten vor zehn provisorisch errichteten Zelten, in denen jeweils drei Ärzte die Arbeiter auf Herz und Nieren prüfen: Bei jedem wird das Gewicht kontrolliert, die Lungenfunktion getestet, die Zähne inspiziert und der Körper abgetastet; auch wird der Impfstatus überprüft und bei Bedarf nachgeimpft; zum Abschluss wird jedem Arbeiter Blut abgenommen. Alle Untersuchungsergebnisse werden auf Karteikärtchen mit dem Namen und der Nummer des jeweiligen Arbeiters festgehalten. Man greift auf diese altertümliche analoge Form zurück, weil die Kärtchen später an die Kapos weitergegeben werden, die ihre Verhaltensbewertungen ebenfalls auf ihnen eintragen. Werden irgendwelche Auffälligkeiten von den Ärzten festgestellt, erfolgt eine tiefer gehende Untersuchung in einem einzeln und etwas abseitsstehenden, großen Zelt. Dieses Zelt hat zwei Ausgänge: Manche Arbeiter verlassen es auf der linken Seite, sie haben in der Regel nur eine Spritze oder ein paar Pillen erhalten; andere Arbeiter verlassen das Zelt auf der

rechten Seite, von wo aus sie in Richtung des Kranken-
traktes weitergehen. Die meisten von diesen sehen ihre
Kameraden nie wieder. Obwohl niemand genau weiß, was
mit diesen Männern wirklich passiert, will doch niemand
in den Krankentrakt. Es gibt die abenteuerlichsten Ge-
rüchte über Tötungen und Experimente, die dort stattfinden sollen. Auch diesmal sollen zwei Fälle außerhalb des
Lagers einer speziellen Behandlung unterzogen werden;
einer davon ist Oleg. Gemeinsam mit Bogdan ist er in das
erste Zelt eingetreten: Bogdans Untersuchung dauerte keine fünf Minuten, wogegen bei Oleg starkes Untergewicht
und gelblich verfärbte Augen festgestellt wurden. Bereits
in das größere Zelt musste Oleg von einem der Wachmänner geführt werden, da er sich nicht krank fühlte und also
auch nicht behandeln lassen wollte. Als kurz darauf entschieden wird, dass er in den Krankentrakt verlegt werden
soll, fängt er jämmerlich an zu schreien: Abwechselnd bittet er seine Kameraden und Gott um Hilfe und fleht die
Wachmannschaften an, ihn doch zu verschonen. Tränen
laufen ihm über sein eingefallenes Gesicht. Doch es hilft
alles nichts: Die Wachen wollen keine Unruhe unter den
Arbeitern aufkommen lassen und schlagen Oleg deshalb
letztendlich nieder und schleifen ihn aus dem Lager. Die
Anzeige auf dem Blutband ist am Abend noch unverändert. Olegs Kameraden bleiben an diesem Geschehen seltsam unbeteiligt, keiner kommt ihm zu Hilfe oder erhebt
wenigstens seine Stimme; taub und stumm lässt jeder das
Prozedere über sich ergehen. Alle werden sie heilfroh sein,
wenn dieser Tag endlich vorüber ist: Sowohl die Ärzte,

weil sie heute ihren eigentlichen Aufgaben nicht nachgehen konnten, als auch die Arbeiter, weil sie wegen der Untersuchung früher aufstehen und länger arbeiten mussten. Und im schlimmsten Fall den Verlust eines Kameraden oder den eigenen Gang in eine unerfreuliche Zukunft.

Bogdan blickt Oleg für einen Moment hinterher und schickt dabei ein Stoßgebet zum Himmel; er bittet für die Errettung Olegs und dankt für die Verschonung seiner selbst. Danach geht er zur Baracke III – der Unterkunft für die Gärtnereiarbeiter. Der Kapo, er heißt Hansi, händigt ihm gegen seine alte blaue Armbinde eine neue grüne aus, zusätzlich erhält er noch einen roten Aufnäher – das Erkennungsmerkmal der schwer ersetzbaren Arbeiter. Seine neuen Kameraden betrachten es mit Argwohn, trotzdem versucht sich Bogdan mit allen gut zu stellen. Wegen seiner ruhigen, zurückhaltenden Art nehmen nur wenige überhaupt Notiz von ihm und er gliedert sich schnell und ohne Schwierigkeiten in die neue Gruppe ein. Am Nachmittag begleitet ihn Hansi zu seinem neuen Einsatzort, der Gärtnerei. Die Größe der Anlage übertrifft all seine Erwartungen. In endlosen Reihen stehen die Hundertschaften der Pflanzen und Bäume, welche die Landschaftsgärtnerei für das Seebadgelände kultiviert; alle in aufrechter Habachtstellung, in Reih und Glied, und bereit, ungepflegte Anlagen oder Beete gnadenlos zu verschönern; perfekter Wuchs bis in die kleinste Nadel und in das letzte Blatt, makellose Bäume für ein ewiges Reich. Hinter kleinwüchsigen Zierpflanzen folgen Sträucher bis hin zu mehrjährigen Bäumen. Die Pflanzungen werden von geräumigen Holzschuppen unterbrochen, in denen Gerätschaften, Sämereien, Humus und Dünger lagern. Tief nimmt Bogdan diese ersten Eindrücke in sich auf; er fühlt sich beinahe selig. Zum Wachsen und Gedeihen beizutragen, entspricht ganz seinem Wesen und die lebensbejahende Stimmung dieses Ortes bestärkt ihn in seiner Hoffnung auf eine glückliche Zukunft – mit seinen Eltern. Eine Parzelle mit japanischen Kirschblüten erinnert ihn mit ihrer überschwänglichen Pracht an das Paradies. Überall zwischen den Gewächsen krabbeln Arbeiter eifrig umher, die meisten in kleinen Gruppen. Sie erledigen die unterschiedlichsten Arbeiten in erstaunlicher Eintracht: Während die einen noch Gruben ausheben, tragen die nächsten schon den Humus und wieder andere die Setzlinge herbei. Alle Arbeiter haben wettergegerbte Haut, kräftige Hände und erdverschmierte Hosen, über die viele feste Knieschützer für die Bodenarbeiten gezogen haben.

Zuerst wollen Hansi und Bogdan zum Leiter der Gärtnerei, dessen Name passenderweise Dieter[154] Grünwald ist, um ihn über den Zuwachs in seinem Arbeiterheer zu unterrichten. Nirgendwo sind Aufseher zu entdecken. Auf der Suche nach dem Leiter der Gärtnerei erkundigt sich Hansi daher immer wieder bei einzelnen Arbeitergruppen. So mäandern sie durch den Gärtnereikomplex, bis sie den Leiter schließlich an seinem Lieblingsort, einer Baumschule für Weihnachtsbäume, antreffen. Hier fuchtelt ein ziemlich kleiner Mann mit rotem Kopf erregt hin und her. Offensichtlich herrscht hier noch nicht jene reibungslose Harmonie, die sie auf ihrem Weg sonst überall vorgefunden haben. Viele der immergrünen Bäumchen sehen ungesund aus, ihre bodennahen Zweige sind kümmerlich und braun – absolut inakzeptabel! Trotz seiner gedrungenen Statur ist Herr Grünwald ungemein kräftig gebaut. Gerade versucht er einzelne braune Nadeln auszureißen, doch seine groben Tatzen erwischen zumeist gleich einen ganzen Zweig. Er besitzt die Aggressivität und die Unnachgiebigkeit eines Vielfraßes und es hat den Anschein, als grübe er sich am liebsten selbst durch den Untergrund. Er entstammt einer alten Großbauernfamilie und unglückliche Umstände haben ihn an diesen Ort verschlagen. Nun zerrt er an den betreten schweigenden Arbeitern herum und versetzt der gesamten ersten Reihe Backpfeifen. Als er für eine Sekunde zu zetern aufhört und bloß noch schwerfällig in seinen großen Gummistiefeln von einem Bein auf das andere stapft, sichtlich übel gelaunt, nähert sich ihm Hansi zaghaft von hinten und spricht ihn an. Sofort richtet sich seine Angriffslust auf den neuen vermeintlichen Weihnachtssaboteur – sein riesiger Schnauzbart, der sorgfältig gezwirbelt über das Gesicht herausragt, bebt vor Wut. Gerade noch rechtzeitig gelingt es Hansi, ihn drauf hinzuweisen, dass sie auf besonderen Befehl des Sturmbannführers hier sind. Er habe Anweisung, Bogdan ins Gewächshaus zu bringen, wo dieser sich künftig an der Aufzucht und Pflege der Exoten beteiligen solle. Schlagartig ändert sich der Gesichtsausdruck von Herrn Grünwald und bekommt einen unterwürfigen Zug. Dennoch stöhnt er bei dem Wort *Exoten* merklich auf: Dem guten Mann ist es ein Rätsel, wieso Zeit, Geld und Arbeitskraft in fremdländische Arten gesteckt werden, wo doch die deutsche Natur überreich ist. Unwillig, sich von seinen eigentlichen Pflichten abhalten zu lassen, erteilt er einem der umstehenden Arbeiter den Auftrag, die Eindringlinge zum Gewächshaus zu bringen und dem verantwortlichen Tropenarbeiter vorzuführen. Wortlos eilt ihnen der abgestellte Mann voran, Hansi und Bogdan folgen ihm quer durch die Gärtnerei. Immer näher kommen sie dem Seebad, sie können bereits die obersten Stockwerke der Urlauberunterkünfte sehen, schließlich liegt nur noch ein kleiner Nadelwald zwischen ihnen und der germanischen Urlaubsidylle. Vor dem Waldstück erhebt sich das wunderlichste Haus, das Bogdan je erblickt hat: All seine Wände sind aus einem Glas, das so milchig ist, dass sich nichts darin spiegelt und dass man nicht ins Innere blicken kann. Bogdan wäre nicht verwundert, wenn das Haus plötzlich aufstünde und schwankend auf Hühnerbeinen davonliefe – es wäre nämlich der ideale Ort für Baba Jaga[155], die Zauberin. Obgleich inmitten der Welt, steht das Gewächshaus doch ganz für sich allein und ist sein eigener kleiner Kosmos. Vorsichtig betritt Bogdan hinter den beiden Männern das Zauberreich und findet seine Ahnungen bestätigt: Die Luft und die Pflanzen sind ganz anders als draußen in der echten Welt, alles ist von einem feuchten Dampf erfüllt, das Atmen fällt schwer. Wie durch einen einzigen verschlungenen grünen Leib durchqueren sie den Raum, bis sie in den hinteren Bereich des Gewächshauses gelangen. Hier stapeln sich in Regalen, die bis unter das Dach reichen, Setzlinge in allen Farben, Formen und Größen. Soeben hat die automatische Berieselungsanlage eingesetzt: Mit einem lang gezogenen Zischlaut legt sich ein feuchter Schleier auf die Pflanzen, der binnen Minuten gierig von ihnen aufgesogen wird. Durch den Dunst tritt ein kleiner verschrobener Mann mit zerzausten Haaren in grünspeckiger Kleidung zu ihnen. Hellwache, faltige Augen blicken sie mürrisch an, der Mann scheint weder häufig noch gern Besucher zu empfangen. Der Leiter überlässt ihn weitgehend sich selbst und vertraut seinem Urteil im Umgang mit den botanischen Einwanderern blind. Ha, denkt sich Bogdan, er wird sich nicht so einfach täuschen lassen! Er weiß, dass die alte Hexe eine Gestaltwandlerin ist und sich nur getarnt hat. Nachdem die Arbeiter ihr Anliegen erläutert haben, bessert sich die Laune des Mannes vorübergehend. Als Hansi und der Gartenarbeiter wieder aus dem Tropenhaus gehastet sind, betrachtet der Mann Bogdan eingehend. Mit seinen kräftigen Klauen zieht er Bogdans Kopf zu sich hinunter und schaut ihm dann tief in die Augen, hinter die Augen, bis auf den Grund seiner Seele – unvermittelt lässt er ihn wieder los. Dieser meint, ein kurzes, zufriedenes Flackern in den Augen des Zauberers gesehen zu haben. Behände trollt sich Baba Jaga, die hier den Decknamen Pjotr angenommen hat, in eine Ecke, wo sie ein kleines Beet für die Norne anlegt. Diese Orchidee mag es zwar feucht, aber nicht zu warm, daher muss das Fenster über ihr immer offen bleiben; ferner mag sie vertraute Gesellschaft, weshalb Bogdan im nahen Wäldchen Moose, Hölzchen und ein paar Kräuter sammeln soll. Dienstbeflissen macht er sich auf. Erst wie er unter den Bäumen auf Knien ein paar Farne einsammelt, fällt ihm auf, dass Pjotr noch kein einziges Wort gesagt hat: Allein mit Händen und Füßen erklärte er ihm alles und mit seinen sprechenden Augen, in denen ständig ein grünes Irrlicht glomm. Bis weit in die Nacht sind Pjotr und Bogdan dann damit beschäftigt, aus den von Bogdan gesammelten Pflanzenteilen eine kleine sibirische Landschaft zu gestalten – urtümlich, archaisch, unberührt. Pjotr geht irgendwann allein zum Schlafen zu den Baracken, Bogdan bleibt mit etwas Brot und Speck auf einem Feldbett und dem Auftrag zurück, nah bei der Norne zu wachen. Pjotrs Fortgehen verwundert ihn, denn laut den Sagen seiner Kindheit kann die Hexe ihre Unterkunft nicht verlassen, weil ihre Zauberkraft an einen bestimmten Ort gebunden ist. Vielleicht kann sie andernorts nur nicht mehr zaubern, aber doch überleben? Es gibt Geschichten, in denen Baba Jaga Menschen in ausweglosen Situationen geholfen hat – ob Pjotr das auch tun wird? Zumindest hat er nichts Böses an sich. Bloß in Vollmondnächten will Bogdan ein wachsames Auge haben, da sich in diesen manchmal die dunkle Seite von Baba Jagas Zauberkraft Bahn bricht.

Kaum hat er die Augen geschlossen, verwandelt er sich selbst in Baba Jaga und jagt mit wehenden Röcken auf einem Ofen mit Hühnerbeinen durch die Luft, bis sich der fliegende Herd in ein Wildpferd verwandelt und Bogdan in sich selbst zurück. Anstatt über die weite Tundra stürmen sie in dieser Nacht durch einen dichten Urwald mit riesigen Bäumen. Wieder scheut das Pferd am Ende ihres langen Ritts und wirft ihn in das Pflanzengewirr. Die Schlingpflanzen überwuchern, umgreifen ihn unaufhaltsam, der Boden unter ihm gibt nach. Weiter und weiter ziehen ihn die

Lianen langsam nach unten, bis Bogdan völlig von grünen Leibern umschlossen ist.

7

Am nächsten Morgen wird Bogdan von einem zauberhaften Singsang sanft geweckt. Er geht ihm nach und findet Pjotr, wie dieser eine große Blüte mit Hingabe wäscht und dazu eine eigentümliche Melodie singt. Das ist wirklich seltsam, sprechen kann er nicht, aber singen! Gemeinsam untersuchen sie das Beet mit der Norne, stimmen ein Lied an und nennen die Blume beim Namen: Calypso[156]. Die Töne schweben durch den Raum, umhüllen jedes Blatt und jeden Zweig: Ihr Gesang setzt sich nicht aus Worten zusammen, er ist eine einzige Melodie von Gedanken und Gefühlen, sie klingt von der Macht der Elemente, von Wärme, von Licht und Erde; sie ist ein Widerhall der Wurzeln, die bis in den Anbeginn der Erde reichen. Die Wellen kehren an ihren Ursprung zurück, bündeln sich in der Norne, die kurz erzittert und mit einer leichten Drehung zu antworten scheint.

Pjotr zwinkert dem Geschöpf verständnisvoll zu, dann erzählt er eine sehr alte Geschichte aus einem weit entfernten Land: Ein Soldat hegte nach einem endlosen Krieg bloß noch den Wunsch, nach Hause zu seiner Familie zurückzukehren. Auf dem Weg dorthin aber verschlug es ihn auf eine einsame Insel, die eine Zauberin bewohnte – Calypso. Sieben lange Jahre legte sie einen Bann des Vergessens über den Soldaten, damit er bei ihr bliebe, und erst auf den Befehl der

Götter ließ sie ihn schließlich widerwillig ziehen. Zärtlich betrachtet Bogdan den zerbrechlichen Setzling. Das Leid bleibt der treueste Begleiter des Menschen, wie einst der kriegsmüde Kämpfer, so will auch Bogdan zurück zu seiner Familie; doch hat er ebenso Mitleid mit der Nymphe, die die Einsamkeit nicht mehr ertrug.

»Calypso«, flüstert er ihr zu, »lässt du mich gehen, wenn die Zeit kommt, weil du mich liebst?«

Zufrieden leuchten die Augen Pjotrs hellgrün auf. Im Lauf des Vormittags führt er Bogdan zu vielen weiteren Pflanzen, von denen jede ihre eigene Geschichte hat und die sie genauso mit ihrem Namen ansprechen. Bald ist Bogdan mit allen Gewächsen im Hexenhaus vertraut. An jedem Tag vollzieht sich dasselbe Ritual: Nach einer Zwiesprache werden die Pflanzen mit Wasser und allem, dessen sie sonst bedürfen, versorgt, werden umhegt und gepflegt. Ferner ziehen sie neue Setzlinge, denn zuweilen kommen Arbeiter und holen einzelne, bereits größere Pflanzen ab, die dann zu Dekorationszwecken an verschiedenen Orten im Seebad aufgestellt werden.

Die Anleitungen von Pjotr fallen von Tag zu Tag spärlicher aus, die allermeisten Arbeiten erledigt Bogdan schon völlig selbstständig. Er liebt seine Aufgabe. Jede Pflanze hat für ihn ihre eigene Persönlichkeit; und wenn er eine von ihnen bei ihrem Namen nennt, ihr etwas aus seinem Leben erzählt, dann scheint sie ihm zuzuhören und zu antworten – immer mild, immer verständnisvoll, ganz anders als in der brutalen Welt außerhalb des Gewächshauses. So sehr er sich auch nach der Heimat sehnt, an diesem Ort fühlt er sich zum ersten Mal seit seiner Deportation sicher und geborgen. Seine Erscheinung verändert sich zusehends und gleicht sich allmählich derjenigen der Hexe an: Sein Hemd ist eher grün, denn gelb und in seinem Inneren glüht ebenfalls ein schwaches smaragdfarbenes Licht. Die sprachlose Verständigung mit Baba Jaga reduziert sich inzwischen auf Blicke. Sie bleibt das einzige Lebewesen im Gewächshaus, dessen Geschichte Bogdan nicht erfährt – wobei das eigentlich nicht stimmt, denn schließlich kennt jeder Junge die Geschichten von Baba Jaga.

Da er des Nachts stets bei der Norne schläft, hat er kaum noch Kontakt zu anderen Menschen; doch fällt ihm das gar nicht auf und manchmal vergisst er sogar seine eigene Familie. Wenn er sich dann plötzlich wieder an sie erinnert, schuldbewusst, wünscht er sich sehnlichst ein Lebenszeichen von ihr. Der Schlüssel zur Erfüllung dieses Herzenswunsches wächst und gedeiht derweil, still steht die Norne in ihrer kleinen sibirischen Welt und lauscht den unterirdischen Flüssen. Bald müssen Bogdans Mühen belohnt werden.

So ziehen die Wochen ruhig und gleichförmig dahin und Bogdan verliert jegliches Gefühl für Zeit und Raum. Als eines Tages im Gewächshaus der Humus zur Neige geht, begibt sich Pjotr zum Leiter der Gärtnerei, um neuen zu ordern. Währenddessen stellt Bogdan eine Auswahl an Blumen zusammen, die einen Empfang verschönern sollen, der anlässlich des Geburtstags des Sturmbannführers noch am selben Tag gegeben wird. Da er um dessen Vorliebe für exotische und wohlgestaltete Blumen weiß, sucht er nur solche

Exemplare aus, die ein vollkommenes Ebenmaß aufweisen. In seine Aufgabe versunken, hört er nicht das Geräusch der Stiefel, die dumpf den Boden vibrieren lassen. Stattdessen beschleicht ihn nur das unheimliche Gefühl, von einer todbringenden Schlange beobachtet zu werden. Mit äußerster Vorsicht dreht er sich um und blickt in das markante Gesicht des Geburtstagskindes, das kaum eine Armlänge entfernt vor ihm steht.

»Da ist aber jemand in seine Arbeit vertieft!«, im Gegensatz zur von Bogdan empfundenen Bedrohung ist die Stimme eher anerkennend als vorwurfsvoll.

»Keine Sorge, das kann ich sehr gut verstehen. Vor wichtigen Entscheidungen gehe ich immer zu meinen Blumen. Danach kann ich mich viel besser konzentrieren, weil sie mich beruhigen. Zudem lassen sie mich fühlen, ob meine Anordnungen im Einklang mit der Natur stehen, was ich stets anstrebe. Denn unsere Gesellschaft ist bloß ein Spiegelbild der einen Natur, die uns hervorgebracht hat. Wenn man sich also an ihr orientiert, ist man vor Fehlentscheidungen gefeit.«

Voller Demut dreht sich der Sturmbannführer um die eigene Achse und blickt ehrfürchtig auf die Vielfalt der Geschöpfe rings um ihn. Seine Gesichtszüge erscheinen Bogdan in diesem Augenblick weniger hart, eine Spur von kindlicher Bewunderung liegt in ihnen. Wie kann ein Mensch nur die Pflanzen so lieben und doch gleichzeitig seine Mitmenschen so misshandeln? Etwas ratlos und verunsichert beobachtet Bogdan den Herrenmenschen dabei, wie er zärtlich mit seiner Hand über die

Blumen streicht; mit derselben Hand, die so leicht Wowa ohne Skrupel und Zögern erschoss und die auch Bogdans Exekution jederzeit mit einem Wink anordnen könnte. So viele ähnliche Hände haben seine Eltern fortgeführt, Oleg weggezerrt, seine Schwester festgehalten und auch ihn selbst unaufhörlich in ein Leben als Ostarbeiter gezwungen, das eigentlich kaum ein Leben ist. Heyerstahls zwiespältiges Wesen lässt Bogdan weiter achtsam sein, keine unbedachte Antwort entweicht seinem Mund, abwartend blickt er zu Boden.

»Wusstest du, dass sich der Aufenthalt in der freien Natur ungemein positiv auf den Menschen auswirkt: weniger Stresshormone, stabile Herzfrequenz, erhöhte Gehirnaktivität. Jeder sollte einen persönlichen Heilwald haben, in dem er wieder zu Kräften kommen kann. Die Menschen könnten dann noch viel mehr und Größeres leisten, meinst du nicht?«

Durch die direkte Ansprache sieht sich Bogdan genötigt, etwas zu erwidern:

»Ich glaube, es gibt auf dieser Erde keine Seele, die nicht durch die Macht der Schönheit zur Ruhe gebracht wird.«

Überrascht und schlagartig aufmerksam tritt der Sturmbannführer zu ihm, liest erst sein Namensschild und studiert dann seine Gesichtszüge, als sei in ihnen eine Erklärung für die unerwartete Antwort verborgen.

»Bogdan, das hast du außerordentlich gut gesagt! Ich nehme an, dass die Natur bereits ihr heilendes Werk an dir vollbracht hat. Du bist hier auf einer Insel des Ursprünglichen, die unberührt in einem Meer von Menschen, Maschinen und Macheten steht. Vergiss niemals, welch ein Glück das ist. – Jetzt zeig mir die Norne!«

Zufrieden begutachtet der Sturmbannführer Heyerstahl den Zustand des Setzlings, entrückt beobachtet er die kleine sibirische Sphäre, ehe er sich widerwillig von ihrem Anblick losreißt.

»Wenn ich mir diesen kleinen Spross so anschaue, muss ich daran denken, wie unersetzlich doch die unberührte Natur ist. Mit unserer Schöpferkraft haben wir so viele eigene Züchtungen hervorgebracht, haben die Lebewesen nach unserem Willen verändert und geformt – und doch konnte nur eine wahrhaft gesunde und ursprüngliche Natur den besten Menschenschlag hervorbringen. Letzten Endes können unsere Seelen nur in der Natur ihren Frieden finden.«

Der Sturmbannführer erweckt in diesem Moment nicht den Eindruck, als hätte er selbst diesen Frieden bereits gefunden. Sein Gesicht wirkt zwiegespalten wie sein Wesen: Die eine Seite ebenmäßig, die andere von der großen Narbe entstellt und entblößt. Gequält schaut er Bogdan kurz ins Gesicht, macht dann auf dem Absatz kehrt und eilt zurück in seine Welt der Menschen, Maschinen und Macheten. Verwirrt steht Bogdan wie angewurzelt, bis kurz darauf Baba Jaga zurückkehrt. Stumm und verständnisvoll blinzelt sie aus ihren weisen Augen, küsst Bogdan zu seiner Überraschung auf die Stirn und führt ihn zu einem neuen Beet, wo sie den restlichen Tag über Setzlinge mit dem letzten Humus anpflanzen, der ihnen im Gewächshaus noch geblieben ist. In der Nacht ist es so hell, dass Bogdan zuerst keinen Schlaf findet. Der Vollmond scheint durch das offene Fenster auf Calypso und ihn; groß, rund und ewig sendet er seine Strahlen zu ihnen hinunter. Obwohl Pjotr immer im Lager bei den anderen Arbeitern schläft und erst morgens wieder ins Gewächshaus zurückkehrt, kommt er in dieser Nacht wie ein Schatten über Bogdan. Er sieht aus, wie sich Bogdan den Schatzhauser aus dem Tannenwald vorgestellt hat, der Peter Munk wieder zu einem richtigen Herzen verhalf. Tatsächlich knöpft Pjotr behutsam Bogdans Arbeitshemd auf und greift in seinen Brustkorb – kurz hält er Bogdans zuckendes Herz in der Hand – ein angeekelter Blick und er wirft es mit einer Bewegung achtlos auf den Kompost. An seiner statt pflanzt er einen Klumpen Lehm, der einen kleinen grünen Keimling umhüllt, in Bogdans Brust. Es tut überhaupt nicht weh. Überall aus Bogdans Körper sprießen Pflanzen, was ihn nicht weiter erstaunt. Aber plötzlich verwandelt er sich in den Sturmbannführer und blickt mit panischem Entsetzen an sich hinunter – doch da zerfällt sein Leib zu Humus. Mit einem Schrei wacht Bogdan auf, zitternd tastet er sich ab, unverändert menschlich, auch sein Brustkorb ist unversehrt. Nur sein Hemd liegt auf dem Komposthaufen, wo es Bogdan mit zwei Fingern ängstlich an einer Seite hochhebt und vorsichtig darunterspäht – kein blutendes Herz! Ganz verwirrt will er sein Hemd überstreifen, doch es ist ihm viel zu klein. Während er versucht, es gewaltsam an seinen Enden über seinen Oberkörper zu ziehen, fällt sein Blick auf die Norne: Sofort lässt er von seinem Bemühen ab und fällt vor ihr auf die Knie. Über Nacht ist ihr Stängel um wenigstens drei Zentimeter in die Höhe geschossen und seine Spitze ziert nun eine kleine Blüte mit zartrosa Blütenblättern, die über dem Pollen tanzen.

»Calypso«, ruft er sie. – »Geschenk des Schöpfers«, antwortet sie.

Bogdan kann es kaum erwarten, dass Pjotr endlich zurückkommt. Unruhig läuft er an den milchigen Scheiben des Gewächshauses auf und ab, immer wieder tritt er an die Tür und schaut auf den Weg in Richtung des Lagers. – Doch Pjotr kommt nicht; nicht am Vormittag, nicht am Mittag und auch nicht am Abend. Voll Sorge geht Bogdan am nächsten Tag ins Lager, um dort die Abwesenheit von Pjotr zu melden. Insgeheim hofft er, dass Pjotr vielleicht einen besonderen Auftrag erhalten hat oder wegen einer leichten Krankheit im Lager bleiben musste. Denn sollte er wirklich verschwunden sein, rechnet Bogdan fest damit, für sein Verschwinden mit zur Rechenschaft gezogen zu werden; sie würden ihn einsperren, foltern und vielleicht sogar töten. Und das so unmittelbar vor der Erfüllung seiner größten Hoffnung: Die Norne ist erblüht und das hätte unter normalen Umständen mit Sicherheit das Wiedersehen mit seinen Eltern bedeutet.

Mit Tränen in den Augen erstattet er auch Hansi Bericht über das Erblühen der Norne. Noch am Vormittag wird Bogdan aus dem Lager abgeholt und über viele Stunden ununterbrochen verhört: Sie fragen ihn nach dem Verbleib und den Motiven Pjotrs. Am Vorabend seines Verschwindens sei er laut Zeugenaussagen wie immer ins Lager getrottet, allerdings ungewöhnlich gut gelaunt gewesen; er habe gesungen, gepfiffen, kleine Pirouetten getanzt und seine lange Pfeife bis spät in die Nacht hinein geraucht. Danach habe niemand mehr etwas von ihm gesehen oder gehört und am Morgen sei er dann wie vom Erdboden verschluckt gewesen. Die Befragung wird zwar hart und streng geführt – Bogdan bekommt weder zu essen noch zu trinken, sitzt permanent im Schein einer gleißenden Lampe und wird fortwährend angeschrien – doch sie wenden keinerlei körperliche Gewalt an. Trotzdem ist Bogdan in steter Angst, am Ende der Befragung dem Erschießungskommando übergeben zu werden. Schließlich glaubte ihm niemand, wenn er berichtete, dass Pjotr eigentlich eine Hexe sei, die sich auf dem Weg in die Heimat nicht aufhalten lasse. Doch entgegen all seine Befürchtungen wird Bogdan am späten Abend entlassen und ins Gewächshaus zurückgeschickt. Den Grund für seine unerwartete Schonung erkennt er sogleich bei seinem Eintreten: Die Tür steht offen und der Boden vor der Norne ist von Stiefeln festgetreten. Auf seinem Bett liegt ein großformatiger, schwerer Bildband, der Zeichnungen und Fotos von den erstaunlichsten Blumen enthält. Offenbar muss Hansi den Sturmbannführer informiert haben und dieser wird Bogdan wegen Calypsos Blüte vor Folter und Sonderbehandlung bewahrt haben. Erleichtert vertieft sich Bogdan in sein erstes richtiges Buch: Viele der abgebildeten Pflanzen kennt er aus eigener Anschauung aus dem Gewächshaus. Er vergleicht die Fotos mit ihren lebendigen Gegenstücken und versucht die Piktogramme mit den Informationen zur Bewässerung, zu den idealen Licht- und Bodenverhältnissen zu deuten. Die nächsten Tage vergehen wie ein Traum; einem inneren

Drang folgend, verrichtet Bogdan gewissenhaft seine Pflichten und kümmert sich mit Herzblut um die ihm anvertrauten Geschöpfe. Die Norne entfaltet ihre wunderschöne, filigrane Blüte und das zarte Rosa wechselt zu einem intensiven Lila. Nun hält Bogdan seine Zeit für gekommen: Er will unbedingt seine Eltern wiedersehen.

Am nächsten Morgen bricht er in aller Frühe zu den Baracken auf und trifft dort noch vor Tagesanbruch auf Hasso. Dieser scheint gleichermaßen erleichtert und erfreut über die guten Nachrichten von der Norne zu sein und verspricht Bogdan hoch und heilig, sich bei der nächsten Gelegenheit an den Sturmbannführer zu wenden, um diesen mit der gebotenen Zurückhaltung an sein Versprechen zu erinnern. Auf dem Rückweg ins Gewächshaus träumt Bogdan bereits von der baldigen Zusammenführung mit seinen Eltern. Eine Stimme reißt ihn unvermittelt aus seinen Träumereien: Es ist Hansi.

»Gut, dass ich dich hier treffe, du musst uns morgen unbedingt aushelfen. Der Seesteg in Binz wird gerade ausgebessert und wir sollen dort morgen neue Bäume und Sträucher platzieren – gleichzeitig aber auch noch den Kai neu begrünen; für beide Aufgaben zusammen haben wir zu wenige Arbeiter. Sei deshalb morgen zu Schichtbeginn hier und hilf uns dabei.«

Gern sagt Bogdan zu. Zwar hat er sich mittlerweile an sein Eremitendasein gewöhnt und oftmals erfüllt ihn die Außenwelt mit Schrecken, aber er schwärmt doch seit den ersten Tagen im Seebad vom Meer und hofft daher, ihm bei diesem Auftrag noch einmal so nah wie möglich zu kommen.

Die Bahn rattert über Gleise, die sich unter ihrem Gewicht in den sandigen Boden senken. Ungefähr dreißig Männer sitzen in einem offenen Güterwaggon, hinter ihnen auf dem Waggon ein grünes Dickicht aus den verschiedensten, teils beachtlich großen Pflanzen. Nach zehnminütiger Fahrt erreichen sie den Bahnhof von Binz, die Sträucher und Bäume werden auf Lkws umgeladen und genießen den Luxus, direkt ans Meer gefahren zu werden. Die Männer dagegen stellen sich in den obligatorischen Zweierreihen auf und traben mit der Hand auf der Schulter des Vordermanns durch die Binzer Innenstadt zum Meer. Zu der frühen Stunde sind nur wenige Sonnenanbeter unterwegs, die Männer und Frauen in den Geschäften ziehen eben erst die Rollläden hoch, legen ihre Waren in die Schaufenster und würdigen die Arbeiter keines Blickes. Der Weg durch eine grüne Allee ist nicht weit und so öffnet sich bald vor ihnen die muschelförmige Bucht: das weite, tiefblaue Meer mit all seinen Geheimnissen, darüber der unbegrenzte Himmel, der sie Gott ganz nah wähnen lässt. Der Seesteg scheint das Wasser der Bucht in zwei Hälften zu teilen. Er wirkt beinahe zerbrechlich, verglichen mit den riesigen Stegen des Seebades, denn bis auf seine Pfeiler ist er ganz aus Holz gearbeitet. Er strahlt eine einladende Gemütlichkeit aus. Der Steg endet in der Mitte des Horizonts, als führe er zum Tor in eine andere Welt. Das Geschrei der Möwen zieht Bogdans Aufmerksamkeit wieder vom Wasser zu den Wolken: wie am Firmament fixiert, stehen die Vögel in der Luft, abwartend, abschätzend – doch von diesen gelben Gesellen ist kein Essen zu erwarten.

Schon werden die ersten Kommandos gebrüllt. Mit einem letzten konzentrierten Blick will sich Bogdan alles einprägen: Diese entgrenzte Weite ist das Pendant zu seiner abgeschotteten Pflanzenwelt mit all ihrer grünen Fülle, erdigen Schwere und feuchten Hitze. In Bogdans Vorstellung zieht sich das Gewächshaus zusammen, verdichtet sich; sein Gewicht zieht es nach unten, zum Mittelpunkt, und formt dabei eine tiefe, smaragdfarbene Schale aus. Stülpte ein Gott sie nach außen, formte sich eben diese Himmelskuppel – blau, körperlos, leicht, durchsichtig in die Unendlichkeit auseinanderstrebend.

Von rechts nähert sich eine fremde Gruppe von Ostarbeitern, welche einer Einheit angehören, die in Binz stationiert ist und mit den Ausbesserungsarbeiten des Stegs betraut. Ihr Erscheinungsbild unterscheidet sich merklich von dem der Arbeiter aus Prora: Ausgemergelt und mit eingefallenen Gesichtern schleppen sie sich voran. Ein Wispern erhebt sich in Bogdans Gruppe, es soll sich um ehemalige Werftarbeiter handeln. Doch die andere Gruppe nimmt keine Notiz von ihren Leidensgenossen. Roboterhaft streben sie unter den Steg, um ihre Arbeiten an den Bohlen zu vollenden. Nachdem sie allesamt unter dem Steg verschwunden sind, beginnen auch die Arbeiten auf seiner Oberseite: Die aus Prora angelieferten Gewächse werden eines nach dem anderen von den Lkw geladen und die für sie vorgesehenen Kübel auf dem Steg platziert. Nachdem diese mit Erde befüllt wurden, folgt der schwierigste Teil der Arbeit, nämlich die Einpassung der schweren Pflanzen in ihr neues Zuhause. Mit einem mobilen Kran werden die größeren Bäume direkt von der Lkw-Ladefläche emporgehoben, auf den Steg transportiert und dort in die entsprechenden Pflanzkübel gesenkt. Die Planken des Steges ächzen unter dem Gewicht der Räder des schwer beladenen Krans. Die Stunden kriechen dahin, abgesehen von einer sehr kurz gehaltenen Mittagspause schuften die Männer ununterbrochen. Der morgens noch weiß-blaue Himmel mit seinen wenigen Wölkchen verdüstert sich zusehends und ein rasch zunehmender Wind kommt auf. Anfangs empfinden ihn die Männer als eine wohltuende Abkühlung, doch entwickelt er sich bald zu einem Sturm, der es immer schwieriger macht, die wild ausschlagenden Bäume gezielt zu bewegen. Das Brausen der Böen übertönt mittlerweile sogar das Krachen der Bohlen, immer schneller fahren und steuern die Männer den Kran, hoffend, die Arbeiten noch zu beenden, bevor das Unwetter über sie hereinbricht. Vereinzelte aschgraue Wolken fliehen über den Himmel vor der dunklen Wetterwand, die sich drohend am Horizont abzeichnet. Gäste sind inzwischen keine mehr zu sehen, hastig haben sie Decken und Getränke zusammengerafft und Unterschlupf in den Binzer Gaststätten gesucht – nur die Sturmvögel gleiten noch immer seltsam unbeeindruckt durch die Luft. Tatsächlich scheinen die Arbeiter ihr Ziel erreichen zu können, sie sind im Begriff, den letzten Baum an der Stegspitze aufzustellen. Um Zeit zu sparen, haben sie die Haltevorrichtungen nur provisorisch fixiert. Hektisch zerren drei Ostarbeiter, darunter Bogdan, an dem hin und her schwankenden Stamm. Eine besonders starke Bö erfasst den Wurzelballen und schwingt ihn über die Brüstung des Stegs. Einen Augenblick verharrt der Kran auf der Suche nach seinem neuen Schwerpunkt, findet ihn dann auf dem linken Vorderrad, worauf die Planken darunter mit einem ohrenbetäubenden Krachen zerbersten. Mit leichter Verzögerung schlägt der Baum auf die Wasseroberfläche, während der Kran fast zur Hälfte in den Steg einbricht. Der gesamte vordere Stegteil gibt nach und begräbt zwei Arbeiter der Binzer Gruppe unter sich. In Panik fliehen die übrigen Arbeiter unterhalb des Stegs schwimmend und watend an den Strand und auch die Ostarbeiter aus Prora rennen oberhalb zur Promenade, aus Angst vor einem weiteren Zusammensacken. Nur Hansi und Bogdan sind zurückgeblieben und suchen trotz der Gefahr nach Überlebenden. Vorsichtig gleitet Bogdan ins Wasser und hangelt sich zwischen den schwimmenden Trümmerteilen hindurch. Unter dem Kran treibt ein völlig zerschmetterter Körper mit dem Gesicht nach unten durchs Wasser. Mit Grauen wendet Bogdan sich ab, entschlossen weitersuchend: Hier kommt seine Hilfe zu spät. Zusätzlich zum hohen Wellengang erschwert das laute Stürmen und Tosen die Orientierung, doch während einer kurzen Flaute lässt ihn ein Stöhnen aufhorchen. Es dringt aus einem Lattenhaufen, innerhalb dessen sich ein Hohlraum gebildet hat, darin ein Mann, knapp mit dem Kopf über Wasser, erstarrt in den Wellen schwankt. Das abgemagerte Gesicht ist leichenblass, der Kopf blutüberströmt, allein die vollen, braunen, kinnlagen Haare bilden einen ungewöhnlichen Kontrast zu seiner greisenhaften Erscheinung. Mit größter Vorsicht versucht Bogdan den Verletzten zu bergen. Hansi kommt ihm von oben zu Hilfe und gemeinsam schaffen sie es gerade noch, den Mann auf den Steg zu hieven, bevor eine wahre Regenflut einsetzt. Leblos liegt der Mann da, kein noch so geringer Überlebenswille lässt ihn mit dem Tode ringen. Unter den prasselnden Sturzbächen, die nun aus dem Himmel niedergehen, umwickelt Bogdan die Kopfwunde behelfsmäßig mit seinem Hemd, Hansi versucht unterdessen den Mann anzusprechen und irgendwie ins Leben zurückzurufen. Schließlich unterstützt ihn Bogdan dabei, indem er mit einer Hand weiterhin den Kopf des Mannes hält, während er mit der anderen sacht dessen Wangen reibt. Ganz still ist es geworden, selbst die Regentropfen fallen geräuschlos auf das Holz, wie in Zeitlupe, und benetzen kaum den versehrten Leib.

»Väterchen, Väterchen, komm zu dir! Wir helfen dir und bringen dich zum Arzt, hab keine Angst!«

Ganz allmählich öffnen sich die Lider des Verletzten, es scheint ihn eine übermenschliche Willensanstrengung zu kosten. Leere Augen blicken in Bogdans vom unausgesetzten Regen triefendes, besorgtes Gesicht. Zitternd will seine Hand nach Bogdan greifen, tonlos bewegen sich seine farblosen Lippen. Als hätte er damit seine letzten Kräfte aufgebraucht, fällt sein Arm abrupt herunter und der Mund erstarrt mitten im Atemzug. Ergriffen schließt Bogdan die Lider des fremden Mannes ein allerletztes Mal, mitleidig legt Hansi das Hemd über seinen Oberkörper. Während sie noch bei ihm knien, hasten die ersten Männer durch den Regen zu ihnen zurück. Die Bucht ist erfüllt von einem höllischen Donnergrollen. Der Tote wird von Kameraden aus seiner Einheit an Händen und Füßen genommen, sie entschwinden mit ihm in einer undurchdringlichen Regenwand. Mühsam rappelt sich Bogdan auf. Hansi führt ihn an eine etwas abseits gelegene Stelle am Strand und heißt ihn, sich dort hinzusetzen. Ohne weiteres Zögern widmet er sich daraufhin den Aufräumarbeiten, brüllt Kommandos, organisiert eine Absperrung. Kurze Zeit später erscheint ein größerer Trupp frischer Arbeiter aus Binz, welche die dringendsten Sicherungs- und Aufräumarbeiten durchführen. Unterdessen sitzt Bogdan still, starrt auf das aufgewühlte Meer.

»Wie elend, sein Leben so auszuhauchen«, geht es ihm unablässig durch den Kopf. Obwohl Not, Zwang und Tod seine ständigen Begleiter sind, hat ihn der Tod dieses Fremden seltsam berührt, ja verstört. Er kann sich kaum fassen.

8

»Da bist du sicher erleichtert!« Angestrengt in seinen Unterlagen suchend, redet Sturmbannführer Heyerstahl fast kameradschaftlich auf Hasso ein. Betreten steht dieser vor dem großen Eichenholzschreibtisch und wringt unaufhörlich seine Mütze.

»Zumindest hat es die Norne mit dir gut gemeint ... Ah, hier ist der Befehl für die Rückführung in die Heimat«, ruft der Sturmbannführer gut gelaunt, mit einem Blatt Papier über dem Tisch wedelnd.

Sogleich tritt Hasso einen Schritt an den Schreibtisch heran und nimmt die ersehnte Order mit einer knappen Verbeugung entgegen.

»Nun wirst doch zumindest du mit deiner Familie wiedervereint, im Fall deines jungen Kameraden kann das leider bloß noch der Tod bewerkstelligen. Das wollen wir jedoch nicht – bei den Wundern, die er mit den Pflanzen vollbringt. Es ist wirklich tragisch: Die Mutter schon vor vielen Jahren auf der Werft verstorben und der Vater gestern vor den Augen des eigenen Sohnes vom Kran erschlagen – unerhört, was für eine Schlamperei! Hör gut zu, Hasso, ich will nicht, dass der Junge davon erfährt. Denn das wäre seiner Arbeitsmoral nicht zuträglich. Außerdem: Was könnte er jetzt noch tun? Richtig, gar nichts! Soll er also lieber weiter hoffen. Das brauchen die Menschen doch, Hoffnung – nicht wahr?«

Unmerklich nickt Hasso, doch es ist ihm nicht wohl dabei. Auch wenn Bogdan nichts mehr ändern könnte, so hat er doch ein Recht auf die Wahrheit. Aber wenn er ihm alles erzählte, täte sich der Junge bestimmt etwas an. Was wäre damit gewonnen? Wahrscheinlich hat der Sturmbannführer recht. Außerdem sähe er seine Kinder sicher nicht wieder, wenn er jetzt dem Befehl des Sturmbannführers zuwiderhandelte. Und was können die für dieses Unglück?

Dennoch hadert Hasso bis zum letzten Tag seiner Abreise mit sich, am Ende aber stellt er sein Glück über Bogdans Gewissheit und sein eigenes Gewissen; er wird in der Dorfkirche zu Hause eine Kerze für Bogdan und seine Eltern anzünden. Voller Freude wirft er einen letzten Blick auf das verfluchte Seebad und wendet dann seine Schritte zum Bahnhof, um die Heimreise gen Osten anzutreten.

Der Tod des fremden Arbeiters hat Bogdan noch lange beschäftigt. Seine leeren Augen, die Resignation! Dieser vollkommen hoffnungslose Ausdruck hatte Bogdans Angst neu entfacht, seine Eltern nie wieder zu sehen. Sie wissen ja nicht, dass er nach ihnen sucht; doch hat ihm Hasso versichert, dass ihr Auffinden unmittelbar bevorstehe. Und dann wird er endlich mit ihnen vereint sein! Trotzdem kann er die Schwermut nicht mehr abschütteln, die ihn seit dem unseligen Tag am Meer überkommen hat. Nachdenklich betrachtet er die Norne: Ob sie mehr weiß als er? Täglich erzählt er ihr von seinen Ängsten und Hoffnungen, doch bislang hat sie ihm nicht wieder geantwortet. Umso größer ist seine Überraschung, als sie eines Tages plötzlich zu wachsen beginnt, vor seinen Augen größer und größer wird. Ihr schlanker Leib windet sich immer weiter nach oben, unten teilt er sich in zwei grünliche Beine, an den Seiten lösen sich in einer wiegenden Bewegung zwei ebenmäßige Arme hervor. Die dunklen lila Blütenblätter verlieren zusehends ihre Farbe und wandeln sich in ein zartrosa Gesichtchen mit einem blassen Mund. Weiche, lange schwarze Haare umschmeicheln einen schlanken weißen Hals, traurig blicken ihn die dunklen Augen seiner Schwester an:

»Bogdasja, mein Lieber, wo bleibst du nur? Solange habe ich nichts mehr von dir gehört und sehne mich doch so nach ein paar Worten von dir. Seit der Untersuchung, von der ich dir schrieb, bin ich nie mehr richtig gesund geworden und arbeite immerzu unter Schmerzen. Ich habe schlimme Nachrichten für dich: Gestern war ich am Fluss, um frisches Wasser zu holen, da trieben unter der Wasseroberfläche zwei Leichen nah beieinander flussabwärts; es waren eine Frau und ein Mann. Die Frauenleiche war nur an ihrem ausgebleichten, geflickten Rock zu erkennen, ihr Oberkörper war hingegen völlig entstellt. An der Hand hielt sie die Leiche des Mannes, die eine blutverkrustete Wunde am Kopf hatte – trotzdem sah ihr dichtes braunes Haar im kristallklaren Flusswasser ganz lebendig aus. Da erkannte ich Mutter und Vater und griff nach ihnen, so schnell ich nur konnte. Doch die Strömung riss sie mit sich, ehe ich sie zu fassen vermochte. Wir sind nun ganz allein auf dieser kalten Erde, mein Bruder, obschon ich bald unseren Eltern auf ihre Reise folgen werde.«

Tränen laufen Bogdan über das Gesicht. Er will seine Schwester trösten, er streckt seine Hand nach ihr aus – Lena, Lena. Als er sie jedoch berührt, bricht ihr grüner Körper in der Mitte auf, zerfasert, und Blut quillt aus den Rissen hervor – immer mehr Blut. Stetig schrumpft die Menschenblume in sich zusammen, bis nur noch eine kleine rote Lache auf dem Boden zurückbleibt.

Von diesem Tag an wartet Bogdan nicht mehr auf eine Nachricht von seinen Eltern, glaubt nicht mehr den Beteuerungen des Kapos oder des Sturmbannführers. Nur seiner Schwester kann er vertrauen – und seinen Pflanzen, sie belügen ihn nicht. Eigentlich müsste er die Nazis hassen für alles, was sie seiner Familie und ihm angetan haben, doch dafür ist er schon zu lebensmüde. Seine Kraft reicht gerade noch aus, um sich mit seinen Blumen zu trösten und auf den abschließenden Urteilsspruch des Schicksals zu warten. Der Tod hat seinen Schrecken verloren. Bald wird ihm Jelena ein letztes Mal erscheinen und sich von ihm verabschieden. Wie lange es danach wohl noch dauern wird, bis er mit ihr vereint ist? Bogdan geht nur noch selten unter Menschen, wie zuvor Pjotr lässt man ihm ziemlich freie Hand. Er verbringt seine Tage und Nächte im Gewächshaus, hört auf die Stimmen der Pflanzen und auf das Atmen der Erde. In diese Melodie der Natur bringt er seine eigene schwache Stimme ein, ein ununterbrochenes Singen, Flüstern und Rascheln versetzt das Gewächshaus in ein fortwährendes Schwingen, das jedoch keiner der seltenen Besucher wahrnehmen zu können scheint. Betreten solche Gäste unerwartet das Gewächshaus, versteckt Bogdan sich meistens im dichtesten Teil seines Dschungels. In aller Regel kommen sie bloß, um irgendwelche Lieferungen dazulassen und sind froh, wenn sie niemanden antreffen. Sobald sie in ihre Welt zurückgekehrt sind, wendet sich Bogdan wieder seiner entrückten Beschäftigung zu und widmet sich mit Hingabe den Blumen.

Da der Leiter der Gärtnerei, Herr Grünwald, exotische Pflanzen verabscheut, hat er ihn seit ihrer ersten Begegnung noch kein zweites Mal gesehen. Bei der dumpfen Aggressivität, die dieser Mann damals im Umgang ausstrahlte, ist Bogdan darüber keineswegs traurig. Umso erschrockener horcht er auf, als er beim Gießen einer großen Dahlie das Klatschen von Gummistiefeln, begleitet vom angestrengten Schnaufen eines korpulenten Mannes vernimmt. Leise zieht er sich in sein tropisches Dickicht zurück. Durch das dichte Blattwerk kann er den Leiter beobachten, wie er sich prustend und mit den Armen rudernd seinen Weg durchs Gewächshaus bahnt. Doch er ist nicht allein, ein scheues Hufgetrappel folgt ihm sanft. Die falbfarbene Stute aus seinen Träumen tänzelt hinter dem Leiter her, wobei sie Abstand zu ihm hält, auch wiederholt stehen bleibt, um prüfend das mehlweiße Maul mit den schwarzen Nüstern zu heben und mit ihren großen dunklen Augen die Pracht um sich herum zu mustern. Auf so engem Raum muss die Stute ihre Kraft zurückhalten. Ihre Flanken erzittern unter dem Spiel der Muskeln, auf ihrem Weg streichen ihr ausladende Farne über den hellen Bauch.

»Bogdan!«

Wortlos tritt er aus dem dunkelgrünen Schatten. Der Vielfraß geifert irgendetwas vor sich hin.

Still und versonnen ruhen Bogdans Augen auf dem Mädchen, das des Nachts durch die Taiga galoppiert. Schmerzhaft flackert sein Lebenswille auf.

Kampf der Kreatur

1

Zwei wachsame Augen blicken prüfend und leicht amüsiert in den Spiegel: Das bleibt also nach 80 Jahren von der schnöden Hülle. Eigentlich kann die ältere Dame sehr zufrieden mit ihrem Äußeren sein: Der schlanke, aufrechte Leib ist der einer Siebzigjährigen – höchstens. Die Augen blitzen faustisch, das Gesicht ist von feinen Linien durchzogen, darunter viele Lachfältchen, die auf einen lebhaften Charakter schließen lassen. Doch es liegt in ihren Zügen auch eine gewisse Strenge, die sich durch ihre ganze Haltung zieht. Jetzt rücken die sehnigen Finger noch einmal die Frisur zurecht, die als ein schlohweißer Kranz den Kopf wie eine Krone umgürtet. Die Kleidung wirkt dagegen wenig königlich: Lediglich am Revers weist sie eine Verzierung in Gestalt einer Irminsul auf, ansonsten entbehrt sie jeden Schmuckes; schlicht und spartanisch spannt sich eine graue Uniform über den immer noch straffen Körper. Scheinen diese Gliedmaßen auch noch so gesund und kräftig, so spürt ihre Trägerin doch mit jedem Tag die eigene Vergänglichkeit stärker; immer häufiger stellt sie sich Fragen nach der Sinnhaftigkeit ihres Lebens: Was wird ihr Vermächtnis für das Volk, die Menschheit, die Welt sein – wie viel Zeit bleibt ihr noch, es zu gestalten? Heute muss sie Bilanz ziehen. Für einen Moment versinkt sie in ihrem Spiegelbild und sieht einem hübschen, pausbäckigen Kleinkind mit blonden Locken zu, das ein weißes Kleidchen trägt und das

Lied *Maikäfer flieg* singt. Was sie doch für ein ausgesprochen bezauberndes und fröhliches Kind gewesen ist! Seitdem ist sie einen langen Weg gegangen. Aus dem unbedarften Kind wurde eine erfahrene und leidgeprüfte Politikerin. Manchmal verschwimmt die Trennlinie zwischen der Inszenierung der Führerin und der wahren Hedwig Goebbels, obwohl sie von Kindesbeinen an beim Großmeister der Demagogie in die Lehre gegangen ist. Die wichtigste Grundregel ihres Vaters lautete, dass man sich der Unterschiede stets bewusst sein müsse, um die Führerrolle überzeugend verkörpern zu können. Doch nach all diesen Jahren muss sie immer öfter nach der ursprünglichen Hedwig in sich suchen – und wenn sie sie schließlich findet, kann sie sich ihrer Gefühle trotzdem nie ganz sicher sein. Mit der Erinnerung an Hitler wendet sie sich voller Argwohn von ihrem Spiegelbild ab. Bei ihm verschwamm über die Jahre diese Trennung zusehends, bis er kaum noch als Person zu erkennen war; als Adolf schon längst verschwunden war, marschierte der Führer noch unverdrossen durch die Öffentlichkeit. Natürlich trugen die Krankheiten und die Drogen ihren Teil dazu bei, dass am Ende bloß noch ein Wrack im Pflegebett bei ihnen zu Hause lag, um das ein Heer von übereifrigen Schwestern herumschwirrte. In den Wochenschauen dagegen sah der Führer genauso viril aus wie früher, das lehrte sie bereits ihre erste Lektion: So wollte sie niemals enden. Ihre Mutter Magda pflegte den Führer hingebungsvoll bis zu seinem Tod mit einer bedingungslosen Liebe, die sie ihren eigenen Kindern vorenthalten hatte. Der Vater ließ sich selten zu Hause blicken. Nicht zu Unrecht als *Bock von Babelsberg* verschrien, war das Familienleben nur in der Propaganda intakt; auch ihre Mutter war kein Kind von Traurigkeit, beide Elternteile konnten auf eine willige Armee von Liebhabern beiderlei Geschlechts zurückgreifen. Hedwig wuchs zusammen mit ihren vier Schwestern und ihrem Bruder in der Obhut diverser Kindermädchen und Erzieherinnen auf. Es war keine unglückliche Kindheit; die Villa auf Schwanenwerder war ein Paradies für Kinder, es gab Ponys auf dem Anwesen und sie konnten mit Vaters Yacht *Baldur* auf den Wannsee hinaussegeln. Ihre fünf Geschwister wurden ihre wichtigsten Bezugspersonen, während gemeinsame Zeit mit Vater oder Mutter eine wunderbare Ausnahme vom Alltag blieb – so war das Leben in der arischen Vorzeigefamilie des Deutschen Reiches. Es hat sehr lange gedauert, bis über die Jahre all die kleinen hässlichen Familiengeheimnisse publik wurden, nur um sogleich wieder sorgsam unter den Teppich gekehrt zu werden: Mutters niedere uneheliche Geburt; ihr jüdischer Adoptivvater; und dann gar ein Jude, dem sie als junges Mädchen nach Palästina folgen wollte. Und die Geheimnisse des Vaters waren nicht weniger kompromittierend: überzeugter Atheist, der Vorname vom befreundeten jüdischen Anwalt, erste große Liebe Halbjüdin, Krüppel mit verkürztem Bein und Klumpfuß. Wahrlich keine Helden mit allzeit einwandfreier nationalsozialistischer Gesinnung. Auch die Ehe wurde nicht im Himmel geschlossen, sondern allein vom Gottgesandten Hitler arrangiert, dem edlen Trauzeugen, der somit weiterhin problemlos die von ihm verehrte Magda treffen konnte, bis er sich endgültig für das braune

Mäuschen entschied. Am Anfang war es eine Ehe zu dritt, der Auftakt des Dritten Reiches. Die erstaunlichste Inszenierung wurde jedoch Hedwig Goebbels' eigenes Leben.

Ein schneidiges Klopfen reißt sie aus ihren Gedanken.

»Meine Führerin, darf ich eintreten?«

»Einen Moment, bitte!« Hedwig geht zum großen Panoramafenster ihrer Suite und blickt gefasst über die weite Bucht, am Horizont geht gerade die Sonne auf. Sie schließt die Augen, streckt ihre nach oben geöffneten Hände über den Kopf und führt diese dann mit einer fließenden Bewegung an ihr Gesicht, als empfinge sie die allumfassende Macht und nähme sie in sich auf. Sie atmet tief aus, langsam und hörbar entweicht der Atem – die Führerin befiehlt.

»Eintreten!«

»Heil, mein verdienter Sturmbannführer Heyerstahl! Ich hatte mir schon gedacht, dass Sie selbst zu dieser frühen Stunde bereits wach und dienstbeflissen sind.«

Der Idealtypus eines SS-Offiziers betritt die Gemächer der Führerin. Zwei aufrechte, disziplinierte und direkte Menschen stehen einander gegenüber, beide haben sie dem deutschen Volk große Dienste geleistet, haben überaus erfolgreich ihre Pflicht erfüllt und ihren Wert für die Volksgemeinschaft bewiesen. Immer wieder haben sich dabei ihre Pfade gekreuzt und für kurze Zeit verbunden. Wären sie einfache Privatleute, könnte man ihre Beziehung als Freundschaft bezeichnen; ihre Charaktere sind wesensverwandt und ihre Ansichten gleichen sich.

»Heil, meine Führerin! Meist nutze ich die frühen Morgenstunden, um die Arbeitspläne für den Tag durchzugehen.«

Seit meiner Verwundung schlafe ich selten mehr als fünf oder sechs Stunden.«

»Ich bin schon glücklich, wenn ich manchmal etwas mehr als vier Stunden schlafen kann! Ich glaube, das nennt man senile Bettflucht«, lächelt die Führerin verschmitzt. In dieser unverstellten Natürlichkeit erinnert sie für einen Augenblick an das singende Kind, das sie einst war.

»Aber meine Führerin, senil – sagen Sie das nicht! Keine Zwanzigjährige könnte es mit Ihrer Geisteskraft aufnehmen.«

»Keine Schmeicheleien, bitte! Irgendwann kommt man in ein Alter, wo diese nur noch fad sind, und ich will die mir verbleibende Zeit in größtmöglicher Ehrlichkeit verbringen. Außerdem haben wir es nicht nötig, uns gegenseitig etwas vorzulügen; dafür kennen wir uns schon zu lange und haben zu viele Schlachten gemeinsam geschlagen. Sie sind mir in all den Jahren immer ein treuer, aufrechter Gefolgsmann gewesen.«

»Sehr wohl, meine Führerin, das ist ganz in meinem Sinn. Bitte nehmen Sie dennoch diese Blume entgegen, als Zeichen meiner Achtung vor Ihrer unermesslichen Aufgabe und, wie ich betonen möchte, auch vor Ihrer Person.«

Fast zärtlich überreicht ihr Heyerstahl eine filigrane, unscheinbare Orchidee. Obwohl die Führerin von seiner Schwäche für Blumen weiß, ist sie doch davon gerührt, mit wie viel Liebe dieser kampferprobte Recke ihr das kleine Geschöpf anvertraut. An der Ehrlichkeit seiner Worte kann kein Zweifel bestehen; sie spürte jeden Anflug von Falschheit. Denn Menschen richtig einzuschätzen – ihre Beweggründe,

Abgründe und Stimmungen –, gehört zu ihrem Handwerkszeug als Politikerin mit übermenschlichem Auftrag.

»Es handelt sich hierbei um eine seltene Orchidee aus dem fernen Sibirien. Sie gehört zur Gattung der Nornen und soll einen glücklichen Einfluss auf Ihr wertes Schicksal ausüben. Ich habe mir erlaubt, sie nach Ihrem zweiten Vornamen Johanna zu nennen.«

»Das ist sehr aufmerksam von Ihnen, danke. Ein nachsichtiges Schicksal brauche ich am heutigen Tag ganz besonders. Es gibt schon außergewöhnliche Wesen in Russland, meinen Sie nicht? Wie sind denn Ihre Erfahrungen mit den Ostarbeitern?«

Als sie den zögernden Ausdruck in seinem Gesicht wahrnimmt, ergänzt sie noch bestimmt: »Wehe, Sie lügen mich an! Ich will Ihre ehrliche Meinung hören.«

»Dann will ich mit ihr nicht hinterm Berg halten: Natürlich gibt es unter den Ostarbeitern Gute und Schlechte, Starke und Schwache, Dumme und Schlaue. Gerade der junge Mann aus Sibirien etwa, der meine Orchideen züchtet, hat eine geradezu magische Begabung im Umgang mit Pflanzen, obwohl er kaum lesen kann. Im Großen und Ganzen sind die Ostarbeiter daher tüchtige Menschen, die einen wertvollen Beitrag leisten.«

»Es freut mich sehr, dass Sie das so sehen. Für meinen Vater war Russland heilig und er drang Zeit seines Lebens auf eine humanere Besatzungspolitik.«

»Vielleicht führen Sie ja das Erbe von Katharina der Großen fort: Als Deutsche brachte sie Bildung, Recht und Gesetz nach Russland.«

»Ja, dafür ist sie berühmt, doch letzten Endes hob sie die Leibeigenschaft nicht auf, sondern arrangierte sich mit den Adeligen. Sie ließ deren Privilegien unangetastet und opferte so ihre hohen Ideale dem Machterhalt. Die meisten Herrscher erliegen irgendwann dieser Versuchung und verwechseln am Ende ihre persönlichen Interessen mit denen des Volkes. Viel zu oft musste ich selbst Kompromisse wider meine Ideale eingehen und den Machteliten entgegenkommen.«

»Aber Sie sind doch viel größer als Katharina!«

»Wir werden sehen, wir werden sehen …«, murmelt die Führerin abwesend vor sich hin. Doch nach wenigen Sekunden hat sie sich wieder im Griff.

»Ich habe heute ein straffes Programm: das Interview mit dem Völkischen Beobachter, diverse Besprechungen und am Abend die Rede, die so ungemein wichtig ist. Ist alles vorbereitet, wird sie weltweit auf allen Kanälen übertragen werden?«

»Jawohl! Und wenn es Ihnen genehm ist, wäre ich heute gern Ihr persönlicher Adjutant, wobei ich Ihnen in dieser Funktion als Erstes zu einem Besuch des Heilwaldes riete, um Kraft für diesen wichtigen Tag zu sammeln.«

»Das weiß ich zu schätzen und gern nehme ich Ihr Angebot an. Ich danke Ihnen von Herzen für Ihre Treue. In schweren Stunden ist ein guter Gefährte nicht mit Gold aufzuwiegen. In den Heilwald zu gehen, halte ich gleichfalls für einen ausgezeichneten Vorschlag. Bitte holen Sie mich dazu in zwanzig Minuten hier ab.«

Zu Beginn dieses denkwürdigen Tages verspürt Hedwig das Bedürfnis, noch einmal tief in sich zu gehen, den

Ursprung ihres Wesens, ihrer Entwicklung und ihres Willens schonungslos auszuleuchten. Im Lichte dieser Selbsterkenntnis will sie die folgenschwere Entscheidung bewerten, die diesen Tag bestimmen soll; als Hedwig und nicht als Politikerin.

Mit sechzehn Jahren hatte sie sich eigentlich für die Schauspielerei entschieden, um einer Begabung nachgehen zu können, die sie mit ihrem Vater teilte. Dank ihres blendenden arischen Aussehens, ihrer exzellenten Ausdrucksweise und nicht zuletzt auch dank ihrer Beziehungen schien dem Erfolg nichts im Wege zu stehen. Außerdem hatte sie von klein auf üben können, da das Familienleben meistens einer Aufführung vor Millionenpublikum in allen Medien glich – mit ihren Geschwistern war sie auf den Titelseiten der Magazine, wurde von der Wochenschau und später auch vom Fernsehen gefilmt. Warum also nicht ihr Geld damit verdienen? Nachdem sie als Kind noch einen SS-Adjutanten aufgrund seines verwegenen Glasauges heiraten wollte, teilte sie inzwischen eher die Neigung ihres Vaters für schöne Menschen aus der Filmindustrie. Doch alles veränderte sich schlagartig an jenem Morgen des Jahres 1954, als Adolf Hitler sie mit einem entkräfteten Wink zu sich ans Krankenbett befahl, neben das sie gerade frische Blumen stellen wollte. Wie bei einer Marionette schnellte sein Oberkörper in unnatürlicher Verrenkung nach vorn, sein Arm hob sich wie besessen zum Deutschen Gruß und undeutlich, doch vernehmlich sprach der Kranke die entscheidenden Worte: »Heil Hedwig, meine Führerin!« Die Situation überrumpelte sie vollkommen, war in jeder Hinsicht bizarr, aber als Goebbels lebenslang geschulte Tochter funktionierte sie sofort und antwortete: »Heil, mein Führer!« Die Überwachungskamera hatte alles aufgezeichnet und ihre Eltern sorgten dafür, dass die Szene umgehend um die gesamte Welt ging. Als der Führer dann wenige Tage darauf friedlich entschlief, ohne zuvor nochmals die Besinnung zu erlangen, galt es allen als von der Vorsehung entschieden: Der Führer hatte das Zepter an den Würdigsten weitergereicht und diesen selbst bestimmt. Widerspruch kam daher Blasphemie gleich. Trotzdem mussten zur Absicherung des Machtwechsels einige hochrangige und ambitionierte Persönlichkeiten erst von der Gestapo überzeugt und, wo dies nicht möglich war, liquidiert werden. Der Umstand, dass sich der Führer und Magda Goebbels sehr nahe gestanden und oft ganze Tage zusammen verbracht hatten, nährte das Gerücht, sie sei das uneheliche, aber einzige Kind des Führers. Dieses Gerede hinter vorgehaltener Hand wurde von der Propaganda weder bestätigt noch dementiert – sie selbst glaubte es nicht, denn viel zu ähnlich war sie in Charakter und Statur dem Mann, der auch offiziell ihr Vater war und blieb. Dem Ruf des Schicksals kann sich niemand entziehen und ebenso wenig der Pflicht gegenüber Volk und Vaterland – die Theaterkarriere war vorbei, ehe sie recht begann. Bis zu ihrem einundzwanzigsten Geburtstag unterstand sie der ständigen Aufsicht ihres Vaters, der ihr half, sich in ihre neue Rolle als gottgesandte Führerin einzufinden und von dem sie unendlich viel lernte. Zu Beginn war sie mit dem Beamtenapparat und seinen speziellen Gepflogenheiten noch nicht vertraut. Ihr offenes, unprätentiöses Auftreten sorgte für Irritationen; die Altgedienten sahen nur das

Äußere, das hübsche Gesicht und den berühmten Namen. So wurde sie von den meisten unterschätzt und nicht wenige meinten gar, sie leicht über den Tisch ziehen und für ihre Zwecke einspannen zu können. Aber die junge Führerin lernte, staunte und lernte noch mehr und begann sich bald auch über sich selbst zu wundern. Ihre Geschichte ist die einer raschen Verwandlung, von einer Jugendlichen, die binnen kürzester Zeit die Spielregeln der Politik verinnerlicht, zum Machtmenschen: Zuerst nur als höchste Repräsentantin des Deutschen Reiches, später als Reichskanzlerin und Staatsoberhaupt, als Führerin der NSDAP und Oberbefehlshaberin der Wehrmacht, schließlich als unumschränkte und unangreifbare Herrscherin des Deutschen Reiches. Schon während dieser Zeit verstörte es sie jedoch, dass sie nicht zweifelsfrei feststellen konnte, wo ihre innere Verwandlung aufhörte und die Inszenierung begann; beide hatten eine verstörende Allianz gebildet, die sie nicht mehr auflösen konnte. Der Pakt mit dem Teufel ist riskant und fordert früher oder später einen hohen Preis. Ein Wesenszug ihrer Mutter, den auch Hedwig besaß, kam ihr auf ihrem steilen Weg sehr zustatten: Disziplin, gepaart mit dem unbeugsamen Willen, das Beste für das deutsche Volk zu vollbringen. Nach Arbeitstagen, die sie oft vierzehn Stunden und mehr in Anspruch nahmen, blieb ihr weder Zeit noch Energie für Liebesgeschichten. Bald wurde ihr angeraten, sich mit dem Spross einer alten Offiziersfamilie zu verbinden, der einen exzellenten Erbwert[157] besaß und dazu noch die nötigen Verbindungen zum Militär in die Ehe einbrachte. Trotz aller Vorgaben und strategischer Vorteile entpuppte sich ihre Verbindung als eine echte Liebesheirat; ihr Mann wurde ihr Stütze und Ratgeber. Als Stabsoffizier und späterer General der Wehrmacht kannte er die Nöte der Truppe und sorgte für einen hohen Stellenwert der Wehrmacht bei all ihren Entscheidungen, bis zu seinem Tod durch einen amerikanischen Tieffliegerangriff in Afrika.

Auf ihrem Weg durch das Seebad bleiben die Menschen unaufhörlich stehen, bilden ein Spalier aus emporgereckten Armen und begleiten sie mit jubelnden Heil-Hedwig-Rufen bis an die Grenzen des Geländes; neben ihr der Sturmbannführer, hinter ihr die Leibstandarte[158]. Nicht dass es jemals zu Übergriffen oder gar einem Attentatsversuch gekommen wäre: Sie ist im Volk äußerst beliebt und gilt als Übermutter der Nation. Gleichwohl lenkt sie die Geschicke des deutschen Volkes mit einem unerbittlichen Pragmatismus; die meisten Entschlüsse hat sie rein rational getroffen, geboren aus der Verkettung politischer Notwendigkeiten. Führer ist man auf Lebenszeit, denn wen die Vorsehung mit einer Aufgabe betraut, den kann auch nur sie wieder von dieser Aufgabe entbinden. Viele Jahre, Jahrzehnte steht sie nun an der Spitze des Deutschen Reiches und ist populärer denn je, weil sie nie irgendein Privatinteresse verfolgte – sie war als Privatperson ohne Anliegen. Es ist allerdings nicht wahr, dass Hedwig frei von Überzeugungen auf dem Gipfel der Macht anlangte: Sie glaubte an die Kraft der Beständigkeit und des Ausgleichs. Nach den langen Jahren des Kampfes wollte sie das Fundament für eine prosperierende Gesellschaft legen. Das Versteckspiel ist Teil ihres Erfolgs, weil so die härtesten und lautesten Fundamentalisten der

Bewegung – Rechtswahrer, Kriegstreiber – ebenso wenig wie die leiseren liberaleren Kräfte nicht verschreckt wurden. Die Führerin hat ein gewaltiges Vertrauenskapital unter den Deutschen angesammelt, es ist an der Zeit, dieses einzusetzen, bevor es zu spät ist.

»Wie gefällt Ihnen das Seebad? Es ist gelebte Geschichte, Adolf Hitler selbst hat den Grundstein gelegt. Waren Sie schon einmal hier?«

»Ja, das ist allerdings ziemlich lange her, es war kurz bevor mich der Führer zu seiner Nachfolgerin bestimmte. Ich kam als Arbeitsmaid[114] mit zwei meiner Schwestern nach Prora. Hier im Theater haben wir ein Stück von Goethe aufgeführt. Das Seebad muss wirklich ein solides Fundament haben, denn es sieht fast unverändert aus, obwohl es drei Jahre älter ist als ich. Meine Konstitution nimmt zwar stetig ab, doch der Schatz meiner Erfahrungen wächst noch jeden Tag.«

»Ich denke, das Grundmuster unseres Lebens wird in jungen Jahren bestimmt und man zehrt davon bis zum Tod.«

»Da haben Sie sicher recht. Mein Elternhaus war jedenfalls kein gewöhnliches Zuhause. Der Führer selbst ging ständig ein und aus und mit ihm kamen alle anderen Parteigrößen, Militärs und Künstler des Deutschen Reiches. Meine Eltern haben mir einen moralischen Anspruch mitgegeben, an dem ich mein Leben bis heute ausrichte. Zu ihm gehört, dass man sich selbst nicht wegen seiner Herkunft für wichtiger oder wertvoller hält als andere Menschen, weil nur der Verdienst um das deutsche Volk über den wahren Wert entscheidet. Besonders mein Vater ermahnte mich immer: Sei treu, treu dir selbst, treu den Menschen und treu deinem Land.«

Zustimmend nickt der Sturmbannführer. Sie selbst ist sich indes nicht sicher, inwieweit sie dem Anspruch gerecht geworden ist oder ob sie sich nicht doch in der Rolle der Führerin verloren hat. Unbewusst beschleunigt sie ihren Schritt und die Gruppe erreicht den Heilwald unweit des Seebades in kürzester Zeit. In seinem Zentrum befindet sich ein spiegelglatter Weiher, umgeben von einem Hain, in dem eine noch junge Esche steht. Ihre Begleiter bleiben am Eingang zum Hain zurück und allein betritt sie die Stätte. Nach den Menschenmassen ist dieser Ort der Stille und Einkehr wie ein Jungbrunnen für Leib und Seele. Gemäß den Riten der Wewelsburg[24] reinigt sich die Führerin im klaren Wasser des natürlichen Beckens und versenkt sich danach in Kontemplation am Fuße des Stammes unter stiller Anrufung der Götter. Mit dem Weltenbaum als Mittler versucht sie sowohl zur Natur als auch zu den überirdischen Mächten Kontakt aufzunehmen: auf der Suche nach ewiger Wahrheit und dem Ursprung allen Lebens. Die Götter sprechen zu ihr vom ewigen Kampf des Lebens, der bloß eine fortwährende Vorbereitung auf die Götterdämmerung ist, bei der die Einherjer[98] unter der Führung der Asen[107] zum alles entscheidenden Kampf gegen die Riesen antreten. Wenn die Arier die Asen verkörpern, benötigen sie offenbar die Unterstützung der Menschen im Kampf gegen die Riesen, die die entfesselte Natur verkörpern. Jeder Mensch, der ehrenvoll gekämpft und sich Verdienste erworben hat, kann am Weltende an dieser Schlacht teilnehmen, ganz gleich, welchem Menschengeschlecht er angehört. Ohne diese Hilfe könnten die Asen nicht bestehen, es geht nur gemeinsam. Doch warum erhebt sich die Natur überhaupt wider den Menschen und speit Feuer, Sturm und Gift? Weil der Mensch die Natur binnen kürzester Zeit durchgreifend umgestaltet hat, sie nirgendwo unberührt und unversehrt bestehen ließ: Treibhausgase, Übersäuerung der Ozeane, Monokulturen und eine rasant abnehmende Artenvielfalt prägen das zwanzigste Jahrhundert wie keines der vorigen.

Der Weltenbaum verbindet den Menschen unauflöslich mit der Natur, der Mensch kann nicht gegen die Natur wüten, ohne sich selbst zu zerstören: Mensch und Natur sind eins. Gegen die Natur zu sein, hieße, gegen sich selbst zu sein.

Hedwig berührt mit ihrer Stirn die Wurzeln der Esche und sieht vor ihrem geistigen Auge Ragnarök[100], das entfesselte todbringende Ringen, hört die gewaltigen Feuer auflodern, das Rasen der Wasserschlange, riecht die Blutströme, das Verderben – es muss eine neue Ordnung, ein neues Gleichgewicht entstehen. Davon ist sie zutiefst überzeugt. Erschöpft, doch zugleich beseelt, erhebt sich Hedwig und wendet sich dem Ufer des Weihers zu. Dort erblickt sie im Wasser nicht die vertraute Reflexion ihres Äußeren, sondern das Spiegelbild ihrer Seele – ihren Mann. Sie sinkt auf die Knie nieder und ihr Geist ist von neuer Hoffnung erfüllt. Diese Hoffnung besteht nicht in einer blinden Zuversicht, dass dieser wichtige Tag ein gutes Ende nehmen wird. Sie besteht im Vertrauen darauf, dass ihr Streben einen Sinn hat und sie für eine ehrenvolle Sache eintritt, die unabhängig von ihrem Ausgang einen Wert in sich trägt. Die Ehre wird im Kampf liegen, nicht allein im siegreichen Ausgang des Kampfes.

Hedwig hat sich entschieden, für die Versöhnung mit der Natur zu kämpfen. Es ist der folgenreichste Entschluss ihrer Kanzlerschaft. Sie hat sich so lange zurückgehalten und ihre ungeheure Macht aufgespart und verborgen, jetzt will sie sie einsetzen. Jetzt erst werden die Deutschen die wahre Hedwig Goebbels kennenlernen.

2

Bestärkt tritt sie aus dem Hain, sogar ihre Begleiter fühlen, wie sie sich verändert hat, dass sie noch unbeugsamer und entschlossener geworden ist. Ehrfurchtsvoll treten sie aus ihrem Weg. Den Rückweg durchs Seebad säumen wiederum frenetisch jubelnde Menschen, nur hat sich ihre Anzahl ungefähr verdreifacht. Immer wieder bleibt die Führerin stehen, schüttelt Hände, spricht aufmunternde Worte. Als sie endlich ihre Suite betritt, warten dort bereits einige Mitarbeiter des Völkischen Beobachters auf sie. Nach einer kurzen Begrüßung wird die Führerin in einem der Nebenzimmer kameratauglich zurechtgemacht; mit Geduld und Routine lässt sie die Prozedur über sich ergehen. Als Erstes werden ein paar repräsentative Bilder der Führerin geschossen, zunächst allein am Panoramafenster mit dem Meer im Hintergrund, danach mit ihrer Gesprächspartnerin. Nach einer knappen Stunde sitzen sich sodann zwei Frauen zum

Interview gegenüber: Hedwig Goebbels, die Führerin, und Heide[54] Riefenstahl, eine entfernte Verwandte der berühmten Regisseurin[159]; außer ihnen bleibt nur der Kameramann im Raum.

Frau Riefenstahl ist eine überaus elegante Frau mittleren Alters, alles an ihr wirkt ausgesucht und erlesen: Ihre Kleidung von den allerfeinsten Stoffen, ihr Haar voll und seidig, ihr Make-up perfekt, jede ihrer Bewegungen ist formvollendet. Doch all dies bildet lediglich den kostbaren Rahmen für ihr äußerst angenehmes, telegenes Gesicht. Unsicherheit kann nur hinsichtlich ihres inneren Werts bestehen und wie bei jeder perfekten Verpackung drängt sich die Frage auf, ob ihr der Inhalt entsprechen wird. Es mag gleichwohl viele geben, für welche das eine Nebensächlichkeit bleibt. Die beiden Frauen könnten jedenfalls nicht unterschiedlicher sein: Weder im Alter noch im Auftreten, noch in ihrer Kleidung ähneln sie sich.

»Heil, meine Führerin! Dass Ihre Wahl für dieses wichtige Interview auf den Völkischen Beobachter fiel, ehrt mich außerordentlich. Ich glaube, dass das letzte öffentliche Gespräch, das Sie geführt haben, fast zehn Jahre zurückliegt. Unsere Zuschauer und Leser sind daher natürlich begierig nach den Worten unserer Führerin. Ferner hat der Umstand, dass Sie heute Abend im Seebad eine Rede halten wollen, im Vorfeld bereits für vielerlei Fragen und Spekulationen gesorgt. Nicht wenige erwarten einen geschichtsträchtigen Auftritt. Was können Sie uns dazu sagen?«

»Liebe Frau Riefenstahl, lassen Sie mich zunächst noch eines kurz klarstellen: Dieses Interview, sei es als

Aufzeichnung oder als Mitschrift, dürfen Sie erst nach meiner Rede veröffentlichen, auf keinen Fall früher; das ist auch der Grund, weswegen Sie und Ihre Mitarbeiter zu Beginn alle VE[1] abgeben mussten.« Energisch blitzen die Augen und Frau Riefenstahl beeilt sich, allen Bedingungen vorbehaltlos zuzustimmen, nicht ohne einen ängstlichen Blick auf die Tür zu werfen, hinter der die Leibstandarte wartet.

»Sie können mich außerdem nach allem fragen, was für Sie und Ihre Zuschauer von Interesse sein könnte. Nehmen Sie keine vorauseilende Rücksicht, wie sie mir gemeinhin entgegengebracht wird. Dies soll keine Beweihräucherungsaudienz werden. Falls mir eine Frage zu weit gehen oder unangemessen scheinen sollte, werde ich Sie das wissen lassen und sie dementsprechend schlicht nicht beantworten. Gut, nun zu Ihrer Frage: Als junge Frau habe ich hier auf Prora einen Teil meiner Zeit als Arbeitsmaid abgeleistet, daher habe ich nur gute Erinnerungen an das Seebad. In Germania bin ich in einen starren Machtapparat eingebunden, muss widerstrebende Interessen zusammenführen und Eliten gegenübertreten, die um jeden Preis an ihren Pfründen und Überzeugungen festhalten wollen. Hier dagegen fühle ich mich freier, allein dem eigenen Gewissen und meinem Volk verpflichtet – niemandem sonst. Auch frage ich mich mit meinen nunmehr 79 Jahren, von denen ich über sechzig im unmittelbaren Dienste des Reiches gestanden habe, welches Erbe ich hinterlassen werde. Was werden die Deutschen im Rückblick über diese Periode sagen und wie wird die Weltgeschichte über mich und mein Volk urteilen? Was will ich und was kann ein

Mensch überhaupt hinterlassen? Um Antworten auf diese Fragen zu finden, musste ich zu meinen Wurzeln zurückkehren, musste zuerst herausfinden, was mich ausmacht und mich antreibt.«

Interessiert hört Frau Riefenstahl den Erläuterungen der Reichskanzlerin zu: Anscheinend will sie über ihr Vermächtnis sprechen. Das ist ein gutes, würdiges Thema, das wird ihrer Redaktion ebenso wie den Zuschauern gefallen. Ermutigt durch die Aufforderung der Führerin, ihr direkte Fragen zu stellen, hakt die Journalistin sofort nach: »Wo liegen denn Ihre Wurzeln?«

»Meine Wurzeln liegen sicherlich in meinem Elternhaus. Und aus diesem habe ich vor allem zwei Dinge mitgenommen: Sei dir selbst treu und bemiss sowohl deinen eigenen Wert als auch den Wert aller anderen Menschen ausschließlich an ihrem Beitrag für die Gemeinschaft.«

Zufrieden denkt Hedwig an den Heilwald. Auch wenn sie sich bisher nicht immer treu sein konnte, wird sie es ab dem heutigen Tag umso mehr sein. Die Kraft dieser Überzeugung verleiht ihrer Haltung eine ursprüngliche Festigkeit, die sie bislang stets mittels purer Disziplin erzeugen musste.

Bestärkt durch den freundlichen Ton der Antwort, nimmt sich Frau Riefenstahl indes die Freiheit, mit ihrer Frage noch näher an der Person der Führerin zu rühren: »Und sind Sie sich in all den Jahren treu geblieben?«

»Sie müssen verstehen: Ich bin damals von meiner Erwählung durch den Führer völlig unvorbereitet überrascht worden. Ich war noch sehr jung, wollte eigentlich Schauspielerin werden. Ich musste erst sehr vieles lernen, mich in der

Politik orientieren und verstehen, wie diese Welt mit ihren ganz eigenen Spielregeln funktioniert. Plötzlich hieß es: Staatskunde statt Gesangsunterricht, Reichstag statt Schauspielhaus. Von der Bürde und der immensen Verantwortung des Amtes will ich gar nicht reden. Ein paar Mal bin ich geschlittert, aber niemals gefallen.«

»Jeder versteht, dass dies eine titanische Aufgabe war und ist, der nur Sie gewachsen waren und sind. Aber woher stammt, Ihrer Meinung nach, Ihre unglaubliche Beliebtheit beim Volk?«

»Nach Jahren der Zerstörung und des Verlustes wollte ich Aufbauarbeit leisten, ich gefiel mir als Stetigkeitskanzlerin, die die Menschen vor weiteren großen Einschnitten und Veränderungen bewahrt. Dazu brauchte es eine pragmatische Politik der kleinen Schritte. Sie hat den Wohlstand gemehrt und auch unsere Beziehungen zu den anderen Völkern verbessert. Selbst der Krieg mit den USA fordert einen geringeren Blutzoll.«

»Ein Blutzoll, der jedoch in jedem einzelnen Fall immer noch unendlich schmerzen kann: Sie selbst haben in diesem Krieg Ihren Mann und zwei Söhne verloren.«

»Ja, das ist wahr. Es ist ein unsagbarer Verlust, den ich in stummer Trauer mit vielen Müttern, Ehefrauen, Schwestern und Töchtern auf dieser Welt teile.«

»Diese Verluste werden niemals umsonst gewesen sein. Ist der Endsieg nah?«

»Das ist eine Frage der Definition: Wenn Sie mit dem Endsieg die totale Vernichtung des Gegners und die Herrschaft der Deutschen über den gesamten Erdball meinen, dann glaube ich nicht mehr daran, dass wir ihn jemals erreichen werden.«

Frau Riefenstahl blickt vollkommen verstört in die Kamera; auf defätistische[160] Äußerungen solcher Art steht die Todesstrafe. Diese Worte aus dem Mund der Führerin können nur einen epochalen Wandel in der Politik des Deutschen Reiches bedeuten – und sie führt dieses Interview, sie ist hautnah dabei! Das ist das Sprungbrett für die ganz große Karriere! Hastig, mit zitternder Hand, nimmt sie einen Schluck Wasser aus ihrem Glas und versucht sich rasch wieder zu fangen.

»Das ist eine bahnbrechende Aussage, Sie deuten ja das Kriegsziel ganz neu! Wie definieren Sie denn den Endsieg, der noch zu erreichen ist?«

»Der Sieg des einen bedeutet immer die Niederlage des anderen, der Unterlegene wird also mit allen Mitteln weiterkämpfen. Und selbst wenn er komplett ausradiert würde, entstünde über kurz oder lang im Lager der Sieger eine Abspaltung, eine Untergrundpartei, die wieder für ein neues Ziel einträte. Ein Endsieg kann deshalb nur in einer Einigung bestehen, die den größtmöglichen Vorteil für alle bringt und dadurch etwaige Kompromisse als geringen Nachteil erscheinen lässt.«

Frau Riefenstahl versagt erneut die Stimme: Sie hatte zu Beginn mit einem der üblichen Interviews gerechnet, dann stellte sich heraus, dass die Führerin ihr Erbe übergeben möchte, und jetzt scheint es so, als ob sie tatsächlich zum ersten Mal in der deutschen Geschichte seit 78 Jahren von Frieden spricht. Eines ist in jedem Fall deutlich: Die Führerin will sich erklären, ist voller Leidenschaft und wirkt trotz allem unbegreiflich frei; frei in ihren Worten, eins mit sich.

»Sprechen Sie von – meinen Sie mit Einigung – Frieden?« Während die Führerin eine unerschütterliche Ruhe und Gewissheit ausstrahlt, hat die erfahrene Heide Riefenstahl den Faden verloren. Zu ungeheuerlich ist der bloße Gedanke an Frieden, ihn auszusprechen ist Wehrkraftzersetzung. Er steht überhaupt im Widerspruch zur Heilslehre der NSDAP, nach der es die Pflicht der rassisch Überlegenen ist, die Weltherrschaft an sich zu reißen. Für einen Moment sieht Frau Riefenstahl die Führerin abgekämpft in einem zerfetzten Kittel im Straflager arbeiten. Und sich selbst direkt daneben. Der Mann hinter der Kamera atmet hörbar.

»Ja, ich spreche von Frieden zwischen zwei gleichberechtigten Staaten.«

»Das ist eine unerwartete Kehrtwende in der Politik des Deutschen Reiches, wenn es nicht sogar die Lehre der NSDAP[16] revolutioniert. Wie wollen Sie diesen Friedensprozess einleiten?«

»Da muss ich Ihnen zuerst einmal widersprechen: Die Lehre der NSDAP besagt, dass die Arier zum Wohle der Menschheit die Vorherrschaft auf unserem Planeten erringen müssen, da nur wir die Fähigkeiten und die Willensstärke besitzen, die weltumspannenden Probleme der Menschheit zu lösen. Das Wohl der Menschheit aber kann doch nicht in der Auslöschung der Hälfte der Völker bestehen! Die dringlichsten Probleme der Erde liegen in der Degeneration der Lebensgrundlage des Menschen – der Natur. Treibhausgase, Artensterben, die Übersäuerung der Ozeane machen nicht vor Landesgrenzen oder Weltanschauungen halt. Diese Probleme können daher nur in Kooperation gelöst werden. Im Übrigen besteht wahre Stärke niemals im stumpfen Starrsinn gegenüber allen Veränderungen, sondern im Willen, sich allen Herausforderungen zu stellen. Wir sind ein großes Volk, wir haben die Kraft dazu und wer, wenn nicht wir, hätte auch den Mut zu solch einer Umwälzung?«

»Sie sprachen noch vor einigen Minuten von sich als *Stetigkeitskanzlerin*, doch jetzt erinnern Sie viel stärker an Adolf Hitler, den Visionär und Neugestalter des Reiches.«

Unvermittelt wird das Gespräch von einem geschmeidigen Klopfen unterbrochen: Sturmbannführer Heyerstahl öffnet nach zugerufener Erlaubnis die Tür.

»Meine Führerin, der Leiter der Nordischen Akademie ist soeben eingetroffen. Sie hatten mich gebeten, Sie darüber umgehend zu informieren.«

»Vielen Dank!«, entgegnet die Führerin. Zu Frau Riefenstahl sagt sie: »Sie müssen mich für eine kleine Weile entschuldigen. Aufgrund der Brisanz unseres Gesprächs wird Ihnen einer meiner Gefolgsmänner aus der Leibstandarte bis zu meiner Rückkehr Gesellschaft leisten.«

Fast erleichtert nicken Frau Riefenstahl und der Kameramann, denn so erhalten sie die Möglichkeit, die bahnbrechenden Neuigkeiten gedanklich zu sortieren und den Fortgang des Interviews zu planen.

3

Zwei Zimmer weiter wartet bereits der Leiter der Nordischen Akademie für vor- und frühgeschichtliche Forschung, mit Sitz auf der Wewelsburg, auf die Führerin.

»Heil, Hedwig!« Ein erstaunlich junger Mann springt aus seinem Sitz und begrüßt seine Führerin. Er dürfte wenig älter als 35 Jahre sein und entspricht somit nicht dem Klischee des ältlichen, versponnenen Professors. Seine körperliche Fitness kann indes nicht mit der der meisten Deutschen mithalten, wodurch er sich doch als Mann der Stirn und Vertreter der Intelligenzija entlarvt. Trotzdem blicken seine Augen wach und aufmerksam in die Welt und sind nicht nur auf längst Vergangenes oder Hypothetisches gerichtet.

»Willkommen, Herr Professor Bierbichler! Ihre Ernennung zum Akademie-Leiter vor fünf Jahren habe ich an keinem einzigen Tag bereut. Immer haben Sie nach der Wahrheit gestrebt und nicht bloß nach der Bestätigung schon bekannter Theorien. Sie wissen, warum Sie heute hier sind?«, fordernd geht die Führerin auf den Professor zu und blickt ihm direkt in die Augen, die er sofort pflichtbewusst niederschlägt.

»Ja, meine Führerin, das weiß ich.«

»Dann lassen sie uns gleich in medias res gehen, denn leider habe ich nur wenig Zeit und gebe eigentlich gerade dem Völkischen Beobachter ein Interview, von dem in den nächsten Wochen noch viel gesprochen werden wird. Vor Kurzem hatten sie ja bereits den Artikel über den Ursprung der Menschheit lanciert. Obwohl Sie darin ausführen, dass es keine lineare Entwicklung des Menschengeschlechts gab, sondern sich eine Vielzahl von Menschheitslinien einige Male wellenartig über die Erde ausgebreitet haben, dabei mehrfach vermischten und immer wieder auch einzelne Menschenarten ausstarben, hat dies zu keinem Aufschrei vonseiten der Rechtswahrer[72] oder anderer fundamentalistischer Parteikreise geführt.«

»Nein, der Aufschrei blieb in der Tat aus. Ich nehme an, es lag daran, dass die Schlussfolgerung meines Artikels war, dass nur der Leistungsfähigste als Sieger aus dieser Entwicklung hervorgegangen ist. Dies steht ja auch im Einklang mit der geltenden Doktrin der NSDAP.«

»Dies ist aber meines Wissens nur die halbe Wahrheit. Bitte erläutern Sie mir in verständlichen Worten die weiteren Implikationen für das Rasseverständnis unserer Bewegung.«

Ruhig und beflissen referiert Professor Bierbichler über die Möglichkeiten der modernen Genomanalyse: »Durch sie können die Unterschiede und Gemeinsamkeiten in der DNA der heute lebenden menschlichen Rassen auf dem gesamten Erdball miteinander verglichen werden, darüber hinaus kann die Paläobiologie diese Ergebnisse mit der DNA bereits ausgestorbener, archaischer Menschenarten abgleichen. Dabei hat sich mittlerweile herausgestellt, dass beispielsweise die Neandertaler oder die Denisovaner mitnichten komplett ausgestorben sind. Vielmehr lebt ihr Erbgut im modernen Menschen weiter. Zwar besitzt jeder einzelne nur sehr wenig davon – etwa zwei bis fünf Prozent –, doch alle aufgefundenen Anteile zusammen genommen, ergeben mehr oder weniger das halbe Erbgut unserer menschlichen Vettern. Dabei haben sich manche der Erbgutsequenzen als äußerst segensreich entpuppt: Sie ermöglichten die optimale Anpassung an die außerafrikanische Umwelt, etwa an die größere Kälte in Nordeuropa oder an fremde Krankheitserreger. Trotz ihres geringen Anteils an unserem Genom konnten solche Abschnitte durchaus ins Gewicht fallen und positive Merkmale bedingen – archaische Versionen sind besonders flexibel bei der Immunabwehr. Ein weiteres, jüngst erforschtes Beispiel ist eine Genvariante der Denisovaner, die heutzutage das Leben der Tibeter in großer Höhe erleichtert, indem sie eine Verdickung des Blutes stärker unterbindet. Das zeigt, wie wichtig die fremden Erbfaktoren für uns waren, sind und auch künftig sein werden: Die Vermischung der Arten hat es dem modernen Menschen überhaupt erst ermöglicht, den gesamten Erdball zu bevölkern und allen Krankheiten und Temperaturen zu trotzen.«

Aufmerksam hat die Führerin die Ausführungen verfolgt, jetzt erhebt sie sich, ohne ein Wort zu sagen, und geht zum großen Panoramafenster. Sie schaut hinaus und steht eine Weile ganz still. Angespannt wartet der Wissenschaftler auf ihre Reaktion. Nachdenklich dreht sie sich schließlich wieder ihm zu.

»Wenn ich Sie richtig verstehe, bedeuten Ihre Erkenntnisse vor allem eines: Artenvielfalt ist gut, ebenso wie die Vermischung der Arten gut ist, denn sie ermöglicht langfristig dem Individuum und damit seiner Art, sich auf verändernde Lebensbedingungen einzustellen. Ist das korrekt?«

»Ja, das ist absolut korrekt formuliert«, bestätigt Professor Bierbichler untertänig.

»Und in welchem Verhältnis stehen diese Erkenntnisse nun zur nationalsozialistischen Rassenlehre?«

Bei dieser Frage weicht alle Farbe aus dem Gesicht des Professors, mit einem Mal ist er um Jahre gealtert und nimmt das typische Erscheinungsbild seiner Kollegen an.

»Das kann ich unmöglich sagen, das steht mir nicht zu. Ich, ich …«

»Unsinn! Ich befehle Ihnen, sich augenblicklich wahrheitsgemäß zu äußern, ermannen Sie sich! Es geht um die Zukunft des deutschen Volkes und nicht um persönliche Befindlichkeiten!«

Über den grundsätzlich freundlichen Umgangston der Führerin vergessen ihre Gesprächspartner allzu leicht, wer ihnen eigentlich gegenübersitzt: Eine absolute Herrscherin, die sich 60 Jahre lang an der Spitze des größten Weltreiches in der Menschheitsgeschichte gehalten hat, die Millionen Opfer des Krieges und der staatlichen Unterdrückung verantwortet, die ihren Mann und zwei ihrer Kinder begraben musste und die daher weder Zeit noch Verständnis für Zauderer oder Schwächlinge übrig hat.

»Also, ich höre!« Diese letzte Aufforderung lässt keinen Raum für weiteres Zögern.

Bleich und zitternd versucht sich der Professor zu sammeln, seine schmalen Hände sind ineinander verschränkt.

Unablässig knetet die eine Hand die andere, dann umgekehrt, wieder und wieder.

»Nach meinem bescheidenen Dafürhalten könnte sich tatsächlich ein Widerspruch daraus ergeben, dass die nationalsozialistische Rassenlehre darauf dringt, ausnahmslos alle nicht arischen Rassen vom Erdboden zu tilgen. Dies hätte allerdings nach dem aktuellen Forschungsstand zur Folge, dass der Genpool der Menschheit deutlich verarmte. Bei kleinen Populationen mit geringer genetischer Variation kommt es vermehrt zu Krankheiten und zur Schwächung ihrer Widerstandskraft. Sollten neue Epidemien auftreten oder sich die Lebensumstände radikal verändern, hätte der Mensch in der angestrebten nationalsozialistischen Zukunft einen sehr geringen genetischen Spielraum, um darauf zu reagieren. Doch aus wissenschaftlicher Sicht wäre gerade das Gegenteil zu wünschen: Der Genpool muss in seiner größtmöglichen Vielfalt erhalten werden, um Gesundheit und Überleben der Menschen, unserer eigenen Art also, zu sichern. Da jeder Mensch einen anderen archaischen Genombaustein in sich trägt, ist überdies jeder einzelne wichtig: Jeder könnte der entscheidende Schlüssel zur Lösung eines zukünftigen Problems sein.«

Die lauernde Aggressivität der Führerin verschwindet so schnell, wie sie kam.

»Ich danke Ihnen, das sind wegweisende Neuigkeiten! In ihrer Bedeutung nur vergleichbar mit der Erkenntnis, dass die Erde um die Sonne kreist. Und so wie diese Erkenntnis einst zu einer umwälzenden Neugestaltung des allgemeinen Weltbildes geführt hat, so zeichnete auch die Blut- und

Rassenlehre unserer Bewegung ein neues Bild der Menschheitsgeschichte, das eine zielbewusste Rassenpolitik als letzte Gewähr für eine gesicherte Zukunft des deutschen Volkes erscheinen ließ. Ihre Forschung wird nun eine neuerliche Revolution der Weltanschauung bewirken, wird das Leitmotiv einer neuen deutschen Politik bilden; ihr Name wird in die Geschichte eingehen. Doch gibt es leider allenthalben Ewiggestrige, Besitzstandswahrer und Verweigerer. Ich muss Sie daher ersuchen, umgehend auf die Wewelsburg zurückzukehren und Ihre Forschung mit Ihren engsten Mitarbeitern vorerst an einem geheimen und sicheren Ort weiterzuführen. Eine Sondereinheit der SS wird Sie begleiten und alles Nötige veranlassen. Seien Sie mutig und unverzagt. Bleiben Sie der Wahrheit treu und Sie werden das Richtige tun.«

Die Führerin lässt Sturmbannführer Heyerstahl rufen, der daraufhin an ihre Seite eilt. Sie trägt ihm Anweisungen auf, wie seine Leute weiter zu verfahren hätten und wie mit den Wissenschaftlern umzugehen sei. Während der Sturmbannführer die entsprechenden Befehle erteilt, kehrt die Führerin zu ihrem unterbrochenen Interview zurück. Ohne einleitende Worte, als wäre in der Zwischenzeit nichts Besonderes vorgefallen, nimmt sie wieder ihren Platz im Sessel ein, sieht Frau Riefenstahl direkt an und fragt ohne Umschweife: »Wo waren wir stehen geblieben?«

»Sie sprachen zuletzt über den Frieden zwischen dem Deutschen Reich und den Vereinigten Staaten. Wie wollen Sie diesen Friedensprozess einleiten?«

»Natürlich wird das kein einfacher Prozess, es wird viel Fingerspitzengefühl und diplomatisches Geschick nötig sein, um ihn auf den Weg zu bringen. Es gibt Feindbilder, Verluste und Verletzungen auf beiden Seiten des Atlantiks. Aber obwohl diese von zahlreichen Hetzern und Hardlinern seit Jahrzehnten instrumentalisiert werden, um den Gedanken an Friedensverhandlungen gar nicht erst aufkommen zu lassen, spüre ich auch eine große Kriegsmüdigkeit in beiden Völkern sowie eine Sehnsucht nach friedlicher Koexistenz.«

»Sie selbst haben geliebte Menschen in diesem Krieg verloren. Wäre Ihr Opfer dann nicht rückblickend umsonst gewesen?«

Schlagartig verwandelt sich die Führerin, sitzt plötzlich gerade und aufrecht, wie eine Eisenstange, auf dem vorderen Rand ihrer Sitzfläche. Ein betagter Panther, immer noch tödlich und sprungbereit.

»Das war es in keinem Fall! Blutzoll für das eigene Volk zu leisten, ist nie ein vergebliches Opfer. Trotzdem bleibt, wann immer das Leben eines Menschen ausgelöscht wird, den Hinterbliebenen ein schmerzlicher Verlust. Jeder Einzelne ist wertvoll und unersetzlich für die geliebten Menschen, die er trostlos zurücklässt.«

4

Der Wind trägt das Deutschlandlied gedämpft heran, Hakenkreuzfahnen wehen wie in Zeitlupe im Wind. Um sie herum stehen Unmengen von Menschen, die bloße Laute von sich geben, die sich zu keinen sinnvollen Worten formen. Vor ihr drei wächserne Gesichter: ihr geliebter Mann, noch im Tode ehrenvoll und würdig; ihre beiden Söhne, jung und kaum der Jugend entwachsen – gestern noch saßen sie auf ihrem Schoß, wurden von ihr geherzt und getröstet. Und sie, die Führerin und unumschränkte Herrscherin, ist hilflos – ist stumm, tränenlos, untröstlich. Quälende Stunden, angefüllt mit Defilees, Trauerreden und Beileidsbekundungen. Bis sie endlich für einen kleinen Moment allein mit ihren Lieben sein kann und sich gebrochen über ihre toten Leiber wirft. Ihre sieben noch lebenden Kinder müssen sie beinahe nach Hause tragen und es dauert Tage, bis sie wieder ihren Pflichten nachkommen, Jahre, bis sie wieder etwas empfinden kann. Nicht einen Augenblick hatte sie an der Sinnhaftigkeit des Todes ihrer Liebsten gezweifelt, trotzdem hatte ihr Leben alle Farben und Freuden verloren. Als Mahnmal sind ihr die Bilder ihrer drei Männer im Geist geblieben. Nicht einen Soldaten mehr wollte sie zwecklos opfern, keiner weiteren Mutter unnötig das Herz brechen.

»Der Krieg war zu jener Zeit die einzig richtige Entscheidung. Doch die Welt verändert sich, sie steht nicht still. Einfach immer weiterzumachen wäre falsch, das hieße, den vielen Gefallenen jegliche Ehrerbietung zu versagen, und es wäre verantwortungslos gegenüber den Lebenden, die morgen in die Schlacht ziehen müssen. Den Standpunkt aus innerer Einsicht ohne äußeren Zwang zu verändern, ist niemals Schwäche, sondern stets Stärke. Eine Stärke, die mein Mann und meine Söhne von mir erwartet hätten, eine Stärke, die ich dem deutschen Volk schulde.«

Hedwig will nicht mehr die Staatsfrau ohne Eigenschaften und Gefühle sein. Sie scheut sich nicht mehr davor, zuzugeben, dass sie neben den Tatsachen noch andere, persönliche Gründe zu ihrem Kurswechsel veranlasst haben. Im Alter hat sie den Mut gefunden, ihre Politik auch aus ihrer Biografie zu begründen.

»Ich bin nicht mehr dazu bereit, auch nur einen Volksgenossen in einen inzwischen sinnlosen Krieg zu schicken, der beiden Seiten nur Verluste bringt. Zu viele der Tapfersten und Besten beider Völker sind gestorben, zu viele gute Menschen wurden der Menschheit geraubt. In diesem Punkt ist auch der amerikanische Präsident vollkommen einer Meinung mit mir.«

»Was macht Sie da so sicher?«

»Weil ich persönlich mit ihm gesprochen habe und dabei einen Menschen kennengelernt habe, der viele unserer Einschätzungen uneingeschränkt teilt und dessen Haltung in ihren Grundsätzen der unseren entspricht.«

Erstarren, Schweigen, Ungläubigkeit.

»Mit dem amerikanischen Präsidenten haben Sie … – Ist er nicht ein Überläufer?«

»Damit haben Sie allerdings recht: Er ist ein Überläufer, der nach nationalsozialistischen Maßstäben ein Verräter an seinem Volk ist und sich dadurch selbst aus der Gemeinschaft ausgeschlossen hat. Ich kann Ihnen jedoch versichern, dass er trotz allem über einen zähen Willen und über ein feines Gespür für das gemeine Volk verfügt: ein

Volkstribun der ersten Stunde. Meiner Ansicht nach repräsentieren die deutschen Auswanderer in Amerika im Übrigen immer noch unser Volk, und zwar in seiner besten Art: Ihre Ahnen haben voller Tatendrang und Mut die geliebte Heimat hinter sich gelassen, um der Knechtschaft des 18. Jahrhunderts zu entfliehen. Damals wurde noch nicht jeder Deutsche als Volksgenosse geachtet; vielmehr unterdrückte die aristokratische Oberschicht das einfache Volk mit allen Mitteln. Der Großvater des Präsidenten verließ Deutschland als Bader und begründete in den Vereinigten Staaten ein Immobilienimperium. Doch obwohl er dort so viel Erfolg und Achtung erfahren hat – was ja nur für sein Blut spricht – zog es ihn wieder zurück zu seinen germanischen Wurzeln nach Kallstadt, wo er sich in ein deutsches Mädel mit besten arischen Vorfahren verliebte. Aus Liebe zu ihr und zum Vaterland wollte er sogar wieder einwandern, wurde daran jedoch von den Behörden gehindert. – Stellen Sie sich das nur vor, das verdient unsere Anerkennung! Der amerikanische Präsident ist also ein rassisch einwandfreier Arier deutscher Prägung und es wundert nicht, dass ein Mann von solchem Blut aus sich selbst heraus die reinsten Ansätze nationalsozialistischer Gesinnung entwickelt, wie ich in unseren Gesprächen feststellen durfte. Der Präsident verachtet den Parlamentarismus kein Stückchen weniger, als es unsere Bewegung tut; er ist intolerant und unversöhnlich gegenüber allen Ideen des Liberalismus und Humanismus, ja er plant sogar, diese schädlichen Ideen systematisch zu unterdrücken und all seine politischen Gegner im Innern zu vernichten.«

»Das sind völlig neue und interessante Einsichten«, stammelt Frau Riefenstahl, sichtlich überfordert. »Sie entsprechen immer mehr der seherischen Führerin, von der ich vorhin bereits sprach. Menschen von gewöhnlichem Verstand werden sich kaum auf Ihren hohen Standpunkt erheben können, nur wenige Volksgenossen, die Ihrer Geisteskraft nahekommen, werden überhaupt die Tragweite Ihrer Absichten ermessen können.«

Unter diesen gewöhnlichen Verstand rechnet Frau Riefenstahl tatsächlich auch ihren eigenen und bringt damit nicht Widerstand zum Ausdruck, sondern totales Vertrauen in das Urteil ihrer gottgesandten Führerin.

»Ich kann mir jedoch nicht vorstellen, wie der Präsident seine Pläne umsetzen will. Amerika hat doch keine germanische Demokratie, die dem Führer seine von der Vorsehung bestimmte Stelle bereithält, sondern eine parlamentarische Demokratie, in der dem Präsidenten schwächliche Weltbürger in Kongress und Senat Widerstand leisten können.«

»Auch unser erster und ewiger Führer wurde in einer parlamentarischen Demokratie vom Volk gewählt, nur hatte er unmittelbar im Anschluss begonnen, all die Schwätzerorganisationen, wie die bürgerlichen Parteien, die Gewerkschaften oder die Lügenpresse zu beseitigen. Ähnliches erhoffe ich mir von diesem amerikanischen Präsidenten. Er versucht in seinen Reden bereits, durch die rigorose Reduktion der komplexen amerikanischen Gesellschaft auf ein einfaches Schema von Gut und Böse, Wahr und Falsch, Ja und Nein, das amerikanische

Volk auf den Anbruch eines neuen Zeitalters vorzubereiten.«

»Und kann ihm dies gelingen? Kann jemand, der so lange in einem System von Individualismus und Parlamentarismus gelebt hat, so einer gigantischen Aufgabe gewachsen sein?«

»Manchmal sind es die Niedrigsten, die am Ende erhöht werden. Derjenige gefällt den Göttern, der das Unmögliche verlangt und will. Nehmen wir ein Beispiel aus der Geschichte: Augustus, der erste römische Kaiser. Als Adoptivsohn Cäsars lautete sein Name Octavian; den Namen Augustus, der so viel wie *der Erhabene* bedeutet, bekam er erst später als öffentliche Anerkennung seiner Leistungen als Alleinherrscher. Doch auf dem Weg zur Alleinherrschaft hat er skrupellos all seine Gegner ausgeschaltet oder vernichtet. Selbst den einzigen leiblichen Sohn seines Ziehvaters Cäsar hat er, ohne zu zögern, zum Tode verurteilt. Ist er nun ein großer Staatsmann oder ein gewissenloser Kindermörder?«

Zufrieden mit ihrer Erläuterung lässt sich die Führerin in ihren Sessel zurückfallen, ein maliziöses Lächeln umspielt ihren schmalen Mund, als sie Frau Riefenstahl aufmunternd anblickt. Diese ist unsicher, was dieser Ausdruck zu bedeuten hat und was nun von ihr erwartet wird. Bezieht sich das Lächeln auf Cäsars Sohn, der trotz edler Abstammung zum leichten Opfer wurde, oder auf den rücksichtslosen Kaiser, der ohne Skrupel das Vertrauen seines Mentors missbrauchte? Oder ist es gar die Lust an der eigenen Überlegenheit, wie sie auch die Katze beim Quälen der Maus verspürt? Bereitet es der Führerin Freude, dass sie nicht weiß, wie sie reagieren soll? Soll sie sich betroffen über den Tod des Jungen zeigen oder die Tat als die eines ruchlosen Despoten verurteilen – oder soll sie Zustimmung signalisieren? Sie entscheidet sich für das gemeinhin sicherste Verhalten im Umgang mit ebenso mächtigen wie machtbewussten Persönlichkeiten: Sie bringt eine Mischung aus Bewunderung, Zustimmung und Unterwürfigkeit zum Ausdruck.

»Ein äußerst anschauliches Gleichnis. Wie viel wir doch alle aus der Geschichte lernen könnten, wenn wir nur die entsprechende Urteilskraft besäßen!«

»Natürlich«, es folgt ein leises spöttisches Lachen, »aber kommen wir zu unserem Thema zurück: Amerika. Schon Adolf Hitler sah in Amerika eine Volksgemeinschaft von höchstem Rassewert, die sich großteils aus Zugewanderten der nordischen Völker Europas zusammensetzt, jedoch schwer unter der Verjudung und Vernegerung ihrer Städte leidet. Ideologisch steht uns dieser Kern des amerikanischen Volkes, den ich beinahe als Brudervolk bezeichnen möchte, sehr nah. Es gab immer schon nationalsozialistische Sympathisanten in allen Schichten und Bereichen der Gesellschaft, selbst beim Militär und in der Finanzwelt. Der Präsident und ich haben jedenfalls eine Feuerpause vereinbart und erste Unterhändler bestimmt, die nun einen Fahrplan mit vielen einzelnen Schritten aushandeln werden, an deren Ende die Unterzeichnung eines umfassenden Friedensabkommens stehen soll.«

Ein zweites Mal klopft es an der Tür und es wiederholt sich der gleiche Ablauf wie beim ersten Mal:

Sturmbannführer Heyerstahl bittet die Führerin zu sich, diese Frau Riefenstahl um etwas Geduld und verlässt den Raum; durch dieselbe Tür tritt sogleich ein Mann der Leibstandarte ein und baut sich wieder wortlos vor den beiden Presseleuten auf.

Die Führerin geht in denselben Raum, in dem sie auch mit Prof. Bierbichler gesprochen hatte. Diesmal wartet jedoch kein Wissenschaftler auf sie, sondern Sturmbannführer Heisenberg, der Leiter der Informationsabteilung in Prora. Sofort zeigt es sich, dass hier zwei ebenbürtige Geister aufeinandertreffen: Beide hochintelligent, mit einem ansprechenden Äußeren, welches die jeweiligen Gegenspieler in den Bann zieht. Beide treten besonders beherrscht auf, abwartend, abwägend; sie beobachten die Situation wie ein Schachspiel, versuchen die Züge des Gegenspielers vorherzusagen. Beide kennen sie alle Möglichkeiten zur Beeinflussung und Manipulation, denn sie besitzen eine profunde propagandistische Ausbildung – einzig an Erfahrung übertrifft die Führerin Sturmbannführer Heisenberg deutlich. Natürlich wird jeder von beiden bemerken, wenn der andere versuchen sollte, genau jene Manipulationsmittel einzusetzen. Auch daran werden sie erkennen können, woran sie beim jeweils anderen sind. Im Laufe des Gesprächs muss sich entscheiden, ob sie zu Verbündeten oder Gegenspielern werden.

»Meine Führerin!« *Frage, Aussage oder Angebot?*

»Mein Gefolgsmann!« *Anspruch oder eine Unsicherheit?*

Eine etwas zu lange Pause entsteht, in der keiner ein Wort sagt. Schließlich wagt die Führerin den ersten Schritt

– immerhin liegen die Vorteile der Macht und der Erfahrung auf ihrer Seite.

»Es freut mich, Sie endlich einmal persönlich kennenzulernen, Sturmbannführer Heisenberg.« *Schaffung von Nähe, Wertschätzung.*

»Die Freude ist ganz meinerseits. Vor allem ist es mir jedoch eine große Ehre; für jeden Deutschen ist es das.« *Unverbindlichkeit, keine Blöße.*

»Wie ich hörte, haben Sie kürzlich den Verlust Ihres besten Freundes verwinden müssen. Bernhard Wittgenstein war ebenfalls hier in Prora tätig und leitete die Propagandaabteilung. Auch ich bedaure seinen Tod und möchte Ihnen mein Beileid aussprechen.« *Erster Vorstoß, Abschätzung der Ziele und des Wissens.*

»Danke, das ist zu liebenswürdig. Er war das Idealbild eines Ariers und ein guter Freund seit der gemeinsamen Ausbildung auf der Ordensburg.«

»Der Tod eines Freundes ist besonders bitter, wenn er ihn in so jungen Jahren ereilt. Wie ist Ihr Freund gestorben?« *Natürlich kennt sie die Antwort.*

»Er hat Selbstmord begangen, indem er sich im Meer ertränkte.« *Nur das Allernötigste bestätigen.*

»Welch unverständliche Verzweiflungstat! – Was war denn der Grund?«

»Ich kann nur mutmaßen.«

»Als Leiter der Informationsabteilung können Sie sicherlich mehr. Wussten Sie, dass ich Bernhard Wittgenstein während seiner Ausbildung in der Wewelsburg begegnet bin? Er hat mich damals sehr beeindruckt, als er mir eröffnete, dass

er den Drachen besiegen wolle – ich will das noch immer.«
Ein einladendes Lächeln huscht über Hedwigs Gesicht.

Herstellung von Offenheit durch ein verbindendes emo-
tionales Element. Aufbau von Vertrauen durch Preisgabe
von Geheimnissen.

»Er war homosexuell und träumte zu häufig davon, wie er
Deutschland verändern könnte – daran ist er zerbrochen.«
Vertrauensbeweis angenommen, Zutrauen bewiesen.

»Sie müssen wirklich ein guter und loyaler Freund sein,
wenn Sie ihn trotz solcher Verirrungen nie fallen gelassen
und immer geschützt haben. Auch ich brauche Freunde;
Freunde, die so treu sind wie Sie. Denn die Zeit ist gekommen, dem Drachen die Stirn zu bieten.«

»Sie können sich bedingungslos auf mich verlassen! Was
soll ich tun?« *Der Pakt ist besiegelt: Sie sind Verbündete.*

Erst jetzt reichen sie einander die Hände und gehen hi-
naus auf den Balkon. Dort sind sie vor Wanzen und ver-
steckten Kameras einigermaßen geschützt, ihre VE haben
beide in sicherer Entfernung in der Suite zurückgelassen.
Sie sprechen nun ganz offen miteinander. Die Führerin bittet Raban Heisenberg, alle geheimen Aufzeichnungen vom
Gespräch mit dem Völkischen Beobachter zu vernichten.
In groben Zügen skizziert sie ihm ihre Strategie für die
Zukunft des Reiches und den geplanten Tagesverlauf.
Dann ersucht sie ihn um seine Unterstützung: Sie benötigt dringend ein Dossier über den Reichsrechtswahrer,
um sich für das heutige Treffen mit ihm vorzubereiten.
Der Sturmbannführer Heisenberg soll es persönlich erstel-
len und ihr in Papierform überbringen – nachdem sie es

gelesen hat, soll es umgehend vernichtet werden. Zwar kennt sie schon die meisten kompromittierenden Details aus dem Umfeld des Reichsrechtswahrers, doch will sie sich nochmals vergewissern, dass ihr nichts Entscheidendes entgangen ist. Das Gespräch auf dem Balkon dauert noch nicht lange, da sichten die ersten Gäste die Führerin. Alle wissen von ihrer Anwesenheit auf dem Gelände und auch der Besuch des Hains hat sich bereits herumgesprochen. Daher halten die meisten Gäste unablässig nach der Führerin Ausschau, denn selten bekommt ein Volksgenosse in seinem Leben die Gelegenheit, ihr so nahe zu kommen: dem Idol der Nation, Frau, Führerin und Allmächtige in einer Person.

Sturmbannführer Heisenberg weicht zurück ins Zimmer, als die ersten Volksempfänger in die Höhe gereckt werden, während die Führerin auf dem Balkon verweilt und dem Volk zuwinkt. Nach einigen Minuten wiegt sich ein leuchtendes Meer aus Volksempfängern vor dem Balkon. Dann folgt die Führerin dem Sturmbannführer unter Jubelrufen ins Zimmer nach, wo sie Abschied nehmen. Raban Heisenberg eilt in die Informationsabteilung, die Führerin kehrt zufrieden zu ihrem Interview zurück. Sie will es nun bald abschließen und zum Ende kommen.

»Heute Abend werde ich in meiner Rede den kommenden Frieden der Welt verkünden. Morgen werden dann zu Ehren dieses frohen Ereignisses Feierlichkeiten in Germania abgehalten, die drei Tage andauern werden; am Abend des dritten Tages werden sie vom längsten Fackelzug der Geschichte beschlossen werden. Das Jahr 2017 wird für die Weltgeschichte ein außergewöhnlich bedeutsames Jahr werden, in welchem das Dritte Reich seinem Heilsversprechen einen entscheidenden Schritt näher kommen wird: Wir werden eine Welt schaffen, in der alle Menschen in völliger Gleichheit und Harmonie in ewigem Frieden leben.«

»Ich verneige mich vor Ihnen, meine Führerin! – Was für ein historischer Augenblick, was für ein Vermächtnis! Ich glaube, ich spreche für das gesamte deutsche Volk – nein, für alle Völker der Erde –, wenn ich Ihnen aus tiefstem Herzen für Ihre Weitsicht und Ihren Mut danke. Wir stehen wie ein Mann geschlossen und treu hinter Ihnen!«

Feierlich erhebt sich Frau Riefenstahl aus ihrem Sessel, stellt sich in strammer Haltung vor der Führerin auf und intoniert laut, deutlich und betont langsam: »Heil Hedwig!« Die Führerin erhebt sich daraufhin ebenfalls und erwidert den Deutschen Gruß, indem sie Unterarm und Hand nach hinten abwinkelt: »Heil dem deutschen Volke und dem Vaterland!«

5

Die beiden Presseleute werden bis zur Rede am Abend, der sie selbstverständlich beiwohnen dürfen, in einem abgetrennten und gesicherten Bereich untergebracht. In der Zeit bis zum Treffen mit dem Reichsrechtswahrer nimmt die Führerin eine kleine Mahlzeit zu sich, allein, aber nicht ungestört: Immer wieder unterbrechen sie Offiziere und Beamte ihrer Entourage wegen unaufschiebbarer Anfragen aus

Germania. Trotzdem verrinnt die Zeit extrem zäh; ungeduldig erwartet sie das Dossier von Raban Heisenberg, das sie unbedingt noch rechtzeitig von ihm erhalten muss, damit sie sich perfekt auf das Gespräch mit dem Reichsrechtswahrer vorbereiten kann. Es steht einfach zu viel auf dem Spiel. Hoffentlich hat sie ihre Menschenkenntnis nicht ausgerechnet in Bezug auf Sturmbannführer Heisenberg im Stich gelassen – das wäre ein gefährlicher Rückschlag. Als ihr Sinnieren über Heisenbergs Vertrauenswürdigkeit bereits düstere Züge anzunehmen beginnt, kündigt der getreue Heyerstahl das Eintreffen des sehnlichst Erwarteten an. Schon an seinem Gesichtsausdruck und der verbindlichen Geste, mit der Heisenberg ihr die Akte überreicht, erkennt die Führerin, dass das Dossier alles enthalten wird, was sie an Informationen benötigt. Eingehend studiert sie seinen Inhalt und prägt sich die wichtigsten Eckpunkte ein. An zwei Stellen hat sie noch kleinere Rückfragen, nachdem Sturmbannführer Heisenberg ihr diese zufriedenstellend beantwortet hat, gibt sie ihm den Großteil der Akte zurück, damit er sie sogleich vernichten kann.

»Danke, das war gute Arbeit, schnell und gründlich.«

»Ich werde immer mein Bestes geben, wenn es dem deutschen Volk dient.«

»Vielleicht komme ich irgendwann auf Sie zurück. Ich gehe davon aus, dass Sie heute Abend in der Festhalle persönlich anwesend sein werden und vonseiten der Informationsabteilung bereits alle Vorkehrungen getroffen haben.«

»Sie können sich hundertprozentig darauf verlassen. Ich hätte allerdings noch eine Bitte …«

»Gewährt!«

»Sie wissen doch noch gar nicht, worum es sich handelt.«

»Doch, ich glaube schon. Aber ich bin mir ohnehin sicher, dass Sie niemals einen unangemessenen oder gar unverschämten Wunsch äußern würden. Gewiss geht es bei Ihrer Bitte um die Familie Ihres Freundes.«

»Ja, um sie geht es tatsächlich. Seine Mutter hat über den Verlust ihres Sohnes den Verstand verloren und nun muss sich sein Vater aufopfernd um sie kümmern. Außerdem gibt es noch eine Schwester namens Hedda, die andauernd mit Vorgesetzten und Parteifunktionären aneinandergerät. Ich würde dem Vater gern eine Halbtagesstelle zuweisen und würde mich zudem für die Schwester bei den Parteiorganisationen verwenden, versuchen ihr bei der Integration zu helfen. – Kurz, ich möchte mich grundsätzlich für das Wohl dieser Familie einsetzen.«

»Das ist Ihnen hiermit gestattet. Sollte der heutige Tag ein Erfolg werden, werde ich Sie nach Germania beordern und in meinen engeren Beraterkreis aufnehmen. Ich brauche Leute von ihrem Format.«

Nachdem sich Sturmbannführer Heisenberg verabschiedet hat, bleibt die Führerin allein im Zimmer zurück und denkt über ihre nächsten Schritte nach – bisher verlief alles nach Plan. Doch das Gespräch mit dem Reichsrechtswahrer, einem der mächtigsten Männer der Reiches, bleibt ein riskantes Unterfangen, selbst mit den umfassenden Hintergrundinformationen. Fanatiker wie er sind auch besten Argumenten nicht zugänglich und können jedes Abweichen von ihrer Linie nur als volksverräterischen Frevel begreifen.

Sollte es ihr nicht gelingen, ihn zu überzeugen oder mit ihren Geheiminformationen unter Druck setzen zu können, könnte ihr lange schon schwelender Streit eskalieren; es wäre dann bloß noch eine taktische Frage, wer von ihnen zuerst zum Todesstoß ansetzte. Sie ist zwar die Führerin, die Oberbefehlshaberin und Kanzlerin – aber leider nicht die höchste Richterin. Adolf Hitler hatte das Wesen der Judikative völlig neu bestimmt: Sie sollte sich nicht mehr an unabhängigen Gesetzen ausrichten, sondern in ihrer Arbeit selbst eine Art elastischer Gesetzgebung leisten. Auch das Rechtswesen sollte ein Mittel zum Zweck sein, Volk und Gesellschaft total mit dem nationalsozialistischen Gedanken zu durchdringen. Alle Urteile sollten den völkischen Lebensbedürfnissen entsprechen und mussten sich daher am tagespolitischen Bedarf ausrichten.

Die Bindung an feststehende, allgemeine Gesetze hätte dies unmöglich gemacht, weshalb das Einzelrichtertum zum Ideal erklärt wurde, das sich vom germanischen Urrichter ableitete. Dazu überträgt der Führer grundsätzlich einen Teil seiner Entscheidungsgewalt auf den einzelnen Richter, welcher dann eigenständig kraft des vom Führer unmittelbar erteilten Auftrages nach nationalsozialistischen Grundsätzen Recht sprechen soll. Das Richtertum wurde aus dem allgemeinen Beamtentum herausgehoben, die Anzahl der Richter drastisch reduziert und man leitete eine radikale Reform der Ausbildung ein. Die Wesensmerkmale dieser neuen Richterkaste sind eine starke innere Autorität, Selbstständigkeit und Weisungsfreiheit.

Die Position des Rechtswahrers wurde hinsichtlich Ansehen und Vergütung so ausgestattet, dass sie selbst für die Besten des Nachwuchses, die auch in Partei oder Wehrmacht Karriere machen könnten, einen herausragenden Anreiz bot. Unter diesen Ausgangsbedingungen entwickelte sich der Rechtswahrerbund[161] über die Jahre zu einer verschworenen Gemeinschaft, die zu einer eigenständigen Macht innerhalb der germanischen Diktatur aufstieg und deren Mitglieder allesamt über hohe Intelligenz und großen Einfluss verfügten und innerhalb des Systems bestens vernetzt waren. Sie fühlen sich dem Führer beinahe ebenbürtig, denn sie halten sich für die wahren Vertreter des nationalsozialistischen Glaubens, die alle Entwicklungen und Erkenntnisse in seinem Licht interpretieren und bewerten und auch über das Handeln der öffentlichen Institutionen in seinem Sinne richten. Ihr Vorgehen gegenüber Volksgenossen, deren nationalsozialistische Gesinnung in Zweifel steht, entspricht dem der Inquisition gegen mutmaßliche Ketzer und Ungläubige: Zuerst werden geheime Untersuchungen eingeleitet, dann strenge Verhöre durchgeführt und schließlich wird Gericht gehalten. Wagt jemand Widerworte im Prozess oder leistet gar Widerstand bei seiner Festsetzung, entlarvt er sich dadurch auf perfide Weise bereits als Gegner des Staates und beschleunigt nur seine Verurteilung. Selbst einige fähige und treue Weggefährten der Führerin sind diesem Apparat bereits zum Opfer gefallen. In den letzten Monaten kam es seitens des Rechtswahrerbundes sogar zu ersten abfälligen Äußerungen über die Entscheidungen der Führerin. Dem Reichsrechtswahrer gelang es dabei auf kunstvolle Weise, sich zum eigentlichen Beschützer des Reiches zu stilisieren, ohne sich dem Risiko eines öffentlichen Widerspruchs zur Führerin auszusetzen. Hinter jedem seiner Sätze tut sich jedoch ein Abgrund auf. Hagen[162] von Storch hat das Amt des Reichsrechtswahrers bereits seit vielen Jahren inne und ist der Spross einer altehrwürdigen Familie. Er besitzt herausragende Geisteskräfte und verfügt über hervorragende Beziehungen zu den anderen Mächtigen des Reiches. Sein Selbstverständnis entstammt dem alten Adel und bis heute kann er es nur schwer akzeptieren, dass er hinter einer Führerin zurückstehen soll, die eine wurzellose Tochter von Emporkömmlingen aus einfachsten und moralisch verkommenen Verhältnissen ist. Die Mutter der Führerin war die uneheliche Tochter einer Dienstmagd, ihr Vater ein missgebildeter Zwerg und Sohn eines Laufburschen – und entsprechend war die Ehe der beiden eine einzige Katastrophe. Hagen von Storch dagegen hat den Stammbaum eines alteingesessenen Adelsgeschlechtes, das seit Jahrhunderten deutschen Boden und deutsche Geschichte gestaltet hat. Seine Vorfahren haben, Blut und Ehre stets gehorchend, als Offiziere und Staatsmänner dem deutschen Volk gedient – ohne zur Schau getragenen Prunk, ohne Skandale. Sie taten es schon vor der Machtergreifung Hitlers, sie tun es jetzt und sie werden es auch noch tun, wenn das Tausendjährige Reich Geschichte ist. In dieser Linie sieht sich Hagen von Storch: Offizier, Studium der Rechtswissenschaft, seit über 30 Jahren auf dem politischen Parkett, seit 15 Jahren als Oberster Rechtswahrer. Alle Unzufriedenen im Reich scharen sich um ihn:

fähige Parteigenossen, die sich übergangen fühlen und mit ihrer Position unzufrieden sind; christliche Eiferer, die ihren Glauben verunglimpft sehen; einflussreiche Adlige, die zu viel auf ihre Geburt halten und sich nicht lediglich nach dem Verdienst für das Volk bewertet sehen wollen; allen voran jedoch Stabsoffiziere und Generale, die den Frieden verabscheuen. Hagen von Storch weiß um die politische Annäherung der Führerin an die USA und er will aus diesem Strategiewechsel Kapital schlagen.

Die Führerin kennt seine Pläne, sein Wissen um das Friedensabkommen, sie kennt die Absichten ihrer Feinde und, was das Wichtigste ist, sie kennt die Feinde ihrer Feinde. Die willkürlichen Verhaftungen und Todesurteile haben den Rechtswahrern selbst viele Gegner eingetragen – und ihre offen zur Schau gestellte Überheblichkeit hat ein Übriges getan. Außerdem macht Hochmut unvorsichtig und blind für die eigenen Fehler – und das wird Hagen von Storch zum Verhängnis werden, wenn sie es geschickt anfängt. Es ist fast lächerlich, wie sehr er seinem berühmten Namensvetter aus der Nibelungensage gleicht. Wie Hagen von Tronje sich gegen Siegfried stellte, so will auch er zum Mörder des unehrenhaften, anmaßenden Führers werden, der jedoch für seine Taten vom Volk geliebt wird. Getrieben von Eifersucht, aber auch von Treue zu seinen Gefolgsleuten, führt er die Tat aus, womit er allerdings Ereignisse in Gang setzt, die zu seinem eigenen und dem Tod seiner Kameraden und schlussendlich zum Untergang des ganzen Reiches führen. Waren seine Motive auch nicht gänzlich unehrenhaft, sind ihre Wirkungen doch katastrophal. Es bleibt bei all dem die Frage, ob ihn dieselben Motive, wenn er mehr Einsicht gezeigt hätte, nicht auch ganz anders, nämlich zum Wohle aller hätten handeln lassen können. Heute wird sich zeigen, ob Siegfried weiterleben und Hagen trotz seiner Eifersucht einen ehrenvollen Platz in der Wormser Chronik einnehmen wird. Es kann so leicht sein, aus der Geschichte zu lernen, wenn man ihr nur zuhören will!

Kopfschüttelnd entkleidet sich die Führerin. Sie will sich noch einmal frisch machen, bevor sie den Reichsrechtswahrer trifft, denn dieser verwendet jegliche Schwäche, sei sie geistig oder körperlich, sofort zu seinem Vorteil. Während sie unter der Dusche steht, muss sie daran denken, wie sie Hagen von Storch zum ersten Mal begegnete. Sie war damals Anfang vierzig und ihr ältester Sohn brachte eines Abends einen Kameraden von der Ordensburg mit nach Hause. Den Freunden ihrer Kinder gegenüber war sie immer sehr freundlich und aufgeschlossen, und anfangs machte auch dieser junge Mann einen ausgesprochen angenehmen Eindruck auf sie: Er hatte gepflegte Manieren, besaß ein einnehmendes Äußeres und einen wachen Verstand. Doch im Laufe des Abends stellte sich heraus, dass er im Grunde auf ihren Sohn und dessen Familie herabsah. Ihrem Sohn fiel es nicht auf, denn der junge Hagen überschüttete ihn bei jeder Gelegenheit mit Lob und schmeichelte ihm fortwährend; zudem war ihr Sohn ein herzensguter Menschenfreund, der in jedem stets nur das Beste sah. Dieses wächserne Gesicht! Sie greift nach dem Duschgel, greift daneben, es fällt zu Boden. Als sie sich hinunterbeugt, um es aufzuheben, stößt sie mit der Stirn heftig gegen den Warmwasserregler und stöhnt unwillkürlich auf. Sogleich fragt eine Stimme durch die Tür nach ihrem Befinden, der sie antwortet, dass nichts passiert sei. Ja, sie ist eben nicht mehr die Jüngste! Und dazu ist ihr manche der Schwächen geblieben, auf die sie ihr Mann so häufig hingewiesen hatte. In der Nacht, die ihrer ersten Begegnung mit Hagen von Storch folgte, hatte ihr Mann sie noch vor ihm gewarnt; jede Freundlichkeit werde er als Rückgratlosigkeit werten, sie dürfe ihm nicht zu weit entgegenkommen. Da ihr Mann selbst aus einem alten Adelsgeschlecht stammte, konnte er ihr Hagens Gedankenwelt näherbringen: die gefühlte Unabhängigkeit von der Regierung, die jeweils nur für einen winzigen Zeitabschnitt der eigenen Ahnenfolge an der Macht ist; die Überzeugtheit von der eigenen Bedeutung und Überlegenheit; das alles überstrahlende Ziel, das Erbe in Gestalt von Grund und Vermögen zusammenzuhalten, zu mehren und weiterzugeben. Letzteres ist der Grund dafür, dass männliche Erben von entscheidender Wichtigkeit sind. In dieser Welt ist die Familie sakrosankt und Scheidungen sind undenkbar; denn sie führten zu einer Aufteilung des Erbes, des von alters her bewirtschafteten und verteidigten Bodens. Daher hält die Familie wie ein Organismus zusammen und strebt unaufhörlich nach Wachstum; je größer die Familie, desto größer das Erbe.

In makelloser Garderobe, erfrischt und vorbereitet, empfängt die Führerin schließlich Hagen von Storch.

»Willkommen, mein lieber Hagen! Wie schön, dass du doch noch den Weg zu mir gefunden hast.« Bewusst weicht sie nicht von der Stelle, geht dem Reichsrechtswahrer keinen Millimeter entgegen. Äußerst lässig winkelt sie ihren rechten Arm ab, um den strammen Deutschen Gruß des Reichsrechtswahrers zu erwidern.

»Wer ließe nicht alles augenblicklich liegen, wenn ihn die Führerin ruft?«, seine hochgezogenen Augenbrauen und sein abschätzig vorgeschobener Mund unterstreichen den vorwurfsvollen Unterton seiner Antwort. Zum Handkuss beugt er sich starr und steif hinunter, als bereitete es ihm körperliche Qualen – obgleich er im Großen und Ganzen für seine 60 Jahre sehr behände wirkt, trotz seines beachtlichen Leibesumfangs. Seine spärlichen Haare wurden mit offensichtlicher Mühe über der Halbglatze fixiert. Bis auf seine listigen Augen wirkt seine Erscheinung eher durchschnittlich, fast unauffällig; seine Züge lassen keinerlei überbordende Leidenschaften vermuten; sein ganzer Auftritt ist normal, geradezu banal. Das einzig auffallend Schöne an ihm sind seine Zähne, die wie sehr weiße, aufgeschnürte Perlen aus seinem Mund blinken. Je nach Stimmung verleihen sie ihm etwas Feminines oder etwas Gefräßiges, das an einen Vampir erinnert.

»Es tut mir leid, falls ich dich von wichtigen Aufgaben abhalten sollte. Doch es hat einen dringenden Grund, warum ich dich habe herbestellen lassen. Lass uns doch Platz nehmen.«

»Ich habe nicht einen Moment geglaubt, dass du mich aus einer Laune heraus herzitieren würdest! Ich vermute vielmehr, dass es zu einem durchdachten Plan gehört.« Flexibel wechselt er zwischen kaum verhohlener Auflehnung und übertriebener Servilität.

»Doch wie heißt es so schön: Alles lief nach Plan, doch der Plan war leider schlecht!« Ein kurzes Auflachen der Führerin nimmt wenig von der Schärfe, die in dem unverblümten Aussprechen seiner wahren Gedanken liegt.

»Ich gebe zu, dass ich nicht all deine Pläne gutheißen kann. Es ist nun einmal meine Aufgabe, sie demütig im Lichte der nationalsozialistischen Idee zu bewerten und dir meine Schlussfolgerungen mitzuteilen. Aber all das tue ich nur zum Besten des Reiches.« Die Symbiose aus Angriffslust und Ergebenheit verrät einen Heuchler.

»Leider teilst du aber nicht nur mir mit, was dir das Beste für das Reich zu sein scheint, sondern sagst es auch der Partei und sogar der Öffentlichkeit.« Entschlossen tritt sie der Scheinheiligkeit entgegen.

»Dir fehlt zuweilen die Nähe zur Parteibasis und den vielen einfachen Funktionären, die jeden Tag für unsere Bewegung streiten. Bei der Größe deiner Aufgaben ist das aber natürlich gar nicht zu verhindern. Ich versuche indes bloß, diese Distanz zu überbrücken – wobei auch ich sicherlich nicht ganz fehlerlos bleiben kann.«

»Du willst mich also den Parteigenossen näher bringen, indem du mich öffentlich kritisierst?« Drohend erhebt sich die Führerin aus ihrem Sessel.

»Ich äußere mich lediglich zu einzelnen Entscheidungen, niemals zu deiner Person als solcher. Nur Ersteres ist

Teil meiner Aufgabe; dazu aber bin ich befugt und du kannst meinem Urteil voll und ganz vertrauen.«

»Ich zweifle nicht daran, dass du meinst, im Sinne der Allgemeinheit zu handeln. Die Justiz soll jedoch zuallererst der politischen Führung dienen.«

»Natürlich, aber die Führung besteht aus den Würdigsten und dient dem Volk.«

»Ich glaube kaum, dass du die Wünsche des Volkes besser kennst als ich. Es verhält sich meines Erachtens genau umgekehrt, denn du hast eine Gruppe von Unzufriedenen um dich geschart, die du jetzt für das Volk hältst, obwohl sie nur ihre Selbstsucht in deine Arme getrieben hat.«

Jetzt erhebt sich Hagen von seinem Sitz und will ihr lautstark widersprechen; die blendend weißen Vampirzähne kommen zum Vorschein.

»Schweig und setz dich!«, befiehlt sie ihm mit einer persönlichen Autorität, die verbindlicher wirkt als jedes Gewehr. Hagen gehorcht.

»Und jetzt hör mir aufmerksam zu: Der Reichsrechtswahrer ist ein Lehnsmann des Führers! Der Glaube an den Führer ist die Wurzel aller Gefolgschaft in der Germanischen Demokratie[62]. Alle Entscheidungen werden letztlich von dem einen Führer getroffen, der für sie alle allein die Verantwortung trägt. Willst du mir diese uneingeschränkte Gefolgschaft etwa verweigern?«

Bei dieser Frage hebt sie die Hand zu einem Zeichen, mit welchem sie jede Sekunde die Leibstandarte hereinbefehlen könnte. Die Fratze der Herrschaft ist kalt und mitleidlos und sie zeigt sich jedem in der gleichen unnachgiebigen

Weise. Es ist ein verwirrendes Rätsel, wie diese alte Frau die Rolle der Mutter des Volkes und die der Gewaltherrscherin in sich vereinen kann.

»Das war niemals mein Ansinnen! Ich will dich nur beraten; es steht mir nicht zu, über dich zu richten.«

»Dann berate mich künftig unter vier Augen, wenn ich dich darum ersuche, und behalte deine Ansichten im Übrigen für dich.«

Die Führerin hat ihre Hand wieder auf dem Schoß abgelegt:

»Ich musste heute an das Vermächtnis deines Namens denken: Hagen der Heldentöter, der mit seinen Taten das Ende der Nibelungen heraufbeschworen hat. Willst du ebenso das Ende des Deutschen Reiches herbeiintrigieren oder willst du an seinem fortschreitenden Aufbau beteiligt sein?«

»Natürlich am Aufbau, meine Führerin!«, wieder kriecht die Demut aus ihm hervor.

Dieses rasche Einlenken scheint wenig überzeugend. Sie braucht stärkere Gewissheit.

»Gut, dann lass uns über das Friedensabkommen mit den USA sprechen.«

»Das Friedensabkommen widerspricht dem Grundsatz nationalsozialistischer Politik, welcher besagt, dass es nur dem deutschen Volk bestimmt ist, die Weltherrschaft zu erlangen, dass allein die Arier die Welt regieren können und sollen.«

Das unreflektierte Zitieren aus dem Parteiprogramm langweilt die Führerin; es ist das Zeichen einer wiederkäuenden Geisteshaltung.

»Ja, das weiß ich auch. Aber du lässt einen wichtigen Teil weg, nämlich dass dies zum Wohle der Menschheit geschehen müsse! Schau dich in der Geschichte um: Jedes Weltreich, das auf Unterjochung und Zwang gesetzt hat, ist untergegangen. Die Azteken konnten von einer Handvoll Spanier besiegt werden, weil diese von den unterworfenen Nachbarvölkern mit allen Kräften unterstützt wurden.«

»Was können wir schon von halb nackten Indianern lernen?« Diese blasierte Überheblichkeit wird noch unser Untergang werden, schießt es der Führerin durch den Kopf. Trotzdem versucht sie weiter, Hagen zu einem Verbündeten zu machen.

»Und was sagst du zum griechischen Sparta: Ein Sklavenheer musste alle Arbeiten erledigen und half am Ende dabei, den Untergang Spartas zu besiegeln. Und erst die Römer: Das mächtigste Weltreich ihrer Zeit, bis Abertausende Feinde aufbegehrten und Rom überrannten. Jede Epoche lehrt uns, dass eine kleine Minderheit auf Dauer nicht die Mehrheit beherrschen kann.«

»Du willst lernen? Dann lass uns aus ihren Fehlern lernen und sie nicht wiederholen. Außerdem sind wir keine trägen Südländer, in uns fließt nordisches Blut! Selbst wenn es niemals zuvor gelungen ist, bedeutet dies nicht, dass wir es nicht vermögen. Wer sich gegen uns stellt, wird einfach ausgemerzt, dann werden wir auch nicht mehr lange in der Minderheit bleiben.«

»Und das soll dann zum Wohle der Menschheit sein?« Das Ausmaß an Ignoranz lässt die Führerin schier verzweifeln.

„Warum nicht? Wenn die Menschheit in ein paar Jahrhunderten nur noch aus Ariern besteht.«

»Dadurch verkleinerten wir den menschlichen Genpool in so radikaler Weise, dass deine neue arische Menschheit auf lange Sicht bloß noch Degeneraten[64] hervorbringen könnte.«

»Das habe ich ja noch nie gehört!«, ruft Hagen ungläubig aus. Er schüttelt heftig den Kopf, doch seine Haare bewegen sich nicht. Er fährt schulmeisterlich fort: »Das scheint mir eine humanistisch verblendete Schwäche zu sein. Es ist immer gefährlich und oft verhängnisvoll, wenn eine ursprünglich ganz simple Verwirrung durch eine Philosophie zur Wahrheit erhoben wird. Wir dürfen unsere Kraft nicht lähmen, indem wir einer vorgeblich sachlichen Intellektualität verfallen. Wir müssen auf die organisch-germanische Wahrheit vertrauen.«

»Die verhängnisvollste Schwäche ist es, an seinen einmal gefassten Meinungen um jeden Preis festzuhalten und sich nicht mehr weiterzuentwickeln. Das zeigt uns die Natur: Nur Veränderung und Anpassung ermöglichen das Überleben.«

»Ich nenne das einfach nur unehrenhaft! Denk doch an deine Söhne, an deinen Mann: Was würden sie zu einem Frieden mit dem Erbfeind sagen? Was wäre ihr heldischer Tod dann noch wert?«

»Du hast keine Ahnung, was sie sagen würden! Und um meine Söhne geht es dir am allerwenigsten: Sie waren für dich doch bloß Hilfsmittel, um die Karriereleiter schneller nach oben zu kommen! Wage es nicht noch einmal, sie auch nur zu erwähnen!«

Eine unvermittelte Stille entsteht. Hedwig ist inzwischen so aufgebracht, dass sie sich kaum noch beherrschen kann; viel länger wird sie den Versuch, Hagen zu überzeugen, nicht aufrechterhalten können. Sie unternimmt einen allerletzten Anlauf.

»Die Welt verändert sich und wir müssen uns anpassen, sonst wird uns das Rad der Evolution aus der Bahn werfen.«

»Wir werden nur aus der Bahn geworfen, wenn wir nicht an unserem Glauben festhalten; wenn wir ihn aufgeben, anstatt ihm unbeirrt zu folgen.«

Schluss. Ende. Aus. Es hat keinen Sinn.

»Ich hatte schon befürchtet, dass du Argumenten nicht zugänglich sein würdest. Aber vielleicht machen ein paar Fakten, die deine Familie betreffen, einen stärkeren Eindruck auf dich. Es ist jedenfalls mehr als scheinheilig, permanent über den Erbfeind zu schwadronieren, während deine eigene Sippe mit eben diesem Erbfeind umfangreiche Geschäfte macht.«

»Was willst du damit andeuten?«, mit betonter Beherrschung versucht Hagen die Kontrolle über das Gespräch zu behalten und sich seine Besorgnis nicht anmerken zu lassen. Immer wieder hat er der Führerin vehement widersprochen, nun merkt er, dass er dadurch eine Linie überschritten hat, hinter die er nicht mehr zurücktreten kann.

»Offenbar werfen einige eurer Landgüter aufgrund der häufiger auftretenden Dürreperioden nicht mehr genug ab, um sich selbst zu tragen. Anstatt euch jedoch von den verlustträchtigsten Ländereien zu trennen und mit den Verkaufserlösen den Unterhalt der verbleibenden zu sichern, hat es deine Familie vorgezogen, sich mit der internationalen Weltfinanz einzulassen. Schon vor einigen Jahren haben

Teile deiner Verwandtschaft begonnen, im großen Stil an der Wallstreet zu spekulieren und sich ganz ihren mammonistischen[163] Interessen hinzugeben – und dir muss ich sicherlich nicht erklären, wie unsere Bewegung zu Plutokraten[164] steht. Deine Verwandten haben die Sache unseres Volkes gleich in dreifacher Hinsicht verraten: Sie haben unseren Idealen die Treue gebrochen, mit dem Feind paktiert und mit ihrem Geld gegen Deutschland gewettet. Wie die Dinge liegen, könnte ich also deine ganze Familie wegen Hochverrats hinrichten lassen, ohne dass es zu einem öffentlichen Aufschrei käme. Im Gegenteil, wären mir Volk und Partei dankbar, dass ich die Volksverräter von ihrem hohen Ross gestoßen habe. Eure Ländereien zöge ich ein und verteilte sie an verdiente und treue Volksgenossen, damit die Sippe von Storch für alle Zeiten aus dem deutschen Gedächtnis getilgt wird. Die Verehrung und Liebe, die mir heute schon entgegengebracht wird, würde sich dagegen nochmals steigern.«

Dieser Stoß zeigt tatsächlich Wirkung. Nachdem sie ihren Gegner in die Knie gezwungen hat, entspannt sich die Führerin; sie will ihm Zeit geben, sich der Schwere seiner Verwundung bewusst zu werden. Wird er nun kraftlos ausbluten oder wird er sich mühsam zu einer letzten verzweifelten Gegenwehr erheben?

Zusammengesunken betrachtet Hagen seine Handflächen und versucht sich vergangene Familientreffen zu vergegenwärtigen. Er selbst hatte sich nie an irgendwelchen Spekulationen beteiligt. Doch es fällt ihm die eine oder andere Bemerkung aus seinem Familienkreis ein, wie mancher von der extremen Dürre sprach und davon, an ihr zu verzweifeln.

Sollte auch nur einer seiner Verwandten wirklich den Ausweg in Börsenspekulationen gesucht haben, risse die Sippenhaftung die ganze Familie in den Abgrund. Seine Uniform wird ihm unerträglich eng und das Wasserglas, das er an seinen Mund führt, vibriert in seiner Hand.

»Das ist alles nur Verleumdung, das ist das Werk von ein paar Neidern und Emporkömmlingen.«

»Du meinst von solchen wie mir? Nein, da muss ich dich enttäuschen! Das ist allein euer Werk, das sich nun gegen euch selbst wendet und euch den Todesstoß versetzt. Niemand anderes hat daran Schuld, das ist kein Dolch aus dem Hinterhalt.«

Aus ihrer Aktentasche zieht sie jenen Teil der Unterlagen, den sie von Sturmbannführer Heisenbergs Dossier zurückbehalten hat, wortlos legt sie die Papiere vor ihn auf den Tisch. Am liebsten würde Hagen sie an sich reißen, doch er dreht sie mit einer scheinbar desinteressierten Handbewegung nur leicht zu sich hin. Zahlenkolonne reiht sich an Zahlenkolonne: Investitionen in eine Vielzahl von Finanzprodukten, jahrelange Spekulationen kumulieren sich Monat für Monat zu einer unüberschaubaren Flut von Zahlungen. Eine Reihe ist rot markiert, sie belegt den Kauf von amerikanischen Kriegsanleihen. Unfassbar – wäre es nicht seine eigene Familie, stellte er sie am liebsten alle an die Wand. Am Ende jeder Seite steht eine unerträglich hohe Zahl.

Hedwig kann nicht umhin, ihren Sieg auszukosten: »Zumindest hat deine Familie ein Händchen für Finanzgeschäfte, das muss man ihr lassen. 148 Millionen Reichsmark Umsatz in nicht einmal zehn Jahren, Respekt! Vielleicht habt ihr doch irgendwo ein paar jüdische Vorfahren? Letztlich hat sich der Adel ja doch immer mit finanzkräftigen Aufsteigern vermählt, um seinen Lebensstil zu sichern. Zumindest scheint ihr euch bester Verbindungen zum Börsenjudentum[165] der amerikanischen Hochfinanz zu erfreuen – dann sind wohl doch nicht alle Amerikaner so böse und minderwertig, dass man mit ihnen keine Geschäfte machen könnte?«

»Was willst du?« Kein Aufbegehren mehr, es ist die totale Kapitulation; tonlos hat Hagen diese Worte mehr zu sich selbst, als zur Führerin gesprochen.

»Ich will deine uneingeschränkte Unterstützung bei den Friedensverhandlungen mit den USA. Es darf keine unterschwelligen Widerworte mehr geben, nicht einmal hinter vorgehaltener Hand. Vielmehr wirst du zum Verfechter – zum Parsifal – des Friedens werden. Du wirst eine längere Abhandlung veröffentlichen, in der du den Frieden als die größte Errungenschaft des Nationalsozialismus feierst und seine Vorteile für das deutsche Volk preist.«

»Und diese Unterlagen …?«

»… verschwinden auf Nimmerwiedersehen. Doch nur unter folgenden Bedingungen: Deine Familienmitglieder stellen ihre Aktivitäten an der amerikanischen Börse umgehend ein und ihre dort erzielten Gewinne vermachen sie nach dem Abschluss des Friedensabkommens einer Stiftung zur Förderung der deutsch-amerikanischen Freundschaft, die ich alsbald gründen und nach meinen gefallenen Söhnen Hengist[166] und Horsa[167] benennen werde.«

»Ich werde alles Nötige veranlassen.«

»Und noch etwas: Du wirst heute Abend eine Vorrede halten, in der du die Segnungen des Friedens rühmen und für die friedliche Zusammenarbeit der Völker auf der Welt eintreten wirst.«

»Das hört sich so an, als ob es noch um mehr ginge, als um ein bloßes Friedensabkommen mit den USA.«

»Ich habe deinen wachen Verstand stets geschätzt, wenn du ihn auch leider zu oft für die falsche Sache eingesetzt hast. Du hast recht, dass es um noch viel mehr geht. Worum genau werde ich dir gleich erläutern, damit du deine Rede entsprechend aufsetzen kannst. Aber zuvor will ich dir noch ein Geschenk machen: Um den Unterhalt deines Grund und Bodens zu sichern, wird dir das Reich einen fixen Betrag für jeden Hektar anbieten, den du in seinen urtümlichen, unberührten Zustand zurückversetzt. Solltest du dich darauf einlassen und weite Teile deines Besitzes in ein Naturschutzgebiet umwandeln, würdest du als ein Retter der deutschen Natur in die Geschichte eingehen, dessen Beispiel viele nachfolgen werden. Außerdem würdest du neue umfangreiche Ländereien im Osten erhalten, um sie zum Wohle der ansässigen Bevölkerung mit Umsicht zu bewirtschaften.«

»Dieses Angebot erscheint mir gerecht und angemessen. Ich kann mir vorstellen, es anzunehmen.«

»Ich hoffe sehr, dass du mein Entgegenkommen zu schätzen weißt. Jetzt lass uns über das Mehr sprechen, das über das Friedensabkommen hinausgeht.«

Erneut erhebt die Führerin ihre Hand zum Zeichen und auf wundersame Weise öffnet sich die Tür, durch welche freundliche Bedienstete, in der Montur des Seebades, Kaffee und Kuchen hereinbringen. Die Führerin und der Reichsrechtswahrer sitzen eine Weile kaffeetrinkend beisammen und erinnern eher an Geschäftspartner, als an Todfeinde. Dann hebt die Führerin an, ihre Vision vom Dritten Reich zu erläutern. Abgesehen von vorsichtigen Nachfragen regt sich kein Widerspruch bei Hagen. Er ist aufmerksam, versucht sich alles geflissentlich einzuprägen, und baut die wichtigsten Punkte bereits gedanklich in seine Vorrede ein. Nachdem die Führerin geendet hat, nehmen sie kühl und sachlich voneinander Abschied. Während Hagen in sein eigenes luxuriöses Zimmer auf dem Seebadgelände strebt, um seine Rede zu verfassen, bleibt die Führerin noch eine Zeit lang in ihrem Sessel sitzen und lauscht durch die offene Balkontür der sanften Brandung und dem Rufen und Lachen der sorglos Badenden. Schließlich erhebt sie sich und beobachtet etwas neidisch durch den Vorhang ihre Genossen. Wenn die wüssten! Einen Augenblick lang graut es ihr vor dem heutigen Abend, vor der Verantwortung für so unermesslich viele Menschen. Zwar ist sie zuversichtlich, die Massen für einen Abend begeistern zu können, doch der schwierigere Teil beginnt erst danach: in mühevoller Kleinarbeit der Welt, gegen alle Bedenkenträger und Kleingeister, eine neue Ordnung geben. Sie wird jeden Tag auf der Hut sein müssen, jede Stunde wird eine Schlacht, jede Minute ein Scharmützel werden, und niemals darf sie dabei die Hoffnung auf ihren revolutionären Endsieg aufgeben. Denn manchmal verliert selbst sie das Vertrauen in eine bessere Zukunft, die sich von Menschen gestalten und herbeiführen ließe – doch dann denkt sie an die Götterdämmerung, an die Natur, an Horsa und Hengist. Dann erkennt sie wieder, dass es keine Alternative zu ihrer Vision gibt, dass sie nicht aufgeben darf, solange noch ein Fünkchen Leben in ihr ist. Doch was wird geschehen, wenn ihre schon flackernde Lebensflamme plötzlich erlischt? Fragend blickt sie auf die zarte Norne. Was hält das Schicksal noch für sie bereit, wer wird ihren Stab übernehmen; jemand aus ihrer Familie, aus der Partei?

Für den Abend erwartet die Führerin das Eintreffen ihrer großen Sippe, die sie bei ihrem geschichtsträchtigen Auftritt unterstützen will. Die Menschen lieben Dynastien: den Klatsch und den Tratsch, aber auch das Gefühl der Beständigkeit und der Sicherheit, das von bewährten Herrschergeschlechtern ausgeht.

Die Engländer haben die *Windsors* (die sich heutzutage selbstverständlich wieder stolz ihrer deutschen Wurzeln erinnern), die Amerikaner die *Kennedys* und die Deutschen die *Goebbels*. Mitten aus dem einfachen Volk erwachsen, stellt die Familie der Führerin einen Querschnitt durch alle Berufsgruppen, Parteipositionen und Altersstufen dar; die riesige Zahl der Familienmitglieder ermöglicht es. Keines ihrer fünf Geschwister blieb unverheiratet und jedes zeugte wenigstens drei Kinder, ihre eigene Ehe trug mit neun Kindern am meisten zur Aufwertung der deutschen Rasse bei. Über die Jahre musste sie leider auch den Verlust einiger enger Familienmitglieder verkraften, manche wurden ihr vom Alter, manche von einer Krankheit genommen, die meisten jedoch raubte ihr der Krieg. Aber die Sippe blieb bestehen und wuchs weiter an. Ihre Geschwister wurden entweder, wie sie selbst, mit hohen Offizieren aus Fürstenhäusern verheiratet oder mit Magnaten der deutschen Wirtschaft, bevorzugt solchen aus der Rüstungsindustrie und dem Finanzsektor. Die 35 Kinder aus diesen Verbindungen wurden wiederum nur mit den einflussreichsten Persönlichkeiten aus allen Gesellschaftsbereichen verheiratet, sogar in europäische Königshäuser heirateten sich die Goebbelsnachfahren ein. Nimmt man die Mitglieder der angeheirateten Familien hinzu, so umfasst der Goebbels-Clan inzwischen fast 700 Personen – mit so vielen Menschen ließe sich ein eigenes kleines Reich errichten, mit ihrem Vermögen in jedem Fall ein beachtlicher Staatshaushalt aufstellen. Allein die Führerin hat 45 Enkelkinder, 238 Urenkelkinder und immerhin schon 114 Ururenkel – die zwangsläufigen Segnungen früher Vermählung und konsequenter Geburtenförderung seitens der Familie und des Staates. Natürlich kann sie bei solch einer Menge von Verwandten nicht zu jedem Einzelnen eine persönliche Beziehung aufbauen, was sie allerdings auch nicht bedauert, da unter diesen, wie in jedem Bevölkerungsdurchschnitt, viele dumme, einige mittelmäßige und sehr wenige hochbegabte Individuen sind – wenngleich immerhin alle eine exzellente Erziehung und eine profunde nationalsozialistische Ausbildung genossen haben. Nicht wenige von ihnen zieht es früher oder später in die vermeintlich glamouröse Welt der Politik, tragischerweise nur selten die Hochbegabten, denn diese suchen ihre Erfüllung eher in der Wissenschaft, in der Wirtschaft oder beim Militär. Überhaupt ertragen nur die wenigsten Charaktere das langsam mahlende Joch des Politikbetriebes, ohne ihr Sendungsbewusstsein zu verlieren. Obwohl sie sich einen würdigen Nachfolger aus ihrem Familienkreis sehr wünscht, respektiert sie jedes Kind, das nicht auf die politische Bühne strebt. Einzelne gehen sogar einen ganz eigenen Weg: Sie engagieren sich in karitativen Einrichtungen, kämpfen für eine bessere Behandlung der Ostarbeiter oder für ein Lebensrecht von behinderten Neugeborenen. Einerseits bereitet ihr das Kummer, weil sie diese Aktivitäten geheim halten und kontrollieren muss, andererseits bewundert sie diese Familienmitglieder für ihre deutschen Tugenden: Haltung und Standvermögen. Kein Verständnis kann sie hingegen für Spielsüchtige, Trinker oder gar Verbrecher aufbringen; diese werden in aller Regel ohne viel Federlesens aus dem familiären Zirkel verstoßen, in schweren Fällen auch ins Arbeitslager geschickt. Von denen, die sich selbst dort als unverbesserlich erweisen, hört man nach einiger Zeit nie wieder etwas.

Eine Auswahl von 25 Familienmitgliedern soll sie vor ihrer heutigen Rede auf die Bühne begleiten. Sie wird den Durchschnitt der deutschen Gesellschaft hinsichtlich Alter, Geschlecht und Beruf repräsentieren. Ferner wurde darauf geachtet, dass es sich um ausgesprochen loyale, wortgewandte und ansehnliche Verwandte handelt. Die Jüngste ist gerade drei Jahre alt und die Älteste nur zwei Jahre jünger als sie selbst – es ist ihre Schwester Heidi[54]. Sie ist die einzige ihrer Geschwister, die noch agil und rüstig ist – wogegen ihre nur ein Jahr ältere Schwester Holde[168], die immer schon eher zart und ruhig gewesen war, seit einigen Jahren das Bett nicht mehr verlässt. Von ihren Kindern wird nur ihr Sohn Hubert[169] kommen, den seine Vorliebe für Physik vor einem allzu frühen Heldentod bewahrte und ihm stattdessen die Leitung eines Max-Planck-Instituts eingetragen hat. Die Gespräche mit ihm eröffnen ihr oftmals eine gänzlich andere Perspektive auf die Welt, die sie den Genossen jedoch leider nur schwerlich vermitteln könnte. Eine antike Pendeluhr schlägt ihr die Stunde, sechs lange Mal. Es ist Zeit, sie muss aufbrechen. Eine unbändige Müdigkeit überkommt sie, am liebsten bliebe sie in ihrem Sessel sitzen und gedächte ihrer Toten. Immer führt sie ein Kästchen mit sich, das eine Vielzahl von Tabletten enthält, von denen die meisten gegen typische Alterserscheinungen wirken sollen; es befinden sich jedoch auch solche mit einer aufputschenden oder beruhigenden Wirkung darunter, welche ihr der Leibarzt vorsorglich für den Ernstfall verschrieben hat. Bislang hat sie in ihrem ganzen Leben noch nie zu einer Droge gegriffen, das mahnende Beispiel Hitlers hielt sie davon ab: Sein körperlicher und psychischer Verfall, der zwar durch seine Krankheiten eingeleitet wurde, doch erst durch seinen hohen Drogenkonsum verheerende Ausmaße annahm, war schrecklich anzusehen gewesen. Auch jetzt muss sie sich nur an des Führers entstelltes, erstarrtes Gesicht erinnern, um der Versuchung widerstehen zu können, ihre Müdigkeit mithilfe eines Aufputschmittels zu überwinden. Ihre kurzzeitige Schwäche bleibt der Leibstandarte verborgen, mit der sie entschlossenen Schrittes zum Zentrum der Anlage, zur

Festhalle, strebt; allein Sturmbannführer Heyerstahl wirft ihr vereinzelte fragende Blicke zu. Nur wer sich selbst keine Schwäche zugesteht, kann die Anzeichen der Unterdrückung derselben bei anderen erkennen. Vor der Festhalle hält die Führerin einen Moment lang inne. In der Abendsonne erstrahlen die Lettern über dem Eingangsportal und gewinnen an Tiefe und Dynamik:

Du bist nichts. Dein Volk ist alles.

Ein wunderbares Ideal für Menschen, die einen guten und unbestechlichen Charakter besitzen – wären sie doch bloß zahlreicher! Mit einem leisen Seufzer wendet sie ihren Blick von den erhabenen Zeichen ab, um ihn auf die muschelförmige Meeresbucht zu richten: Das Meer ist spiegelglatt, wie gemalt, als wäre es Teil einer Kulisse und gehörte nicht zu der lebendigen deutschen Landschaft. Es herrscht eine feierliche Ruhe, nur bei den hohen griechischen Säulen hört man das wenig andächtige, hektische Flattern eines Möwenschwarms in der Flaute. Von den Griechen und Römern müssen wir lernen – kommt es der Führerin in den Sinn: keine Heloten, keine Sklavenheere, ein Volk. Schlagartig wird sie sich der ungewohnten Stille um sie herum bewusst, nicht nur der Wind schweigt. Kein Mensch ist zu sehen und deswegen hat auch der Strand so künstlich auf sie gewirkt.

Doch es gibt eine einfache Erklärung: Weil während ihres Auftritts die höchste Sicherheitsstufe gilt, hat man den Strand abgeriegelt, das Gelände für alle Fahrzeuge gesperrt und die Gäste am späten Nachmittag für die Zeit bis zur Rede auf ihre Zimmer beordert.

6

Im Laufe des Tages verschärfen sich die Sicherheitsvorkehrungen und es entfaltet sich ein komplexes System von Maßnahmen, die unerbittlich ineinandergreifen und an denen fast alle Organe der inneren und äußeren Sicherheit beteiligt sind: Wehrmacht, Polizei, Gestapo, Schutzstaffel. Bereits im Vorfeld wurde der Einsatzbereich von der Gestapo nach möglichen Gefährdern durchkämmt, seit Tagesanbruch ist der gesamte Verkehr eingestellt worden: Bahn, Bus, Schiff und Auto – niemand kommt mehr ins Seebad hinein oder heraus. Um das Seebad herum hat sich auf der Prorer Wiek ein äußerer Ring von schwer bewaffneten Wehrmachtseinheiten formiert, die alle Ein- und Ausgänge strengstens kontrollieren. Innerhalb des Rings patrouillieren Totenkopf-Verbände mit ihren Schäferhunden durch Gebäude und Grünanlagen, um versteckte Sprengstoffe oder potenzielle Attentäter aufzuspüren. Im innersten Bereich sichern schließlich Hundertschaften der Polizei den Platz um die Festhalle. Alle Urlauber wurden per Volksempfänger über die erhöhten Sicherheitsvorkehrungen informiert und gebeten, sich bis spätestens 17:30 Uhr auf ihre Zimmer zu begeben und ihre Uniformen anzulegen; auch die Seebad-Angestellten sowie die Mitglieder des Reichsarbeitsdienstes wurden in ihre Unterkünfte beordert; die Ostarbeiter wurden in ihre Baracken eingeschlossen. Eine Durchsuchungswelle nach der anderen rollt durch das Bad bis in die allerletzten Winkel. Zuletzt werden ab 18 Uhr alle Kommunikationsmedien abgeschaltet: Weder Volksempfänger noch Alltafeln funktionieren anschließend noch. Dadurch wird es potenziellen Attentätern erheblich erschwert, sich abzustimmen; außerdem sollen von der Veranstaltung exklusiv die Staatsmedien berichten, das erste deutsche Fernsehen wird eine Direktübertragung senden. Für die meisten Genossen sind verstärkte Sicherheitsmaßnahmen nichts Ungewöhnliches, doch der Umfang, der hier und heute vorgenommen wird, sprengt jedes bekannte Maß. »Was ist an einer Rede in der Festhalle so besonders?«, fragen sich viele, »gibt es ernstzunehmende Terrorwarnungen oder wird die Führerin auf ihre alten Tage etwa ängstlich?«

Eine gespenstische Stille hat sich wie ein nasses Leichentuch über das Seebad gelegt, nur durch vereinzeltes Hundegebell oder einen gebrüllten Befehl unterbrochen. Alles Leben ist verstummt. Während der 80 Jahre seines Betriebs herrschte noch nie ein solch klammes Schweigen im KdF-Bad von Prora – allerdings war dieses Fleckchen Erde auch noch nie zuvor der Nabel der Welt gewesen. Heute aber trifft hier eine unbeschränkte institutionalisierte Macht mit einer schicksalsträchtigen Willensstärke zusammen, wodurch eine Energiedichte entsteht, die eigentlich eine Delle im Raum-Zeit-Kontinuum erzeugen müsste. Schwer ist die Luft um den Festplatz und geschwängert von einer eigentümlichen Stimmung – als hielte die Schöpfung den Atem an. Die Ruhe vor dem Weltensturm. Das Epizentrum wird die Festhalle bilden, deren Schallwellen bald in apokalyptischer Geschwindigkeit um die Welt rasen und die Gedankengebäude und Lebensentwürfe Unzähliger wie Kartenhäuschen einstürzen lassen werden.

Doch noch ist nichts davon passiert. Eine kleine, alte Dame in grauer Uniform betritt die Festhalle und gelangt durch einen Seitenaufgang in die oberen Räumlichkeiten, die für Empfänge und Konferenzen gedacht sind. Als die Dame einen der geräumigeren Säle im Obergeschoss betritt, erhebt sich ein Stimmengewirr aus Grußformeln und vertraulichen Anreden wie Großmutter, Mutter, Tante und Schwester. Alle geladenen Familienmitglieder sind pünktlich eingetroffen. Die eine Hälfte ist bereits damit beschäftigt, sich in Maske oder Garderobe für ihren Auftritt vorzubereiten. Die andere Hälfte nähert sich freudig, doch ehrerbietig ihrer Verwandten. Eine kleine Gruppe schart sich um die Führerin. Man merkt ihr die Anspannung kaum an, wie sie Hände schüttelt, Umarmungen erwidert oder herzlich manchen blonden Schopf streichelt. Bald löst sich die kleine Ansammlung wieder auf, nur Heidi bleibt bei ihrer Schwester stehen. Im Gegensatz zu Hedwig hatte sie sich schon früh für ein Leben abseits der Öffentlichkeit entschieden, soweit das für eine Goebbels überhaupt möglich ist. Sie pflegt ein kultiviertes, doch recht zurückgezogenes Landleben und tritt lediglich als Schirmherrin einiger Stiftungen und anlässlich gelegentlicher Repräsentationsaufgaben öffentlich in Erscheinung. Trotz – oder gerade wegen – ihrer Fokussierung auf das Familiäre hat sie dreimal geheiratet, während Hedwig nach dem Tod ihres Mannes allein geblieben ist. Es gibt eine offensichtliche Ähnlichkeit zwischen den beiden Damen, die sich rein äußerlich in ihrer Augenpartie, aber noch mehr in ihrer Haltung zeigt – wenngleich Heidi, im Gegensatz zur schlanken und drahtigen Hedwig, eher füllig ist. Vielleicht wirken sie auch nur auf diese besondere Weise gleichartig, wie sich zwei vertraute Seelen entsprechen. Die unsteten Familienverhältnisse haben die Kinder innig zusammengeschweißt und besonders Heidi und Hedwig haben sich diese Nähe bis ins hohe Alter durch alle Schicksalsschläge hindurch bewahrt.

»Na, Hedda[32], was hast du wieder ausgeheckt? Ich sehe dir an, dass es heute keine der üblichen Reden geben wird.« Zärtlich nimmt sie die Hand ihrer Schwester und streichelt sie; Hedwig führt daraufhin Heidis Hand an ihre Wange.

»Du hast mich wieder einmal durchschaut: Es ist Zeit für eine große Veränderung, die ich unbedingt noch anstoßen muss, ehe ich unsere Ahnen kennenlerne«, flüstert Hedwig vertraulich in Heidis Hand.

Übertrieben mit den Augen rollend und ihre Mutter Magda imitierend, ruft Heidi aus: »Veränderungen in unserem Alter? Als ob wir nicht schon genug Umbrüche in unserem Leben mitgemacht hätten! Woher nimmst du nur die Energie für so etwas? Aber du warst ja schon als Kind immer unerträglich gut gelaunt und von einer unziemlichen Lebenslust erfüllt.«

»Ich schulde es nicht zuletzt unseren Männern.« Ihr lockerer Ton schlägt unversehens in eine ernste Gestimmtheit um. Heidi lässt sich davon gleichwohl nicht im Mindesten beeindrucken und setzt noch einen drauf: »Welchem meiner Männer genau?«

»Jedenfalls nicht Arnold[170]. Ich denke natürlich vor allem an Falko[171], den einzigen ehrenvollen Soldaten unter deinen Männern.«

»Im Tod ist es einfach, ehrenvoll zu sein; das Leben dagegen bietet zu viele Versuchungen«, gesteht Heidi leichthin.

„Heidi?!" Die respektlose Äußerung verschlägt Hedwig fast die Sprache.

»Meine Führerin?« Mit gespielter Unterwürfigkeit und Unschuldsmiene verbiegt sich Heidis massiger Körper zu einem wenig überzeugenden Knicks. Hedwig kann ein Lächeln gerade noch unterdrücken: »Jetzt aber ernsthaft: Falls es zu irgendwelchen Ausschreitungen kommen sollte, brauche ich dich an meiner Seite. In der Not musst du mir mit einer großen, offenen Geste beistehen.«

»Eine große, offene Geste sollte mir wohl gelingen – jedoch nur, wenn ich nicht diese furchtbare graue Uniform anziehen muss. In ihr sehe ich nämlich alt und hässlich aus.« Ihr angeekelter Blick gleitet an der schlichten Uniform ihrer Schwester herab. Heidis weit geschnittenes Seidenkleid fließt hingegen weitläufig über ihre fülligen Formen und verleiht ihnen durch sein frühlingshaftes Lindgrün eine gewisse Leichtigkeit.

Ungerührt verfügt Hedwig: »Unsinn, die Schwester der Führerin ist niemals hässlich! Aber, bei Freyja, fett bist du allerdings!«

Daraufhin muss die gutmütige Heidi herzlich über sich selbst und ihre beherrschte Schwester lachen. Dieser gelingt zumindest ein zugängliches Schmunzeln. Die umstehenden Verwandten reagieren kaum auf die Szene, die für die zwei Lieblingsschwestern typisch ist; wann immer Heidi und Hedda aufeinandertreffen, zeigt sich die Führerin von einer sonst verborgenen, sehr menschlichen Seite. Das war schon immer so. Für die übrigen Genossen im Saal ist der gänzlich ungezwungene Umgangston jedoch so ungewohnt, dass sie einander fragend und unsicher anblicken. Auch die zwei Maskenbildnerinnen nähern sich den beiden Damen nur äußerst vorsichtig, bleiben dann sogar ratlos in respektvollem Abstand stehen. Hubert kommt ihnen schließlich zu Hilfe, indem er seine Mutter von seiner Tante trennt. Die Führerin wird in einen kleinen, abgesonderten Raum geleitet, wo sie eine der Maskenbildnerinnen schminkt, ihr Haar zurechtmacht und ihr eine frisch gebügelte Uniform bereitlegt. Danach betrachtet sich die Führerin vor einem Ganzkörperspiegel, wobei sie mit dem Ergebnis sehr zufrieden ist. Denn sie fühlt sich wohl in dieser schmucklosen, dunkelgrauen, fast schwarzen Uniform, die bar der üblichen Zierknöpfe, Schulterklappen und Bänder ist und so treffend ihre Person und ihre Ziele versinnbildlicht: Eine soldatische Strenge und Disziplin, die keine Ausschweifungen, sondern bloß die unermüdliche Arbeit für das deutsche Volk kennt; eine mönchische Schlichtheit, die sich ganz auf das Wesentliche und Wahre beschränkt. Als einzige Zierde steckt die silberne Irminsul an ihrem Revers; die Weltenesche, die Mittlerin zwischen Tod und Leben, Himmel und Erde. Zärtlich streicht die Führerin mehrmals über die Irminsul, dann dreht sie sich auf ihren schwarzen Stiefeln um und geht zurück in den Saal zu ihrer Sippe, um deren Aufmachung zu begutachten. Alle stehen Spalier und machen die erwünschte exzellente Figur, allein ihre liebe Schwester wirkt tatsächlich wie ein gestrandeter Wal – es ist bei ihrer Leibesfülle nicht zu ändern. Die Inszenierung muss perfekt werden: Das Herrschergeschlecht muss wie ein einziger Organismus auf der Bühne erscheinen, dem Betrachter den Eindruck vermitteln, wie ein Mann für sein Volk einzustehen. Alle Familienmitglieder sind einheitlich in Grau gekleidet, nur die Uniform der Führerin hebt sich durch einen dunkleren Grauton etwas ab. Bevor sie sich hinter die Bühne begeben werden, müssen noch letzte Kleinigkeiten verbessert werden. Mit dem neuen Leiter der Propagandaabteilung und seinem Stab gehen sie nochmals die Dramaturgie und den Ablauf der Veranstaltung durch. Von dem einen oder anderen verlangt die Führerin eine leichte Änderung seiner Gestik, Mimik oder Pose, ansonsten ist sie mit der Vorstellung ihrer Familie einverstanden. Selbstverständlich liegt die gesamte Veranstaltung in den Händen von Profis und die Familie der Führerin bildet keine Ausnahme. Der massenmedialen Präsentation kann nicht genug Gewicht beigelegt werden: Technik, Bühnenbild und Choreografie müssen perfekt zusammenwirken, um exakt das Bild im Kopf des Betrachters hervorzurufen, das ihren Absichten entspricht. Die stärkste Waffe in der gesamten Inszenierung aber ist sie selbst – eine Meisterin der Rhetorik und würdige Erbin ihres Vaters.

Aus dem Augenwinkel sieht sie, wie die Sturmbannführer Heyerstahl und Heisenberg miteinander sprechen, wobei sie immer wieder von anderen an der Veranstaltung Beteiligten unterbrochen werden, denen sie Anweisungen erteilen müssen. Zu beiden Männern hat sie vollstes Vertrauen.

Während der Proben geht sie für einen Moment zu ihnen. Es gibt nichts zu sagen, was Worte auszudrücken vermögen, sie schwören sich allein durch ein kurzes Zunicken und Blickkontakt ein.

Der letzte Durchgang läuft fehlerfrei und alle stellen sich in der vorgesehenen Reihenfolge auf. Selbst Heidi sieht im Verbund der Familie beinahe königlich aus. Von unten dringt das gedämpfte Murmeln der 20 000 Seebad-Gäste herauf, die sich mittlerweile, ohne eine einzige Ausnahme, in der Festhalle eingefunden haben.

Gemäß den Vorgaben fluteten um 19:30 Uhr achtzig Menschenströme aus den Treppenhäusern der Wohnblöcke und vereinigten sich im Norden und Süden des Festplatzes auf den Seestegen zu zwei großen Flüssen. Vor dem Haupteingang der Festhalle stießen die Massen aufeinander, verschmolzen zu einer Woge, die sich dann zäh, aber beständig in die Festhalle ergoss. Zusätzlich aufgestellte Fackeln gaben der Menschenschlange einen goldenen Schein, in ihm ist sie zu einem einzigen glänzenden Lindwurm verschmolzen, dessen aufblitzende Schuppen von unzähligen blonden Häuptern gebildet wurden, unter denen ein vielgestaltiger Leib pulsierte. Bis auf wenige Ausnahmen legten alle auf den Zimmern ihre jeweilige Uniform an, von den Blockwarten über die Mitglieder des Reichsarbeitsdienstes bis hin zu denen der Schutzstaffel und der Wehrmacht – die Männer ebenso wie die Frauen. Sehr wenige Frauen entschieden sich dagegen für eine klassische Abendgarderobe, um der Besonderheit dieses Anlasses gerecht zu werden. Trotz der Menschenmasse, die sich jetzt in der Festhalle befindet, ist es erstaunlich leise, kaum ein lautes Wort oder gar ein Lachen ist zu vernehmen; selbst Paare beschränken sich weitgehend darauf, sich knappe Sätze zuzuzischen. Der Drache hat sich in seiner Höhle eingefunden.

Durch die besondere Konstruktion der Halle klingen die Geräusche in den Sitzreihen fast tonlos aus, während die Stimme von der Bühne zu jedem Einzelnen dringt, als spräche sie ausschließlich zu ihm persönlich. Ein ausgeklügeltes System von Lautsprechern unterstützt den Redner und bringt die Hallenakustik erst zur vollen Entfaltung.

Die Bildschirme in den Vordersitzen, die sonst für eine visuelle Unterstützung der Reden sorgen, bleiben heute Abend versenkt und unsichtbar: Alle Aufmerksamkeit soll sich auf das spartanische Bühnenbild richten. Hinter dem Rednerpult, auf dem ein großes Hakenkreuz prangt, befinden sich lediglich drei erhöhte Bankreihen, deren hintere die jeweils vorderen wie auf einer Tribüne überragen. Die Seitenwände zieren monumentale Hakenkreuzfahnen, zwischen denen Kameras postiert sind, die das Logo des ersten deutschen Fernsehens an der Seite tragen. Wie ein aufgezogener Springteufel schießt Heide Riefenstahl dazwischen hervor, um hier und da letzte Hand anzulegen. Die Gäste bekommen davon wenig mit, erwartungsfroh nehmen die letzten ihre Plätze ein und blicken dann zur Bühne, über der ein großes Spruchband hängt:

TOTALER FRIEDE – LÄNGSTER FRIEDE.

Den Älteren kommt dieser Leitspruch seltsam bekannt vor, erinnert er sie doch an die berühmte Sportpalastrede von Joseph Goebbels. Damals aber lautete der Satz noch: *TOTALER KRIEG – KÜRZESTER KRIEG.*

Keiner scheint an der radikalen Sinnverlagerung Anstoß zu nehmen, obwohl doch sonst immer und überall nur von Krieg und Endsieg gesprochen wird. Es nimmt dies vielleicht weniger wunder, wenn man sich den Leitspruch der Wehrmacht vergegenwärtigt: *Entschieden. Für Frieden.* Ihn darf man schließlich ebenso wenig allzu direkt verstehen; wenn alle Feinde brutal ausradiert worden sind, herrscht ja eines Tages auch Frieden – und Grabesstille.

Als das Licht langsam gedimmt wird, sinkt die ohnehin sehr gedämpfte Geräuschkulisse zu einer aufmerksam angespannten Ruhe. Jeder erwartet nun den Auftritt der Führerin und will der Erste sein, der von seinem Sitz aufspringt und ihr mit dem am lautesten gebrüllten »Sieg Heil« seine grenzenlose Ehrerbietung zeigt. Statt ihrer erscheint jedoch zur allgemeinen Überraschung ein Mann auf der Bühne. Ein missbilligendes Raunen geht durch die Menge, als der Reichsrechtswahrer ans Mikrofon tritt: Die meisten Volksgenossen erkennen ihn an seiner weiten schwarzen Amtstracht. In die Enttäuschung mischt sich erste Erbitterung. Ist die Führerin erkrankt oder ist es gar zu einem Putsch gekommen? Die Angehörigen der Schutzstaffel greifen spontan nach ihrer Waffe, um sogleich die Anordnung zu verfluchen, sich unbewaffnet in die Festhalle zu begeben.

Zufrieden verfolgt die Führerin Hagen von Storchs Auftritt gemeinsam mit ihrer Sippe an einem Bildschirm, der hinter der Bühne an einer Wand befestigt ist. Mit Genugtuung registriert sie die Unruhe im Auditorium und ist doppelt beruhigt: Einerseits bestätigt sie ihr, wie unbeliebt der Reichsrechtswahrer im Volk ist, anderseits weiß sie, dass auch Hagen die Reaktion des Publikums richtig deuten und sich dementsprechend demütig verhalten wird. Heidi wirft ihrer Schwester einen fragenden Blick zu, den Hedwig mit hochgezogenen Augenbrauen und einer überlegenen Miene beantwortet.

Rein äußerlich scheinen die Widerstände Hagen nicht zu beirren. Würdevoll breitet er seine Arme auf Schulterhöhe aus, seine Handflächen weisen in einer empfangenden Geste nach oben; die weiten Ärmel seiner Robe gleichen den Schwingen eines Raben und dieser Eindruck wird vom knielangen Mantel mit dem breiten samtenen Besatz noch verstärkt. Als er ein diabolisches Lächeln aufsetzt, erinnert er Hedwig abermals an einen Vampir, der gleich von der Bühne abheben und sich auf sein nächstes Opfer stürzen wird. Doch seine Hände strecken sich nur noch höher empor und die Hakenkreuzfahnen werden, wie auf ihr Geheiß, an den Seitenwänden nach oben gezogen, bis sie vollständig in der Deckenkonstruktion verschwunden sind. Wo sie hingen, treten gigantische Bildschirme hervor, die die ganze Länge der Seitenwände einnehmen. An jeder Wand erscheint ein riesiger Rabe, der zu den Klängen von Wagners Walkürenritt auf die Bühne zufliegt. Derweil senkt sich auch unter dem Spruchband eine gigantische Projektionsfläche herab, auf welcher der Allvater Odin erscheint. Seine gleichfalls ausgestreckten Arme lassen ihn wie die übermenschliche Dopplung des Reichsrechtswahrers wirken, der unterdessen in seiner Position verharrt. Als die beiden Raben krächzend auf Odins muskulösen Unterarmen landen, nimmt der Göttervater die Gestalt einer Walküre an, deren Gesichtszüge und Habitus an die Führerin gemahnen. Heidi wendet sich amüsiert ihrer Schwester zu und flüstert: »Das ist nicht dein Ernst, oder?« Da hält es die ersten Genossen bereits nicht mehr auf ihren Sitzen, Tausende Füße stampfen auf dem Boden auf und lassen die Halle mit einem gewaltigen Donnergrollen in ihren Grundfesten erbeben. Obwohl Hagen von Storch nach Kräften ins Mikrofon brüllt, übertönt ihn Volkes Stimme um ein Vielfaches. Wie aus einer Kehle erschallt der Ruf: »Heil Hedwig! Heil! Heil!«

Die Menge braucht vier ganze Minuten, um sich einigermaßen zu beruhigen. Während der Reichsrechtswahrer langsam seine Hände sinken lässt, entsteht hinter ihm das Bild eines lichtdurchfluteten Hains, aus dem eine Esche geschwind emporwächst. Alles ist in ein ruhiges Grün getaucht, aus den Lautsprechern schweben Windrauschen und Vogelgezwitscher über die Zuhörerschaft. Stetig entwickelt sich die Esche zum immergrünen Weltenbaum, dessen riesige Krone am Ende den Bühnenhintergrund ausfüllt und bis auf die Seitenwände hinausgreift, um die Menschen in einer schützenden Umarmung einzufangen. Dieser Weltenbaum gleicht demjenigen, der in Walhalla in der Kuppel thront. Das Original haben die wenigsten Zuhörer jemals mit eigenen Augen gesehen, doch alle kennen unzählige Abbildungen der Weltesche aus Walhall; sie sind ihnen im Besucherzentrum der Wewelsburg, in den germanischen Glaubensfibeln und in zahlreichen Büchern und Filmen begegnet. Die drei Nornen an den Wurzeln sind das eindeutige Erkennungszeichen. Jetzt zeigt der Reichsrechtswahrer mit seiner linken Hand in das obere rechte Geäst, wobei er sein Gesicht nicht vom Publikum abwendet.

»Seht her, meine geliebten Brüder und Schwestern: Dort seht ihr den Allvater, wie er sich am Baum erhängte und sein eigenes Sterben erduldete, um Erkenntnis aus den Wurzeln des Weltenbaums zu erlangen.« Eindringlich appelliert der Reichsrechtswahrer an seine Volksgenossen; das Misstrauen, das ihm entgegenschlug, hat sich durch seine Berufung auf das heilige Symbol der organisch-germanischen Wahrheit aufgelöst. Sehnsüchtig richten sich alle Blicke auf die gewiesene Stelle: Eine Männergestalt mit einem langen weißen Bart ist in der Baumkrone zu sehen, ihre Arme sind unnatürlich in den Ästen verdreht, die Flanke vom eigenen Speer verwundet.

»Auch unsere geliebte Führerin hat sich selbst manches Opfer abverlangt, immer für Volk und Vaterland – immer für uns! Erinnert euch nur an den Heldentod ihres Mannes und ihrer zwei Söhne!«

Heidi sieht Hedwig zu Stein erstarren – dieser Teil war wohl nicht mit ihr abgesprochen.

»In solch schweren Zeiten ist es wichtig, Ratgeber an seiner Seite zu wissen, auf deren Urteil man sich absolut verlassen kann und deren Denken und Fühlen immer und ausschließlich auf das Wohl und die Zukunft des deutschen Volkes gerichtet ist.«

Unglaublich, wie er sich nach der heutigen Niederlage noch zu ihrem teuren Mentor zu stilisieren wagt! Maßlose Wut lässt die Führerin noch stärker erbleichen, ihr Gesicht nimmt eine marmorweiße Blässe an.

»Ebenso wie es Odin bei wichtigen Entschlüssen nach dem Wissen seiner Raben Hugin und Munin verlangt« – bei diesen Worten krächzen die Krähenvögel im Hintergrund laut auf und flüstern der Walküre geheime Botschaften ins Ohr – »ebenso bedarf die Führerin von Zeit zu Zeit meines Rates als Bewahrer des nationalsozialistischen Glaubens.«

»Wir sind ein starkes Volk und haben eine starke Führerin!«, ruft er unvermittelt in die Menge, woraufhin einzelne Heil-Hedwig-Rufe aus dem Publikum ertönen.

»Doch selbst der Edelste und Stärkste wäre nichts ohne seine Sippe, ohne sein Volk, hilflos ohne seine Berater, Freunde und Verbündete. Sich zu vereinen und gemeinsam zu kämpfen, ist kein Zeichen von Schwäche, sondern von Stärke; und es ist ein Gebot der Vernunft. Sogar das Göttergeschlecht der Asen greift auf die Kräfte der Menschen zurück, um die Riesen bezwingen zu können. Sind die Asen mächtiger als das sterbliche Menschengeschlecht? – Ja! Brauchen sie dennoch die Hilfe der Menschen? – Ja! Jeder muss seine Kraft und Fähigkeiten in die Schlacht werfen und seine Ehre hängt allein von seinem unbedingten Willen ab, an diesem Kampf in der Gemeinschaft der Verbündeten teilzunehmen.«

Im Hintergrund nimmt die Walküre eine kampfbereite Haltung ein, auf ihren Schultern sitzen immer noch die beiden Raben – Allmacht und Allwissen vereint. An ihre Seite drängen sich Heerscharen von germanischen Kämpfern, bei denen nicht klar ist, ob sie aus der sagenhaften Götterdämmerung oder dem nationalsozialistischen Deutschland stammen.

»Was macht uns stark?«

Die Frage hallt durch den Raum und findet eine rasche, einstimmige Antwort.

»Gemeinschaft!«

»Wem vertrauen wir?«

»Der Führerin!«

»Wen braucht die Führerin?«

»Uns!«

»Genauso ist es, liebe Genossinnen und Genossen! Nur durch unseren unverbrüchlichen Zusammenhalt konnten wir bereits so viel bewegen. In uns fließt arisches Blut und macht uns zu Herrenmenschen. Deshalb haben wir die Führungsrolle in der Welt inne, der wir jedoch auch verantwortungsvoll entgegentreten müssen. Ohne Unterstützung, ohne völkerübergreifende Zusammenarbeit werden wir die Welt nicht regieren können – genauso wenig, wie es die Asen ohne die Menschen vermögen. Noch nach dem zerstörerischsten Weltenbrand kommt eine Zeit des Aufbaus und der Gemeinschaft. Die Flammen des Krieges haben unzählige junge Menschen verschlungen und unzählige fruchtbare Felder verödet.«

Die Rede des Reichsrechtswahrers wird auf den Seitenwänden simultan von emotional aufgeladenen Animationen begleitet. Zunächst sieht man Arier bei kulturschaffenden

Tätigkeiten auf dem ganzen Globus: Städteplanung in Deutschland, Urbarmachung von Wüsten in Afrika, Aufforstung von Wäldern in der Taiga. Unablässig wechseln sich mitreißende Bilder tatkräftiger Deutscher ab, bis sich auch Bilder von düsteren Kriegsschauplätzen daruntermischen und schließlich die Oberhand gewinnen. Mit dem letzten Satz des Reichsrechtswahrers erscheint ein zartes Pflänzchen auf den Bildschirmen, das sich in einer Einöde befindet. Doch diese wandelt sich zusehends zu einem Paradies mit glücklichen Menschen jeden Alters, die sorgenfrei um den gekränzten Maibaum tanzen.

»Es ist an der Zeit, den ersten Baum einer neuen Ära zu pflanzen, in welcher die ganze Erde wachsen und gedeihen wird. Das besondere Wesen von uns Ariern ist es von jeher, nach großen Zielen zu streben und sie gemeinsam Gestalt annehmen zu lassen. Das Dritte Reich, in dem alle Bewohner dieses Erdballs in völliger Gleichheit und Harmonie in ewigem Frieden zusammenleben und nicht Besitz, sondern heilige Pflicht an der Gemeinschaft der Antrieb eines jeden Einzelnen ist, wartet auf uns. Welches Volk auf Erden gäbe es, das geeigneter wäre, dieses Reich zu erschaffen als die Deutschen?«

»Keines!«

»Welchen Herrscher gibt es auf Erden, der weiser und entschlossener als unsere Führerin Hedwig Goebbels wäre, um die Menschheit in dieses Reich zu führen?«

»Keinen!«

»Hedwig, führe uns in das gelobte Dritte Reich!«

»Hedwig, führe uns, führe uns, führe uns!«

So skandieren die Gefolgsmänner und -frauen ununterbrochen, bis die Führerin mit ihrer Sippe endlich von der rechten Seite die Bühne betritt. Einzeln, klein und unwichtig verlässt Hagen von Storch unbemerkt das Podium durch den linken Aufgang.

7

Alle Augen richten sich allein auf die stolze und schöne Familie der Goebbels. Das Publikum kann sie eigentlich bloß von der Seite sehen, der frontale Bildschirm zeigt den Einzug jedoch von vorne, sodass der Eindruck entsteht, die Goebbels wüchsen zu Riesen, als sie direkt auf den Saal zulaufen – titanisch ihre makellose Erscheinung, ein Herrschergeschlecht wie aus den Anfängen der Menschheit.

An den Seitenwänden erscheinen unterdessen schlichte Hakenkreuze, nichts soll von dem Heilsversprechen der Führerin und ihrer Sippe ablenken. An der Spitze schreitet Hedwig Goebbels der Schar energisch voran. Die ersten Genossen reißt es abermals von ihren Plätzen hoch. Die Anspannung der Polizei, der Gestapo und allen voran der Leibgarde erreicht ihren Höhepunkt. Mit geschultem Blick registrieren sie jede ungewöhnliche Bewegung unter der Zuhörerschaft, was bei 20 000 euphorisierten, teils außer sich geratenden Menschen eine wahre Herkulesaufgabe ist. Auch die Kameras surren wie ein hektischer Bienenschwarm hin und her und versuchen im Wechsel zwischen Totalen und Nahaufnahmen, die Stimmung im Saal einzufangen. Ein Kameramann nähert sich mit einem tragbaren

Gerät der Rampe, um hautnah die Geschehnisse den Daheimgebliebenen zu vermitteln – ständig beobachtet von misstrauischen Augen. Die Familie hat inzwischen fast die Bühnenmitte erreicht, da zupft eines der kleineren Kinder, ein herzallerliebstes Mädchen mit blonden Locken, die Führerin am Rock. Diese hält inne, dreht sich um, küsst das Kind auf die Stirn und nimmt es auf den Arm. Welch ein Bild: Die Weisheit des Alters und das Versprechen der Jugend. Die Beleuchtung lässt in der Nahaufnahme den Haarkranz der Führerin wie einen Heiligenschein aussehen, der zusammen mit den kornblumenblauen leuchtenden Augen des unverbrauchten Kindes noch in die Wohnzimmer der Genossen zu Hause ausstrahlt.

In diesem Augenblick gibt es kein Halten mehr, der Volkssturm bricht los, stehende Ovationen branden auf und aus der Masse erschallt eine Kakofonie von Rufen: »Heil Hedwig!« – »Führe uns!« – »Sieg Heil!« – eine Minute, zwei Minuten, elf Minuten lang.

Der Trupp formiert sich im Brennpunkt des Podestes. Die Führerin steht im Zentrum, trägt immer noch das Mädchen auf dem Arm und hält zudem einen etwas älteren, doch nicht minder adretten Jungen an der Hand; ihre Verwandten haben sich links und rechts von ihr postiert. Gleichzeitig fassen sich alle an den Händen und recken diese in die Höhe. Unter fortgesetzten Beifallsbekundungen nehmen die Familienmitglieder ihre zugewiesenen Plätze auf der Tribüne ein, allein die Führerin bleibt vorn am Rednerpult stehen. Die Nationalhymne nach der Melodie Joseph Haydns setzt ein: *Deutschland, Deutschland über alles, über alles in der Welt!* Mit der Hand auf dem Herzen singen alle Goebbels aus vollem Halse mit, das Volk tut es ihnen gleich und der Gesang erschallt so laut, dass er die abgespielte Aufnahme der Hymne übertönt. Nachdem die erste Strophe verklungen ist, setzt absolute Stille ein. Die ganze Halle ist jetzt in undurchdringliche Dunkelheit getaucht, ein einziger Lichtkegel richtet sich auf die schneidige Frauengestalt am Rednerpult: hell, überirdisch und strahlend forscht sie in die Dunkelheit, lang, unerträglich lang.

Dann öffnet sie ihre Lippen und ein Satz füllt die schwarze Leere – Erlösung, endlich!

»Will-kom-men im Teu-to-zän[172]!«

Schlagartig erhellt das Licht der umlaufenden Bildschirme, auf denen sich Deutsche in Städten, Meeren, Seen, Feldern und Wäldern tummeln, die Halle.

»Die Epoche des Menschen ist angebrochen, die Epoche der Herrenmenschen!«

»Teutozän! Teutozän! Teutozän!«, skandiert die Menge.

»Meine deutschen Genossen und Genossinnen, es ist jetzt bereits eine ganze Weile her, dass ich zu euch und zum deutschen Volke gesprochen habe. Daher ist es mir heute eine besondere Herzensangelegenheit, euch eine neue welthistorische Mission des deutschen Volkes zu schildern, vor die uns unser Zeitalter gestellt hat, das Zeitalter des Teutozän. Diese neue welt- und erdgeschichtliche Epoche nahm ihren Anfang in dem schicksalshaften Moment, da der Mensch sich zum Herrn und Meister über Flora und Fauna aufschwang, da er zum wichtigsten Einflussfaktor auf alle biologischen, geologischen und atmosphärischen

Prozesse unserer Erde wurde. Der Mensch hat sich heute zu einer planetarischen Macht entwickelt, die es mit den größten Naturgewalten aufnehmen kann und zu der es in der gesamten Erdgeschichte keine Entsprechung gibt. Dass der Mensch die Erde binnen weniger Jahrhunderte durchgreifend umgestaltet hat, lässt sich nicht leugnen. Wo gibt es heute noch unberührte Natur? Und ein Ende dieser Entwicklung ist nicht in Sicht, sie scheint sich im Gegenteil noch rasant zu beschleunigen. Ich will ihre erfreuliche Seite nicht unterschlagen: Unsere Lebenserwartung ist gestiegen, unsere Gesundheit hat sich verbessert, unsere Nahrungsversorgung ist optimiert worden, wir sind vor wilden Tieren ebenso wie vor Naturkatastrophen weitgehend sicher. Doch es gibt eine verhängnisvolle Kehrseite, die inzwischen die heiligsten Güter unseres deutschen Volkes – Blut und Boden – bedroht: Produktion von Treibhausgasen, die zu einer gefährlichen Erderwärmung führen, Übersäuerung der Ozeane, Monokulturen, fortdauernde Vernichtung von Pflanzen und Tieren mit zwangsläufigen Artensterben – um nur ein paar zu nennen. Was aber hat all das mit uns, was hat es mit dem deutschen Volk zu tun? Wir Arier sind die mächtigste kulturschaffende Rasse und tragen darum eine Verantwortung für die gesamte Welt. Wir müssen uns einer neuen Kulturaufgabe stellen – der Natur! Die Schöpfung ist uns aber noch viel mehr als bloße Aufgabe, wir tragen die Natur in uns, sie ist ein Teil von uns, wir sehnen uns nach ihr. Mit der Industrialisierung kam die erste Entfremdung des Menschen von eben dieser Natur.«

(Aus der Versammlung wird spontan in stürmischen Rufen die Forderung laut: »Zurück zur Natur!«)

»Die Trennung vom natürlichen Boden führte schon einmal zu einer Entwurzelung, Entsittlichung und Entfremdung der deutschen Seele und zu den uns allen bekannten, folgenschweren Verfallserscheinungen des Kapitalismus und Parlamentarismus. Aus dieser Krise rettete uns allein das Wunder der Bewegung: Aus dem Volk – aus euch heraus – erwuchs die NSDAP und führte uns aus dem naturentfremdeten, artfremden, gemütlosen Zustand und vereinigte uns gemäß unserer nordischen Rassenseele in einer organischen Einheit. Ein Volk, ein Blut, ein Boden!«

(Zurufe aus der Menge: »Wir haben es erlebt!«)

»Heute sind wir mit Millionen, nein Milliarden Menschen in der Heimat, an der Front und auf der ganzen Welt verbunden. Ich möchte zu euch allen aus tiefstem Herzen zum tiefsten Herzen sprechen. Ich will deshalb meine Ausführungen auch mit dem ganzen heiligen Ernst und dem offenen Freimut, den die Stunde von uns erfordert, ausstatten. Das im Nationalsozialismus erzogene, geschulte und disziplinierte deutsche Volk kann die volle Wahrheit vertragen, deswegen stehe ich hier und heute vor euch, meinen Brüdern und Schwestern, und frage euch: Habt ihr den Mut, die nötigen harten, ja auch härtesten Folgerungen zu ziehen? Seid ihr kompromisslos entschlossen, mit mir rücksichtslos nach der Wahrheit zu suchen? Seid ihr bereit, nach Maßgabe unserer Erkenntnisse, unter schonungslosem Einsatz von Material und Moral, den Menschen wieder mit der Natur zu versöhnen? Und seid ihr bereit, an dieser Versöhnung – allen Schwierigkeiten und Hindernissen zum Trotz – mit fester Entschlusskraft und revolutionärem Elan festzuhalten, auch wenn wir den schärfsten Gegner in uns selbst finden sollten?«

(Diese Fragen werden von der Menge nacheinander mit einem tobenden *Ja* beantwortet.)

»Ich bin stolz auf euch, wir schaffen das! Wer, wenn nicht wir? Deutschland ist ein starkes Land und wir sind ein starkes Volk. Die Haltung, mit dem wir diese Aufgabe angehen, muss sein: Wir haben so vieles geschafft – wir schaffen das!«

(Laute Zwischenrufe ertönen: »Wir schaffen das!«)

»Die Stunde drängt! Wir müssen handeln, und zwar unverzüglich, schnell und gründlich, so wie es seit jeher nationalsozialistische Art gewesen ist – mit einem ehernen Herzen, das gegen alle inneren und äußeren Anfechtungen gewappnet ist. Ich will euch ein ungeschminktes Bild der Lage entwerfen, um daraus die harten Konsequenzen für unser Handeln zu ziehen. Beweist eure unbeugsame Haltung und öffnet eure Herzen und euren Verstand für drei schlichte, doch unendlich bedeutsame Wahrheiten!«

(Jeder Satz der Kanzlerin wird von wachsendem Beifall und stärkster Zustimmung begleitet.)

»Erstens: Das fortschreitende Absterben und die Verarmung der natürlichen Vielfalt gefährden unser Überleben, ohne eine intakte Natur wird schlussendlich auch der Mensch selbst aussterben. Die Zerstörung hat bereits so weit um sich gegriffen, sich verselbstständigt, dass nur ein drastisches und sofortiges Eingreifen das

Schlimmste verhindern kann – es ist zwei Minuten vor zwölf. Der Alarmruf des Schicksals an die deutsche Nation ist erklungen.«

(Zuruf: »Sofort!«)

»Zweitens: Umweltzerstörung und Umweltvergiftung machen nicht an Ländergrenzen halt. Als Führerin des mächtigsten und größten Reiches habe ich das souveräne Recht, eine Gefahr eine Gefahr zu nennen, wenn sie nicht nur unser eigenes Land, sondern unseren ganzen Erdball bedroht. Wir können als deutsches Volk vieles, aber nicht alles allein bewältigen. Nur gemeinsam mit dem amerikanischen Volk werden wir diese historische Herausforderung meistern können, nur zusammen mit unseren ehedem ausgewanderten Brüdern und Schwestern werden wir das wahre Ausmaß unserer Notlage einschätzen und ihr mit den erforderlichen Mitteln entgegentreten können. Nur als Verbündete können und werden wir siegen! Das Zeitalter selbstsüchtiger Kriege ist vergangen und einer geeinten Menschheit obliegt nun die Rettung unserer Erde: Wir retten sie vor uns selbst!

Drittens: Natur setzt auf Ausgleich, auf ein Gleichgewicht der Kräfte; rücksichtslose Unterdrückung ist widernatürlich. Infrastrukturen und Kommunikationsnetze verbinden heute die entlegensten Punkte auf dem Globus miteinander; die Erde wird zu einer Stadt, in der fast alles miteinander verbunden ist. Wir können nicht als Minderheit die Mehrheit der Menschen anderer Völker unterjochen, ohne dafür den höchsten Preis zu zahlen – unseren eigenen Untergang. Aufstände in besetzten Gebieten schwächen uns und ziehen unsere Kräfte von wesentlich wichtigeren Aufgaben ab; Seuchen in Ghettos und Elendsvierteln greifen auf unser Volk über. Auch unter den Menschenrassen müssen wir die Vielfalt bewahren. In dem Genom jedes einzelnen Menschen kann ein entscheidender Teil der Antwort auf die großen Herausforderungen unserer Epoche liegen. Jede Rasse hat besondere Stärken und spezielle Eigenschaften; nur wenn wir alle diese unterschiedlichen Kräfte bündeln, können wir die uns gestellte, titanische Aufgabe meistern. Wir müssen daher neue Wege und Institutionen der Verständigung entwickeln, um mit allen Rassen und Völkern in friedlicher Zusammenarbeit die Zukunft der Menschheit formen zu können. Der totale Friede also ist das Gebot der Stunde.«

(Wie ein Meer erhebt sich die begeisterte Menge und nicht enden wollende Sprechchöre – »Führerin befiehl, wir folgen!« – hindern die Kanzlerin minutenlang am Weiterreden.)

»Nur wir Nationalsozialisten haben den Mut, die Kraft und den Kampfgeist, die nötig sein werden, um die Probleme der Menschheit zu lösen. Noch einmal, nur größer, umfassender, tiefer, müssen wir den nationalsozialistischen Gedanken entwickeln. Wir müssen mit ihm die ganze Welt umspannen und dadurch das Dritte Reich der Welt schaffen. Ein Volk, das die Stärke besitzt, so hoch über sich hinauszuwachsen, ist wahrhaft unsterblich und unbesiegbar. Ein solches Volk vermag zu nie gekannten Ufern aufzubrechen, die Grenzen des Möglichen zu überschreiten und den Endsieg mit dem Frieden zu besiegeln. Noch nie hat es in der Geschichte der Menschheit einen Weltfrieden gegeben und es wird viele im Ausland geben, die daran zweifeln, ob unser kampferprobtes Volk auch tatsächlich so unerbittlich für den Frieden, wie für den Krieg, kämpfen will und kann. Deswegen möchte ich an euch, meine deutschen Volksgenossen und Volksgenossinnen, eine Reihe von Fragen richten, die ihr mir nach bestem Wissen und Gewissen beantworten müsst. An dieser Versammlung nimmt ein Ausschnitt des deutschen Volkes im besten Sinne teil: Männer wie Frauen, von der Jugend bis zum Greisenalter; Parteifunktionäre, Soldaten, Arbeiter, Angestellte, Ingenieure, Wissenschaftler, Künstler. Ihr also, meine Zuhörer, repräsentiert in diesem Augenblick die Nation. Und an euch möchte ich zehn Fragen richten, die ihr mir als deutsches Volk vor der ganzen Welt beantworten sollt.«

(Die Masse springt wie elektrisiert von ihren Plätzen. Wie ein Orkan braust ein vieltausendstimmiges *Ja* durch das weite Rund. Was die Teilnehmer dieser Kundgebung erleben, ist eine Volksabstimmung und Willensäußerung, wie sie spontaner keinen Ausdruck finden kann.)

»Die Amerikaner behaupten, das deutsche Volk glaube nicht an den Frieden. Ich frage euch: Glaubt ihr mit mir an den endgültigen totalen Frieden auf der Welt?

Zweitens: Die Amerikaner bezweifeln, dass das deutsche Volk zum Frieden fähig ist.

Ich frage euch: Seid ihr bereit, für den Frieden mit wilder Entschlossenheit zu kämpfen und unbeirrt alle Schicksalsfügungen auszuhalten, bis der Frieden besiegelt ist?

Drittens: Die Amerikaner glauben nicht daran, dass das deutsche Volk auf Augenhöhe mit ihnen an der Rettung der Natur zusammenarbeiten will.

Ich frage euch: Seid ihr und ist das deutsche Volk entschlossen, zehn, zwölf und, wenn nötig, vierzehn Stunden täglich zu arbeiten und das Letzte herzugeben für eine unversehrte Natur?

Viertens: Die Amerikaner behaupten, das deutsche Volk wehre sich gegen die totalen Friedensmaßnahmen. Es wolle nicht den totalen Frieden, sondern den immerwährenden Krieg."

(Zurufe: »Niemals! Niemals! Niemals!«)

„Ich frage euch: Wollt ihr den totalen Frieden? Wollt ihr ihn, wenn nötig, totaler und radikaler, als wir ihn uns heute überhaupt erst vorstellen können?

Fünftens: Die Amerikaner behaupten, dass das deutsche Volk seiner Führerin in dieser Frage nicht vertrauen wird.

Ich frage euch: Ist euer Vertrauen in mich heute größer, gläubiger und unerschütterlicher denn je? Ist eure Bereitschaft, alles zu tun, was den Frieden auf der Welt herbeiführt und die Natur errettet, eine absolute und uneingeschränkte?«

(Die Menge erhebt sich wie ein Mann. Die Begeisterung der Masse entlädt sich in einer Kundgebung nie dagewesenen Ausmaßes. Vieltausendstimmige Sprechchöre brausen durch die Halle: »Führerin befiehl, wir folgen!« Eine nicht abebbende Woge von Heilrufen auf die Führerin braust auf.)

»Ich frage euch als Sechstes: Seid ihr bereit, von nun an eure ganze Kraft einzusetzen und mit den Menschenrassen auf der ganzen Welt das Wissen und die Ressourcen zu teilen, damit sie ihren gerechten Platz im Planetensystem der Völkerfamilie einnehmen können?

Ich frage euch siebtens: Gelobt ihr mit heiligem Eid den Menschen, dass ihr mit starker Moral für sie eintreten und ihnen alles geben werdet, was sie nötig haben, um ihren Platz in der Welt und an unserer Seite zu finden?

Ich frage euch achtens: Wollt ihr, insbesondere ihr Frauen, dass die Regierung dafür sorgt, dass in Zukunft kein Ehemann, Bruder oder Sohn mehr als Menschenmaterial an der Front zugrunde geht, sondern stattdessen, gemeinsam mit euch, am Erhalt des heimischen Bodens und der deutschen Natur für eure Nachkommen arbeitet?

Ich frage euch neuntens: Billigt ihr, wenn nötig, die radikalsten Maßnahmen gegen einen kleinen Kreis von Kriegshetzern und Ewiggestrigen, die mitten im Frieden Krieg spielen und die Unwissenheit des Volkes zu eigensüchtigen Zwecken ausnutzen wollen? Seid ihr damit einverstanden, dass, wer sich am Frieden vergeht, den Kopf verliert?

Ich frage euch zehntens und zuletzt: Wollt ihr, wie das nationalsozialistische Parteiprogramm es gebietet, den Menschen in seiner rassegebundenen Unterschiedlichkeit wahrnehmen und ehren und einen jeden nur nach seinen Anstrengungen und nach seiner Leistung für den Frieden und die Natur bewerten?

Ich habe euch gefragt; ihr habt mir eure Antwort gegeben. Ihr seid ein Stück Volk, durch euren Mund hat sich damit die Stellungnahme des deutschen Volkes manifestiert. Ihr habt unseren Mitmenschen das zugerufen, was sie wissen müssen, damit sie sich keinen Täuschungen und falschen Vorstellungen hingeben. Somit sind wir fest und brüderlich vereint. Der mächtigste Bundesgenosse, den es auf dieser Welt gibt, das Volk selbst, steht hinter mir und ist entschlossen – koste es, was es wolle, und unter Aufnahme auch der schwersten Opfer – den Frieden kämpfend zu erstreiten. Welche Macht der Welt könnte uns jetzt noch hindern, alles das durchzusetzen und zu erfüllen, was wir uns als Ziel gesteckt haben. Jetzt wird und muss es uns gelingen! Wenn wir je treu und unverbrüchlich an den Frieden geglaubt haben, dann in dieser Stunde der nationalen Besinnung und der inneren Aufrichtung. Wir sehen ihn greifbar nahe vor uns liegen; wir müssen nur zufassen! Wir müssen nur die Entschlusskraft aufbringen, alles andere seinem Dienst unterzuordnen. Das ist das Gebot der Stunde. Und darum lautet die Parole: Nun Volk, stehe auf und umarme die Schöpfung!« (Die letzten Worte der Führerin gehen in nicht enden wollenden, stürmischen Beifallsbekundungen unter.)

Im Hintergrund erscheint erneut der Weltenbaum in all seiner Pracht, an seinen Wurzeln jedoch sieht man nun Nidhöggr[104], den Leichenschänder, nagen.

»Die Zeiten, in denen der Drache die Weltenesche geschwächt hat, liegen hinter uns. Wir stehen alle vereint um den Weltenbaum, stehen gemeinsam im Zentrum der Welt, am Anbeginn der Schöpfung. Der Friede wird uns den Himmel auf Erden bereiten. Lasst uns gemeinsam das neue Zeitalter begrüßen.« Die Familie Goebbels steht vereint um den Stamm der Irminsul und hat sich an den Händen gefasst, während zunächst leise, doch dann mit anschwellender Lautstärke Beethovens *Ode an die Freude* erklingt. Auch die Volksgenossen im Saal haben ihren Nachbarn die Hand gereicht und singen lauthals mit. Die ersten Augen werden feucht, spätestens bei der Strophe: *Alle Menschen werden Brüder, wo dein sanfter Flügel weilt.* Schließlich fließen die Gefühle über und Tränenströme ergießen sich aus den Augen von Frauen wie Männern, als es durch die Halle schallt: *Seid umschlungen, Millionen! Diesen Kuss der ganzen Welt!* Die meisten Volksgenossen liegen sich in den Armen – welch ein bewegendes Bild!

8

Doch nicht nur hier in der großen Festhalle, die sich im Vergleich zum Erdball dann doch sehr klein ausnimmt, herrscht eine überschäumende Aufbruchsstimmung. Die Rede wurde in jedes Zuhause, in jedes Arbeitslager, auf Kasernenhöfen und öffentlichen Plätzen im Deutschen Reich und in der ganzen Welt übertragen. An allen Orten der Erde kann man Menschen jeder Rasse und jeden Alters um Fassung ringen sehen. Die Ankündigung, dass ein apokalyptischer Meteoriteneinschlag unmittelbar bevorstehe, hätte die Völker nicht tiefer bewegen können. Einzelne knien still am Boden und können noch gar nicht glauben, was sie soeben erfahren haben; andere lassen sich zu spontanen Freudentänzen hinreißen; wildfremde Menschen fallen einander schluchzend um den Hals. Für jeden Einzelnen wird sich mit dem heutigen Tag die Welt verändern. Für viele, besonders für die Ostarbeiter, ist es der erste Tag ihres Lebens, an dem sie auf ein wenig Glück hoffen und von Frieden und Wohlstand träumen dürfen.

Im allgemeinen Überschwang hat kaum einer in der Festhalle bemerkt, wie sich ein Fremder neben die Familie Goebbels auf die Bühne begeben hat: ein älterer Mann, kräftig gebaut, mittelgroß und sehr blond, fast gelb. Neben den schlicht gekleideten Goebbels wirkt er wie ein Papagei, der sich verflogen hat: Er trägt einen stahlblauen Anzug und über seinem blütenweißen Hemd leuchtet eine breite Krawatte in den Farben der amerikanischen Flagge. Erst als die Musik verklungen ist, bemerken ihn die Zuschauer, sie tuscheln und zeigen auf ihn. Keiner von ihnen hat in Deutschland jemals zuvor einen Amerikaner erblickt und schon gar nicht Seite an Seite mit der Führerin.

»Ich freue mich sehr, heute, an diesem historischen Tag für Deutschland und die Welt, den amerikanischen Präsidenten begrüßen zu dürfen.«

Totenstille, niemand bewegt sich, nichts regt sich; so unmittelbar nach der allgemeinen Ausgelassenheit wirkt es geradezu bedrohlich. Fiele jetzt einem Volksgenossen sein Parteiabzeichen zu Boden, erzeugte das ein ohrenbetäubendes Geräusch.

Heidi schert aus der Gruppe aus, geht auf den Präsidenten zu und umarmt ihn mit ihrer ganzen Fraulichkeit und Mütterlichkeit wie einen lang vermissten Bruder. Der Präsident wendet sich, sichtlich übermannt von der massigen Weiblichkeit, zum Mikrofon und sagt nur diesen einen Satz: »Ich bin ein Teutone[172].«

Die Hölle bricht los: Menschen wollen auf die Bühne stürmen, um den amerikanischen Präsidenten anzufassen, ihn zu umarmen und zu drücken. Die Sicherheitskräfte können sie kaum zurückhalten.

Von der Seite beobachtet Sturmbannführer Heyerstahl ungerührt die Szenerie, sieht die vielen berauschten Volksgenossen, entdeckt unter ihnen aber auch einige, denen nicht nach enthusiastischem Jubeln zumute ist. Denn das Weltbild mancher Volksgenossen ist heute zerschlagen worden und nun stehen sie verloren inmitten von Jubelnden vor seinen Trümmern – erstarren in Trauer oder empfinden blanke Wut, ob des Verrats und der Verkommenheit ihrer Führerin.

In diese Disharmonie der Gefühle spricht der Präsident:

»FAN-TAS-TISCH! Es ist einfach fantastisch, heute bei euch sein zu können und diese Begeisterung auszulösen. Ich bin erst seit Kurzem der Präsident meines Volkes, aber ich glaube, dass ich bereits eine Menge bewegt habe, mehr als alle meine Amtsvorgänger zusammen. Doch der heutige Tag ist sicherlich der Gipfel meiner bisherigen Erfolge, das versichere ich euch. Es ist einfach unglaublich.«

Die Menschen im Saal beruhigen sich allmählich, eine gespannte bis angespannte Stimmung breitet sich aus. Die Führerin steht in kerzengerader Haltung ein wenig versetzt neben dem Präsidenten. Um die Bühne herum und hinter derselben setzt eine hektische Betriebsamkeit ein. Eigentlich hätte das Ende der gesamten Veranstaltung durch den einen Ausspruch des Präsidenten eingeleitet werden sollen. Mit einer leichten Handbewegung gibt die Führerin ihren Gefolgsleuten neben der Bühne zu verstehen, vorerst nicht einzugreifen, sondern sich auf die neue Situation einzustellen – genauso wie sie selbst. Da der Präsident seine Worte von Kärtchen abliest, ist offensichtlich, dass er seine kleine Rede bereits geplant hatte, ohne es mit ihr abzustimmen. Dass sein Deutsch so gut ist, war ihr ärgerlicherweise im Vorfeld unbekannt geblieben. Sie verabscheut jeden Kontrollverlust, insbesondere in einer Situation, in der ihr die ganze Welt zuschauen kann. Sie muss jetzt den Eindruck erwecken, als sei alles mit ihr abgesprochen, und auf den passenden Moment warten, um das Heft des Handelns möglichst geschmeidig wieder an sich zu reißen. Die Bühnentechniker haben bereits reagiert und das Licht auf den Oberkörper des Präsidenten eingestellt, der selbstbewusst mit seiner Rede fortfährt.

»Der Kampf war und ist mein ureigenstes Element. Soldatisch erzogen, wurde meine Leidenschaft früh für ihn geweckt und auch meine Befähigung stellte sich alsbald heraus. Des Führers visionäres Werk *Mein Kampf* wurde zu meiner Bibel.«

Die Volksgenossen applaudieren und Hört-Hört-Rufe sind zu vernehmen. Durch die Bestätigung der Zuhörerschaft gewinnt der Präsident weiter an Sicherheit und schaut immer seltener auf seine Kärtchen.

»Das Buch hat mich gelehrt, dass die Menschheitsgeschichte in Kampf und Krieg wurzelt. Diese Einsicht bildet das granitene Fundament meines Handelns. Der entscheidende Entschluss meines Lebens aber war es, Politiker zu werden, um das amerikanische Volk wieder groß zu machen. Als Außenseiter bin ich, gegen alle Widerstände der Eliten und Lügenpresse, meinen vom

Schicksal vorgezeichneten Weg gegangen. Man nannte mich einen Rebellen gegen das System – dabei bin ich vielmehr als das, ein Revolutionär des Systems!«

Der Beifall nimmt zu: Das ist eine Rhetorik, die die Herrenmenschen kennen und verstehen. Befeuert von dieser Gegenliebe, redet sich der Präsident zunehmend in Rage und spricht inzwischen völlig frei. Den offenen Widerspruch zum eben noch gefeierten Frieden, wie ihn die Rede der Führerin propagierte, erkennen nur die wenigsten; zu machtvoll schlägt sie dieser Mann in den Bann. Die Führerin bemerkt es natürlich ebenso wie ihren Kontrollverlust. Sie hat den Ehrgeiz des Präsidenten, wie sie sich nun eingestehen muss, unterschätzt. Warum sollte es ihr auch ausgerechnet dieses eine Mal leicht gemacht werden?! Sie wird sich jedenfalls nicht zu einem zweiten Caesarion stempeln lassen, nicht von solch einem Emporkömmling! Als Sturmbannführer Heyerstahl sieht, wie sie ihre rechte Faust ballt, erteilt er sogleich einige Befehle.

»So stehe ich heute vor euch – vor meinem Brudervolk! – im Gravitationszentrum der Geschichte. Dieser Tag wird in die Annalen eingehen. Es ist unglaublich. Der Starke ist am mächtigsten allein und vor ihm liegt eine glorreiche Zukunft. Folgt mir in diese Zukunft und der Sieg wird unser sein!«

Die Führerin tritt mit einem energischen Schritt nach vorn, machtvoll stellt sie sich vor den Präsidenten. Wie ein kleines Kind nimmt sie ihn bei der linken Hand und stößt mit der rechten pfeilgerade zum deutschen Gruß in die Luft. Ihre Familie steht im Halbkreis um die beiden

Volksführer und vollführt die identische Bewegung. Aus ihren Kehlen tönt ein lautes »Sieg Heil!«, dann erhellt ein gleißender Lichtblitz ein letztes Mal die Bühne. In die anschließende Dunkelheit hinein wogen die Klänge des Horst-Wessel-Liedes und die Zuhörer beginnen zu den Ausgängen zu strömen.

Grüne und blaue Lichtkegel pulsieren rhythmisch über der Menge. Die Führer, Verführten und Geführten folgen ihrem Weg, bis auch sie aus dem Dunkel ans Licht geworfen werden.

Glossar

1. **Volksempfänger (VE)**
   Früher Rundfunkgerät mit nur einem Mittelkanal, heute Smartphone für jeden Volksgenossen ab dem zwölften Lebensjahr zur unmittelbaren Kommunikation zwischen Partei und Volk

2. **Heidrun**
   Heid/haidu = Art, Wesen, Charakter + Run = Geheimnis, Zauber

3. **Horst**
   Hurst = Wald, Hecke, Gebüsch

4. **Balder**
   Gott der germanischen Mythologie, Gott des Lichts und der Schönheit

5. **KdF**
   Kraft durch Freude
   Organisation zur kontrollierten Freizeitgestaltung aller Volksgenossen im Sinne der Partei, größte Kulturorganisation, Feierabendwerk

6. **Ahnenpass**
   Dokument mit dem Stammbaum, Wertung nach arischen Merkmalen, Verwaltung im Sippenamt

7. **Bernhard**
   Bero = Bär + Hart = stark

8. **AHS-Schule = Adolf-Hitler-Schule**
   Vorschulen der Ordensburgen, Einrichtung der Hitlerjugend (HJ), 6. Klassen ab dem 12. Lebensjahr, Auslese für den Führungsnachwuchs

9. **Verziffert**
   Digitalisieren, Informationen in 0/1 umwandeln
10. **Leistungskampf**
    Wettbewerb um den NS-Musterbetrieb
11. **NS-Musterbetrieb**
    Vorbildlicher Betrieb hinsichtlich Berufserziehung, Volksgesundheit, Heimstätten und Förderung
12. **Kulturthing**
    Thing = Ort von Volksversammlungen unter freiem Himmel
13. **Kriemhild**
    Ehefrau von Siegfried dem Drachentöter
    Grim = Maske, Verkleidung + Hilt = Held, Recke, Kämpfer
14. **Germania**
    Hauptstadt Deutschlands (ehemals Berlin)
15. **Braunes Haus**
    Parteizentrale in München, Briennerstr. 45
16. **Die Bewegung = NSDAP (National Sozialistische Deutsche Arbeiter Partei)**
    Aus dem Volk organisch hervorgegangen, Wesen ist die rassische Denkweise
17. **Sippenbuch**
    Internetdienst zum Einstellen von Inhalten, die primär mit der Sippe (Blutsverwandte + Angeheiratete) oder Freunden geteilt werden
18. **Grußrune/Rune**
    Applikation auf dem Smartphone für Kommunikation

unter Freunden (Runen sind Schriftzeichen der Germanen, auch Geheimnis/Zauber)

19. **Pimpf**
Mitglied beim Deutschen Jungvolk, Alter 10 – 14 Jahre, danach Hitlerjugend

20. **Svastika = Sonnenrad**
Sanskrit (alte indische Sprache) für Glückbringer, ein Kreuz mit vier gleich langen, abgewinkelten Armen, älteste 10.000 Jahre alt

21. **Es rommelt**
Umgangssprachlich für beherzten Aktionismus, nach Erwin Rommel (Wüstenfuchs), wegen seiner schnellen Erfolge in Afrika

22. **Plutokratie = westliche Demokratien**
Geldherrschaft

23. **Hohe Frauen**
Ähnlich den römischen Vestalinnen, ausgewählt nach nordischen Rasseprinzipien, wirken in Walhall

24. **Walhall**
Zentraler Kultort auf der Wewelsburg bei Paderborn, Sitz der Hohen Frauen

25. **Zuchtwart = Eugeniker**
Ausbildung ähnlich der Ärzte, Führung von Eheberatungsstellen (Sippenamt), Ziel: durch künstliche Selektion die Rasse verbessern

26. **Ida**
Id = Arbeit, Werk

27. **Reichsparteitag**
Jährlicher Parteitag der NSDAP in Nürnberg

28. **Kampfspiele**

Sportliche Wettkämpfe zu den Reichsparteitagen, Austragungsort ist das Stadion im Reichsparteitagsgelände in Nürnberg

29. **Gotengau**

Krim + Bialystok, Cherson, Memel-Narew-Region

30. **Bonzokratie**

Geldherrschaft einiger weniger Finanzgrößen/ Großunternehmer

31. **Europa**

Gestufte Abhängigkeit der unfreien Satelliten unter Oberherrschaft des Deutschen Reiches

32. **Hedda**

Kosename von Hedwig

Hedwig

Hadu = Schlacht, Kampf + Wig = ringen

33. **Gerda**

Einhegung, Schutzzaun = Beschützerin

34. **Sigrun**

Sigu = Sieg + Run = Geheimnis, Zauber

35. **BDM = Bund deutscher Mädel**

Alle deutschen Mädchen in der Jugendorganisation ab dem zehnten Lebensjahr, Trägerinnen der NS-Weltanschauung

36. **Sieglinde**

Sigu = Sieg + Linde = sanft, weich, mild

37. **Karl**

Karal = Mann, Freier

38. **SS-Informationsamt**

SS = Schutzstaffel, Führerexekutive ohne Bindung an staatliche Normen, Nachrichtendienst zur Überwachung der politischen Gegner

39. **Gertraud**

Ger = Speer + Drud = Zauberin, magische Kraft

40. **Otto**

Ot = Besitz, Erbe

41. **Odalbauern**

Eigentümer eines Erbhofes

42. **Ingermanland**

Gebiet um Leningrad

43. **Frauke**

Frouwa = Frau + Ke = klein

44. **Baldur**

Namensvariante von Balder = Gott des reinen Lichts, der Schönheit

45. **Generalgouvernement**

Kolonialverwaltung, keinerlei Mitwirkung des unterworfenen Volkes, z. B. Afrika

46. **Altreich**

Deutsches Reichsgebiet bis 1938

47. **Großreich**

Europa + Afrika, Asien, Afghanistan, Indien, Syrien, Irak, Island

48. **Erbhof**

Germanische Tradition: unteilbares, unveräußerliches, unbelastbares Besitztum, vererbungspflichtig

49. **Sippenamt**

Eheberatungsstellen unter der Führung der Zuchtwarte, Freigabe von Eheschließungen, Erteilung der Gütesiegel, Festlegung der Fortpflanzungsquote abhängig vom Erbwert

50. **Ehestandsdarlehen**

Finanzielle Unterstützung für deutschblütige Paare ohne Erbkrankheiten

51. **Umvolkung**

Wiedereingliederung der rassisch Geeigneten aus anderen Ländern, z. B. Russland

52. **Nahrungsfreiheit**

Sicherung der unabhängigen Ernährung

53. **Mittelafrikanischer Ergänzungsraum**

Afrika als Brücke nach Amerika, unerschöpflich an Rohstoffen und Menschenreserven

54. **Adelheid**

Adal = edel + Heit = Gestalt

55. **Will Vesper (1882 bis 1962)**

Deutscher Schriftsteller, NSDAP-Mitglied, Werke mit Schwerpunkt auf der deutschen Vergangenheit und der germanischen Urzeit

56. **Jugendweihe**

Feier anlässlich der endgültigen Aufnahme in die Hitlerjugend oder Bund deutscher Mädel

57. **Rübezahl**

Berggeist des Riesengebirges, deutsche Sagengestalt

58. **Baal = Menschenverschlinger**
Bezeichnung für Gottheit, Römer bezichtigten die
Karthager der Kinderopfer im Molochkult

59. **Asphalt**
Großstadtbewohner vom natürlichen Boden getrennt,
wurzellos, gemütlos

60. **Systemzeit**
Verächtlich für Weimarer Republik

61. **Kritikaster**
Meckerer, Miesmacher

62. **Germanische Demokratie**
NS-Führerdiktatur, Führer durch Leistung auserlesen

63. **Allempfänger**
Deutscher Ausdruck für Smartphone

64. **Gemeinschaftsfremder**
Erblich asozial, keinerlei Einordnungswillen, -fähig-
keit, genügt nicht NS-Standards (arbeitsscheu, queru-
lantisch, Trinker, homosexuell)

65. **Ballastexistenz/Defektmensch/Degenerat**
Geistig, körperlich Behinderte und gesunde Unange-
passte

66. **Ordensburg**
Schulungsheime der NSDAP (Sonthofen, Vogelsang,
Crössinsee) zur Erziehung zur NS-Gesamtpersönlich-
keit, Auslese für den Führernachwuchs, Dauer: 3 Jahre

67. **Blockwart**
Zuständig für parteikonformes Verhalten in seinem
Block – acht bis zehn Haushalte

68. Betriebsobmann

Führung der Werkschar, Sicherung der Einsatzbereitschaft und politischen Sicherheit, zugehörig zur Deutschen Arbeitsfront (NS-Gewerkschaft)

69. Sonderbehandlung

Tarnbezeichnung für die Ermordung von Menschen

70. Gestapo

Geheime Staatspolizei, politische Polizei

71. Vertrauensmann Reise

Vom Informationsamt der Deutschen Arbeitsfront eingesetzt, aus Gestapo rekrutiert, als Urlauber getarnt zur Beobachtung staatsfeindlicher Umtriebe

72. Oberster Rechtswahrer

Ersatzwort für Jurist, entscheidet kraft eines vom Führer ihm unmittelbar erteilten Auftrags, nach nationalsozialistischen Grundsätzen Recht finden

73. Dinarischer Typ

Dunkel, in Südosteuropa beheimatet, Sinn für Ehre, Verlässlichkeit, Tapferkeit, Stolz, Jähzorn, Rauflust, gutmütig, derb, roh, sentimental

74. Alltafel

Deutscher Ausdruck für Tablet-PC

75. Hel

In der nordischen Mythologie Herrscherin der Unterwelt – Helheim

76. Reichsrasseamt

Rasseamt der SS in Burg Schwalenberg, Rasseforschung, Durchführung Rasseschulungen, Organisation der rassischen Auslese

77. **Tyr**
Germanischer Gott des Kampfes und des Sieges

78. **Panzerschokolade**
Schokolade mit Methamphetamin angereichert, millionenfache Ausgabe an deutsche Soldaten während des Zweiten Weltkrieges zur Dämpfung des Angstgefühls und Steigerung der Leistungsfähigkeit

79. **Elysium**
Insel der Seligen, paradiesischer Ort des ewigen Frühlings und der Gnade des Vergessens

80. **Yggdrasil**
Weltenbaum (Esche) der nordischen Mythologie, welche den gesamten Kosmos verkörpert, sie verbindet die drei Ebenen: Himmel (Sitz der Götter), Erde, Unterwelt

81. **Ratatöskr**
Rati = Bohrer + Toskr = Zahn
Eichhörnchen, das zu den Tieren des Weltenbaums gehört

82. **Nornen**
Drei altnordische Schicksalsfrauen, die bei den Wurzeln des Weltenbaums an der Schicksalsquelle leben und die Geschicke von Menschen und Göttern lenken

83. **Archetyp**
Urbild, Ideal

84. **Jungenschaft**
Untergliederung der Hitlerjugend: Jungenschaft (10 Jungen), Jungzug (3 - 4 Schaften), Fähnlein (4 Züge)

85. **Houston Stewart Chamberlain (1855 – 1927)**
Sein Werk „Grundlagen des neunzehnten Jahrhunderts" wurde zum Standardwerk des rassischen und ideologischen Antisemitismus in Deutschland

86. **Meister Eckhart (1260 – 1328)**
Spätmittelalterlicher Theologe und Philosoph, die Nationalsozialisten vereinnahmten ihn als Vertreter einer spezifisch germanischen Weltanschauung

87. **Arno Breker (1900 – 1991)**
Deutscher Bildhauer und Architekt, prominentester Bildhauer des Dritten Reiches, für Adolf Hitler ein unersetzlicher Künstler

88. **NS-Bibliographie**
Verzeichnis der erschienenen NS-Literatur (Buch, Zeitschrift, Tageszeitung, Rede)

89. **Waldemar**
Walda = herrschen + Marja = berühmt

90. **Aufartung**
Erhöhung des Anteils der Nordischen Rasse am Volkskörper, staatl. Maßnahmen zur Volksaufartung: künstliche Befruchtung, Samenbanken, Bestimmung Ehepartner

91. **Gunther**
Gund = Kampf + Heri = Heer, Kämpfer

92. **Rassenhygiene**
Eugenetik = künstliche Selektion, angeborene Eigenschaften einer Rasse verbessern, Mittel: Zwangssterilisation, Vernichtung, moderne Genetik: pränatale Diagnostik, Keimselektion

93. **Welf**

Hwelf = junger Wolf, Welpe

94. **Erbgesund/erbtüchtig**

Leistungsfähig aufgrund hochwertiger Erbanlagen, frei von erblichen Mängeln

95. **Volker**

Folk = Kriegsschar, Volk + Heri = Herr, Kämpfer

96. **Arbeitsdienst**

Ehrendienst am deutschen Volk, Pflichtjahr, wird im Arbeitspass dokumentiert, im Alter von 17 bis 25 Jahren, Erziehung zu Selbstzucht und Einordnung

97. **Arbeitslager**

5.000 Lager, reglementiertes Gemeinschaftsleben im Arbeitsdienst, Ziel: Arbeitsdiensterziehung in soldatischer Form zur NS-Arbeitsgesinnung und Volksgemeinschaft, alles egalitär – gleiche Tracht und gleiches Essen

98. **Walhall/Walhalla**

Valhall = Wohnung der Gefallenen

In der nordischen Mythologie Ruheort der in einer Schlacht gefallenen Kämpfer, die sich als tapfer erwiesen haben – die Einherjer, Walhall befindet sich in Asgard, dem Sitz der Götter, die Krieger werden von den Walküren dorthin geleitet

99. **Edda**

Die ältere Edda: Eine Sammlung von Liedern über verschiedene Themen, der erste Teil enthält Götterlieder und der zweite Teil Heldenlieder – hier ist vor allen Dingen die Nibelungensage um Siegfried bekannt, die

Götterlieder behandeln die Vorzeit und Endzeit der Welt, Lebensweisheiten und Verhaltensregeln, die jüngere Edda von Snorra zur Schulung von Dichtern: Nordische Götterwelt, Lieder der älteren Edda, Strophenverzeichnis

100. Ragnarök (Schicksal der Götter)

Ragna = Gott + Rök = Sinn des Ursprungs

Kampf der Götter und Riesen, in dessen Folge die ganze Welt im Weltenbrand untergeht, die Einherjer, die in der Schlacht gefallenen Toten aus Walhall, kämpfen an der Seite der Asen

101. Walküre (Schlacht-/Schildjungfer)

Valr = auf dem Schlachtfeld liegende Leichen + Kjosa = wählen

Weibliches Geisterwesen aus dem Gefolge Odins, sie wählen auf dem Schlachtfeld die ehrenvoll Gefallenen aus und führen sie nach Walhall, eine der bekannteren ist Brunhilde aus der Siegfriedsage.

102. Hellweg

Lichter, breiter Weg aus germanischer Zeit

Der Westfälische Hellweg ist über 5.000 Jahre alt und ging vom Rhein über Paderborn bis Corvey

103. Irminsul

Irmin = groß + Sul = Säule

Soll ein Heiligtum der Sachsen gewesen sein, wurde unter den Nazis bei den Externsteinen verortet, Gleichsetzung mit Yggdrasil, der Weltenesche, Symbol für einen artgerechten, nordischen Glauben, Gegensymbol zum christlichen Kreuz

104. Nidhöggr (der hasserfüllt Schlagende)

Ein schlangenartiger Drache, der am Weltenbaum lebt und die Wurzeln benagt und in der Endzeit (Ragnarök) das Blut der Eid- und Ehebrecher trinkt

105. Urdbrunnen

Heilige Schicksalsquelle am Fuße der Weltenesche, Gerichtsstätte der Götter

106. Odin

Oberster Gott, Allvater

107. Asen

Nordisches Göttergeschlecht, Sitz der zwölf Asen ist Asgard, der Göttervater ist Odin

108. Freyja

Göttin der Liebe und der Ehe, Frau von Odin

109. Embla

In der nordischen Mythologie heißen die beiden ersten Menschen Ask (askr = Esche) und Embla (emla = Ulme), sie wurden von Odin aus Baumstämmen erschaffen

110. Thor

Sohn des Odins, Donner- und Wettergott, Beschützer der Menschen

111. Sif

Gattin Thors

112. Raban

Hraban = Rabe (heiliges Tier), Symbol für Klugheit, Sendbote der Götter

113. **Isolde**

Isan = Eisen + Wealdan = walten, herrschen

Die eiserne Herrscherin

114. **Arbeitsmaid**

Angehörige des Reichsarbeitsdienstes

115. **Ute**

Ot = der Besitz, Reichtum, Erbe

116. **Waltraud**

Valr = die Erschlagenen auf dem Schlachtfeld + Truwen = glauben, hoffen, vertrauen

117. **Maidenunterführerin**

Im RAD der Frauen dritter Rang über der Arbeitsmaid

118. **Kameradschaftsälteste**

Im RAD der Frauen erster Rang über der Arbeitsmaid

119. **Grundausbildung am Spaten**

Ausbildung der Arbeitsmänner und Arbeitsmaiden im RAD, Spaten Symbol und Arbeitsgerät, theoretische und praktische Inhalte

120. **Reichsarbeitsdienst**

Verpflichtender Ehrendienst am deutschen Volk für ein halbes Jahr, 17 bis 25 Jahre, dokumentiert im Arbeitspass, ohne Arbeitspass keine Arbeit, Erziehung zum Nationalsozialismus, Symbol ist der Spaten

121. **Ingeborg**

Ingwio = germanischer Stammesgott + Burg = Burg, Schutz

122. **Petermann fährt nach Madeira**

Für KdF geschrieben und verfilmt beschreibt das

Theaterstück (1938) von August Hinrichs die Wandlung eines mürrischen Einzelgängers zum fröhlichen Gemeinschaftsmenschen auf einer KdF-Kreuzfahrt

123. **August Hinrichs (1879 – 1956)**

Führender deutscher Heimatschriftsteller, diente als Soldat an der Westfront im Ersten Weltkrieg, 1937 Mitglied der NSDAP

124. **Bogdan**

Bog = Gott + Dan = geben, Geschenk
Slawisch

125. **Blutschänderisch**

Katastrophale Verderblichkeit der Vermischung Artfremder

126. **Fräulein Hüttl**

Sekretärin im Theaterstück *Petermann fährt nach Madeira* von August Hinrichs

127. **Blutbewusstsein**

Wissen um das eigene Blut

128. **Eingedeutscht/eindeutschungsfähig**

Assimilation, Verpflanzung der betreffenden Menschen, rücksichtslose/restlose Germanisierung der rassisch Geeigneten

129. **Lebensborn**

Ausgesuchte Frauen und Männer, Zuchtpaare für die SS-Männer von morgen, Kinder verbleiben in der Obhut des Staates

130. **Neuer Adel**

Begründung eines neuen Adels aufgrund des generativen Wertes des Stammbaums, Blut- und Leistungsadel

131. **Rüdiger**
Hruod = Ruhm, Ehre + Ger = Speer

132. **Wilhelmine**
Willio = Wille + Helm = Schutz

133. **Mangvolk**
Rassisch minderwertiges Mischvolk

134. **Deutschblütig**
= arischer Abstammung

135. **Alte Garde**
Altmitglieder der NSDAP, Mitgliedsnummer bis 100.000, werden vom Vater auf den Sohn übertragen

136. **Addibär**
Teddybär bezieht sich auf Theodor (Teddy) Roosevelt, der deutsche Addibär hat als Namensgeber Adolf (Addi) Hitler

137. **Wehrkraftzersetzung**
Straftatbestand der mit dem Tod geahndet wird: Kriegsdienstverweigerung, defätistische Äußerungen, Selbstverstümmelung

138. **Selbi**
Selbstbildnis = Selfi

139. **Blutschranke**
Biologische Differenz zwischen artfremden Rassen

140. **ADR**
Auszeichnung: Anerkannte Deutsche Rose

141. **Bewegliche Kampfführung**
Rückzug

142. **Das kalte Herz**
Märchen von Wilhelm Hauff, 1827, Hauptmotiv ist die Selbstentfremdung

143. **Kapo**
Bezeichnung der Position eines Funktionshäftlings in einem Lager, Mitarbeiter der Lagerleitung, muss andere Häftlinge beaufsichtigen, Erhalt von Vergünstigungen

144. **Bildgeschichten**
Eingedeutscht für Comics

145. **SS-Totenkopfverband**
Verbände zur Bewachung und Verwaltung der Konzentrationslager

146. **Reichsamt für Migration**
Sitz in Germania, verantwortlich für den Einsatz, Umgang und Lebensbedingungen der Ostarbeiter

147. **Ausrichtungsklasse**
Schule der Ostkinder mit rudimentärem Unterricht, primär die Vermittlung von Geboten und Unterordnung

148. **Familiendienst**
Dem Reichsamt für Migration zugeordnet, Behörde für Ostarbeiter

149. **Tagesparole**
Ideologische Information und Beeinflussung der Arbeiter, Beginn des Tagwerkes mit Tagesparole, mehrmals pro Woche

150. **Gemeinschaftsempfang**
Verordnetes gemeinsames Anhören der Übertragungen von Reden des Führers

151. **Volksfremder**

Hinsichtlich Rasse und/oder Wesen dem deutschen Volk nicht gemäß

152. **Bogdasja**

Koseform von Bogdan

153. **Norne**

Seltene Pflanzenart in der Familie der Orchideengewächse

154. **Dieter**

Diot = das Volk + Heri = Herr, Krieger

155. **Baba Jaga**

Gestaltwandlerin aus der slawischen Mythologie, sie ist für Tod und Wiedergeburt zuständig, lebt in einem eigenartigen hölzernen Haus auf Hühnerbeinen, früher slawische Totengöttin, welche die Toten in die Nachwelt begleitet

156. **Calypso**

Calypso = Wissenschaftlicher Name der Gattung Norne

Kalypso = griechisch „ich berge jemanden"

In der griechischen Mythologie verbarg die Nymphe Kalypso den schiffbrüchigen Odysseus sieben Jahre auf der Insel Ogygia

157. **Erbwert**

Generative Wert des Stammbaums

158. **Leibstandarte**

SS-Leibgarde des Führers

159. **Leni Riefenstahl (1902 – 2003)**

Umstrittene deutsche Filmregisseurin, innovative Ästhetik, Propaganda für die NSDAP

160. **Defätistisch**

Zweifel am Sinn des Krieges, Endsieg bezweifelnd

161. **Rechtswahrerbund**

Kaste der Juristen mit besonderen Rechten im NS-Staat

162. **Hagen**

Hag = der umzäunte Platz, Heger, Beschützer

163. **Mammon**

Unredlich erworbener Gewinn, unmoralisch eingesetzter Reichtum, aramäisch = Vermögen, Besitz

164. **Plutokratie**

Herrschaft des Geldes, z. B. über Abhängigkeit der gewählten Entscheidungsträger

165. **Börsenjudentum**

Menschen an der Börse mit einem mammonistischen und kapitalistischen Egoismus

166. **Hengist**

= der Hengst

167. **Horsa**

= das Pferd

168. **Holde**

Hold = gnädig, dienstbar, treu

169. **Hubert**

Hug = denkender Geist, Verstand + Beraht = strahlend, glänzend

170. Arnold

Arn = Adler + Waltan = walten, herrschen

171. Falko

= Falke

172. Teutozän

Teutone = Deutscher + Zän = Zeitalter, Epoche

Epoche der Deutschen